Jack Vance
Stazione Araminta

Traduzione di Gianluigi Zuddas

I MONDI DI JACK VANCE

STAZIONE ARAMINTA

LE CRONACHE DI CADWAL

VOLUME I

SPATTERLIGHT

www.spatterlight.nl

JACK VANCE
STAZIONE ARAMINTA

Inezie e note,
da leggere se così vi piace

Riportiamo qui alcuni estratti da I *Mondi dell'Uomo*, dei Compagni dell'Istituto Fidelius, che aiuteranno a superare il varco fra oggi e allora, fra qui e là.

«... In quest'opera, già in preparazione da trent'anni, non puntiamo al dettaglio esauriente o alla profondità analitica, ma piuttosto al collage di un milione di particolari che, così speriamo, si coaguleranno in un solo nitido quadro.

... Ordine, logica, simmetria: queste sono belle parole, ma se affermassimo di aver strutturato il nostro materiale in base a concetti così rigidi sarebbe un'ovvia mistificazione: ogni termine ha un significato "sui generis" e presenta all'indagine del cosmologo una sola unità d'informazione. Tali unità non possono fondersi l'una nell'altra, cosicché qualunque tentativo di generalizzare intorbida ancor più i significati. Noi siamo legati a un'unica certezza: nessun evento è accaduto due volte, ogni caso è unico.

... Nei nostri viaggi da un'estremità all'altra della Distesa Gaeana e, all'occasione, nel Dilà, non abbiamo scoperto nulla che dimostri che la razza umana stia ovunque e inevitabilmente diventando più generosa, tollerante, illuminata e gentile. Assolutamente nulla.

D'altra parte, e questa è la buona notizia, non sembra neppure che sia diventata peggiore.

... I campanilismi derivano, evidentemente, da un innocuo egocentrismo che, se messo in parole, suonerebbe così: "Visto che io ho stabilito di poter vivere in questo luogo, esso deve di conseguenza e per forza essere eccellente in ogni suo aspetto".

Ancor oggi la destinazione preferita dei turisti novelli è quasi sempre la Vecchia Terra. Latente in tutti gli esuli, così sembrerebbe, vi è la nostalgia di respirare l'aria del pianeta natale, di assaggiarne l'acqua, di palpeggiarne il fertile terreno fra le dita.

Inoltre, le astronavi che approdano ai porti della Terra scaricano ogni giorno due o trecento bare contenenti i corpi di quelli che, con il loro ultimo respiro, hanno chiesto di tornare in polvere nell'umido suolo scuro del pianeta madre.

... Quando gli esseri umani mettono piede su un nuovo pianeta prende inizio il processo d'interazione. Essi cercano di modificarlo; nello stesso tempo il pianeta, assai più sottilmente, lavora per modificare i suoi abitanti.

La battaglia fra l'uomo e l'ambiente assume aspetti molteplici. Talvolta l'uomo surclassa la resistenza del pianeta. Flora terrestre o di provenienza aliena viene introdotta e adattata alla chimica dell'ambiente ecologico; gli indigeni nocivi sono allontanati, o distrutti, o defraudati, e pian piano quel mondo comincia a somigliare alla Vecchia Terra.

Ma altre volte il pianeta è forte e costringe gli intrusi a cambiare. Dapprima per necessità, poi ubbidendo a nuove usanze e quindi per tendenza innata, i coloni si piegano alle caratteristiche dell'ambiente e finiscono per diventare quasi indistinguibili dai veri indigeni.

INTRODUZIONE

1. IL SISTEMA DELLA ROSA PURPUREA, NELLO SCIAME DI MIRCEA
   (Estratto da *I Mondi dell'Uomo*, dei Compagni dell'Istituto Fidelius.)

   A metà lunghezza del Braccio di Perseo, un capriccioso refolo di gravitazione galattica ha imprigionato diecimila stelle spingendole via per la tangente, in un ricciolo con un vortice all'estremità. Questo è lo Sciame di Mircea.

   Sull'esterno del vortice, ad apparente rischio di volar via nel vuoto, c'è il Sistema della Rosa Purpurea, composto da tre stelle: Lorca, Sing e Syrene. Lorca, una nana bianca, e Sing, una gigante rossa, ruotano assai vicine e intorno allo stesso centro di gravità, come una delicata damigella biancovestita che danzi con un corpulento gentiluomo dal faccione arrossato. Syrene, una stella bianco-gialla di normale grandezza e luminosità, orbita a discreta distanza dalla coppietta galante.

   Syrene tiene intorno a sé tre pianeti fra i quali Cadwal, l'unico mondo abitato del sistema.

   Cadwal è un pianeta di tipo terrestre, del diametro di 11.262 km e con gravità quasi identica a quella della Terra.

   (Qui omettiamo l'elenco dei parametri fisici e la loro analisi.)

2. IL PIANETA CADWAL

   Cadwal fu scoperto dall'esploratore Rudell Neirman, membro della Società Naturalistica della Terra. Il suo rapporto stimolò la partenza di una spedizione che, una volta rientrata sulla Terra, raccomandò che il pianeta fosse catalogato fra le riserve naturali protette, al sicuro dall'indiscriminata colonizzazione umana.

A questo scopo la Società prese formalmente possesso di Cadwal, ed emanò un decreto protettivo: la Carta.

Ciascuno dei tre continenti di Cadwal, di nome Ecce, Deucas e Throy,* differisce marcatamente dagli altri due. Ecce, a cavalcioni dell'equatore, palpita di colori, odori selvatici e rapace vitalità. Perfino la vegetazione, nelle giungle di Ecce, nella lotta per la sopravvivenza deve fare ricorso alle tecniche di combattimento. Tre vulcani, due attivi e uno dormiente, sono le uniche sporgenze montuose che sovrastano una piatta distesa di foreste pluviali, paludi e acquitrini. Pigri corsi d'acqua s'intersecano in quei territori primevi, andando infine a sfociare in mare. Nell'aria s'addensano migliaia di colori indefinibili; creature feroci si danno la caccia a vicenda, ruggendo trionfanti o mandando strida di terrore mortale a seconda del ruolo che recitano volta per volta. I primi esploratori non ebbero che un interesse accademico per Ecce, e negli anni successivi gli altri seguirono generalmente il loro esempio.

Deucas, situato sul lato opposto del globo e quattro volte più vasto di Ecce, si estende a nord attraverso la zona temperata. La fauna, talvolta selvaggia e formidabile, comprende diverse specie semi-intelligenti; la flora somiglia in molti casi a quella della Terra, al punto che i primi agronomi poterono introdurre piante terrestri utili, come il bambù, le palme da cocco, la vite e altri alberi da frutta, senza timore di causare disastri ecologici.†

Throy, a sud di Deucas, giace fra la fascia temperata meridionale e la calotta antartica. È una terra dalla topografia spettacolare e drammatica. I picchi scoscesi incombono sui crepacci, le onde oceaniche percuotono altissime scogliere, e le foreste ruggiscono nella violenza dei venti.

Altrove, tutto è mare; immense e spoglie distese d'acqua

---

* I primi tre numeri cardinali nell'antico Etrusco.

† Le tecniche per introdurre specie aliene senza pericoli per l'ambiente sono state da tempo perfezionate.

profonda dove non si scorgono isole, salvo poche e insignificanti eccezioni: l'Atollo Lutwen, l'isola Thurben e l'isola Oceano al largo della costa orientale di Deucas, e alcune isolette rocciose di fronte a Capo Journal nell'estremo sud.

3. La Stazione Araminta

Alla Stazione Araminta, un territorio di 160 km sulla costa orientale di Deucas, la Società ha stabilito un'agenzia amministrativa per far rispettare i termini della Carta. Gli uffici preposti alle diverse funzioni sono sei:

Ufficio A: Registrazioni e Statistiche.
B: Polizia e Sorveglianza. Tribunale e servizi di sicurezza.
C: Tassonomia, Cartografia e Scienze Naturali.
D: Servizi Interni.
E: Affari Fiscali: esportazione e importazione.
F: Servizi Turistici.

I primi sovrintendenti furono: Deamus Wook, Shirray Clattuc, Saul Diffin, Claude Offaw, Marvell Veder e Condit Laverty. A ciascuno fu assegnato uno staff di quaranta persone. La tendenza a reclutare i dipendenti all'interno della famiglia e della parentela permise subito ai sovrintendenti di ottenere una coesione amministrativa che altrimenti avrebbe potuto mancare.

Sei dormitori temporanei, uno per ogni ufficio, ospitarono il personale dell'agenzia. Non appena si ebbero i mezzi finanziari furono costruite sei eleganti dimore, ognuna in gara con le altre per superarle in stile e raffinatezza, ed esse divennero ben presto note con i nomi di Casa Wook, Casa Clattuc, Casa Veder, Casa Diffin, Casa Laverty e Casa Offaw.

Sono trascorsi i secoli, ma i lavori di rammodernamento delle sei Case non hanno avuto mai fine. Ciascuna è stata di continuo ingrandita e ristrutturata nei particolari architettonici, con pregiati pannelli di legno scolpito, tegole e mosaici delle locali pietre semipreziose, e mobili importati dalla Terra e da Alphanor o da Mossambey. Le grandi dame di ogni casa sono

sempre state fermamente decise a far sì che la loro dimora pre-
valga su tutte per buon gusto e lussuosa magnificenza.

Ogni Casa ha quindi sviluppato una sua distinta personalità,
inevitabilmente condivisa da chi vi risiede, cosicché i riflessivi
Wook differiscono dai fatui e leggeri Diffin, come i prudenti
Offaw dagli avventati Clattuc. Nello stesso modo, gli imperturba-
bili Veder disdegnano gli eccessi emozionali dei Laverty.

Il Conservatore e Sovrintendente Capo della Stazione
Araminta abita a Casa Riverview, un paio di chilometri a sud
dell'agenzia. Così come stabilito dalla Carta egli dev'essere un
membro attivo della Società Naturalistica e nativo di Stroma, il
piccolo insediamento naturalistico di Throy.

Stazione Araminta ha oggi un albergo in cui alloggiare i visitatori, l'aeroporto, un ospedale, scuole, e un teatro: l'Orpheum.
Allo scopo di alimentare gli scambi con l'estero sono stati piantati vigneti che producono ottimi vini da esportazione, e i turisti
vengono incoraggiati a visitare le dozzine di rifugi selvatici,
o logge, aperti in luoghi particolari e strutturati per evitare le
interferenze con l'ambiente.

Con il moltiplicarsi delle amenità sono sopravvenuti problemi di principio. Come potevano tante strutture esser fatte
funzionare da uno staff di sole duecentoquaranta persone? Era
necessaria una maggiore elasticità, e di conseguenza i «collaterali» cominciarono ad essere assunti in molti organismi sociali
nelle vesti di «lavoratori provvisori».

I collaterali erano una classe sociale che aveva preso forma
quasi senza che nessuno se ne accorgesse. Una persona nata in
una delle casate ma a cui fosse negato il pieno rango di «Agente»
a causa del numero chiuso diventava un collaterale, con un rango
inferiore. Molti collaterali emigravano; altri trovavano lavori
più o meno congeniali alle loro aspirazioni nel territorio della
Stazione.

La Carta esentava i bambini, i pensionati, i domestici e i
«lavoratori provvisori in residenza non permanente» dal novero
dei cittadini a pieno titolo. Il termine «lavoratore provvisorio»
fu esteso a comprendere i contadini, il personale d'albergo, i

meccanici dell'aeroporto – in effetti, dipendenti di ogni categoria – e mentre costoro continuavano a essere lavoratori senza residenza permanente il Conservatore fingeva di guardare da un'altra parte.

C'era bisogno di personale a buon mercato, senza pretese, a cui poter attingere in abbondanza senza andare troppo lontano. Cosa poteva esserci di meglio degli abitanti dell'Atollo Lutwen, 480 km a nord-ovest della Stazione Araminta? Costoro erano gli Yips, discendenti di servi fuggiti, immigrati illegali e altri.

Fu così che gli Yips divennero parte della vita quotidiana a Stazione Araminta. Risiedevano in dormitori nei pressi dell'aeroporto, e ottenevano permessi di lavoro della durata di sei mesi soltanto. Fin lì i conservatori più rigidi erano disposti a cedere, ma non oltre. Ogni nuova concessione, affermavano, avrebbe regolarizzato la presenza degli Yips incoraggiandoli pian piano a stabilire villaggi sul continente di Deucas, cosa che sarebbe stata intollerabile.

Con il trascorrere del tempo la popolazione dell'Atollo Lutwen crebbe fin oltre i limiti del ragionevole. Il Conservatore ne fece rapporto al quartier generale della Società Naturalistica, sulla Terra, invocando che venissero prese urgenti contromisure, ma la Società aveva visto decadere molto la sua influenza e non poté essere di nessun aiuto.

Yipton è così divenuta un'attrattiva turistica di carattere stabile. Da Stazione Araminta i traghetti conducono comitive di turisti alla Locanda Arkady, a Yipton: un edificio costruito interamente in bambù e fronde di palma. Sulle sue terrazze attraenti fanciulle Yips servono punch al rum, gin bollente, tramonsoda, sbroscia Trelawny, birra di malto e latte di cocco, tutte bevande fabbricate o distillate a Yipton. Altri trattenimenti di carattere più intimo si possono ottenere senza difficoltà al Pussycat Palace, famoso in tutto lo Sciame di Mircea e oltre per la versatilità delle sue ragazze... benché nulla sia gratis. Nei ristoranti di Yipton, se il turista chiede uno stuzzicadenti dopo il pasto se lo trova elencato nel conto.

Il traffico dei visitatori è aumentato ancora da quando

l'Oomphaw (titolo di cui si fregia il capo dei Yips) ha introdotto una stupefacente serie di nuove attrazioni.

4. STROMA

Un altro problema riguardante la Carta ha finito per risolversi in modo più o meno definito. Nei primi anni della colonizzazione i membri della Società che visitavano Cadwal venivano alloggiati a Casa Riverview. Il Conservatore finì però col ribellarsi, rifiutando di avere a che fare con quel continuo viavai di stranieri, e propose che cinquanta chilometri più a sud fosse aperto un secondo piccolo insediamento, con alloggi per gli ospiti riservati all'uso dei Naturalisti. Il progetto, presentato al congresso annuale della Società (tenuto sulla Terra), non trovò accoglienza unanime. I conservatori più accaniti si lamentarono che fra emendamenti e riforme si stava snaturando il significato della Carta. Altri però replicarono: — Ben detto, certo, ma quando ci rechiamo a Cadwal per compiere ricerche o godere di un paesaggio ameno dobbiamo forse vivere sotto una tenda?

I congressisti votarono una misura di ripiego che non soddisfece nessuno. Il nuovo insediamento fu autorizzato, ma soltanto a patto che fosse costruito in una particolare località in vista di Stroma Fjord, su Throy. La zona era disagiata e irraggiungibile in modo quasi comico, e fu evidente che la si era approvata con il preciso scopo di scoraggiare i fautori dal mettere in atto il progetto.

La sfida, comunque fu accettata. Così nacque Stroma: una cittadina dalle case alte e strette, talora stranamente contorte, nere o grigio scuro, le cui porte e finestre sono dipinte con cura in bianco, rosso e azzurro. Da tutti gli edifici, costruiti su otto livelli a gradini, si gode il maestoso panorama di Stroma Fjord.

Sulla Terra, la Società Naturalistica cadde preda di una gestione incompetente e di una generale mancanza di iniziative. Al congresso di chiusura le registrazioni e i documenti furono trasferiti alla Biblioteca degli Archivi, e il presidente in carica aggiornò la riunione per l'ultima volta.

Su Cadwal, gli abitanti di Stroma non presero ufficialmente

atto di quel crac organizzativo, benché i loro unici introiti fossero ora gli investimenti dei singoli su altri pianeti, com'era stato in pratica negli ultimi anni. I giovani furono costretti a cercar fortuna altrove più di frequente. Alcuni non venivano più rivisti; altri avevano successo e tornavano dall'estero portando novità e denaro. In un modo o nell'altro Stroma è dunque sopravvissuta, raggiungendo perfino una modesta prosperità.

5. Glawen Clattuc

Dal primo atterraggio di Rudel Neirman su Cadwal erano trascorsi poco più di novecento anni. A Stazione Araminta l'estate stava scivolando nell'autunno quando per Glawen Clattuc venne il giorno del sedicesimo compleanno, la data che avrebbe formalizzato il suo passaggio dall'elenco dei «fanciulli» a quello del «personale provvisorio». In quell'occasione gli sarebbe stato comunicato il suo «Indice di Rango» ufficiale, o I.R., il numero che un computer calcolava dopo aver digerito masse di dati genealogici.

Di rado quel numero sorprendeva qualcuno, e meno di tutti la persona direttamente interessata, che poteva farsi proiettare dati e calcolarlo a lume di naso con buona approssimazione.

Dal momento che il numero degli abitanti di ogni Casa era stabilito a quaranta persone, per metà maschi e per metà femmine, un I.R. da 1 a 20 era considerato eccellente, fino a 22 buono, da 22 a 24 discreto; numeri più alti erano d'ambigua interpretazione, poiché dipendevano dalle circostanze particolari all'interno della Casa. Un risultato superiore al 26 era comunque scoraggiante, e dava la stura a luttuose speculazioni sul futuro della persona interessata.

La posizione di Glawen nell'albero genealogico non si poteva definire esaltante. Sua madre, ormai defunta, era nata su un altro pianeta; suo padre Scharde, impiegato all'Ufficio B, era il terzo figlio di un secondo figlio. Glawen, un giovane sobrio e realistico, sperava di vedersi assegnare un 24, numero che gli avrebbe dato qualche possibilità di ottenere il rango di Agente.

6. I GIORNI DELLA SETTIMANA

Un'ultima nota concernente i giorni della settimana. Su Cadwal, e in genere ovunque nella Distesa Gaeana, il tradizionale periodo di sette giorni è rimasto la norma. L'uso di una nomenclatura basata sull'indice degli elementi consente però di evitare incongruenze poco orecchiabili rispetto agli equivalenti terrestri (lunedì, martedì, ecc.).

Nota linguistica: in origine ogni nome era preceduto dal termine Ain (letteralmente: «il giorno di»), cosicché il primo giorno lavorativo della settimana era «Ain ort» o «il giorno del ferro». Man mano che le radici linguistiche divenivano arcaiche e superate, il termine Ain andò in disuso e i giorni furono chiamati semplicemente con il loro nome «metallico».

I giorni della settimana:

Ort: . . . . .ferro

Tzein: . . . . .zinco

Ing:. . . . . .piombo

Glimmet: . . . . .stagno

Verd:. . . . . .rame

Milden: . . . . .argento

Smollen:. . . . . .oro

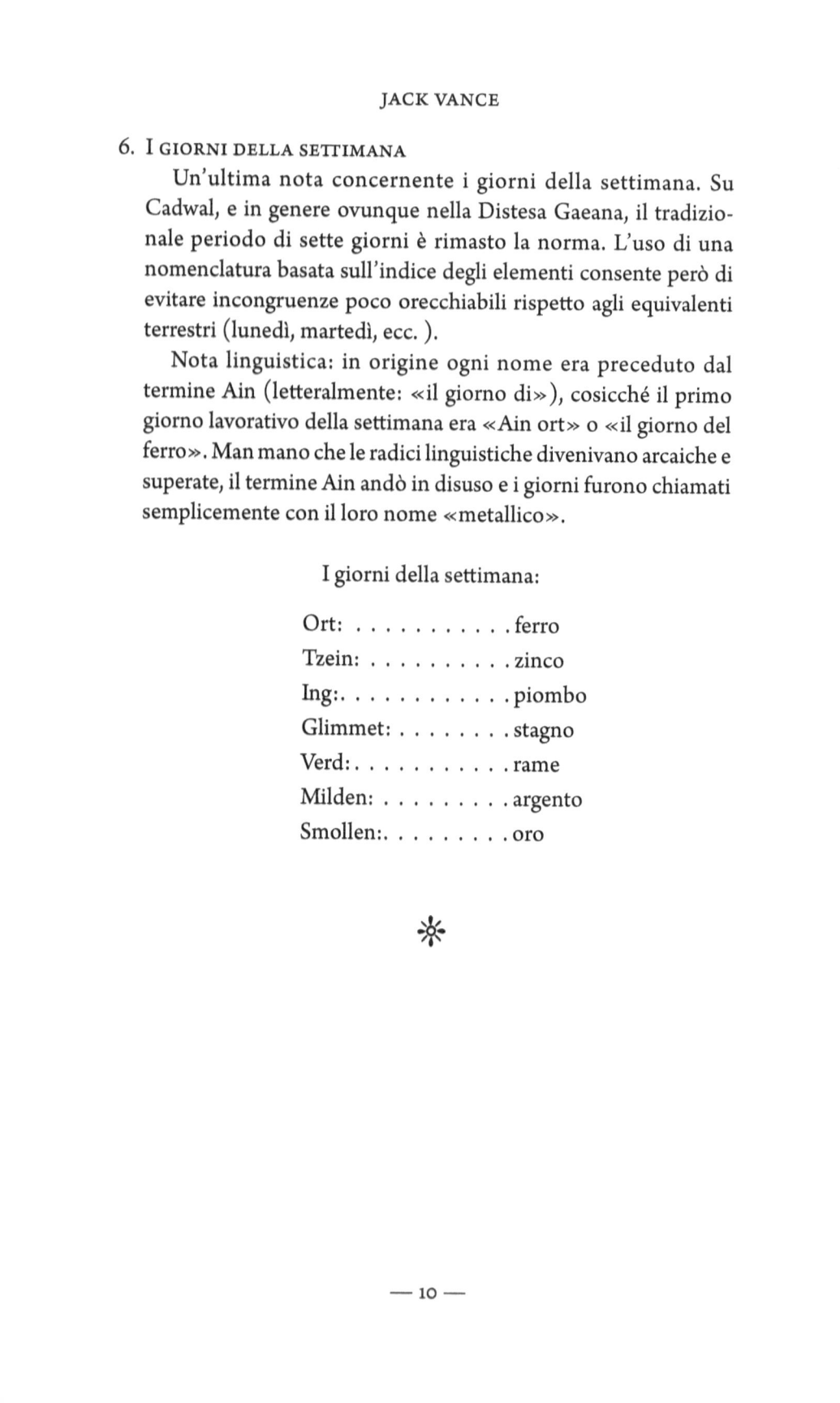

PARTE I

1

IL SEDICESIMO COMPLEANNO di Glawen Clattuc fu l'occasione per una modesta festicciola che sarebbe culminata con il saluto formale del Capofamiglia Fratano ed il suo annuncio dell'Indice di Rango di Glawen, il numero che in larga misura avrebbe determinato il futuro del giovane.

Sia per convenienza che per economia la piccola celebrazione sarebbe avvenuta in concomitanza della «Cena di Famiglia», il raduno settimanale a cui tutti in Casa Clattuc dovevano far atto di presenza. L'età o un'indisposizione non erano considerate scuse valide per l'assenza.

Il mattino del giorno prefissato trascorse senza emozioni. Scharde, il padre di Glawen, gli consegnò due spalline argentee ornate di turchesi che, se si doveva credere alle riviste di moda, andavano in gran voga fra i gentiluomini di buone risorse finanziarie della Distesa Gaeana.

Come d'abitudine, padre e figlio fecero colazione in camera loro. Vivevano da soli: Marya, la madre di Glawen, era morta in un incidente tre anni dopo la sua nascita. Il giovane ricordava solo oscuramente quella presenza amabile, e ancora gli sembrava di captarne il mistero intorno a sé, anche se Scharde non avrebbe mai parlato di quell'argomento.

I fatti nudi e crudi erano stati lineari. Scharde aveva conosciuto Marya quando la ragazza e i suoi genitori erano venuti in visita turistica a Stazione Araminta. Lui aveva scortato il gruppetto durante il giro dei rifugi nelle terre selvagge, e in seguito s'era recato a farle visita a Sarsenopolis, su Alphecca Nove. Lì i due s'erano sposati, e dopo non molto tempo avevano fatto ritorno a Stazione Araminta.

Quel matrimonio contratto su un altro pianeta aveva colto di sorpresa Casa Clattuc e provocato un'inattesa e furibonda reazione la cui istigatrice era stata una certa Spanchetta, bisnipote del Capofamiglia Fratano. Spanchetta era già sposata con l'insipido e modesto Millis, marito avvezzo a tacere sulle infedeltà della moglie, da cui aveva avuto un figlio, Arles; ciò malgrado da tempo, e spudoratamente, la donna faceva invano la corte a Scharde.

A quell'epoca Spanchetta era una giovane grassoccia d'aspetto vivace, con un carattere tempestoso e un'oscillante massa di riccioli scuri che per solito portava arrotolati a cilindro sopra la testa. Per giustificare il proprio furore Spanchetta tirò in ballo i problemi personali di sua sorella Simonetta, «Smonny».

Come lei, Simonetta era una giovane ben pasciuta dal volto florido, con spalle un po' adipose e lineamenti tondeggianti. Esibiva un'aureola di capelli biondastri ben intonati agli occhi d'un castano dorato. Spesso si sentiva assicurare in tono gioviale che con la sua pelle gialla avrebbe potuto passare per una Yip, cosa che non mancava mai d'irritarla.*

Nell'ottenere i suoi scopi Smonny era incrollabile quanto pigra: là dove Spanchetta usava minacce, raggiri e lusinghe, Smonny ricorreva a insistenze lagnose con cui erodeva e minava la pazienza dell'uomo preso di mira, talvolta facendolo esplodere esasperato. La sua indolenza congenita aveva prodotto pessimi risultati al liceum, a causa dei quali le era stato negato il rango di Agente. Spanchetta aveva aspramente biasimato l'atto di Scharde, che introducendo Marya nel novero degli inquilini della Casa aveva automaticamente causato l'estromissione di Smonny.

— Questa è un'assurdità. È illogico — le fu risposto, e da Fratano in persona.

— Niente affatto! — dichiarò Spanchetta, con occhi scintillanti e gonfiando il petto oltraggiata. Avanzò di un passo e Fratano ne mosse uno indietro. — Questo dispiacere distruggerà orribilmente la concentrazione della povera Smonny! Se ne ammalerà!

— Di questo, comunque, non si può incolpare Scharde. Tu hai fatto

---

* Le unioni fra gli Yips ed i comuni Gaeani non danno progenie. In apparenza gli Yips sono una sottospecie umana in via di differenziazione. O almeno, così si ipotizza. Fisicamente i maschi e le femmine Yips sono attraenti. La bellezza delle ragazze Yips è proverbiale.

esattamente la stessa cosa sposando Millis. Anche lui viene da fuori. È un collaterale dei Laverty, se ricordo bene.

Spanchetta fece udire un grugnito. — Il caso è completamente diverso. Millis è una persona normale come noi, non un'intrusa venuta da Dio sa dove!

Fratano le voltò le spalle. — Non posso sprecare il mio tempo ascoltando simili controsensi.

Spanchetta ebbe una risatina stridula. — Certo. È mia sorella, non la tua, a cadere vittima di un'ingiustizia. Perché questo dovrebbe preoccupare te? La tua posizione è sicura! In quanto a sprecar tempo, la sola cosa che t'importa è il tuo pisolino pomeridiano. Ma non ci saranno pisolini per te, oggi. Smonny sta venendo qui e desidera parlarti.

Fratano, che non era il più ostinato degli uomini, accolse quella frase con un sospiro. — In questo momento non posso mettermi a discutere con Smonny. Farò tuttavia una speciale eccezione per lei: avrà un mese per studiare e sottoporsi a un altro esame. Questo è il massimo che mi si può chiedere. Se non lo supera, è fuori!

Quella concessione non era rimasta affatto gradita a Smonny, che l'aveva accolta con un gemito di sgomento. — Come riuscirò a stringere in un solo mese cinque anni di studio?

— Dovrai fare del tuo meglio — l'aveva azzittita Spanchetta. — Ho motivo di pensare che l'esame sarà soltanto una formalità; Fratano mi ha lasciato capire qualcosa di simile. Ma non puoi presentarti all'esame senza sapere nulla. Perciò devi cominciare a studiare immediatamente!

Smonny intraprese un tentativo superficiale di leggiucchiare quei libri che in passato aveva del tutto ignorato. Con sua gran costernazione l'esame fu però quello solito, e non già un pretesto per garantirle un passaggio di rango. Il suo punteggio fu ancor peggiore di quello che aveva avuto in passato, e stavolta non c'era appello: Smonny era fuori.

Il suo allontanamento da Casa Clattuc era stato un processo lungo e controverso, culminato in una Cena di Famiglia durante la quale Smonny non s'era tenuta in bocca acri parole di commiato, passando dai saluti ironici alla rivelazione dei più spiacevoli segreti personali, e concludendo con una scenata isterica a base di insulti e grida.

Fratano aveva ordinato ai servi di portarla via con la forza, ma Smonny era saltata sopra la tavola correndo avanti e indietro e

sfasciando tutto, finché i domestici non erano riusciti ad immobiliz-
zarla e a trascinarla fuori.

Smonny aveva lasciato il pianeta imbarcandosi per Soum, dove
aveva lavorato qualche tempo a inscatolare sardine in una fabbrica. Poi,
su consiglio di Spanchetta, s'era unita a un gruppo di asceti religiosi e
in seguito era svanita nessuno sapeva dove.

A tempo debito Marya aveva partorito Glawen. Tre anni dopo era
annegata nella laguna, ignorata da un paio di Yips che si trovavano a
breve distanza. Quando ai due fu chiesto perché non fossero andati a
soccorrerla, uno rispose: — Non stavamo guardando da quella parte. —
L'altro disse: — Non era affar nostro. — Entrambi, stupiti e senza aver
capito di cosa li si biasimava, furono rimandati a Yipton.

Scharde s'era trincerato nel silenzio su quegli eventi, e Glawen non
gli aveva mai fatto domande. L'uomo s'era mostrato poco propenso a
risposarsi, benché le donne lo considerassero piuttosto attraente. Era
un tipo tranquillo e dalla voce pacata, non molto alto ma solidamente
costruito, con corti capelli ingrigiti prima del tempo e occhi azzurri
stretti come fessure in un volto magro, abbronzato.

Il mattino del compleanno di Glawen, i due avevano appena finito di
far colazione che Scharde fu chiamato all'Ufficio B per un imprevisto
di lavoro. Non avendo di meglio da fare Glawen restò seduto a tavola a
riflettere, mentre i due domestici Yips che avevano servito la colazione
sparecchiavano e riordinavano la stanza. Scrutandoli si chiese cosa si
celasse dietro i sorrisetti di quei volti sfuggenti. Le loro rapide occhiate
di traverso: cosa significavano? Derisione sprezzante? Semplice curiosità innocua? O niente del tutto? Glawen non era in grado di stabilirlo,
e il comportamento dei due non gli forniva indizi. Sarebbe stato interessante, pensò, capire il sibilante linguaggio Yip.

Infine si alzò da tavola. Uscì da Casa Clattuc e si avviò pigramente
verso la laguna, una serie di polle la cui acqua veniva dal fiume Wan e
che erano arricchite da piante sia indigene che importate: bambù neri,
salici piangenti, pioppi, vergi porporini.*

---

* Ad arricchire la già abbondante flora di Cadwal sono stati introdotti molti
  alberi e piante della Terra. In ogni fase dell'importazione i biologi hanno
  adattato le piante all'ambiente con diversi stratagemmi genetici, per prevenire
  disastri ecologici.

Il mattino era fresco e soleggiato; nell'aria si sentiva l'autunno; da lì a poche settimane Glawen sarebbe entrato al liceum.

Il giovane si diresse alla casa galleggiante dei Clattuc, una struttura rettangolare fornita di un tetto in vetro azzurro e verde sorretto da neri pilastri di ferro, spesso modificata per superare in eleganza le altre cinque case galleggianti.

Al momento fra i Clattuc, fatta eccezione per Scharde e Glawen, non c'era chi fosse particolarmente appassionato di navigazione. Alla casa galleggiante erano ormeggiate due sole imbarcazioni: un piccolo e panciuto sloop lungo otto metri, e un ketch di venti metri per gite in mare di una certa portata.*

La casa galleggiante era uno dei rifugi favoriti di Glawen, quando non era in vena di compagnia. E quel giorno ciò che desiderava era un po' di solitudine, per prepararsi alla celebrazione del suo compleanno e alla prova rappresentata dalla Cena di Famiglia.

Cose di quel genere erano poco più che formalità, lo aveva rassicurato Scharde: nessuno gli avrebbe chiesto di fare un discorso o altre cose che potessero metterlo in imbarazzo. — Non farai altro che cenare in compagnia dei tuoi parenti. Un gruppetto di persone per lo più stucchevoli e noiose, come sai bene. Dopo qualche minuto si dimenticheranno della tua presenza e torneranno a dedicarsi ai pettegolezzi e ai loro piccoli intrighi. Alla fine Fratano dichiarerà che sei un provvisorio e rivelerà il tuo I.R., che secondo me sarà un discreto 24, o alla peggio un 25, il che non sarebbe troppo male, considerando tutti i capelli grigi e le articolazioni rugginose che ci sono intorno alla tavola.

— E questo è tutto?

— Più o meno. Se qualcuno si prende la briga di rivolgerti la parola, rispondigli con cortesia. Altrimenti mangia in silenzio e avrai fatto la cosa più saggia.

Glawen sedette su una panca da cui poteva vedere l'intera laguna e osservò il gioco delle ombre e dei riflessi del sole sulle acque. — Forse

---

* Data la quasi totale assenza di isole dai mari di Cadwal, a scoraggiare i gitanti è soprattutto la scarsità di mete piacevoli. Gli appassionati di navigazione possono salpare a sud verso Stroma, su Throy, o circumnavigare Deucas o l'intero pianeta, anche se in quest'ultimo caso non hanno altri approdi che la pericolosa costa di Ecce.

non andrà poi male, dopotutto – disse a se stesso. – Ma sarà un gran sollievo se saprò di avere un I.R. un punto o due più basso di quello che temo.

Uno scalpiccio di passi lo distolse da quei pensieri. All'estremità del molo era comparso un giovane robusto e corpulento. Glawen sospirò. Era l'ultima persona che avrebbe voluto incontrare: Arles, due anni maggiore di lui, più alto di tutta la testa e trenta chili più pesante. Aveva un volto largo e piatto, naso schiacciato e labbra rigonfie. I suoi riccioli neri quel giorno erano racchiusi in un elegante copricapo dalla visiera obliqua, stilizzata.

All'età di diciott'anni e con un I.R. di 16 dovuto alla sua discendenza diretta – attraverso Spanchetta e il padre di lei, Valart, fino all'ex Capofamiglia Damian, di cui Fratano era figlio – soltanto qualche grave misfatto o disastrosi risultati al liceum avrebbero potuto causargli delle noie.

Uscendo dalla penombra nella luce del sole Arles si fermò un momento, strizzando le palpebre. Glawen fu svelto a raccogliere un blocchetto abrasivo e saltò a bordo dello sloop, fingendosi occupato a lucidare la balaustra di poppa. Si tenne basso; forse Arles non lo aveva visto.

L'altro s'incamminò a passi lenti sul molo, con le mani in tasca e gettando sguardi a destra e a sinistra. Infine si accorse di Glawen. Per qualche istante lo fissò in silenzio, stupito dalla sua attività. Poi si fece più vicino. – Che stai facendo?

Glawen volse appena il capo: – Raschio il legname. Preparo la barca per la verniciatura.

– Questa era infatti stata la mia impressione – rispose freddamente Arles. – I miei occhi funzionano con la solita efficienza.

– Non stare lì a guardare, datti da fare. Nello scomparto degli attrezzi potrai trovare un altro blocchetto abrasivo.

Arles sbuffò una risatina derisoria. – Stai dicendo sul serio? Questo è un lavoro da Yips!

– Perché non sono qui a farlo, allora?

– Vai a lamentarti con Namour, lui li rimetterà in riga. Ma non rivolgerti a me. Io ho di meglio da fare.

Glawen continuò a lavorare sulla balaustra, con una concentrazione che infine strappò ad Arles un ringhio esasperato.

— A volte, Glawen, sei assolutamente incomprensibile. Non stai dimenticando qualcosa?

Glawen s'interruppe e lasciò vagare sull'acqua uno sguardo sognante. — Non ricordo cosa sto dimenticando. Ma se l'ho dimenticato, suppongo che ci sia da aspettarsi proprio questo.

— Bah! Ancora i tuoi discorsi a vanvera! Oggi è il tuo compleanno! Dovresti essere in camera tua a prepararti e... cioè, se vuoi fare almeno una figura decente. Hai un paio di scarpe bianche? Guarda che in caso contrario devi procurartele, e di corsa! Questo te lo dico per gentilezza, sia chiaro.

Glawen gli diede un'occhiata in tralice, poi riprese il lavoro. — Se venissi a cena scalzo, nessuno se ne accorgerebbe.

— Aha! È qui che ti sbagli. Non sottovalutare mai l'effetto di un bel paio di scarpe. È la prima cosa che le ragazze guardano!

— Uh... questa è una cosa che non sapevo.

— Scoprirai presto che ho ragione. Le ragazze sono piccole creature astute. Possono valutare un tipo come te a colpo d'occhio. Se uno ha la goccia al naso, o il colletto sbottonato, o scarpe che non siano veramente alla moda, si passano la voce: «Non perdete il vostro tempo con quello scalcinato da quattro soldi!»

— Queste sono informazioni preziose — annuì Glawen. — Le terrò a mente.

Arles corrugò le sopracciglia. Uno non sapeva mai come prendere certe frasi di Glawen; non di rado contenevano un sospetto di sarcasmo. In quel momento tuttavia sembrava serio e rispettoso, com'era suo dovere. Rassicurato Arles continuò, in tono ancor più cattedratico di prima: — Forse non dovrei parlartene, ma ho voluto assumermi il compito di compilare un manuale, utilizzabile perfino dai più inetti, sui metodi per avere successo con le ragazze... se capisci a quale successo alludo. — Ebbe un sorrisetto lupesco. — Il mio metodo è basato sulla psicologia femminile e funziona come magia, nel cento per cento dei casi!

— Fantastico! Di che metodo si tratta?

— I particolari sono un segreto. All'atto pratico uno ha soltanto da identificare i segnali esterni emessi dall'istinto della ragazza in oggetto, e quindi mettere in atto la tecnica particolare raccomandata dal mio manuale.

— Ed è possibile ottenere questo manuale?

— Decisamente no! È top-secret, per l'uso esclusivo degli Arditi Leoni. — Gli Arditi Leoni erano un gruppo che comprendeva sei dei più scapestrati giovinastri di Stazione Araminta. — Se le donne ne avessero una copia in mano, saprebbero troppe cose su ciò che sta loro accadendo.

— Quello che gli accade lo sanno già. Non hanno bisogno di leggerlo nel tuo libro.

Arles gonfiò le guance. — Spesso è così, infatti. In questi casi il manuale consiglia tecniche basate sulla sorpresa.

Glawen si alzò. — Suppongo che i miei metodi dovrò svilupparli da solo… per quanto dubiti che ne avrò bisogno alla Cena di Famiglia. Se non altro perché non ci saranno ragazze su cui metterli all'opera.

— Vuoi scherzare! E Fram e Pally, allora?

— Sono troppo vecchie per me.

— Ma non per me! Io le prendo dove le trovo, giovani o vecchie! Tu avrai a che fare con i Pantomimi, ad esempio. E quest'anno nella troupe ci sono degli autentici gioielli. Sessily Veder, per dirne una.

— Non ho un gran talento in questo campo.

— Non c'è alcun bisogno di averne! Maestro Floreste può usarti a seconda delle tue caratteristiche. Kirdy Wook non ha nessun talento, è ottuso come un lummox. Appena passabile, diciamo. In *L'evoluzione degli dei* lui e io siamo bestie primordiali. Ne *Il primo fuoco* io sono un essere d'argilla e d'acqua che viene colpito dal fulmine. A questo punto mi cambio il costume e di nuovo Kirdy e io siamo animali che ululano per avere la conoscenza. Ma quella fiamma ci viene rubata da Ling Diffin, che fa la parte di Prometeo. Sessily Veder invece è «l'Uccello dell'Ispirazione», ed è stata lei a ispirarmi l'idea di scrivere il mio manuale. Anche quella testa di rapa di Kirby le sbava dietro.

Glawen lasciò perdere la balaustra. Sessily Veder, che lui conosceva soltanto di vista, era una fanciulla piena di fascino e vitalità. — Hai messo alla prova il tuo manuale con Sessily?

— Non me ne ha dato l'opportunità. Questo è un punto debole del mio metodo.

— Peccato… be', sarà meglio che io riprenda il lavoro.

Arles sedette su una panca e lo guardò. Dopo un poco disse: — Suppongo che tu lo trovi un buon sistema per calmarti i nervi.

– Perché dovrei essere nervoso? Bisognerà pure che io vada a cena da qualche parte.

Arles sogghignò. – Non migliorerai le cose sudando e sfacchinando qui sulla casa galleggiante. Il tuo I.R. è già stato calcolato, e nulla di quel che puoi fare lo cambierà.

Glawen ridacchiò. – Se potessi cambiarlo, infatti, saprei come occupare meglio il mio tempo.

Il sogghigno di Arles si spense. Possibile che nulla tagliasse abbastanza da lacerare la flemma di Glawen? Perfino sua madre, Spanchetta, lo aveva definito una volta il bambino più detestabile che avesse mai conosciuto.

Arles assunse un tono solenne. – Forse non hai torto! Goditi la pace dei sensi finché puoi, perché da oggi in poi tu sarai un provvisorio, con cinque anni di preoccupazioni che ti graveranno sulle spalle.

Glawen gli diede una di quelle occhiate di traverso che Arles trovava così irritanti. – E queste preoccupazioni assillano te?

– No di certo! Io sono un 16. Posso permettermi di stare tranquillo.

– Così credeva anche tua zia Smonny. Quali sono i tuoi voti al liceum?

– Ascolta piuttosto quel che ti sto dicendo. Quando i miei voti avranno bisogno che qualcuno se ne occupi, posso benissimo pensarci io stesso.

– Se lo dici tu.

– Lo dico io, certo. In quanto all'argomento di cui parlavamo (e non mi riferisco ai miei voti), ti informo che ne so molto più di quel che potresti aspettarti. – Arles alzò lo sguardo alla cupola di cristalli azzurri e verdi. – Infatti... e questo non dovrei dirtelo, sono stato privatamente informato del tuo I.R. Mi spiace doverti accennare che non è incoraggiante. Te ne parlo soltanto perché a cena tu non sia colto troppo di sorpresa.

Glawen gli diede un'altra rapida occhiata di traverso. – Nessuno conosce il mio I.R. a parte Fratano, e lui non lo direbbe a te.

Arles ebbe una risatina saputa. – Scriviti le mie parole, allora: il tuo numero è intorno al 30. Non voglio essere più preciso, ma diciamo che sta da qualche parte fra il 29 e il 31.

L'autocontrollo di Glawen ne fu finalmente incrinato. – Non ci credo! – esclamò, saltando sul molo. – Da chi hai sentito dire questa stupidaggine? Da tua madre?

Arles capì all'improvviso d'aver parlato con troppa leggerezza. Cercò d'intimidirlo. – Stai insinuando che mia madre sia stupida?

– Né tu né tua madre potete sapere qual è il mio I.R.

– E perché no? Siamo capaci di contare. E la discendenza è una cosa che viene registrata... quando la si registra.

Una strana osservazione, pensò Glawen. – Cosa vuoi dire con questo? Di nuovo Arles si accorse d'essere stato poco discreto. – Niente. Proprio niente. Dicevo per dire.

– Sembra che tu sia stranamente ben informato.

– Gli Arditi Leoni sanno tutto quel che vale la pena di sapere. Io sono al corrente di scandali che tu non immagineresti mai! Ad esempio, chi fu l'anziana dama che l'altra settimana cercò di trascinare a letto con sé Vogel Laverty, quasi a viva forza?

– Non ne ho idea. E lui fino a che punto era ansioso di farsi trascinare?

– Non lo era affatto! Non ha neppure la mia età. Altro esempio: io potrei nominarti giusto ora una persona che presto avrà un bambino il cui padre non è quello che tutti credono.

Glawen scrollò le spalle. – Io non ho niente a che fare con la faccenda, se è questo che sei venuto a indagare.

Arles scoppiò a ridere. – Ottima battuta, certo. La cosa migliore che ti sia uscita di bocca finora. – Si alzò in piedi. – Il tempo passa. Invece di raschiare la barca dovresti essere in camera tua, a pulirti le unghie e ripassare le regole di buona condotta.

Glawen guardò le candide mani grassocce dell'altro. – Le mie unghie sono più pulite delle tue, anche adesso.

Con una smorfia Arles si ficcò le mani in tasca. – La nostra situazione è diversa, tieni bene in mente questo! Se ti rivolgerò la parola, tu rispondi «Sì, signore» o «No, signore». Ecco la condotta appropriata. Se a tavola avrai dei dubbi sulle buone maniere, osserva me.

– Grazie, ma probabilmente riuscirò a finire la cena senza commettere plateali scorrettezze.

– Come credi. – Arles gli volse le spalle e abbandonò il molo. Glawen lo seguì con lo sguardo, fremendo di rabbia. Arles passò fra due statue in stile eroico che fiancheggiavano l'ingresso del giardino cerimoniale dei Clattuc, e scomparve alla vista. Glawen rimuginò quel che aveva udito. Fra 29 e 31? Dopo cinque anni come provvisorio il suo I.R. avrebbe potuto scendere fino a 25. Questo significava vedersi affibbiato il rango di collaterale e l'esclusione da Casa Clattuc, lontano da suo padre, lontano dalle cose migliori della vita, tagliato fuori dai guadagni e dai privilegi collegati al pieno rango di Agente!

I suoi occhi si fermarono sullo specchio d'acqua. Migliaia di persone prima di lui s'erano viste stravolgere la vita da quello stesso avvenimento spiacevole, ma la tragedia personale che c'era dietro una situazione simile non aveva mai toccato lui.

E che dire delle ragazze, quelle alla cui opinione lui avrebbe tenuto molto? C'era Erlin Offaw, già avviata in quella che prometteva d'essere una lunga carriera di rubacuori; e Ticia Wook, bionda e fragile, fragrante come un'orchidea ma, come tutti i Wook, orgogliosa e remota.*

E poi c'era Sessily Veder, che gli era parsa particolarmente amabile le ultime volte che l'aveva incontrata. Se gli era stato attribuito un I.R. di 30 ciò che lo attendeva era un futuro miserevole, e nessuna di loro si sarebbe degnata di guardarlo due volte.

Glawen scese dalla casa galleggiante e seguì Arles su per il sentiero verso Casa Clattuc, una snella e tetra figura dai capelli neri, insignificante nella magnificenza del luogo e tuttavia molto importante per se stesso e per suo padre Scharde.

Entrato nell'edificio Glawen salì in camera sua, all'estremità orientale della galleria del secondo piano. Con gran sollievo scoprì che Scharde era nell'appartamento.

Il padre notò all'istante che Glawen era turbato. — Ti stai fasciando la testa un po' troppo in anticipo.

— Arles mi ha riferito che conosce il mio I.R., e dice che sta fra il 29 e il 31 — rispose lui.

Scharde inarcò un sopracciglio. — Neppure inferiore al 29? Come sarebbe possibile? Ti troveresti fra i collaterali ancor prima di cominciare!

---

* Se si fossero elencate le sei Case in base alla ricchezza e al prestigio, in cima alla lista ci sarebbero stati i Wook e gli Offaw, seguiti a ruota dai Veder e dai Clattuc, e infine dai Diffin e dai Laverty, benché da un punto di vista più generico la differenza fra i primi e gli ultimi fosse scarsa.

— Lo so.

— Io non farei caso a quel che dice Arles. Mirava soltanto a metterti in agitazione, e sembra che ci sia riuscito.

— Dice di averlo saputo da Spanchetta! E ha detto qualcosa sulla mia discendenza irregolare!

— Ah! — Scharde ci pensò sopra. — Ha detto questo? E cosa intendeva, di preciso?

— Non lo so. Io ho fatto osservare che nessuno può ancora conoscere il mio I.R., e lui ha risposto che non era difficile fare il calcolo e che la discendenza veniva registrata... oppure no.

— Uh — borbottò Scharde. — Ora comincio a capire. Mi chiedo se... — La sua voce si spense. Andò a guardare fuori dalla finestra. — In questa faccenda c'è puzza dello zampino di Spanchetta.

— Potrebbe cambiare il mio numero?

— Questa è una domanda interessante. Lavora all'Ufficio A e ha accesso al computer. Ma non oserebbe mai alterare i dati, è un crimine capitale. Qualsiasi cosa abbia fatto, sempre che l'abbia fatto, dev'essere stato legale.

Stupito, Glawen scosse il capo. — Perché dovrebbe fare una cosa del genere? Che differenza può fare il mio numero, per lei?

— Non abbiamo ancora alcun motivo per sospettare che ci sia stata una malversazione. Né per credere che in tal caso la responsabile sia Spanchetta. Ma se fosse così, la risposta sarebbe semplice: lei non dimentica e non perdona mai. Ti racconterò qualcosa che probabilmente ancora non sai.

«Molto tempo fa s'era messa in testa di sposarmi e aveva fatto le sue macchinazioni con la Dama di Casa e con dama Lillian, la governante, in modo tale che tutti la stavano prendendo molto seriamente, anche se io non ero stato affatto consultato in merito. Una sera stavamo giocando a epaing. Spanchetta era in campo, gridava e imprecava, saltellava qua e là, chiamava le irregolarità dove non ce n'erano e palle grigie dove erano rosa, e strillava come a un affronto personale quando qualcuno si lasciava sorpassare da un pallonetto. Vilmor Veder mi disse, ad alta voce: "Ehi, Scharde, sembra che ti aspetti un matrimonio piuttosto avventuroso".

«Io dissi: "Non ho certo intenzione di sposarmi. Dove l'hai sentito dire?"

«"Ma se ne parlano tutti!"

«"Vorrei che qualcuno l'avesse detto anche a me, allora. E chi sarebbe la fortunata ragazza?"

«"Spanchetta, naturalmente. Me ne ha parlato Carlotte".

«"Carlotte ha preso un abbaglio. Io non ho la minima intenzione di sposare Spanchetta, né oggi, né domani, e neppure per il Secondo Avvento di Pulius Feistersnap. In altri termini, mai! Questo basta a chiarirti la situazione?"

«"A me la chiarisce. Ora devi soltanto chiarirla anche a Spanchetta, che sta giusto dietro di te".

«Io mi voltai e vidi Spanchetta. Mandava fiamme dagli occhi, e tutti stavano ridendo. Cercò di spaccarmi la testa con la mazza da epaing, ma sbagliò il colpo e fece ridere gli altri ancor di più.

«In seguito, forse solo per dispetto, si fece sposare dal povero Millis, e intrecciò una relazione anche con Namour. Ma se l'era legata al dito.

«Circa un anno dopo sposai tua madre a Sarsenopolis, su Alphecca Nove. Quando tornammo a Stazione Araminta ci furono degli incidenti spiacevoli, più di uno. Marya volle ignorarli, e così feci io. Poi nascesti tu, e Spanchetta ti detestò il triplo: a causa mia, a causa di tua madre, e a causa del fatto che tu sei tutto ciò che Arles non è. E ora non si può escludere che abbia trovato l'opportunità di esprimere i suoi sentimenti.

— È difficile crederla capace di tanto.

— Spanchetta è una strana donna. Tu aspettami qui; voglio fare qualche indagine.

2

Scharde andò direttamente alla sede dell'Ufficio A della Nuova Agenzia dove, nelle sue vesti di comandante della polizia, poté investigare su ciò che voleva senza intralci.

Non c'era molto tempo; da lì a due ore la Cena di Famiglia, inesorabile nella sua regolarità come il movimento di Lorca intorno a Sing, sarebbe cominciata. Scharde tornò a Casa Clattuc, e salì all'elegante ala dai soffitti alti dove c'era l'appartamento del Capofamiglia Fratano.

Entrando in sala d'attesa incrociò Spanchetta che stava uscendo dal salotto interno. Entrambi si fermarono, ciascuno con l'aria di avere di fronte l'ultima persona che avrebbe voluto vedere lì. Spanchetta lo interpellò seccamente: – Cosa sei venuto a fare, qui?

– Potrei fare la stessa domanda a te – disse Scharde. – Ma, se ti interessa, ho certi affari dell'agenzia da discutere con Fratano.

– Adesso è tardi. Fratano si sta vestendo. – Spanchetta lo esaminò da capo a piedi. – Hai intenzione di venire a cena in quella tenuta? Ma già, perché domandarlo? Tu sei notoriamente rilassato nelle questioni di correttezza.

Scharde ebbe una risatina triste. – Non lo ammetto e non lo nego. Ma non temere! Per quando serviranno in tavola, io sarò in ordine! Ora ho un affare da chiarire con Fratano, ti prego di scusarmi.

Spanchetta si scostò, di malavoglia. – Fratano è occupatissimo a cambiarsi d'abito, e non è questo il momento di guastargli l'umore con affari e preoccupazioni. Gli riferirò io il tuo messaggio, se non ti spiace.

– E una cosa che devo sbrigare personalmente. – Scharde le passò davanti, trattenendo il fiato per non respirare l'odore caldo e pesante misto di profumo e di fecondità femminile che la donna essudava. Entrò nel salotto privato di Fratano e chiuse accuratamente la porta, quasi in faccia a Spanchetta.

Fratano indossava una larga veste da camera e sedeva in poltrona, con un piede lungo e pallido poggiato su uno sgabello imbottito, mentre una serva Yip gli massaggiava la parte inferiore della gamba. Si volse a interrogarlo con uno sguardo accigliato. – Be', Scharde, che c'è adesso? Non potevi venire in un momento più opportuno?

– Il momento non potrebbe essere più opportuno, come sarai d'accordo tu stesso. Manda via la ragazza; la nostra dev'essere una conversazione privata.

Fratano schioccò la lingua, stizzito. – È più vitale di quello che sto facendo? Paz non è interessata ai nostri discorsi.

– Probabilmente no, ma ho notato che Namour sa sempre tutto di tutti. Devo essere più esplicito? Ragazza, lascia questa stanza, e chiudi bene la porta quando esci.

Dopo uno sguardo a Fratano la cameriera si alzò; raccolse la sua scatola di unguento, gratificò Scharde di un sorrisetto freddo e uscì dal salotto.

— E allora! — grugnì Fratano. — Cosa c'è di tanto importante da interrompere il mio massaggio?

— Oggi Glawen compie sedici anni, e diventerà un provvisorio. Fratano sbatté le palpebre e annuì pensosamente. — Già. Di che si tratta?

— Ti è stato comunicato il suo I.R. ufficiale?

— Sì, infatti. — Fratano tossicchiò, schiarendosi la gola. — E di nuovo: di che si tratta?

— È stata Spanchetta a riferirtelo?

— Questo è irrilevante. Un modo vale l'altro. La notizia deve pur giungere dall'Ufficio A con qualche mezzo. Di solito è dama Leuta a occuparsene. Oggi ci ha pensato Spanchetta. L'I.R. è sempre quello.

— Spanchetta si è mai assunta questo incarico in passato?

— No. E adesso basta menare il can per l'aia. A cosa miri?

— Credo che tu l'abbia capito. Hai letto il numero?

— Si capisce! Perché non avrei dovuto?

— Qual è questo numero?

Fratano cercò di raddrizzarsi. — Non te lo posso dire. Gli I.R. sono riservati!

— Non se l'Ufficio B stabilisce che la cosa lo riguarda.

Fratano si eresse orgogliosamente. — Cosa autorizza l'Ufficio B a occuparsi degli affari della Casa? Insisto per sapere a cosa stai puntando!

— Indago su quella che potrebbe essere una cospirazione criminosa.

— Non capisco di cosa parli.

— Quando Spanchetta dichiara di conoscere l'I.R. di Glawen, e lo riferisce ad Arles che a sua volta lo spiffera a mio figlio, questa è già una grave irregolarità. Ma se vi è coinvolto il Capofamiglia, si deve parlare di cospirazione criminosa.

Fratano mandò un grido acuto. — Che stai dicendo! Io non sono colpevole di nulla!

— Dov'è l'I.R.?

Fratano gli indicò un foglio giallo su un tavolino laterale. — Il numero è lì. Quella è una stampa ufficiale del computer.

Scharde lesse il foglio. — Un 30? Tu hai già visto questo numero?

— Sì, naturalmente.

— E stavi per darne l'annuncio alla Cena di Famiglia?

Fratano parve incerto e distolse lo sguardo. — A dire il vero sono rimasto un po' sorpreso da un numero così alto.

Scharde ebbe una risata di scherno. — Alto, dici? Quale credevi che fosse, a occhio e croce, il numero di Glawen?

— Be', avrei supposto un 24, o giù di lì. Tuttavia... — Fratano indicò il foglio giallo. — Non spetta a me confutare il computer.

Scharde fece un sogghigno, una smorfia distorta che gli scoprì i denti per un istante. — Fratano, torno adesso dall'Ufficio A. Il computer funziona come al solito senza errori. Ma questo dipende dai dati che vi sono stati immessi. Sei d'accordo?

— Su questo, sì.

— Questa mattina, com'è mio diritto, ho riesaminato l'input del computer, i dati su cui è basato il suo giudizio, e sai cos'ho scoperto? Qualcuno ha alterato le registrazioni, allo scopo di ottenere che Glawen fosse dichiarato figlio illegittimo... un bastardo!

Di nuovo Fratano si schiarì la gola. — A dire la verità, per qualche tempo si è udita circolare una voce che faceva infatti pensare a qualcosa di simile.

— Io non l'ho mai sentita.

— Si diceva che il tuo matrimonio con Marya fosse illegale, e che di conseguenza i suoi risultati fossero illegittimi.

— Come potrebbe essere illegale il mio matrimonio? Posso mostrarti il certificato in qualsiasi momento. Anche adesso, se vuoi.

— Il matrimonio era illegale perché Marya era già sposata, e non s'era curata di certificare legalmente il divorzio. Naturalmente io non ho prestato alcuna attenzione a un pettegolezzo così maligno. Tuttavia, se per sfortuna fosse vero...

— È stata Spanchetta a dirti tutto questo? È lei la fonte del cosiddetto pettegolezzo?

— L'argomento è venuto fuori durante una nostra conversazione, sì.

— E tu hai accettato per buone le sue parole, senza riferirle doverosamente a me?

— I fatti parlavano da soli! — belò Fratano. — Sul suo visto d'ingresso turistico lei si era firmata come «madame» Marya Chiasalvo.

Scharde annuì. – L'Ufficio B può imbastire contro di voi un processo con l'accusa di «cospirazione criminale», e per te inoltre «colposa mancanza agli obblighi di rango».

La mandibola di Fratano si abbassò, i suoi occhi divennero larghi e umidi. – Mio caro Scharde! Tu sai bene che sono incapace di questo!

– Allora perché hai accettato, senza protestare, una dichiarazione così oltraggiosa da parte di Spanchetta? Mi sento insultato in modo abominevole! Tu conosci Spanchetta e i suoi intrighi! Hai lasciato che ti trasformasse in un suo strumento! In tal caso ne devi sopportare le conseguenze!

In tono miserevole Fratano disse: – Spanchetta può essere molto convincente, a volte.

– Ti ripeto i fatti, quegli stessi che già ti comunicai telefonicamente a suo tempo. La famiglia di Marya s'era convertita a una religione assai popolare su Alphecca Nove, chiamata la Quadrupla Rivelazione. I bambini entrano nel gregge dei fedeli all'età di dieci anni, dedicando se stessi al loro santo patrono tramite un rito matrimoniale con lui, o con lei. Il santo patrono di Marya era Chiasalvo, il Gioiello del Gentile Avvento. Si tratta di una formalità religiosa, fatta per aderire a certe rinunce, e non impedisce una futura cerimonia nuziale vera e propria. Questo è stabilito anche sul mio certificato di matrimonio, che tu avresti potuto leggere quando quel dubbio fu sollevato. Le mie nozze, a dispetto delle maligne affermazioni di Spanchetta, sono state legali quanto le tue. Come quella donna abbia osato inserire questa distorsione nel registro genealogico è cosa che va al di là della mia comprensione.

– Bah! – mormorò sottovoce Fratano. – Un giorno o l'altro Spanchetta e i suoi intrighi mi faranno diventare pazzo! Fortunatamente tu hai agito in tempo per evitare un errore.

– Non usare la parola «errore». Qui c'è all'opera una chiara premeditazione!

– Ah, be', Spanchetta è una donna sensibile. Un tempo ebbe ragione di credere che... ma non importa. Questo è uno spiacevole pasticcio. Cosa dovremmo fare?

– Tu puoi contare, e posso contare anch'io. Qui c'è l'elenco dei Clattuc. Il rango di Glawen è chiaramente dopo quello di Dexter e prima di quello di Trine. Ciò gli conferisce un I.R. di 24. Suggerisco che tu dichiari formalmente esecutivo questo numero, com'è tuo privilegio e, in questo caso, tuo dovere.

Fratano studiò l'albero genealogico, contando i nomi con un lungo dito pallido. — Esiste la possibilità che Trine riceva un punto o due in più, grazie all'alta posizione della zia di sua madre fra i Veder.

— Lo stesso si può applicare a Glawen. Elsabetta, la sorella più anziana di sua nonna, è una Wook di alto rango. Inoltre lui può addurre anche dama Waldrop dei Diffin. E, non dimenticare, Trine è otto anni più giovane di Glawen! Non ha bisogno di un 24 alla sua età.

— Abbastanza vero. — Fratano diede a Scharde un'occhiata cauta. — E non sentiremo più parlare di cospirazione criminale per... quello che ovviamente è soltanto un brutto scherzo?

Scharde annuì seccamente. — Sia pure.

— Molto bene. Il senso comune dice 24, e noi presumeremo che il computer volesse fornirci un 24. — Fratano prese il foglio giallo, cancellò il 30 con un tratto di penna e al suo posto scrisse un 24. — Ora tutto è sistemato, e io devo vestirmi.

Sulla porta Scharde si volse a mezzo. — Ti consiglio di chiudere a chiave, dopo che sarò uscito. Altrimenti ti troverai di nuovo ad ascoltare le chiacchiere di Spanchetta.

Fratano annuì cupamente. — Posso badare da solo agli affari di casa mia. Gunter? Gunter! Dove diavolo ti sei cacciato?

Nel salotto entrò un servo. — Signore?

— Dopo l'uscita di Sir Scharde, chiudi a doppia mandata. Non lasciar entrare nessuno, e non portarmi nessun messaggio. È chiaro?

— Sì, signore.

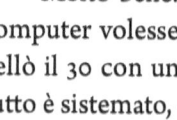

3

Quando furono pronti per uscire di camera, Scharde sottopose Glawen a un'ultima ispezione. Il cenno d'assenso con cui la concluse nascondeva un orgoglio inespresso. — Nessuno troverà da criticare sul tuo aspetto, di questo puoi essere certo.

— Mmh! Arles disapproverà le mie scarpe, ci scommetterei.

Scharde ridacchiò. — Soltanto Arles. Nessun altro guarderà due volte nella tua direzione... a meno che tu non commetta qualche spaventosa volgarità.

Glawen si erse dignitosamente. — Non ho in programma azioni volgari. Ho idee ben precise su come si celebra un compleanno.

— Troppo incisivo! Ti consiglio di non dire niente, a meno che non ti rivolgano direttamente la parola, e di rispondere in tono più ameno. Ben presto sarai considerato un brillante conversatore.

— Più probabile che mi scambino per un rustico scontroso, allora — borbottò Glawen. — Comunque, terrò a freno la lingua.

Scharde ebbe di nuovo un mezzo sorriso un po' storto. — Andiamo, è l'ora di scendere.

Padre e figlio si avviarono giù per le scale, e al pianterreno oltrepassarono l'atrio girando nella galleria principale: due figure dal portamento eretto, assai simili, il cui atteggiamento evidenziava una grazia innata e una forza tenuta accuratamente sotto controllo. Scharde era una mezza testa più alto; i suoi capelli erano divenuti un miscuglio indescrivibile di sfumature grigie; il vento e il sole avevano dato alla sua pelle il colore della corteccia d'una vecchia quercia. Glawen era a suo modo più attraente, e più largo di petto e di spalle. La bocca di Scharde aveva un taglio freddo e ironico; quella di Glawen, quand'era di buonumore o rilassato, s'increspava pensosamente agli angoli come se a tratti avesse la testa fra le nuvole. Se le ragazze lo osservavano — e lo osservavano spesso — scoprivano che quelle increspature suggerivano dolci voli della fantasia, e ciò giocava strani scherzi al loro cuore.

I due si diressero alla sala da pranzo. Sulla soglia si fermarono e presero visione di quelli che erano già al loro posto. Quasi tutti gli abitanti di Casa Clattuc si trovavano già in sala, e rilassati sulle eleganti sedie dallo schienale rigido chiacchieravano, ridevano o facevano pettegolezzi sorseggiando il frizzante Bagnold delle vigne dei Laverty, o più spesso il corposo e dolce Indescense Rosa creato dagli enologi dei Wook. In piedi lungo le pareti attendevano camerieri Yip, vistosi nella livrea arancione e grigia dei Clattuc, con i capelli celati da parrucche di riccioli argentei.

Scharde accennò al lato opposto della tavolata. — Tu siederai là, accanto alla tua pro-zia Clotilde. Io al tuo fianco, dall'altra parte. Fai strada tu.

Glawen controllò il suo abito, raddrizzò le spalle e avanzò nel salone. Le chiacchiere dei presenti ebbero subito una pausa, fu sussurrato qualche commento vivace, risatine e mormorii ruppero il silenzio; tutti gli sguardi s'erano volti sui due appena entrati.

Senza guardare né a destra né a sinistra Glawen aggirò il grande tavolo, con Scharde alla sue spalle. Certe frasi dette sottovoce avevano un tono teso e imbarazzato; evidentemente le indiscrezioni sull'I.R. di Glawen e sullo shock che lo attendeva avevano già fatto il giro dei commensali. Una notizia di quel genere, con il tragico preludio al dramma personale che conteneva, era troppo interessante per restare segreta. Ora tutti aspettavano il momento in cui l'annuncio di Fratano avrebbe distrutto la vita di Glawen, e ognuno scrutava con sentimenti diversi la futura vittima, senza darlo a vedere. Scharde ebbe appena un sorriso sottile.

Glawen giunse al suo posto, seguito dal padre. Due camerieri scostarono subito le loro sedie, attesero che si fossero seduti e indietreggiarono di nuovo presso la parete. I commensali ripresero le loro precedenti occupazioni, la scena tornò quella di prima e Glawen si sentì improvvisamente ignorato. Una tale indifferenza gli parve offensiva. La cena, dopotutto, era in onore del suo compleanno. Volse uno sguardo un po' iroso sulla tavolata, ma nessuno gli fece caso. Forse una qualche grottesca e spettacolosa volgarità non sarebbe stata fuori posto, si disse.

Mise da parte quell'idea; non lo tentava veramente, e avrebbe messo in imbarazzo suo padre. Studiò i compagni di tavola: tutti suoi zii, zie e cugini di ogni genere e grado, riuniti intorno alla massima autorità della famiglia. Indossavano abiti e gioielli costosi, e sembravano trarre piacere reciproco dalla loro eleganza. Le signore portavano vesti di tessuto pregiato, e non poche esibivano gemme che non erano imitazioni: alessandriti, smeraldi, rubini, carbonchi, topazi e tormaline purpuree raccolte nelle grotte di Deucas,* sphanctoniti delle stelle morte, e cristalli vergini, che si trovavano in una sola località dell'intera Distesa Gaeana.

I gentiluomini indossavano bluse e pantaloni in morbida levantina dai colori contrastanti: spesso azzurro e ocra scuro, o marroncino e

---

* Il Conservatore ignorava la quasi universale passione per le gemme, e non promuoveva vere e proprie operazioni minerarie.

verde-cedro, oppure nero e terra d'ombra. Fra i giovanotti dediti a imprese galanti le scarpe bianche erano d'obbligo, e i più aggiornati si applicavano sui capelli, a sinistra, spille di rete da cui si levavano grappoli di spine argentee di notevole effetto. Fra questi ultimi era annoverato Arles, che sedeva a sei posti di distanza da Glawen con Spanchetta al suo fianco.

Non potevano esserci dubbi sull'intensa e pungente vitalità di Spanchetta. Il più evidente dei suoi attributi era la notevole massa di riccioli corvini che le incoronavano la testa e ondeggiavano pericolosamente quando si voltava da una parte e dall'altra. La piccolezza degli occhi nerissimi, stretti alla radice del naso, accentuava la marmorea estensione delle sue guance. Quel giorno indossava un abito color magenta, la cui scollatura bassa metteva in risalto la candida colonna del collo e una generosa porzione di mammelle rigonfie. Aveva dardeggiato su Glawen un solo rapido sguardo, che le era bastato per assimilare ogni dettaglio del suo aspetto; poi, con una smorfietta, s'era voltata senza prestargli più la minima attenzione.

Dall'altra parte di Spanchetta sedeva Millis, il suo mite e insignificante marito, la cui sola caratteristica notevole erano i voluminosi mustacchi penduli color biondo-cenere. A preoccuparlo in quel momento era il problema di bere il vino senza inzupparli nel calice.

Fratano era in piedi, presso la zona del tavolo riservata ai Clattuc in pensione, e stava conversando educatamente con suo padre Damian, l'ex Capofamiglia ritiratosi da molti anni e ormai ultranovantenne. La somiglianza fra i due s'era fatta stupefacente con l'età; entrambi erano magri, pallidi, di fronte alta, labbro superiore sporgente all'infuori, e naso e mento piuttosto lunghi.

La tavolata era quasi al completo. Soltanto Garsten e Jalulia, nonni di Glawen, non erano ancora arrivati. I camerieri servirono il vino a Glawen e a Scharde: Zoquel Verde e Rimbaudia, entrambi delle vigne dei Clattuc e premiati al Parilia dell'anno prima. Glawen mandò giù subito il suo Zoquel, guadagnandosi uno sguardo sorpreso e allarmato di Scharde: — Il vino è forte! Di questo passo cadrai con la faccia nel piatto e finirai a russare sotto al tavolo!

— Ci andrò cauto. — Glawen cambiò posizione e si aggiustò la blusa, che sentiva stretta e rigida, mentre i pantaloni nuovi gli stringevano alle caviglie ed erano troppo alti di cavallo, tormentandogli noiosamente l'inguine. Quello, rifletté, era il prezzo che si pagava per l'eleganza, e c'era poco che uno potesse fare. Si costrinse a sedere compostamente, con le mani in grembo. Arles piegò la testa in avanti e si volse a indirizzargli un sorrisetto contorto. Glawen giurò a se stesso che, se anche il Capofamiglia Fratano gli avesse assegnato un I.R. di 50, lui non avrebbe tradito l'emozione neppure con un fremito.

I minuti trascorsero lenti. Fratano continuava a parlare con Damian.

Garsten e Jalulia ancora non si vedevano. Glawen sospirò. Cosa aspettavano a servire la cena? Si guardò attorno. Mai aveva sentito i suoi sensi così allerta, le sue percezioni tanto acute! Studiò i volti dei suoi parenti. Gli erano tutti estranei. Notevole! Era come se un sipario fosse scivolato via, rivelandogli per un istante verità fino ad allora a lui precluse... Sospirò ancora e alzò lo sguardo al soffitto. Una constatazione strana quanto inutile. Sciocchezze, naturalmente. Bevve ancora un sorso di vino. Scharde non fece commenti.

Il brusio si alzava, si abbassava, oppure lasciava per qualche attimo il posto al silenzio assoluto, quasi che tutti avessero scelto quel preciso istante per riflettere sulle parole successive. Il tramonto era ancora lontano; i raggi di Syrene penetravano dalle grandi finestre e si riflettevano fra le pareti bianche e l'alto soffitto, gettando ombre sulla tovaglia e strappando barbagli ai cristalli e all'argenteria.

Infine Garsten e Jalulia comparvero in sala. Si fermarono dietro Glawen, e Garsten gli poggiò una mano su una spalla. — Oggi è il grande momento, eh? Ricordo ancora il mio sedicesimo compleanno; quanto mi sembra lontano, ormai! Ma non ho dimenticato quella tensione. Anche se di nascita ero un A-bc, avevo sempre una gran paura di vedermi spedito chissà dove all'altro capo della Distesa, in qualche territorio freddo e oscuro. Ma il Cane Pazzo* sputò fuori un 19, così potei restare qui. E fu una fortuna per te, eh? Altrimenti adesso saresti davanti a una ciotola di fagioli in qualche baracca fangosa, con le sanguisughe che ti si attaccano agli stinchi, i nativi che ululano nella notte e gli avvoltoi giganti che ti rubano le pecore.

— Che controsensi dici! — lo rimbeccò Jalulia. — Se tu avessi davvero

---

* Cane Pazzo: nomignolo per il computer dell'Ufficio A.

fallito e fossi stato mandato via, noi non ci saremmo mai conosciuti e dunque Glawen non sarebbe qui.

— Fa lo stesso! Be', speriamo che il Cane Pazzo ti tratti come si deve.

— Lo spero anch'io — disse Glawen.

Garsten e Jalulia andarono ai loro posti. Fratano s'incamminò verso la sua sedia personale; abbassò lo sguardo su un foglietto accanto al portatovagliolo, lo lesse, poi si volse a scrutare i volti intorno alla tavola. — Ah, Glawen, sei qui. Oggi tu entri nelle valide schiere dei provvisori! Le opportunità della vita ti si aprono davanti! Sono certo che usando la diligenza e il senso del dovere tu saprai, da ultimo, raggiungere l'età adulta con nobiltà di atti e di propositi, non importa quale vita ti attende: se qui in veste di Agente della Conservazione, o altrove, in quella che sarà comunque una carriera onesta e remunerativa!

Glawen lo ascoltava, sentendo gli occhi di tutti su di sé.

Fratano proseguì: — Oggi non voglio incedere in lunghe esortazioni; se avrai bisogno di un saggio consiglio o di informazioni, basterà che ti rivolga a me e ti dedicherò il mio tempo volentieri. Tale è il mio obbligo verso chi fa parte di Casa Clattuc, dai più ai meno altolocati.

«Ora passiamo al concreto. Non vedo motivo di prolungare la suspense. Ho qui la comunicazione ufficiale del tuo I.R. — Fratano sollevò il foglio, si schiarì la voce poi abbassò il naso su quel che c'era scritto. — Qui, prodotto da un accurato e impersonale processo di calcolo, c'è il tuo I.R. Io annuncerò ora il numero, che è... — Rialzò la testa e girò lo sguardo sui volti attenti che lo fissavano. — È un 24.

I volti sbatterono le palpebre e si girarono verso Glawen. Dalla bocca di Spanchetta scaturì un gridolino sbalordito, che fu svelta a mimetizzare con un colpo di tosse. Arles fissò dapprima Glawen e poi, con occhi vacui, sua madre. La donna aveva afferrato il suo calice di vino e ne osservava pensosamente il fondo.

Da Glawen ci si attendeva ora qualche breve frase. Si alzò in piedi e rivolse a Fratano un inchino cortese. Nella sua voce ci fu un tremito così lieve che soltanto Scharde lo notò. — La ringrazio, signore, per il suo buon augurio. Farò del mio meglio per diventare un buon Agente della Conservazione e tutelare il prestigio di Casa Clattuc.

Fratano domandò: — E hai deciso dove vorrai lavorare?

— Sono già stato accettato all'Ufficio B.

– Un'ottima scelta! Abbiamo bisogno di poliziotti vigili e zelanti, se vogliamo tener fuori gli Yips dalla Terra di Marmion.*

I camerieri e le cameriere Yips ebbero sorrisetti noncuranti alle parole di Fratano, ma non mostrarono altra reazione.

Ci fu un breve scroscio di applausi, Glawen sedette, e il personale cominciò a servire in tavola. La conversazione tornò a vivacizzarsi. Tutti badavano a chiarire di non aver mai sentito stupidi pettegolezzi su Glawen, o di averli sempre definiti assurdi. Occhiate furtive furono rivolte a Spanchetta, che restò seduta immobile come una pietra finché all'improvviso, come allo scatto di un interruttore, tornò a vivacizzarsi, perfino eccessivamente, ed a sostenere anche tre o quattro conversazioni alla volta.

Ora che Glawen non era più da considerarsi una specie di paria, la sua pro-zia Clotilde, un'alta e gioviale donna di mezz'età accondiscese di parlare con lui. Era un'appassionata di epaing, e si riteneva esperta nelle complicate tattiche di gioco, così confidò a Glawen un certo numero di sue opinioni.

Rispettando il consiglio di Scharde, Glawen si tenne accuratamente in bocca tutto ciò che poteva farlo sospettare di pensieri troppo individualistici, e in seguito Clotilde fece notare ad altri suoi ascoltatori la chiara intelligenza di quel giovane.

Le portate si conclusero con l'arrivo della torta di compleanno, una crostata di crema gelata alla frutta. I commensali fecero il rituale brindisi a Glawen, quindi Fratano si alzò in piedi e con quel gesto mise termine alla Cena di Famiglia.

Diverse persone nel lasciare la sala si fermarono per augurare a Glawen buona fortuna. Arles lo salutò dalla soglia. – Un buon numero! – gli gridò. – Davvero un buon numero, tutto considerato. Io avevo previsto qualcosa di più alto, come sai, ma sono lieto di vedere che la cosa si è risolta meglio. Ma bada di non essere troppo fiducioso! Un 24 non significa affatto libero ingresso.

---

* Deucas e diviso in sei distretti, o «terre». La Terra di Marmion è una striscia di piacevole savana sulla costa nord-occidentale, di fronte all'Atollo Lutwen. Gli Yips vi approdavano per installarvi insediamenti, finché non erano scoperti e scacciati dai poliziotti dell'Ufficio B.

— Lo so.

Scharde prese Glawen per un gomito e i due tornarono nelle loro stanze. Il giovane andò subito in camera da letto a indossare vestiti più comodi.

Rientrando in salotto trovò Scharde di fronte alla finestra, intento a osservare il panorama. L'uomo gli indicò una poltrona. — Siediti. Abbiamo cose importanti da discutere.

Glawen sedette lentamente, chiedendosi a cosa si riferisse. Scharde tirò fuori una bottiglia di vino leggero e fresco, un Quiritavo, e riempì a mezzo due bicchieri. Notando l'espressione del figlio sorrise. — Rilassati! Non ho spaventosi segreti da condividere con te per il tuo sedicesimo compleanno... soltanto alcune avvertenze: tecniche pratiche, per così dire.

— Riguardo a Spanchetta?

— Abbastanza vero. È stata umiliata, e tutti stanno ridendo di lei. Adesso ribolle di rabbia e va avanti e indietro come una bestia in gabbia, piena d'odio.

Glawen osservò, pensosamente: — Se Arles ha un minimo di prudenza filerà dritto al Covo dei Leoni e si nasconderà sotto il tavolo.

— E se ha un minimo di giudizio non dirà mai a nessuno che è stata la sua lingua sciolta a mandare all'aria gli intrighi di sua madre.

— Lei ha infranto la legge, non è così?

— In linea di principio, sì. Ma se ne adducessimo le prove potrebbe limitarsi a dire di aver fatto un errore, e sarebbe difficile dimostrare il contrario. Spanchetta ha già messo una pietra sopra il suo fallimento ma, a meno che io non sia rimbecillito, stai pur certo che ha cominciato a macchinare qualche altra cosa.

— Ma questa sarebbe pazzia!

— Pazzia o no, tu tieni gli occhi bene aperti. Ma non lasciare che questo ti ossessioni. Il mondo non si fermerà per colpa di Spanchetta. Ora tu devi pensare al liceum, il che basta e avanza per tenerti occupato, specialmente con il lavoro supplementare all'Ufficio B.

— Quando comincerò a uscire di pattuglia?

— Per questo c'è tempo. Prima dovrai ottenere il permesso di volo, I quindi ci sarà l'addestramento supplementare. Naturalmente, se si presentasse un'emergenza, tutto può succedere.

— Per emergenza ti riferisci agli Yips?

— Non vedo come li si possa evitare. Ogni giorno ci sono nuovi Yips con nessun posto dove andare, salvo Yipton.

— Allora prevedi veramente dei guai.

Scharde ci pensò prima di rispondere. — Potremmo evitarli, se le decisioni giuste fossero prese, e prese subito. L'Oomphaw degli Yips sta cominciando a comportarsi stranamente, come se fosse al corrente di qualcosa che noi non sappiamo.

— Possibile? Cosa potrebbe sapere?

— Probabilmente nulla, a meno che non sia in contatto con quelli di Gentilezza e Pace, a Stroma.

— Non ho mai sentito parlare di loro.

— Sono una fazione politica dei Naturalisti. Davanti a noi ci sono, essenzialmente, due scelte: cedere, e abbandonare la Conservazione, oppure mantenere l'ordine con qualunque mezzo necessario.

— Non mi sembra una scelta difficile.

— Non lo è neppure per l'Ufficio B. Noi pensiamo che prima o poi gli Yips debbano evacuare l'Atollo Lutwen, per essere trasferiti su un altro pianeta. Secondo i termini della Carta, non c'è altra soluzione possibile. — Scharde scosse il capo, rabbuiato. — Il fatto è che la nostra opinione non ha molto valore. Noi siamo agenti della Società, che è a Stroma. Il problema è della Società, e la decisione finale tocca a loro.

— Potrebbero pensarla così anche loro. Almeno, così credo.

— Ah, ma non è così semplice. Niente lo è mai. A Stroma la Società è spaccata in due. Una delle fazioni sostiene la Carta, mentre l'altra rifiuta ogni azione che possa portare a spargimenti di sangue. L'attuale Conservatore si identifica con il secondo gruppo: il partito Gentilezza e Pace, così si chiamano. Ma è sul punto di ritirarsi, e a Casa Riverview verrà un nuovo Conservatore.

— A quale partito apparterrà?

— Non lo so — disse Scharde. — Sarà qui per il Parilia,* e allora su di lui ne sapremo di più.

Il Parilia, la festività di tre giorni in onore dei vini di Araminta,

---

* Il Parilia, la festività di tre giorni in onore dei vini di Araminta, si teneva ogni autunno ed era considerata il momento culminante dell'annata.

si teneva ogni autunno ed era considerata il momento culminante dell'annata.

Glawen disse: — Uno penserebbe che gli Yips preferiscano esser trasferiti altrove, piuttosto che vivere chiusi nell'affollamento di Yipton.

— È ovvio! Ma loro vogliono colonizzare la Terra di Marmion. Glawen ebbe un sospiro sconsolato. — A Stroma dovrebbero capire che se agli Yips fosse permesso stabilirsi sul litorale di Marmion presto si spargerebbero su tutto Deucas.

— Dillo a quelli di Gentilezza e Pace, non a me. Io lo so già.

4

La lunga estate era giunta al termine. La troupe di Mastro Floreste rientrò da una soddisfacente tournée su altri pianeti, con profitti finanziari che avrebbero aiutato Floreste a realizzare il suo sogno: un nuovo e magnifico Orpheum per la gloria delle arti gestuali. Glawen si lasciò alle spalle il sedicesimo compleanno e subito cominciò a sudare sotto la supervisione del direttore dell'aeroporto, un certo Eustace Chilke, nativo della Vecchia Terra.

Le lezioni, il volo, e lo stesso Eustace Chilke con i suoi racconti di strane genti in luoghi remoti, dominarono per un po' di tempo la vita di Glawen. Benché appena al termine della giovinezza, Chilke era già reduce da cento avventure picaresche. Aveva girato la Distesa Gaeana in lungo e in largo, sperimentando talvolta le migliori condizioni economiche talaltra le peggiori, e da tutto ciò aveva tratto una filosofia che spesso illustrava a Glawen: — La povertà è accettabile, perché ogni cambiamento è sempre in meglio. I ricchi si preoccupano della possibilità di perdere denaro e rango, ma io preferisco questo genere di preoccupazione a quello di chi si rovina la salute in una fetida baracca. Inoltre, la gente è più simpatica con te quando ti crede pieno di soldi... anche quelli che aspettano di poterti dare una botta sul cranio per vedere dove li nascondi.

L'aspetto di Chilke, benché per nulla notevole, era un miscuglio di riservatezza e amore per gli abiti sgargianti. Aveva un volto abbronzato e un po' buffo, dalle fattezze irregolari, sotto una zazzera spettinata di capelli color sabbia. Era di media statura, corto di collo, con spalle pesanti che lo inducevano a camminare leggermente piegato in avanti.

Chilke descriveva se stesso come un ragazzo di campagna delle Grandi Pianure. Parlava così accoratamente della sua vecchia casa, della linda cittadina in cui era nato e di quei panorami erbosi spazzati dal vento, che Glawen dovette chiedergli se progettava di tornarci.

— Proprio così — annuì Chilke. — Ma solo dopo che avrò fatto fortuna. Il giorno che me ne andai mi chiamarono vagabondo e presero la mia vecchia auto a sassate. Voglio ritornare in grande stile, preceduto da una banda di ottoni, con cento ragazze che ballano spargendo petali di rosa sulla strada davanti a me. — Chilke ripensò agli anni trascorsi. — Tutto considerato, sospetto che la loro opinione di me fosse giusta. Non che io fossi un mediocre o un vizioso; solo che ho preso molto da nonno Jim Swaner, il padre di mia madre. I Chilke non avevano una grande opinione degli Swaner, che erano gente di città e ritenuti privi di solidi principi morali. Anche Nonno Swaner era considerato un vagabondo. Si occupava di cose bizzarre, paccottiglia religiosa da antiquariato, animali imbalsamati, libri e documenti antichi, resti di dinosauri pietrificati... Aveva una collezione di occhi di vetro di cui andava orgoglioso. I Chilke ridevano e lo prendevano in giro, talvolta dietro le sue spalle e talvolta no. A lui questo non importava. Ma un giorno vendette tutti quegli occhi di vetro a un collezionista maniaco, per una somma incredibile. I Chilke smisero di ridere, e cominciarono a guardarsi attorno in cerca di occhi di vetro anche loro.

«Nonno Swaner era un vecchio furbacchione, su questo non c'è dubbio, e da quel che faceva tirava fuori sempre un profitto. Alla fine i Chilke la smisero di dargli nomignoli sprezzanti. Io ero il suo nipote favorito. Per un compleanno mi regalò un *Atlante dei mondi Gaeani*. Un librone enorme, largo settanta centimetri e spesso dodici, con carte mercatore di tutti i pianeti colonizzati. Ogni volta che Nonno Swaner aveva informazioni interessanti su uno di questi mondi incollava un appunto dietro a una delle carte. Quando avevo sedici anni mi portò a Tamar, su Capella Nove, a bordo di un postale della Gateway Line. Era la prima volta che andavo nello spazio, e da allora non fui più lo stesso.

«Nonno Swaner faceva parte di una dozzina di gruppi professionali, compresa la Società Naturalistica. Ricordo vagamente la volta in cui mi parlò di un pianeta, ai margini dello Sciame di Mircea, che i Naturalistici tenevano come riserva per la vita selvatica. Mi chiesi se gli animali selvaggi apprezzassero ciò che si faceva per loro, almeno abbastanza da non divorare persone come Nonno Swaner. Ero ancora un ragazzino ingenuo e gentile. E strano pensare che adesso io sia qui, sempre ingenuo e gentile, a Stazione Araminta.

— Come sei capitato da queste parti?

— Ah, è una storia singolare e non l'ho ancora raccontata a nessuno. Ci sono due o tre sconcertanti coincidenze, piuttosto difficili da spiegare.

— Sul serio? Anch'io sono una specie di vagabondo, e la cosa mi interessa.

Quell'affermazione divertì Chilke. — La storia comincia in modo abbastanza banale. All'epoca lavoravo come conduttore di bus per turisti nella zona delle Sette Città, su John Preston's World... — Chilke proseguì raccontando di come aveva notato la presenza di una «gentildonna alta, di pelle candida, con un largo cappello nero» che si era unita al giro turistico del suo bus per quattro giorni di seguito. Infine era stata lei ad attaccare discorso, complimentandosi per la sua guida delicata e i modi simpatici che aveva con i turisti. — Niente di speciale. È soltanto la merce che ho nel mio magazzino — aveva risposto modestamente lui.

La donna si era presentata come madame Zigonie, vedova e proveniente da Rosalia, un pianeta dietro il Rettangolo di Pegaso. Dopo qualche minuto di conversazione aveva suggerito a Chilke di pranzare con lei: un invito che lui non aveva visto alcun motivo di rifiutare.

Madame Zigonie s'era decisa per un ristorante di classe, dove servivano menu sofisticati. Durante il pasto aveva incoraggiato Chilke a raccontare i suoi anni di vita nelle Grandi Pianure ed i fatti riguardanti la famiglia da cui proveniva. Poi la conversazione era balzata da un argomento all'altro. Infine, come per un impulso irresistibile, madame Zigonie gli aveva rivelato di possedere segreti poteri di chiaroveggenza celati in sé, e che quando le accadeva di ignorarli questo era sempre a grave rischio per lei e per la sua fortuna. — Forse ti sei chiesto il perché del mio interesse per te — gli aveva detto. — Il fatto è che io devo assumere un sovrintendente per il mio ranch, e questa misteriosa voce interiore grida che tu sei proprio la persona più adatta.

— Interessante! — aveva risposto Chilke. — Io sono un vecchio ragazzo di campagna, non c'è dubbio su questo. Spero che la tua voce abbia anche parlato di un alto salario.

— Adeguatamente alto — aveva affermato madame Zigonie. — Il Ranch Valle Ombrosa si estende su quarantamila chilometri quadrati e ha più di cento dipendenti. È un posto di responsabilità. Posso offrire un salario di 10. 000 sol all'anno, più il viaggio e le spese di alloggio.

— Mmh! — era stato il commento di Chilke. — Sembra un lavoro importante. Il giusto salario dovrebbe essere di 20. 000 sol, ovvero mezzo sol per chilometro quadrato, il che resta sempre un buon affare per te.

Madame Zigonie aveva tagliato corto: — Il salario non va calcolato su questa base, visto che non tutti i chilometri quadrati abbisognano di supervisione. Diecimila è una somma adeguata. Tu risiederai in un bungalow privato, con ampio spazio per tutte le tue cose. Ciascuno tiene molto a vedersi intorno il suo piccolo tesoro, non credi?

— Assolutamente!

— Troverai abbastanza congeniali le condizioni di vita — aveva promesso madame Zigonie. — Provvederò io personalmente a questo.

Chilke s'era affrettato a replicare: — Ci tengo a rassicurarti su un argomento delicato, però. Non temere mai che io possa abbandonarmi a indesiderate familiarità con te! Mai! Questo mai!

— Una precisazione eccessiva — aveva detto freddamente lei. — Il pensiero di questa possibilità non mi aveva neppure sfiorato.

— È saggio esser chiari su certe cose, se non altro per la tua tranquillità mentale. Tu devi poterti aspettare da me il rispetto delle formalità e una condotta dignitosa. Il fatto è che io sono già sposato, ma attualmente votato alla vita da celibe, che mi arreca più soddisfazione. Inoltre, se la verità dev'essere detta, non posso vantarmi d'essere granché virile, per così dire, e questo mi rende nervoso e facile alla fuga quando le signore si fanno troppo amichevoli. Di conseguenza tu puoi star tranquilla da questo punto di vista.

Madame Zigonie aveva scosso la testa con uno scatto che per poco non le aveva fatto volar via il cappello nero. Notando lo sguardo di Chilke fisso sulla sua fronte s'era affrettata a coprirsela con i riccioli rosso-bruni che le incorniciavano il viso. — Questa è soltanto una voglia epidermica. Non farci caso.

— Sicuro. Certo che somiglia a un tatuaggio.

— Lasciamo perdere. — La donna s'era aggiustata il cappello con cura. — Devo supporre che accetterai il posto?

— Circa il salario, 15.000 sol mi sembrerebbero un compromesso accettabile.

— Sembrerebbero anche un compenso insolito per una persona priva di esperienza.

— Sì? — Chilke aveva inarcato un sopracciglio. — E che ne pensa al riguardo il tuo potere di chiaroveggente?

— È della mia stessa opinione.

— In questo caso, abbandoniamo del tutto l'idea. — Chilke s'era alzato. — Ti ringrazio per il pranzo e l'interessante conversazione. Ora, se vuoi scusarmi...

— Non tanta fretta! — l'aveva fermato madame Zigonie. — Forse possiamo trovare un accordo. Dove tieni i tuoi oggetti personali?

— Si riducono più o meno a quello che ho addosso e a un cambio di biancheria — aveva detto Chilke. — Io sono incline a viaggiare leggero, nel caso che debba spostarmi in fretta altrove.

— Però avrai gli oggetti ereditati da tuo nonno. Possiamo trasferirli tutti dalla Terra su Rosalia, così ti sentirai a tuo agio proprio come nella tua vecchia casa.

— Non è detto — aveva borbottato lui. — Nel granaio era pieno di topi, e quelli nel mio bungalow non ce li voglio.

— Queste cose mi interessano, sai? — Madame Zigonie aveva sorriso, — Forse dovremmo andare a... come si chiama quel posto? Big Prairie? Per fare un inventario delle tue cose. Potrei occuparmene io stessa.

— Alla famiglia non piacerebbe troppo.

— Tuttavia è mio dovere fare tutto ciò che posso per occuparmi dei tuoi oggetti personali.

— Non mi sono poi tanto necessari.

— Vedremo.

A tempo debito Chilke era arrivato a Rosalia, un piccolo mondo coloniale dietro il Rettangolo di Pegaso. Saliceto, sulla riva del Grande Fiume Fangoso, era lo spazioporto e la città principale. Chilke aveva trascorso una notte al Grand Hotel Fangoso, e il mattino dopo era stato portato al Ranch Valle Ombrosa. Madame Zigonie lo aveva alloggiato in un piccolo bungalow fiancheggiato da due alberi di pepazzurro, mettendolo quindi al comando di un centinaio di lavoratori vincolati, di una razza che non gli era familiare: giovanotti attraenti dalla pelle dorata, chiamati Yips.

— Questi Yips erano una dannata fonte di seccature; non riuscivo a metterli al lavoro. Ci provai con le buone e ci provai con le cattive. Li supplicai, li minacciai, cercai di ragionare con loro e poi di spaventarli. Quelli mi guardavano e sorridevano, e basta. Non avevano nulla in contrario a parlare di lavoro, ma ogni volta veniva fuori che avevano un motivo (incomprensibile, quando non addirittura folle) per cui quel particolare lavoro non poteva o non doveva essere fatto.

«Madame Zigonie aveva assistito a quei miei tentativi, ridendo sotto i baffi. Alla fine mi spiegò come andavano manovrati gli Yips. Disse: "Sono creature sociévoli, e detestano la solitudine. Porta uno di loro sul posto, e digli che dovrà starsene lì da solo finché il lavoro non sarà finito. Lui protesterà e piangerà, e griderà che ha bisogno di aiuto; ma più si lamenta e più lavorerà in fretta, e se sarà trascurato digli che dovrà restare lì e rifare tutto daccapo. Scoprirai che una volta afferrato il concetto sono abili lavoratori".

«Non so perché avesse aspettato tanto a dirmelo. Era un tipo strano, questo è certo. Di rado risiedeva nella sua casa al ranch. Ogni volta che tornava io le chiedevo la mia paga, e lei diceva: "Sì, naturale, mi era uscito di mente. Provvedere io di persona". Ma subito dopo venivo a sapere che se n'era andata di nuovo, e io restavo lì senza un soldo in tasca. Alla fine fui costretto a imbrogliare gli Yips, per tirargli fuori qualche spicciolo di tasca. Quando ripenso alle loro facce sconsolate provo vergogna.

«In uno dei suoi viaggi, madame Zigonie restò assente per parecchi mesi. Quando tornò era di umore nervoso. Pranzai con lei nella casa grande, e fuori, sotto il cielo azzurro, mi disse che dopo aver riflettuto a lungo intendeva sposarmi. Avremmo unito le nostre vite, condiviso sogni e speranze e beni finanziari, e vissuto nel sacro vincolo del matrimonio. Io restai a bocca aperta per lo sbalordimento. Ti ho detto qual era stata la mia prima impressione di madame Zigonie alle Sette Città. Non era certo diventata più attraente da allora. Era sempre alta e massiccia, con volto e guance tondeggianti, e la sua pelle aveva il colore del lardo.

«Con modi educati le risposi che quell'idea non rientrava nei miei progetti, ma... tanto per curiosità, a quanto ammontavano le sue sostanze? E me le avrebbe fatte intestare subito o soltanto lasciate nel testamento?

«Lei diventò un po' acre, e chiese quale sarebbe stato il mio contributo alla nostra unione. Io ammisi francamente di non possedere nulla, a parte un granaio pieno di cianfrusaglie religiose di antiquariato e qualche centinaio di animali imbalsamati. Lei disse che era poco, ma si sarebbe accontentata. Io replicai che non doveva farlo, e che non sarebbe stato bello da parte mia, visto che avevo anche poca propensione agli atti intimi. Inoltre non dovevamo dimenticare che risultavo ancora sposato a un'altra, a Winnipeg, cosa che avrebbe reso un secondo matrimonio illegale e impensabile per un uomo d'onore. Madame Zigonie si irritò moltissimo e mi licenziò sui due piedi, senza pagarmi un soldo.

«Tornai in città e andai a sedermi da Poolie, una taverna sulla cima di un molo che si spingeva per cinquanta metri nelle acque del Grande Fangoso. Ordinai una birra fredda e cercai di decidere quel che mi conveniva fare. E chi incontrai proprio lì, se non Namour in persona? Era appena tornato, dopo aver consegnato un gruppo di lavoratori vincolati Yips a qualche ranch dell'interno. Quella, mi disse, era un'attività collaterale che non aveva a che fare col suo normale lavoro. Io gli chiesi come riuscisse a reclutare gli Yips; lui rispose che non era un problema e anzi si trattava di un'ottima opportunità per i lavoratori diligenti, visto che gli Yips, dopo la scadenza del loro vincolo, potevano prendersi un po' di terra e diventare agricoltori o allevatori in proprio. Io dissi che a mio parere gli Yips erano dei lavoratori buoni a niente. Lui rise e replicò che io non sapevo come manovrarli. Andò a fare una telefonata, poi mi disse che aveva parlato con madame Zigonie e che lei era disposta a riassumermi, se volevo. Namour pensava che fosse una buona idea, e che io ero stato troppo precipitoso nel tornarmene in città. Allora gli dissi: "Si sposi lei quella signora, così avrà chi le calma gli umori, e poi ne riparleremo". Lui rispose: "Questo è dannatamente poco probabile", ma c'era un'altra possibilità: che ne pensavo di dirigere un aeroporto a Stazione Araminta? Io risposi: "Sicuro, che mi va. Ci può scommettere!". Lui premise che non poteva assicurarmi nulla di preciso, ma che il posto era vacante e pensava di potermi raccomandare presso le autorità. "Ma non dimentichi" disse, "io sono prima di tutto un uomo d'affari, e mi aspetto qualcosa in cambio". Gli risposi che avrebbe potuto scegliere fra qualche vecchio ostensorio sepolto nella paglia e varie bestie impagliate mezzo mangiate dai topi. Namour disse che l'antiquariato lo interessava poco, comunque mi avrebbe aiutato, e se gli fosse capitato di passare dalla Terra avrebbe fatto una visitina alla vecchia fattoria per vedere se trovava qualcosa che gli piacesse. Io dissi che si poteva fare, a patto che i termini del mio nuovo lavoro fossero messi nero su bianco. Lui rispose che non mi preoccupassi: quei particolari si sarebbero definiti da soli.

Dopo l'arrivo di Chilke a Stazione Araminta, Namour lo aveva presentato ai dirigenti dell'Ufficio D, che l'avevano rivoltato dentro e fuori come un guanto. Chilke aveva dichiarato d'essere supremamente qualificato per quell'incarico, e poiché nessuno aveva potuto dimostrare il contrario era stato infine assunto in prova.

Presto i dirigenti avevano potuto notare che Chilke sapeva dimostrare capacità concrete, e il suo incarico era diventato permanente.

Chilke aveva subito dato il via a un'efficace ristrutturazione, che dopo un po' lo portò ad avere a che fare di nuovo con Namour. La questione riguardava gli Yips assegnati all'aeroporto, dove eseguivano lavoretti come tenere in ordine il campo, pulire i locali, caricare e scaricare, e piccole routine di manutenzione o semplici riparazioni meccaniche, sotto la supervisione di Chilke.

A quell'epoca non gli era stato ancora dato un assistente, o un vice-direttore. Per alleggerirsi di alcuni incarichi aveva quindi addestrato con cura quattro Yips, portandoli finalmente a un livello in cui sembravano interessati a ciò che stavano facendo. Nonostante ciò, al termine del loro permesso di soggiorno semestrale Namour li aveva rimandati a Yipton, assegnando a Chilke quattro nuovi Yips.

Le proteste di Chilke erano state vivaci: — Cosa diavolo ha intenzione di fare? Crede forse che qui io diriga un istituto professionale? Non ho tempo da sprecare addestrando gente per poi vederla sparire!

— Queste persone — aveva risposto freddamente Namour, — hanno un permesso di soggiorno semestrale. Così dice la legge. Non ho fatto io questa regola, ma ho il dovere di farla rispettare.

— E qualche volta lo fa — era stata la replica di Chilke, — ma qualche volta intrallazza altrove. All'ospedale, le infermiere Yips ottengono il rinnovo del permesso ogni sei mesi, e nessuno apre bocca. Lo stesso nelle sartorie, per non parlare dei domestici. E non che io me ne lamenti, anzi lo trovo sensato. Perché addestrare questi lavativi, se lei me li rimanda nel loro ghetto? Non ci sono aerei a Yipton, per quel che ne so. Se vuole che a Yipton risieda gente istruita, se li addestri lei!

— Sta dicendo dei controsensi, Chilke!

Con educata testardaggine lui aveva dichiarato: — Se non posso tenere quelli che ho adesso, non ne mandi altri. Provvedere io a trovarmi degli aiutanti.

Namour s'era eretto in tutta la sua statura, quindi aveva gratificato Chilke di uno sguardo glaciale. — Mi ascolti bene, adesso, in modo che non ci siano malintesi. I suoi ordini vengono da me, e lei deve fare esattamente ciò che le si chiede. In caso contrario il futuro le apre due sole strade. La prima è ancora la migliore: rassegnare le dimissioni e lasciare Stazione Araminta con la prossima astronave in partenza.

Il sogghigno di Chilke s'era fatto ancora più largo. Aveva poggiato una mano sulla faccia di Namour e spinto con forza, mandandolo a vacillare contro il muro, poi aveva detto: — Questo genere di discorsi mi rende nervoso. Se vogliamo restare amici, lei deve ritirare sinceramente quello che ha detto e chiedermi scusa, e uscire sorridendo e senza sbattere la porta. Altrimenti io le arrotolo questa sedia intorno alla testa.

Come ogni Clattuc, Namour non era un codardo: ciò malgrado era rimasto impressionato. Infine aveva detto: — Ah, sì? Allora vediamo. L'avverto che ho preso lezioni di pugilato!

I due uomini avevano circa lo stesso peso. Namour, di fisico robusto, era sei o sette centimetri più alto. Chilke aveva però spalle larghe e pugni pesanti. Erano usciti in cortile, e davanti agli sguardi sorpresi di alcuni Yips e ragazzi del liceum avevano combattuto un'epica battaglia. All'ultimo round Chilke, ansante e segnato, era riuscito a far rotolare Namour contro un muro con un preciso uppercut, e poi lo aveva sovrastato sogghignando.

— Allora, egregio — gli aveva detto. — Esaminiamo i fatti. Perché lei mi abbia portato qui, io non lo so. Ma non certo perché si preoccupava del mio benessere, e non credo neppure che fosse avido delle poche cose che ho promesso di darle.

Namour aveva cercato di parlare, poi s'era massaggiato la mandibola indolenzita con un grugnito cupo.

— Qualunque sia la ragione — aveva continuato Chilke, — adesso sono qui. Finché rimango questo fa comodo ai suoi piani, e con ciò la ripago di quel che le devo. Altrimenti abbiamo chiuso, e ognuno va per la sua strada. E ora torniamo al problema degli aiutanti. Prenderò questi Yips semestrali, se proprio insiste! Ma li userò soltanto come bassa manovalanza, e pretenderò assistenti stabili, perché io conosco un solo modo di lavorare.

Namour s'era tirato in piedi. — Per sua informazione, il Conservatore non concederà più altre facilitazioni agli Yips. Se questo non le garba, vada pure a Casa Riverview e minacci anche lui di arrotolargli una sedia intorno alla testa.

Chilke aveva riso. — Potrò essere impulsivo, ma non pazzo. Vedrò di risolvere da solo questa faccenda.

Namour se n'era andato senza dir altro. Da quel giorno le relazioni fra i due erano state formali ma non troppo amichevoli. Namour non gli aveva più dato ordini, e Chilke aveva smesso di lamentarsi se i suoi manovali venivano sostituiti ogni sei mesi. L'Ufficio D gli aveva assegnato un giovane, Porric co-Diffin, per addestrarlo come vice-direttore, mentre gli Yips erano rimasti addetti ai lavori manuali.

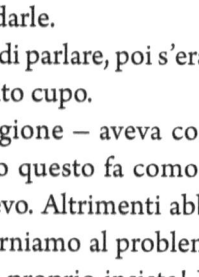

5

Con l'inizio dell'autunno l'approssimarsi del Parilia, la festa del vino, cominciò a riempire i pensieri di tutti con progetti di maschere e costumi, banchetti e riunioni allegre. Nei giorni di Parilia ogni comportamento eccentrico era non soltanto scusabile ma incoraggiato, dal momento che ciascuno poteva celare in modo elaborato la sua identità. L'Hotel Araminta era al completo di prenotazioni con molto anticipo, cosicché nella settimana del Parilia ogni disperato espediente poteva rivelarsi inevitabile. Nessuno sarebbe però rimasto deluso: se necessario le sei grandi Case avrebbero aperto le loro camere degli ospiti, nutrito i visitatori in adatte sale da pranzo, e nessuno di quanti erano stati così alloggiati era mai stato udito lamentarsi.

Glawen non avrebbe ricoperto alcun ruolo particolare al Parilia. Mancava di esperienza con gli strumenti musicali, e le bizzarre pantomime della Troupe di Floreste non lo interessavano affatto. I suoi studi al liceum non gli avevano dato problemi, malgrado il tempo che dedicava all'addestramento di volo, e al termine del primo periodo fu premiato con un Certificato di Eccellenza. Arles aveva invece ricevuto una Notifica di Comportamento Insoddisfacente.

I metodi di Glawen erano semplici e lineari: faceva il suo lavoro con ordine, senza sprecar tempo e da cima a fondo. Arles applicava una diversa filosofia: fin dalle premesse ogni sua attività era scarsa, incompleta e rimandata di continuo al giorno dopo. Nonostante ciò egli era fiducioso che con gli adatti raggiri e l'uso di una faccia di bronzo da manuale avrebbe saputo evitare i più tediosi impegni e procurarsi voti soddisfacenti.

Vedersi consegnare la Notifica l'aveva seccato molto, lasciandolo incredulo ed esasperato. In uno scatto d'ira l'aveva strappata, gettandola nel cestino della cartastraccia: questa era la sua opinione dei pedagoghi pignoli! Perché venivano ad annoiarlo con simili infantili pedanterie? Cosa speravano di guadagnarci? Quella Notifica non gli dava informazioni utilizzabili; i pedagoghi mancavano completamente di larghezza di vedute! Era senz'altro ovvio che lui non poteva sviluppare la vastità delle sue risorse intellettuali in una piccionaia isolata come il liceum, l'unico mondo che costoro conoscessero! Oh, be', lui avrebbe dovuto ignorare oppure aggirare con qualche espediente tutte quelle meschine formalità. In un modo o nell'altro le cose si sarebbero risolte, e lui avrebbe raggiunto il pieno rango di agente. Ogni diversa possibilità era impensabile! Nel peggiore dei casi avrebbe potuto perfino vedersi costretto a studiare! Oppure sua madre Spanchetta avrebbe sistemato la faccenda con qualche parolina detta alla persona giusta, anche se coinvolgere Spanchetta era sempre rischioso. Molto meglio, finché possibile, lasciar stare il can che dorme.

Alla fine del suo secondo periodo (questo era accaduto all'inizio dell'estate, prima del compleanno di Glawen), Arles non era riuscito a ottenere la promozione alla terza classe. Si trattava di una situazione seria, a cui lui poteva rimediare soltanto seguendo il corso estivo e superando poi un esame. Sfortunatamente Arles aveva fatto altri progetti, riguardanti Mastro Floreste e la sua Troupe, e non desiderava alterarli.

L'Onorevole Sonorius Offaw, preside del liceum, lo aveva chiamato nel suo ufficio mettendo la situazione in chiari termini: se Arles non avesse ottenuto i risultati minimi richiesti dal liceum prima del ventunesimo compleanno, lo avrebbe fatto escludere dal rango di Agente e lui sarebbe diventato un collaterale senza opzione, il che voleva dire l'impossibilità definitiva di recuperare quel rango, a differenza dei collaterali che avevano avuto buoni risultati scolastici.

Una volta o due Arles aveva cercato d'interromperlo per esprimere la sua opinione, ma il preside l'aveva costretto ad ascoltare la lunga e prolissa ramanzina, finché il giovane ne era stato più seccato e disgustato che mai.

Infine Arles aveva detto: — Signore, io capisco che i miei voti potrebbero essere migliori ma, come ho cercato di spiegarle, durante gli scrutini ero malato e non ho potuto figurare bene. Gli insegnanti, in ogni classe, hanno rifiutato di essere indulgenti con la mia debilitazione febbrile.

— Non stento a crederlo. Uno scrutinio misura le nozioni apprese, non il tuo stato di salute. — Aveva guardato il fascicolo di Arles. — Vedo che hai optato per l'Ufficio D.

— Ho intenzione di diventare un enologo — era stata la risposta di lui.

— In tal caso ti consiglio di frequentare il corso estivo e rimediare ai tuoi pessimi risultati, altrimenti ti troverai a spremere grappoli in vigne molto lontane.

Arles aveva fatto una smorfia. — Per l'estate sono già impegnato con Mastro Floreste. Faccio parte della Troupe dei Pantomimi, come probabilmente lei sa.

— Questo è irrilevante. Non so se posso esprimermi in modo ancora più esplicito, ma ci proverò: o fai il tuo dovere a scuola, o rinunci al rango.

Arles aveva mandato un gemito. — Ma abbiamo in programma una tournée interstellare, a Soum e a Dauncy, e io non posso assolutamente perdermela!

Sonorius Offaw s'era grattato la fronte con un dito. – Vai pure, se credi. Io contatterò i tuoi genitori e li informerò della situazione.

Arles se n'era andato dall'ufficio. Ma il giorno successivo aveva intercettato la nota della scuola indirizzata a Spanchetta: spedirgliela apertamente era stata un'ingenuità, aveva riflettuto sogghignando fra sé. Se sua madre l'avesse letta, sarebbe stata capace di tenerlo chiuso in casa tutta l'estate con il naso appiccicato a libri indigesti come pietre. Che noia! Lui invece aveva un pressante desiderio di partecipare alla tournée, se non altro per impedire a Kirdy Wook di avere campo libero con le ragazze. Non che Kirdy, con quella faccetta tonda da adolescente imbranato, fosse una gran minaccia per lui.

Così Arles aveva evitato la scuola estiva, era andato in giro per vari pianeti con i Pantomimi, e aveva fatto ritorno a Stazione Araminta pochi giorni prima del compleanno di Glawen, troppo tardi per prepararsi agli esami. Quando era cominciato il corso al liceum, si era visto iscritto d'obbligo di nuovo al secondo anno.

Con quali parole avrebbe potuto spiegare diplomaticamente la cosa a sua madre?

Inutile informarla: questa era la risposta. Con molte probabilità la faccenda non sarebbe venuta alla sua attenzione; poi, in un modo o nell'altro lui sarebbe riuscito a metterci una pezza.

L'ultimo giorno del trimestre era per metà festivo, e agli studenti fu dato l'intero pomeriggio libero. Glawen, Arles e altri quattro scesero sul molo di fianco all'aeroporto, per assistere all'arrivo del traghetto da Yipton e allo sbarco dei lavoratori venuti a raccogliere l'uva dai vigneti.

Il gruppo era formato da Glawen, Arles, Kirdy Wook, Uther Offaw, Kiper Laverty e Cloyd Diffin. Kirdy, il più anziano e, come Arles, un Pantomimo, era un giovanotto robusto e ben curato, dai modi sobri, con grandi occhi azzurri, un volto rotondo, e un incarnato roseo quasi femmineo. Parlava poco, forse per mascherare la sua timidezza. In genere le ragazze lo ritenevano ottuso e un tantino troppo contegnoso. Sessily Veder, il cui volto incantevole affascinava, non meno della sua personalità irreprensibile, tutti quelli che la conoscevano, aveva un giorno definito Kirdy un «grosso agnellino da latte». Lui non aveva dato segno d'essere al corrente di quelle parole, ma una settimana dopo, con sorpresa di tutti, s'era iscritto al gruppo degli Arditi Leoni, come a dimostrazione che considerarlo ottuso e inesperto era uno sbaglio.

Kiper Laverty, che aveva l'età di Glawen, differiva da Kirdy sotto ogni aspetto: era sfacciato e impertinente, rumoroso, tutt'altro che timido con le donne e sempre pronto a combinare diavolerie ai danni di questo e quello.

Uther Offaw, un complesso individuo pochi mesi più giovane di Glawen, si comportava meticolosamente al liceum, ma in privato esibiva una mentalità contorta rivelando idee bizzarre, asociali e non di rado preoccupanti. I suoi capelli, lisci e paglierini, lasciavano scoperta una fronte ampia che sembrava restringersi a imbuto sul naso lungo e sottile. Anche Uther era un Ardito Leone.

Cloyd Diffin, lui pure Leone ma più pensoso che ardito, presentava al mondo un volto severo e imperturbabile. Ma formulava poche idee di sua produzione, e si poteva sempre contare che avrebbe seguito la guida dei compagni.

I sei giovani percorsero Via della Spiaggia fino al molo, dove il traghetto arrivato da Yipton stava per far sbarcare il suo carico di Yips. All'attracco era in attesa Namour, il coordinatore della manodopera, un uomo alto e attraente con una gran testa di capelli precocemente incanutiti. Era un collaterale dei Clattuc, e aveva viaggiato in lungo e in largo per la Distesa; era passato più volte dalla povertà alla ricchezza, e aveva conosciuto centinaia di momenti avventurosi che per la maggior parte rifiutava di raccontare. Dichiarava di aver visto tutto ciò che valeva la pena di vedere, e di aver fatto tutto ciò che valeva la pena di fare: una fredda vanteria che nessuno se l'era mai sentita di mettere in dubbio. L'esperienza aveva lasciato in lui una patina di maniere urbane e una studiata eleganza, che Arles pensava di poter usare come modello per i suoi atteggiamenti esteriori.

I sei giovani si avvicinarono a Namour, che prese atto della loro presenza con un austero cenno del capo. Arles gli chiese: — Quanti, nel carico di oggi?

— Come specifica il turno, centoquaranta.

— Mmmpf! Abbastanza pochi. Sono tutti per il lavoro alle vigne?

— Penso che ne useremo un certo numero al Parilia.

Arles esaminò gli Yips allineati lungo la balaustra della nave: uomini e donne giovani, vestiti tutti con lo stesso kirt bianco con l'orlo al ginocchio. Aspettavano tranquillamente e con espressioni blande, formando un gruppo d'aspetto sano e piacevole. I giovanotti avevano invariabilmente un fisico di prim'ordine, anche se forse un tantino snello, con pelle bronzea, riccioli biondo-cenere, e occhi molto distanziati pieni di pagliuzze d'oro. I volti delle ragazze erano dolci e ovali, e i loro capelli in genere di una sfumatura poco più scura, oro e miele. Avevano braccia e gambe graziosamente affusolate; nessun dubbio che le femmine Yips fossero belle.

C'era gente che si lasciava affascinare da ciò che credeva fosse qualcosa di alieno in loro, o di non-umano, qualità che invece sfuggiva del tutto a molti altri.

La porta della passerella fu aperta, gli Yips sfilarono davanti a una scrivania, dissero i loro nomi con voci basse e indistinte e ricevettero il loro permesso di lavoro. Namour e i sei giovani restarono da parte, osservando l'operazione.

— Uguali come semi in un baccello — borbottò Kiper a Glawen: — Ecco l'impressione che mi fanno.

— Forse noi sembriamo tutti uguali anche a loro.

— Voglio sperare di no — disse Kiper. — Non mi piace pensare che qualcuno, anche solo uno Yip, possa vedermi uguale a Uther o ad Arles.

Uther rise, ma Arles si voltò a dargli un'occhiataccia. — Ti ho sentito, Kiper. Simili osservazioni sono poco consigliabili.

— Kiper è decisamente brutto — disse Uther, — perciò sottoscrivo la sua dichiarazione.

— Be', è vero — disse Arles. — Da questo punto di vista mi associo anch'io.

Uther domandò: — Avete notato l'odore, quando la brezza soffia da questa parte? È il tipico sentore Yip, che si può avvertire in tutte le strade di Yipton. — Si riferiva a un odore lieve, come di erbe marine, con un tocco indefinibile di spezie e di sudore umano.

— C'è chi afferma che sia il risultato della loro dieta — disse Namour al gruppetto. — Personalmente io sospetto invece che uno Yip abbia odore di Yip, e nient'altro.

— È un interrogativo che non tormenta me — disse Arles. — Ah, per i sacri stinchi di tutti i Clattuc! Ponete gli occhi su quelle tre amabili creature, uomini! Io annuserei il loro aroma dalla mattina alla sera, e non ne avrei mai abbastanza. Namour, puoi senz'altro assegnarle a me, adesso e subito!

L'altro gli diede un'occhiata fredda. — Certamente, se sei disposto a pagare.

— Quanto?

— Vengono piuttosto care, specialmente quelle con gli orecchini neri. Significa che sono associate a un uomo. In altri termini, sposate.

— E le altre? Sono vergini?

— Come posso saperlo? Ma il loro prezzo resta alto.

— Che peccato! — gemette Arles. — Non posso far divorziare in qualche modo una di quelle tre?

— Prova, se vuoi assaggiare una lama fra le costole. Gli uomini non sono dei teneri coniglietti, non lasciarti ingannare da quelle facce miti. Noi non gli piacciamo, tanto per dirne una, e meno ancora quando allunghiamo le mani con le loro ragazze... salvo quando c'è un compenso in denaro. Per i soldi farebbero tutto, ma non cercate mai di truffarli. Qualche anno fa un turista si prese un passaggio con una Yip che raccoglieva l'uva, e poi fu così idiota da rifiutare di pagare. Due Yips lo stesero a terra e lo tennero fermo, mentre un terzo cominciò a fargli ingoiare grappoli d'uva... tutti quelli che avevano raccolto. Un brutto affare.

— Cosa successe a questi Yips?

— Niente. Se ti diverti, devi pagare. Meglio ancora: lascia stare le femmine Yips.

Uther Offaw fissò Namour con aria scettica. — Applica anche a se stesso questo consiglio? Sembra che ci sia sempre una bella cameriera Yip a rifarle il letto, e un'altra addetta esclusivamente alla sua stanza da bagno.

Namour permise a un sorrisetto di comparirgli sul volto attraente. — Non preoccuparti di me. Nella mia lunga vita ho appreso trucchi che io chiamo «lubrificanti». Molti li tengo segreti, ma ne condividerò uno con voi, del tutto gratis: «Non spingere mai qualcuno troppo forte. Potrebbe cominciare a spingere verso di te».

Uther si accigliò. — Molto profondo. Lo accetto senz'altro, anche perché è gratis. Ma cos'ha a che fare con le ragazze Yips?

— Niente. O forse tutto. Decidilo tu. — Namour li lasciò e andò a trattare col nuovo contingente di lavoratori.

I sei giovani ripercorsero Via della Spiaggia verso il liceum. Nella mensa all'aperto trovarono un gruppo di ragazze che si godevano dei gelati alla frutta. Due di loro, Ticia Wook e Lexy Laverty, erano bellezze ben note; le altre due, Jerdys Diffin e Cloe Offaw, venivano definite attraenti. Tutte erano un paio d'anni più anziane di Glawen e fuori della sua sfera di interessi.

Uther Offaw, benché fosse un libero pensatore, sapeva essere formale più di chiunque quando ne vedeva la necessità. Con il suo tono più raffinato le interpellò: — Oh, fanciulle! Perché mai sbocciate qui non viste, nell'ombra del fiortiglio?

— Non è che stiano proprio sbocciando — si fece avanti Kiper. — Si rimpinzano di dolciumi come ghiottoncelle, senza paura del mal di pancia.

Con un solo sguardo Ticia valutò i nuovi venuti. Tutti erano o troppo giovani o troppo inesperti e inoffensivi per qualsiasi cosa che non fosse una schermaglia innocua, tanto per far pratica. Riabbassò gli occhi nella sua coppa. — Un gel di mango? È ben altro che una ghiottoneria.

— In tal caso è un mal di pancia da poco prezzo.

Jerdys disse: — Tanto per vostra informazione, questo è un raduno privato del Culto di Medusa, e stiamo facendo il programma per l'anno prossimo.

— Noi — precisò Cloe, — intendiamo conquistare Stazione Araminta e far schiavi tutti gli uomini.

— Taci, Cloe! — esclamò Jerdys. — Stai rivelando i segreti del Culto!

— Potremo inventarne altri. I segreti sono facili. Io ne produco dozzine tutti i giorni.

— Ah-ehm! — tossicchiò Arles. — Avete preso nota della nostra presenza? Dobbiamo ciondolare qui attorno come se aspettassimo l'autobus, o siamo invitati a sedere al vostro tavolo?

Ticia scrollò le spalle. — Fate come vi piace. Ma i vostri gelati li pagherete voi.

— Nessun timore su ciò. Fatta eccezione per Glawen e Kiper, siete in compagnia di sofisticati gentiluomini.

I quattro ragazzi più anziani si impossessarono delle sedie e fecero in modo di occupare tutto ciò che restava del tavolo. Glawen e Kiper furono spinti di lato e in un modo o nell'altro costretti a restare appartati, al tavolo accanto: una situazione a cui si adattarono filosoficamente.

Lexy Laverty chiese: — Ebbene, di cosa vi state occupando voi, «sofisticati gentiluomini»?

— Passeggiavamo, discutendo dei nostri investimenti — disse Uther.

Attraverso lo spazio che li separava Kiper aggiunse: — Arles è indietro nello studio, così siamo andati al molo dei traghetti per farci una cultura in antropologia.

— Per esser precisi — lo corresse dignitosamente Arles, — esaminavamo alcuni yacht spaziali. C'è un nuovo modello di Principe Purpureo che, ve lo posso giurare, acquisterò fra meno di dieci anni!

Kiper, che non aveva inibizioni, esclamò: — Credevo che volessi metterti da parte i soldi per una di quelle ragazze Yips.

— Aha! — disse Ticia. — Così è là che siete stati! A ciondolare dietro le ragazze Yips, dagli sbarbatelli precoci che siete.

— Non Arles! — disse Uther. — Tutto quel che voleva fare era di annusarle un poco.

Kiper osservò: — Questo può essere precocità o no... tuttavia è certamente insolito.

— Sono della stessa opinione — disse Uther. — Ticia, tu che ne pensi?

— Io penso che siete due pazzi. Ecco cosa penso.

Arles disse, compito: — Ho di meglio da fare che insidiare le ragazze Yips. Credete che io voglia essere strangolato e ucciso e bruciato vivo o accoltellato solo per essermi preso delle libertà con loro?

— Se tua madre non ti tenesse a bada, faresti anche di peggio — disse Kiper.

Arles si rabbuiò in volto. — Lasciamo mia madre fuori dai nostri discorsi, vuoi? Lei non c'entra con l'argomento in oggetto.

— E qual era l'argomento in oggetto? — chiese Kirdy, aprendo bocca per la prima volta. — Ho dimenticato di cosa stavamo parlando.

Jerdys ebbe un sospiro. — Discutiamo di qualcosa davvero bello e interessante, come il Culto di Medusa.

— D'accordo — disse Cloyd. — Voi avete dei gentiluomini di servizio?

— Non ora — rispose Jerdys. — Li abbiamo usati tutti per i nostri sacrifici.

— Ehi! — gridò Lexy. — Chi è che sta divulgando i nostri segreti, adesso?

— Sono segreti ormai logorati dall'uso, e non servono a nessuno.

Arles disse: — Parlando di segreti, ho un'idea splendida! Avete notato che qui ci sono quattro bellezze del Culto di Medusa, e quattro Arditi Leoni? Glawen e Kiper non contano; anzi, stavano giusto per tornare a casa. Suggerisco di riunire le nostre forze e andare in qualche posticino tranquillo, dove potremo bere vino confidandoci i vecchi segreti e forse crearne di nuovi.

— Questa è una delle rare buone idee di Arles — osservò Cloyd. — Io voto sì.

— E anch'io — annuì Kirdy con un sorriso educato. — Ci sono due voti favorevoli. Probabilmente Arles si assocerà, e fanno tre. Uther?

Uther si mordicchiò le labbra. — Penso che terrò riservato il mio voto finché non avremo udito quello delle signore. Presumo che sarà affermativo.

— Il silenzio acconsente — disse Arles. — Di conseguenza...

— Al contrario! — lo corresse vivacemente Lexy. — In questo caso il silenzio significa sbalordita indignazione.

— Per chi ci avete preso? — chiese Jerdys. — Questo è il Culto di Medusa, un gruppo altamente selezionato.

— Andate a rivolgervi alle Naiadi, o alle ragazze del Club Filosofico — consigliò Cloe.

Ticia si alzò. — È ormai l'ora che io torni a casa.

— Mi chiedo perché abbiamo indugiato qui finora — aggiunse Jerdys con una smorfietta.

Le ragazze se ne andarono. Gli Arditi Leoni le seguirono con sguardi abbacchiati. A rompere il silenzio fu Kiper: — Che strano, eh? Basta menzionare gli Arditi Leoni e le ragazze spariscono come neve al sole.

Glawen aggiunse: — Arles ha scritto un libro per esclusivo uso degli Arditi Leoni. S'intitola *Manuale delle Arti Erotiche*. Sulla copertina ha stampato un'avvertenza: «Mai ammettere d'essere un Ardito Leone, o la garanzia di questo manuale si annullerà».

— Sono lieto di non essere un Ardito Leone — borbottò Kiper. — E tu, Glawen?

— Io sto bene così come sono.

Arles li fissò acremente. — Nessuno di voi due sarà mai invitato nel gruppo. Di questo potete esser certi!

Kiper saltò in piedi. — Andiamo, Glawen. Filiamocela, prima che Arles cambi idea.

Glawen e Kiper si allontanarono. Uther commentò, di malumore: — È un fatto che la nostra immagine pubblica sembra, per così dire, poco superlativa.

— Incomprensibile! — esclamò Cloyd. — Dopotutto non siamo rozzi frugasottane.

— Non tutti, comunque — grugnì Kirdy Wook.

Arles lo interpellò seccamente: — Cosa vuoi dire con questo?

— Suggerire alle ragazze di andare a gozzovigliare da qualche parte è stata una proposta eccessiva, se non volgare.

— Tu hai votato a favore!

— Non volevo offendere nessuno, io — disse virtuosamente Kirdy.

— Mmpf! Be', era un'idea. Avrebbero potuto dire di sì oppure di no. Come saperlo, altrimenti? La prossima volta potrebbe essere un sì. Questa è la teoria su cui si basa un intero capitolo del mio libro, intitolato: «Provaci: cos'hai da perdere?».

Anche Kirdy si alzò. — Ho da studiare. Vado a casa — disse, e si avviò.

Arles lo guardò pensosamente. — Talvolta Kirdy è un po' troppo formalista. Non è quello che chiamerei un tipico Ardito Leone.

— Se così fosse — disse Cloyd, — lui migliorerebbe la nostra immagine.

Uther sospirò. — Potresti aver ragione. A parte Kirdy, siamo un gruppo di individualisti, ai margini della società benpensante… anch'io vado a casa. Sono un po' indietro in matematica.

— Penso che dovrei fare lo stesso — disse Arles, dubbioso. — Il vecchio Sonorius mi ha rifilato una Notifica Urgente, che si suppone io debba consegnare a mia madre.

Uther lo fissò con interesse. — E lo farai?

— Questo è assai poco probabile!

Ma quando Arles tornò nelle sue stanze, scoprì che il liceum aveva mandato a sua madre una notifica separata.

6

Appena Arles fu a Casa Clattuc, Spanchetta gli chiese di spiegarle quella Notifica Urgente. — È evidente che stai ripetendo l'ultimo anno di studio, un fatto che io apprendo ora per la prima volta! Perché non sono stata informata al termine dell'altro anno scolastico?

— Ma certo che sei stata informata! — dichiarò Arles. — Te l'ho detto lo stesso, e tu hai risposto: "L'anno prossimo dovrai fare meglio" o qualcosa del genere. E io ho promesso che così sarebbe stato.

— Non ricordo nessuna conversazione del genere.

— Forse stavi pensando ad altro.

— Come mai stai andando così male anche ripetendo il corso? Non studi neanche un po'?

Gettandosi a sedere in poltrona Arles rifletté ad alcune possibili scuse. — Io sono senz'altro capace di far meglio, ma questo non è colpa mia! Il biasimo deve ricadere su quei pidocchi della cultura che hanno il coraggio di chiamarsi insegnanti. Non puoi immaginare le incredibili pignolerie con cui ti annoiano! E non sono il solo a lamentarmi. Ma hanno preso di mira me perché oso criticarli, e mi puniscono con voti ingiusti!

Spanchetta lo scrutò a occhi socchiusi. — Strano. Perché lo farebbero?

— Suppongo perché ho una mentalità inquisitiva, e non posso prendere tutto per scontato, passivamente. Li giudico una combriccola di snob presuntuosi, e loro lo sanno.

Spanchetta annuì con pericolosa lentezza. — Mmh! Perché gli altri studenti se la cavano così bene? Glawen ha avuto un Certificato di Merito.

— Non parlarmi di Glawen! Usa ogni più basso stratagemma immaginabile per ingraziarseli! Tutti lo sanno, e tutti salvo Glawen la pensano come me! Noi tutti vorremmo insegnanti più ragionevoli, che non favoriscano i leccapiedi!

— Bisogna che io mi informi — disse Spanchetta. Improvvisamente allarmato Arles s'irrigidì. — Che cosa intendi fare?

— Voglio arrivare al nocciolo della situazione, e in un modo o nell'altro vedere di raddrizzarla.

— Non essere precipitosa! — ansimò Arles. — Preferirei che tu scrivessi una lettera al liceum, chiarendo che io ho molte responsabilità e che non è opportuno costringermi a lavorare troppo sulla matematica e le materie scientifiche. Non faresti una buona impressione ad andare là tu stessa.

Spanchetta scosse il capo con una mossa così impaziente da far dilatare i suoi riccioli in un viluppo selvaggio, che riassunse la forma precedente per quello che parve un miracolo. — Quando io voglio una cosa, la ottengo, non importa ciò che pensano gli altri. Devi avere la pelle dura, se vuoi raggiungere qualcosa nella vita.

— Bah! — mugolò Arles. — Me la cavo bene anche così.

— Se perderai il rango di Agente per i tuoi brutti voti canterai un'altra canzone.

Il mattino dopo Spanchetta si recò al liceum, e nella sala d'attesa fuori dalle aule di matematica avvicinò l'insegnante Arnold Fleck.

Gli si fermò davanti, ed esaminandolo da capo a piedi prese nota della sua complessione snella e del volto pallido dai miti occhi azzurri. Poteva costui essere l'orco capace di maligne vendette che Arles le aveva descritto?

Fleck aveva riconosciuto Spanchetta, e all'istante presagì la natura della sua missione. — Buongiorno, madame. Posso esserle utile in qualche modo?

— Questo è da vedere. Lei è il professor Fleck?

— In persona.

— Io sono Spanchetta Clattuc, di Casa Clattuc. Mio figlio Arles è sotto la sua supervisione, non è così?

Fleck ci rifletté. — Teoricamente sì, e dico questo perché lo vedo solo di tanto in tanto.

Spanchetta si accigliò. Quel che voleva era una franca discussione di affari, senza sottili ambiguità e divagazioni. Il professor Fleck era partito col piede sbagliato. — La prego, signore, d'essere preciso! Lei è l'insegnante di matematica di Arles?

— Sì, madame.

— Mmh! Sembra che il ragazzo abbia dei problemi, e afferma che non è lui quello da biasimare. Ha la certezza che la matematica non gli venga presentata correttamente.

Il professor Fleck ebbe un sorriso freddo e malinconico. — Io gliela insegnerò in qualunque modo gli piaccia, purché s'impegni allo studio. Non può aspettarsi di assorbire le nozioni per osmosi; deve chinarsi sui libri e sviscerare gli argomenti, i quali sono notoriamente noiosi.

Spanchetta gettò uno sguardo agli studenti che s'erano fermati nelle vicinanze per ascoltare, ma non fece una piega. Abbassò minacciosamente la voce di un'ottava: — Arles ha la certezza d'esser stato preso di mira dalle sue critiche.

Fleck annuì. — In questo caso, Arles ha riportato i fatti reali. È il solo allievo della sua classe che non mostra attitudine alle fatiche dello studio. Inevitabilmente, è il solo a essere criticato.

Spanchetta fece una smorfia. — Sono più che sconcertata. È chiaro che qualcosa non va.

— È un caso difficile! — disse Fleck. — Desidera sedersi e riposare finché non si sentirà meglio?

— Non sono malata, ma oltraggiata! È suo dovere insegnare la materia in modo piacevole e completo a ogni allievo, facendo ogni concessione al temperamento individuale!

— La sua osservazione è esatta. E io dovrei sentirmi in colpa, se non fosse per una semplice considerazione: tutti gli altri insegnanti di Arles si trovano davanti lo stesso problema: un'ostinata pigrizia che sconfigge le loro migliori intenzioni. — Fleck si volse a chi li stava guardando. — Signori, non avete di meglio da fare? Questa è una faccenda che non vi riguarda. — Poi, a Spanchetta: — Passiamo in classe, se non le spiace. A quest'ora l'aula è libera, e ho qualcosa da mostrarle.

Spanchetta lo seguì alla cattedra, dove lui tirò fuori un pacchetto di fogli. — Questi sono alcune esempi del lavoro di Arles. Invece di finire i problemi, disegna facce grottesche e quelli che sembrano pesci morti.

Spanchetta trasse un profondo respiro. — Chiami Arles qui! Sentiremo cos'ha da dire.

Fleck parlò in un interfono, e da lì a poco Arles fece il suo ingresso nell'aula. Spanchetta gli sbandierò i fogli davanti al viso. — Perché disegni porcherie e pesci morti, invece di risolvere i problemi?

— Cosa? — gridò Arles, indignato. — Questi sono esperimenti di disegno: uno studio di nudo artistico!

— In qualsiasi modo li chiami, perché sono qui al posto del lavoro assegnato?

— Stavo pensando ad altro.

Fleck si volse a Spanchetta. — C'è qualche altra cosa in cui posso esserle utile, madame? Altrimenti dovrei...

La donna congedò Arles con un gesto. — Torna in classe! Il giovane uscì, sollevato.

Spanchetta fissò l'insegnante. — Non c'è bisogno di sottolineare che Arles deve assolutamente essere promosso. In caso contrario perderebbe il suo rango di Agente.

Fleck si strinse nelle spalle. — Lo attende un duro lavoro. Più presto comincerà a studiare, assiduamente, e più saranno le sue possibilità d'essere promosso.

— Glielo ficcherò in testa. Ma com'è strano! Sa che stanotte ho sognato proprio questa scena? Il sogno cominciava esattamente così, ne ricordo ogni parola.

— Straordinario — ammise Fleck. — Madame, le auguro una buona giornata.

Spanchetta non si mosse. — Nel mio sogno il povero Arles veniva respinto agli esami, e ciò sembrava mettere in moto un seguito di avvenimenti sfortunati che coinvolgevano perfino il suo insegnante. È stato molto realistico, con particolari tragici da incubo.

— Spero che non fosse un sogno precognitivo — disse Fleck.

— Probabilmente no. Tuttavia... chi lo sa? Strane cose accadono.

Fleck ci pensò qualche istante. — Il suo sogno è la più strana di tutte. Da questo momento Arles è escluso dalla mia classe. Buongiorno, madame. Non abbiamo altro da dirci.

Il giorno dopo il preside Sonorius convocò Arles e Spanchetta nel suo ufficio. Spanchetta ne uscì tremante di rabbia; Arles, mogio e abbacchiato, le tenne dietro. La donna s'era sentita dire che avrebbe dovuto pagare un insegnante privato di matematica, e che alla fine di ogni trimestre Sonorius in persona avrebbe super visionato gli scrutini.

Arles vide infine che, gli piacesse o no, i tempi beati della languida indolenza erano terminati. Ringhiando e imprecando piegò la schiena sui libri, sotto la squallida sorveglianza di un insegnante scelto dallo stesso preside Sonorius.

A rendere la situazione ancor più irritante per lui, Sessily Veder fece ritorno giusto allora a Stazione Araminta. La ragazza, una dei

Pantomimi di Mastro Floreste, aveva incontrato sua madre e la sorella più giovane, Miranda (meglio conosciuta come «Strillo»), a Soumiana, sul pianeta Soum. Le tre donne erano poi andate a far visita a un ricco socio dei Veder nella sua villa sulla romantica Riviera di Calliope, fra Guyol e Sorrentine, sul pianeta Cassiopea 993:9.

Sessily, un anno più giovane di Glawen, era decisamente affascinante; tutti glielo riconoscevano. La Provvidenza le aveva elargito ogni dono di natura: un'intelligenza vivace, un fine senso dell'umorismo, un carattere amichevole e affettuoso, e oltre a questo — quasi esagerando — una salute di ferro, uno splendido corpo flessuoso, e un viso un tantino malizioso e snob in un'aureola di riccioli castani.

I soli denigratori di Sessily erano due o tre delle ragazze più anziane, soprattutto Ticia e Lexy, che quando Sessily si univa alla compagnia sembravano al confronto pallide e austere. — Piccola esibizionista vanitosa! — si sussurravano l'un l'altra. Ma quando le riportavano quei commenti Sessily si limitava a ridere.

Per la giovane donna il lavoro scolastico non pesava molto. S'era iscritta al liceum un anno prima dell'ordinario, ed era dunque nella stessa classe di Glawen. Quando viaggiava prendeva con sé i libri di scuola, e al suo ritorno a Stazione Araminta si rimetteva senza sforzo in pari coi compagni.

Sessily sembrava aver portato nell'atmosfera del liceum una nuova e preziosa dimensione. Non era il tipo che flirtava, almeno consciamente; tuttavia provava un'innocente delizia nello sperimentare le armi che la natura le aveva lasciato scoprire nel suo aspetto.

Sessily era stata la prima ragione della riluttanza di Arles ad abbandonare i Pantomimi, visto che ciò lasciava la ragazza esposta alle attenzioni di Kirdy Wook, Banceck Diffin e altri, benché lei non avesse mai mostrato aperta predilezione per nessuno.

Quell'anno gli spettacoli di Floreste al Parilia sarebbero stati meno numerosi. Sessily vi avrebbe preso parte, con i membri dell'orchestra e alcuni altri. Ma con sollievo di Arles né *L'evoluzione degli Dei* né *Il Primo Fuoco* sarebbero stati rappresentati, privando così i rivali di Arles delle opportunità anche a lui negate.

In quanto a Sessily, la ragazza non aveva mai provato impulsi per alcuno dei colleghi Pantomimi. A Soumiana un paio di incidenti le erano stati se non altro utili per capire le tremende forze che lei poteva mettere in movimento ma non controllare. Aveva dunque stabilito che dopo il Parilia si sarebbe ritirata dalla troupe. — Suppongo che le cose non saranno più le stesse — mormorò la ragazza fra sé. — Non è strano? Il solo giovane che potrebbe piacermi, a stento mi guarda; mentre gli altri pensano d'essere diventati miei amici intimi se appena sono educata con loro!

In quest'ultima categoria Arles era il primo dell'elenco. Il giovanotto aveva perfezionato una tattica grazie a cui riusciva a intercettarla quando entrava in mensa per il pranzo, dirottandola quindi con abili manovre a un tavolo appartato e lì occupando l'intera ora con chiacchiere su se stesso e i suoi progetti per il futuro. — La verità, Sessily — le disse un giorno, — è che io sono uno di quegli uomini mai soddisfatti delle cose ordinarie. Io so quali sono quelle di vera qualità a questo mondo, e mi propongo di ottenerle. Ciò significa inseguirle, senza dubbi o incertezze. Io non sono fra i perdenti e i falliti! Stanne pur certa! Ti sto parlando così perché tu sappia che tipo sono. E ti dirò qualcos'altro, con molta franchezza... — Arles si sporse sul tavolo, prendendole una mano. — Provo interesse per te. Un vero interesse! Non lo trovi simpatico?

Sessily ritrasse la mano. — No, a dire il vero. Dovresti allargare altrove i tuoi interessi, nel caso che io non sia disponibile.

— Non disponibile? Perché no? Tu sei viva, e io sono vivo!

— Certo. Ma io presto partirò per un giro dell'universo, in solitudine, oppure potrei diventare una monaca trappista.

— Ah, ah! Tu scherzi! Una donna non può diventare un monaco trappista!

— Tuttavia, se accadesse, non sarei disponibile per nessuno. Arles scosse le spalle. — Non puoi essere più seria?

— Io sono serissima... e ora scusami, per favore. Vedo laggiù Zanny Diffin, e ho qualcosa da dirle.

Il giorno dopo, benché Sessily avesse cercato di nascondersi tenendo dei fogli davanti al viso, Arles la trovò da sola all'ombra del fiortiglio e sedette al suo stesso tavolo. Con un dito bianco e grassoccio le fece abbassare i fogli, e sorrise di un sorriso a tutti denti. — Ehilallà! Ecco qui il tuo Arles! Come se la passa oggi la giovane monaca trappista?

— Penso che mi taglierà i capelli a zero, mi dipingerò la faccia di blu e porterò un paio di baffi finti, così la gente non mi riconoscerà più — disse Sessily.

— Ah, ah! Sarebbe fantastico! Posso farti io da barbiere e da pittore? Mi chiedo cosa direbbe Mastro Floreste, specialmente se io poi mi dipingessi di rosso e ci facessimo vedere a passeggio mano nella mano!

— Lo spettacolo potrebbe intitolarsi *L'incubo di un maniaco*. Ma Floreste non lo vedrà mai. Ne ho abbastanza dei Pantomimi.

— Sul serio? Questa è una bella notizia! Anch'io sono fuori dalla troupe, finché i miei voti non miglioreranno. La prossima estate potremo vederci spesso.

— Non credo. Sto lavorando alla Loggia Sorgente d'Opale.

Arles si piegò in avanti. Quel giorno aveva iniettato in sé una dose di strategia tratta dal suo *Manuale delle Arti Erotiche*. — C'è una cosa di cui voglio parlarti. Ti piacerebbe avere uno yacht spaziale?

— Che domanda sciocca. C'è qualcuno a cui non piacerebbe?

— Tu ed io — disse Arles con enfasi, — dovremmo far progetti insieme sul tipo di yacht che vogliamo. Ad esempio, ti piacciono quei nuovi Super-Vandal? O il 14-X della Naseby, con soggiorno e salone? Non sono molto comuni, né forse troppo veloci, ma che rifiniture superbe! Qual è la tua opinione?

— Tutto mi andrebbe bene — disse Sessily. — Ma il problema sta nel procurarselo. E io sono troppo codarda per rubarlo e troppo povera per comperarlo.

— Non preoccuparti dei soldi! Affidati a me in questo argomento! Li troverò io, poi ne acquisteremo uno insieme… e via! Pensa a quanto potremmo divertirci!

Sessily fece un gesto indifferente. — Mia madre ha molto più denaro di me. Perché non ne parli con lei? Potreste imbarcarvi insieme, tu e mia madre, e godervi la bella vita.

Arles la fissò inarcando le sopracciglia, sconcertato. Secondo il *Manuale* una ragazza non avrebbe dovuto dare risposte di quel genere. Che Sessily fosse una specie di anormale? Un po' stizzito chiese: — Ti piacerebbe visitare la Città di Vetro, a Clanctus? E i canali di Vecchia Kharay? E non dimenticare Xanarre, con le rovine aliene e le città-nuvola fluttuanti.

— Ora come ora, ciò che andrò a visitare è le saletta delle allieve. Tu resta qui a sognare i tuoi sogni finché ti pare.

— Aspetta un momento! Ho deciso di farti da accompagnatore, al Parilia. Tu che ne dici?

— Dico: prendi un'altra decisione, dal momento che ho altri progetti.

— Oh? E da chi ti farai scortare?

— Tra-la-la! Questo è un mio segreto. Potrei anche starmene a casa a leggere un libro.

— Cosa? Durante il Parilia? Sessily, insisto perché tu sia seria!

— Adesso scusami, Arles. Se continuo ad ascoltare le tue chiacchiere finirai per vedermi seria davvero!

La ragazza se ne andò, lasciandolo lì seduto e rosso in faccia. Sessily, notò Arles, non andò direttamente verso la saletta delle allieve, ma si fermò a parlare con Glawen che sedeva da solo poco distante. Lui le sorrise e indicò qualcosa sul libro che aveva aperto sul tavolino. Lei gli poggiò una mano su una spalla e si chinò a guardare, poi disse qualcosa e proseguì verso la saletta delle ragazze. Quando ne uscì, poco dopo, tornò subito accanto a Glawen senza guardare da nessun'altra parte.

Con ostentata disapprovazione Arles si alzò e lasciò la mensa all'aperto.

Come molti altri, anche Glawen era prigioniero del fascino di Sessily. Gli piacevano certi suoi modi impertinenti, la vivacità con cui si muoveva, il modo in cui lanciava occhiate in tralice con divertita malizia. Ma ogni volta che cercava di parlare con lei sembrava che arrivasse qualcun altro a monopolizzare la sua attenzione. Fu perciò lietamente sorpreso quando la ragazza lo raggiunse al tavolo. — Be', Glawen, eccomi di nuovo qui. Mi è venuto a mente che dovrei farti una domanda.

— Molto bene. Sentiamola.

— Qualcuno mi ha riferito che tu hai espresso un'opinione su di me, definendomi una persona odiosa e intrattabile.

— Ti hanno detto questo! — esclamò lui, sbalordito.

— Dunque lo ammetti, Glawen?

Lui scosse la testa. — Lo avrà detto qualcun altro. Arles, forse.

— E tu non hai mai pensato che io sia tale?

— Assolutamente mai. Talvolta mi sarebbe piaciuto poterti dire ciò che penso davvero, ma tu sei sempre circondata da altri, e non riesco mai a metter bocca nella conversazione.

Sessily annuì pensosamente. — Arles mi ha appena chiesto di fungere da mio accompagnatore al Parilia. Gli ho risposto di no, perché andrò con qualcun altro.

— Ah! Posso chiedere chi?

— Ancora non so bene. Suppongo che qualche giovane simpatico me lo domanderà fra non molto.

Glawen fece per parlare, ma giusto allora la campanella delle lezioni cominciò a suonare, Sessily balzò in piedi e corse via. Glawen la seguì con lo sguardo. Possibile che gli avesse suggerito qualcosa di tanto inatteso e meraviglioso da sconfinare nell'incredibile?

Arles s'ingegnava di accompagnare Sessily a casa quanto più spesso possibile, ma quel particolare pomeriggio fu trattenuto in classe e la ragazza fu felice di potersi avviare da sola. Glawen, che aveva indugiato per attenderla, quasi se la lasciò sfuggire e dovette correre per raggiungerla.

Sessily si volse a guardarlo da sopra una spalla. — Per un terribile momento ho creduto che fosse Arles.

— No, sono io, e ho pensato al tuo problema.

— Davvero, Glawen? Quanto sei premuroso! E ti è sovvenuta una soluzione?

— Sì. Ho riflettuto che potrei chiedere io d'essere la tua scorta. Sessily si fermò, voltandosi a scrutarlo. Poi sorrise. — Glawen, tu mi sorprendi! Sei certo che non lo stai chiedendo per semplice gentilezza?

— Abbastanza certo. Più che certo!

— E non pensi che io sia una persona odiosa e intrattabile?

— Non l'ho mai pensato.

— In questo caso… sì!

In un impulso di gioia Glawen le prese le mani. — Per qualche ragione mi sento molto strano dentro, come se fossi pieno di bollicine spumeggianti.

— Anch'io. Potrebbe essere per la tua stessa ragione?

— Non so dirlo.

— Forse non è esattamente la stessa. Non dimentichiamo che io sono una ragazza, e tu un ragazzo.

— Non potrei ignorarlo per un solo istante.

— Si suppone che abbiamo dunque motivi diversi per fare la stessa cosa. Almeno, a quanto afferma Floreste. È questo che fa girare il mondo, se diamo retta a lui.

— Sessily, tu sei una persona saggia!

— Cosa dappoco, in realtà. — La ragazza fece un passo avanti e lo baciò. Poi indietreggiò subito, come smarrita da ciò che aveva osato. — Non avrei dovuto far questo! Penserai che sono troppo ardita.

— Be'… non *troppo* ardita.

— Erano settimane che desideravo baciarti, e non potevo attendere più a lungo.

Glawen fece per abbracciarla, ma Sessily divenne maliziosamente ritrosa. — Soltanto a me è lecito baciare, non a te.

— Questo non è gentile!

— Forse no… non trattenermi troppo, comunque. Non mi è concesso far tardi rientrando da scuola.

Arles, che passeggiava per via Wansey, voltò la testa e vide Glawen e Sessily fermi all'ombra di un salice piangente. Avvicinatosi rivolse loro una risata sfottente. — Oh, Oh! Ho interrotto un tenero duetto? Non è un posto un po' troppo pubblico per le intimità? Glawen, non mi aspettavo una simile condotta da te!

Sessily rise. — Glawen è stato gentile, ed è per questo che l'ho baciato. Se volessi lo rifarei ancora. Intendi restare qui?

— Che fretta ho di andarmene? Potrei imparare qualcosa di interessante.

— In tal caso ce ne andremo noi. — Sessily prese Glawen sottobraccio. — Vieni. Questa zona oggi non mi piace.

I due si allontanarono con dignità, e Arles fu lasciato lì in mezzo alla strada. Sessily guardò Glawen con un po' d'ansia. — Spero che lui non ti dia dei fastidi.

Glawen scosse fieramente la testa. — Mi sento sciocco. — Il braccio di Sessily s'irrigidì, e lui aggiunse in fretta: — Voglio dire che non ho saputo decidere cosa fare! Avrei dovuto rompergli la faccia? Sono rimasto lì come una mummia. Eppure, sia chiaro, non ho certo paura di lui.

— Hai fatto la cosa giusta — disse Sessily. — Arles è un lummox!

Perché azzuffarti riempiendoti di polvere e di sudore? Specialmente visto che non avevi una vera possibilità di batterlo.

Glawen lasciò uscire il respiro. — Suppongo che tu abbia ragione. Ma se succederà ancora...

Sessily gli strinse il braccio. — Non voglio che tu sia coinvolto in zuffe da strada per causa mia. Mi stai accompagnando a casa?

— Naturalmente!

A uno dei portoni di Casa Veder che si aprivano sulla strada, Sessily si volse a guardare a destra e a sinistra. — Devo esser prudente. Mia madre pensa già che io sia troppo libera. — Inclinò il volto di lato e baciò Glawen, che cercò di abbracciarla. Con una risatina la ragazza si svincolò. — Devo andare.

Glawen si accorse di avere la voce rauca. — Potremmo vederci questa sera dopo cena?

Sessily scosse il capo. — Devo disegnare una mappa per la scuola, e far pratica con lo strumento che suonerò al Parilia. Poi si suppone che io debba andare subito a letto. Tuttavia... ora che ci penso, domani sera mia madre andrà alla riunione del suo comitato, e io non sarò sotto il suo stretto controllo... che evidentemente sembra necessario.

— Domani sera, allora. Dove?

— Conosci il giardino delle rose, sul lato orientale della casa?

— Dove stanno di guardia tutte quelle statue?

Sessily annuì. — Io uscirò, se posso, circa due ore dopo il tramonto. Ci incontreremo alla base delle scale che scendono dalla terrazza.

— Ci sarò.

Il giorno dopo era Milden,* e non c'era scuola. A Glawen le ore parvero trascinarsi interminabilmente, un lunghissimo minuto dopo l'altro.

Un'ora dopo il tramonto si cambiò, indossando pantaloni blu e una morbida blusa grigia. Scharde notò quei preparativi. — Per chi ti stai facendo bello? O è un segreto?

---

* Originariamente "Ain-Milden" (letteralmente "il giorno d'argento"), equivalente all'attuale "sabato". La parola "Ain" è gradualmente caduta dall'uso ed è rimasto solo il nome del metallo. I giorni della settimana, a partire da lunedì: Ort, Tzein, Ing, Glimmet, Verd, Milden e Smollen. Tradotti: ferro, zinco, piombo, stagno, rame, argento e oro.

Glawen fece un gesto casuale. — Niente di particolare. Soltanto un'occasione sociale.

— Chi è la fortunata ragazza?

— Sessily Veder.

Scharde ridacchiò. — Non farti pescare da sua madre. Felice Veder è una Wook di nascita, e ha precisi concetti sulla virtù femminile.

— Dovrò correre i miei rischi.

— Non ti biasimo. Sessily ha fascino, questo è certo. Non c'è bisogno che io ti dica alcune cosette…

— Le so già, o almeno credo.

— Come pare a te.

Sulla porta Glawen si fermò. — In ogni caso, non farlo sapere a nessuno, specialmente ad Arles.

— Naturalmente. Mi prendi per uno sciocco?

— No, ma sei stato tu a insegnarmi di non prendere nulla per scontato. Ridendo, Scharde lo afferrò per le spalle, scuotendolo. — Assolutamente vero. Solo, non farti pescare!

Con un sorriso nervoso Glawen lo salutò e uscì. Scese le scale e si avviò nell'ombra della sera. Fremeva d'energia, e percorse il tragitto fino a Casa Veder un po' camminando e un po' correndo; poi, compiendo un largo giro fra i prati, si diresse al giardino delle rose. Passò fra due grandi urne di marmo, pallide nella luce delle stelle e abbracciate dagli scuri viticci dei rampicanti, ed entrò nel giardino. A destra e a sinistra si levavano due file di statue dagli atteggiamenti eroici, separate da aiuole di rose. Più oltre c'erano le torri, i balconi, le terrazze e i tetti di Casa Veder, immersi nel buio a eccezione di qualche rettangolo di luce gialla sotto il firmamento dello Sciame di Mircea.

Glawen attraversò il sentiero centrale verso la lontana scalinata. Si fermò ad ascoltare, ma tutto era silenzioso. Il profumo delle rose bianche saturava l'aria: un odore che da lì in poi avrebbe per sempre ricordato a Glawen quella sera.

Nel giardino c'erano soltanto lui e le statue. Con calma s'avviò al luogo dell'appuntamento. Sessily non era ancora arrivata, cosicché sedette su una panchina nell'ombra più fitta e si dispose ad aspettare.

Trascorse il tempo. Glawen sollevò gli occhi a osservare le stelle, di molte della quali avrebbe potuto dire il nome. Individuò la costellazione chiamata il Liuto di Endimione, al centro della quale un telescopio molto potente avrebbe potuto distinguere il Vecchio Sol... Udì uno scalpiccio lieve. Una voce morbida sussurrò: – Glawen... ci sei?

Lui uscì dall'ombra. – Sono qui, alla panchina.

Sessily mandò un'esclamazione appena udibile e corse ad incontrarlo; si abbracciarono. Estasi e meraviglia: ogni stella dello Sciame di Mircea era un gioiello prezioso, nel silenzio fremente delle statue marmoree e delle rose.

– Vieni – disse Sessily. – Andiamo al porticciolo, lì possiamo sederci. – Lo condusse in un pergolato semicircolare, sui cui pilastri si torcevano i rampicanti. I due giovani sedettero su una lunga panca che seguiva parte della circonferenza interna. Per qualche minuto non parlarono. Sessily si stiracchiò, alzando gli occhi al cielo. – Sei molto silenzioso.

– Sto riesaminando alcuni pensieri piuttosto strani.

– Che genere di pensieri? Parlamene.

– Sono difficili da mettersi in parole. È più una questione di sensazioni che di pensieri.

– Provaci lo stesso.

Glawen esitò, poi disse: – Ho guardato il firmamento, tutti quegli astri, e d'improvviso la mia mente si è spalancata... come se fosse conscia dell'intera galassia. Nello stesso istante ho avvertito la presenza di tutti i milioni e miliardi di esseri umani che si sono sparsi fra le stelle. La loro vita, o le loro persone, vibravano e mormoravano come una musica dolce e vaga. Per un attimo ho potuto udire quell'armonia e sentirne il significato, e poi è scomparsa, e io sono rimasto lì con gli occhi al cielo mentre la tua voce mi chiedeva perché ero così silenzioso.

Dopo un poco Sessily disse: – Pensieri come questi mi rendono malinconica. A me piace fingere che il mondo abbia avuto inizio quando io sono nata, e che durerà per sempre, e che non cambierà mai.

– Il nostro è un universo molto misterioso.

– A chi importa? Funziona in modo abbastanza piacevole, e mi ha sempre trattata bene, perciò non mi tormento sulle sue leggi fisiche. – Si raddrizzò e si volse, fronteggiando Glawen. – Non voglio che tu ti perda nei mormorii del cielo e in pensieri strani. Questo distrae la tua attenzione da me. Io sono molto più interessante e divertente delle stelle... credo.

– Ne sono più che convinto.

A oriente un pallido lucore vermiglio annunciava il sorgere di Lorca e di Sing, le altre due stelle del sistema. Mentre guardavano, prima l'una e poi l'altra emersero dall'orizzonte: Sing come un'esangue luna arancione; Lorca, una fulgida stella dai bagliori prismatici.

Sessily mormorò: — Non posso star fuori molto. Il comitato è in riunione in casa nostra, e la tua pro-zia Spanchetta ne fa parte. Lei e mia madre litigano sempre, e ogni volta la serata viene chiusa in anticipo.

— Che comitato è?

— Stanno definendo il programma del Parilia. Vogliono meno spettacoli all'Orpheum e in questo momento stanno discutendo la cosa con Mastro Floreste, il che è duro per chiunque, perché Mastro Floreste ha idee precise e irremovibili. Il sogno della sua vita è la costruzione di un nuovo Orpheum, proprio di fronte al liceum, e ogni sol guadagnato dai Pantomimi su altri pianeti è stato incamerato per questo scopo.

— Gli hai detto che vuoi lasciare la troupe?

— Non ancora. Ma non se la prenderà. Sono cose che già si aspetta. Lui adatta ogni spettacolo alle caratteristiche di chi lo recita, ed è per questo che ha successo. Al Parilia avrà almeno tre brevi serate, e io parteciperò a ciascuna: Verd e Milden sera, novità musicali. Smollen sera una recita, dove io sarò una farfalla con quattro ali. Mi piacerebbe fare da sola il costume che indosserò, con vere ali di farfalla.

— Sembra una cosa problematica.

— Non se tu mi aiuti. Hai il permesso di volo?

Glawen annuì. — Chilke ha firmato la mia licenza di compiuto addestramento la settimana scorsa. Sono abilitato a pilotare tutti i Mitrix del campo.

— Allora potremmo volare fino a Prato Maroli e procurarci ali di farfalla laggiù.

— Non vedo perché no... se tua madre approverà l'idea, cosa di cui dubito.

— Anch'io ne dubito... se la informassi prima. Perciò glielo dirò dopo il nostro ritorno, se me lo domanderà. È tempo che io cominci a imporre la mia indipendenza, non credi? Ma senza eccedere; sono felice di restare una fanciulla tutta casa e scuola ancora per un poco... e ora devo rientrare, prima che mamma esca a cercarmi. Lei ha le sue idee sull'indipendenza.

— Quando vuoi andare a Prato Maroli? Io dovrò saperlo con un giorno o due di anticipo.

— Una settimana dopo il prossimo Ing la scuola terrà chiuso per la festività. Il Calliope Club progetta di fare un picnic e una nuotata al Lago di Monte Azzurro. Forse tu e io potremo organizzare un picnic tutto nostro a Prato Maroli.

— Benissimo. Farò in modo che Chilke mi riservi un Mitrix. Sessily si stiracchiò. — Detesto andarmene... ma devo! Ora sii cauto nel tornare a casa! Non cadere in un fosso e non ferirti, e non lasciarti portare via da un grande uccello notturno o da un gufo!

— Sarò molto prudente.

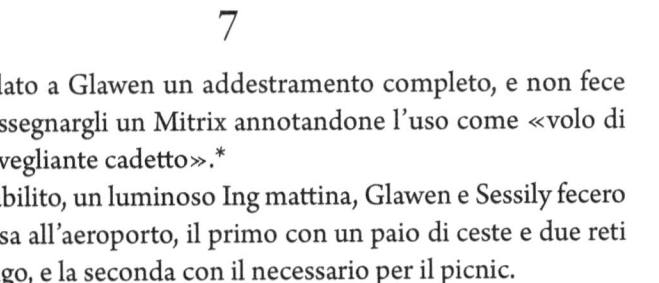

7

Chilke aveva dato a Glawen un addestramento completo, e non fece difficoltà per assegnargli un Mitrix annotandone l'uso come «volo di pattuglia – sorvegliante cadetto».*

Il giorno stabilito, un luminoso Ing mattina, Glawen e Sessily fecero la loro comparsa all'aeroporto, il primo con un paio di ceste e due reti dal manico lungo, e la seconda con il necessario per il picnic.

Chilke indicò loro l'aereo più vicino. — Quello è il vostro Mitrix. Ma perché le ceste e la rete?

— Scenderemo a Prato Maroli in cerca di ali di farfalla — rispose Sessily. — Mi servono per il mio costume da Parilia. Nello spettacolo sarò una bellissima farfalla con quattro ali.

— Farà certo un effetto straordinario — disse galantemente Chilke.

— Non lo dica a nessuno! — gli raccomandò lei. — Dovrà essere una sorpresa.

— Niente paura. Ho la lingua cucita.

— E tu che costume indosserai? — gli chiese Glawen.

— Io, un costume? Sarò solo uno degli aiutanti.

---

* Volo di pattuglia sulla Conservazione, per monitorare gli spostamenti di animali in branco, segnalare eventuali pestilenze, prendere nota di cataclismi naturali come incendi, inondazioni o eruzioni vulcaniche, e soprattutto per scoprire la presenza di Yips nel territorio. I cadetti qualificati erano quindi incoraggiati a compiere brevi voli di ricognizione.

— Andiamo, Chilke! C'è di meglio da fare. Sono sicuro che anche tu vorrai goderti la festa.

— Be'... forse. A dire il vero intendo concedermi un po' di divertimento, ma soltanto perché la maschera mi nasconderà la faccia. Sarò Chitterjai, il clown, che voi probabilmente considerate a stento una maschera. E tu?

— Io sarò un Imp Nero, con addosso una pelliccia vellutata, e anche la faccia dipinta di nero.

— Allora non sei uno degli Arditi Leoni.

— No di certo! Il costume da leone lo lascio a loro. — Glawen accennò al Mitrix. — È pronto al volo?

— Approssimativamente, per essere uno degli aerei di Araminta. Vediamo se ricordi la routine di decollo.

Chilke salì in cabina e osservò il giovane durante i controlli di rito. — Carburante: pieno — annunciò Glawen. — Energia di emergenza: carica standard. Autopilota: azzerato, luci verdi. Timer: in funzione. Razzi d'emergenza: nella scatola. Pistola: sulla rastrelliera e carica. Acqua di riserva: pieno. Rifornimenti e pronto soccorso: scomparto laterale. Motori: nessuna segnalazione guasti. Sistemi di allarme: luci azzurre.

Glawen proseguì in un completo controllo strumentale che soddisfece Chilke.

— Due cose da tenere a mente — disse l'uomo. — A Prato Maroli accertarsi di atterrare su un terreno sgombro; se sfondate uno di quei termitai vi troverete pieni di insetti e maledirete il giorno che siete nati. Secondo: non avventurarsi nella foresta. Nella zona sono stati visti dei tentacoloidi, perciò tenete gli occhi aperti e non allontanatevi dall'aereo.

— D'accordo, signore. Saremo cauti.

Glawen e Sessily sistemarono il bagaglio a bordo dell'aereo e salutarono Chilke; poi, con il giovane ai comandi, decollarono senza scosse. Una volta inserito l'autopilota volarono dritti verso sud, alla quota prudenziale di circa trecento metri.

Il Mitrix sorvolò a velocità moderata i vigneti e le piantagioni sulle rive de! fiume Wan e di Laguna Grande, quindi si lasciò alle spalle il territorio colonizzato e fu sulle terre selvagge.

In quella zona una placida savana con basse colline su cui crescevano

alberelli grigio-blu e cespugli verdolini, qua e là punteggiati da dendroni verde scuro e radi alberi del fumo che dilatavano il loro fragile
fogliame azzurro a più di cento metri dal suolo.

A occidente si susseguivano alture tondeggianti, una fila dietro
l'altra, crescendo in altezza fino a trasformarsi nei maestosi Monti
Muldoon. Fra essi si scorgeva Passo Volaoltre, la profonda sella fra
le montagne che incanalava il volo delle farfalle migratorie nel loro
viaggio verso la Valle di Maroli e il mare.

Quindici, trenta chilometri, cinquanta: sotto di loro comparve Prato
Maroli, una sgargiante distesa trapunta di colori. L'aereo si abbassò
lento fra miriadi di farfalle.

Glawen guardò attraverso il localizzatore ottico, e fissò il dischetto
verde pallido su una distesa di cemento costruita per gli omnibus
volanti dei turisti. Fece uscire il carrello, e il Mitrix atterrò da solo sullo
spiazzo.

Per un paio di minuti i due restarono seduti in cabina, scrutando
i confini del Prato. Erano completamente soli. A parte le farfalle,
nient'altro si muoveva.

Un centinaio di metri sulla destra si alzava la parete della foresta,
fitta e minacciosamente scura. A sinistra, ancor più vicino, cresceva
altra boscaglia. Davanti, a una distanza alquanto maggiore, il prato si
apriva in una spiaggia sabbiosa lambita dalle onde dell'oceano.

I due giovani aprirono il portello e scesero sul cemento.

Il cielo pullulava di farfalle, a milioni, giunte da ogni angolo di
Deucas. Il battito delle loro ali era un fruscio vibrante e basso, quasi
inaudibile; nell'aria stagnava un odore intenso e dolciastro.

Ciascun insetto esibiva i colori caratteristici della sua specie: azzurro
e scarlatto, verde striato, giallo limone e nero, porpora a chiazze lavanda,
bianco e blu, rosso con bordi porporini.

Piombavano in picchiata sul prato, roteavano, spiraleggiavano in
cerca di essudazioni chimiche, e il loro vorticare abbacinava gli occhi
come una nevicata dai mobili e brillanti effetti del miraggio.

Gli sciami, dopo aver roteato nell'aria riunendosi per specie e per
colore, si abbassarono ciascuno sul genere di pianta più gradito. Ad un
tratto gli insetti si liberarono delle ah, che piovvero in basso cambiando
l'aspetto del suolo sotto le piante.

Le farfalle, ora ridotte a larve lunghe una decina di centimetri dell'identico colore grigio, corsero giù per i tronchi e una volta fra l'erba sciamarono a gran velocità verso il mare.*

Glawen e Sessily tolsero le reti e le ceste dalla carlinga dell'aereo, e il giovane, memore degli avvertimenti di Chilke, s'infilò la pistola nella cintura.

Sessily lo guardò ironicamente. — Perché quell'arma? È pieno di ali sparse al suolo; non avrai bisogno di sparare alle farfalle!

— È una delle prime cose che mio padre mi ha insegnato: non muovere un passo nelle terre selvagge senza un'arma.

— Il solo pericolo, da queste parti, è di finire con un piede in qualcosa

---

* Il ciclo vitale della farfalla è di notevole interesse. Dopo aver abbandonato le ali si dirige al mare, ma non senza pericolose avventure lungo la strada. Dapprima le larve devono oltrepassare fittissimi pseudo-termitai alti un metro, piantonati da insetti-guerrieri che cercano di ucciderle e trascinarle nel sottosuolo. Le larve non sono indifese né facili da sopraffare: accecano gli avversari con schizzi di inchiostro, staccano loro la testa e proseguono. Per tutto il Prato Maroli infuriano feroci battaglie, mentre le orde di ex-farfalle camminano sui corpi in lotta.

Una volta sulla spiaggia, le larve arrivate faticosamente fin lì ed ora a meno di dieci metri dal traguardo, affrontano un nuovo pericolo: i succiaratti, grossi animali simili a ibridi di foca e topo comuni in tutti gli acquitrini di Cadwal. Famelici e sempre in cerca di preda, essi risucchiano le larve con il naso simile a una lunga proboscide. Sono creature repellenti, semiacquatiche, e come molti altri animali di Cadwal essudano un odore spiacevole.

Le larve sfuggite agli insetti-guerrieri, ai succiaratti, e agli assalti degli uccelli marini sono ancora milioni. Esse si gettano nella risacca, dando inizio a una nuova fase della loro singolare esistenza.

Fra gli scogli presso la riva le larve si nutrono di plancton, perdono le gambe, assumono un carapace scaglioso e sviluppano una coda da pesce, divenendo in effetti pesci lunghi una quindicina di centimetri. Reagendo a un misterioso segnale nuotano verso est e si allontanano da Deucas, dando inizio a una migrazione che le porta attraverso metà del pianeta. Infine raggiungono una zona a sud di Ecce, dove un circolo di correnti intrappola enormi banchi di erbe marine. Qui le farfalle, ora pesci, si accoppiano e depongono le uova. Compiuto il loro destino, esse muoiono. Alla schiusa delle uova nascono sciami di gamberetti simili a krill, che una volta cresciuti e divenuti ninfe salgono sui banchi d'erba ad asciugare le loro ali. A tempo debito si sollevano nell'aria, e sulla spinta dei venti stagionali raggiungono la costa occidentale di Deucas.

di molle e disgustoso — disse Sessily. — Coraggio, raccogliamo le nostre ali e andiamocene. Con questo puzzo riesco appena a respirare.

— Sai già quali colori ti servono?

— Prendiamo le azzurre e verdi sotto quell'albero, e le rosse e gialle laggiù in fondo. Poi vorrei anche una certa quantità di quelle nere e porpora, che fanno un bell'effetto.

Procedendo con attenzione attraversarono la spianata verso gli alberi che desideravano. Glawen usò quindi la rete per raccogliere dai cespugli e dalle fronde le ali, versandole accuratamente nei contenitori: prima le verdi striate di azzurro, poi le rosse dai bordi gialli ed infine quelle nere e porporine.

Esitante, Sessily contemplò il bottino. Glawen chiese: — Pensi che ti basteranno?

— Sì, ne sono certa — annuì lei. — Non mi dispiacerebbero anche quelle gialle e verdi, ma sono troppo lontane, e quest'odore mi sta dando la nausea.

— Vedo un'altra ragione per non andare là — disse Glawen con voce improvvisamente piatta. — Torniamo all'aereo, e in fretta.

Seguendo il suo sguardo Sessily vide, dall'altra parte del prato, una bestia lunga e massiccia, nera a eccezione del muso le cui fattezze erano orrendamente umanoidi. Trotterellava su sei zampe artigliate, mentre un altro paio erano riunite davanti al torace come in atto di preghiera. Era un tentacoloide dei Monti Muldoon, un essere semi-intelligente il cui nome era dovuto al viluppo di tentacoli neri che gli oscillavano intorno alla testa.

Glawen e Sessily indietreggiarono verso l'aereo con tutta la cautela possibile, ma il tentacoloide notò all'istante il movimento: si volse e accelerò l'andatura, tagliando loro la strada in pochi balzi.

Dopo un centinaio di metri la bestia si fermò per valutare la situazione, poi emise un verso querulo, raspò il terreno ferocemente, e con un ringhio si mosse all'attacco.

Glawen disse fra i denti: — Mio padre aveva ragione, come sempre. — Estrasse la pistola dalla cintura e la puntò contro il tentacoloide, che si fermò all'istante; da qualche parte doveva aver appreso che un bipede il quale puntava un oggetto metallico era molto più pericoloso di lui. Mandò un altro ululato stridulo, poi si allontanò a lunghi balzi verso la spiaggia, dove azzannò uno dei succiaratti. Il latrato della creatura semiacquatica si spense in un gorgoglio agonizzante, e nella zona tornò a calare il silenzio.

Glawen e Sessily si affrettarono a risalire nell'aereo, misero nella carlinga le reti e i cestini, e senza esitare un attimo decollarono.

Soltanto allora il giovane sospirò, emozionato: — Salvi! Non ho mai apprezzato tanto il brivido del volo!

— Quel bestione è stato simpatico a lasciarci stare — disse Sessily.

— Sicuro. Ha deciso di darmi una possibilità in più. Mi stavano tremando le mani al punto che non l'avrei mai colpito. Mi chiedo se sarei stato capace di premere il grilletto... non sono molto orgoglioso di me stesso.

Sessily addolcì il tono: — Naturalmente che lo avresti colpito, e in un punto molto doloroso. L'animale lo ha capito. Inoltre, io gli ho detto di andarsene.

— Tu cosa?

Sessily rise divertita. — Ho usato la telepatia e gli ho ordinato di andarsene. Lui ha riconosciuto una volontà più forte della sua, e mi ha ubbidito.

— Uhm! — borbottò Glawen. — Vogliamo tornare laggiù e provare ancora?

— Glawen! È crudele punzecchiarmi così. Io ho cercato soltanto di rendermi utile.

Lui sospirò. — Non so se sarà prudente dire quel che ci è accaduto. Potrebbero pensare che ci siamo messi in una situazione pericolosa... come in effetti era.

— Non diremo niente a nessuno. Hai appetito?

— L'unica cosa che ho sono i postumi dello spavento.

Sessily indicò verso nord. — C'è una deliziosa collinetta dove potremmo scendere a far colazione.

8

Nelle prime ore del pomeriggio Glawen e Sessily fecero ritorno a Stazione Araminta. Il giovane atterrò verticalmente nel parco dietro Casa Veder, dove Sessily scese con le ceste di ali, le reti e quel che era avanzato dal picnic. Glawen quindi decollò e riportò il Mitrix all'aeroporto, posteggiandolo di fronte agli hangar.

Chilke uscì a salutarlo. — Com'è andata la caccia alle farfalle?

— Abbastanza bene — disse Glawen. — Sessily è contenta delle sue ali.

Chilke esaminò il Mitrix. — L'aereo sembra ancora tutto d'un pezzo. Perché sei così pallido?

— Non sono pallido — rispose lui. — Almeno, non credo di esserlo.

— Io ti definirei un tantino scosso.

— Per la verità è successo qualcosa, ma non me la sento di parlarne.

— Storie! Non può esser stato così brutto. Racconta!

In un fiotto di parole lui gli disse tutto: — È successo questo. Avevamo appena finito di raccogliere le ali. Mentre tornavamo all'aereo un grosso tentacoloide nero è uscito dalla boscaglia. Si è subito mosso per assalirci, avvicinandosi fin troppo. Io avevo la pistola pronta, ma non c'è stato bisogno di sparare, perché l'animale è subito scappato sulla spiaggia dove ha divorato uno di quei topi anfibi. Sessily ha detto di averlo scacciato con la telepatia; per quel che ne so, può averlo fatto davvero; io avevo troppa paura per comportarmi con più intelligenza. — S'interruppe per riprendere fiato. — Ero così teso che stentavo a reggere la pistola.

— Un episodio movimentato — annuì Chilke. — C'è altro?

— Sì. Abbiamo lasciato Prato Maroli a tutta velocità. Circa quindici chilometri più a nord, appena di nuovo calmi, siamo scesi sulla cima di un'altura per fare colazione. Io ce l'avevo sempre con me stesso. Ho pensato di fare un po' di tiro al bersaglio, tanto per prendere confidenza con la pistola. Ho mirato a una roccia e premuto il grilletto. Il meccanismo ha fatto *click!* Ho esaminato la camera di carica, e ho visto che non c'erano munizioni.

Chilke sbatté le palpebre. — Roba da matti! Hai giocato le tue carte su una pistola scarica!

— Io non lo vedo come un gioco.

Per qualche istante Chilke fischiettò fra i denti. Poi disse: — Se si devono assegnare le responsabilità, cominciamo da te: controllare la carica della pistola tocca all'operatore, questa è la regola.

Glawen abbassò la testa. — Lo so. Ho mancato.

— Il secondo della lista sono io. Ti ho visto fare un controllo superficiale dell'arma e non ho protestato. La mia sola scusa è che avevo cambiato quella pistola tre giorni fa. Entrambi abbiamo imparato una lezione, spero. E ora il fatto: perché le munizioni non c'erano? Qui dobbiamo passare a quel furbacchione di Sisco. Ah, il fatto è grave! Penso che lo riempirò di botte. Ma prima dobbiamo tirarlo fuori dal buco. Ascoltare uno Yip che mente è un vero piacere, soprattutto quando è convinto di avere le spalle al sicuro.

Chilke guardò nella penombra dell'hangar. — Sisco? Dove sei... lì che dormi? Ah, vedo. Non stai dormendo: stai riflettendo sul lavoro in posizione orizzontale. Sul lavoro altrui, presumo, visto che oggi non hai mosso un dito. Ma non importa. Vieni un po' fuori, che ho da parlarti.

Sisco uscì pigramente dall'hangar: un giovanotto dalla pelle dorata, con capelli quasi della stessa tonalità, dal fisico snello e lineamenti classici. Se in quella bellezza si poteva trovare un neo, qualcuno avrebbe detto che aveva occhi un tantino troppo distanziati. Spostò lo sguardo da Glawen a Chilke, poi, sorridendo del suo vago sorriso da Yip, si avvicinò senza fretta.

Chilke parlò con voce mielata: — Sisco, tu conosci la differenza fra un pestaggio di Classe A, uno di Classe B, e uno che ti occorrono sei mesi per capire di che classe era?

Sisco scosse il capo, sorridendo. — Tu parli per enigmi. Io non so niente di queste brutte cose, salvo che non è simpatico farne cenno in una conversazione educata.

— Ma la conosci la differenza fra quello che è tuo e quello che è mio? Sisco aggrottò le sopracciglia, sbalordito. — Per avere una risposta sensata dovresti elencare le cose da definire tue oppure mie. O si tratta di un'altra volgarità a doppio senso, offensiva per me e per questo altro giovane?

Chilke scosse tristemente la testa. — Prima o poi, Sisco, il tuo ingenuo candore mi farà piangere di commozione.

— Ti prego: io non voglio far piangere nessuno.

— Lasciamo perdere. Ciò che voglio adesso è che tu mi accompagni nel posto dove hai messo le munizioni della pistola.

Sisco esibì un'espressione vacua. — Pistola? Munizioni?

— Devi tirarle fuori subito. Prima che io cominci a picchiarti.

— Ah, ah, ah!

— Cos'hai da ridere?

— Queste tue battute, sulle tue cose e sulle munizioni. Sono molto spiritose.

— Non sono battute spiritose. Glawen non sta ridendo. Osservalo con attenzione. Quando ride lui, puoi ridere anche tu.

— Ma certo, capo. Vuoi che io stia qui a osservarlo adesso, o posso tornare al mio lavoro?

— Prima le munizioni dell'arma in dotazione al Mitrix. Dove sono?

— Oh! Quelle munizioni lì! Perché non dirlo subito? Mi avevi preoccupato! Non era prudente tenerle là, e le ho tolte per metterle in un contenitore più sicuro; ma poi mi è stato chiesto di fare mille altre cose. Quando sono tornato, le munizioni non c'erano più. Qualcuno aveva visto che erano difettose, gettandole via.

— Glawen, hai mai sentito menzogne più spudorate? Prendimi quella corda, che voglio appendere Sisco al soffitto per i piedi.

— Un momento — disse Sisco, a disagio. — So che ti piace fare scherzi fra amici, ma qualche volta è più simpatico usare quelle che io chiamo parole felici. E poi, cosa penserebbe questo ragazzo? Io sono una brava persona.

— Per l'ultima volta: dove sono le munizioni?

— Oh, quella roba! Mi sembra di aver visto qualcosa di simile dietro il magazzino. Qualche persona disordinata, o forse un ladro, deve averle lasciate là.

— Questa è un'ipotesi molto realistica. Oggi Glawen ha cercato di sparare a un tentacoloide che lo attaccava. Ha puntato l'arma e premuto il grilletto, ma l'arma era scarica, perché tu avevi rubato le munizioni. Fortunatamente il tentacoloide si è spaventato ed è fuggito.

— Che avventura emozionante! — disse Sisco. — Lei, giovane signore, ha grandi poteri. Riesco a percepirli. Tu li percepisci, mio buon amico Chilke? È una nobile forza! Che benedizione per lei! E ora io sarei un po' stanco, e penso di tornare ai miei doveri.

Chilke lo agguantò per un braccio. — Mostrami quelle munizioni, prima che io cominci a pestarti. Sul retro del magazzino, hai detto?

Sisco alzò un dito tremulo. — Mi è appena tornato in mente! Senza pensarci, devo aver gettato quella vecchia roba inutile in camera mia. Puoi star seduto qui e riposarti, capo, e io corro subito a prenderla.

— Ci verrò anch'io, ma non di corsa. E tu, Glawen?

— Ho avuto abbastanza emozioni per oggi. Torno a casa.

— Benissimo. Quando avremo un po' di tempo ti spiego io come usare quell'arma. C'è il modo giusto e quello sbagliato. Non fa mai male saperlo; la gente che volta le spalle ai guai espone il deretano a un brutto calcio.

— Sì, te ne sarò debitore. — Glawen si avviò all'uscita.

Quando rientrò nel suo appartamento a Casa Clattuc, Scharde non c'era. Stancamente si distese sul divano e subito si addormentò. Al risveglio scoprì che Syrene era tramontata, e su Stazione Araminta stava scendendo il buio. Scharde non aveva ancora fatto ritorno: una circostanza insolita.

Dopo essersi lavato le mani e la faccia si pettinò, poi scese in refettorio per cenare. Da lì a qualche minuto apparve Arles, che prese nota della sua presenza. Lui finse di guardare altrove, ma invano. Arles attraversò il locale e venne a sederglisi accanto. — Cos'è tutta questa faccenda? Perché hai provocato un simile scompiglio?

— Non so di cosa stai parlando.

Arles abbaiò una risata. — E aspetti che io ti creda? Tu hai portato fuori Sessily in aereo, atterrando in un posto pericoloso pur di rotolarvi nell'erba da qualche parte. Poi, a quanto ho sentito, hai perduto la pistola, e al ritorno ne hai accusato uno Yip facendogli passare dei guai ingiustamente.

Glawen lo fissò indignato. — Dove hai sentito queste assurdità?

— Poco importa dove le ho sentite! E non è tutto!

— Vuoi dire che c'è dell'altro?

— Naturalmente! Chilke, il quale si è rifiutato con cavilli tecnici di darmi la licenza mentre a te l'ha regalata per amicizia, ti ha ingenuamente creduto e ha abusato di quel povero Yip. Namour non l'ha permesso, e ha ricordato a Chilke dove si trovava. Sono corse delle parole, e infine Namour ha licenziato in tronco Chilke. Questo è stato il bel risultato della tua piccola scorribanda.

— Ti sbagli su ogni particolare — disse Glawen, sprezzante. — Sessily e io siamo andati a Prato Maroli in cerca di ali di farfalla, non per rotolarci nell'erba come tu hai elegantemente insinuato.

Arles rise di nuovo. — Ancor più sciocco di quel che credevo, allora!

Ho notato le manovre della damigella, quando c'è qualche maschio attorno; non venirmi a raccontare che è una santarellina!

– Io dico soltanto la verità. Non ho perduto nessuna pistola. Ho informato Chilke che mancavano le munizioni, e lui ha scoperto che Sisco le aveva rubate.

– Mmpf! Namour non ci crede, visto che ha sbattuto fuori Chilke. I fatti sono questi, e parlano da soli.

In refettorio entrò Scharde. Venne a sedersi di fronte a Glawen e chiese: – C'è stata agitazione. Dove ti eri cacciato?

– Ho dormito finora. Arles dice che Namour ha licenziato Chilke. Ti riferisci a questo?

Scharde guardò Arles, sorpreso. – Namour non ha tale autorità. È addetto ai lavoratori Yip, e nient'altro. Dove hai sentito questa sciocchezza?

– Da mia madre – grugnì Arles. – Lei dice che da Namour dipendono tutti i lavoratori forestieri.

– Tua madre è in errore. Sia Namour che Chilke dipendono dall'Ufficio D, e hanno circa lo stesso grado. In secondo luogo, il licenziamento di Chilke non è mai stato in gioco. Semmai è Namour a dover dare delle spiegazioni. L'Ufficio B si è occupato della cosa tutto il pomeriggio, tanto che solo adesso ho trovato il tempo di venire a mandar giù un boccone.

In tono offeso Arles disse: – Non è così che io l'ho sentita raccontare. Ma suppongo che lei sappia di cosa sta parlando.

– Una cosa posso accennarla – disse Scharde. – In ballo c'è più di quanto appare al primo sguardo. Non dirò altro, adesso, ma domani ne sentirai ancora parlare.

9

Il pomeriggio seguente Glawen andò a Casa Veder, per aiutare Sessily a costruire le sue ali di farfalla. Mentre lavoravano le riferì quel che era successo dopo il loro rientro col Mitrix. – Questa mattina ho visto Chilke – proseguì. – D'accordo con lui, dimenticherò tutta la faccenda. Chilke dice che è stata una farsa da palcoscenico, con l'ultimo atto di carattere più drammatico. Namour ha cominciato automaticamente a difendere Sisco, senza nessuna conoscenza dei fatti, e ha detto a Chilke: "È logico che facciano qualche stranezza ogni tanto! Cosa si aspetta da loro? Sono licenze insite nel lavoro stesso!"

«Chilke ha replicato: "Non più! Licenze simili sono cessate nel momento in cui ho assunto la carica di direttore!"

«Ed è qui che Namour ha dichiarato: "In questo caso, lei è licenziato sui due piedi! Prenda la sua roba e lasci il pianeta. Non le sarà più permesso cambiare il modo in cui facciamo le cose qui a Stazione Araminta!"

«Chilke gli ha riso in faccia, e ha detto: "Rubare munizioni non è uno scherzo. Se pensa questo, meglio che sia lei ad andarsene. È una cosa molto grave. Ora procediamo con la perquisizione della camera di Sisco. Tutto ciò che è di proprietà dell'aeroporto lo voglio indietro all'istante. Sono io ad averne la responsabilità".

«Namour ha rifiutato di muovere un dito. Chilke ha detto che allora avrebbe perquisito lui stesso la stanza di Sisco, senza alcun riguardo. Qui Namour ha cominciato a dare in escandescenze, e ha urlato a Chilke che se ci avesse provato gli Yips ai suoi ordini lo avrebbero sbattuto a calci fuori dal campo.

«Chilke si è stancato di discutere, e dal magazzino ha telefonato all'Ufficio B. Subito Namour ha abbassato la cresta, avanzando parole molto più ragionevoli. Mentre aspettavano, Sisco è sgusciato via, con l'intento evidente di nascondere il bottino. Chilke s'era aspettato proprio questo, e lo ha pedinato fino in camera sua. Qui ha scoperto un vero e proprio deposito di materiale: una pistola, molte munizioni, utensili, pezzi di ricambio per aerei. Tutta roba che Sisco aveva rubato nell'aeroporto.

«A questo punto è comparsa Spanchetta. Era molto agitata, e ha aggredito Chilke: "Come osa lei minacciare il povero Sisco con una scusa così vile?" E poi: "Non ha riflettuto che agendo come un poliziotto brutale si macchia di un'intollerabile arroganza, specialmente dopo che è stato appena licenziato?"

Affascinata, Sessily chiese: — E Chilke cosa le ha risposto?

— Ha detto: "Madame, nessuno mi ha licenziato, e non sto facendo funzioni di poliziotto. Sto solo riprendendo possesso di oggetti che appartengono all'aeroporto. Rappresentano una considerevole somma di denaro".

«Spanchetta ha gridato che il principio era più importante del denaro, ma giusto allora è arrivato l'Ufficio B: mio padre, Wals Diffin e il vecchio Bodwyn Wook in persona. Nessuno si è trovato d'accordo con Spanchetta, neppure Namour.

— E a Sisco cos'è successo?

— Sarà rimandato a Yipton senza paga; è più o meno tutto quello che gli possono ragionevolmente fare. Ma il caso non è ancora chiuso. Ora tutti sono sul posto a fare ispezioni, e ne è stato avvertito anche il nuovo Conservatore. Dovrei essere là anch'io, ma avevo promesso di aiutarti e preferisco stare qui con te.

— Grazie, Glawen. Odierei non poter finire le ali e perdermi il Parilia per colpa dei crimini di Sisco.

— Mi sembra che il lavoro stia venendo abbastanza bene.

— È vero. — Avevano già costruito quattro telai in asticelle di bambù, stendendovi sopra una pellicola trasparente; ora stavano incollando su di essa le ali secondo un disegno accurato. Il locale in cui lavoravano era un misto di stanza di sgombero e da studio, sotto l'ala est di Casa Veder, con i raggi del sole che entravano da una fila di alte finestre. Sessily indossava morbidi pantaloni rosa e una maglietta grigia, indumenti inadatti a celare quelle forme femminili di cui Glawen era sempre più consapevole. Infine gli accadde di trovarsi al suo fianco mentre lei si chinava sul tavolo. La ragazza sentì la sua vicinanza e si volse, alzando il volto con un mezzo sorriso. Glawen la prese fra le braccia e la baciò con un'intensità che non lasciava spazio a dubbi, ed ella rispose al bacio. Quando si separarono, i loro sguardi rimasero uniti.

Glawen disse, rauco: — Non so se questi pensieri me li abbia messi in testa Arles, o se siano nati da soli in me, ma quale ne sia il motivo le mie braccia rifiutavano di lasciarti.

Sessily ebbe un sorriso mesto. — Dar la colpa ad Arles perché mi ami… ciò non è molto lusinghiero per me.

— Non volevo dir questo! — ansimò subito lui. — È solo che…

— Taci — disse Sessily. — Non spiegarti. Parlare è sempre un'astrazione dei sentimenti. Pensa, invece.

— Pensare? A cosa?

— Be'… forse ad Arles.

Glawen era perplesso. — Se vuoi. Per quanto tempo?

— Solo un istante. Abbastanza da capire che anch'io ho dei sentimenti, e che Arles non è niente per me. — Fece un passo indietro. — Glawen, no. Non avrei dovuto dir questo. Mia madre potrebbe entrare da un momento all'altro... e infatti: ascolta! La sento arrivare proprio adesso. Mettiamoci al lavoro.

I passi che si avvicinavano erano rapidi e sicuri. La porta si aprì e nella stanza entrò Felice Veder: una bella donna poco più che quarantenne, non molto più pesante di Sessily, sul cui volto si leggeva una sicurezza adamantina, come se ogni suo atteggiamento fosse autoregolato in schemi tanto perfetti da non richiedere alcuna attenzione conscia.

Felice si fermò un attimo a esaminare i due giovani. Il suo sguardo captò la posizione artificiosa di Glawen, il lieve rossore di Sessily e qualcosa di fuori posto nei suoi riccioli bruni. Si accostò al tavolo e osservò le ali. — Oh, che belle! Queste saranno davvero spettacolari, specialmente nel riflettere la luce! Ma sbaglio o fa un po' caldo, qui? Perché non aprite le finestre?

— Sì, c'è caldo — fu d'accordo Sessily. — Glawen, vuoi per favore... ma no! Se entra il vento farà volare via tutto.

— È vero — disse Felice. — Bene, io ho molte cose di cui occuparmi. Cercate di fare un buon lavoro!

La donna uscì. Pochi minuti dopo nel corridoio esterno si udì un altro scalpiccio. Sessily tese gli orecchi. — Questa è Strillo. Mamma ha deciso che dobbiamo essere sorvegliati. — Gli gettò un'occhiata di tralice. — Con buone ragioni, forse?

Glawen sogghignò. — D'ora in poi farà in modo che non restiamo mai soli.

Sessily rise. — Poco probabile che ci riesca... anche se talvolta vorrei che le cose fossero continuate per sempre così com'erano un tempo.

Nella stanza entrò una ragazzina, una creatura sottile sui dieci anni, con gli stessi riccioli e il nasino impertinente di Sessily. La sorella maggiore alzò gli occhi. — Ehilà, Strillo. Che vieni a fare quaggiù fra i topi e i vermi e gli insetti che saltellano dappertutto?

— Mamma dice che devo aiutarvi, e che Glawen deve lavorare sodo, in modo che la sua mente non voli via fra i fiori. Non è strano che mamma abbia detto questa cosa?

— Molto strano. Talvolta è imprevedibile. Naturalmente voleva alludere al fatto che Glawen è una specie di poeta, e che se non badiamo noi a dirigerlo nel lavoro lui s'invola nei suoi sogni a occhi aperti.

— Mmh! Credi davvero che volesse dire questo?

— Ne sono sicura.

— Quando sarà il mio turno di dirigere il lavoro di Glawen?

— A volte, Strillo — sospirò Sessily, — mi viene il sospetto che tu sia più precoce di quel che dai a intendere. Non farai nessun turno di lavoro con Glawen. Non finché non lo avrò istruito su ogni particolare e avrà dimostrato d'essere abile e volonteroso. Adesso avanti, vieni qui e renditi utile.

— Ci sono davvero i topi e i vermi quaggiù?

— Non lo so. Ma tu stai lontana da quell'angolo buio, dietro le scatole. Se qualcosa di orribile ti saltasse addosso... noi abbiamo imparato a nostre spese a non avvicinarci.

— Tante grazie, ma non ho tutta questa paura, io.

Sessily si volse a Glawen. — Strillo è davvero coraggiosa in queste cose. È ammirevole.

— Non esattamente — disse la ragazzina. — In realtà, non proprio, anche se apprezzo che tu dica questo. E ora mi viene in mente che ho deciso di non essere chiamata «Strillo» mai più. Hai sentito le mie parole, Glawen?

— Ma certo. Come dovremo chiamarti?

— Il mio vero nome è Miranda. «Strillo» non sembra proprio per niente un nome da ragazza.

— Forse è vero — annuì Glawen. — Che nome sembra «Strillo», secondo te?

— Lo so io cosa sembra! Quando gli altri dicono «Strillo» tutti pensano che questo è quello che faccio.

— Indubbiamente giusto! — disse Sessily. — Bene, dovremo cambiare questa abitudine. Soprattutto perché «Miranda» è un bel nome per una fanciulla cresciuta, che non è una marmocchia seccante come altre sorelle minori che conosciamo, no?

— Grazie, Sessily.

10

Poco dopo il tramonto Glawen fece ritorno a Casa Clattuc, e una volta ancora trovò che Scharde non era nell'appartamento. Incerto e a disagio s'accorse di provare un senso di colpa per qualche fatto o misfatto che non riusciva a identificare, ma che l'assenza di Scharde sembrava rimproverargli. Cosa poteva a trattenere suo padre a quell'ora della sera? La questione dei furti di Sisco doveva esser già stata chiarita da un pezzo... Glawen telefonò all'ufficio di Namour ma all'apparecchio non rispose nessuno. Chiamò la sede dell'Ufficio B alla Nuova Agenzia, e gli fu risposto che con ogni probabilità Scharde era ancora occupato all'aeroporto.

Stabilì di non attendere. Corse giù per le scale, uscì da Casa Clattuc e si avviò verso la periferia, ma dopo appena pochi passi vide arrivare il padre. — Stavo venendo a cercarti — gli disse, sollevato. — Cos'è stato a trattenerti tanto?

— Davvero una faccenduola simpatica — rispose Scharde. — Tu aspettami in refettorio; mi do una lavata e ti raggiungo.

Dieci minuti dopo, mentre Glawen sbocconcellava formaggio e biscotti salati, il padre sedette di fronte a lui. — E tu dove ti sei nascosto tutto il pomeriggio? C'era bisogno anche di te.

— Scusami — disse Glawen. — Stavo aiutando Sessily con il suo costume. Non mi sono reso conto che la mia presenza era necessaria.

— Avrei dovuto immaginarlo — disse Scharde. — Il Parilia deve pur esserci, visto che arriva ogni anno. Comunque, abbiamo fatto a meno di te. Anche se, ora che ci penso, tu hai avuto un ruolo importante nella faccenda.

— Ma cos'è successo?

Mentre il cameriere Yip serviva la minestra, Scharde tacque, poi disse: — È stata davvero un'imprevedibile catena di circostanze. Si direbbe che il Parilia riesca ad accentrare strani disegni.

— In che modo?

— Se non fosse per il Parilia, Sessily non avrebbe mai voluto delle ali di farfalla. Tu non avresti eroicamente cercato di sparare a un tentacoloide con una pistola scarica. L'onore di Chilke non sarebbe stato oltraggiato al punto da farlo irrompere nella camera di Sisco, dove ha fatto una gravissima scoperta. L'Ufficio B non avrebbe messo piede negli alloggi dell'aeroporto, dove abbiamo frugato camera per camera e trovato non solo casse e confezioni di materiale rubato ma anche un piccolo arsenale. Ogni Yip del campo possedeva un'arma: coltelli, sparadardi, spantic, e ventotto pistole. Quegli alloggi erano una caserma. Namour si dichiara sbalordito. Ha perso molte delle sue arie, e ammette perfino che Chilke aveva ragione, anche se per motivi sbagliati.

— Ma qual è il significato di tutto questo? — domandò Glawen.

— Nessuno lo sa per certo. Gli Yips sorridono e divagano, fingendo di cadere dalle nuvole. Le armi, dicono, sono regali avuti dai turisti. Questo significa che i turisti in visita a Yipton sono stati provvisti di ragazze Yips e hanno pagato in armi. È abbastanza possibile. D'ora in poi daremo un giro di vite ai controlli doganali; nessuno introdurrà più armi a Yipton.

«Gli Yips non hanno detto una parola dei loro piani. Ma la prossima settimana è Parilia. Il traghetto di Ort mattina stava per portare un altro gruppo di Yips, probabilmente armati. Tutti abbiamo dovuto chiederci se, questa è l'ipotesi, Tzein o Ing notte, mentre la gente fa festa in costume ed è ubriaca o distratta, non avrebbe potuto esserci un'improvvisa insurrezione armata mirante a un massacro generale, e culminante con migliaia di Yips padroni di Araminta. Poi avrebbero potuto volare a sud e gettare Stroma nel fiordo, e il gioco sarebbe stato fatto: da lì in poi Deucas sarebbe stata ribattezzata magari Yiplandia, con Titus Pompo come Oomphaw di Cadwal. E invece... — Scharde alzò un dito. — Sessily decide di aver bisogno di ali di farfalla, e Chilke è uno a cui non piace esser menato per il naso, e così il Parilia si svolgerà come al solito, e pochi sapranno quanto sono andati vicini a una festa di ben altro genere.

— Ora cosa succederà?

— La decisione sarà presa dopo il Parilia. In questo momento tutti gli Yips a parte i domestici sono confinati nel recinto dei loro alloggi. Chilke voleva farli spedire su Rosalia, come lavoratori vincolati per pagarsi il viaggio. Sembra che Namour abbia già in opera un giro d'affari di questo genere.

— L'idea non è affatto malvagia.

— Decisioni simili devono venire da Stroma, dove niente è semplice. Sembra che adesso ci sia una nuova fazione, la Società Pace e Libertà e Vogliamoci Bene, o un nome del genere, secondo cui non bisogna far nulla che urti i sentimenti dell'Oomphaw. Be', vedremo. Incidentalmente, ci sono buone notizie per te!

Glawen lo fissò con apprensione. — Ah, sì? Quali?

— Sei stato assegnato a mansioni importanti, durante lo svolgimento del Parilia.

Lui si sentì mancare il cuore. — Mi hanno messo di guardia agli alloggi Yips del campo.

— Indovinato. Hai un buon intuito. Oltre a questo avrai un incarico di assoluto prestigio. Il nuovo Conservatore si chiama Egon Tamm. Risiederà a Casa Clattuc fino al termine del Parilia, quando cioè l'ex Conservatore potrà lasciare Casa Riverview. Porterà con sé la famiglia, e ha due figli: Milo, un ragazzo della tua età, e Wayness, una ragazza di poco più giovane. Sono intelligenti, simpatici e ben educati. Tu sei stato prescelto per averne cura, e durante il Parilia dovrai fare del tuo meglio perché si divertano. Chiedi cos'ha fatto cadere la scelta su di te? Prendilo per un complimento: sei considerato tu pure intelligente, simpatico e ben educato.

Glawen si afflosciò sulla sedia. — Preferirei avere meno complimenti e più tempo libero.

— Metti da parte simili pensieri.

— La mia vita sociale è rovinata.

— Un Clattuc non è soltanto attivo e coraggioso: è pieno di risorse e sa sfruttare bene il suo tempo. Almeno, questo ci dice la tradizione.

— Se dovrò farlo, dovrò farlo — borbottò Glawen. — Quando avrà inizio questo incarico?

— Appena arriveranno da Stroma. Probabilmente sono modesti e convenzionali; non farli ubriacare fino a dare spettacolo di sé; al Conservatore non piacerebbe, e si farebbe una pessima opinione di te.

— D'accordo — mugolò Glawen. — Ma supponiamo che siano loro gli sregolati: chi proteggerà me?

Scharde rise. — Un Clattuc è un gentiluomo in tutte le circostanze.

PARTE II

1

VERD MATTINA IL SATIRO LATUUN balzò su un piedistallo presso il liceum, agitò le braccia scure e nodose, saltellò sulle sue zampe di capra e trasse dal flauto un trillante rivolo di note, dando ufficialmente inizio al Parilia. Poi galoppò all'imbocco di via Wansey, e al suono di ritornelli acuti e rauchi toni bassi guidò il corso mascherato su per la strada, torcendosi, scalciando le sue gambe pelose e gettandosi verso ogni femmina come un giovane e goffo animale. I celebranti in costume lo seguirono con alte grida eccitate, danzando alla musica stridula selvaggia del flauto, e dietro di loro si mise in movimento una fila di carri allegorici, mostri meccanici, grottesche figure femminili e gentiluomini elegantissimi in sontuose carrozze. Le bande musicali marciavano con la processione; una falange di otto Arditi Leoni nelle loro pellicce giallastre ruggì avanti assaltando ogni ragazza graziosa lungo il percorso. Ai lati si allineavano file di bambini in costumi sgargianti; piccoli pulcinella e pierrot correvano attorno spargendo petali di fiori e facendo buffamente inciampare Latuun. Ma chi poteva esserci sotto la ridicola maschera del satiro? L'identità di Latuun era tenuta segreta per tradizione, però era chiaro che fra il suo carattere e quello dell'uomo che lo rappresentava doveva esserci una somiglianza, e in genere si sospettava che Latuun in realtà non fosse altri che quel galante donnaiolo di Namour.

Così cominciavano gli ultimi tre giorni e tre notti di feste e banchetti e chiasso nelle strade, con tutte le manovre amorose e le piccanti situazioni e gli scherzi consentiti dalle maschere. La sera di Verd e di Milden i Pantomimi di Floreste avrebbero presentato i loro interludi, che Floreste chiamava «svolazzi», e Smollen sera una più estesa «fantasmagoria».

Poi: l'escalation di emozioni del Grand Masque fino alla mezzanotte, quando la dolce musica di una pavana avrebbe segnato il termine del Parilia, fra lacrime e risa, e sempre dopo un turbine di piccole glorie e tragedie della vita.

Così era il Parilia, in una forma ormai divenuta convenzionale dopo migliaia di anni in cui lo si celebrava.

2

I progetti di Glawen per il Parilia erano stati distrutti da due circostanze non collegate, entrambe sorprendenti, entrambe piene di problemi: la scoperta dell'arsenale Yip e l'arrivo della famiglia del nuovo Conservatore a Casa Clattuc.

Come risultato della prima il giovane si trovò, in quanto cadetto dell'Ufficio B, assegnato a un turno di tre ore in sorveglianza notturna attorno al recinto degli alloggi Yip. L'operazione era intesa a bloccare ogni possibilità che gli Yips, procurandosi altre armi, potessero ancora mettere in atto un piano di violenza: un'ipotesi, secondo l'opinione di Glawen, estremamente improbabile.

Scharde commentò in tono secco la tesi del figlio: — Hai senz'altro ragione! Le probabilità di un improvviso attacco degli Yips sono infatti remote: una su diecimila che ciò accada nei prossimi tempi. Questo significa che potrebbero passare da venti a venticinque anni prima che una rivolta Yip ci sorprenda e ci massacri tutti quanti!

— Ora mi prendi in giro — brontolò Glawen. — E come se non bastasse, sarò di pattuglia insieme a Kirdy Wook.

— Oh? Credevo che Kirdy ti fosse simpatico.

— Non ho niente contro di lui, salvo che annoierebbe a morte chiunque.

Gli Yips reagirono alle misure di sorveglianza con quello che parve soltanto stupore e divertimento. Ma chi li conosceva bene notò molta contrarietà dietro la loro maschera affabile.

Nessuno volle prendere sul serio anche la più vaga possibilità che gli Yips meditassero un bagno di sangue. Namour, freddo e sardonico, commentò: — Sono felice di non essere di servizio qui attorno. Se una decisione come questa l'avessi presa io, la gente riderebbe di me.

Chilke non era lontano e lo udì. — Lei non si è sorpreso di trovarli in possesso di quel bottino?

— Naturalmente, e sono indignato.

— Chi crede che volessero ammazzare con quelle armi? Qualche turista?

Namour scrollò le spalle. — Io ho smesso di cercar di capire gli Yips molto tempo fa. Ma una cosa la so: non ce n'è uno che saprebbe organizzare una gara di rane saltataci senza affogare dieci volte nella palude.

— Forse qualcuno li aiuta a fare piani.

— Forse. Ma vorrei vedere un acconto di prova concreta, prima di mettere così a soqquadro la stazione.

Kirdy Wook, più anziano di Glawen, aveva avuto il grado di capo pattuglia. Robusto, con lineamenti pesanti e rotondi occhi azzurri, deprecava ogni istante delle tre ore del suo turno. — L'emergenza è finita, se mai ne è esistita una — dichiarò in tono ragionevole. — Dunque perché dobbiamo scarpinare avanti e indietro qui al buio?

— Io so perché mi trovo qui — disse Glawen. — Perché Bodwyn Wook ne ha dato l'ordine.

Kirdy grugnì. — Io non sono certo venuto di mia iniziativa. Questo significa spingere la prudenza troppo oltre! Riesco ad ammettere che qualche Yip volesse vendicarsi tagliando una gola o due, ma trovo inconcepibile qualcosa di peggio.

— Di peggio? Cos'altro vorresti di peggio?

Kirdy imprecò fra i denti. — Devo spiegarti tutto in semplici parole di una sillaba? Gli Yips non hanno mai fatto certe cose in passato, sì o no?

— È per questo che ora ne stiamo parlando.

— Non capisco cosa vuoi dire — si accigliò Kirdy.

— Se gli Yips avessero ucciso i nostri nonni, noi non saremmo mai nati.

— Bah! — borbottò Kirdy. — È inutile parlare con te quando sei di umore così fantasioso.

A Glawen tornò in mente una delle osservazioni di Uther Offaw su Kirdy: — Nessun mistero: l'amico è semplicemente invecchiato prima del tempo. — Arles aveva replicato, dubbioso: — Non ne sono certo: È uno dei Pantomimi più entusiasti, e un ruggente Ardito Leone! — Ma Uther aveva scrollato le spalle: — Probabilmente è solo un po' timido.

Kirdy grugnì ancora: — Mi chiedo per quanto vorranno tenere in piedi questa faccenda della sorveglianza.

— Fin dopo il Parilia, o almeno così ha detto mio padre.

Kirdy fece un calcolo mentale. — Così Smollen sera saremo di servizio fino a tardi! Sai che significa? Ci perderemo tutta la fantasmagoria e il Grand Masque!

Rattristato Glawen capì che l'altro aveva ragione, e che lui non avrebbe visto Sessily nel suo costume da farfalla. In tono cupo rispose: — Non possiamo farci niente. Perciò è meglio ingoiare questo boccone.

Kirdy sbuffò. — Ho notato che i signori ufficiali non sono qui a marciare nel buio: soltanto i cadetti e i graduati più giovani.

— Questo è nella natura delle cose. Non ho bisogno di una grande esperienza per saperlo.

— Lo so anch'io, ma non mi piace... be', ci sono ancora venti minuti; poi potremo finalmente andarcene a letto.

Il mattino successivo era l'inizio della settimana del Parilia. A colazione Scharde notificò a Glawen che quel giorno il nuovo Conservatore sarebbe arrivato a Casa Clattuc. — Perciò lavati bene dietro gli orecchi ed esercitati a dire: «Sì, dama Wayness» e «lei ha ragione, sir Milo».

Glawen lo fissò sconcertato, poi si accorse che il padre non scherzava. — Per me fa lo stesso, ma vorrei sapere cosa aspettarmi. Sono tipi strani, o singolari? Dovrò parlare dell'ecologia di Cadwal? O evitare l'argomento? Mi sarà chiesto di ballare con la ragazza?

Scharde sogghignò. — Naturalmente! Dov'è la tua galanteria? O preferiresti danzare con il ragazzo?

— Mmpf! Te lo saprò dire dopo aver visto sua sorella.

Scharde alzò le braccia al cielo. — Davanti a tale cinismo io mi ritiro dal campo!

Dopo colazione Glawen telefonò a Casa Veder e parlò a Sessily delle sue varie sventure.

La ragazza si mostrò comprensiva. — E sei di pattuglia con Kirdy? Chissà che noia!

— L'hai detto! Anche se non ha certo un cattivo carattere. Ma questa è solo la cima dell'iceberg. Secondo il programma saremo di pattuglia anche Smollen sera, durante lo spettacolo dei Pantomimi, e non potrò vederti con le tue ali!

— Ah! Forse è un bene, visto che non sono certa che le asticelle reggeranno fino al termine dello spettacolo.

— Non è ancora tutto! Oggi i nostri sconosciuti ospiti arrivano da Stroma, e io dovrò tenerli allegri e ben nutriti per tutto il Parilia.

— Sembra piuttosto eccitante!

— Eccitante non è la parola che userei io. Mi aspetto una coppia di giovani Naturalisti dalle guance paffute, molto alti, con voci roboanti, olezzanti di pesce, trementina e lucido da scarpe.

— Oh, avanti! I Naturalisti che conosco io non sono affatto così.

— Ci voleva proprio la mia fortuna per vedermi affibbiare quei due.

— Rimpinzali di ghiottonerie e poi portali a correre su e giù per la spiaggia. Ma sono certa che non sarà così brutto. Come si chiamano?

— Milo e Wayness Tamm.

— Potresti trovarli intelligenti e simpatici, e apprezzare la loro compagnia. Non abbandonare fin d'ora ogni speranza.

— Uhm! — disse Glawen. — Sei molto coraggiosa nel parlare dei pericoli che dovrò affrontare io.

— Anch'io ho dei problemi. Floreste è assolutamente tormentoso. Mi domanda mille volte quello che preferisco e poi ogni dieci minuti cambia il copione. Adesso mi farà suonare nel trio per due sere, e non conosco gli spartiti. E per puro capriccio ha rifatto l'intero programma di sabato sera. In questo caso ne ringrazio il cielo. Floreste metterà in scena un atto comico, con sei ninfe che provocano il satiro Latuun, il quale naturalmente sarà Namour.

— Non sapevo che Namour fosse interessato al teatro.

— E non lo è. Ciò che lo attira è l'idea di palpeggiare le ninfe, e il suo costume lo autorizza a ogni impertinenza. Si è comportato con spiacevole familiarità verso di me, arrivando perfino a farmi delle mezze proposte. Io ho detto a Floreste che non posso suonare nel trio ed essere contemporaneamente una delle ninfe, così lui mi ha scusato e ha messo Drusilla al mio posto.

— Chi è Drusilla?

— Drusilla co-Laverty. Una ragazza più anziana di noi, che lavora all'albergo.

— Ah, sì, la rammento. Non è un po' troppo abbondante per fare la ninfa?

— A me non importa proprio. Ho già abbastanza difficoltà a studiare il modo di muovere quattro ali dì farfalla al giusto ritmo. Sto imparando a rispettare molto gli insetti che riescono a farlo così facilmente.

3

Quella sera il giovane telefonò ancora a Sessily. — Qui Glawen.

— Oh, per tutto il giorno mi sono chiesta dov'eri. Che c'è di nuovo? Lui ebbe l'impressione che la ragazza fosse stanca e un po' giù di morale. — Non molto — disse. — Soltanto i miei doveri ufficiali.

— Mi sembri stranamente di buon umore.

— Questo si deve a uno straordinario colpo di fortuna: mi hanno esentato dal servizio di pattuglia, così potrò dedicarmi completamente ai nostri ospiti. Indovina chi è stato incaricato di sostituirmi?

— Namour? Chilke? Floreste?

— Ipotesi divertenti, ma inesatte. Il fortunato mortale è Arles. C'è stato un certo baccano quando ha saputo la notizia: Arles era in gran forma. Anche Spanchetta ha espresso diverse sue opinioni.

— Immagino con quale vivacità.

— Ma tutto per niente. Stanotte Kirdy e Arles scarpineranno nel buio, intrattenendosi a vicenda con le storie degli Arditi Leoni.

— In costume da Arditi Leoni, suppongo.

— Non contarci! Cosa penserebbero gli Yips vedendo due Arditi Leoni vagare intorno al recinto?

— Forse chiuderebbero a chiave le loro donne.

— Ah! In ogni caso, Arles e Kirdy devono uscire di pattuglia con l'uniforme da campagna dell'Ufficio B.

— Bene, questa è una buona notizia per te. Ma sei in buoni rapporti con i tuoi ospiti?

Glawen disse, cautamente: — Siamo ancora un po' sul formale, anche se i timori che avevo si sono dileguati.

— Dunque Wayness non è alta due metri, e non puzza di pesce?

— Quella era una battuta. No, è piuttosto normale, e non manda odori particolari.

— Ed è sorprendentemente carina, eh? Così, al confronto, io ti sarò parsa una vecchia cesta di giunchi.

— Che sciocchezza! Tu sei la più affascinante cesta di giunchi che io abbia mai visto!

— Glawen! Devo prenderlo per un complimento? Non so se ne sono capace.

— Voleva essere un complimento. Tu cosa fai di bello?

— Meglio dire cosa «dovrei» fare, ovverosia studiare la mia parte. Ma parlami dei tuoi ospiti: sono altezzosi o intrattabili?

— Per niente. Sono abbastanza cordiali, e molto ben educati.

— Mmh! I Naturalisti che ho incontrato alle logge erano tutti un po' singolari, come se seguissero linee di pensiero diverse dalle nostre.

Glawen si volse a guardare verso l'angolo della biblioteca, dove Milo e Wayness sedevano a sfogliare riviste importate da altri mondi. — Non sembrano particolarmente singolari, ma capisco cosa vuoi dire.

— Che aspetto hanno?

Di nuovo Glawen soppesò con cautela le parole: — Non hanno quello che si potrebbe definire un brutto aspetto.

— Affascinante! Dimmi qualcosa di più.

— Hanno capelli neri, intonati al tono un filo olivastro della loro pelle. Milo ha un fisico abbastanza armonico.

— E Wayness? Anche lei ha un fisico abbastanza armonico?

— In un certo senso. È snella, quasi come un ragazzo giovane. Milo è un paio di centimetri più alto di me e attraente in un modo, direi, aristocratico.

— Wayness non è aristocratica d'aspetto, allora?

— Sono molto somiglianti da questo lato. Entrambi sono molto consci di se stessi.

— Come si vestono?

— Non ho notato i particolari. Un momento, che guardo.

— Fai presto. Sento mamma che mi chiama dallo spogliatoio.

— Wayness indossa un abito grigio, corto, calzettoni neri al ginocchio, una blusa nera, e intorno ai capelli un nastro grigio con due nappe, una rossa e una azzurra, che le pendono dietro la nuca. Milo ha un...

— Non importa cos'ha Milo. Sono certa che è vestito decentemente.

— Sì, piuttosto. Stanno ancora leggendo riviste di moda, e... adesso ridono, non capisco perché.

— È appena entrata Strillo, voglio dire Miranda, con un messaggio urgente di mia madre. Devo andare.

Glawen spense il telefono e si volse. Per qualche istante studiò i due ospiti, poi si avvicinò lentamente al loro tavolo. — Vedo che qui non sono indispensabile, dopotutto. Ve la state cavando a meraviglia senza di me.

— Sì, grazie alle riviste di moda — disse Milo. — Guarda questa buffa creatura.

— Triste, direi. È una donna, e sembra mortalmente angosciata.

— Mmh! A proposito, sono stato molto impressionato dalla pettinatura di tua zia Spanchetta.

— È una cosa di cui siamo, per così dire, orgogliosi. Sfortunatamente, dopo i capelli di Spanchetta e le riviste di moda, non c'è molto altro d'interessante qui attorno. — Glawen aprì una credenza e ne tolse una bottiglia e dei calici. — Questo è il nostro Zoquel Verde, che a noi Clattuc piace dire sia il vino che dà la carica al Parilia.

I tre andarono a sedersi sul divano. In biblioteca c'erano soltanto loro. Glawen osservò: — Stasera la casa è molto silenziosa. Tutti sono occupati con i loro costumi. E voi? Dovremo cercarvene un paio che facciano al caso.

— Tutti vanno in giro in costume? — domandò Wayness.

— Quasi tutti, da domani fino a Smollen notte. Possiamo sempre trovare qualcosa nel guardaroba dei Pantomimi. Domattina andremo subito a dare un'occhiata.

— Le maschere innescano un comportamento che senza di esse non emergerebbe mai — disse Milo. — Non domandatemi come lo so; è un pensiero che mi è appena venuto.

— Io ho sempre creduto che una persona scegliesse la maschera in base alla parte che desidera recitare — disse Wayness.

— In molto casi il risultato è lo stesso — disse Glawen. — Intorno al Quadrangolo ci sono sempre più diavoli e menadi mezze nude che uccelli piumati o cestini di frutta ambulanti.

Wayness chiese, maliziosamente: — E la tua maschera qual è? Un volatile multicolore e gentile?

— No — sogghignò Glawen. — Io sarò un demone nero, qualcosa di invisibile... voglio dire, quando toglieranno l'illuminazione.

— Io sarò una cosa in un sacco — disse Milo. — In questo modo eviterò, o almeno confonderò, ogni tentativo di psicanalizzarmi.

— Saresti più simpatico come pierrot — disse Wayness. — O se non altro, daresti meno nell'occhio. — Si volse a Glawen. — Milo è convinto che l'ostentazione indichi una personalità insipida.

— Penso che dovrò riflettere un poco sulla faccenda — disse Milo. — Ora, se volete scusarmi, credo che andrò a letto.

— Ed io lo stesso — annuì Wayness. — Buonanotte, Glawen.

— Buonanotte.

Glawen tornò nel suo appartamento. Scharde lo scrutò e disse: — Non mi sembra che i tuoi doveri ti riducano uno straccio.

Lui ebbe un gesto indifferente. — Non è spiacevole come mi aspettavo... specialmente quando penso ad Arles che marcia intorno al recinto del campo.

— La disciplina militare non può che giovargli — disse Scharde. — E dei tuoi Naturalisti alti due metri, che ne pensi?

— Non sono insopportabili.

— È un sollievo saperlo.

— All'inizio non è stato tutto facile. Credevo che avrebbero voluto parlare di ecologia, o del tipo d'olio di pesce più nutriente, ma quando ho intavolato questi argomenti hanno mostrato pochissimo interesse. Poi ho aperto una bottiglia di Zoquel Verde, e la conversazione si è sciolta. Li trovo ancora un po' rigidi.

— Lontani da casa e in un posto nuovo per loro, è probabile che si sentano timidi e a disagio.

Glawen scosse il capo, dubbioso. — Perché dovrebbero essere timidi? Hanno una buona educazione, bei vestiti, e molti invidierebbero il loro aspetto, anche se la ragazza è un po' piatta.

Scharde inarcò un sopracciglio. — Piatta? Io ho avuto una diversa impressione. D'accordo, non ha forme esuberanti, ma il suo volto brilla d'intelligenza ed è un piacere guardarla... con quali argomenti hai poi fatto presa su di loro?

— Ho parlato di Sisco e del materiale rubato. Questo li ha interessati... molto più di quel che mi sarei aspettato. Sembra che a Stroma gli Yips siano un'importante questione politica.

— Così mi è stato detto — annuì Scharde. — Una fazione propugna i cambiamenti, o almeno la rinuncia alla violenza come strumento politico. Un'altra riunisce i Naturalisti vecchio stile, niente affatto così morbidi. Questi esigono che gli Yips siano costretti al controllo delle nascite o a lasciare Cadwal, o entrambe le cose. Il Conservatore dovrebbe essere neutrale, ma privatamente sembra propendere verso i Cartisti.

— Milo ha espresso un'opinione ancor più dura, dopo aver sentito la teoria di Chilke.

— Qui sei un passo avanti a me — disse Scharde. — Qual è la teoria di Chilke?

— Afferma che gli Yips ci hanno rubato interi aerei, portandoli via un pezzo alla volta. E dice che l'inventario del magazzino, anche se le registrazioni sono un caos, indica qualcosa del genere.

— Questa è una notizia interessante.

— Milo l'ha messa in questi termini: «Se gli Yips rubano aerei, vuol dire che vogliono volare da qualche parte. E se rubano armi, significa che vogliono sparare a qualcuno».

Scharde si grattò la fronte. — E tutto perché tu hai premuto il grilletto di una pistola scarica.

4

Il mattino dopo Glawen accompagnò Milo e Wayness giù per via Wansey fin dietro il liceum, al magazzino dei Pantomimi, dov'erano riposti attrezzi di scena e costumi d'ogni genere. Nell'edificio non c'era nessuno. I tre si mossero fra le rastrelliere del guardaroba, esaminando abiti e tirandoli fuori per provarli. Milo infine scelse un costume da arlecchino con disegni geometrici gialli e neri ed un cappello nero a tricorno. Wayness era incerta fra dozzine di altre cose, ma poi si decise per una specie di tuta rosa piuttosto aderente, con pompon neri cuciti sulla parte anteriore. Un cappuccio spesso, con fessure ovali per gli occhi, le lasciava scoperti soltanto la bocca, il naso e il mento, e su di esso i capelli erano rappresentati da una corona di sottilissime spirali argentee.

Senza il benché minimo imbarazzo i due giovani scivolarono fuori dai loro vestiti e si provarono i costumi.

Milo fece un sospiro. — Ecco che ci siamo lasciati travestire e nascondere il volto, e ora probabilmente commetteremo ogni sorta di atti disdicevoli. Glawen si è accollato un grave peso sulla coscienza.

— No, a meno che qualcuno non vi riconosca — disse Glawen. — Siate prudenti. E se non riuscite a esser prudenti, siate furtivi.

— Questo è un costume simpatico, e io desidero essere molto simpatica — affermò Wayness. Si studiò in uno specchio alto e stretto. — Sembro un denutrito animale rosa.

— Direi piuttosto una fata delle nuvole, che mi pare sia il nome di scena del costume.

— Possiamo tenerli, o dobbiamo rimetterci i nostri vestiti?

— Restate così come siete. Io andrò a indossare il mio costume, poi usciremo in cerca di avventure.,

A Casa Clattuc Glawen diventò un demone nero, quindi telefonò a Sessily. — Noi qui siamo tutti in maschera e pronti a uscire. Possiamo venire a prelevarti?

— Non c'è speranza. Sono arrivati dei nostri parenti da Cassiopeia, e ordini draconiani m'impongono di scarrozzarli per la città fino a mezzogiorno.

— Allora pranzeremo insieme al Portovecchio,

— Cercherò di esserci. Altrimenti ci impadroniremo di un tavolo stasera, sotto le lanterne. Cosa indossano i tuoi amici?

— Milo è un arlecchino, in giallo e nero. Wayness, una fata delle nuvole tutta rosa. E tu?

— Sono ancora incerta. Miranda ha deciso di sbalordire tutti come pierrot, e io probabilmente farò lo stesso, almeno per oggi.

La mattinata trascorse piacevolmente, o così parve a Glawen. A mezzogiorno i tre presero un tavolo al Portovecchio, un locale per metà ristorante e per metà taverna all'aperto ombreggiato da lillà arboree e jelosaria. Oltre le arcate di pietra si scorgeva il Quadrangolo, frequentato da passanti già mascherati per il Parilia.

Sessily era riuscita a liberarsi e fece la sua comparsa, non truccata da pierrot bensì con un costume stravagante messo insieme con pezzi di questo e di quello. Si presentò dicendo d'essere la danzatrice di un tempio Kalaki dell'antica Terra.

— Così è questo l'aspetto che avevano — disse Milo.

— Non contarci — rise Sessily. — Io non garantisco nulla... cosa abbiamo per pranzo?

Milo domandò: — Tu cosa suggerisci?

— Qui è tutto buono. La mia passione sono gli spiedini di prosciutto, con salsarella e crostini.

— La birra fredda è l'ideale per annaffiarli — propose Glawen.

— Non per me — disse Sessily. — Floreste ha cambiato ancora idea, e dovrò avere la mente lucida per studiare due nuove parti, prima di Milden pomeriggio. Non sono difficili, ma mi ruberanno tutto il tempo libero... Guardate là! Eccolo che passa! — Sessily indicò un uomo alto e dai lineamenti angolosi, con una soffice aureola di capelli grigi, che a lunghi passi stava attraversando il Quadrangolo.

— Tutti ammettono che Floreste è un genio, incluso lui stesso — continuò Sessily. — Sogna di costruire un nuovo grande Orpheum, e di portare ad Araminta artisti da tutta la Distesa. Venderebbe sua nonna per avere i fondi.

Wayness le chiese: — Che genere di musica suonerete?

— Generi diversi. Verd sera io suonerò il flauto e lo tzingal con il Trio. Milden sera avrò solo pochi interventi con il mellochord. Smollen notte, per la fantasmagoria, sarò un flauto dell'orchestra fino al mio ingresso in scena come farfalla, e questo è tutto!

— Vorrei avere le tue capacità — disse Wayness. — Io sono un'inetta. Le mie dita non vogliono saperne di lavorare insieme.

Sessily rise tristemente. — Le tue dita lavorerebbero ormai fin troppo bene, se tua madre si chiamasse Felice.

— Dici davvero? L'esercizio è la sola cosa che conta?

— Be'... non la sola. Gli strumenti musicali sono come le lingue: più ne conosci, più ti resta facile impararne un'altra... se hai la passione per l'argomento. Avere una madre di nome Felice significa avere la passione per le scale e gli esercizi, volenti o nolenti. Sono grata al cielo che non ammiri i domatori di leoni o i fachiri che ballano sui carboni ardenti, altrimenti oggi avrei un repertorio molto più emozionante.

— Lasceremo queste cose per Strillo — disse Glawen. — E a proposito di domatori di leoni: guardate chi è appena entrato.

— Cos'è? — domandò Wayness.

— Il suo nome è Ardito Leone. Otto di loro hanno formato una società esclusiva.

— Evidentemente non tesa a propugnare la temperanza — disse Milo.

— L'hai detto. E si può supporre che questo sia abbastanza ubriaco, dal modo in cui trascina la coda sul pavimento. Credo di riconoscere in lui un mio lontano cugino, Arles Clattuc.

— Oh, oh! — esclamò Sessily. — Vedete quell'Imperatrice Rubino laggiù sul Quadrangolo? È sua madre, Spanchetta. Povero Arles! Scommetto che lo sta cercando.

— E dal suo passo di marcia — aggiunse Glawen, — direi con intenzioni non precisamente pacifiche.

Spanchetta entrò nella taverna e chiamò a sé Arles con un gesto imperioso. Le spalle coperte dalla criniera si curvarono, la massiccia testa dell'Ardito Leone si piegò in avanti.

La donna disse qualcosa in tono secco, e Arles rispose con alcuni cupi grugniti che Glawen riuscì a decifrare e tradusse agli altri: — Arles le ha chiesto: «Oggi è Parilia o no? Lascia che i fiori sboccino come vogliono sbocciare!»

Spanchetta parlò ancora, poi girò sui tacchi e uscì dal Portovecchio. Arles andò a un tavolo e ordinò una zuppa di pesce.

Una volta di nuovo sul Quadrangolo, Spanchetta andò a sedersi su una panchina, dove fu raggiunta da un satiro dalla maschera cornuta e con i piedi caprini.

— Quello è Latuun — disse Sessily. — Sotto le sue spoglie si cela Namour, di cui si dice che abbia una relazione con Spanchetta.

— Un relazione incomprensibile per me — mormorò Glawen. — Eppure, eccoli là seduti insieme!

In quel momento una ragazzina che indossava pantaloni bianchi, un'ampia camicia di tela e un cappello conico dello stesso colore si avvicinò al loro tavolo. Aveva il viso dipinto di bianco e un tozzo naso finto.

Glawen le sorrise. — Noto la comparsa di una certa Miranda, molto tempo fa conosciuta come «Strillo» ma ormai non più. È solerte latrice di un messaggio urgente.

— Come lo sai? — domandò Miranda.

— Posso capirlo da come storci il naso.

— Non puoi vedere il mio naso! È nascosto sotto questo naso falso.

— Oh... quello è falso? Che gaffe! — si scusò lui.

— Glawen! Il mio vero naso non è una grossa patata! Tu dovresti saperlo!

— Sì, ora lo ricordo. Be', quali sono le novità?

— Mamma vuole che Sessily venga a casa.

Sessily sospirò. — Sarebbe così facile ubriacarmi come Arles, e barcollare davanti a mia madre, e rispondere con sordidi gorgoglii alle sue domande.

— Allora fallo, Sessily! — gridò Miranda, eccitata. — Io mi ubriacherò con te! Gorgoglieremo e barcolleremo insieme. Mamma non oserà ammazzarci tutte e due.

— Non esserne troppo certa — disse Sessily. — Suppongo che dovrò lasciarvi. Andiamo, Miranda.

— Forse io resterò qui a ubriacarmi con Glawen.

— Tu terrai le tue piccole mani avide lontano da Glawen! Lui appartiene a me! — Sessily si alzò. — Avanti, tu, orripilante creatura: torniamo all'avita dimora.

Il pomeriggio trascorse lento, e così la sera. Prima di andare a letto Glawen telefonò a Sessily. — Floreste ha fatto altri cambiamenti?

— Soltanto uno, secondario ma piacevolissimo. Smollen notte io non dovrò suonare il flauto nell'Orchestra delle Pulci. Ma non riesco ancora a manovrare le ah nel modo giusto. È questione di coordinare i movimenti. Ho bisogno di pratica e di studio.

— Le farfalle non hanno bisogno di studio.

— Le farfalle non devono ballare su un piedistallo, accecate dai riflettori colorati e con un pubblico che le guarda.

— Vero.

— Ho detto a Floreste di girare i riflettori da un'altra parte se cominciassi a fare tutto sbagliato. Comunque perché mi hai raccontato che Wayness Tamm era piatta come un ragazzino?

— E non lo è?

— No. Ho notato all'istante una concreta differenza.

— Suppongo di non aver notato molto questo particolare.

— Mmh! Be', ora sono stanca e andrò a letto. Domani non ci vedremo, ma forse Glimmet potremo pranzare insieme al Portovecchio.

— Speriamo. Staremo insieme per il Masque?

— Sì! Dopo che mi sarò tolta le ali ci incontreremo di lato al palco dell'orchestra, vicino alla viola di basso.

Ing e Glimmet trascorsero. E fu il mattino di Verd che il satiro Latuun guidò il corso mascherato nella via Wansey, aprendo ufficialmente i tre giorni finali del Parilia.

Dovunque c'erano colori e allegria; sulla via Wansey le bancarelle e i negozi vendevano i grandi vini di Stazione Araminta in lotti che andavano dalla singola bottiglia alla damigiana e a dozzine di botti, ad acquirenti venuti da mondi vicini e lontani. Ogni sera i festaioli cenavano a tavolate messe in fila sui lati del Quadrangolo, giusto davanti al palcoscenico all'aperto dell'Orpheum. Verd e Milden sera Sessily si esibì nello spettacolo dei Pantomimi, prima come flauto nel Trio e poi suonando il mellochord per accompagnare atti comici e drammatici recitati dai mimi.

Smollen sera il Parilia avrebbe raggiunto il suo culmine, con il banchetto e poi la fantasmagoria di Floreste, seguita dal Grand Masque che sarebbe terminato alla mezzanotte con le languide note della Pavana dell'Addio. Quindi, al suono del gong finale, Latuun sarebbe balzato giù dal palcoscenico per essere incoronato di grappoli e scaraventato nel buio, e con la dipartita del satiro il Parilia si sarebbe concluso. Tutti avrebbero poi tolto la maschera, e cantando canzoni allegre o tristi la gente sarebbe tornata a casa, lasciando il Quadrangolo e la città ai pochi festaioli decisi a veder sorgere l'alba.

I progetti di Glawen per sé e per Sessily erano stati ormai sconvolti, un po' per mano di Felice Veder, la quale voleva che la figlia facesse buona impressione sui parenti venuti da fuori, e in parte a causa dei suoi doveri connessi all'arrivo di Milo e Wayness Tamm.

Glawen s'era adattato con fatalismo alle circostanze. Al banchetto sedette accanto a Wayness, con Milo dall'altra parte. Arles, il cui aspetto aveva qualcosa di sciatto malgrado l'uniforme da cadetto dell'Ufficio B, era con Spanchetta a un tavolo vicino. Il turno di pattuglia gli avrebbe fatto perdere la fine del banchetto, la fantasmagoria e il Grand Masque, e i suoi gesti rivelavano disgusto e risentimento. Ogni tanto cercava di riempirsi il bicchiere di vino, solo per essere fermato dal gesto perentorio con cui Spanchetta gli ricordava che la sobrietà era essenziale per un pattugliatore vigile e solerte.

Glawen, che li aveva osservati, disse a Wayness: — Arles ha già tentato di mescersi il vino più volte, ma Spanchetta continua a impedirglielo. La sua voglia di ribellarsi sta per esplodere. Scommetto che lui e Kirdy si rimpiatteranno fra i cespugli con una bottiglia, lasciando perdere la sorveglianza. Sapremo se è andata così quando vedremo gli Yips irrompere nel Quadrangolo per tagliarci la gola.

Wayness scosse il capo, dubbiosa. — Gli Yips non oserebbero un oltraggio simile durante il Parilia. Incorrerebbero nel biasimo generale, perfino di quelli del VPL.

— Chi sono quelli del VPL?

— La gente di Vita, Pace e Libertà. È questo il nome che si sono dati. E chiamano noi «Alligatori». Ma non voglio parlare di queste cose. Non ora.

Glawen studiò il suo profilo. — Ti stai divertendo?

— Naturalmente! — Lei lo guardò in tralice. — Avevi paura che non fosse così?

— In un certo senso. Non ero certo che Stazione Araminta ti piacesse. O me, in quanto a questo.

Wayness rise: — Oh, tu sei abbastanza inoffensivo. E per la Stazione, quando arrivammo ero io a temere che voi foste sofisticati al punto di farmi sentire ingenua e sciocca.

— E ti senti così?

— No. Grazie per avermelo chiesto.

— Di niente.

— Mi sono chiesta come sarà andare al liceum. È una scuola difficile?

— No, se studi e fai il tuo dovere. Arles è un buon esempio del contrario. Vuole diventare un enologo, e per due anni ha cercato di ottenere buoni voti limitandosi ad assaggiare vino in allegra compagnia. Naturalmente i suoi risultati sono fallimentari.

— Interessante. Ma questo esempio come si applica a me?

— Si applica solo a chi ignora che esagerare col vino non rende più facili le ore di lavoro.

— Mmh! Arles è su questa strada?

— In un certo modo... fra poco il bel giovane cadetto dovrà essere in servizio di pattuglia intorno al recinto del campo.

— Povero Arles! Si perderà la fantasmagoria.

— L'ha già vista altre volte. È un Pantomimo appassionato, se così si può dire. E anche Kirdy lo è.

— Tu non lo sei?

— Non ho mai sentito l'impulso. E tu?

— Non ci sono possibilità per gli attori, a Stroma.

— Che vuoi dire?

Wayness scosse le spalle. — Suppongo che alla gente di Stroma non piaccia starsene lì seduti come mummie a guardare qualcun altro che agisce su un palco.

— Uhm! È una cosa su cui dovrò riflettere un poco.

Il banchetto si fece un tantino più silenzioso quando il sipario all'aperto fu alzato e Floreste uscì sul proscenio a presentare la sua fantasmagoria: un pot-pourri di pantomime, frivolezze, balletti e scene impegnate, il tutto sul filo di un'unica trama piuttosto elastica.

Il copione aveva per titolo: *Le affascinanti stranezze di Città delle Pulci*, e trattava della vita intima di insetti d'ogni specie tutti vestiti come contadini medievali. Sulle quinte erano pitturati i vari angoli di un villaggio di casupole e botteghine, nell'eterna penombra della foresta, con un piedistallo spezzato di marmo muschioso e verdastro sullo sfondo. Gli insetti vi si aggiravano affaccendandosi nei loro affari, spesso con turbinose conseguenze. Un gruppo di scarafaggi dei due sessi danzò alla stridula e ticchettante musica di un'orchestra di echinopodi. Su un lato, una bianca crisalide pendeva da un albero; di tanto in tanto il bozzolo si deformava e oscillava come per un'attività interna. Gli insetti si fermavano a guardare con timore e riverenza.

I movimenti dentro il contenitore traslucido si fecero più urgenti, e l'orchestra prese a sottolinearli con note impazienti e angosciate degli strumenti.

Il bozzolo cominciò a spaccarsi; le luci si accentrarono su quello che accadeva, lasciando il resto del palcoscenico all'oscuro.

La spaccatura si allargò di colpo; all'istante l'orchestra tacque. Dall'apertura cadde fuori un piccolo e orribile grufoide bianco, dai lineamenti anomali dipinti di nero. La creaturina squittì e si trascinò via rotolando fin dietro le quinte, mentre gli insetti si disperavano con grida luttuose.

I riflettori tornarono sul bozzolo afflosciato e per qualche secondo il palcoscenico fu immobile e silenzioso. Poi: un cerchio di luce si accese d'un tratto sul piedistallo marmoreo, e là c'era Sessily la farfalla, il corpo flessuoso rivestito di scaglie grigie, due antenne che le sporgevano dalla fronte. Le meravigliose ali si muovevano come di propria volontà, lente e perfette nel loro ritmo gentile.

Sessily girò su se stessa sul piedistallo, battendo le ali, il volto levato in estatica contemplazione. Si accovacciò a gambe incrociate e nel chinarsi fece vibrare le quattro iridescenti appendici trapunte di porpora e verde, rosso smagliante, arancione e nero, da cui le luci traevano barbagli.

Qualche istante dopo si rialzò, come tratta in alto da alcuni colpi d'ala, sorrise di un sorriso rapito, deliziata da ogni movimento di quelle superfici filigranate. Agli occhi che la fissavano era affascinante, un'immagine di sensualità così irresistibile che Glawen sentì il cuore tambureggiare nel suo petto.

La scena era circondata dalle tenebre. Da un angolo provennero grugniti minacciosi. Il riflettore abbandonò il piedistallo e rivelò la presenza di una banda di grufoidi armati con alabarde grottescamente alte. Gli insetti piombarono in una momentanea confusione, poi si riunirono e contrattaccarono ferocemente. I grufoidi furono colpiti e atterrati, morsi dalle mandibole, calpestati dai millepiedi, travolti dagli scarafaggi. Le luci di scena, vaghe e diffuse, scivolavano qua e là per il palcoscenico. Si puntarono di nuovo sul piedistallo: la farfalla era scomparsa.

Dall'orchestra si levò una cacofonia di arpeggi frenetici che durarono un poco e poi tacquero; salvo una luce bianca che ancora vagava attorno, la scena era buia, immobile.

Illuminati dal riflettore gli insetti riprendevano vita: con mazze di legno, spine e sassi schiacciarono i grufoidi al suolo, trasformando i loro corpi in un disegno quasi astratto.

Dalla parte del piedistallo si udì un martellare. La luce si spostò, rivelando altri insetti che appiattivano i grufoidi uccisi in una rozza forma di farfalla bianca e nera.

Una cortina di fumo si levò a nascondere l'intero palcoscenico, e da essa uscì Mastro Floreste. – Signore e signori, la troupe dei Pantomimi ed io vi ringraziamo, sperando che abbiate apprezzato i nostri sforzi. Come probabilmente sapete, ogni artista è stato reclutato qui a Stazione Araminta, tutti si sono impegnati con il loro talento per la buona riuscita dello spettacolo.

«Ora sono io a rivolgermi a voi, ma sarò breve. Questo teatro, l'Orpheum, ci ha dato molte serate di arte e di svago, tuttavia è piccolo e tristemente inadeguato, al punto che ogni rappresentazione messa in scena è un'avventura in se stessa.

«Molti di voi sanno che progettiamo un nuovo Orpheum. Quando i Pantomimi hanno recitato su altri pianeti, ogni incasso è stato incamerato allo scopo di costruire un complesso nuovo, che sia il più bello della Distesa Gaeana.

«Non ho alcuno scrupolo nel chiedere il vostro contributo, in modo da rendere più vicino il giorno in cui il Nuovo Orpheum sarà il vanto della nostra città. Grazie a tutti.

Floreste scese dal palco e scomparve dietro le attrezzature.

Glawen si volse a Wayness e Milo. – Bene, ora avete assistito a una delle creazioni di Floreste. Poche però sono così fantasiose; in genere si tiene sul drammatico.

– Se non altro, si deve dire che cattura l'attenzione – commentò Wayness.

Milo borbottò: – Mi sarebbe piaciuto di più se avessi capito di cosa parlava.

– Probabile che neppure Floreste stesso lo sappia. Improvvisa a destra e a manca, e poi il diavolo rimescola il tutto.

– Qui c'è senz'altro qualcosa da imparare – scherzò Milo. – Floreste mette in scena il risultato di una serie di incidenti, poi si presenta a chiedere denaro, e nessuno gli ride in faccia.

L'orchestra si stava riunendo per preparare il Grand Masque. Glawen disse: – La prima danza è sempre la «Pavana della Cortesia»; sono quasi pronti a cominciare, e io ora dovrei filarmela con Sessily, anche se non mi piace l'idea di lasciarvi a voi stessi. Pensate di fare qualche giro di ballo?

Wayness guardò Milo, ma non ebbe alcun incoraggiamento. – Credo che resterò qui seduta a guardare.

— Sessily deve aver quasi finito di levarsi le ali — disse Glawen. — Siamo d'accordo di incontrarci in un certo posto, e se volete scusarmi andrò ad aspettarla.

Glawen raggiunse il luogo dell'appuntamento e si appoggiò al palco, in un punto da cui poteva vedere il passaggio che portava dietro le quinte e le cucine attrezzate in piazza.

Poco dopo dal palcoscenico furono annunciati i risultati della competizione enologica. Come al solito, le vigne dei Wook presero il premio più importante per la bontà dei prodotti e il miglior vino in senso assoluto, mentre ad altri furono assegnati premi per prodotti dalle speciali caratteristiche, come lo Zoquel Verde di Casa Clattuc.

I premiati scesero dal palco. L'orchestra controllò l'accordatura degli strumenti e lungo il Quadrangolo le coppie presero posto per la «Pavana della Cortesia». Visto che era stata Casa Wook a prendere il premio più ambito, il posto d'onore toccò al Capofamiglia Ouskar Wook e ad Ignatzia, sua moglie.

Glawen diventava impaziente. Dove s'era cacciata Sessily? Se non compariva in fretta avrebbero perduto l'inizio della pavana... che non si fossero capiti sul luogo dell'appuntamento? Ripensò alla loro conversazione. Proprio dietro di lui c'era lo strumentista che teneva fra le mani la lucidissima viola di basso.

Girandosi vide Miranda e la chiamò. La fanciulla arrivò di corsa, eccitatissima. — Mi hai visto, Glawen? Io ero il grufoide numero tre, quello ucciso dallo scarafaggio Wisselrode.

— Certo che ti ho visto. Sei morta in modo molto spettacolare. Ma dov'è Sessily?

Miranda scrutò nel passaggio. — Non l'ho vista. I nostri spogliatoi non sono gli stessi. A noi hanno dato un bugigattolo nel sottoscala. Sessily ha quello che chiamano «il camerino delle dame», fuori sul molo, subito dopo le cucine.

— Vuoi andare un momento a vedere se la trovi? Dille di sbrigarsi, o ci perderemo la pavana.

Miranda esitò solo un attimo per chiedere: — Se si sentisse male vorresti ancora ballare con lei?

— No, naturalmente no! Tu cercala. Io aspetto qui, nel caso che arrivi per un'altra strada.

Miranda corse via. Cinque minuti più tardi fu di ritorno: — Sessily non è nello spogliatoio, e la cameriera dice che non la si è neppure vista. E non è neanche dietro le quinte.

— Che sia andata a casa? Dov'è tua madre?

— Sta ballando la pavana con papà. Glawen, ho paura. Dove può essere?

— La troveremo. Come sono mascherati i tuoi genitori?

— Mamma è la Regina del Mare; vedi là quell'abito verde? Papà è il Cavaliere Ombroso.

Il giovane entrò sullo spiazzo delle danze e si avvicinò subito a Carlus e Felice Veder, intenti ai passi complicati della pavana. Toccò Carlus Veder su una spalla e disse: — Signore, mi spiace disturbarvi, ma non riusciamo a trovare Sessily. Eravamo d'accordo che avrebbe ballato la pavana con me, ma non è uscita da dietro le quinte, e adesso non è là e neppure in camerino.

— Vieni! Andiamo a vedere!

La ricerca non rivelò traccia di Sessily, né si riuscì a trovarla in seguito malgrado l'intera zona fosse passata al setaccio. La ragazza era scomparsa, senza lasciare alcun indizio.

5

Un'aura di tragico scalpore circondò la sparizione di Sessily Veder. Il ricordo della ragazza in piedi sul piedistallo, tesa e fremente ad ali aperte, le braccia alzate in gesto di addio, divenne un'immagine emozionante ed emblematica, e nessuno di quanti l'avevano vista poté mai ripensare all'avvenimento senza sentirsi tremare fino in fondo all'anima.

Le frenetiche ricerche non rivelarono niente; era come se la ragazza fosse svanita in un'altra dimensione. Stazione Araminta fu perlustrata ancora più volte, palmo a palmo, senza migliori risultati.

Tutti avevano fatto subito l'ipotesi che fosse stata portata via in aereo, ma un controllo allo spazioporto rivelò che nessun mezzo atmosferico o spaziale aveva percorso il cielo durante quel periodo.

Forse, allora, una barca o un veicolo di superficie erano stati usati per rapirla? Non se ne poté avere un'assicurazione altrettanto documentata, ma quando auto, camion, fuoristrada e veicoli a energia furono controllati tutti vennero trovati dove dovevano essere, e nessuno riferì di aver visto movimenti sospetti. In quanto alle barche, una simile attività a monte dell'Orpheum (vale a dire nel tratto parallelo a via Wansey) sarebbe stata notata subito, e più oltre non poteva sfuggire all'indagine grazie ai canneti che orlavano il fiume. Spingere a forza una barca fra le canne o trasportare un corpo nel fango avrebbe lasciato tracce evidenti. Lo stesso si poteva dire nel caso di un corpo trascinato giù per la riva e poi nel tratto di fiume fino al mare.

Misteri di quel genere erano rari a Stazione Araminta, anche se non sconosciuti. La tipica vittima poteva essere una ragazza Yip che avesse resistito a un tentativo di seduzione, con tristi conseguenze.*

I crimini perpetrati a Stazione Araminta erano competenza dell'Ufficio B, affiliato al CCPI.† Il suo direttore era l'ormai settuagenario Bodwyn Wook, un uomo piccolo e magro, mercuriale, propugnatore di una severa disciplina militaresca. Era calvo come una pietra, con lampeggianti occhi azzurri e un lungo naso inquisitore. I suoi capitani erano Ysel Laverty, Rune Offaw e Scharde Clattuc. Questi quattro ufficiali anziani erano familiarmente soprannominati «lo zoo» dai più giovani, data una vaga connessione con l'antico bestiario terrestre: Scharde, il lupo grigio; Ysel Laverty, il cinghiale; Rune Offaw, l'ermellino; e Bodwyn Wook, un orango piccolo e calvo.

L'intero zoo si applicò al caso di Sessily Veder, oltre a tutti i graduati, gli agenti comuni e i cadetti che potevano essere distolti dalle normali routine.

---

* Quasi ogni ragazza Yips è disposta a prestazioni sessuali, se il compenso è adeguato. Tuttavia non si offre mai esplicitamente a nessuno, per motivi di semplice apatia. A Yipton è stato aperto un locale chiamato Pussycat Palace, per il divertimento dei turisti. Qui le ragazze (e i ragazzi) sono addestrati a simulare almeno un'apparenza di entusiasmo, tanto per alimentare gli incassi. In tali casi il colpevole, se identificato oltre ogni dubbio, veniva subito impiccato, oppure, a sua richiesta, abbandonato nell'oceano a duecento chilometri dalla costa.

† CCPI: la Compagnia Coordinazione Polizia Interplanetaria, secoli addietro una ditta privata, oggi è un'organizzazione semiufficiale che opera attraverso l'intera Distesa Gaeana.

Le ricerche a Stazione Araminta e dintorni furono condotte con meticolosa attenzione. Ogni edificio subì un'ispezione, e così i terreni aperti entro un raggio abbastanza vasto. Ogni giorno un chimico analizzò le acque del fiume per trovare tracce di carne umana in decomposizione, ma furono esami inutili. Sessily Veder s'era dissolta nel nulla, lasciando dietro di sé un'assoluta mancanza di indizi e poche teorie possibili.

Una di tali teorie, quella ipotizzante che Sessily fosse impazzita e poi fuggita ciecamente nelle terre selvagge, fu scartata come assurda. Ma se una folle fuga, l'annegamento nel fiume e il ratto per via aerea erano da eliminarsi... cos'altro restava? All'Ufficio B si dovette riconoscere che la perplessità generale stava certo rassicurando i colpevoli.

Tutti coloro che avevano assistito alla fantasmagoria – i turisti, i compratori di vino, i residenti, i collaterali, gli ospiti, il personale di servizio, i Pantomimi e i musicisti – furono interrogati e richiesti di mettere per iscritto i loro spostamenti e quelli dei loro amici. I dati vennero immessi nel computer dell'Ufficio B, e come risultato dei controlli incrociati a un gran numero di visitatori fu permesso di lasciare Stazione Araminta.

Un'altra squadra di investigatori cercò di mettere insieme i movimenti di Sessily subito dopo la sua discesa dal piedistallo. Il percorso avrebbe dovuto portarla attraverso le quinte, fino alla porta che dava accesso a un corridoio. Da lì doveva uscire sulla sinistra, percorrere una dozzina di metri all'aperto su un molo di servizio, girare ancora a sinistra ed entrare nello spogliatoio provvisorio costruito dietro l'angolo posteriore dell'Orpheum: un impianto frequentemente deprecato da Floreste durante le sue prediche per la costruzione di un teatro nuovo.

Sessily era stata aiutata a scendere dal piedistallo da Drusilla co-Laverty, una compagna di due o tre anni più anziana di lei. Drusilla e altri Pantomimi l'avevano vista lasciare le quinte ed entrare nel corridoio. Da lì in poi nessuno poteva dire quali fossero stati i suoi movimenti. Le due addette al guardaroba dichiararono che non era mai arrivata allo spogliatoio. Sessily era scomparsa dunque in un punto situato fra questo e le quinte, il che significava sul molo di servizio.

A quell'ora il molo era deserto e poco illuminato, mentre il piazzale di carico era completamente al buio. I lavoranti delle cucine avevano accesso a quel molo attraverso la porta posteriore della dispensa; ma tutti, incluso Zamian, uno sguattero Yip, affermarono che durante il banchetto avevano avuto fin troppo da fare e che nessuno era uscito da quella parte.

A causa della loro vicinanza al molo gli inservienti delle cucine furono tartassati di domande. Le loro testimonianze, una volta digerite dal computer, rivelarono delle discordanze con la dichiarazione di Zamian. Lo sguattero fu subito riportato all'Ufficio B per un interrogatorio. Scharde Clattuc lo condusse alla presenza di Bodwyn Wook, quindi andò a sedersi con calma in un angolo in ombra della stanza.

Seduto nella sua pesante sedia dallo schienale rigido, Bodwyn Wook inclinò indietro la testa e fissò Zamian con pupille simili a trapani.

Lo sguattero, un giovane eretto e snello dai lineamenti regolari, con fitti riccioli d'oro aderenti al cranio, rispose al suo sguardo scrutatore con un cortese cenno del capo. – Signore, come posso soddisfare i suoi desideri?

Bodwyn Wook agitò un foglio nell'aria. – Tu hai rilasciato una dichiarazione sui tuoi spostamenti della notte scorsa al Parilia. Te lo ricordi?

Zamian annuì con un sorriso. – Certo, che lo ricordo! L'uomo che glielo ha riferito dice il vero, e lei può fidarsi delle sue parole. Ora posso andare?

– Non ho ancora finito – disse Bodwyn Wook. – Dobbiamo chiarire alcune inezie. Tanto per cominciare, tu conosci il significato della parola «verità»?

Zamian inarcò le sopracciglia, sorpreso. – Naturalmente, signore, e sarei felice di spiegarle qual è il senso della parola meglio che posso. Ma lei è certo di non preferire una definizione precisa e ufficiale tolta dal dizionario?

Bodwyn Wook tossì. – Suppongo che tu abbia ragione. Provvedere a sviscerare l'argomento più tardi... no, non uscire ancora. C'è dell'altro, ragazzo. In questa dichiarazione tu affermi che durante il periodo qui specificato, ovvero fra la fine della fantasmagoria e l'inizio del Grand Masque, non sei uscito dalla cucina.

– Naturalmente è così, signore. Avevo da eseguire gli importanti doveri assegnati personalmente a me. Come avrei potuto compierli, e compierli nel modo dovuto, se fossi stato da qualche altra parte come ad esempio sulla spiaggia, o a passeggio in riva al fiume? Sono sorpreso che mi faccia questa domanda, poiché lei sa certo che i miei doveri sono stati svolti egregiamente.

Bodwyn Wook gli mostrò un pacchetto di altri fogli. — Queste testimonianze asseriscono che tu hai lasciato la cucina in diverse occasioni, allo scopo di nascondere borse di cibarie rubate. Cos'hai da dire in proposito?

Zamian scosse tristemente il capo. — Come lei ben sa, signore, in cucina accadono sempre fatti scandalosi. Uno sente di continuo dozzine di pettegolezzi. Questo, cioè la diceria che gli inservienti nascondono il cibo per portarselo a casa, è così frequente che non se ne salva nessuno. Io non ci farei caso, signore. Solitamente tali malignità non corrispondono al vero.

— Ma in questo caso particolare il rapporto è veritiero?

Zamian alzò gli occhi al cielo. — Signore, non ricordo bene.

Bodwyn si volse a Scharde. — Isola Zamian in una stanza buia e silenziosa, dove possa pensare senza distrazioni per tutto il tempo che gli occorre. Voglio che riesca a ricordare ogni dettaglio.

Zamian alzò una mano, con un sorrisetto alquanto più tremulo. — Perché volete prendervi tanto disturbo? Ora che ho fatto mente locale, mi accorgo di ricordare le cose abbastanza bene.

— Questa è una buona notizia! La mente è un organo meraviglioso. Cos'è successo quella sera?

— Ora lo rammento! Sono andato nella dispensa una volta o due, tanto per sgranchirmi le gambe. E poi... ma di questo non sono sicuro.

— Dillo ugualmente.

Zamian parlò con sincero trasporto: — Sul serio, signore, non è bello raccontare una cosa quando uno non è sicuro. Ciò potrebbe causare un'ingiustizia, e io non voglio pesi sulla coscienza, a meno che questo non mi procuri una forte somma di denaro.

Scharde disse al superiore: — Vuole sapere quanto siamo disposti a pagarlo.

Bodwyn si appoggiò allo schienale. — Penso che dovremmo portare Zamian dove possa pensare con calma e al buio, finché non sarà sicuro dei fatti. Lui si risparmierà la coscienza, noi risparmieremo denaro, e questo sarà positivo per tutti.

— Giusto, signore. Una perla di saggezza.

Bodwyn Wook aggiunse: — Prima di lasciarlo solo, spiegagli come i testimoni reticenti vengono puniti, allo stesso modo dei criminali.

Zamian si erse dignitosamente. — Non è di buon gusto dire queste cose quando uno sta cercando di aiutarvi con ogni mezzo. Io non celerei mai informazioni su un fatto criminoso. Penso però che un piccolo regalo sia sempre simpatico, e stimoli la fiducia e i buoni sentimenti da ambo le parti.

— Se fossimo fiduciosi e buoni non acchiapperemmo mai i criminali — disse Bodwyn Wook. — Ecco perché siamo crudeli e sospettosi. Rivelaci ciò che sai, e senza perdere altro tempo.

Zamian si strinse nelle spalle. — Come ho detto, ero entrato nella dispensa per riposarmi e riflettere. Dopo un poco mi parve di sentire un grido. Tacque subito. Io tesi gli orecchi e sentii parlare normalmente, e pensai: «Ah! Allora tutto bene». Poi la voce gridò ancora. Stavolta disse: «Mi stai spezzando le ali!»

— E poi?

— Andai alla porta e guardai fuori. Non vidi nessuno. Il camion del vinaio era arrivato quel mattino con il vino per il banchetto; era posteggiato con il retro voltato verso il molo, e aveva la tenda abbassata. Mi dissi che sul pianale doveva esserci qualcuno. Ma naturalmente cose simili non erano affar mio.

— E allora cos'è successo?

— Questo è tutto. A mezzanotte, quando la gente si tolse la maschera, il vecchio Nion venne a riprendere il camion, ma in quel momento era di nuovo vuoto.

— Tu come lo sai?

— Mise una damigiana vuota sul retro.

— E non puoi identificare le persone che erano sul camion?

— Non so niente di questo.

Scharde si accostò a Zamian e gli parlò con calma, quasi in un orecchio. — Se per caso ci fosse un premio in denaro, ricorderesti qualcos'altro?

Lo Yip si mostrò angosciato. — Come sempre, io sono lo zimbello di un destino malvagio! Invece d'immaginare la possibilità di un guadagno e di sbirciare oltre la tenda per scrivermi i nomi, sono rimasto seduto a sognare a occhi aperti nella dispensa. Avrei potuto avere oro a palate, e ne esco infelice e a mani vuote.

— Già, una sfortuna — commentò Bodwyn Wook. — Però sopravvaluti la somma che avresti ottenuto da noi. In quanto al tuo tentativo di ricatto, sappi che ne terrò nota.

Zamian fu rimandato via. Scharde e Bodwyn Wook cercarono e riesaminarono subito la dichiarazione rilasciata da Nion co-Offaw, mastro vinaio alle Vigne Riunite. Nion aveva detto di aver portato tre damigiane di vino dal magazzino, scaricandole sul molo; poi, vestito in un costume da clown fatto in casa, s'era avviato sul Quadrangolo per cenare in compagnia di amici. Aveva assistito alla fantasmagoria e ballato alla meglio un carousel finché, una trentina di minuti dopo lo smascheramento generale di mezzanotte, era tornato in sede con il suo camion. Non aveva notato nulla di particolarmente insolito, ed era rimasto all'oscuro del tragico avvenimento fino al mattino successivo.

Bodwyn Wook mise da parte la dichiarazione. — Be', siamo avanzati di un passetto o due. L'aggressore ha evidentemente condotto la ragazza dapprima sul camion, e qui l'ha sopraffatta. Pensi che i fatti si possano ricostruire così?

— Più o meno. Evidentemente l'uomo sapeva quale percorso lei avrebbe seguito, e ha progettato un agguato... anche se questo dev'essere un piano stabilito con pochissimo anticipo sul fatto.

— È così che la vedo anch'io. Dunque, la nostra attenzione si sposta su quel camion.

— Bisognerà esaminarlo con la massima cura.

— Questo è un lavoro adatto a te.

6

La settimana che seguì il Parilia fu tranquilla e priva di eventi. I compratori di vino avevano lasciato il pianeta, con le loro merci che riempivano la stiva di ogni astronave in partenza. Anche i turisti se n'erano andati, compresi gli ospiti di Casa Clattuc; alcuni a casa loro su mondi lontani, altri alle logge nei territori lasciati allo stato primordiale, e molti s'erano imbarcati sui traghetti percorrendo i cinquecento chilometri di oceano fino a Yipton, una località non meno esotica di altre. Là avrebbero sperimentato le semibarbare attrezzature della Locanda Arkady, esplorato i labirinti dei bazaar, attraversato in gondola i sorprendenti canali e osservato lo Stewery affacciati al loro balcone. E altri ancora avrebbero messo alla prova i servizi che si potevano ottenere al Pussycat Palace.

All'Ufficio B le indagini sulla scomparsa di Sessily Veder proseguivano senza interruzione, con precedenza su ogni altro incarico a parte la sorveglianza marina lungo la costa di Marmion.

Il piantonamento degli alloggi Yips fu affidato a squadre speciali della milizia, e l'Ufficio B passò Kirdy Wook a compiti diversi; Arles, invece, con sua estrema insoddisfazione si vide assegnare altri turni di notte.

Glawen s'era aggrappato alla speranza che Sessily fosse ancora viva, e che per qualche imperscrutabile ragione avesse sostituito le ali da farfalla con un altro costume allo scopo, così mascherata, di recarsi in un suo posto segreto da cui prima o poi sarebbe tornata o avrebbe dato notizie di sé... finché Zamian non aveva rivelato quei particolari notturni.

Il racconto di Zamian distrusse quella speranza. Non potevano esserci dubbi che Sessily avesse fatto una tragica fine, e il cuore di Glawen si avvelenò di odio mortale verso i responsabili.

Dove poteva esser stato gettato il corpo della poverina?

Le risposte potevano essere fin troppe: in fondo al fiume, nella laguna, nell'oceano. Oppure distrutto chimicamente, col fuoco, con la dissociazione ionica... o appeso a un pallone e affidato al vento, o portato via dagli artigli di uno dei gambril giganti che la notte talora volavano fin lì dai Monti Maughrim. Ma in ognuna di quelle ipotesi erano scoperte varie falle, e l'interrogativo pendeva ancora nell'aria.

Dopo aver sentito della testimonianza di Zamian, Glawen chiese subito: — E questo camion? Qualcuno lo ha esaminato?

— Sto per occuparmene io — disse Scharde. — Ho pensato che forse vuoi venire con me.

— Certo che voglio.

— Allora andiamo.

Era la metà del pomeriggio di una giornata fredda e piovosa; da nord est tirava un vento teso che agitava il mare, strappando via la spuma dalle creste delle onde. Scharde e Glawen salirono in auto e, percorsa via Wansey, aggirarono l'Orpheum, poi presero una strada sterrata che penetrava nell'entroterra verso est oltrepassando orti, frutteti e campi, serpeggiando in una zona di colline coltivate a vigneti. Le Vigne Riunite si trovavano alla sommità di un'altura, un paio di chilometri fuori dalla Stazione: un piccolo gruppo di edifici grigi, circondati da alberi e quasi invisibili nel panorama generale della zona.

Alle Vigne Riunite, il Mastro Enologo Nion co-Offaw miscelava prodotti secondari delle sei aziende vinicole principali, producendo buoni vini da pasto adatti sia al consumo interno che all'esportazione.

Scharde fermò il veicolo dove gli orti lasciavano il posto ai filari di viti. – Qui il terreno è stato perlustrato palmo a palmo, e per ben due volte, fino a cinquecento metri dalla strada. Questa è stata ritenuta una distanza doppia di quella che il colpevole avrebbe potuto percorrere con il carico di un corpo umano, per poi seppellirlo e tornare sulla strada in tempo utile per sfuggire alle ricerche. Secondo me questo eccede il massimo per un fattore di quattro, invece che di due.

– Ritieni che il massimo sia un centinaio di metri?

– Cento metri nell'oscurità, con un carico umano e almeno una pala, senza lasciare una sola traccia sul terreno? Io la definirei una cosa incredibile.

– L'intera faccenda è incredibile – borbottò Glawen. – Come può, chiunque, aver voluto uccidere una creatura dolce e innocente come Sessily?

– Ah, ma ai suoi occhi dev'essere apparsa come la meravigliosa e irraggiungibile Sessily, troppo bella per appartenere a qualunque uomo, lui compreso, e dunque da distruggersi dopo averla violata. Sospetto che non ne provi il minimo rimorso.

– Non finché si sentirà la corda al collo, comunque.

– Lui rifiuta di considerare l'ipotesi d'essere catturato – disse Scharde. – Su questo non c'è dubbio.

– Gli impianti della vigna sono stati esaminati?

– Ci sono entrato di persona. Il suo corpo non può esser stato nascosto in nessun angoletto, pozzo, scantinato o bugigattolo, né sepolto da qualche parte fra i soffitti e le fondamenta. Nion è un vecchio cane scorbutico, perciò non aspettarti nessuna cordialità. Inoltre, tanto per creare difficoltà, fa finta d'essere sordo.

Scharde rimise in moto e proseguirono lungo la strada, che da lì risaliva un lieve pendio e terminava di fronte all'edificio principale.

Scharde spense il motore. I due scesero dall'auto e si guardarono attorno. Davanti a loro si levava la facciata dell'azienda vinicola, e attraverso il portone semiaperto era visibile l'interno in penombra: una fila di ampi tini, alcuni semplici macchinari, l'intreccio delle tubature. Il camion di Nion era parcheggiato sotto un albero a una trentina di metri da lì.

Scharde e Glawen entrarono a cercare Nion, e poco dopo lo trovarono alla guida di un muletto, occupato a stivare damigiane di vino entro un grosso contenitore modulare. Si fecero avanti e attesero educatamente da parte che Nion prendesse nota della loro presenza.

Nion li aveva visti fin dall'inizio, ma continuò a lavorare finché non ebbe terminato l'operazione. Poi si girò sul seggiolino, esaminò i visitatori con aria ingrugnita e finalmente scese al suolo: un uomo già oltre la mezz'età, massiccio e dal volto rude, con una capigliatura color sale e pepe, e occhi stretti come fessure sotto due sopracciglia cespugliose. Li interpellò senza alcuna cordialità: — Cosa c'è, stavolta? Io non ho tempo da perdere con le vostre ricerche, oggi.

— Ci sono stati dei nuovi sviluppi – disse Scharde. — Ora sembra che il criminale abbia usato il suo camion, mentre lei era assente, probabilmente per trasportare il corpo della ragazza.

Nion parve sul punto di sbottare un commento derisorio, ci ripensò e tacque, poi scrollò le spalle con una smorfia perplessa. — Su questo non posso dirvi proprio niente. Se è vero, quel bastardo ha avuto una bella faccia tosta a servirsi del mio camion per i suoi sporchi affari.

Glawen fece per dire qualcosa, ma intercettando un'occhiata del padre se la tenne in bocca. Scharde domandò: — Quella sera, qualche ora prima, lei aveva portato là tre damigiane di vino, è così?

— Sì, su precisa richiesta del cameriere addetto ai vini. È lui l'uomo da interrogare su quell'ordinazione. E se questo è tutto, adesso devo rimettermi al lavoro.

Scharde ignorò l'ultima frase. — Lei ha portato il camion a marcia indietro fin sul molo per scaricare le damigiane?

Nion lo fissò stupito. — Che diavolo sono queste stupide pignolerie, uomo? C'era forse un altro modo di fare le cose?

Scharde ebbe un sorriso duro. — Molto bene. Prendo nota del fatto che lei ha posteggiato il camion con il retro dalla parte del molo. Quando lei è tornato, e cioè secondo la sua dichiarazione dopo mezzanotte, ha trovato il veicolo esattamente dove lo aveva lasciato?

Nion sbatté le palpebre. — Ora che ci penso, qualche dannato imbecille lo aveva spinto più indietro, mandandolo col paraurti contro il molo.

Se l'avessi colto sul fatto gli avrei insegnato io a non scherzare con la roba degli altri.

Scharde sorrise ancora. — Lei ha qualche sospetto su chi possa aver toccato il veicolo? Ha trovato qualcosa di strano o degli oggetti in cabina?

— Niente.

— Ha usato ancora il camion, dopo quella notte?

— Sicuro che l'ho usato! Ogni giorno io porto un modulo... sarebbe uno di quegli imballaggi per damigiane laggiù, allo spazioporto. Qualche volta anche due o tre, quando c'è una nave sotto carico. E adesso c'è altro che vuole sapere?

— Desidero dare un'occhiata al camion.

— Faccia come le pare.

Scharde e Glawen tornarono fuori e girarono intorno al veicolo. Scharde esaminò la cabina, trovandola spoglia e priva di qualsiasi oggetto personale. — Niente da fare, qui — borbottò.

Glawen aveva tirato da parte la tenda di stoffa sul retro, per far entrare la luce. Il pianale era pavimentato con uno strato spesso di spugna elastica, ed ai lati giacevano due lunghe assi fornite di flange evidentemente usate per il carico e lo scarico con un carrello a ruote.

Scharde saltò dentro e si guardò attorno. Notò subito le macchie al centro del pianale, a metà distanza fra le due assi, e si chinò a studiarle. Il colore, rosso scuro, avrebbe potuto far pensare a sangue. Senza far commenti andò sul fondo, s'inginocchiò ed esaminò l'intero pianale centimetro per centimetro. Anche Glawen s'era accorto delle macchie, ma aveva tenuto a freno la lingua. Non avendo di meglio da fare tornò a frugare nella cabina anteriore, senza trovare niente, e quindi girò di nuovo sul retro, giusto in tempo per vedere Scharde raccogliere qualcosa di seminvisibile dal bordo un po' ammaccato di una delle assi. — Cos'hai trovato? — gli chiese.

— Un capello — disse laconicamente il padre, e continuò con l'esplorazione.

Glawen non riusciva più a stare con le mani in mano. Salì sul pianale e cominciò a cercare per conto suo in una zona dove Scharde non era ancora arrivato: la fessura nel punto in cui la spugna elastica confinava con un pannello laterale. Da lì a poco fece anch'egli una scoperta, che gli strappò un'esclamazione costernata.

Scharde si volse. — Cosa c'è?

Lui gli mostrò un frammento nero e arancione. — Un pezzo di ala di farfalla.

Scharde se lo fece consegnare e lo mise in una busta. — Non possono esserci più dubbi sul momento e sul luogo.

— Soltanto sul «chi».

I due cercarono per un'altra mezz'ora circa, e Scharde rinvenne dei polverosi filamenti di fibra, ma nient'altro di significativo. Scesi al suolo osservarono quei reperti: un pezzetto di ala e alcuni capelli castani. — Non molto — disse Scharde, — ma sempre meglio che niente. Forse sarà bene fare altre due chiacchiere con Nion.

Glawen guardò dubbiosamente il portone dell'edificio. — Sembra che non abbia molta voglia di aiutarci.

— Faremo ancora un tentativo. Questa traccia deve portare da qualche parte.

I due tornarono verso il magazzino. In piedi sulla soglia Nion li guardò avvicinarsi senza traccia di emozione. — Non avete trovato niente, eh? — chiese.

Scharde gli mostrò il contenuto della busta. — Questo significa qualcosa per lei?

— Il frammento colorato potrebbe provenire dal costume della ragazza. Quel ciuffetto di fibre... non si capisce cos'è.

— Lei usa tappeti sul camion, o sacchi, o materiale simile?

— Io no.

— Benissimo. Daremo un altro sguardo qui dentro.

Nion scrollò le spalle e si fece da parte. — Cosa spera di trovare? Avete già annusato dappertutto, perfino sotto le vasche e nei tini.

— Vero. Ma da qualche parte, evidentemente, ci è sfuggito qualcosa.

— Proprio qui?

— È qui che finisce la nostra pista. La ragazza è stata uccisa nel camion. Quando lei è tornato a riprenderlo era stato spostato, e il corpo non c'era più. L'assassino disponeva di poco tempo. Il corpo non è stato seppellito, lo giurerei. Non abbiamo tracce sul terreno, e le impronte delle ruote sulla strada dicono che il camion non ne è mai uscito. Cos'è successo al corpo?

— Io non posso aiutarvi. Lo cerchi lei, se vuole.

Glawen e Scharde entrarono nel locale di lavorazione del vino, con Nion alle calcagna. Dieci tini incombevano su ogni altra cosa, cinque per lato e dipinti di colori diversi, e davanti a ciascuno c'era una piccola consolle di strumenti per i controlli e le operazioni. Durante la precedente visita di Scharde, Nion aveva pompato via il contenuto di ogni tino, a turno, e nell'interno vuoto non era stata trovata traccia della ragazza.

Nion notò l'interesse con cui Scharde osservava i tini. Chiese, in tono brusco: — Cos'altro sospetta? Devo svuotare ancora tutto quanto? Ogni volta che faccio andare la pompa mi va sprecato un litro di buon vino.

— Le sue misurazioni sono così accurate?

— Sicuro. Il lettore è preciso al decilitro. Miscelare i prodotti non è uno scherzo, quando si pensa che mezzo litro in più o in meno di Malvasia Secco Diffin numero Quattro può darmi un sapore diverso a tutta la produzione di una settimana.

— E qual è allora la sua procedura?

— In parole semplici, io pompo il contenuto dei tini nella vasca di miscelazione, secondo le proporzioni del caso, fino a un totale di seicentosessanta litri, che sarebbero dodici barilotti, o tre botti. Questa è la quantità su cui lavoro di solito. Poi metto i barilotti in fila sul riempitore automatico, che ispeziona l'interno di ciascuna e carica esattamente cinquantacinque litri di vino. Premo il pulsante e la macchina stampa e attacca le etichette, finché non ho riempito i dodici barilotti. Poi li allineo contro il muro, ogni dozzina come stock a sé stante, e quando ricevo un'ordinazione li chiudo negli imballaggi di sicurezza e li porto alla zona di carico, allo spazioporto.

Scharde guardò lungo il muro. — Lo stock che tiene per le consegne interne è alquanto scarso.

— Diciamo pure esaurito. Quello che avevo è stato venduto durante il Parilia.

— E consegnato allo spazioporto?

— Proprio così.

— È già stato caricato su qualche nave?

— Posso supporre di sì.

— E uno di quei barilotti non potrebbe contenere un corpo? Nion fece per rispondere, ma la voce gli si bloccò. Si volse a fissare la vasca di miscelazione e una goccia di sudore gli colò rapida lungo una guancia. Quando tornò a guardare Scharde il suo colorito da rubizzo s'era fatto cinereo. — Posso affermare con certezza quasi assoluta che è successo proprio questo! — sussurrò.

— Mmh! In base a cosa?

— Ort mattina ho riempito dei barili con ciò che restava in un tino, e una volta finito ho scoperto di avere circa cinquanta litri di vino in sovrappiù.

Glawen girò su se stesso e uscì dall'edificio a passi rigidi. Gli altri due lo seguirono con lo sguardo. Nion fece un sospiro e tornò a guardare la vasca. — Lì per lì non mi sono spiegato quell'errore: come poteva essere, con un misuratore tanto preciso? Quanto pesava la ragazza?

— Potrebbe dircelo Glawen, ma è meglio lasciarlo stare. Suppongo una cinquantina di chili, o poco più.

— Potrebbe benissimo esserci stato il suo corpo al posto dei cinquantadue litri di vino, il che spiegherebbe il sovrappiù. Ora tutto è chiaro.

— Chi saprebbe come riempire e sigillare uno di questi barili? Nion ebbe un gesto d'impotenza quasi selvaggia. — Potrebbe esser stato chiunque: gli studenti di enologia, i dipendenti delle vigne delle sei Case, o chi mi abbia visto una volta al lavoro. Io so soltanto una cosa: sarei capace di strangolare con le mie mani il bastardo che ha rovinato a questo modo una partita di vino. Dev'essere un maniaco di perversità inaudita!

Scharde annuì con lentezza. — È stato un crimine perverso, sì. Capisco il suo disgusto.

— Riusciremo mai a catturare il colpevole?

— Posso dirle soltanto che le indagini proseguiranno. Tuttavia ora torniamo al barile: è possibile rintracciarlo? Qual era la sua etichetta?

— Recava il nome della miscela, un «Graciosa» da pasto, e dalla fine del Parilia ne ho imbarcati cinquanta o sessanta diretti alle più diverse destinazioni. Potrebbe essere impossibile localizzare il barile dal contenuto... uh, difettoso.

— I barili non hanno un numero di serie, o un codice di qualche genere?

— Nessuno. Queste cose mi costringerebbero a occuparmi di scartoffie, e non servirebbero a niente.

— Oggi sarebbe servito.

— Ma non succederà mai più, finché avrò vita. — Nion si batté un pugno sul petto. — Sono stato gentile e servizievole. Ho dato fiducia a una persona che aveva putrida cancrena nel cervello. Lui ha camminato fra i miei tini, annusato il mio vino, e io gli spiegavo intanto i miei segreti di lavorazione... nessun altro mi farà una cosa simile! Mai più!

— È una brutta situazione — disse Scharde. — Ora però bisogna trarne un insegnamento. L'innocente non deve soffrire per i crimini del colpevole.

— Vedremo.

— Un'ultima parola, e qui il suo consiglio può essere determinante. Io non vedo motivo di causare un gran clamore sull'argomento, e raccomanderò un'assoluta discrezione nei nostri rapporti con l'opinione pubblica. In caso contrario vedremmo vendere ben poco del suo buon vino negli anni futuri, e il «Graciosa» diverrebbe oggetto di battute macabre e volgari.

Il rude volto di Nion era imperlato di sudore. — Ma... prima o poi qualcuno farà una scoperta terribile.

— Possiamo soltanto sperare che non accada presto. Quando verrà il momento forse riusciremo a intervenire sul posto e bloccare la cosa senza troppa pubblicità. Nel peggiore dei casi cercheremo di salvare almeno il buon nome della sua casa vinicola.

— Sì, questo sarà indispensabile – disse Nion. – Ah, povero me! Che razza di guaio!

7

Per ordine del Sovrintendente Bodwyn Wook tutto il personale dell'Ufficio B, dai capitani agli ufficiali, ai graduati, agli agenti ordinari per finire ai cadetti, si riunì nell'auditorium della Nuova Agenzia.

All'ora esatta prefissata Bodwyn Wook entrò a passo di marcia, salì sul podio e si rivolse ai subordinati.

— Questa sera rilascerò una dichiarazione relativa al caso Sessily Veder che metterà fine a certe ipotesi indiscriminate. Poiché l'inchiesta è ancora in corso, non posso rispondere a ulteriori domande; per il momento dovranno bastare le informazioni contenute in questo breve rapporto.

«Come tutti ben sapete, la scomparsa di Sessily Veder ci aveva lasciati a brancolare nel buio. Ora un'indagine ha se non altro chiarito alcuni interrogativi. In sintesi: la ragazza, dopo essersi cambiata il costume, è stata indotta da un messaggio ingannatore a recarsi a un appuntamento, dove ha incontrato un pierrot. L'individuo mascherato l'ha quindi indotta a recarsi con lui sulla spiaggia, usando un pretesto che non possiamo immaginare.

«I due si sono incamminati sull'arenile verso sud. Due ore più tardi il pierrot è tornato, da solo. Il suo atteggiamento, secondo la testimonianza da noi raccolta, era assente e anomalo.

«Dobbiamo purtroppo accettare la conclusione che qualcuno, probabilmente ben conosciuto da Sessily, l'abbia portata in un punto isolato della spiaggia, e che dopo averla barbaramente uccisa abbia gettato il suo corpo nella corrente marina, che in quella zona è forte.

«Questo conclude la mia dichiarazione. Chiedo ora a voi tutti di non discutere il caso con persone non facenti parte dell'Ufficio, onde evitare che speculazioni e pettegolezzi interferiscano con il proseguimento delle indagini. Siete autorizzati a riferire succintamente ciò che ho appena detto, ma niente di più. È chiaro? I membri del personale sorpresi a violare quest'ordine ne subiranno le conseguenze.

«Domani saranno fatte le assegnazioni a nuovi incarichi. Questo è tutto.

Mentre Scharde e Glawen uscivano, Kirdy Wook li raggiunse. — Siete desiderati nell'ufficio del supervisore. Non chiedetemi perché, io non faccio che riferirvi un messaggio.

Scharde e Glawen salirono al secondo piano, dove Bodwyn Wook li aspettava nel suo ufficio. L'uomo li accolse con un cenno della mano. — Sedete, se ne avete voglia. Questo è un incontro informale. Kirdy, sii così simpatico da portarci una tazza di tè, poi vai pure a casa.

Con uno sguardo piuttosto gelido a Glawen, che gli era inferiore di grado, Kirdy andò nella stanza accanto e preparò un tè istantaneo, quindi rientrò, depose il vassoio sulla scrivania e fece per uscire. Notando il suo atteggiamento rigido, Bodwyn Wook lo fermò: — Ripensandoci, puoi restare anche tu e aggiungere i tuoi lumi, per così dire, ai nostri. Dovremo riflettere, e abbiamo bisogno di tutta la materia grigia disponibile.

Kirdy annuì brevemente. — Come desidera, signore.

Bodwyn Wook si rivolse a Scharde. — Come ti è sembrata la mia dichiarazione?

— Efficace, direi. Nessuno ti ha contraddetto.

— Le cose vanno come sempre, allora. E veniamo alla nostra indagine. Io la vedo proseguire su due strade. Prima: il materiale da te raccolto sul camion. Dobbiamo analizzarlo e stabilirne la provenienza. Seconda: oggi ho ricevuto un messaggio molto singolare da Zamian, lo sguattero Yip. Te lo leggerò. — Attese, mentre Kirdy distribuiva le tazze di tè e poi sedeva anch'egli.

Bodwyn Wook si schiarì la gola e aprì il foglio che aveva davanti: — Questo è il messaggio:

Rispettabile Supervisore delle Forze Investigative,
   Caro signore,
   Io spero che il suo lavoro vada bene, in modo che i criminali siano arrestati qui e dappertutto. Abbia fiducia nel mio aiuto.
   Scrivo per farle conoscere il mio comportamento, che è sempre commendevole. Come le ho raccontato, con vera onestà, mi dispiace di non aver investigato su tutte le cose sospette mentre esse accadevano, e di non aver fatto domande per chiedere nomi e risposte precise. Ma per favore, ricordi! Io le ho detto che non avrei smesso di pensare, e ora vedo che i miei sforzi sono stati veramente ottimi, e ho raggiunto il successo, a meno che io non mi sbagli o se non potremo trovare una somma modesta per convincere una certa persona che non ha corso questo grave rischio soltanto per un «Grazie tante! Sei un onesto e vero amico!». Dopotutto, ricordi questo! Il successo costa denaro! Ma è una truffa per l'anima, qualunque ne sia il guadagno.

*Un'altra cosa. Io non dovrei dirlo ma sento di doverlo fare:
c'è motivo di agire in fretta, perché questo gentiluomo potrebbe
chiedere denaro in un altro posto. Atti come questi sono talvolta
cattivi, ma il denaro è ogni volta buono. Questo è un piccolo motto
di spirito, ma quanta verità contiene! Comunque, sarebbe saggio
farmi sapere per domani mattina, possibilmente con qualcosa che
dimostri anche la vostra gentile generosità verso di me. Io sono,
come sempre,*

il suo buon amico e aiutante
Zamian Lemew Gabriskies

Bodwyn Wook rialzò lo sguardo dal foglio. – Le ambizioni di
Zamian sono deliziosamente semplici; è un piacere seguire il loro
limpido flusso. Si deve dire che è lucidissimo: uno non ha mai noiosi
dubbi sui suoi desideri, ed è gentile come il serpente che striscia soltanto verso la tua bottiglia di latte. Sono certo che trova noi altrettanto
bislacchi. – L'uomo tacque e li guardò negli occhi l'uno dopo l'altro,
poi batté un dito sul messaggio. – Comunque, noi non siamo né socio-
logi né poeti perciò evitiamo le analisi eteree. Glawen, tu hai sofferto
questi eventi con ovvia intensità: qual è la tua opinione?

– Non ho una vera e propria opinione. Soltanto ipotesi, forse.

– È comprensibile, viste le circostanze. Sentiamo.

– Prima di tutto, il tono di Zamian sembra cambiato: come se ora
avesse qualcosa di nuovo e di preciso da vendere. Probabilmente anche
questa «certa persona» lavorava nella cucina o in dispensa nei pressi
del molo... Ho una mezza idea che Zamian e la «certa persona» non
fossero troppo collegati dai loro rispettivi compiti, e che perciò questa
persona abbia scoperto qualcosa che al momento Zamian ignorava, o
non era in grado di definire con precisione.

– Sì, mi sembra probabile. Zamian ora è l'uomo di prima linea e
conduce questo negoziato verso di noi, mentre la «certa persona»
medita un'estorsione su un altro fronte. Probabilmente si sono accor-
dati per tenere il piede in due staffe. Kirdy, qual è la tua analisi?

– Mi spiace. Non ho riflettuto molto a questo caso, con tutti gli altri
compiti a cui ero assegnato... un po' sciocco da parte mia, credo.

Bodwyn Wook gli rivolse un sorrisetto blando. – Ti riferisci al tedioso pattugliamento del recinto? Nessuno ti critica. Anzi potresti averci salvati da un indegno assalto di Yips urlanti, o peggio... se si può immaginare qualcosa di peggio. Hanno usanze piuttosto antipatiche quando mettono da parte i loro «Sì, signore» e «posso andare, signore?». Anche se molti resterebbero così educati, suppongo, da chiederti: «Voglia scusarmi, signore, non le spiace inclinare un pochino il capo mentre le taglio la gola?». Ah, be', Kirdy! Il tuo sacrificio notturno ci ha dato la tranquillità di spirito. Non è stato fatto invano!

Glawen aggiunse: — Senza dubbio io ho dormito meglio, sapendo che Arles e Kirdy erano di guardia.

— È stato un nobile episodio — disse Bodwyn Wook. — Ma ora torniamo a Zamian e ai suoi intrighi. Scharde, tu che ne pensi?

— Riprendo da dove Glawen si è fermato: abbiamo Zamian e la «certa persona» in cucina, o nella dispensa. Cosa potrebbe aver visto quest'ultimo, che fosse sfuggito a Zamian? Potrebbe aver visto l'assassino che aspettava al varco Sessily. Oppure Zamian potrebbe avergli detto che nel camion stava succedendo qualcosa. Hanno notato la partenza del veicolo e deciso di sorvegliarne il ritorno. Evidentemente, però, Zamian era occupato altrove e così soltanto la «persona» è rimasta a spiare, e ha visto chi è sceso dal camion dopo averlo riportato lì.

— Esatto! — esclamò Bodwyn Wook. — Questo è il modo in cui anch'io ricostruisco l'accaduto. Conoscendo gli Yips, direi che dapprima la «persona» aveva deciso di agire da solo, e che Zamian si è messo in contatto con noi soprattutto per far leva sul compare. Da quel che dice il suo messaggio, Zamian è sicuro di ricavarne un tornaconto in ogni caso, vuoi da noi vuoi ricattando l'assassino. Non si rende conto che possiamo scavalcarlo e non pagare proprio nessuno. — Bodwyn Wook aprì un cassetto e ne tolse un fascicolo. — Queste sono le dichiarazioni del personale di cucina. Fra loro c'erano quattro Yips, Zamian e altri tre. Due di questi erano in servizio continuato ai tavoli e possono essere scartati. Zamian e Xalanave avevano compiti più generici che potevano condurli anche in dispensa. Di conseguenza ipotizzo che la «persona» sia Xalanave, e propongo di metterlo sotto il torchio quanto prima. Diciamo domattina. Kirdy, tu e Glawen andrete a prelevarlo e lo condurrete qui.

— A che ora?

— A un'ora qualsiasi del mattino.

— E Zamian?

— Ci occuperemo di loro separatamente. Con un po' di fortuna sarà Xalanave a risolvere il caso per noi.

Per qualche secondo i quattro tacquero, ognuno seguendo i suoi pensieri, poi Scharde disse: — Potresti essere troppo ottimista: non dimenticare che al ritorno il camion è stato posteggiato più indietro, contro il molo. Xalanave può non aver visto molto dalla porta della dispensa.

— In tal caso nulla gli impediva di scivolare avanti lungo il muretto fino a un punto di osservazione migliore. Questo è ciò che avrei fatto io.

— E tieni presente che il conducente indossava quasi di certo un costume e una maschera.

— Anche questo è vero, e noi sappiamo qualcosa di quel costume. Questa potrebbe essere una seconda freccia al nostro arco. In ogni caso, domattina faremo sputare la verità a Xalanave. Ora, che mi dici del frammento di peluria o quel che è?

— Sembra provenire da un rozzo tessuto bruno: un tappeto scadente, oppure un'imitazione di pelliccia.

Bodwyn Wook guardò pensosamente il soffitto. — A quanto ricordo, le zampe di Latuun erano rivestite di roba simile. Sei Arditi Leoni, i bravacci di Stazione Araminta, hanno impazzato fra le maschere correndo e schiamazzando e ubriacandosi per tutta la città, e indossavano pellicce.

Kirdy si erse all'istante. — La prego di escludere me! Io bevo pochissimo!

Bodwyn Wook non gli prestò attenzione. — Ho visto inoltre un ladrone Kazakh con le brache di pelo, un mang, e un gigante Tantico in giubbotto di pelliccia.

— Quel gigante era Dalremy Diffin con i trampoli. In quella bardatura non avrebbe potuto mettersi alla guida del camion — disse Scharde.

Di nuovo Bodwyn Wook ignorò l'osservazione. — Senza dubbio ce n'erano altri, ma non è il caso di esplorare queste possibilità finché non avremo finito con Xalanave. Sergente junior Kirdy e cadetto Glawen, questi i vostri ordini: domattina vi recherete nel recinto degli alloggi Yips, avvicinerete ufficialmente Xalanave e lo porterete qui, alle... diciamo due ore prima di mezzogiorno, il che dovrebbe andar bene a tutti noi. – Si alzò in piedi. – Questa è stata una giornata faticosa, e adesso me ne vado a letto.

8

Glawen stava giusto finendo di far colazione quando arrivò Kirdy. – Sono subito da te – gli disse. – Non ti aspettavo così presto. Ti va una tazza di tè?

– No, grazie – rispose Kirdy, e in tono di secca disapprovazione: – Lo sapevo che non ti avrei trovato pronto; ecco perché sono venuto con dieci minuti d'anticipo.

Glawen sollevò le sopracciglia, meravigliato. – Ma sarò pronto fra molto meno di dieci minuti. Anzi, lo sono già. Non ho che da infilarmi la blusa.

Kirdy lo guardò da capo a piedi. – Non verrai vestito così? Dov'è la tua uniforme?

– Per andare agli alloggi Yips? Abbiamo bisogno dell'uniforme per questo?

– È una cosa ufficiale. Noi rappresentiamo l'autorità. – Kirdy esibiva un'immacolata e curatissima uniforme da sergente junior dell'Ufficio B. Glawen guardò Scharde, ma il padre fissava con pigra ostentazione il cielo fuori dalla finestra.

– Va bene – rispose allora. – Penso che tu non abbia torto. Aspetta qui, sarò pronto fra cinque minuti.

Correttamente abbigliati, i due raggiunsero a passo di marcia l'aeroporto. All'ingresso del recinto Kirdy si rivolse al sottufficiale di guardia, e questi chiamò al telefono la stanza di Xalanave.

Non rispose nessuno. Una breve indagine rivelò che Xalanave non era in camera né in altri locali dell'edificio.

– Potrebbe aver fatto un doppio turno di lavoro all'albergo – suggerì il sottufficiale. – Gli capita di farlo, una volta o due ogni settimana.

Una chiamata all'Hotel Araminta bastò a informarli che lo Yip non era sul posto di lavoro. – Ieri era nel turno serale ed è smontato a mezzanotte – riferì il responsabile della cucina. – Non mi aspetto di rivederlo fino a oggi pomeriggio.

– Grazie, signore – rispose Kirdy. – Lei è stato molto utile.

— Aspetta! — lo fermò Glawen. — Domandagli se ieri sera Xalanave ha ricevuto qualche chiamata telefonica, o se è successo qualcosa di insolito.

Kirdy lo fissò accigliato, poi si volse e parlò ancora al telefono. La risposta che ebbe fu negativa, anche se incerta; di conseguenza Kirdy telefonò a Bodwyn Wook e gli spiegò la situazione.

— Cercate Namour — disse il sovrintendente. — Spiegategli le circostanze e chiedetegli di trovare Xalanave. Se ha delle domande, può rivolgersi a me.

L'indagine di Namour non rivelò altre informazioni significative. Xalanave aveva lasciato le cucine dell'Hotel Araminta a mezzanotte e da allora non era più stato visto, o almeno non da qualcuno disposto ad ammetterlo.

Quando Glawen e Kirdy, dietro ordine di Bodwyn Wook, andarono a cercare Zamian, restarono ancora una volta delusi. Zamian, come Xalanave, non era più reperibile all'interno del territorio di Stazione Araminta, ma per un motivo diverso: era partito per Yipton con il traghetto del mattino. L'esame della lista dei passeggeri chiarì che Xalanave non era a bordo, e all'Ufficio B ci si trovò d'accordo sul fatto che Xalanave doveva esser stato aggredito nel buio sul retro dell'albergo, trascinato sul molo e gettato in mare.

9

La giornata trascorse senza altre novità, e così la notte. Il mattino successivo, ancor prima che l'alba schiarisse il cielo, Scharde uscì in silenzio da Casa Clattuc e si avviò giù per la via Wansey verso l'oceano.

L'aria era fredda e immobile. Al di là del lieve scalpiccio di Scharde sulle consunte pietre del selciato non si udiva alcun rumore. Alti veli di foschia opacizzavano il cielo, Lorca e Sing, già sul punto d'immergersi nell'orizzonte occidentale, erano chiuse in un alone rosato; nel passare sotto i pioppi allineati sul lungomare Scharde attraversò chiazze di vaga luminosità rosea e di ombra fitta.

Sulla riva aveva voltato a sinistra, e pochi minuti di cammino lo portarono all'aeroporto. Nell'ufficio, con gli occhi ancora gonfi di sonno, lo attendeva Chilke.

Il suo saluto fu un borbottio. — Questa non è un'ora fatta per me.

L'umidità che c'è in giro e il cinguettio di questi dannati uccelli mattinieri mi irritano e basta. La sola cosa buona del mattino è la tazza di caffè che mi rimette al mondo.

— Se non altro ti trovo tranquillo e di buon umore.

— Lo sono? Suppongo che sia perché il peggio è passato. Sarò di nuovo a letto prima che tu abbia fatto dieci metri fuori dalla pista.

I due uscirono e si avvicinarono all'aereo, che era già pronto a lato di un hangar. Chilke restò in cabina intanto che l'altro eseguiva la routine dei controlli pre-volo.

— Tutto in ordine — concluse Scharde. — Anche la pistola è carica. Chilke ebbe una risatina acre. — Potrai forse trovare una cellula di carburante sfondata, il carrello di atterraggio spaccato in due o i cristalli della radio fusi, ma sulla carica di quella pistola ci puoi scommettere la vita. Questo te lo giuro. Posso sapere dove stai andando, tanto per scrivere quello che devo sul registro? E perché tutto così furtivo... o non sono autorizzato a chiederlo?

— Certo che sei autorizzato. E posso perfino risponderti. Oggi vado a divertirmi un po' a Yipton. Se qualcuno fa domande, sono uscito in normale giro di pattuglia.

— Per quale motivo qualcuno dovrebbe far domande?

— Se lo sapessi, non avrei bisogno di andare dove vado. Ma andrò dritto alle Isole Lutwen e tornerò prima di sera, se tutto va bene... anche se, naturalmente, a Yipton niente va mai bene.

— Buona fortuna a te. E i miei distinti ossequi all'Oomphaw. Scharde portò in quota l'aereo e fece rotta sull'oceano verso nord-est, dove i riflessi dell'aurora già sostituivano il pallore dell'alba. Dietro di lui Sing e Lorca erano ancora visibili sulla bassa foschia del continente.

Syrene era già apparsa: dapprima un fulgore bianco-azzurro sull'orizzonte, quindi uno spicchio, e il cielo si riempì della sua luce.

Più avanti, sul blu scuro dell'oceano si dilatò una zona assai più chiara: i bassi fondali dell'Atollo Lutwen, un anello di isole disposte attorno a una laguna poco profonda, sulle quali tutto ciò che si scorgeva era un'incrostazione di strutture. La città di Yipton. I particolari cominciarono a emergere dalla foschia: un intreccio di vie d'acqua dai toni grigiastri in cui, al nascere di un'onda improvvisa, il sole distribuiva riflessi come manciate di coriandoli d'argento.

L'aereo si lasciò alle spalle numerosi pescherecci a galla nell'immensità dell'oceano: fragili scafi di bambù senza chiodature, spinti avanti da vele di fibra tessuta a mano.

Scharde ora distingueva i sobborghi di Yipton: malsicuri edifici alti fino a tre o quattro piani, appesantiti da larghi tetti composti ciascuno da vari ed eterogenei materiali dal diverso colore: cinerino, grigio legno, arancione, bruno fangoso. In ogni orto, spiazzo e angoletto sterrato crescevano fitti garbugli di bambù, mentre le filiformi palme da cocco s'inclinavano verso il mare da tutte le piccole piantagioni laboriosamente coltivate lungo il perimetro delle isole.

I canali irretivano Yipton in uno schema mai pianificato, talvolta all'aperto, talvolta sparendo in tunnel costruiti sotto gli edifici. Su quei percorsi caotici si spostavano zattere e barche, come pigri globuli nell'intreccio arterioso di un malato. Altre barche erano ormeggiate in permanenza lungo i canali più larghi, e dalle loro stufette di bordo si alzavano spirali di fumo che pian piano svanivano mescolandosi all'aria del mattino.

Sull'arco meridionale di Yipton campeggiava la bizzarra, affascinante e deforme struttura della Locanda Arkady, costruita su cinque piani, con centinaia di balconi capaci di oscillare a ogni peso imprevisto ed un giardino pensile sul tetto dove i turisti cenavano fra i lampioncini colorati, mentre ragazzi e ragazze Yips eseguivano balletti acrobatici talora figurati, talaltra incomprensibili, al suono di una musica sottile di flauti e campanelli che — apprezzata o meno dai clienti — creava se non altro un dolce e gentile sottofondo.

Di lato alla locanda si proiettava in mare il molo a cui attraccavano i traghetti di Stazione Araminta, poco più in là c'era una pista di atterraggio piuttosto esigua, pavimentata con un miscuglio di coralli rossi triturati, conchiglie piatte e gusci di gasteropodi simili a murici, il tutto cementato da un adesivo. Scharde si avvicinò alla pista dal mare, girando attorno a Yipton per evitare il più possibile la cappa invisibile chiamata «il Grande Chife»: insieme al Pussycat Palace, la più nota delle spiacevoli e meravigliose attrattive della città. Nell'intera Distesa Gaeana non c'era luogo in cui, quando si discuteva di odori cattivi o miasmi intollerabili, qualcuno non tirasse in ballo il Grande Chife di Yipton per attribuirgli la palma dell'insuperabilità.

Una ricetta del Grande Chife era stata proposta in termini faceti da un misconosciuto saggio in sosta alla Casa dei Vagabondi, che l'aveva messa per iscritto:

IL GRANDE CHIFE
una ricetta sperimentale

INGREDIENTI	PARTI PER 100
Essudazioni umane	25
Fumo e ossa bruciate	8
Pesce, fresco	1
Pesce, marcio	8
Celenterati putrefatti (coralli)	20
Acqua di fognatura	15
Piante secche, stuoie, bambù	8
Liquido di Cadet	13
Imprecisabile (orrido)	2

I turisti novelli non venivano spesso avvertiti in anticipo del Grande Chife, poiché il loro disgusto e sbalordimento forniva una sempre valida sorgente di risate a quelli già iniziati. In ogni caso interveniva poi il naturale processo di desensibilizzazione, e il Grande Chife perdeva la sua preminenza su altri dettagli.

Scharde fece atterrare l'aereo e scese dalla scaletta. Dopo appena una breve smorfia per il Grande Chife chiuse e sigillò la carlinga, benché a Yipton i furti fossero una delle noie minori grazie agli ordini dell'Oomphaw, Titus Pompo.

Una larga rampa di scale lo condusse sotto la veranda dell'albergo. Qui un paio di fattorini in grembiule bianco aperto ai lati, tunichetta ricamata, guanti bianchi e piccoli cappelli a cilindro dello stesso colore, uscirono a prendere il suo bagaglio. Accorgendosi che non aveva nulla, si fermarono stupiti, quindi gli diedero il benvenuto con un inchino e si ritirarono, mormorandosi commenti su quel ridicolo straniero che arrivava senza neppure una borsa e sull'equivoco in cui li aveva fatti cadere.

Scharde attraversò la terrazza ed entrò nell'atrio largo e arioso, notando che dalla sua ultima visita, dieci anni addietro, era stato rifatto. Le pareti in bambù erano dipinte di bianco; nuovi tappeti arricchivano il pavimento di toni azzurri e verdi; i mobili, in morbidi vimini bianchi, erano tappezzati in verde mare pallido. Ne fu favorevolmente impressionato; ricordava ancora i bambù verniciati in marrone e l'arredamento spartano di un tempo, niente affatto così lindo e confortevole.

A quell'ora così mattutina pochi ospiti della locanda erano scesi dalle loro camere. Una dozzina sedevano in terrazza a far colazione; altri s'erano radunati al centro dell'atrio e discutevano il programma di quella giornata, che includeva un giro in gondola attraverso i canali.

Scharde andò al banco delle registrazioni. Dietro di esso sedevano quattro impiegati in candide uniformi di pizzo. Ognuno portava all'orecchio sinistro una perla nera appesa a una catenina d'argento, attestante che si trattava di un membro dello staff personale dell'Oomphaw: un Oomp. A farsi avanti fu il più vicino, una persona di mezz'età d'aspetto attraente e dignitoso. Gli domandò: — Bene arrivato, signore. Quanto tempo prevede di restare da noi?

— Non molto. Sono il capitano Scharde Clattuc dell'Ufficio B, di Stazione Araminta. Per favore, informi Titus Pompo che voglio scambiare qualche parola con lui su una questione ufficiale, appena sarà in comodo. Anche subito, se è possibile.

L'impiegato scambiò un'occhiata con i colleghi; gli altri tre, dopo aver gratificato di sguardi curiosi la serietà di Scharde, tornarono a quel che stavano facendo, dissociandosi dalla presenza di un estraneo così rigido e bizzarro ai loro occhi. L'altro parlò scegliendo con cura le parole: — Signore, provvedere che il suo messaggio sia immediatamente portato all'attenzione dell'Oomphaw.

Una sfumatura nel tono dell'individuo fece rizzare gli orecchi a Scharde. — Questo cosa significa?

L'impiegato spiegò, con un sorriso: — Il messaggio sarà spedito agli uffici dell'Oomphaw. Senza dubbio un membro apposito del suo personale le farà mandare, probabilmente questa sera, l'adatto modulo su cui lei potrà scrivere liberamente ogni sua richiesta.

— Lei non mi ha capito – disse Scharde. — Non ho richieste da mettere per iscritto su un modulo. Voglio scambiare qualche parola con Titus Pompo, e al più presto. Questo vuol dire subito, se non ancora prima.

Il sorriso dell'uomo cominciò a diventare forzato. — Signore, mi lasci usare un vocabolario più aperto. Lei non sembra un ottimista visionario, con gli occhi spalancati sulla gloria dell'ineffabile. Tuttavia si aspetta che io mi precipiti di corsa nella camera da letto dell'Oomphaw, gli strappi via di dosso le lenzuola e gridi: «Sveglia, poltrone, e salta giù dal materasso! Un gentiluomo esige di parlare con te!». Devo informarla che questo non è fattibile.

Scharde annuì. — Lei si è spiegato a meraviglia. Posso avere un foglio di carta intestata dell'albergo?

— Naturalmente. Ecco a lei, signore.

— Grazie. Qual è il suo nome?

L'impiegato inarcò le sopracciglia, perplesso. — Io sono Euphorbius Leliantho Jantifer.

Scharde scrisse alcune righe sul foglio, poi gli porse la penna. — Prego, metta data e firma su questo documento, e chieda ai suoi colleghi di firmare anch'essi come testimoni e corresponsabili.

L'impiegato, ora con un preoccupato cipiglio, lesse lo scritto mormorandone le parole: — Io, Euphorbius Leliantho Jantifer, dichiaro che il mattino di oggi (data in calce) ho rifiutato di notificare a Titus Pompo che il capitano Scharde Clattuc dell'Ufficio B, di Stazione Araminta, è giunto per parlare con lui di una questione ufficiale e urgente. Ammetto che il capitano Clattuc mi ha specificato di non poter attendere alle formalità, dovendo tornare subito a Stazione Araminta, chiarendo che le penalità conseguenti al mio atto avrebbero incluso la cessazione del servizio dei traghetti per un periodo indefinito, oppure fino al pagamento di una multa di mille sol. — Tornò a guardare Scharde, a bocca aperta.

— Può bastare — disse lui. — Firmi, prego, così potrò andarmene. Ci sarà un ultimo traghetto per prelevare i turisti della Locanda, naturalmente. Li tranquillizzi pure. Ora la consiglio di mettere il suo nome in calce... anche se non è troppo necessario, visto che qui ci sono tre testimoni della sua condotta.

L'impiegato si cacciò il foglio in tasca, poi esibì un sogghigno ironico. — Via, via, signore. Questo documento è ridicolo, come lei sa bene.

— Io esco sulla terrazza a far colazione — disse Scharde. — Quando avrò finito tornerò a Stazione Araminta, a meno che lei non mi abbia portato una risposta precisa di Titus Pompo.

L'impiegato di nome Euphorbius strinse i denti. — Signore, noto con dispiacere che lei aggrava le mie mansioni. Tuttavia vedrò cosa posso fare.

— Grazie. — Scharde uscì sulla terrazza, scelse un tavolino di vimini sotto un parasole verde pallido e fece colazione a base dei piccanti cibi di Yipton.

Non aveva ancora finito, che tre Oomp dello staff di Titus Pompo apparvero sulla terrazza e si diressero al suo tavolo. Il più anziano del gruppetto si fermò davanti a Scharde e gli rivolse un secco inchino. — Signore, lei è convocato d'urgenza alla presenza dell'Oomphaw di Yipton. Le chiedo di seguirci all'istante.

Scharde si alzò subito. — Mi faccia strada.

Gli Oomp uscirono a passo di marcia dalla terrazza, e Scharde tenne loro dietro: attraverso l'atrio e per un intreccio di corridoi, svolte continue, scricchiolanti scale di bambù, passaggi oscuri su cui si aprivano diramazioni ancora più oscure, su fino al tetto in foglie di palma dai cui squarci trapelavano raggi di sole, di nuovo in basso lungo corridoi sotto i quali si udivano le onde della laguna sciabordare fra i pali di sostegno, e finalmente oltre un'ultima porta di bambù. La stanza in cui fu introdotto era ammobiliata soltanto con un tappeto rosa punteggiato in rosso e azzurro, un divano rivestito di stoffa anch'essa rosa, e un paio di comodini da notte su cui due lampade dal paralume spesso diffondevano una debole luce rosata.

Scharde avanzò lentamente nella camera, guardando a destra e a sinistra e senza apprezzare affatto ciò che vedeva. Studiò il divano qualche istante e poi si volse a esaminare la parete opposta, costruita in sottili bambù intrecciati a grata oltre le cui aperture larghe cinque centimetri si scorgeva quello che sembrava soltanto uno spazio oscuro.

Il capo degli Oomp gli indicò il divano. — Si sieda. Non crei alcun disturbo.

Gli Oomp uscirono; Scharde fu lasciato solo. Rimase in ascolto. Da lì non si udiva alcun rumore salvo quelli esterni, vaghi e lontani, che permeavano l'atmosfera. Tornò a osservare il divano e la parete, poi si alzò e andò a mettersi in piedi presso quella laterale. Ovviamente lo stavano sorvegliando, forse attraverso la grata di bambù. A suo avviso non ce n'era motivo, salvo probabilmente la soddisfazione che provavano nel metterlo a disagio.

Scharde si appoggiò alla parete e mettendo da parte il malumore si dispose all'attesa, sapendo che una sua dimostrazione d'impazienza l'avrebbe soltanto prolungata. Incrociò le braccia, chiuse gli occhi e finse di appisolarsi.

Trascorsero i minuti: dieci, poi quindici, il minimo socialmente ammesso in quelle circostanze.

Alla mezz'ora Scharde sbadigliò, si stiracchiò e cominciò a esaminare le sue alternative, che al momento si riducevano ad esibire tutta la pazienza e la dignità di cui era capace.

Ai quaranta minuti, quando l'atteggiamento di «ostentata indifferenza, sfumata di disgusto» avrebbe dovuto lasciare il posto a quello di «indignazione verso l'ospite offensivo»,* sull'altro lato della grata ci furono dei lievi rumori. Una voce parlò: – Scharde Clattuc, quale affare vuole trattare con Titus Pompo?

Lui si sentì irrigidire i muscoli del diaframma, per una ragione che

---

* Gli antropologi culturali hanno definito la simbologia dei «tempi di attesa» e le sue variazioni da società a società. Il significato di questi intervalli è determinato da un gran numero di fattori, e lo studioso può facilmente elencare per esperienza quelli che risultano più rilevanti nella sua cultura.

Il «tempo di attesa» lecito, in termini di percezione sociale, varia da nessuna attesa a qualche settimana o mese. In certe società far aspettare qualcuno cinque minuti sarebbe interpretato come un'imperdonabile insolenza; in altre un'attesa di soli tre giorni è giudicata indice di benigno favore.

L'uso calcolato del tempo di attesa, ben noto anche se a livello subconscio a chiunque faccia parte della stessa cultura, può essere prolungato allo scopo di affermare la supremazia o per «rimettere qualcuno al suo posto» con maggiore o minore sottigliezza.

L'argomento ha molte affascinanti ramificazioni. Ad esempio, la persona A desidera ribadire il suo rango superiore sulla persona B, e lo fa attendere per un'ora: alla fine dei primi trenta minuti la persona B si sente già inferiore e a disagio; poi A manda a B un vassoio con tè e biscotti, gesto che B non può respingere senza perderci in dignità; quindi A costringe B ad aspettare altri trenta minuti, al termine dei quali B deve anche ringraziare A per la cortesia con cui gli ha offerto il rinfresco. Quando ben eseguita, è una tattica maliziosa e soddisfacente.

non capì, dato che quella voce gli era sconosciuta. Domandò: — Chi sta parlando?

— Lei può far conto che queste siano le parole di Titus Pompo. Perché non ha usato il divano, che è stato messo lì proprio per sua comodità?

— Un pensiero gentile, ma non mi piace il suo colore.

— Davvero? È il mio preferito.

— Questo divano ha anche l'aria di potersi rovesciare all'indietro quando uno meno se l'aspetta. Preferisco non cadere in burle di cattivo gusto.

— Lei non ha un carattere facile!

— Però io sono visibile… Senza dubbio lei ha buone ragioni per non lasciarsi vedere.

Ci fu qualche secondo di tensione, poi: — Per acconsentire alla sua richiesta le è stata concessa un'udienza. Non sprechi questa occasione puntualizzando l'ovvio. — La voce, misurata e dal timbro neutro, sembrava quasi artificiale. E metallica, come se fosse modificata da filtri.

— Vorrei venire subito al punto — disse Scharde. — È un caso di omicidio, avvenuto a Stazione Araminta. C'è stato un testimone, o un quasi-testimone, di nome Zamian Lemew Gabriskies. Adesso si trova qui a Yipton. Chiedo perciò che lei lo trovi e lo affidi alla mia custodia.

— Ma certo, e senza esitare! Però le dovrò addebitare il servizio, per una somma di mille sol.

— Non le sarà pagato niente per un dovere a cui è obbligato dalla legge, che lei conosce bene quanto me e forse meglio.

— Io conosco la vostra legge, certo, ma sulle Isole Lutwen applico la mia legge.

— Non così. Io non nego che lei eserciti qui un suo potere personale, ma lo esercita per difetto, in assenza dell'autorità, la quale può essere ristabilita in ogni momento. La situazione è tollerata soltanto come rimedio temporaneo, e grazie al fatto che in generale l'ordine sociale sembra rispettato… a parte poche spiacevoli circostanze. In altre parole, a lei è concesso governare in via ufficiosa, non perché abbia il diritto legale di farlo. Nel momento stesso in cui lei deviasse da questa linea e sfidasse la legge, questa soluzione provvisoria cesserebbe.

— Usi pure le parole che preferisce — disse la voce. — Le Isole Lutwen sono indipendenti di fatto, le piaccia o no. Tutti dobbiamo riconoscere questa realtà, a cominciare dal Conservatore. Le penali da lui imposte sono impertinenze insopportabili.

— Non so di quali penali parla.

— Non ha sentito le ultime novità? Il Conservatore ci permette ora di ottenere soltanto pagamenti in buoni-merci. Ai turisti non è più concesso portare sol a Nuova Lutwen: solo pezzi di carta, che poi dovranno essere spesi ad Araminta per beni di consumo approvati.

Scharde ridacchiò. — Scommetto che le armi non saranno nella lista.

— Così presumo anch'io. Ma è una tattica illusoria. Noi incassiamo tutta la valuta pregiata che ci serve.

— E come ci riuscite?

— Non vedo la necessità di illustrarle le nostre risorse.

Scharde scrollò le spalle. — Come crede. Io non sono qui per discutere di politica con lei. Voglio soltanto Zamian.

— E lo avrà. Le mie inchieste sono sempre approfondite, e anch'io lo ritengo un miserabile: lavorava per il suo guadagno personale, e dunque a detrimento del mio.

Scharde rise ancora. — In altre parole, non ha tirato nell'affare anche lei per dividere il malloppo.

— Proprio così. Presumeva di usare il ricatto per riempire soltanto le sue tasche. Vi ha dato a bere che un certo Xalanave fosse il ricattatore. In realtà Xalanave non sapeva niente, e nonostante ciò è stato ucciso.

— Da chi?

— Questo è irrilevante, dal mio punto di vista. Non ho voluto spingere le indagini in quella direzione.

Scharde aveva notato una sfumatura d'incertezza in quella dichiarazione. Disse: — Ancora non capisco la sua condotta. È interessato o no a sapere quello che accade?

— Non vedo il motivo di speculare troppo... mi limito a dare per buona la possibilità che Zamian sia, in questo caso, il colpevole.

— Questa non è un'ipotesi ragionevole — disse Scharde. — Se infatti Xalanave non sapeva nulla del crimine su cui io indago, Zamian non avrebbe avuto la benché minima ragione per fargli del male né per fuggire da Stazione Araminta. Sembra chiaro che è fuggito per paura. E se seguissimo questo ragionamento fino ad ulteriori... — Scharde tacque.

— Continui — lo esortò dolcemente Titus Pompo, e neppure la transvocalizzazione elettronica riuscì a mascherare una nota derisoria, o di perverso godimento.

— Come lei, non vedo il motivo di speculare troppo — disse Scharde. — A me interessa soltanto sentire cosa può dirmi Zamian.

— Vuole Zamian, eh? Esca nel corridoio; scenda le scale. In fondo, nella stanza a destra, troverà Zamian e alcuni Oomp che la condurranno al suo aereo.

— Non desidero approfittare oltre del suo tempo. Grazie per la cortesia.

Da dietro la grata di bambù rispose soltanto il silenzio. Scharde non era in grado di determinare se là, a scrutarlo dal buio, ci fosse ancora qualcuno.

Cercando di ignorare ogni emozione, e prima di tutto l'improvviso senso di claustrofobia, Scharde si volse e uscì a lunghi passi dalla camera. Percorse il corridoio; discese le scale. Sulla destra trovò una porta di bambù verniciata di rosso, e la spinse. Un Oomp seduto su una panca a muro si alzò in piedi. — Lei è qui per Zamian?

Scharde si guardò attorno. — Dov'è?

— Giù nel foro, per sicurezza. Era un aiutante di cucina? Non aspettatevi che faccia il suo lavoro come prima; è stato usato un poco. — L'Oomp si accostò a una carrucola da cui pendeva una corda che spariva in un'apertura del pavimento, e cominciò a girare la manovella di un rozzo argano. Scharde guardò nel foro. Tre metri più in basso, nella penombra, c'era una distesa di limo nerastro percorsa da rivoletti d'acqua della laguna. La corda era fissata alla testa di un uomo semisommerso nel fango. Aveva le braccia legate dietro la schiena e la bocca chiusa da alcuni giri di nastro adesivo. Mugolava e si agitava nel tentativo di respingere l'attacco di quelli che sembravano ibridi di ratti e di bambini, neri e scivolosi, dal volto appuntito e non umano. Le orride creature mordevano ciò che restava delle sue gambe e lo attaccavano all'addome con furiosa avidità, e squittirono rabbiosamente quando l'Oomp tirò la corda, incollata ai capelli dello sventurato, sollevandolo oltre la loro portata.

Dal foro emerse la testa di Zamian, poi il torace. — Gli yoot l'hanno conciato male — disse l'Oomp. — Non capisco a cosa diavolo possa servirle, adesso.

— Probabilmente a nulla — mormorò lui.

Zamian viveva ancora. I suoi occhi riconobbero Scharde, e mandò qualche mugolio.

Lui si chinò e strappò via il nastro adesivo. — Zamian! Mi senti?

L'Oomp disse. — Non può parlare, e forse neppure pensare. L'Oomphaw lo ha fatto riempire di nene per sciogliergli la lingua. Ora resta poco nella sua testa. Questi sono i lati positivi e negativi della droga. Comunque, è suo. Se lo porti via.

— Solo un momento — disse Scharde. — Zamian! Sono Scharde! Parlami!

Zamian mandò alcuni gorgoglii incomprensibili.

— Zamian, rispondi! Chi guidava il camion? Chi ha ucciso la ragazza? Una smorfia storse la faccia del disgraziato. Apri la bocca; la sua voce divenne comprensibile: — Quando è tornato... ho visto la sua pelliccia. Ma niente testa.

— Chi era? Conosci il suo nome?

L'Oomp puntò un ginocchio contro la manovella. — Lo porti via, se lo vuole. Il suo corpo è pesante.

— Un attimo — disse Scharde. E a Zamian: — Dimmi il suo nome! L'Oomp lasciò andare l'argano. La carrucola rugginosa stridette, e il corpo di Zamian scomparve di nuovo nel foro. Scharde non riuscì a trattenere un'imprecazione oscena, impietosito; scostò l'Oomp con una spinta e guardò in basso.

La torma di yoot s'era precipitata avanti. Zamian li fissava con occhi vacui, sussultando sotto i loro assalti. Le sue ultime parole erano state lucide; sembrava chiaro che non aveva da dire nulla di più.

Scharde si volse. Con voce piatta disse: — Torno all'aereo. Qui ho finito.

10

Glawen nel frattempo si era alzato alla sua solita ora, e dopo una colazione solitaria aveva occupato il mattino con lavoretti lasciati da parte e un po' di studio, per prepararsi alla ripresa delle lezioni dopo l'intervallo del Parilia.

Un'ora prima di mezzogiorno fu chiamato al telefono. — Qui Glawen Clattuc — disse.

Gli rispose una voce giovane e chiara: – Glawen? Sono Miranda. Ho scoperto una cosa molto strana, e voglio parlartene.

– Certamente. Dimmi, di che si tratta?

– Glawen! Non al telefono! – Le ultime parole furono appena udibili.

– Sei ancora lì? – la chiamò lui.

– Mi stavo guardando alle spalle. Sto cominciando a diventare nervosa per ogni minimo rumore. E a ragione, in questo caso: erano i passi di mamma.

– Va bene, parliamone. Vuoi che venga io a Casa Veder?

– No, vediamoci nella Wansey. Fra dieci minuti, più o meno.

– Ci sarò.

Glawen arrivò in anticipo all'appuntamento, e un minuto dopo vide arrivare di corsa Miranda dalla traversa che portava a Casa Veder: una sottile fanciulla dai grandi occhi, ben conscia della sua importanza, almeno entro le mura del reame del suo universo personale. Glawen, fermo nell'ombra di un portone, ebbe la sensazione che fosse intimorita e a disagio.

Miranda arrivò in fondo alla strada senza fiato. Glawen uscì dal recesso. – Sono qui.

La fanciulla fece un balzo. – Ooh!… Non ti avevo visto. Mi hai spaventata.

– Mi spiace – disse lui. – Allora, qual è il problema?

– Vieni con me – chiese Miranda. – Non voglio parlare qui.

– Tutto quello che vuoi. Ma almeno dimmi dove stiamo andando.

– Agli Archivi.

I due risalirono via Wansey all'ombra degli alberi. Sul porto girarono e presero sul lungomare verso il venerabile edificio della Vecchia Agenzia.

Mentre camminavano Miranda cominciò a parlare, dapprima esprimendo soltanto pensieri sconnessi: – … per tutto il tempo, come se lei fosse seduta appena fuori vista… qualche volta credo d'essere diventata un po' matta, o d'essere invecchiata dieci o vent'anni troppo presto.

– Questo è un pensiero singolare, certo – disse Glawen. – Riflettendoci, all'improvviso anch'io mi sento molto più vecchio di quel che sono.

Preoccupata da ciò che stava rimuginando, Miranda parve non udirlo neppure. — Non mi piace quello che sento dentro, tutto questo odio che mi stringe la gola... Una notte, distesa nel letto, ho cercato d'immaginare quel che era successo. Chiunque sia stato, deve aver guardato Sessily durante la fantasmagoria, ma prima della fine è andato sul retro e si è nascosto nel camion.

Sorpreso, Glawen la fissò. — Che ne sai del camion? Questo dovrebbe essere un segreto.

— Ho sentito mamma e papà parlarne, quando credevano che non ci fossi. Comunque, ho pensato alle macchine fotografiche dell'Archivio: devono aver ripreso l'uomo che è passato sul molo di servizio.

— Sei molto acuta. Anche gli investigatori dell'Ufficio B ci hanno pensato. Il capitano Rune Offaw si è studiato quelle fotografie ogni giorno.

— Lo so. Diverse volte mi ha tolto di mano quei rullini.

— Ah, capisco! Sei andata giù negli Archivi per aiutare l'Ufficio B a studiare le fotografie!

Miranda gli diede un'occhiata di rimprovero. — Glawen, ti prendi gioco di me? Prima ancora di aver visto quel che voglio mostrarti?

— Ma no, via. Anzi, ammetto che sono curioso.

Miranda accettò le sue parole con un dignitoso cenno del capo, mentre entravano nella Vecchia Agenzia.

Scesero nell'atrio del seminterrato, facendo echeggiare i passi sul pavimento marmoreo fra le antiche pareti arricchite di pannelli bronzei e pietra verde scolpita. Miranda disse, pensosa: — Forse avrei fatto meglio a dirti quello che cercavo fin dall'inizio.

— Penso di averlo capito. L'individuo che è andato sul retro dell'Orpheum.

— Qualcuno vestito di pelliccia. Come Latuun, o un Ardito Leone, oppure uno o due altri.

— Così sai anche della pelliccia.

— Perché non dovrei?

— Non c'è un motivo, suppongo. Specialmente se hai trovato qualcosa.

— Te lo farò vedere.

Miranda spinse il battente massiccio, e i due entrarono nella solenne sede dell'Ufficio A. La giovanetta andò a una consolle, estrasse una tessera e la infilò in una fessura; un istante dopo le fu consegnata una piccola scatola nera.

Passarono in una saletta di proiezione. Miranda abbassò la luce e mise in funzione il proiettore. — La prima volta che ho fatto questo non potevo sopportare la vista di Sessily. Ora cerco di non pensarci più. Suppongo che il mio cuore si sia indurito, o qualcosa del genere. — La voce le si spezzò un istante. — Oppure no. Ma non preoccuparti. Non comincerò a piangere e a gettarmi per terra.

Lui le scarruffò dolcemente i capelli. — Quello che io penso, Strillo, è che tu sei molto saggia e molto matura per la tua età.

— Anche tu lo sei, se è per questo. Però, se non ti spiace…

— È stato un lapsus. D'ora in poi starò più attento.

Miranda annuì brevemente. — Ho esaminato tutti i rullini dozzine di volte. Spesso mostrano la stessa zona ripresa da altre angolature, così si può riconoscere bene molta gente. Gli archivisti non hanno ancora finito, ma quasi tutti sono stati identificati. Ad esempio… — Miranda manovrò alcuni pulsanti per far apparire un tracciatore sullo schermo. Lo spostò su uno dei volti e sfiorò un altro interruttore. Il computer visualizzò un nome a fondo schermo: GLAWEN CLATTUC. — Naturalmente non cercavo te. Volevo trovare qualcuno che fosse sul punto di andare sul retro dell'Orpheum. Ma chiunque fosse, è stato attento a non farsi riprendere dalla sorveglianza automatica e non ho trovato niente. Dopo un po' ho cominciato a usare lo zoom, per ingrandire qua e là, senza pensare a nulla di particolare. E per puro caso, ho notato questo.

11

Bodwyn Wook e i suoi capitani si erano riuniti nell'ufficio dall'alto soffitto al secondo piano della Nuova Agenzia. Dopo le brevi osservazioni personali di rito, il direttore si appoggiò allo schienale della sua pesante sedia scura. — Ora passiamo ai vostri rapporti. Capitano Laverty?

Ysel Laverty riferì: — Ho lavorato sulle fibre trovate nel retro del camion. Risultano essere di un materiale sintetico prodotto su un altro pianeta, probabilmente Soum. Mi sono procurato campioni di quelli che chiamerò «costumi pelosi», fra cui le zampe di Latuun, le pellicce

degli Arditi Leoni e altri. Ho avuto risultati ambigui. La fibra rispecchia esattamente solo il pelo delle zampe di Latuun, ma vi sono strette similarità anche con i costumi degli Arditi Leoni. Come si presenta l'alibi di tutti costoro? Due Arditi Leoni, Arles Clattuc e Kirdy Wook, erano di pattuglia intorno agli alloggi Yips; gli altri sei si trovavano qua e là durante il periodo di tempo in questione, ma sempre in vicinanza di testimoni attendibili grazie a cui li si deve scagionare da ogni sospetto. Latuun, o dovrei dire Namour, ha dichiarato di aver ballato per un po' la pavana con Spanchetta Clattuc, quindi si è mosso attorno ma senza mai uscire dal Quadrangolo. Spanchetta ha convalidato le sue affermazioni, e così anche altri testimoni. Malgrado la corrispondenza del pelame sintetico dobbiamo così scartare anche Namour. Dunque...
— Ysel Laverty ebbe un gesto sconfortato. — Cos'altro resta da fare? Insistendo su queste fibre, ben poco, o niente. Namour ha detto che il suo costume proviene dal guardaroba dei Pantomimi. Floreste ha fatto spesso tagliare queste finte pelurie per ottenere costumi barbarici, e stralci di materiale possono esser finiti dappertutto. Non voglio dire che il mistero è più profondo di prima, ma certo non è stato chiarito.

— Su questo dovremo riflettere — annuì Bodwyn Wook. — Chi è il prossimo?

— A Yipton sono venuto a sapere molte cose — disse Scharde. — In realtà, più di quelle che avrei voluto conoscere. Poche però attinenti al nostro caso. Non ho potuto vedere in faccia Titus Pompo; prende precauzioni paranoiche per nascondersi; lui stesso è un mistero che dovremo fare i passi necessari per risolvere. Gli ho parlato, e in un certo senso ho udito la sua voce.

Bodwyn Wook non nascose il suo stupore. — In un certo senso? O l'hai sentita, o no. Per favore, spiegati.

— Ho udito quella che credo fosse una ricostruzione vocale. Le sue parole con un'altra voce, potreste dire. Penso che queste fossero immesse in un apparato analizzatore, spezzate in fonemi e ciascuno di essi riassemblato con una diversa sonorità, quindi rimontate con una nuova serie di caratteristiche di timbro, intensità, spaziatura e toni. Un lavoro scadente, poiché si avvertiva qualcosa di artificioso nel risultato finale. Eppure ha risvegliato qualcosa nella mia memoria. Sono convinto di aver già sentito quella voce.

— Molto bene — disse Bodwyn Wook. — Questo circa la voce. Ora dimmi cos'è successo.

Scharde riferì i fatti, poi precisò: — Qualcuno ha fatto un errore, perché Zamian è riuscito a darmi ugualmente un'informazione. Ha detto, con chiarezza: «Quando è tornato ho visto la sua pelliccia, ma niente testa».

— Aha! — Bodwyn Wook batté una mano sulla scrivania. — Così non possiamo scartare i risultati del lavoro di Ysel Laverty, dopotutto!

— Vero. Potremmo anche dedurne che quell'uomo non fosse Namour, che Zamian ovviamente conosceva bene e che non aveva motivo di proteggere, per quanto ne so io. Zamian era sotto shock e morente. Non si può fare completo affidamento su quel che ha detto. In quanto all'espressione «ma niente testa»... suppongo che l'assassino si fosse tolto la testa del costume, se non altro per guidare più agevolmente. Qui ci sarebbe spazio per speculare ancora, ma non credo che ne valga la pena.

Bodwyn Wook guardò gli altri seduti davanti alla sua scrivania. — Capitano Rune Offaw: hai qualche novità? Sei sospettosamente sereno, come se volessi comunicarmi quell'ormai stucchevole presunzione di onniscienza che nel corso dei secoli ha minato la popolarità degli Offaw.

— È il paragone con i Wook che fa apparire gli Offaw tanto sottili e capaci. Comunque, nel caso in oggetto, penso di poter fornire un elemento di progresso, se non addirittura il modo per mettere le mani addosso al nostro criminale.

— Questa sarebbe una buona nuova! Bene, allora: cosa ti hanno detto le immagini registrate? Forse che Namour «beve al calice della delizia» con dama Spanchetta, come si vanta, oppure che persegue piaceri molto più segreti e perversi? In altre parole: è lui il colpevole di questo delitto? Oppure, com'è più probabile, è per metà colpevole di cento altri?

— In questo caso, almeno, sembra che Namour abbia le mani pulite — disse Rune Offaw. — Oltrepassa la misura senza alcuna vergogna, e ha flirtato insieme a Spanchetta con scandalosa sfacciataggine non soltanto per le tre ore in oggetto ma ben oltre il momento critico. Cancelliamolo dalla lista, peluria o non peluria. Lo stesso poco commendevole comportamento è stato seguito dagli altri. Tutti quelli sospettabili anche solo alla lontana risulta facessero proprio ciò che hanno dichiarato.

«Salvo che in un caso. Ieri la diligente costanza e la fortuna hanno fatto emergere un fatto significativo. – (La «fortuna» era stata l'insistenza di Glawen che Miranda riferisse ciò che aveva trovato a Rune Offaw: «Lascia che se ne occupi lui! Te ne farai un amico utile, e pochi vorranno esserti nemici».) – Ho scoperto, come ci si poteva aspettare, che gli spostamenti degli Arditi Leoni durante il periodo critico sono stati molto più vivaci e ampi di quelli di altra gente. Tuttavia io ho potuto laboriosamente ricostruirli, per tutti e otto. Arles Clattuc e Kirdy Wook si sono allontanati per il loro servizio di pattuglia, e ho qui una copia del foglio di lavoro del loro turno, con una firma e una controfirma ogni mezz'ora, ovvero ogni giro completo del recinto. Gli altri sei Arditi Leoni non sono stati così facili da ricontrollare, ma infine non ho avuto problemi. Dunque: otto Arditi Leoni e anch'essi, come Namour, da depennare dalla lista… ma a questo punto, mentre stavo per rinunciare, la mia attenzione è stata attirata da una forma sospetta nell'ombra presso la riva, proprio al bordo dell'immagine registrata. Ho applicato lo zoom e il movimento a quelle successive, e ne è uscito questo. – Rune Offaw mise in funzione l'equipaggiamento video dell'ufficio e mandò le immagini su uno schermo a parete. – È un Ardito Leone: un grande mistero, si direbbe, visto il controllo fatto sugli otto. Ma mentre la figura si muove ciò la rende identificabile come Arles Clattuc, che a sentir lui era già di pattuglia al recinto degli Yips. Il momento combacia: Sessily è ancora sul piedistallo. Il nostro uomo può essere lui.

– Aha! – esclamò Bodwyn Wook. – L'onesto e diligente Arles! È già stato avvicinato o interrogato?

– No. Ho pensato che dovevamo considerare insieme il modo migliore di maneggiare la faccenda. Il sergente junior Kirdy Wook, anch'egli di servizio, dovrà rispondere a domande molto gravi, soprattutto sul perché ha evitato di notificare l'assenza di Arles quando il fatto avrebbe ovviamente pesato sull'intera indagine.

– Mmh! – bofonchiò Bodwyn Wook. – Questa almeno è una domanda facile, e forse lo sarà anche la risposta. Prima fammi vedere le registrazioni della pattuglia.

Rune Offaw gli passò il foglio. — Noterai che nelle tre notti precedenti la firma è stata messa ogni tanto da Arles: due o tre volte per notte, benché Kirdy, essendo superiore di grado, abbia firmato la maggior parte dei giri di pattuglia. La notte del delitto, le firme sono tutte di Kirdy.

Bodwyn Wook guardò gli altri. — Ebbene, signori? Qualche commento?

Ysel Laverty disse: — Resta ancora da spiegare il materiale fibroso. L'assassino indossava una pelliccia; nel camion è stata trovata questa peluria. Ma essa non corrisponde al campione prelevato dal costume di Arles. Di conseguenza non si può provare la sua colpevolezza.

Bodwyn Wook grugnì. — Può aver avuto due costumi, uno vecchio e uno nuovo. Be', non c'è modo di accertarlo. Ma dobbiamo fare ad Arles qualche domanda, oggi stesso. Più tardi mi prenderò cura di Kirdy.

— Adesso è un momento buono quanto un altro — disse Scharde. — È ancora presto; Arles sarà in camera sua. E così Spanchetta.

Rune Offaw disse, pensosamente. — Io ho alcune cose urgenti da fare, e non mi sembra che questa richieda l'intervento di tutti noi.

Ysel Laverty aggiunse in fretta: — La mia scrivania affoga sotto il materiale arretrato. Dovrò occuparmene questa mattina, o scomparirò per sempre sepolto in una montagna di scartoffie.

— Umh! — brontolò Bodwyn Wook. — Io non ho paura di Spanchetta. — Accese un interfono e chiamò: — Chi c'è in sede? Voglio un uomo esperto, grosso e robusto, svelto di piedi e col cuore saldo. Chi è libero subito?

— Spiacente, signore. In questo momento non c'è nessuno qui in ufficio, a parte il cadetto Glawen Clattuc.

Bodwyn gettò un'occhiata di tralice a Scharde. — Glawen, eh? Servirà ottimamente allo scopo. Lo voglio subito a rapporto nel mio ufficio, e in uniforme.

12

Bodwyn Wook, Scharde e Glawen salirono fino all'appartamento di Casa Clattuc occupato da Millis, Spanchetta e Arles. Bodwyn suonò il campanello e un cameriere li introdusse nel salotto, una stanza ottagonale al cui centro risaltava un canapè coperto di seta verde, anch'esso a otto lati. Quattro recessi ospitavano altrettante sottili urne di cinabro, in cui erano accuratamente disposti fiori di cristallo colorato. In fondo al salotto un piedistallo di quarzo scolpito sorreggeva un turibolo argenteo, in cui l'incenso bruciava lento esalando appena una spirale di fumo.

Bodwyn Wook si guardò attorno con aria critica. — Trovo un po' esagerato questo romanticismo neo-classico. Senza dubbio ci stiamo abbeverando ai gusti di Millis. Mi è stato detto che quelli di Spanchetta sono alquanto meno precisi.

— Questa è anche la mia impressione — annuì Scharde.

Il cameriere tornò a riferire che dama Spanchetta era indisposta e non poteva ricevere nessuno: sarebbe passata lei stessa dall'ufficio B, nei prossimi giorni.

— È un vero peccato che la signora non ci offra il privilegio di parlare con lei — disse Bodwyn Wook ad alta voce. — Ma avremo presto un'altra occasione, quando Arles sarà impiccato. Le porti i miei migliori auguri di una pronta guarigione.

Spanchetta entrò subito nella stanza, ancora avvolta nella sua vestaglia da mattino di seta color lillà, con nastrini e puff rosa. La sua tumultuosa massa di riccioli scuri era imprigionata in una sacca cilindrica che ne lasciava emergere alcuni dalla sommità. Li guardò in faccia uno dopo l'altro. — Cosa significa questo sgraziato vociare? Bodwyn Wook. Scharde. E... chi è quello? Glawen? In uniforme? Un'impressionante comitiva di dignitari!

Bodwyn Wook le rivolse un breve inchino. — Temo ci sia stato un equivoco. Avevamo chiesto di parlare con Arles.

— Arles sta riposando. Qual è il problema?

— Principalmente sta nel fatto che, quando ho richiesto la presenza di Arles, al suo posto viene lei.

— E con questo? Io sono sua madre.

— Non lo negherò. Tuttavia, come le nostre uniformi indicano, siamo qui in veste ufficiale. Indaghiamo ancora sull'assassinio di Sessily Veder.

Spanchetta erse la testa e socchiuse le pesanti sopracciglia. — Assassinio? Dovete proprio usare questa parola ripugnante, quando ciò non è stato mai provato? Io ho saputo invece da fonte autorevole che la ragazza è scappata con un amante di provenienza straniera, e nel modo più irresponsabile. Comunque sia, non è concepibile che il caso riguardi Arles.

— Questo è quanto spero di chiarire. La prego di portarlo qui, immediatamente, o manderò il sergente Glawen Clattuc a prelevarlo, se necessario con la forza.

Spanchetta gratificò Glawen di uno sguardo glaciale, poi disse: — Non è certo il caso. Andrò io a chiedergli se desidera parlare con voi. — Girò su se stessa e uscì dal salotto.

Trascorsero dieci minuti, durante i quali attraverso i muri si poterono vagamente udire i grugniti di Arles e l'irritato contralto di Spanchetta.

Infine Arles fece la sua comparsa, avvolto in una veste da camera color cuoio e babbucce rosse di forma stravagante. Per alcuni secondi esitò sulla soglia, guardandoli accigliato, poi fu spinto avanti da Spanchetta.

Bodwyn Wook disse: — Suggerisco di spostarci in sala di soggiorno, dove si possa parlare senza inalare sostanze fumogene.

— Venite — borbottò Spanchetta, e li condusse in un locale adiacente.

— Qui va meglio — approvò Bodwyn Wook. — Arles, siediti pure se vuoi. Dama Spanchetta, non abbiamo più bisogno della sua presenza. Grazie.

— Un momento! — si oppose lei. — Di cosa è accusato Arles?

— Per ora non vi sono imputazioni. Arles, se lo desideri puoi chiedere la presenza di Fratano, o di un avvocato, o anche di tua madre; oppure puoi scegliere di parlarci da solo, come pure di non parlare affatto. Nell'ultimo caso sarai preso in custodia, accusato e processato.

— Con quali prove? — strillò Spanchetta. — Esigo di saperlo!

— Oh… non c'è dubbio che ne metteremo insieme qualcuna. Arles, hai preso una decisione?

Lui si leccò le labbra carnose e gettò un'occhiata alla madre. Parlò in tono sommesso: — Non ho bisogno di consiglio legale. Preferisco parlarvi da solo.

Spanchetta infine uscì, e Scharde chiuse la porta dietro di lei.

— Dunque — disse Bodwyn Wook. — Rispondi alle domande con semplicità e senza divagazioni. Non ti si chiede di autoaccusarti, ma se è il caso dovrai riferire le colpe di ogni altra persona. Per cominciare: sai chi ha ucciso Sessily Veder?

— Naturalmente no!

— Descrivi nei minimi particolari i tuoi movimenti nella notte in cui è stata uccisa.

Arles si schiarì la gola. — Qualunque cosa io abbia fatto, non aveva alcuna relazione con Sessily.

— Questo lo affermi tu. Noi sappiamo che hai abbandonato il tuo posto di servizio al recinto, hai indossato un costume da Ardito Leone e quindi sei stato visto riportare il camion delle Vigne Riunite al suo posto sul molo.

— Questo non è possibile — disse Arles. — Io non ero lì. Le vostre informazioni sono sbagliate.

— E dov'eri?

Arles guardò verso la porta e abbassò la voce. — Avevo un appuntamento con una giovane dama. Mi ero accordato con lei prima di sapere che sarei stato messo di pattuglia, e non potevo mancare all'impegno.

— Chi è la giovane dama?

Arles gettò un'altra occhiata alla porta, e la sua voce fu un sussurro appena udibile: — È una persona che a mia madre non piace. Se lo sapesse, farebbe una scenata spaventosa.

— Andiamo: chi è la ragazza?

— Mia madre verrà a saperlo?

— È possibile. Se le tue azioni saranno rese pubbliche, senza dubbio andrai incontro alla punizione.

— Punizione per cosa? Marciare nel buio intorno a uno stupido recinto era una chiara perdita di tempo. Una sola persona poteva pattugliarlo altrettanto bene che due.

— Questo può anche darsi. Perché Kirdy non ha fatto rapporto sulla tua assenza?

— Lui sapeva dove stavo andando; sapeva che ero là e da nessun'altra parte. Ha capito che, date le circostanze, un rapporto di quel genere avrebbe sollevato soltanto un inutile scalpore. Così ha accettato di non dire niente. Noi siamo Arditi Leoni, non lo dimenticate!

— Lo terrò a mente. Ma per far pratica di ruggiti aspetta il momento in cui sarai frustato.

La voce di Arles suonò acuta: – Frustato?

– Non posso prevedere la pena esatta. Probabilmente non sarà ancora quella che meriti. Chi è questa giovane dama?

– Una ragazza che ho conosciuto fra i Pantomimi. Il suo nome è Drusilla co-Laverty.

– E dove avete trascorso il vostro tempo?

– In un angoletto buio del porticciolo, da cui potevamo vedere la fantasmagoria. Poi siamo rimasti seduti lì a parlare.

– Qualcuno vi ha visti?

– Certamente. Una quantità di persone. Non so se qualcuno ci abbia notati in modo particolare.

Ci fu una pausa. Glawen intervenne con una domanda: – E quel costume? Lo hai tenuto addosso, tornando di pattuglia?

Arles scrollò le spalle, evidentemente convinto che rispondere a Glawen non fosse consono alla sua dignità. Bodwyn Wook disse con calma: – Rispondi alla domanda.

– Il mio costume era rimasto a Casa Clattuc. Non volevo perdere tempo, così sono andato nel magazzino dei Pantomimi e ho usato un costume di carattere primordiale, con una specie di testa di belva. Nessuno notò la differenza... neppure gli Arditi leoni.

– Capisco. E poi?

– Prima di mezzanotte mi sono tolto quella mascheratura, e una volta tornato al mio posto di servizio ho scoperto che ogni giro era stato regolarmente firmato. Niente era andato storto, e ho potuto dire a me stesso di non aver fatto proprio nulla di male.

Bodwyn Wook scosse il capo con profondo disaccordo. – Non è una storia commendevole – disse con la sua severa voce nasale. – Ti sei sottratto al tuo dovere. Hai falsificato documenti ufficiali e approfittato della fiducia dei tuoi superiori... cosa stavi per dire?

Arles, che era parso sul punto d'interromperlo con un'osservazione, evidentemente in sua difesa, ci ripensò. – Niente – disse, a occhi bassi. – Proprio niente.

Bodwyn intascò di nuovo il foglio che gli aveva agitato davanti al viso. – Qualunque altra cosa tu abbia fatto, lo scopriremo nel proseguimento delle indagini. Puoi andare, adesso.

PARTE III

1

TRASCORSERO I GIORNI, poi le settimane. L'autunno scivolò nell'inverno e la canzone della vita, interrotta dal folleggiarne ritornello del Parilia, riprese il suo ritmo. La scomparsa di Sessily Veder si ritrasse nel passato e l'indignazione della gente cominciò a sfumarsi, anche se tutti sapevano che fra loro si aggirava un uomo dietro il cui volto era celato un orribile segreto.

Nello stesso modo si placava l'intensità delle emozioni di Glawen, anche se talvolta la notte giaceva nel buio e ad occhi spalancati cercava di vedere fra mille facce quella dell'assassino. Immaginava d'essere su quel piccolo molo, con la scena che si svolgeva davanti a lui. Là c'era il camion, là lo scarico delle barche, e là una forma scura in agguato! E poi giungeva Sessily, correndo leggera e un po' goffa nel suo costume da farfalla: le sue scarpette si fermavano sull'umida pietra, girava il capo al richiamo di una voce nota, e in tutta innocenza si avvicinava al camion mentre Glawen, anch'egli un'ombra nell'ombra, tentava di scorgere il volto che lei vedeva comparire sul retro del veicolo. Talora era quello di Arles, ma più spesso restava una vaga chiazza biancastra senza lineamenti.

A lume di logica — Glawen ne era convinto — il colpevole doveva essere Arles. Drusilla s'era dimostrata una fraschetta irresponsabile quando le avevano chiesto se confermava o meno la dichiarazione del giovane. I suoi modi erano stati indifferenti e poco seri. L'alibi che aveva fornito ad Arles non aveva fatto che addensare i dubbi sulla sua nottata.

L'interrogatorio di Drusilla era stato condotto sulla terrazza volta a mare dell'Hotel Araminta, dove aveva appena finito di far colazione. Seduta a gambe incrociate, con la brezza che giocherellava fra i morbidi boccoli biondo-rosa e fin troppo conscia dell'esuberanza con cui il suo petto gonfiava la scollatura audace, la ragazza aveva scrollato le spalle. Ripensando alla notte fatale del Grand Masque un sorriso malizioso le aveva imporporato le guance.

— Volete la verità? Nuda e cruda? Be', eccola qui! Io ero ubriaca, del tutto incapace di rispondere alla chiamata del dovere. — Scosse il capo con rabbioso orgoglio per il coraggio con cui era se stessa. — Non c'è dubbio su questo, e non ne ho il minimo rimorso. Avevo appena deciso che tutti gli uomini che conoscevo erano pesci lessi, stupidi yahoo o puzzolenti cafoni. Ero furiosa con Florrie — qui si riferiva a Floreste, — e il mio fidanzato rideva quando mi lamentavo di lui. Sto parlando di Namour, come probabilmente sapete: l'affascinatore, il vissuto Namour, tutto chiacchiere ma sostanza poca, meno di uno studentello. Giuro che non so perché mi ero messa con lui! Spanchetta, strano con quel furbone, se lo rigira attorno al dito mignolo. Forse feci girare la voce che ci eravamo fidanzati solo per vederla diventare verde. Dio, come mi odia! Pfooof! — L'esclamazione era intesa a raffigurare la furia di Spanchetta. — Comunque, avevo pensato che gliel'avrei fatta vedere, a tutti. Quel giorno avevo ballato a tre festicciole all'aperto e... anche a una decisamente al coperto, se mi spiego. E non avevo ancora finito di divertirmi, miei cari signori.

— Cosa può dirci di Arles?

— Sì, giusto. Arles è stato là, per un po'... ricordo di aver guardato una parte della fantasmagoria con lui; non potevamo perderci le evoluzioni dei nostri colleghi Pantomimi, no? Ma su quel che facemmo dopo ho un certo buio in testa... almeno, dopo che lui cercò di farmi stendere sulla sabbia della riva, questo lo ricordo abbastanza. So che non volevo andare a cacciarmi laggiù fra le ranocchie e i cespugli, ma lui mi aveva preso per mano e marciava come una locomotiva; poi lo respinsi perché gli puzzava il fiato e mi pare che questo lo seccò alquanto. Credo di aver dormito un po' sulla spiaggia... o almeno, è là che mi svegliai da sola. Doveva essere passata da un pezzo la mezzanotte, l'ora dello smascheramento generale. Arles tornò indietro e allora mi feci accompagnare a casa, visto che non ero al meglio delle mie facoltà mentali.

La testimonianza di Drusilla lasciò l'Ufficio B in un'incertezza ancora peggiore. Arles era l'indiziato più probabile, ma nessuno poté mettere insieme prove concrete contro di lui, anche perché chiunque altro, indossando il secondo costume «primordiale», avrebbe potuto facilmente commettere il fatto.

L'incertezza fu aggravata da una strana circostanza, che costò cara al sergente Kirdy Wook. Al giovanotto era stato ordinato di recarsi nel guardaroba dei Pantomimi per prendere in consegna i due costumi primordiali.

Era già un'ora tarda; Kirdy aveva urgente bisogno di studiare in vista di un'interrogazione, così rimandò quell'incarico al giorno dopo. Uscito dal liceum, quando andò a prelevare i costumi, questi erano spariti, e la guardarobiera poté soltanto dire che fino alla sera prima li aveva visti al loro posto.

La negligenza di Kirdy, aggiunta al suo mancato rapporto sull'assenza di Arles dal servizio di pattuglia, ebbe come immediato seguito il suo licenziamento e una lavata di capo da parte di Bodwyn Wook.

Kirdy ascoltò i rimproveri con un sorrisetto paziente che irritò ancor di più l'anziano sovrintendente. — Allora, signore! — Quando Bodwyn Wook non dava del tu a un cadetto era brutto segno. — Cosa ha da dire in sua discolpa?

Kirdy rispose: — Ero preparato al rimprovero e lo accetto, come sono certo che avrà notato, con buona grazia. La degradazione è comunque eccessiva, e del tutto ingiusta!

— Ah, sì? — disse Bodwyn Wook. — E perché?

Kirdy si accigliò, considerò l'argomento e si espresse con tutta la diplomazia che poté: — A volte, signore, una persona deve lasciarsi guidare dai suoi principi.

A quella dichiarazione Bodwyn Wook si raddrizzò sulla sedia. Con velenosa gentilezza replicò: — Lei è dell'avviso che gli ordini dei superiori debbano, per essere ubbiditi, concordare con le sue convinzioni personali?

Kirdy esitò, poi disse: — Suppongo che, per essere onesto, dovrei rispondere di sì.

— Straordinario. Posso chiederle dove e come ha sviluppato un'opinione così singolare per un graduato in uniforme?

Kirdy scosse le spalle. — L'estate scorsa, con i Pantomimi, ho pensato molto. Spesso discutevo di etica con Floreste.

Bodwyn Wook tornò ad appoggiarsi allo schienale. Unì le punte delle dita e studiò il soffitto. Infine disse: — Ah! Riesaminiamo il suo caso.

— Questo era ciò che speravo di sentirle dire, signore.

Bodwyn Wook ignorò quelle parole. — Primo: lei è un Wook. Pochi Wook hanno amato dedicarsi ai balli, alle bevute e alle prestazioni galanti. Noi non consideriamo quella del bellimbusto una professione dignitosa. Di conseguenza è con profonda riluttanza che procedo con la seguente analisi...

I tondi occhi di Kirdy si fecero ancor più perplessi. — Questo cosa significa, signore?

Bodwyn Wook distolse bruscamente lo sguardo dal soffitto. — Sulla base di quanto mi ha appena detto, lei ha due scelte per la sua carriera: i Pantomimi, oppure l'Ufficio B. Molto può essere detto a favore dei Pantomimi. Lei potrebbe indulgere alle sue fantasie sino ai loro estremi sviluppi, gratificando pienamente la sua personalità. Se lei cantasse una ballata popolaresca e Floreste pretendesse di vederlo fatto con smorfie provocanti e ondeggiando sensualmente sui fianchi, potrebbe replicargli che i suoi principi vietano le allusioni così esplicite. Forse Floreste si stupirebbe per la sua preclusione al mimare scenico, ma visto che è un tipo che discute di etica la lascerebbe libero di non agitare le pelvi. Ciò poiché quello è un ambiente artistico e liberale. All'Ufficio B le condizioni sono diverse. Parola mia, se lo sono! Qui i «principi» etici sono gli ordini ricevuti dai superiori. Qui la filosofia che guida la vita professionale di qualcuno non è la sua, né quella di Floreste, ma la mia. Tutto ciò è abbastanza chiaro?

— Certamente, signore, ma ci saranno anche dei casi in cui...

— Non ci sono. Mai.

— E se mi fosse ordinato di eseguire un compito contrario alla mia coscienza?

— Se l'ipotesi le dà un brivido di apprensione, posso accettare le sue dimissioni dall'Ufficio B in questo stesso istante.

Kirdy strinse i denti. — Io potrei, altrettanto giustamente, chiedere a lei di rassegnare le dimissioni.

Bodwyn Wook non poté impedirsi di ridacchiare. — Potrebbe. E da qui a cinque secondi, chi crede che sarebbe buttato fuori da questa sede?

Kirdy tacque, con una cupa ostinazione dipinta sui lineamenti un po' infantili.

Bodwyn Wook disse, secco: — Dunque! Le ho parlato di due scelte.

— Ovviamente è nel mio interesse far carriera nell'Ufficio B.

— Non è questo il punto. Lei non ha risposto alla mia domanda.

— Scelgo l'Ufficio B. Non ho alternative.

— E per quanto riguarda i «principi»?

Gli occhi celesti di Kirdy erano colmi di tristezza e risentimento. — Suppongo che con quelli dovrò venire a compromessi.

— Molto bene. — Bodwyn Wook accennò col pollice verso la porta.

— Questo è tutto.

Kirdy non si tenne in bocca un ultimo amaro lamento: — Ritengo ancora ingiustificata la degradazione.

— Non è una protesta insolita, in questi casi — annuì Bodwyn Wook.

— Ora si porti altrove, o non riuscirò più a ridere sul suo atteggiamento e dovrò giudicarlo in altri termini.

Kirdy fece dietro front e uscì.

2

L'inverno fece il suo corso, e a Stazione Araminta tornò la primavera. Pian piano l'ossessione che attanagliava la mente di Glawen cessò di tormentarlo. Lui aveva fatto tutto ciò che poteva; non gli restava altro... almeno per il momento. Il ricordo di Sessily Veder si coagulò in una triste nostalgia nel fondo della sua mente.

Glawen rivolse ogni energia allo studio e tornò a raggiungere i risultati a cui era abituato. Arles, incitato da pungoli d'altro genere, riuscì ad allontanare la minaccia dell'espulsione.

L'anno scolastico giunse al termine, e un altro lo seguì. Glawen arrivò al suo diciannovesimo compleanno con un I.R., o Indice di Rango, di 23; per certi versi ancora troppo alto per tranquillizzarlo, e cominciò ad avvertire i freddi morsi dell'apprensione, benché Scharde gli ripetesse che non c'era assolutamente alcun motivo di preoccuparsi.

— Almeno, non ancora — sospirò un giorno il padre.

Nei tre anni trascorsi dal sedicesimo genetliaco, Glawen era cambiato poco. S'era fatto alto quanto Scharde, e da qualche sorgente interiore aveva assorbito un'aria di decisione e competenza che lui stesso avrebbe definito prematura. Come Scharde era snello e robusto, con spalle squadrate e portamento eretto. E sempre come Scharde agiva con un'economia di movimenti quasi elegante nella sua semplicità. Il suo volto, meno scarno e predace di quello del padre, era raddolcito da due luminosi occhi scuri quanto i capelli, che portava corti, e da una bocca larga e facile a sorrisi che due malinconiche rughette agli angoli rendevano pensosi; un volto non dai lineamenti classici e troppo regolari, ma capace di catturare l'attenzione delle fanciulle più romantiche e schive fino ad affascinarle. Di rado ora permetteva ai suoi pensieri d'indugiare su Sessily Veder, salvo qualche volta, quando passeggiava da solo per la campagna oppure lasciava vagare lo sguardo sul mare. Allora un velo scendeva sui suoi occhi, e sussurrava: — Sessily, Sessily, dove sei andata? Cammini solitaria fra le ombre, laggiù, tu che eri fatta per sorridere nel sole...

Non ci era voluto molto perché i particolari della vicenda, com'erano noti all'Ufficio B, trapelassero nei pettegolezzi pubblici e privati, e la responsabilità di Arles, provata o meno, era data per certa da molti. La sua situazione eccitava alcuni e disgustava altri, mentre Spanchetta manteneva un mortificato silenzio e i suoi rapporti col figlio s'erano sfumati di acredine. Soltanto gli Arditi Leoni fungevano da rifugio per Arles... non tanto per lealtà o tolleranza quanto perché l'appartenenza di Arles al gruppo gli conferiva un alone rapace e diabolico, quasi carismatico.

Ma con il trascorrere degli anni gli abitanti di Stazione Araminta fecero il callo anche alla sua presenza. Per gradi Arles ritrovò qualcosa della sicurezza di un tempo, e quindi riprese a trattare con la gente nel suo vecchio stile fra sofisticato e altero, benché ora con una sfumatura truculenta che sembrava dire: «Così mi sospettate d'essere un maniaco omicida? Molto bene, se è questo che pensate forse avete davvero motivo di tremare quando mi fate uno sgarbo, e che siate dannati tutti quanti!»

Con l'arrivo di quell'estate Arles partì per una tournée interplanetaria con i Pantomimi, fra cui fungeva da aiutante di Floreste, e l'Atmosfera di Stazione Araminta parve alleggerirsi e schiarirsi proprio grazie alla sua assenza.

L'I.R. di Glawen ebbe un drammatico miglioramento per via di una morte e di un ritiro in pensione, da cui fu abbassato a un incoraggiante 21 molto vicino a garantirgli il rango di Agente, e questo gli tolse un grosso peso dall'anima.

Un altro evento per lui notevole segnò la fine dell'estate: il ritorno di Milo e Wayness Tamm da un lungo soggiorno sulla Terra. I due fratelli ripresero residenza a Casa Riverview e si iscrissero all'ultimo anno del liceum.

La loro presenza diede la stura a molte chiacchiere. Secondo i pregiudizi di Stazione Araminta i Naturalisti tendevano a essere poco comprensibili, capricciosi e anticonvenzionali, con inclinazioni puritane. Milo e Wayness sembravano fatti apposta per confondere le aspettative della gente. Entrambi erano socievoli, intelligenti e di bell'aspetto; entrambi vestivano con naturale buon gusto semplici abiti nello stile della Terra; entrambi si comportavano senza la minima traccia di modi affettati e presunzione. Ed era proprio questo a provocare le smorfie di disapprovazione e i pettegolezzi invidiosi di coloro che guardavano a se stessi come arbitri della moda e del gusto.

Glawen si ritrovò con loro negli stessi termini di amicizia. Milo, alto e di una bellezza austera, aveva sempre l'aria acuta e sagace, saturnina: un aristocratico intellettuale. Malgrado le sue buone maniere e una correttezza esemplare non riusciva però a farsi molti amici. Uther Offaw, il più intelligente degli Arditi Leoni, scoprì in Milo un animo affine; ma lo stesso Uther Offaw era considerato un individualista egocentrico, se non una testa balzana; altrimenti perché continuava a far parte di quei volgari Arditi Leoni?

Seixander Laverty, arbitro e guida di un altro gruppo noto come gli Intollerabili Ineffabili, dichiarò che Milo era «un elitista: caustico e insopportabilmente inutile», opinione che Milo trovava gratificante. Ottillie Veder, delle Fragranze Mistiche, si chiese se Milo sperasse, «limitandosi a esibire il suo profilo, di indurre le femmine ad abbracciargli le ginocchia come schiave».

Milo, quando la voce gli fu riportata, le mandò a dire che no, non era capace di tali speranze.

Un'altra Fragranza Mistica, Quhannis Diffin, trovò Milo «un po', diciamo così, sfuggente». Lo stesso termine si poteva ovviamente applicare a Wayness, benché la ragazza fosse senz'altro splendida a vedersi.

Agli occhi di Glawen, tre anni non avevano cambiato molto Wayness. Era cresciuta di qualche centimetro ma la sua linea era rimasta quella di prima: decisamente sottile. I suoi folti capelli neri e gli occhi dal liquido scintillio s'intonavano però a meraviglia con la perfetta carnagione appena olivastra. Come aveva potuto, si stupiva Glawen, giudicarla piatta?

Wayness era chiacchierata non meno di Milo. La statuaria Hillegance Wook, anch'ella una Fragranza Mistica, non scopriva in Wayness alcuna linea. «Ho visto donnole d'acqua più formose di lei» fu udita dire fuori dal liceum. Quell'opinione non era affatto condivisa da Seixander Laverty, degli Ineffabili («È formosa dove conta, senza nulla che penzoli e traballi, ed è così che dovrebbe essere») e neppure dagli Arditi Leoni, che se la studiavano con affascinato interesse. Wayness mostrava scarsa tendenza a flirtare, cosa che gli esperti fra i Leoni diagnosticarono come «grave sintomo di frigidità», ma nessuno di loro riuscì a escogitare un metodo per curare la sfortunata ragazza di quell'afflizione.

La scuola ebbe inizio. Milo e Wayness furono assegnati alle loro classi e si adattarono nella nuova routine. Glawen si assunse il compito di aiutarli e spiegò le tradizioni e le piccole usanze del liceum. I due fratelli accettarono a mente serena l'accoglienza generalmente fredda degli altri studenti. Milo disse a Glawen: – Tu troveresti ancora più difficoltà a Stroma, dove ogni cricca è a tutti gli effetti una piccola società segreta.

– Sì, ma questo è...

L'amico alzò una mano. – Sul serio, non ha importanza. Stai certo che non m'interessa unirmi a un gruppo, e posso sicuramente dire lo stesso per Wayness. Ti stai preoccupando per niente.

– Se lo dici tu.

Milo rise e gli batté una mano su una spalla. – Su, non irritarti adesso! Sono felice che tu mi sia amico al punto di preoccuparti per me.

Glawen cercò di unirsi alla sua risata. – La situazione mi irriterebbe anche se fossimo due perfetti estranei.

Verso Wayness provava qualcosa di più complicato della semplice amicizia, e non sapeva bene come districarsi con quel sentimento. La ragazza era nei suoi pensieri sempre più spesso, e contro la sua volontà, poiché lui non voleva più sofferenza d'amore. Sarebbe stato terribile, si diceva, innamorarsi di Wayness solo per poi scoprire che lei non lo contraccambiava. Cosa avrebbe fatto, allora?

L'impersonale amabilità di Wayness non lasciava trasparire nulla dei suoi sentimenti. Più volte Glawen ebbe il chiaro sospetto che la ragazza avesse addirittura cambiato strada per evitarlo, e questo gli causò altri dubbi tormentosi e perplessità.

Una sera, piuttosto frustrato, trascinò una sedia davanti alla finestra di camera sua e guardando il tramonto cercò di arrivare a una decisione di qualche genere. Se avesse provato a dare inizio a una relazione con Wayness e lei lo avesse educatamente ma fermamente scoraggiato, come sembrava probabile, lui si sarebbe sentito un misero sciocco. D'altra parte, se si fosse chiuso nelle sue faccende senza neppure fare questo sforzo, sarebbe stata una sconfitta ancor più sciocca e misera, oltre che definitiva. E avrebbe sentito per molto tempo in bocca l'amaro sapore della sua vigliaccheria... Glawen trasse un profondo respiro. Chi era lui, dunque? Un Clattuc oppure un mollusco? Radunò il suo coraggio, andò al telefono e fece il numero di Wayness. – Pronto? Buonasera, sono Glawen – disse quando lei fu all'apparecchio.

– Buonasera, Glawen. Cosa c'è?

– Spero di non aver disturbato. Come stai?

– Non mi lamento. Vuoi parlare con Milo? È di là che studia.

– Milo? No, questa è una chiamata personale per te.

– Ma non mi dire! E a cosa devo questo onore?

Glawen esitò. – Vorrei fare qualcosa di particolare con te, domani, e ho pensato di chiedere prima la tua opinione.

– È molto gentile da parte tua darmi la possibilità di scelta, e ne sono favorevolmente impressionata. Detesto che i giovanotti non mi telefonino, prima di sbucare all'improvviso da un cespuglio per fare qualcosa di particolare con me.

– Scusa. Mi sono espresso male – disse Glawen. – Il fatto è...

– Non scusarti. Sono perfino un po' eccitata. Cos'avresti in mente? Spero qualcosa che mi piaccia... anche se è probabile che sarei d'accordo comunque.

— Domani sarà una bella giornata per una gita in barca. Ho pensato che potremmo prendere lo sloop e andare fino all'Isola Oceano per un picnic.

— Sembra un'idea simpatica.

— Allora verrai?

— Sì.

3

La giornata non avrebbe potuto essere migliore se l'avesse progettata Glawen stesso. Syrene splendeva nel cielo azzurro del mattino; una fresca brezza di nord ovest rinvigoriva la pelle con la sua carezza e soffiava proprio nella direzione giusta.

Glawen e Wayness scesero subito dopo colazione alla casa galleggiante dei Clattuc, passarono a bordo dello sloop e quando ebbero tolto gli ormeggi issarono la vela. L'imbarcazione prese il vento e s'inclinò con qualche scossa, poi un colpo di timone la raddrizzò e si mosse veloce lungo la corrente: attraverso la laguna, giù per l'estuario del fiume e infine in mare. Glawen regolò sulla brezza l'automatico del boma e del timone per fare rotta a sud est; lo sloop si lasciò indietro la costa e tagliò le acque placide e trasparenti in direzione dello sterminato orizzonte blu cobalto, oscillando appena al ritmo delle onde.

I due giovani si misero comodi sui cuscini della cabina.

— È bello navigare così — disse Wayness. — Il mondo è sereno, e mi risucchia nella sua serenità. Di tutte le voci sento soltanto la mia. Le colpe e i rimorsi ora appartengono all'immaginario. Le responsabilità sono disperse nel passato. La scuola e gli esami: meno che bollicine nella nostra scia.

— Se soltanto fosse vero! — sospirò Glawen. — È triste che tu me lo abbia ricordato.

— Ricordato cosa? Certo non può essere così brutto!

— Tu hai la fortuna di essere una ragazza, e queste cose non ti possono succedere.

— Glawen, per favore non essere enigmatico. Non mi piacciono i misteri. Cosa ti ha turbato tanto? È per me? Parlo troppo? Mi piace farlo, qui fuori nell'oceano!

— Probabilmente farei meglio a non parlarne — disse lui. — Ma...
perché no? Ieri sera Bodwyn Wook mi ha ordinato di fare una cosa
terribile.

Wayness rise nervosamente. — Spero che non abbia nulla a che fare
con me. Tipo strangolarmi e gettarmi in mare con un peso ai piedi.

— Peggio — mormorò cupamente Glawen.

— Peggio? Esiste forse qualcosa di peggio?

— Giudica tu stessa: ho l'ordine di unirmi agli Arditi Leoni.

— Spiacevole, ti do ragione. Ma non tragico... e tu cosa gli hai
risposto?

— Prima ti dirò cos'avrei dovuto rispondergli, e cioè: «Se è tanto
entusiasta degli Arditi Leoni, si unisca lei al gruppo e tanti auguri!». Ma
avevo la lingua paralizzata per lo shock. Alla fine ho chiesto: «Perché
io? Kirdy è già uno di loro!». Lui ha detto: «Sono già perfettamente
edotto di questo. Tuttavia Kirdy è un po' lunatico e non sempre prevedibile. È di te che abbiamo bisogno». Io ho ripetuto: «Ma perché io,
proprio io?». Tutto quel che gli ho tirato fuori di bocca è stato: «Lo
scoprirai a tempo debito». Allora ho detto: «È evidente che dovrò
fare la spia». E lui: «È evidente! Cos'altro?». Gli ho fatto presente che
potevo contare sull'ostilità di Arles: grazie a lui gli Arditi Leoni non mi
avrebbero accettato mai. Bodwyn Wook si è messo a ridere e ha detto:
«Non aver paura. Prima della fine della settimana sarai un Ardito
Leone». Capisci ora perché sono abbastanza giù di morale?

— Povero Glawen! Ma non rovinarti la giornata con questi pensieri.
Quanto è lontana l'Isola Oceano?

— Non molto. Dovremmo avvistarla da un momento all'altro. E
infatti... vedi quel puntolino all'orizzonte? È lei.

Lo sloop aggrediva l'onda lunga dell'oceano: su per i lisci versanti,
giù verso le vallate di smeraldo. Isola Oceano, la cima di una montagna
sottomarina, assunse contorni nitidi: un tronco di cono non molto
alto, con una sommità irregolare lunga un paio di chilometri, spiagge
orlate di palme da cocco lungo la riva e una foresta di piante indigene
sui ripidi pendii del massiccio centrale.

Glawen gettò l'ancora in una baia ben riparata, a una trentina di metri
dalla spiaggia di sabbia quarzifera. Poi balzò fuoribordo nell'acqua alta
fino al petto. — Vieni qui — disse a Wayness. — Ti porto a riva io.

La ragazza esitò, quindi gli mise le braccia attorno al collo. Lui la sostenne senza difficoltà, raggiunse l'arenile scaldato dal sole, poi tornò alla barca a prendere il cestino della colazione.

All'ombra di una clarensia dal tronco massiccio Glawen accese un fuoco su cui rosolarono gli spiedini di fegato e pancetta; misero le fette di pane a inzupparsi in una piccante salsa verde e mangiarono di gusto, aiutandosi con una bottiglia di vino bianco dei Clattuc, non molto alcolico.

I due giovani sedettero con le spalle appoggiate all'albero e osservarono il perimetro ricurvo della spiaggia, dove le fronde delle palme ondeggiavano al vento e le onde salivano ad aprirsi in lenti ventagli di spuma sulla riva. Glawen fece un sospiro. — Qui non ci sono Arditi Leoni. Laggiù mi aspetta la loro compagnia. Tornare indietro mi sembra così assurdo. Perché dovremmo farlo, quando potremmo vivere qui una vita tranquilla, in pace con noi stessi e col mondo? È un'idea con molti aspetti positivi.

— Non ne sono così certa — disse Wayness in tono pratico. — Il cestino della colazione è già vuoto. Cosa mangeremmo, qui?

— I prodotti della natura. Pesci, radici commestibili, alghe, noci di cocco, topi e granchi di terra. È il sogno ultimo di un milione di romantici e di poeti.

— Vero. A parte il menu, che finirebbe per diventare monotono: una sera dopo l'altra sempre topi arrosto e pesci per cena. Per la stessa ragione tu alla fine ti stancheresti di me, dopo dieci o vent'anni... specialmente se andassimo a corto di sapone.

— Il sapone non è un problema. Possiamo farlo con olio di palma e cenere — disse Glawen.

— In tal caso resta un solo grave ostacolo: mia madre. È piuttosto convenzionale. Un soggiorno romantico su Isola Oceano... o in qualunque altra isola, se è per questo, potrebbe interferire con i suoi progetti per il mio matrimonio.

— Il tuo matrimonio! — Glawen la fissò, sbalordito. — Ma tu sei troppo giovane per sposarti!

— Ora non balzare alle conclusioni, Glawen. Non c'è niente di definito. Solo che a mia madre piace prevedere tutto. Lui... questa persona pensa che io sia la moglie adatta a lui, o almeno così ha detto a mia madre. Possiede una fortuna, e a Stroma gode già di una grande influenza. Mia madre è convinta che sarebbe un bel matrimonio, anche se lui è un VPL fino nel midollo.

— Mmh! E tu cosa pensi di questo?

— Non ci ho mai pensato troppo.

Glawen assunse un tono casuale. — E questo VPL... com'è il suo nome?

— Julian Bohost. Era sulla Terra durante il nostro soggiorno là, e l'ho visto spesso. Ha una mentalità solida, è molto serio, e mamma ha probabilmente ragione: Julian preferirebbe sicuramente che la sua futura moglie non avesse vissuto dieci o vent'anni su Isola Oceano con un altro gentiluomo.

— E tu ne sei innamorata?

Wayness rise ancora. — Non mi è permesso conservare almeno qualche segreto?

— Scusa. Non dovrei farti domande simili. — Glawen si alzò e controllò l'altezza del sole. — Comunque, per oggi l'idillio romantico è già finito. La brezza ha girato verso est, e per noi va bene, ma nel tardo pomeriggio di solito rinforza troppo. Meglio andarcene ora, finché il mare è tranquillo.

Glawen riportò il cestello all'imbarcazione. Tornando indietro vide che Wayness si accingeva a raggiungerlo a guado. — Aspettami — le gridò. — Ti porto io, se vuoi.

Wayness ebbe un gesto indifferente. — Non m'importa di bagnarmi le gambe. — Tuttavia restò dov'era fino all'arrivo di Glawen, e non protestò quando lui la prese in braccio.

A metà del percorso verso la barca il giovane si fermò. I loro volti erano molto vicini. In un sussurro un po' rauco Wayness chiese: — Sono troppo pesante? O hai intenzione di lasciarmi cadere in acqua?

Glawen sospirò. — No... non vedo una buona ragione per farlo.

La sollevò oltre la balaustra di poppa e salì a bordo anche lui. Poco dopo, mentre Glawen tirava su l'ancora, Wayness sedette sul tetto della cabina e pettinandosi i capelli con le dita lo osservò con espressione enigmatica. D'un tratto saltò giù e andò ad aiutarlo a issare la vela. Lo sloop si allontanò da Isola Oceano e nel mare azzurro scuro del pomeriggio filò verso terra sfruttando di bolina il venticello freddo.

Né Glawen né Wayness ebbero molto da dirsi durante il tragitto di ritorno; pur stando seduti l'uno accanto all'altra dietro il timone, ognuno era assorbito nei suoi pensieri.

Con le onde che si facevano già più alte ed il sole ormai prossimo al tramonto, Glawen manovrò nella foce del fiume Wan e risalì la corrente fino alla casa galleggiante dei Clattuc. Ormeggiò lo sloop, quindi usò il veicolo a energia dei Clattuc per accompagnare Wayness a Casa Riverview. Prima di scendere lei esitò un poco, come riflettendo a qualcosa, poi si volse a guardarlo e disse: — Per quel che riguarda Julian Bohost, mio padre è incerto. Lo considera una specie di demagogo.

— Sono molto più interessato alla tua opinione — disse Glawen.

Wayness inclinò la testa e si mordicchiò le labbra, quasi per trattenere un sorriso. — Julian è nobile! È intelligente, è forte! Cosa potrebbe volere di meglio una ragazza? Qualcuno come Glawen Clattuc? Chi lo sa? — Si sporse a baciarlo su una guancia. — Grazie per la bella giornata — disse, e saltò giù.

— Aspetta! — la chiamò Glawen. — Non vuoi restare un momento?

— Penso di no — rispose Wayness, e corse via sul vialetto d'ingresso di Casa Riverview.

4

Bodwyn Wook convocò Glawen nel suo ufficio e gli indicò una sedia. Il giovane sedette e attese con pazienza mentre l'altro raddrizzava fascicoli e penne sulla sua scrivania e si accarezzava pensosamente la calvizie. Poi Bodwyn Wook si appoggiò allo schienale e lo studiò con i suoi occhi acuti. — Dunque! Ecco qua il nostro volonteroso Ardito Leone!

— Non ancora — disse Glawen. — Se mai lo sarò.

— Se mai, eh? E come dovrei interpretare questa osservazione?

— Non è probabile che il gruppo mi accolga.

— Scoprirai invece che io avevo ragione e tu torto. Farai il tuo ingresso fra gli Arditi Leoni con tutta facilità.

— Sia come crede, signore. Ma ancora non capisco il motivo di questa decisione.

Bodwyn Wook incrociò le dita, se le portò sotto il mento ossuto e alzò lo sguardo al soffitto. – Fra circa un mese il gruppo andrà in visita a Yipton per, così mi è stato detto, alcuni giorni di esperienze culturali. Della comitiva farai parte anche tu. Questa dovrebbe essere una prospettiva piacevole.

– Non proprio, signore. Io non sono molto portato a far chiasso nelle bettole, o in strada dietro alle popolane.

– Mmh! Un carattere solitario il tuo, Glawen. Non è così?

– Diciamo riservato, signore.

– Be', tu andrai a Yipton e sarai conviviale e chiassoso come gli altri. Il comportamento artefatto è la maschera essenziale della spia.

– Ma cosa dovrò spiare?

– Questo lo chiariremo a tempo debito. Per adesso: diventa un Ardito Leone. Impara le sguaiataggini del turista cafone, poiché a Yipton dovrai partecipare attivamente in modo da non compromettere la tua copertura.

Glawen annuì, serio in viso. – Se devo, devo. La spesa sarà certamente abbastanza considerevole…

Bodwyn Wook rinunciò all'atteggiamento svagato e poggiò le mani sulla scrivania. – Saggia previsione. Ma il denaro speso nei piaceri della vita è denaro speso bene. Guardala in questo modo.

– … però suppongo che sarò sostenuto dai fondi dell'Agenzia.

Bodwyn Wook sospirò. – Glawen, io ti ho sopravvalutato. Dietro quello sguardo di pensosa innocenza che senza dubbio istupidisce le femmine, sei un sordido materialista. Ti prego di non farmi ronzare gli orecchi con discorsi improduttivi.

– Signore, se…

Bodwyn Wook si alzò. – Ho sentito abbastanza. Non ho più dubbi sulla tua attitudine a diventare un Ardito Leone. Può anche darsi che tu risulti il più predace e disinvolto del gruppo. Per ora, questo è tutto.

Con cento domande ancora sulle labbra Glawen uscì in strada e si affrettò verso il liceum per l'inizio delle lezioni mattutine.

A mezzogiorno andò a sedersi a un tavolo su un lato della terrazza, fingendo di leggere un libro ma in realtà aspettando che uscisse anche Wayness. I minuti trascorsero, ma la ragazza non comparve. Si accorse che questo lo seccava alquanto. O la sua immaginazione distorceva la realtà, oppure era lei a evitarlo di proposito. Ma perché avrebbe dovuto? Era illogico. Per capriccio? Aveva ripensato a quel Julian Bohost? Impossibile capire cosa poteva passarle per la mente... Ma proprio allora lei uscì sulla terrazza, con due amiche. Glawen si alzò in piedi. La ragazza parve però non vederlo neppure e andò con le altre a un tavolo d'angolo. Mentre sedeva volse un breve sguardo nella sua direzione e agitò appena le dita in segno di saluto. Almeno lo aveva visto!

Scontento e a disagio Glawen si chinò sul libro, continuando a lanciarle occhiate di straforo. C'era qualcosa di diverso; qualcosa era cambiato. Cosa poteva essere? I suoi capelli? Gli stessi lenti boccoli neri. Il suo volto? Affascinante, quasi con un tocco di magia: come ogni altro giorno. E il vestito... aha! Invece della Musetta e della gonna scura al ginocchio che si era portata dalla Terra, indossava pantaloni azzurro chiaro stile-Araminta, stretti ai fianchi, larghi sotto il ginocchio e allacciati alla caviglia, con una maglietta a mezze maniche dalle sfumature bronzee alquanto scollata. Un abbigliamento che valorizzava molto la sua figura snella.

Il suo umore si fece risoluto: se lei non lo avesse raggiunto al suo tavolo, sarebbe andato là a sedersi e... ma d'altronde questa poteva essere proprio la tattica sbagliata. Cos'avrebbe fatto suo padre in quella circostanza? Glawen visualizzò il volto di Scharde, duro e stravagante nello stesso tempo. Scharde, decise, avrebbe riso dentro di sé e si sarebbe concentrato sul libro, lasciando che Wayness facesse o non facesse quello che meglio le pareva.

Kirdy Wook si gettò a sedere sulla sedia di fronte a lui. — Mi è stato detto che vuoi diventare un Ardito Leone.

Glawen scosse lentamente il capo. — Avrai capito male.

— Eh? Che diavolo significa? L'ho saputo dal Vecchio Testalustra in persona.

— È un'idea sua, non mia.

Sul volto tondeggiante di Kirdy si dipinse la più completa perplessità. — Ma cosa gli passa per la mente?

— Domandaglielo tu stesso.

Kirdy sogghignò. — Non ci parliamo molto, io e il vecchio orangutan. Le cose devono andare a modo suo altrimenti s'imbizzisce. Un giorno o l'altro mi aspetto di entrare in quell'ufficio e di trovarlo appeso al lampadario, mentre squittisce ordini e tira noci di cocco in testa a tutti quelli che passano.

Glawen sorrise, ma non fece commenti.

Kirdy perlustrò la terrazza con lo sguardo. – C'è un solo sistema di trattare con lui: essere banali e privi d'iniziativa. Io eseguo i suoi ordini alla lettera e tengo per me le mie idee. Uno di questi giorni si accorgerà di quello che ha perso, ma sarà troppo tardi, e questo gli servirà di lezione.

– Sì, non ne dubito. Cosa è richiesto per l'ammissione fra gli Arditi Leoni?

– Non molto. – Kirdy poggiò sul tavolo un quadernetto e lo aprì. – Mandare a mente i Ruggiti e i Richiami, questo è importante. Poi studiare bene il regolamento, in caso che qualcuno insista sulla sua applicazione e cerchi di farti passare lo Schiacciacoda.

– E cosa sarebbe?

– Soltanto un esercizio dove puoi dimostrare di essere davvero leonino.

Glawen sfogliò le pagine. – Cosa significa questo: «Agroliu, agroliu, agroliu»?

– Quello è uno dei ruggiti cerimoniali.

Glawen depose il quaderno. – Ma sono delle sciocchezze.

Il sogghigno di Kirdy si allargò. – Naturalmente! Ma una volta che sei là sulla spiaggia, con un po' di birra nella pancia, le cose importanti diventano queste. Assicurati di imparare tutto quanto a memoria, senza errori.

– Perché dovrei sforzarmi? Arles voterà contro di me.

– Non preoccuparti di Arles. Sua madre lo costringe a fare il dopo-scuola, e domani sera ha lezione. Il Grande Artigliatore, vale a dire Uther, indirà una riunione di emergenza, e sbrigheremo subito le formalità della tua ammissione. Semplice e liscio, no?

– Arles non la manderà giù.

Kirdy si accigliò, pensoso. – Questo lo so. Non mi piace, ma abbiamo avuto degli ordini. Arles dovrà imparare che le piccole contrarietà vanno sopportate o ingoiate. – Alzandosi dalla sedia disse: – Domani sera, allora, all'Assemblea del Branco.

Kirdy se ne andò per gli affari suoi. Glawen tornò a voltarsi verso il tavolo di Wayness ma scoprì che la ragazza non c'era più.

Quella sera Glawen cercò di concentrarsi su cose più serie, ma infine gettò da parte quel che stava leggendo e telefonò a Casa Riverview, chiedendo di Wayness. — Salve, sono Glawen — disse.

La voce di Wayness suonò fra amichevole e prudente. — Appena ho sentito lo squillo ho saputo che eri tu. Un chiaro episodio di telepatia!

— O di tensione ansiosa?

— Forse anche una punta d'ansia — buttò lì lei. — Ma per favore, non parlarmi in tono così austero.

— Hai da fare?

— Non più del solito. Perché hai chiamato?

— Posso venire a farti visita?

— Dove? Qui a Casa Riverview?

— Si capisce. Dove, altrimenti?

Ci fu una pausa di tre secondi, poi un incerto colpetto di tosse. — Sarebbe simpatico, certo. Però…

Glawen attese, ma il silenzio continuò. Allora disse, con voce piatta: — Fa lo stesso. Lasciamo perdere.

Wayness fece un sospiro. — Non so bene come spiegarlo… salvo che dicendoti semplicemente i fatti. Se lo desideri puoi venire. Ma dopo che te ne sarai andato io dovrò avere un'altra discussione piuttosto intensa con mia madre.

— Un'altra?

— Quando siamo tornati dalla gita in barca ho fatto lo sbaglio di dirle che è stata una bella giornata e che tu mi piaci.

— Disapprova il mio comportamento?

— No, ma non è questo il punto. Lei è convinta che non mi si addica incontrarmi con te, salvo che su basi formali e non personali. Dice che qualsiasi altra cosa può portare a varie conseguenze, e mi ha chiesto perché io non abbia l'intelligenza di capirlo da sola. Ho potuto risponderle soltanto che io stessa sono incerta. Questo l'ha fatta diventare analitica. Non mi ha risparmiato una domanda retorica: supponiamo che fra noi nasca un rapporto e fossimo abbastanza sciocchi da sposarci? Per risparmiarmi la fatica di pensarci, si è risposta da sola: la mia vita sarebbe tragica. Dove potremmo abitare? A Stroma? Irrealizzabile. Tu saresti un pesce fuor d'acqua. A Casa Clattuc? Lo stesso accadrebbe a me. — Wayness ebbe una risata stanca. — Naturalmente ha ragione.

Non ho potuto ipotizzare e cavillare con lei. Poi è passata alla domanda che anch'io sto cominciando a pormi: cosa ne voglio fare della mia vita? Sfortunatamente lei ha una risposta precisa.

— E il suo nome di battesimo è Julian.

— Si è assicurata che capissi che occasioni simili capitano una sola volta nella vita. Le ho risposto che è ancora presto perché io me ne preoccupi. Lei mi ha spiegato che il tempo scivola via più in fretta di quel che credono i giovani, e prima che una se ne accorga i suoi capelli perdono lo splendore, comincia a usare la crema antirughe, vengono i dolori alla schiena, e le occasioni dove sono andate? Svanite! Questo mi ha lasciato depressa e stanca. Stasera sono piuttosto giù, e credo che faresti meglio a non venire.

— Questo significa anche domani sera, e tutte le sere successive?

Wayness rise ancora, in un tono quasi disperato. — Ha l'aria di voler dire proprio questo, non è vero? Dovrò pensarci sopra. Non sono succube dei miei genitori, ma non voglio altre tormentose discussioni con mia madre, specialmente quando può essere che abbia ragione lei.

— Fai quel che credi.

— Glawen! Non essere arrabbiato con me!

— Non so più cosa pensare. E come se non bastasse ora devo diventare un Ardito Leone, mentre il mio solo desiderio è di andare da Bodwyn Wook e dirgli che impari i Ruggiti e i Richiami e che all'Assemblea del Branco ci vada lui.

Wayness cercò di assumere un tono comprensivo, senza molto successo. — Probabilmente ti ha destinato a una missione di una certa importanza. Quando ne saprai di più ti adatterai senza dubbio a questi piccoli disagi, compresi gli ululati e le grida.

— I Ruggiti e i Richiami, per essere precisi.

— In ogni caso questo richiede un'abilità singolare, del tutto sconosciuta a Julian Bohost... il quale, detto fra parentesi, verrà in visita a Casa Riverview fra non molto. Forse ti andrà di incontrarlo.

— Sarà un piacere.

— Buonanotte, Glawen.

— Buonanotte.

5

All'ora prefissata Glawen entrò al Portovecchio. Aggirò i tavoli verso l'angolo prenotato dagli Arditi Leoni per la loro Assemblea di Branco e prese una sedia, tenendosi leggermente in disparte e nell'ombra.

Tre membri del gruppo, Kirdy Wook, Cloyd Diffin e Jardine Laverty erano già lì, e poco dopo apparvero Shugart Veder e i due Offaw, Uther e Kiper.

Il Grande Azzannatore Uther Offaw si rivolse ai presenti: — Questa riunione è stata indetta all'improvviso a causa di allarmanti sviluppi che richiedono la nostra immediata attenzione. Come sappiamo, i guai con gli Yips sono ormai diventati cronici e sembra che le cose andranno male anche in futuro... così male, in effetti, che le autorità stavano cancellando tutte le escursioni, inclusa la Caccia del Branco! Tuttavia sono felice di poter riferire che oggi Kirdy ha fatto udire il suo ruggito in alto loco. Ha precisato che avevamo già fatto i nostri preparativi e, in breve, ha esercitato pienamente la sua autorità leonina. Come risultato, ha ottenuto di far annullare quell'ordine. Per questo dedicheremo ora a Kirdy tre ruggiti: facciamoglieli udire alti e possenti! *Gro-a-auhm*, Kirdy!

Doverosamente i Leoni emisero tre ruggiti di approvazione.

— Ottimo! Per fortuna il disastro è stato evitato. Kirdy, hai qualcosa da dire?

— Be', sì. Le dimissioni di Tardy Diffin hanno lasciato un vuoto nel branco, e per riempirlo io chiamo nella savana una nuova creatura di lunga coda e risplendente criniera: Glawen Clattuc! Egli contribuirà con la sua agilità e astute nuove tattiche all'orgoglio del branco!

Uther Offaw alzò le braccia. — Una scelta avveduta! Io stesso avallo questa candidatura! Ci sono particolari da discutere? Obiezioni? In questo caso io dichiaro Glawen Clattuc eletto all'unanimità al pieno rango di Ardito Leone. Tre ruggiti acclamino il nuovo membro seduto con noi in questo covo: *Gro-a-auhm*, Glawen Clattuc! Fateli udire alle altre creature della savana, compagni!

I ruggiti furono emessi con gran soddisfazione, echeggiando fin sul Quadrangolo, e con questo Glawen divenne anch'egli un Ardito Leone.

Il giorno dopo Arles andò a fermarsi nell'ombra di un portone che si apriva fra la terrazza del liceum e via Wansey. Qualche minuto più tardi Uther Offaw passò lì davanti. Arles uscì dal recesso. — Uther? Solo un momento, se non ti spiace!

L'altro controllò l'orologio. — Falla breve, da buon amico. Posso dedicarti appena mezzo minuto.

— Quello che devo dirti è importante — dichiarò Arles. — Può occorrere ben altro che mezzo minuto.

— Be', in un modo o nell'altro, dillo! Cosa vuoi: una fotocopia del lavoro da fare a casa? Eccola qui. Ci sono equazioni che dovrai risolvere da solo; io non le ho ancora neppure guardate.

Arles si cacciò in tasca il foglio. — Mi hanno appena riferito che ieri sera vi siete riuniti senza di me. E come se non bastasse, vengo a scoprire che Glawen Clattuc è stato accolto fra gli Arditi Leoni!

— Vero. Per ruggito unanime. Un'ottima scelta, non credi?

— Non lo è in nessun modo, forma, colore, odore e gusto! E ti dirò il perché: Glawen, semplicemente, non ne ha la stoffa! È un timido, che guarda gli altri agire stando rimpiattato dietro l'angolo. Da come la vedo io, gli Arditi Leoni sono un gruppo da «all'inferno e ritorno», e il diavolo si pigli chi resta ultimo. Glawen? Un triste mollusco, se la verità dev'essere detta.

Uther si mordicchiò un labbro. — Sono sorpreso di sentire questo. Il resto del branco pensa che abbiamo fatto una discreta scelta.

— Nessuno di voi ha un grammo di cervello? Perché darci la zappa sui piedi arruolando una spia dell'Ufficio B, che riferirà per iscritto alla polizia ogni nostra più piccola magagna?

Uther ebbe una risata secca. — Andiamo! Kirdy è dell'Ufficio B, e questo non ti ha mai dato fastidio.

Arles lo guardò accigliato. — E allora? Kirdy è un Pantomimo, e questo fa una bella differenza, credimi. Non è una mammoletta, e sa quando è il caso di oltrepassare il confine del lecito.

Uther assunse un tono ragionevole: — È una differenza che non vedo. Comunque io non intendo infrangere nessuna legge.

— E neppure io! Ma adesso dovremo tenerci in bocca perfino le più innocenti indiscrezioni, se non altro perché Glawen non si scandalizzi.

Nel frattempo s'era avvicinato Kirdy Wook. — Arles, tu sei isterico — disse, disgustato.

— Risparmiami le tue diagnosi! Io non voglio che Glawen prenda una nota scritta ogni volta che mi soffio il naso!

Uther ci rifletté un poco. — È una situazione difficile. Cosa dovremmo fare?

Arles si batté un pugno contro il palmo sudato dell'altra mano. — È chiaro: riconsiderare questa ammissione irregolare!

Kirdy ridacchiò. — Sembra che Arles la voglia a suo modo. Uther, qual è la procedura stabilita in questi casi dal regolamento?

— Al diavolo la procedura stabilita! — esclamò Arles. — Basta dire a quel signorino che c'è stato uno sbaglio, e che lui non è e non sarà mai un Ardito Leone.

— Impossibile — disse Kirdy. — È stato votato all'unanimità.

— Be', non possiamo avere contrasti interni — disse Uther. — Indirò un'altra riunione d'emergenza per stasera, e Arles potrà tentare una procedura di espulsione, se si sente di correre il rischio.

Arles alzò una mano. — Io non ho detto «espulsione». Ho parlato di «non ammissione».

— Bisogna seguire il regolamento — disse Uther. — Ti servono sei voti su otto per espellere un altro, e se fallisci sei fuori tu. Il voto di Glawen non lo avrai, questo è certo. Kirdy?

— Sono stato io a proporre Glawen. Votare contro di lui sarebbe come dichiarare me stesso un debole di mente.

— Io ho avallato la candidatura e lo stesso ragionamento si applica a me. Arles, ho una mezza idea che la votazione ti andrebbe male. Rinunci alla tua richiesta?

— No — disse Arles. — Lascia perdere le riunioni di emergenza. Risolverò questa faccenda in qualche altro modo.

6

Una notevole serie di eventi, ciascuno destinato a mutare il corso di quello successivo, ebbe la spinta d'avvio durante una lezione di antropologia culturale in un'aula del liceum.

Il corso, obbligatorio fra quelli da portarsi agli esami, era tenuto dal professor Yvon Dace, uno fra i meno prevedibili fra i già abbastanza anticonvenzionali membri del corpo insegnante. Il suo volto era lo specchio di quelle tendenze: fronte altissima, pochi sparsi refoli di capelli color polvere, occhi dal taglio luttuoso, un naso sottile, labbro superiore sporgente in fuori, mento tondo e bulboso come una mela cotta.

L'aspetto di Dace, che si sarebbe detto chiuso e diffidente, era smentito da un comportamento spesso tale da sorprendere gli incauti. Fin dal primo trimestre aveva chiarito il suo modo di procedere: — Qualunque cosa abbiate sentito dire di me, dimenticatela. Io non entro in classe per dare il via a sottili raffronti fra la chiara luce del mio intelletto e ventidue esempi di pigro funzionamento cerebrale. Il numero esatto di questi è in genere la metà, se siamo fortunati, e soggetto a variazioni annuali. Anche costoro scopriranno in me un uomo gentile, paziente e disponibile, ma devo chiarire che se mi si costringe a spiegare l'ovvio più di due volte cado preda di un umore antipatico.

«Circa l'argomento del corso, possiamo soltanto sperare di calcarne le vie principali, anche se spesso ci fermeremo a considerare dettagli significativi del paesaggio. Vi raccomanderò letture ausiliarie, le quali, fra l'altro, miglioreranno i vostri voti. Chiunque si accollerà la spesa dei dieci volumi di *Vita*, di Baron Bodissey, oltre ai testi obbligatori, riceverà come minimo una spintarella non di rado decisiva. Inutile dire che mi accerterò se la lettura di tali volumi ha avuto effettivamente luogo.

«Alcuni di voi potranno giudicare la mia tecnica d'insegnamento alquanto casuale. Altri si lambiccheranno il cervello nel tentativo di capire come arrivo ad assegnare a ciascuno proprio quel voto particolare. Qui non c'è mistero. Io stabilisco il voto in parte dal risultato delle interrogazioni, e in parte tramite una valutazione soggettiva, o perfino inconscia. Non ho simpatia per due cose: il misticismo e la stupidità; spero che gli interessati tengano sotto controllo questo genere di tendenze durante le nostre discussioni. Devo ammettere che nelle mie classi le ragazze attraenti vanno incontro a un grave handicap; io devo costantemente guardarmi dal dare a queste deliziose creature tutto ciò che vogliono o ancora di più. Potrei aggiungere che quelle brutte hanno ancora meno scrupoli comportamentali, tirando in gioco oltretutto la pietà, il mio inconscio senso di colpa e così via. Le informo che in queste irritanti situazioni psicologiche io ho alle spalle esperienze incommensurabilmente più vaste, poche delle quali gradevoli.

«Basta con le divagazioni. Veniamo alla materia di studio, che voi troverete affascinante, ricca di drammaticità, umorismo e pathos. Per la prossima lezione voglio che ognuno di voi abbia letto i primi due capitoli di *Il Mondo della Divina Gaea* di Michael Yeaton. Ci sono domande?... Sì?

Ottillie Veder disse: — Io sono una ragazza. Come farò a sapere se i miei brutti voti saranno tali perché lei mi ammira o perché mi trova disgustosa e ripugnante?

— Niente di più semplice. Mi dia appuntamento sulla spiaggia promettendo di portare una coperta e una bottiglia di vino. Se io non mi facessi vivo, i suoi timori più pessimistici sarebbero confermati. E ora, come argomento di esordio per oggi...

Le ragazze della classe, oltre a Ottillie Veder, comprendevano Cynissa e Zanny Diffin, Tara e Zaraide Laverty, Mornifer e Jerdys Wook, Adare e Clare Clattuc, Vervice Offaw, Wayness Tamm di Casa Riverview, e altre. Gli Arditi Leoni erano rappresentati da Glawen e Arles Clattuc, Kiper Laverty, Kirdy Wook, Ling Diffin e Shugart Veder.

Trascorsero le prime due settimane del trimestre, poi un giorno il professor Dace si sedette sulla sua seggiola invece che sull'angolo della cattedra. — Oggi devieremo dalla nostra solita procedura, e intraprenderemo un lavoro antropologico sul campo, vale a dire sul gruppo sociale rappresentato da questa stessa classe. Tutti avete senza dubbio preso nota delle caratteristiche degli individui qui presenti, in questi quindici giorni. Due di tali persone provengono da culture per certi versi aliene a quella di Stazione Araminta. Una di loro sono io; tuttavia io non posso, pena una grave perdita di dignità, consentire alla classe di usarmi come soggetto di studio. Di conseguenza focalizzeremo la nostra attenzione sull'interessante individualità rappresentata dalla signorina Wayness, previa approvazione di lei stessa e nella speranza che la sua dignità regga alla prova. Osservate bene la posa in cui siede al suo banco, mentre valuta questa sorprendente svolta delle circostanze. La sua compostezza è degna di nota: non si divincola come se avesse il prurito, non fa roteare gli occhi come girandole, ed esiste la possibilità che non mi scaraventi in testa i suoi libri... Aha! Ecco che ride! È un essere umano anche lei, come vedete! A un occhio acuto e ben addestrato, la sua provenienza aliena è rivelata da una varietà di sottili segnali. Ad esempio, lo strano modo in cui tiene la penna.

Kiper Laverty, che sedeva accanto a Wayness, alzò una mano. — Non è una penna. Mi ha chiesto in prestito il mio nuovo laser da manicure.

— Grazie, Kiper — disse il professor Dace. — Come sempre tu fornisci nuovi punti di vista alle nostre ruminazioni. Tornando alla signorina Wayness, io sospetto che gli eventi della sua vita non abbiano avuto molto in comune con quelli della vostra. Inoltre, lei interpreta quegli eventi diversamente da come potrei fare io. Non è così, signorina?

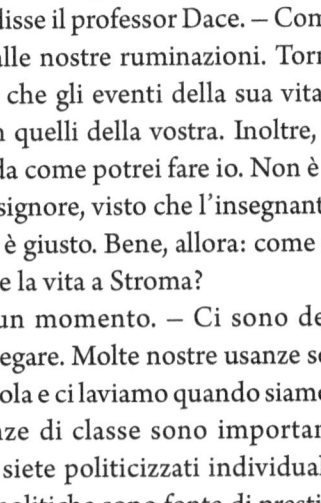

— Suppongo di sì, signore, visto che l'insegnante è lei.

— Mmh, sì, questo è giusto. Bene, allora: come descriverebbe le differenze fra la vita qui e la vita a Stroma?

Wayness rifletté un momento. — Ci sono delle diversità, certo, benché difficili da spiegare. Molte nostre usanze sono uguali; abbiamo le stesse maniere a tavola e ci laviamo quando siamo sporchi. A Stazione Araminta le differenze di classe sono importanti e accuratamente definite, ma voi non siete politicizzati individualmente. A Stroma la politica e le capacità politiche sono fonte di prestigio, ancor più che di ricchezza. Ma non abbiamo classi sociali.

— Questa è un'osservazione interessante — disse il professor Dace. — E quale ritiene il sistema migliore?

Wayness arricciò le labbra, un po' perplessa. — Non mi sono mai interrogata su questo. Ho sempre dato per scontato che il nostro fosse il sistema migliore.

Il professor Dace scosse il capo. — Cosa non necessariamente vera, anche se oggi non esploreremo argomenti di questo genere. Continui, se crede.

— In un caso o nell'altro — disse Wayness, — a Stroma la politica è molto importante. In realtà è una lotta quotidiana che coinvolge tutti.

— Brevemente, quali sono le filosofie in lizza?

— Ci sono due partiti principali: il gruppo Vita Pace e Libertà, ansioso di realizzare quelli che definiscono «cambiamenti progressivi», e i Vecchi Naturalisti, che quelli del VPL chiamano «Secondini della Natura» o con altri nomignoli, i quali vogliono mantenere Cadwal allo stato di riserva per la vita selvatica.

Il professor Dace domandò: — E qual è il suo punto di vista?

Wayness sorrise e scosse il capo. — Il Conservatore è ufficialmente neutrale. La sua famiglia deve tenersi sulla stessa linea.

Intervenne Adare Clattuc: — Tu dove preferisci vivere? Qui o a Stroma?

— Mi sono fatta spesso questa domanda. Non è facile fare il paragone fra cose tanto diverse.

— Ma Araminta non è molto più piacevole? Come puoi avere dubbi?

— Be'... visto che Throy non è piacevole per niente, non è su questa base che lo vediamo noi. Throy è un continente di forze naturali, di grandiosità; non necessariamente duro o spietato, ma certo poco gentile. Quando penso a Throy sento due emozioni: una leggerezza di spirito in risposta a quei panorami imponenti, e un timoroso rispetto. Questi sentimenti sono sempre in noi, e spesso ci inducono ad atteggiamenti di sfida. Nelle cabine invernali, piccoli alloggiamenti costruiti sui pendii volti a mare, possiamo sentire la forza della tempesta e guardare le grandi onde che si schiantano sulle rocce. Parte della gioia è il brivido della paura, anche se sappiamo d'essere comodi e al sicuro. Alcuni tipi spavaldi dicono che non c'è nulla come cavalcare la tempesta: escono in mare aperto per sfidare le burrasche peggiori. Personalmente credo che a renderli euforici sia in realtà il fatto di tornare vivi in porto. Naturalmente le imbarcazioni da tempesta sono pesanti e robustissime, è bello guardarle quando escono incontro alle onde. Una volta, quando ero piccola, dalla nostra cabina invernale vidi una barca da tempesta urtare una roccia sommersa e affondare; ancor oggi, se ci ripenso, sento delle strane emozioni che non so descrivere.

«A volte, invece che alle cabine, andiamo in una delle famose vecchie locande. La Mignatta d'Acciaio, che si aggrappa come un animale a un faraglione granitico, è il mio posto favorito quando c'è una tempesta grossa. Dal mare arrivano immense onde verdi che fanno tremare le scogliere a picco, e la schiuma schizza fino a decine di metri d'altezza. Il vento ruggisce, le nuvole corrono via in tumulto, mentre la pioggia e la grandine battono sul tetto e i fulmini scuotono l'anima come una musica bellissima. In quelle occasioni preparano una speciale zuppa bollente, e ponce al rum. Quando alla fine andiamo a letto, per tutta la notte continuiamo a sentire la voce selvaggia del mare e il vento che fischia fra le rocce. E quando viaggiamo in altre terre, lontano da Throy, il ricordo della Mignatta d'Acciaio ci riempie di nostalgia.

— Gli stranieri si chiedono spesso perché la Società abbia costruito

Stroma su Throy, quando c'erano ovunque località più accessibili. Può spiegarlo? – chiese Dace.

– Penso che volessero limitare il numero degli abitanti, senza imporre un controllo delle nascite.

– Qual è il numero, oggi?

– Seicento persone circa. Quando la Società mandava ancora i sussidi vi furono fino a millecinquecento abitanti.

– Cosa fa la Società, al giorno d'oggi? È sempre interessata a una politica come quella della Conservazione?

– Per niente, a quanto ne so.

– Ci dica qualcosa della sua vita quotidiana a Stroma. Wayness esitò. – Non credo che possa interessare a qualcuno.

– Includa qualche aneddoto piccante e avrà subito l'attenzione di tutti, specialmente quando avranno capito che in seguito li interrogherò su queste vostre note culturali.

– Mi lasci pensare. Da dove cominciare? Tutti sanno che Stroma sorge sul fiordo omonimo. Abitiamo nelle meglio conservate fra le antiche case; le altre sono state abbattute e ne restano soltanto i giardini. All'estremità interna del fiordo ci sono le serre, circa cento acri tenuti sotto vetro.

«Quasi ogni famiglia ha una cabina; sulle scarpate volte a mare, su un laghetto di montagna o fuori nella brughiera, dove intrattiene gli amici.

Questo è di grande svago, soprattutto per i bambini. Durante il giorno oppure di notte ci incamminiamo là fuori, spesso da soli, per goderci quella solitudine. Gli andoril* hanno imparato a non molestarci. I toctac† ci preparano elaborate imboscate, che ogni volta dobbiamo evitare. Un giorno, nella brughiera, mi trovai davanti un enorme andoril adulto, seduto su una roccia. Doveva essere alto tre metri e mezzo, con ricurve corna nere che gli spuntavano dalle spalle e una cresta di cinque scaglie ossee. Mi teneva lo sguardo addosso mentre io gli giravo attorno, a non più di trenta metri di distanza.

---

* Andoril: grossi andromorfi ostili. A causa delle difficoltà della ricerca, le loro abitudini restano oscure.

† Toctac: specie di lupi, bipedi.

Sapevo che non avrebbe chiesto di meglio che aggredirmi e divorarmi, e lui sapeva che io lo sapevo. Sapeva anche che io non lo avrei ucciso se non mi avesse attaccato, così rimase fermo dov'era, chiedendosi se gli sarei piaciuta di più arrosto o cruda. Potevo vedere ogni particolare del suo muso, e questo mi sconcertava, anche perché sentivo di captare qualcosa dei suoi pensieri. Zaraide Laverty ansimò: — Non avevi paura?

— Un poco. Ma avevo la pistola pronta, e non c'era un vero pericolo. Se fossi uscita di notte avrei indossato l'equipaggiamento con i sensori, contro le imboscate. Qui ad Araminta, naturalmente, non ho bisogno di preoccuparmi di queste cose.

— Vuoi dire che esci di notte? Da sola?

Wayness rise. — A volte vado a nuotare, quando il mare è calmo. Specialmente quando in cielo ci sono Lorca e Sing.

Glawen, girandosi a mezzo, vide Arles alzare la testa e fissare Wayness con sguardo imperscrutabile. Riabbassò gli occhi e finse di prendere qualche appunto, ma dopo un poco tornò a scrutare la ragazza con più attenzione di prima.

Vervice Offaw, una delle Cinque Fortunate, nei suoi rapporti con Wayness tendeva a esibire una fredda condiscendenza. Ora disse: — Devi trovare Casa Riverview noiosa e supercivilizzata dopo tutte le tue battaglie contro gli elementi, per non parlare degli andoril. Ti sembra monotona la tua vita qui fra noi?

Il professor Dace intervenne, in tono pigro: — Mi permetta di offrirle un'opinione che la signorina Wayness è forse troppo caritatevole per esprimere. Lei ha trascorso un periodo considerevole sulla Terra, dove la vera super-civilizzazione non è sconosciuta, e dubito seriamente che veda Casa Riverview in questi termini. Monotona? Il Conservatore intrattiene di frequente ospiti venuti da Stroma o da vari pianeti. Sospetto che lei consideri Casa Riverview sia stimolante che gradevolmente tranquilla, mai monotona. Stazione Araminta deve apparirle un languido stagno di periferia, dove tutti i gusti e le mode sono in arretrato di dieci anni.

Vervice stabilì di detestare il professor Dace più di qualunque uomo che avesse mai conosciuto.

Wayness aveva sorriso a quelle parole. — Casa Riverview è senza dubbio tranquilla. Non ho mai avuto tanto tempo da dedicare a me stessa, e ho scoperto che questo mi piace.

Ottilie Veder chiese: — Come sono le faccende amorose a Stroma? Chi decide i vostri matrimoni?*

— I matrimoni combinati in anticipo sono rari a Stroma. Faccende amorose? Queste sono molto frequenti.

Il professor Dace si raddrizzò sulla sedia. — E su questa nota ringraziamo la signorina Wayness, prima che le domande diventino un po' troppo personali.

7

Quella sera, dopo cena, gli Arditi Leoni si riunirono al Portovecchio per bere qualche bicchiere di vino, spettegolare, formulare piani e discutere di yacht spaziali. Quasi tutti si erano portati uno o due testi scolastici, come se avessero intenzione di studiare, ma nessuno aveva fatto passi in quella direzione.

La conversazione s'era accentrata su un argomento di interesse più universale: come stabilire le tendenze erotiche di una femmina tramite lo studio dei suoi manierismi, gesti, segnali e caratteristiche fisiche. Ogni Ardito Leone ruminava da anni sul soggetto, e ciascuno contribuì con le sue riflessioni. Tre o quattro affermarono, quasi fosse un dogma religioso, che le mammelle di grandi dimensioni corrispondevano inevitabilmente a un grande entusiasmo erotico. Ling Diffin cercò di giustificare quella teoria basandola sulle compulsioni psicologiche: — È una conseguenza logica. Una ragazza guarda in basso e si accorge di non poter vedere i suoi piedi a causa di un petto straordinario, così dice a se stessa: «Oh, cielo! Dovunque vado espongo agli occhi altrui questi notevoli simboli sessuali!

Che io lo abbia capito o meno, devo essere capace di prestazioni erotiche assolutamente di prim'ordine. Non può esserci altra spiegazione! Allora, perché combattere contro la mia natura?». La situazione

---

* A Stazione Araminta, nella maggior parte dei casi, i giovani si sposano secondo le loro inclinazioni; perfino fra collaterali, malgrado l'opposizione dei familiari. Tuttavia, quando è in gioco il rango di Agente, il Capofamiglia fa sempre i suoi passi per combinare matrimoni vantaggiosi.

opposta, quando cioè una ragazza non solo può vedersi i piedi ma può portare magliette di ogni genere senza che ai genitori venga in mente di redarguirla, esercita influenza negativa e refrigerante.

— Scientifico ma assurdo — disse Uther Offaw.

Kiper Laverty osservò: — Le ragazze sono strane creature, ma i loro impulsi appaiono chiari a un occhio attento. Io apprendo tutto ciò che ho bisogno di sapere guardando come una di loro agita le dita, specialmente i mignoli.

— Che controsenso! — esclamò Kirdy Wook. — Perché una ragazza dovrebbe curare particolari così sottili? Può agitare parti del corpo molto più evidenti dei mignoli!

Shugart Veder disse, in tono ponderoso: — Secondo me i piccoli particolari non provano niente. Uno deve studiarsi il quadro generale.

— Forse sì, e forse no — disse Arles. — Però io posso capire se una ci sta da cento metri di distanza, soltanto guardando come cammina.

Uther Offaw scosse il capo. — In questo caso devo dar ragione a Shugart. Personalmente, io prendo nota sul mio taccuino dell'intera immagine schematizzata quindi sintetizzo i dati in base a diversi parametri chiave. Non ho mai trovato pecche in questo sistema.

Arles sogghignò con aria saputa. — Dammi un esempio, allora. Quale indice assegneresti, con i tuoi schemi, diciamo a Ottillie Veder: chiamando «zero» un pesce morto e «dieci» una vera tigre del sesso?

— Da quel che ricordo, le mie analisi indicano che Ottillie non è contraria a darsi, purché all'uomo giusto, nel posto giusto e nel momento giusto.

— Ne farò tesoro — gli concesse Arles. — E che mi dici di Wayness?

Uther si accigliò. — Nel suo caso non ho potuto completare lo schema. Emette troppi segnali contraddittori. Dapprima mi era parsa insipida; ora la trovo stranamente attraente.

— Non è affatto strana — disse Kiper. — Con quei pantaloni aderenti che porta ora mi fa venir voglia di mangiarla!

— Calma, Kiper — sorrise Shugart. — Tu inquini la moralità dell'atmosfera.

Kirdy Wook si volse a Kiper. — Pensavo che tu aderissi alla teoria dell'Agitazione dei Mignoli.

— Le ho studiato i mignoli, infatti — disse Kiper. — Ma quando si è voltata ho visto un'altra cosa.

— Vorrei che vi foste messi a parlare d'altro — borbottò Kirdy. — Io ero venuto qui per studiare.

— Così ho raccontato anch'io, uscendo di casa — disse Arles, guardando i suoi libri con una smorfia. — Questa roba è indigesta come un osso di cane. Uther, tu sei un genio matematico: risolvimi questi problemi di algebra. Devo presentarli domani e solo a guardarli mi viene il mal di pancia.

Uther sorrise e scosse il capo. — Rifiuto d'incamminarmi su una lunga e inutile strada. Affronta i fatti, Arles: per superare gli esami dovrai esser capace di risolvere i problemi da solo.

La voce di Arles si fece acre: — Mi sembra una freddura molto micragnosa da dire a un compagno. È questo il generoso Grande Azzannatore, l'Ardito Leone pronto a dividere ogni preda con il suo branco?

— Io sono il Grande Azzannatore e un ruggente Ardito Leone! Se stasera risolvessi i tuoi problemi, domani ti verrebbe un mal di pancia ancora peggiore a guardare i prossimi. Alla fine dovrei sorbirmi tutto il tuo lavoro da qui fino agli esami, da cui usciresti fallito e amareggiato senza più gratitudine per nessuno, me compreso.

Shugart Veder disse: — Credevo che tu avessi un insegnante privato.

Arles fece un grugnito: — Era un inetto sotto ogni punto di vista! Prima ha cercato di farmi marcire la testa con una quantità di scempiaggini, tutta roba elementare! Quello che mi serviva era un sistema rapido per risolvere i problemi, e lui continuava a blaterare: «Tutto a suo tempo. Prima le cose basilari». Alla fine gli ho detto che se non riusciva a insegnarmi nel modo giusto andasse in campagna a vedere se le sue capacità erano più adatte a insegnare a crescere alle patate.

— Queste sono parole dure. Lui cosa ha detto?

— Non molto. Sapeva che lo avevo colpito nel suo punto debole, così ha riso come un mentecatto e se n'è andato. Curioso individuo.

— E allora chi ti ha aiutato con gli ultimi compiti a casa, dopo che l'insegnante privato ha fatto fagotto?

— Sarà stata dama Spanchetta, nobile madre di un Leone? — ipotizzò Kirdy Wook.

Arles lo guardò storto e sbatté giù il quaderno che aveva cercato di consegnare a Uther. – Lei potrebbe avermi incitato un po', diciamo. E con questo?

– Affronta la realtà, Arles. All'esame dovrai andarci da solo.

– Bah! – mugolò lui. – Piccole perle di saggezza, uggiolii al posto dei ruggiti. – Si alzò in piedi, spingendo indietro la sedia. – Io non mi guasto l'anima. So io come cavarmela con quella che tu chiami «realtà», quando verrà il momento!

Gli sguardi di quanti erano seduti al tavolo si fecero perplessi. Uther Offaw disse, freddamente: – Non capisco quello che hai detto. Avresti la bontà di spiegarti?

– Certo che te lo spiego, se voialtri siete così ottusi da non capirlo da soli! Qui si preparano dei cambiamenti! Alcuni andranno avanti, altri resteranno indietro. Io volevo che gli Arditi Leoni fossero fra i premiati. Ora non ne sono sicuro. Il gruppo peggiora invece di migliorare. Hai capito, adesso?

– Io no, ma devo dire che il tono delle tue parole non mi piace.

Arles sogghignò. – E a me non piace vederti fare la mammoletta. Forse dovremo eleggere un altro Grande Azzannatore, a questo punto! Uno che sappia vedere le cose e le faccia. – Raccolse i suoi libri. – Me ne vado. Ho di meglio da fare, io, che semplici chiacchiere.

Arles uscì dal Portovecchio, lasciando dietro di sé silenzio e disagio. Infine Shugart disse: – Non è stata una scena simpatica, per niente. E non ho capito di cosa stava parlando.

– Qualunque cosa sia, non mi piace – ripeté Uther, preoccupato. – Aveva un tono sinistro.

Cloyd scrollò le spalle. – Quando gli girano questi umori è imprevedibile... mi chiedo a cosa alludesse dicendo che voleva vedere gli Arditi Leoni fra i premiati.

Kirdy vuotò il suo bicchiere e mise sottobraccio il libro che si era portato. – Arles è sempre pieno di grandi discorsi.

– E cosa significa che il gruppo sarebbe peggiorato? Questa non è stata una bella cosa da dire.

Kirdy si alzò. – Non sopporta l'idea che abbiamo ammesso Glawen... A proposito, dov'è finito Glawen? Era qui, l'ultima volta che mi sono voltato a guardarlo.

— È uscito un minuto fa — disse Kiper. — Scivolato via come un'ombra, subito dopo Arles. Anche lui è mezzo matto.

— Questo si può applicare più o meno a tutti noi... E adesso tolgo le tende — li salutò Kirdy.

— Io pure — disse Uther. — L'Assemblea del Branco, se tale era, è aggiornata a domani.

8

Glawen era uscito in silenzio dal locale, e quando fu nella via Wansey si fermò. Volse lo sguardo attorno, tese gli orecchi... i soli rumori erano le voci indistinte di alcuni avventori del Portovecchio. Il Quadrangolo era una pallida distesa vuota sotto la luce delle stelle. La strada proseguiva dritta fino alla spiaggia, alternando tratti debolmente illuminati ad altri oscuri, ma la forma in movimento che avrebbe potuto Arles non si scorgeva da nessuna parte: un fatto che all'improvviso gli apparve d'importanza decisiva.

Dove poteva essere andato Arles? Alla riunione gli era sembrato teso e preoccupato, come se qualcosa gli tormentasse l'anima.

Glawen era quasi certo di poter indovinare i pensieri che si agitavano nella sua mente.

E adesso dov'era?

Il luogo più ovvio in cui cercare era Casa Clattuc. Glawen si volse e corse su per la strada. Spinse il battente del portone principale e guardò nell'atrio. Il portiere notturno lo salutò rispettosamente: — Buonasera, signore.

— Buonasera. Ha visto entrare Arles, poco fa?

— Sì, signore. Cinque minuti or sono.

La risposta sorprese Glawen. — E non è sceso di nuovo?

— No, signore. Dama Spanchetta lo ha incontrato qui mentre stava uscendo, e gli ha dato precise istruzioni riguardo ai suoi studi scolastici. Il signor Arles è salito quindi in camera sua, senza molto entusiasmo.

— Mmpf! — borbottò Glawen. — Molto singolare... — Quando fu salito al suo appartamento lo trovò buio e deserto. Scharde era uscito. Perplesso e insoddisfatto si mise a sedere, con gli occhi fissi in un punto vuoto della parete.

Una nuova idea prese forma in lui. Andò nella sua camera da letto, aprì la finestra e uscì sul largo cornicione. Lì accanto, i rami di una grande quercia cresciuti fino a contatto dell'edificio offrivano una segreta via di accesso a una sezione di tetto situata un po' più in alto. Glawen vi si arrampicò e girò un angolo, fermandosi dove poteva vedere le finestre dell'appartamento di Arles. Le luci erano spente.

Camminando con cautela sulle vecchie e fragili tegole Glawen tornò in camera sua. Gli serviva una conferma. Chiamò Arles al telefono, e non ebbe risposta.

Imprecando fra i denti cercò di stabilire una linea di condotta. Se avesse telefonato a Casa Riverview e chiesto di prendere delle precauzioni, avrebbe senza il minimo dubbio causato una grande agitazione. E non era certo di niente. Sarebbe stato imbarazzante sentirsi chiedere dal Conservatore in persona perché aveva dato un falso allarme.

Furioso con se stesso per quelle considerazioni così marginali, Glawen volse le spalle al telefono. Ma ogni minuto poteva essere importante; Arles aveva un buon vantaggio su di lui. Uscì dall'appartamento, scese le scale a quattro scalini per volta e lasciò Casa Clattuc più in fretta che poté. A passo di corsa giunse all'incrocio con via Wansey e più avanti svoltò in via della Spiaggia, poi a sud in direzione di Casa Riverview. Il suo sguardo era fisso in avanti alla ricerca di Arles... posto che Arles si fosse davvero, come lui sospettava, avviato da quella parte.

Rallentò e si fermò ad ascoltare. L'oceano era liscio come l'olio. Un vago lucore rosa all'orizzonte segnalava l'imminente comparsa di Lorca e Sing. Poteva udire il liquido respiro della risacca e ogni tanto il richiamo di un uccello notturno fra le palme e le tanjee ai lati della strada.

Riprese il cammino, ma più lentamente e con cautela. Se Arles era da quelle parti per le sue faccende segrete non poteva essere molto più avanti, e forse non sarebbe stato salutare incontrarlo lì, da soli nel buio. Glawen ebbe un sorriso acre: avrebbe dovuto portarsi un'arma.

Aveva ripreso a trotterellare in silenzio quando qualcosa lo indusse a fermarsi di colpo. Con la coda dell'occhio aveva visto un'ombra: un'ombra che poteva essere soltanto Arles, e accorgendosi che le sue ipotesi erano confermate provò una fredda e amara soddisfazione.

Quella realtà gli diede anche un fremito di paura. Non si faceva illusioni sulle sue possibilità in un eventuale corpo a corpo con Arles, e di nuovo rimpianse di non aver preso un'arma.

Con prudenza ancor maggiore riprese a muoversi, tenendosi nell'ombra ovunque possibile e badando soltanto a non perdere il contatto con la forma scura che lo precedeva. Una forma in cui ora scorgeva qualcosa di strano... che non fosse affatto Arles? All'improvviso non ne fu più certo, ma non osò stringere le distanze benché la figura, che camminava a passi molto svelti, sembrasse ignorare la possibilità di avere qualcuno alle spalle.

La strada girò fra gli alberi che circondavano Casa Riverview, oltre i quali scintillavano argentee le acque di un laghetto e del fiume. Poco più avanti la figura si fermò senza apparente motivo e si volse, come ad ammirare quel paesaggio notturno. Glawen scivolò subito nell'ombra. Casa Riverview, costruita su un fazzoletto di terra che si spingeva nella laguna, poteva ora esser localizzata grazie ad alcune finestre illuminate.

Sfruttando il riparo delle piante Glawen ne approfittò per avvicinarsi ancora. Ma ad un tratto la figura, come disturbata da un impulso misterioso, si volse a scrutare la strada che aveva appena percorso. Il movimento brusco fece ondeggiare i suoi contorni, e con una sensazione molto simile all'orrore Glawen vide che indossava una lunga cappa e una specie di mascherone floscio sopra la testa. Era abbastanza vicino per identificare quella forma: una segreta e orrida versione di Arles, finallora sconosciuta... almeno a lui. Essere disarmato cominciò a sembrargli una follia. Strisciando carponi sul terreno trovò il ramo secco di un albero parasole. Senza rumore ne strappò via i raggi di fibre, ottenendone un bastone flessibile con uno sferoide di pesante spugna vegetale all'estremità.

Indietreggiò fra le piante, poi cautamente spezzò anche la cima e restò con quello che poteva essere un ottimo randello lungo una settantina di centimetri.

Glawen tornò a strisciare avanti. Sing e Lorca erano già apparse sul mare, aumentando di molto la luce zodiacale. Ma Arles dov'era? Non lo si vedeva più da nessuna parte.

Glawen balzò in piedi e guardò a sud verso la spiaggia. Arles non poteva essersi allontanato troppo. L'arenile era però una pallida striscia grigia dove nulla si muoveva. Dov'era andato, allora?

Si spostò lentamente verso l'ultimo posto in cui lo aveva visto. Arles poteva essere così sicuro di sé da restare sulla strada fino a Casa Riverview. Oppure aveva girato lungo la riva della piccola laguna, dove poteva appostarsi e osservare senza esser visto nella profonda oscurità fra i salici piangenti.

Glawen si mise in ascolto. Dalla laguna giunse lo sciacquio di un animale acquatico notturno: una lontrella, o un gatto d'acqua, creature timorose che si tenevano nascoste e fuggivano al minimo allarme. Se Arles era andato da quella parte doveva essersi mosso egli stesso come un felino.

Lo sciacquio s'interruppe... il che poteva significare molto o niente.

Glawen uscì di strada e tagliò verso la riva della laguna correndo sull'erba. A sinistra vide una casa galleggiante e un molo, e poco più al largo il lieve scintillio delle onde prodotto da qualcuno che nuotava lentamente, disturbando appena la superficie dell'acqua. Ora tutto si spiegava: quella era l'origine dello sciacquio, e non c'era dubbio che Arles fosse lì attorno, molto vicino.

Un passo dopo l'altro Glawen si spostò lungo la riva, fremendo ad ogni mossa nel timore che il fruscio di un sasso spostato rivelasse la sua presenza ad Arles.

Ciò che ignorava era che stava anzi usando un eccesso di cautela: assorto in ciò che vedeva, Arles non si interessava più a nient'altro. E in ogni caso, chi avrebbe potuto preoccuparlo? Si sentiva pregno di un potere maestoso. Tutto il prevedibile era stato previsto, ogni particolare studiato e pesato. Se qualcuno avesse fatto domande, il portiere avrebbe testimoniato che lui non era mai uscito da Casa Clattuc, e chi avrebbe potuto o voluto contraddirlo? Celato dal mascherone e dalla cappa Arles aveva proceduto nella notte come un dio in incognito: una creatura di forza e di mistero, alonata di leggenda. Aveva con sé anche alcune cosette molto utili e micidiali, buone per sgombrargli la strada anche se fosse venuto lì senza un piano preciso e solo «sull'odore della preda», come diceva a se stesso. E quella notte il predatore stava facendo una buona caccia. Scivolò avanti, avido e astuto, assorto in ciò che poteva esser visto di quel corpo nudo che biancheggiava pallido nell'acqua scura.

La nuotatrice era Wayness. Ora si limitava a galleggiare, emergendo dalla superficie appena con il volto, a braccia aperte e usando le mani appena per stabilizzarsi. Poi portò pian piano a galla anche le gambe e restò distesa pigramente nel liquido immobile, guardando le stelle. Fra i denti serrati di Arles il respiro sibilò più rapido, eccitato.

Wayness scalciò l'acqua coi piedi e con rapide bracciate si spinse verso il molo, dove aveva lasciato un abito, l'asciugamano e i sandali. Arles aggirò una barca tirata in secca, nutrendosi lo sguardo di ogni suo movimento. La preda usciva dall'acqua e gli veniva fra gli artigli. Aha! Poteva esserci più scelta? Da un uomo esposto a una provocazione simile non ci si poteva aspettare che si trattenesse!

Wayness si arrampicò per la scaletta e per qualche secondo restò immobile, voltandosi a guardare la laguna e lasciando che l'acqua sgocciolasse lungo il suo corpo, mentre il chiarore di Lorca e Sing spandeva un eccitante tono rosato sulla sua pelle.

La ragazza raccolse l'asciugamano, se lo passò sul volto e sulle braccia, poi sulla schiena con movenze flessuose e lungo le gambe. Quando fu asciutta si infilò il vestito dalla testa, mise i piedi nei sandaletti e s'incamminò lungo il molo.

Aveva appena svoltato sul sentiero lastricato quando una figura emerse dal buio e le calò un largo sacco di tela sopra la testa. Wayness mandò un grido, sollevò di scatto le braccia e riuscì a spingere via il sacco, che cadde al suolo. Girando su se stessa vide un'orrenda figura scura, ammantellata e resa irriconoscibile da una maschera nera. Le sue ginocchia si piegarono per lo spavento, e indietreggiò contro uno dei pilastri del molo.

La figura mascherata fece un passo avanti e parlò, in un rauco sussurro: — Mi spiace di averti spaventata, ma non c'era altro modo.

Wayness cercò di controllare i suoi tremiti. — Altro modo per cosa? Cosa vuoi?

— Non lo sai? Ma sì, che lo sai. È quella cosa per cui sono fatte le femmine.

— Ti ho riconosciuto — ansimò lei. — Vattene di qui!

Dalla maschera uscì una breve risata. — Non è questo che vuoi. E noi lo sappiamo bene, vero?

Malgrado i suoi sforzi, la voce le uscì stridula: — Non essere assurdo! Tu… tu sei Arles, non è così? Che scherzo è questo? Sei assolutamente grottesco con quella bardatura.

— Non importa chi sono, o cosa sembro! — Nel sussurro rauco c'era una nota d'irritazione. — Questo non c'entra con quello che faremo noi due. È una cosa... impersonale. Giusto?

Lei deglutì saliva. — Be', qualunque cosa tu ti sia messo in testa, io non ho affatto intenzione di farla. E... — deglutì ancora, — hai agito molto male. Perciò, adesso, buonanotte e vattene. E non seccarmi più.

— Fece un passo di lato, ma Arles la afferrò per un braccio.

— Non così in fretta. Non abbiamo ancora cominciato. E cominceremo lì sull'erba, dove la tua morbida schiena potrà appoggiarsi dolcemente.

Wayness indietreggiò, divincolandosi. — Arles, sei impazzito? Non puoi fare questo e sperare di non essere punito!

— Tutto sta in quel che accadrà poi, no? — disse Arles. — Magari ti piacerà molto... tanto che ogni notte sognerai di tornare qui per averne ancora.

Wayness non disse niente. Arles allungò una mano e d'un sol colpo le strappò via il vestito di dosso. — Avevo ragione. Hai un bel corpo — ridacchiò. — Lasciati toccare, ora. — Le palpeggiò i seni, senza che lei riuscisse a reagire. — Mi piacciono un po' più grossi, però sei molto tenera, sì. Vieni, andiamo sull'erba. E non gridare, perché sei fai la sciocca posso sottometterti. Devo farti vedere come?

— No!

Malgrado ciò Arles la afferrò per la gola, premendole il pollice contro la laringe. Wayness cercò di colpirlo debolmente ma quasi subito le mancò il fiato e le sue braccia ricaddero. Si sentì lasciare e ne approfittò per voltarsi e fuggire, però l'altro le fu addosso e la schiacciò al suolo, rovesciandola sull'erba. — Ora resta qui! E non muoverti! — ringhiò. Si tolse il mascherone dalla testa e fece un sogghigno. — È tanto brutta la tua posizione? No, che non lo è. Questa è la posizione adatta per una femmina, e tu lo sai bene, ammettilo.

— Per favore... lasciami andare. Lasciami!

— Questa è la cosa sbagliata da dire. — Il tono di Arles era per metà scherzoso, per metà irritato. — Le ragazze come te hanno bisogno di un uomo; è per questo che la notte vai attorno nuda, aspettando che arrivi.

— La tenne ferma sotto di sé e cominciò a carezzarla. Wayness fissò le stelle senza vederle, chiedendosi com'era possibile che Arles osasse tanto, osasse pensare... a meno che quello che diceva non fosse... No! La sua mente rifiutava di mettere quell'idea in parole.

Arles gettò il mantello dietro le spalle, si slacciò i pantaloni e li abbassò. Dall'ombra si fece avanti una figura indistinta. Ci furono un movimento e un sibilare d'aria, un tonfo sordo, e Arles rotolò di lato privo di sensi.

Glawen si chinò a raccogliere Wayness e la trasse in piedi. — È tutto finito, adesso. Non temere. Sono Glawen.

— Oh, Glawen... — Lei gli si strinse disperatamente al petto e cominciò a singhiozzare, tremando tutta.

— Wayness... povera Wayness — cercò di consolarla lui. La tenne a sé con dolcezza, ma si accorse d'essere rigido e scosso quanto lei. — Sei salva, ora. Salva. Non piangere.

— È terribile! — ansimò la ragazza. — Credo che avesse intenzione di uccidermi!

— Questo è certo il modo in cui voleva chiuderti la bocca. — Glawen andò a recuperare il vestito di lei e l'asciugamano. — Copriti. E vai subito a chiamare tuo padre. Te la senti?

— Preferirei che tu venissi con me.

Glawen guardò il corpo steso al suolo. Arles aveva un cinturone con appeso un coltello. Lo usò per tagliare alcune strisce dal mantello e lo legò mani e piedi. — Ecco fatto. Questo lo terrà buono per un po'. — Si volse a Wayness. — Ti senti più sicura, adesso?

— Credo di sì.

— Andiamo, allora. — La prese per mano, e si avviarono sul sentiero che portava all'ingresso di Casa Riverview.

Cinque minuti dopo, Egon Tamm e suo figlio Milo uscirono di casa a passi svelti, e quando furono sul molo la loro torcia illuminò Arles che si contorceva nel tentativo di tirarsi in piedi, contro la barca tirata in secco. — Ehi, voi, chi siete? — grugnì. — Levatemi quella maledetta luce dagli occhi e scioglietemi i polsi. È accaduto un oltraggio insopportabile! Sono stato aggredito e malmenato!

— Che vergogna — disse Milo.

— Penso che tu possa liberarlo — disse a denti stretti Egon Tamm, e gli tenne la torcia puntata addosso mentre Milo tagliava i legacci.

Arles si tirò in piedi, massaggiandosi la nuca. — Questa è una situazione molto spiacevole: stavo accorrendo per aiutare Wayness, quando qualcuno mi ha aggredito. Dobbiamo subito inseguire il delinquente... è fuggito verso la spiaggia. Venite!

— Prima voglio guardarti nelle tasche. E attento a come muovi le mani. Arles lo guardò, indignato. — Ehi, un momento! Con quale diritto... Egon Tamm fece un cenno a Milo. — Perquisiscilo.

— Oh, be', come vuole — bofonchiò Arles, mentre le mani dell'altro gli tiravano fuori di tasca vari oggetti. — Certo ammetterete che un uomo, a quest'ora di notte... del resto si tratta di qualche oggetto personale che chiunque... — Parve incapace di dire altro.

Egon Tamm lo guardò bene in faccia. — Puoi andartene a casa. Non cercare di uscire dal territorio di Stazione Araminta. Penserò al da farsi quando avrò assunto altre informazioni su di te.

Arles gli volse le spalle e si allontanò nella notte. Egon Tamm e Milo tornarono a Casa Riverview. Wayness e Glawen erano seduti su un divano nel salone, e sorseggiavano il tè che Cora Tamm aveva appena servito loro.

Egon accettò una tazza di tè, poi aggrottò le sopracciglia e tossicchiò, fissando Glawen. — Ti sono grato per quello che hai fatto. Ma sono anche stupito per la tempestività con cui sei intervenuto sul luogo, proprio nel momento del bisogno.

— In altre parole — disse Glawen, — perché mi stavo aggirando nei dintorni mentre sua figlia faceva il bagno nuda nella laguna?

Egon Tamm ebbe un sorriso rigido. — Hai un modo piuttosto esplicito di mettere le cose.

— Lei ha il diritto di chiedermelo. Come forse ricorda, tre anni fa ci fu un delitto. Sessily Veder fu uccisa.

— Lo ricordo molto bene.

— Gli unici veri sospetti ricaddero su Arles, anche se nessuno poté mai provare niente. Quando a Wayness, durante la lezione di antropologia, è accaduto di dire che di notte andava a passeggio o a nuotare da sola, Arles ha mostrato un acceso interesse. Stasera l'ho tenuto d'occhio. È andato in camera sua, ma solo per uscirne lungo un percorso segreto attraverso i tetti. L'ho seguito sul lungomare, quindi su per la stradicciola d'ingresso fino al laghetto. Avrei potuto intervenire prima, senonché ho dovuto attendere l'opportunità di prenderlo alle spalle per renderlo inoffensivo senza che opponesse resistenza. Mi duole che il ritardo abbia prolungato il brutto momento di Wayness. Questa è la spiegazione che le dovevo.

Wayness gli poggiò una mano su una spalla. Si volse al padre. — Glawen mi ha salvata. Non c'è altro da dire.

— Mia cara, anch'io gli sono riconoscente. Ma permettimi di chiedergli questo: quando Arles ha cominciato ad agire in modo sospetto, perché non usare semplicemente il telefono e lasciare a me i provvedimenti?

Glawen rise senza allegria. — Signore, se rispondessi a questa domanda lei potrebbe considerarmi scortese. Lei deve cercare di indovinare la risposta da solo.

— Mi sembra che tu sia inutilmente enigmatico — commentò Egon Tamm. — Cora, tu hai capito a cosa si riferisce?

— Penso di no. Ciò che hai suggerito mi sembra la cosa più logica. Wayness rise. — Ma questa non è la logica di Glawen! Volete davvero la risposta?

— Naturalmente — disse Cora Tamm. — Perché altrimenti si farebbero le domande?

— Allora ve la darò io. Glawen ha previsto una conversazione di questo genere: supponiamo che al telefono risponda la madre di Wayness. Glawen cerca le parole adatte a spiegarle che secondo lui qualcuno progetta di aggredirmi. La madre di Wayness risponde: «Lei è molto premuroso, giovanotto, ma ha molta immaginazione. Non le pare di essere un po' troppo eccitabile?»

«E Glawen dice: "Non credo, signora. So bene quello che dico".

«Così, dopo una fredda e scettica assicurazione tanto per placare i nervosismi del giovanotto e rimetterlo al suo posto, io vengo avvertita di non andare a nuotare, e papà va fuori con la torcia a controllare la spiaggia. Illumina di qua e fruga di là; Arles lo vede e se ne torna a casa. Papà non trova niente e rientra con aria ingrugnita. Ad alta voce biasima Glawen per averci rovinato la nottata con le sue fisime, e da allora in poi quando qualcuno qui fa il nome di Glawen qualcun altro dice: "Oh, sì, quel giovanotto isterico di Casa Clattuc". Questa è la risposta alla tua domanda, papà, e senza dubbio l'ho espressa meglio io di quanto farebbe Glawen.

Egon Tamm guardò Glawen dritto negli occhi. — È corretta questa versione?

— Ho paura di sì, signore.

L'uomo rise, e il suo volto espresse finalmente un certo calore. — In questo caso, sembra che per noi sia d'obbligo un po' di sana autocritica. Ora vedo che hai condotto la faccenda con mano sicura, e te ne sono grato ancor di più.

— Non è necessario dir altro, signore. E ora è tempo che io rientri a casa. Un'ultima cosa: vorrei che il mio nome restasse fuori dal caso, se non altro per evitarmi difficoltà in Casa Clattuc.

— Il tuo nome non sarà fatto.

Wayness accompagnò Glawen alla porta. Gli passò le mani intorno al collo e lo abbracciò. — Non cercherò neppure di ringraziarti.

— Non è il caso, infatti. Pensa a come mi sarei sentito, se ti fosse successo qualcosa di brutto.

— Io mi sarei sentita ancora peggio. — D'impulso la ragazza si alzò in punta di piedi e lo baciò sulla bocca.

Glawen la guardò, serio. — Questo è solo per gratitudine?

— In parte, sì.

— Facciamolo ancora, in modo che io sappia per che cos'è l'altra parte.

— Mamma sta venendo. Anche lei vorrebbe saperlo. Buonanotte, Glawen.

9

Mancava un'ora alla mezzanotte. Arles arrivò a casa e trovò Spanchetta ad aspettarlo. Si sentiva ancora la testa in subbuglio, non aveva ancora deciso quale sarebbe stata la sua versione dei fatti accaduti quella notte, e con lo sguardo vitreo di Spanchetta fisso sul volto fu costretto a improvvisarle un resoconto che avesse almeno l'aria di stare in piedi.

Spanchetta non nascose il suo scetticismo. — Per favore, Arles. È offensivo sentirsi mentire così. Ed è ancora più offensivo che tu mi prenda per una stupida. La tua storia è a dir poco sconcertante. Da quello che ho capito, avevi un appuntamento con una ragazza lungo la spiaggia, dove intendevi aiutarla a ripassare una materia scolastica. E chi sarebbe questa ragazza? Non quell'inqualificabile Drusilla, per caso?

— Lei non è inqualificabile e non va a scuola — borbottò Arles. — Inoltre è fuori in un giro promozionale, per conto dei Pantomimi.

— Bene. E allora chi è?

Arles aveva appreso da tempo che il bugiardo migliore è quello che si tiene più vicino possibile alla verità. — Dovresti conoscerla; è Wayness Tamm, di Casa Riverview. È una specie di sgualdrinella, se bisogna dire la verità... anche se di gusti molto selettivi.

— Mmpf! — sbuffò Spanchetta. — Così selettivi da graffiarti la faccia e farti quell'orribile occhio nero quando hai cercato di baciarla?

— Ma niente affatto! Quando sono arrivato sulla spiaggia ho scoperto che un paio di turisti ubriachi la stavano disturbando con proposte oscene. Io mi sono fatto avanti e li ho messi a posto, ma non senza incassare anch'io un pugno o due. Penso che per un po' non andrò a scuola, finché l'occhio nero e i graffi non saranno guariti.

— Assolutamente no! — dichiarò Spanchetta. — Tu non puoi permetterti di perdere altre lezioni.

— Ma ho un aspetto indecente! Cosa dirò a quelli che verranno a farmi domande?

Spanchetta scrollò le spalle. — Devo supporre che non intendi dire a nessuno la verità. Be', racconta che sei caduto dal letto. O che stavi rincorrendo tua nonna fra i rami di un albero.

Fu così che il mattino dopo Arles si vestì e uscì di malavoglia, e benché fosse arrivato apposta in ritardo al liceum, destò ugualmente, come temeva, l'attenzione di alcuni compagni. Alle loro domande seguì il consiglio di Spanchetta e disse: — Sono caduto dal letto.

Wayness e Milo erano venuti a scuola come al solito, ma ignorarono completamente la sua presenza. Dopo la lezione di antropologia Arles si fermò nell'atrio ad aspettare Wayness. La ragazza passò oltre senza guardarlo, ma lui la chiamò: — Wayness, vorrei dirti due parole.

— Come vuoi, ma falla breve.

— Questa notte non mi hai davvero preso sul serio, no? Wayness si morse le labbra e distolse lo sguardo. — Chiunque altro al tuo posto — disse sottovoce, — si vergognerebbe perfino a parlarne.

— Ed è così, in un certo senso. Sembra che io fossi un po', per così dire, sovreccitato. — Arles tentò un sorrisetto. — Sai com'è, no?

— Quello che penso è che tu volessi uccidermi.

— Che sciocchezza! — esclamò lui. — Come ti è venuta un'idea così fantasiosa?

— È così. — Wayness scrollò le spalle. — Non voglio dire un'altra parola su questo argomento.

— Una domanda! Stanotte qualcuno mi ha aggredito. Chi era?

— Perché vuoi saperlo?

— Aha! C'è bisogno di chiederlo? Attaccarmi alle spalle è stata una vigliaccheria. Mi ha fatto sbattere la faccia sui sassi. Guarda questo ridicolo occhio nero!

— Puoi esprimere la tua indignazione a mio padre. Lo vedrai molto presto.

— Non ci tengo a vedere tuo padre — grugnì lui. — Per quello che riguarda me, la faccenda è chiusa.

Wayness non si prese la briga di dir altro e gli voltò le spalle.

Due giorni dopo, durante l'intervallo di mezzogiorno, Arles uscì dal bar accanto alla scuola e si trovò davanti due Naturalisti in uniforme. Si fece pallido e li guardò uno dopo l'altro. — Cosa volete?

— Lei è Arles Clattuc?

— E con questo?

— Venga con noi.

Arles indietreggiò. — Un momento! Dove? E perché?

— Lei deve venire a Casa Riverview, dove sarà trattato secondo la legge.

Arles fece un altro passo indietro ed erse la testa, sprezzante. — Questa è Stazione Araminta! Le vostre leggi qui non valgono niente.

— La Società ha giurisdizione su tutto Cadwal. Venga con noi.

Arles protestò e si divincolò, ciò malgrado fu spinto dentro un veicolo a energia e portato a Casa Riverview. Quando Spanchetta fu informata di quel che era successo telefonò dapprima al Capofamiglia Fratano, quindi a Bodwyn Wook, ma tutto ciò che venne a sapere fu Che entrambi erano stati convocati a Casa Riverview.

I due dignitari di Araminta fecero ritorno a metà del pomeriggio. Entrambi parlarono con Spanchetta e le assicurarono che Arles poteva considerarsi fortunato: lo avevano fermato prima che commettesse un crimine da pena capitale.

Nel tardo pomeriggio Arles fu ricondotto a Stazione Araminta da un veicolo che lo lasciò sul Quadrangolo. Era pallido, abbattuto, e odorava di sostanze antisettiche. Il caso volle che un gruppetto di Arditi Leoni passasse da lì proprio in quel momento.

Cloyd Diffin esclamò: — Ehi, dove sei stato con quella gente? Cosa ti hanno fatto?

Kiper lo esaminò criticamente. — Parola mia, non ti ho mai visto conciato così male!

— E tutto per aver pestato un paio di turisti ubriachi? — concionò Shugart. — Hanno deciso di dare un giro di vite, dico io.

— Le cose sono un po' più complicate, — borbottò Arles. — Ma ora non voglio parlarne... E stato tutto un bluff, però, ne sono sicuro. Non oserebbero mai farmi una cosa simile.

Uther Offaw domandò: — Stai sragionando in modo spaventoso, sai? Cerca di tornare lucido e raccontaci cos'è successo.

— Niente, soltanto un malinteso. Verrà fuori che è tutto un bluff.

— Hai odore di ospedale — disse Kirdy Wook. — Sei stato visitato da un medico? O erano medici quei due turisti che hai castigato, per caso?

— Adesso devo andare a casa — disse Arles. — Ne parliamo un'altra volta.

PARTE IV

1

CONVOCATO DA BODWYN WOOK, Glawen si presentò all'ingresso posteriore dell'Ufficio B e fu indirizzato in fondo a un breve corridoio. Un'impiegata anziana lo fece passare in un'anticamera e dopo un paio di domande lo lasciò entrare nell'ufficio privato di Bodwyn Wook: una stanza alta e di forma irregolare, tappezzata in rettangoli di panno verde e con pannelli scuri al soffitto. A una certa altezza sulla parete di fondo una fila di teste di animali imbalsamate guardava giù dall'ombra; un'altra parete era decorata da dozzine di vecchie fotografie.

Bodwyn Wook volse le spalle alla finestra e andò alla sua scrivania. Indicò una sedia a Glawen, poi si appoggiò all'indietro e passandosi una mano sulla calvizie ispezionò il giovane attraverso le palpebre socchiuse. — Bene, bene, sergente Clattuc. Allora, cos'hai messo insieme di concreto?

Una domanda prematura, pensò Glawen. Ma qualcosa, nell'atteggiamento casuale dell'altro, gli suggerì di pesare bene la risposta. — Non ho preparato nessun rapporto, signore.

— Davvero? Credevo che tu frequentassi giornalmente gli Arditi Leoni.

— Certo. Li ho osservati con scrupolo e ho ascoltato le conversazioni.

I soliti discorsi da ragazzi, che neppure loro prendono seriamente. Non ho appreso niente di cui valga la pena di parlare.

— Niente pettegolezzi osceni? Aneddoti diffamatori? Racconta pure; io sono di tendenze cattoliche.

— Niente che giustifichi un rapporto, signore.

— La mia non è una domanda frivola — disse Bodwyn Wook. — Io sto sempre con gli orecchi tesi per intercettare un commento significativo, una parola scappata di bocca, o perfino un borbottio che possa gettare un barlume di luce su qualche evento misterioso. Non so mai quali parole attendermi, però quando le sento le riconosco, ed è proprio questo commento o questa parola che tu devi prendere al volo.

— Terrò gli orecchi aperti, signore.

— Bene. Ora, per quanto riguarda Arles: cos'è successo la notte scorsa?

Glawen lo guardò sorpreso. — Il Conservatore non ha discusso il caso con lei?

Negli occhi giallastri dell'uomo ci fu uno scintillio pericoloso. Ma Glawen, intuendo di aver fatto uno sbaglio, aveva già curvato le spalle con una smorfia di scusa che evidentemente Bodwyn Wook trovò divertente, perché volle avere la cortesia di rispondergli. — Mi ha fornito una versione ufficiale degli avvenimenti. Visto che vi era coinvolta sua figlia non ho insistito per avere particolari. Dunque, come sono andate esattamente le cose?

— Tutto è cominciato in classe, al liceum — disse Glawen. — Arles aveva sentito dire a Wayness che di notte usciva da sola, per passeggiare sulla spiaggia o nuotare. L'idea gli è parsa interessante. Quella notte ha indossato un mantello e una maschera, percorrendo via della Spiaggia fino a Casa Riverview. Sulla laguna ha visto Wayness che faceva il bagno e l'ha aggredita. Tuttavia una persona che desidera restare anonima lo aveva seguito fin là, fermandolo prima che facesse alla ragazza qualcosa di peggio che spaventarla a morte.

— E questa persona anonima com'è riuscita nell'impresa?

— Ha colpito Arles alla testa con un randello.

— Ah! Così Arles si sta ancora chiedendo chi ha messo fine alle sue aspirazioni erotiche.

— Probabilmente sospetta di Milo, e questo mi va bene.

Bodwyn Wook annuì. — Sembra certo, o almeno questa è l'opinione del Conservatore, che non intendesse uccidere la ragazza. Si era mascherato, aveva portato un sacco per coprirle la testa, e perfino una bomboletta di gas anestetizzante. Questi particolari gli hanno salvato la vita, a detta del Conservatore.

— Forse è così. Ma lei lo ha riconosciuto prima dell'aggressione.
Sono certo che poi, dopo averle fatto le sue più gentili scuse, le avrebbe chiuso la bocca per sempre. E come lei ricorderà, Sessily Veder è stata uccisa.

— Non tanta fretta! In questo caso Arles è il colpevole dimostrato. Nel caso di Sessily Veder è soltanto il maggiore indiziato.

— Più che semplicemente indiziato, a mio parere.

— Non voglio discutere questo argomento con te.

— E adesso cosa gli farete? — chiese Glawen. — L'Ufficio ha preso una posizione precisa?

— Il caso è chiuso — disse Bodwyn Wook. — Arles è stato punito nel modo ordinato dal Conservatore, e ogni ulteriore provvedimento sarebbe perciò legalmente rischioso.

— Non possiamo neppure espellerlo da Casa Clattuc?

— Con quale accusa? E chi di voi la porterebbe avanti? Inoltre dovreste vedervela con Spanchetta, e non sarebbe facile.

— Nel frattempo lui se ne va attorno come se nulla fosse accaduto — disse Glawen, disgustato. — Non sopporto neppure la sua vista.

— Devi controllare le tue emozioni. Sarà un buon esercizio per te. Quando è in programma l'escursione degli Arditi Leoni a Yipton?

— Durante la vacanza a metà dell'anno scolastico. Ma io non ci andrò. Bodwyn Wook alzò un dito. — È qui che ti sbagli! Questa è la prima ragione per cui sei diventato un Ardito Leone. — Aprì un cassetto e ne tolse un foglio che dispiegò sulla scrivania. — Questa è una carta di Yipton, con tutti i particolari di cui siamo a conoscenza. Qui c'è il molo, e qui la Locanda Arkady. Le linee azzurre sono i canali. Noterai che molti sfociano nell'oceano, dopo il percorso fra le isolette. Questa zona rosa è Caglioro, o La Tazza. Tutti questi passaggi o canali hanno un nome, ma qualunque Yip a cui lo si domandi risponde sempre, per un motivo o per l'altro, con un nome diverso.

«E adesso… — Bodwyn Wook passò a un'altra sezione della carta, — qui c'è il Pussycat Palace. Nota la zona grigia accanto al molo. Si trova proprio dietro la locanda, il che dovrebbe significare qualcosa. Gli Yips sono evasivi circa questa zona, e noi vogliamo sapere cosa vi succede. Come Ardito Leone ci si aspetterà che tu sia un vagabondo scriteriato, dunque avrai più possibilità dei normali turisti, e forse questo ti basterà

per sapere qualcosa. Non sarà facile; anzi può benissimo rivelarsi pericoloso, ma è un lavoro che va fatto. Qualche domanda?

— Farò del mio meglio.

— Non mi aspetto di meno. Naturalmente non parlerai a nessuno di
questa missione, salvo che a tuo padre, Scharde.

— Molto bene, signore.

2

I giorni di scuola si susseguivano. Arles assisteva alle lezioni in un accigliato silenzio, e di nuovo manovrava per tirarsi fuori dall'isolamento
in cui era precipitato.

Wayness e Milo facevano la loro solita vita, ignorando la sua presenza. Per un po' Wayness era stata fatta oggetto di sguardi nascosti
e sussurri, originati dalle artefatte spiegazioni che Arles aveva dato
del suo occhio nero, ma chiacchiere di quel genere s'erano ben presto
sciolte nella loro stessa improbabilità.

Verso Glawen, Wayness continuava a usare tattiche elusive, o così
sembrava a lui. Le ipotesi che poté fare sul comportamento distaccato della ragazza non lo portarono a trovare nessuna spiegazione. Un
giorno, poiché Milo non era venuto a scuola, fu lui a riaccompagnare
Wayness a casa. Per un po' lei lo tenne a distanza con osservazioni
vivaci su questa o quella cosa, e commenti sulle interrogazioni in classe,
ma infine Glawen si fece impaziente. Prendendola per mano la fermò,
costringendola a voltarsi e a guardarlo in faccia. Lei ebbe una risatina di
protesta. — Glawen! Per poco non mi fai inciampare e ruzzolare a terra!
E questo che stai meditando?

— Voglio sapere perché ti comporti così stranamente.

Wayness assunse un'aria paziente. — Per favore, Glawen, non tormentarmi anche tu. In questi giorni non mi è facile essere me stessa.

— Non si direbbe mai. Sembri esserlo con la massima facilità.

Wayness sorrise. — Non manca chi mi aiuta. Mamma mi sta addestrando a una vita di decoro e dignità. Tu vorresti che io mi comportassi
come una Clattuc, pronta a tutto, senza paura degli scandali o della
disapprovazione altrui.

— Sì. Questo dà una piacevole sensazione di libertà!

— Ma c'è qualcun altro che ha ancora più influenza su di me. Questa persona mi spinge in una direzione piuttosto diversa, con consigli che io non posso ignorare.

— Ah! Chi sarebbe questa persona? — Io.

Glawen chiese subito: — E quali sono i consigli che ti senti dare da te stessa?

Wayness riprese a camminare. I due giovani si avviarono a sud lungo via della Spiaggia. — Riguardano qualcosa di cui non ho mai parlato prima, e preferirei non parlarne neppure adesso.

— Perché no? È un segreto?

— È una cosa che Milo e io abbiamo appreso sulla Terra, e che per me è diventata un'ossessione. Intendo fare ritorno sulla Terra appena sarà finita la scuola. Con Milo, se verrà anche lui.

I raggi di Syrene gli parvero all'improvviso meno caldi e luminosi. — Pensi di illustrarmi meglio questa faccenda, prima o poi?

— Non ho potuto rifletterci molto, per una ragione o per l'altra.

— E questo è il motivo per cui vuoi troncare i nostri rapporti? Wayness scoppiò a ridere. — Questa è una logica molto distorta! Io non ho detto niente del genere! Comunque, il motivo è un altro. O meglio, non c'è alcun motivo, salvo che io conosco me stessa e ho paura.

— Paura di cosa?

Wayness gli diede uno sguardo obliquo. — A Stroma le nostre faccende amorose sono molto pudibonde. Sedersi in un angolo con qualcuno e bere insieme un tè coi biscotti è già considerata un'ardita avventura.

Glawen fece una smorfia. — Tu e io non abbiamo praticamente raggiunto neppure questo stadio.

— Forse sì. Non che a me piaccia, tuttavia. È stanchevole, specialmente con mia madre che non mi perde d'occhio.

— Qual è il prossimo stadio, allora?

— Quello di cui ho paura. Non voglio dare il via a una situazione che distoglierebbe la mia mente da… cose più importanti.

— Cioè, alludi al tuo viaggio sulla Terra?

Wayness annuì. — Forse non avrei neppure dovuto parlarne. Ma capisco che prima o poi ci saremmo arrivati, ed è più onesto che io te lo dica fin d'ora. Così potrai evitarmi, se questo ti suggerisce la tua mentalità.

— Ed è sulla base dello stesso ragionamento che ti nascondi a me? Wayness gli diede una risposta equivoca: — Ho deciso di non nascondermi più a te.

— Questa è una buona notizia.

Giunsero all'imbocco del vialetto che attraversava gli alberi di fronte a Casa Riverview. Wayness esitò, fece un passo, tornò a voltarsi verso di lui. Glawen la prese fra le braccia e la baciò con passione, a lungo. Sentì che lei gli rispondeva.

— La risposta allora è sì? — mormorò poi.

— Sì a cosa?

— Al nostro cosiddetto rapporto.

Wayness scrollò le spalle, inclinò la testa da una parte e dall'altra sbattendo le palpebre, fece una smorfietta col naso e agitò le dita in uno svolazzo finale.

Glawen la guardò stupefatto. — Tutto questo cosa significa?

— È un modo complicato di dire no. — Wayness s'incamminò sul viale.

— Aspetta! — la fermò Glawen. — Ci sono diverse cose che non ho ben chiare!

— La chiarezza non è quel che ho in mente. — Wayness tornò ad avvicinarsi e lo baciò su una guancia. — Grazie per avermi accompagnato a casa. Sei un simpatico giovane gentiluomo, anche bello in un tuo modo un po' duro, e mi piaci.

Glawen cercò di abbracciarla ancora, ma lei corse via sotto l'ombra degli alberi. Soltanto prima dell'ultima svolta si fermò, agitò una mano in segno di saluto e scomparve dietro le siepi.

3

Tutte le settimane, il Verd sera, gli Arditi Leoni prenotavano un tavolo d'angolo al Portovecchio per sbrigare gli affari del branco, bere vino e analizzare le ultime tendenze in fatto di moda e gusti. Quelle sedute erano caratterizzate da un'atmosfera particolare, basata sulla premessa che ogni Ardito Leone era in ogni sua manifestazione intrinsecamente superiore al resto della popolazione in generale. Sul tavolo aleggiavano frasi auree; progetti di vasta portata erano proposti e commentati; le eterne verità cadevano l'una dopo l'altra sotto esame e ogni tanto venivano opportunamente corrette.

Ciascuno degli Arditi Leoni aveva un suo posto ben preciso. A una estremità del tavolo, dando la schiena alle arcate, sedeva Arles, con Kirdy Wook alla destra e Uther Offaw a sinistra. C'erano poi altri quattro posti di minore importanza, mentre anch'egli a capotavola ma dal lato opposto stava Jardine Laverty. Glawen arrivò in ritardo, e quando sedette accanto a Cloyd Diffin il tavolo degli Arditi Leoni fu completo:

Arles Clattuc

Kirdy Wook   Uther Offaw

Cloyd Diffin   Shugart Veder

Glawen Clattuc   Kiper Laverty

Jardine Laverty

In fondo al tavolo, con il portico alle spalle, sedeva Arles, con Kirdy Wook alla sua destra e Uther Offaw alla sinistra. Jardine Laverty era a capotavola all'estremo opposto, mentre gli altri sedevano sui due lati ai loro posti abituali. Glawen, che era arrivato tardi, prese posto tra Cloyd Diffin e Jardine Laverty. Parecchie bottiglie di vino erano già state bevute. La conversazione procedeva bene. Jardine Laverty, a cui l'abito elegante dava un'aria attraente e soave, stava dicendo: — ... e vecchie leggi ammuffite, non più adatte alle nostre necessità. Eppure esse esistono, e ogni giorno ci vediamo ostacolati e danneggiati da pregiudizi chiaramente preistorici.

Le leggi a cui si riferiva Jardine erano quelle che proibivano lo scavo di pietre preziose: una spina nel fianco per gli Arditi Leoni, dato che un mese o due nelle grotte della Montagna Magica avrebbero potuto renderli tutti milionari.

Kiper Offaw, che aveva già alzato troppo il gomito, gridò con voce alterata: — Sia messo ai voti! Chi è a favore? Chi si oppone?

Kiper era accettato come l'irresponsabile del gruppo, e nessuno gli prestò attenzione. Si consolò intonando il ritornello di una vecchia canzone:

Oh, non vendete più vino a mio padre!
Fa una faccia tanto strana e selvaggia!

Shugart Veder, che rappresentava il punto di vista conservatore, stabilì: — Certo, queste leggi antiche potrebbero essere invalidate dai nuovi concetti, ma ciò significherebbe riscrivere la Carta, cosa possibile soltanto a un Gran Conclave della Società Naturalistica.

— Bah! — grugnì Arles. — Poco probabile che accada. Col passare degli anni quella gente si è pietrificata; è diventata uno strano genere di sottorazza, come gli Yips. Loro non vogliono cambiare! Dategli un pesce e una manciata d'alghe per farsi una zuppa, e non chiederanno più nient'altro alla vita.

Kirdy si accigliò. — Vediamo di non strafare. Noi siamo piccoli funzionari al servizio dei Naturalisti, e che ci piaccia o no dobbiamo stare attenti a quello che facciamo.

Arles inghiottì d'un sorso il contenuto del bicchiere. — A me non piace.

— Be', devi accettarlo o emigrare. Questa è la fredda realtà. Arles fece una risata gutturale. — Tu sei un Wook, e questi sono i pensieri di un Wook. Io sono un Clattuc e ho altri concetti.

Shugart Veder assunse un tono petulante: — Qualcuno può dirmi dove si trova adesso questa Carta? A Casa Riverview non c'è, e neppure a Stroma. Se uno volesse verificare il testo dove se lo va a cercare?

— Ah, ah! — rise Kiper. — Che scherzo diabolico! La Carta non c'è, e non c'è mai stata! Noi ballavamo, e a suonare la musica era un'orchestra di fantasmi!

Jardine inarcò le eleganti sopracciglia. — Kiper, se non ti spiace! O parli sensatamente, o il vino lo pagherai tu.

— O entrambe le cose — propose Uther.

— Giusto — annuì Kirdy. — Ma chiariamo questa sciocca chiacchiera una volta per tutte. La Carta è ovviamente negli archivi della Società, sulla Terra. E se un'anima semplice ne ignora il testo, le copie abbondano.

— Non è questo il punto — argomentò Jardine. — La Carta aveva lo scopo di mantenere nella povertà la gente di Stazione Araminta? È difficile capacitarsi che qualcuno sia taccagno fino a questo punto!

— Errato, come al solito — disse Uther Offaw. — La Carta è stata stilata dai Naturalisti, che pensavano alla conservazione.

— E a nient'altro che alla conservazione — aggiunse Kirdy.

Arles borbottò: — Loro sono tutti morti in pace, e noi siamo ancora qui a soffrire per i loro sbagli.

Kirdy abbaiò una risata di scherno. — Sbagli? Sciocchezze! Loro volevano che a Stazione Araminta ci fossero dei lavoratori, non dei milionari.

— Strana gente, davvero — sospirò Jardine. — Allora come oggi.

— Vecchi baciapile mummificati, con le ghette nere e l'artrite! — dichiarò Kiper. — Che m'importa di quello che volevano? Io so cosa voglio io, ed è questo che conta!

Cloyd esclamò: — Per una volta Kiper ha visto il nocciolo della situazione. Bravo, Kiper!

Shugart ebbe un sorrisetto lascivo. — Che aspetti di respirare l'aria del Pussycat Palace, e dopo il nocciolo vedrà anche la polpa: più di quella che riuscirà a mangiare.

— Tutta quella che riuscirà a comprare, comunque — disse Uther. — Là non accettano le cambiali.

Cloyd Diffin gettò lì, sornione: — Visto che viene anche Arles potremo permetterci di non badare a spese.

Arles aggrottò le folte sopracciglia e li fissò duramente. — Ne ho abbastanza di questi discorsi! Ora state uscendo dal seminato, e lo sapete.

Shugart Veder assunse un tono vivace: — Coraggio adesso, compagni ruggenti! Concentriamoci sui nostri obiettivi! Ieri ho visto un filmato sull'ultimo modello di Andromeda Nero, roba da far venire la bava alla bocca…

— Bah! Troppo piccolo — lo interruppe Kiper. — Io darei un occhio per il Conquistatore Penta-X, invece: liscio come uno squalo, e capace di atterrare anche su una meteora.

Jardine sbuffò platealmente. — A quando un po' di buon gusto? Cercati un dépliant del Dancred MK 20, piuttosto, e vedrai cos'è il vero stile. Un po' costoso, naturalmente, ma dopotutto cos'è il denaro?

— Odio ammetterlo — disse Cloyd, — ma il denaro è l'elisir della vita.

— E in più una parola deliziosa — sospirò Uther. — Risuona come una musica dolce, riempiendo l'anima di immagini poetiche: locali di lusso, dirigenti che s'inchinano al tuo passaggio, e il pit-a-pat di femmine inebrianti.

— Pit-a-pat? — chiese Kiper. — E cos'è il pit-a-pat? O non sono abbastanza grande per saperlo?

— Ordinalo, pagalo, e non far domande — disse Uther. — Questo è il miglior consiglio che ti posso dare.

— Il denaro — disse Shugart, — è sempre stato il nostro primo problema. Eppure la filosofia di base è semplice.

— Vorrei pensarla come te — disse pensosamente Kirdy.

— Non ci sono difficoltà — spiegò Shugart. — Primo: localizzare uno che ne abbia. Secondo: scoprire cos'è che desidera più del denaro. Terzo: fargli ballare sotto il naso questa cosa. Funziona sempre.

— In questo caso — volle sapere Kiper, — perché non sei già ricco sfondato?

— Per oggi hai imparato abbastanza — disse dignitosamente Shugart. — Adagiati nella tua sedia, gusta il vino e sogna il pit-a-pat, mentre chi è più elevato di te discute di questioni serie.

Jardine si volse. — Ecco che entra Namour. Lui sa tutto di queste cose... Ehilà, Namour! Da questa parte! Si unisca agli Arditi Leoni per un buon bicchiere!

Namour li vide e venne da quella parte. Quella sera i suoi capelli argentei erano fissati sul lato destro della testa da una piccola ma elegante spilla di ferro nero, trapunta di minuscole pietre non lavorate, con un carbonchio centrale che splendeva con i sulfurei bagliori di una stella rossa; probabilmente il regalo di un'ammiratrice. Si accostò al tavolo a passi languidi. — Immersi nelle vostre elucubrazioni, a quanto vedo.

Cloyd sbatté le palpebre. — È abbastanza vero, suppongo. Abbiamo anche fatto alcune profonde considerazioni. Prenda una sedia! Jardine, versagli un boccale di quell'ottimo Sancery. Beva, Namour!

— Grazie. — L'uomo sedette. La blusa nera da cui emergeva l'alto colletto inamidato della camicia accentuava alla perfezione i suoi lineamenti aquilini. Assaggiò il vino e inarcò le sopracciglia, poi abbassò gli occhi nel boccale con una smorfia. — Sancery, hai detto? Ottimo Sancery? Ma cosa vi stanno servendo? Cameriere, qui, per favore! Cos'è questo liquido scuro? Loro dicono Sancery, ma è difficile a credersi.

– Viene dal barilotto che noi chiamiamo «riserva degli Arditi Leoni», signore.

– Capisco. Portami qualcosa da un barilotto la cui etichetta sia meno stravagante. Quel vostro Laverty Delasso dovrebbe andar bene.

Uther Offaw scrutò il suo boccale. – Be', se non altro non l'ho pagato io.

– Il vino è secondario – disse Shugart. – Il nostro problema è che vogliamo acquistare uno yacht spaziale.

– Un'ambizione molto comune – annuì Namour. – Io stesso mi sto interessando in questo senso.

– Sul serio? E cos'ha in mente?

– Oh... non so. Forse un Merlin, o un Interstar Majestic. Kiper chiese, ingenuamente: – Come pensa di pagarlo? Namour rise e scosse il capo. – Questa è una domanda troppo personale.

Shugart si volse agli altri Arditi Leoni. – Forse dovremmo prendere Namour nella nostra società. Questo abbrevierebbe le cose per tutti noi.

Arles guardò Namour. – Lei che ne pensa?

L'uomo curvò pensosamente le labbra. – Il mio filosofo preferito afferma: «Non solo chi viaggia da solo viaggia meglio, ma va a velocità doppia rispetto a due persone, tripla rispetto a tre, e quadrupla di quelli che viaggiano in quattro».

– Aha! – gemette Uther. – E qual è il nome di questo filosofo così misantropo?

– È Ronsel de Roust, di La Galcidine. Tuttavia è mio principio ascoltare ogni proposta, purché sia chiara. Non posso sprecare il mio tempo con le chiacchiere inutili.

– È naturale – disse Shugart. – Noi siamo molto seri, e non ci lasceremo ostacolare da nessuno!

– Cosa vi proponete, esattamente?

– Be'... abbiamo alcune idee, ad esempio una nuova struttura turistica sul Viale dell'Alba. Siamo a corto di capitali, però se lei ci procura manodopera gratuita potremmo ottenere un credito bancario. Progettiamo un locale di prima categoria, con un casinò per i giocatori, un ristorante cosmopolita, e naturalmente una schiera di ragazze Yips per rallegrare i clienti.

Cloyd chiese, ansiosamente: — Che ne dice? Si può fare?

— Non otterrete mai il permesso del Conservatore.

Jardine batté un dito sul tavolo. — Qui ci sono gravi problemi finanziari, e questa ne è la grande soluzione. Dovrà capire il nostro punto di vista!

Namour sorseggiò il suo vino. — E se non lo capisse? Vi proponete di fare qualche tipo di pressione su di lui? E, se così: come?

— Be', non sarà impossibile persuaderlo. Dopotutto, cosa può importare questo ai Naturalisti?

Cloyd chiese: — Come potrebbero fermarci, se fossimo decisi? Non credo proprio che ci proverebbero con la forza.

— Mrnmh! — Namour ci pensò un poco. — Non sono molto numerosi. E per metà fanno parte del VPL, quella fazione di idealisti liberali.

Uther Offaw, che stava bevendo meno degli altri, disse: — Eppure dichiarano che il pianeta appartiene a loro, e hanno la Carta per provarlo.

— Questo è ciò che ci dicono loro, almeno — annuì Namour. Shugart batté un pugno sul tavolo. — Il diavolo se li porti, il VPL, i Pantaloni Neri e tutti quanti! Gli Arditi Leoni pretendono giustizia!

Kiper, rosso in faccia, gridò: — Tre ruggiti possenti per Shugart e il suo proclama di libertà!

— Calmati, — disse Kirdy. — Stai facendo troppo chiasso. Namour, lei stava per dire qualcosa?

Kiper rifiutò di lasciarsi azzittire. — Io sono un Ardito Leone, libero e fiero! Datemi il denaro e lo dimostrerò con grandi imprese!

— Per favore, Kiper. È Namour l'esperto in queste cose. Lascialo parlare.

— Solo questo — disse Namour. — Forse state facendo il genere sbagliato di progetti. Cadwal è pronto per dei cambiamenti, questo tutti lo sanno. A trarne un profitto saranno quelli che cavalcheranno i cambiamenti e li controlleranno, non la gente capace soltanto di rimpiangere i vecchi tempi.

I larghi lineamenti di Kirdy esprimevano bene le sue perplessità. — Non credo di seguirla. Sicuramente...

Namour ebbe un gesto indifferente. — Non vi propongo un

programma. Mi limito a puntualizzare che è meglio vincere con un'azione decisa, anche di forza, piuttosto che confondersi in chiacchiere e finire fra i perdenti.

Arles esclamò, eccitato: — Come credete che si sia sparsa l'umanità nella Distesa Gaeana e nella galassia? Sedendosi a prendere il tè coi biscotti e agitando l'aria con la lingua? No, signori miei!

— Una cosa è certa — disse Namour. — I cambiamenti sono già in vista. Non potremo tenere per sempre gli Yips lontani dalla bassa pianura di Marmion, e la cosa andrà anche oltre quando il tempo verrà. Alla fine, alcuni sopravvivranno e altri no. Io conto di sopravvivere.

— Anche gli Arditi Leoni! — gridò Cloyd.

— Questa è una scelta intelligente — disse con calma Namour. Jardine batté una mano sul tavolo. — Namour, lei è forse la persona più avveduta di Stazione Araminta, malgrado sia un Clattuc.

— Gentile da parte tua. — Namour si alzò. — Bene. Ora ho da fare e lascerò voialtri Leoni a ruggire in pace. Buonanotte a tutti.

4

Il mattino successivo, durante la colazione, Scharde si accorse che Glawen aveva un'aria preoccupata. — Sei molto silenzioso — gli disse. — Com'è andata la riunione?

Glawen riemerse dal pozzo dei suoi pensieri. — Come al solito, o almeno credo. Ho sentito una quantità di discorsi a vanvera, se questo può esserti d'aiuto.

Scharde ridacchiò. — Una vivace chiacchierata fra giovani, insomma.

— Fin troppo vivace, direi. Nessuno di loro sembra capire dove finisce il buonsenso e cominciano le farneticazioni. In certi momenti non potevo credere ai miei orecchi.

Scharde si appoggiò allo schienale della sedia. — Kirdy ha un punto di vista diverso, nei suoi rapporti a Bodwyn Wook.

— Non ne dubito. Kirdy potrebbe essere il peggiore del lotto. Si gustava ogni singola parola.

— Kirdy sta attraversando una specie di adolescenza tardiva e problematica — disse Scharde. — I discorsi che a te sembrano pazzeschi, per lui sono espressivi e spiritosi.

Glawen ebbe un grugnito insoddisfatto. – Questa teoria può adattarsi a Kirdy e forse ad Arles, che sono Pantomimi, ma come spiega l'atteggiamento di Namour, che presta attenzione perfino alle folli dichiarazioni di Kiper? Lo fa per educazione? È anche lui un appassionato di spiritosaggini infantili? Oppure ha qualcos'altro in mente? Lo trovo un uomo difficile da capire.

– Non sei il solo. Namour recita qualunque ruolo gli sembri utile sul momento, e a volte solo per tenersi in esercizio. Potrei parlarti di lui tutto il giorno e ancora non ti avrei detto niente.

Glawen andò a guardare fuori dalla finestra. – Non posso dire che questo doppio gioco mi piaccia – borbottò. – È imbarazzante sedersi lì a scuotere la criniera da bravo Ardito Leone, e ruggire in coro quando uno dà il segnale.

– Il tuo incarico non durerà per sempre. Potrei dirti che ti sei già guadagnato l'apprezzamento di Bodwyn Wook, e se condurrai a termine questa operazione ti attende una carriera sicura… qualunque sia il tuo Indice di Rango.

– Un altro pensiero deprimente. Mancano soltanto due anni al momento in cui mi vedrò chiudere la porta in faccia.

– Ti preoccupi troppo! In qualche modo provvederemo, anche se per farti posto dovessi ritirarmi io stesso. Male che vada potresti cercare di sposarti in Casa.

– Non so come finirebbe. A Namour, ad esempio, questa soluzione sembra non essere mai piaciuta.

– Namour potrebbe essersi sposato in casa una dozzina di volte. Anche se fu Spanchetta a non lasciargli sposare sua sorella Smonny, o così si dice.

– Che pensieri! Se mai mi sposerò, cosa di cui dubito, ho qualcun'altra in mente.

– In ogni caso, è prematuro pensare alle soluzioni peggiori.

– Stai certo che non ho fretta.

Scharde lasciò il refettorio e andò al lavoro. Glawen restò davanti alla finestra a guardare i dintorni.

Era un mattino tranquillo. Syrene splendeva in un cielo senza nuvole. Gli orti e i giardini dei Clattuc erano al meglio del loro aspetto, e il malumore di Glawen cominciò a dissiparsi.

Nella sua mente scivolò un pensiero più gradevole. Andò al telefono e chiamò Casa Riverview.

Con suo sollievo fu Wayness a rispondere. Vedendo il volto di lui, la ragazza consentì anche alla sua immagine di apparire sullo schermo. — Buongiorno, Glawen — lo salutò con voce cordiale, anche se un po' sostenuta.

— Hai detto bene: la giornata è splendida.

Wayness batté le mani. — Quant'è simpatico da parte tua chiamarmi a quest'ora per informarmene!

Lui annuì modestamente. — Te ne avrei avvertito anche prima, ma volevo esser certo dei fatti precisi.

— Grazie, Glawen! Approvo questa cautela. Se ci avessi tirati giù dal letto all'alba con una notizia troppo ottimistica, e vedessimo ora infuriare un temporale, andremmo attorno sconvolti e dubitando dei nostri sensi.

— Proprio così. — Glawen notò che indossava una Musetta verde scuro, con polsini e colletto in pizzo bianco. — Perché questa eleganza? Stai andando da qualche parte?

Wayness scosse il capo con un sorriso. — È la vanità di noi Naturalisti. Non permettiamo a nessuno di sospettare che potrebbe sorprenderci in veste da camera col semplice espediente di chiamarci all'alba.

— Via! È giorno fatto. Certo stavi per uscire di casa, no?

— A dire il vero, attendiamo ospiti da Stroma e oggi dovrò essere al meglio. Da me ci si attende un'accurata recitazione, in modo che qualcuno non mi scambi per un'accattona penetrata abusivamente in casa.

— Se tu garantissi di saper badare alla tua castità e ai tuoi abiti, ti sarebbe permesso di venire in barca per un'ora o due?

— Oggi? Quando fra gli ospiti vi sarà il famoso giovane filosofo di nome Julian Bohost?

— Sembra che la risposta sia no, eh?

— A tutte lettere! Se tu ed io andassimo a pomiciare in barca mentre Julian freme sulla riva in mia attesa, al ritorno saremmo accolti con molta freddezza. E il mio abito non riceverebbe che occhiate scure da Julian.

— E tuttavia è considerato un filosofo?

— Invero stiamo sminuendo il povero Julian. Si tratta di un giovanotto piuttosto piacevole, in realtà, anche se affetto da una favella fortemente politicizzata.

— Mmh! Un giorno o l'altro bisogna che io conosca questo giovane prodigio.

— Non c'è alcuna difficoltà. Julian è molto avvicinabile, perfino amabile se non lo si annoia. — Wayness parve riflettere. — Niente ti impedirebbe di chiamare più tardi, se te la sentissi.

— Perché non dovrei sentirmela? — esclamò Glawen.

— Ecco che parla il Clattuc! Ma è vero: perché no? Tuttavia dovrai venire qui di persona, come per una visita formale, altrimenti mamma ti risponderebbe cortesemente di richiamare un altro giorno, per lasciare a Julian mano libera con me.

— Una visita formale?

— È un'antica usanza di Stroma, ritenuta un complimento ai padroni di casa.

— Non c'è bisogno di un invito?

— No, se la formalità è subito evidente. Il bello della cosa è che mamma avrà l'obbligo di essere accogliente. — Wayness si volse a controllare che nessuno la ascoltasse. — Ma tu dovrai condurti secondo l'etichetta.

— Questo non c'è bisogno di dirlo. Posso essere un Clattuc, ma riesco a sorbire un consommé senza immergere il mento nel piatto.

Wayness ebbe un gesto impaziente. — Ascolta con attenzione! Dovrai avere un cappello: il tuo berretto da marinaio, se non ne hai altri.

— Ti seguo. Continua.

— Procurati un bel bouquet di fiori, quindi presentati all'ingresso principale di Casa Clattuc.

— E poi?

— Ascolta senza distrarti! Ogni particolare è importante. Se viene mamma, tu devi fare un passo avanti nell'atrio, protendere i fiori e dire: «Dama Cora, dalla mia casa alla vostra giunge la benedizione di questi fiori». Non una parola di più, né una di meno. L'etichetta richiede che mamma accetti i fiori e ti risponda qualcosa. Ciò che dirà non ha la minima importanza, tu non badarci, neppure se dicesse: «Grazie, Glawen; ma oggi siamo tutti a letto malati». Tu farai finta di non aver sentito. Entrerai e le porgerai il tuo cappello. A questo gesto, lei dovrà dire: «Che grande piacere! Quanto a lungo godremo della tua compagnia?». Tu risponderai: «Soltanto oggi». E questo è tutto. Avrai seguito il rituale giusto e sarai un ospite benvenuto e onorato, allo stesso livello di Julian.

— E se ad aprire la porta venisse qualcun altro?

— Allora farai un passo avanti, senza entrare ma abbastanza da impedire che la porta sia richiusa, e dirai: «Porto un dono per Dama Cora Tamm». Poi aspetterai l'arrivo di mia madre e procederai come ti ho detto prima. Saprai ricordarti tutto?

— Temo che mi sentirò imbarazzato.

— Julian Bohost seguirebbe il rituale con assoluta eleganza, suscitando l'ammirazione di mia madre.

— Ripensandoci, non sarò affatto imbarazzato — disse Glawen. — Sarò lì appena pronto.

— Oggi sarà una giornata interessante — disse Wayness.

Glawen si cambiò, indossando gli abiti che ritenne adatti alla circostanza, mise in testa un morbido cappello dal taglio obliquo e uscì dall'appartamento. Dal giardiniere della casa si fece fare un bouquet di giunchiglie rosa appena sbocciate, poi s'incamminò di buon passo verso sud, percorse via della Spiaggia e risalì fino a Casa Riverview.

Di fronte al massiccio portone d'ingresso si fermò un poco, scoprendo che il cuore gli batteva più in fretta del previsto. A fior di labbra mormorò: — Possibile che io sia un tale codardo, dopotutto? Dama Cora è una signora assai cortese! Non ho proprio motivo di aver paura!

Si aggiustò la giacca, controllò il mazzolino di giunchiglie, quindi suonò il campanello con mano ferma.

Trascorsero lenti i secondi, l'uno dopo l'altro. La porta si aprì e apparve Dama Cora in persona, statuaria nel suo elegante abito in crespo di seta dai bordi azzurri, qua e là vivacizzato da minuscole rose rosse. La lieve sorpresa che la donna aveva mostrato al vedere Glawen si mutò in aperto stupore quando lui fece un passo avanti e le mise il bouquet fra le mani. — Dama Cora, dalla mia casa alla vostra giunge la benedizione di questi fiori!

Dama Cora ritrovò finalmente la voce. — I fiori sono belli, Glawen, e mi fa piacere vedere che conosci le nostre antiche usanze... anche se non mi pare che tu ne capisca tutte le implicazioni. – Il suo tono si fece più stringato: – Temo però che oggi Milo e Wayness siano occupati. Comunque li rivedrai presto a scuola, no? Dirò loro che sei passato a salutarci. Ora, se vuoi scusarmi...

Con volto impassibile Glawen fece un passo avanti, cosicché lei fu costretta a indietreggiare nell'atrio. Si levò il cappello e glielo premette fra le dita inerti. Dama Cora sbatté le palpebre. – Questo è un grande... piacere, e una grande sorpresa, Glawen. Quanto a lungo godremo della tua compagnia?

– Soltanto oggi, purtroppo.

Dama Cora chiuse il portone con un filo d'energia più del necessario.

Glawen colse l'occasione per esaminare l'atrio, piacevolmente tenuto in penombra. Le pareti erano coperte da una tappezzeria scurita dagli anni; sul pavimento uno spesso tappeto forniva al locale alcuni colori più caldi: losanghe rosse e nere, complesse combinazioni di tinte verdi e azzurre punteggiate di arancione, e strisce bianche e rosse sul centro. Sulla parete opposta una fila di scaffali di vetro sorreggeva stranezze e curiosità provenienti da ogni epoca e da anni luce di distanza.

Chiusa la porta, Dama Cora era rimasta qualche momento incerta come davanti a una pietanza sconosciuta. Poi ritrovò la padronanza. – Naturalmente, Glawen, noi siamo sempre felici di vederti, ma...

Lui fece un inchino. – Non è necessario dire altro, Dama Cora: anch'io sono felice di essere qui.

Wayness entrò nell'atrio. – Chi ha suonato, mamma? – S'era cambiata la Musetta verde, e ora indossava una tunica chiara quasi dello stesso colore della sua pelle. Nella penombra i suoi occhi sembravano ancor più grandi e luminosi. – Glawen? Che piacere vederti!

Dama Cora agitò i fiori. – Glawen si è presentato come ospite, malgrado oggi ve ne siano altri che potrebbero metterlo a disagio.

Wayness venne avanti. – Non devi preoccuparti per lui. È adattabile e niente affatto scontroso. In ogni caso, io oppure Milo potremo intrattenerlo come si conviene.

– Questo è il punto – disse Dama Cora. – Sia tu che Milo dovrete occuparvi di Julian. Ho paura che Glawen finirà per sentirsi trascurato.

— Sciocchezze, mamma! Glawen starà benissimo. In caso contrario, Milo potrà portare Julian a fare una lunga passeggiata ed io discorrerò con Glawen del più e del meno.

Lui annuì cortesemente. — Questo sarà un piacere. Vi prego di non darvi eccessivo disturbo per me.

Dama Cora si mordicchiò le labbra. — Provvisoriamente ti lascerò alle cure di Wayness. Tu, mia cara, ricorda di non lasciarti trasportare dalle chiacchiere con il tuo compagno di scuola al punto di dimenticare il povero Julian. — Si volse a Glawen. — Julian è uno dei nostri giovani pensatori maggiormente rispettati. È molto artistico, molto progressista. Sono certa che ti piacerà immensamente. A dirla tutta, lui e Wayness stanno facendo progetti impegnativi per il loro futuro.

— Questa è una notizia emozionante! — disse Glawen. — Dovrò congratularmi con il fortunato gentiluomo.

Wayness rise. — Sarebbe assolutamente prematuro. Julian penserebbe che io stia cercando di conquistarlo, cosa lontana dal vero. In realtà i nostri unici «progetti impegnativi» riguardano un'escursione alla Loggia di Montematto per la fine dell'anno.

Dama Cora disse, fredda: — Veramente, Wayness, oggi ti trovo di umore troppo frivolo. Glawen potrebbe fare imbarazzanti considerazioni sulla tua personalità. — Rivolse al giovane un cenno del capo e uscì dall'atrio, lasciando dietro di sé un completo silenzio.

Glawen si accostò a Wayness e fece per baciarla. La ragazza indietreggiò subito. — Glawen! Hai perso la testa? Mamma potrebbe rientrare in ogni istante! E allora sì che sentiresti cosa pensa degli umori frivoli! Andiamo in salotto. È molto più riposante. — Lo precedette lungo un corridoio che sfociava in una veranda ammobiliata a salotto, chiusa da ampie vetrate. Da lì si godeva la vista dell'intera laguna. Tre tappeti verdi, coprivano in parte il pavimento di assicelle; divani e poltrone erano in tessuto verde e azzurro.

Wayness indicò a Glawen un divano, lo lasciò sedere a un'estremità e poi andò a sedersi a quella opposta. Lui inarcò un sopracciglio, chiedendosi se sarebbe mai riuscito a capire i suoi processi mentali. — Dove sono i vostri ospiti? — domandò.

Lei inclinò il capo come ad ascoltare. — Julian e Milo sono in biblioteca a studiare le carte del distretto di Montematto. Sunje agonizza seduta di traverso sull'angolo di un tavolo sperando che qualcuno noti il suo intelletto. I due Custodi hanno steso per terra i loro carboni ardenti e guardano come papà ci cammina sopra. È un rito annuale, a cui il Conservatore deve fare buon viso. Il Custode Algin Ballinder è il padre di Sunje; la Custode Clytie Vergence è la zia di Julian. Dama Etrune Ballinder, la madre di Sunje, sta spettegolando con mamma nel salotto del primo piano. Parlano a turno, ciascuna raccontando brevi e sconvolgenti episodi sui vizi e le follie della propria figlia, mentre l'altra la compatisce emettendo mugolii inorriditi. È una buona catarsi e io la approvo: mamma sarà più indulgente con me, per due o tre giorni. E infine, nel salotto inferiore, seduti con puntigliosa formalità ai lati opposti di un divano e decisi (almeno uno dei due) a comportarsi bene, vi sono una fanciulla di nome Wayness e il baldo e ardimentoso Glawen Clattuc, di Casa Clattuc.

— Il quale è lieto d'essere qui, anche se comincia a chiedersi quale sia il motivo della sua presenza.

Wayness mostrò una traccia di fastidio. — Ogni cosa deve avere una ragione attaccata sopra, come un'etichetta?

— In questo caso le ragioni sono così stimolanti che non posso fare a meno di costruire ipotesi.

Wayness lasciò vagare lo sguardo oltre le vetrate, e con voce morbida recitò i versi di un'antica poesia: — Non volger mai domande al mare inquieto e oscuro; dei tuoi navigli più cari potresti saper l'affondamento. Così scriveva Navarth, il poeta folle.

Quelle parole rimasero nell'aria. Infine Glawen chiese: — Dimmi qualcosa dei tuoi ospiti.

— Hanno diversa forma e colore. Julian e la Custode Vergence sono VPL accaniti. Il Custode Ballinder è un Cartista non meno fanatico. A Dama Ballinder importa soltanto che gli altri siano di modi compiti. Sunje, sulle orme di Julian, si autodefinisce una Nuova Umanista, il che significa oggi una cosa e domani un'altra a seconda di come si ampliano le sue vedute. Un bel lotto, non c'è che dire.

— Penso di doverli incontrare, specialmente Julian. Tua madre è sicura che ci piaceremo a prima vista.

Wayness sogghignò. — Mamma è convinta che i pianeti siano abitati da ordinate schiere di gentiluomini e dame, educati e simpatici. Io dovrei sposarmi felicemente, darle due nipoti cari e affettuosi, e illuminarmi d'orgoglio quando Julian proclama le sue verità filosofiche. Milo è destinato a diventare una forza al servizio del Bene; sarà onesto e virtuoso, non sarà mai rude con gli Yips e tantomeno li combatterà. Per lei il Conservazionismo è un nobile ideale, anche se non le piace pensare all'esistenza di bestie che ringhiano e mandano cattivo odore, e che forse bisognerebbe conservare dietro qualche recinto.

– E tuo padre come replica a tutte queste opinioni?

– Oh, papà riesce a scivolare dove s'incaglierebbe anche un'anguilla. Forse risponderebbe: «Questa è un'opinione interessante, mio caro. Dovremmo vedere in che rapporto si pone con la Carta». L'ho sentito dar ragione contemporaneamente a due persone che la pensavano in modo del tutto opposto... – Si volse verso la porta. – I nostri ospiti sono usciti dalla biblioteca.

Un'alta giovane donna entrò flessuosamente nel salotto. Indossava aderenti pantaloni color prugna e una giacchetta nera. Il suo volto era un pallido ovale incorniciato da capelli neri e lisci. Gli occhi accesi come carboni, le sopracciglia arcuate e la bocca larga e mobile le conferivano il fascino perverso di chi ha ormai bevuto i più segreti veleni erotici. Un giovanotto alto e magro, evidentemente Julian Bohost, procedeva alle sue spalle, mezzo voltato all'indietro per parlare con Milo. Aveva movenze sciolte, quasi disarticolate, rotondi occhi azzurri e un naso diritto. Un'aureola di vaporosi riccioli neri accentuava l'incarnato roseo del volto attraente, e la sua voce tenorile stava risuonando con accenti piacevoli: – ... quando si considerano l'estensione del territorio, e i molteplici misteri che... ehilà! Chi abbiamo, qui?

Milo, che lo aveva aggirato con una contorsione, si fermò anch'egli alla vista di Glawen. – Bene, bene! Oggi la casa pullula di celebrità. Posso fare le presentazioni?

– Anzi, ti prego – annuì Wayness. – Ma sii conciso. A volte le tue presentazioni sono prolisse e narrative come un'elegia funebre.

– Farò del mio meglio – disse Milo. – Qui abbiamo una femmina in pantaloni purpurei il cui nome è Sunje Ballinder. Accanto a lei, non altrettanto fornito nel calamitare gli sguardi, vi è Julian Bohost. Nessuno dei due ha la fedina penale sporca; anzi trattasi di personaggi eletti e ben noti nella migliore società di Stroma. Colui che qui scoprono è il distinto Glawen Clattuc, di Casa Clattuc, già affermato ufficiale nei ranghi dell'Ufficio B.

Glawen si era alzato. – Onorato di conoscervi, signora, signore.

– Io non lo sono di meno – disse Julian.

Sunje ispezionò Glawen con uno sguardo in tralice. – Ufficio B? Che lavoro affascinante è il vostro! Da quanto mi si dice, pattugliate le coste e proteggete la Conservazione dagli attacchi.

– Questa è una buona definizione del nostro lavoro – disse Glawen, Anche se per il vero abbiamo molteplici campi d'intervento.

– Mi giudica impertinente se le chiedo di mostrarmi la sua pistola? Glawen sorrise educatamente. – Non offenderei mai i nostri ospiti portandola qui. In realtà maneggiamo le armi solo durante il servizio di pattuglia.

– Oh, che peccato! Spesso mi sono chiesta se è vero che i pattugliatori fanno una tacca sul calcio per ogni Yip ucciso.

Glawen continuò a sorridere. – Dovrei impiegare tutto il mio tempo libero intagliando tacche. Io sono pagato per uccidere gli Yips, non per tenerne il conto, che comunque non sarebbe mai esatto. Quando faccio esplodere un'imbarcazione affollata posso fare appena una stima dei probabili decessi. In ogni caso sarebbe una statistica improduttiva, dato che per ogni Yip a cui faccio saltar via la testa me ne vedo sfuggire anche due o tre. È uno sport che perde ben presto il suo fascino, mi creda.

Milo domandò: – Non potresti portare Sunje in un giro di pattuglia e lasciarla sparare a qualche Yip?

– Non vedo perché no. – Glawen si volse alla ragazza. – Badi, non posso garantirle una buona caccia. A volte passano giorni e giorni senza che si riesca a mettere a segno un colpo decente.

Julian guardò Sunje. – Che ne dici? Questa è la tua possibilità, se sei pronta ad afferrarla.

Sunje attraversò il locale e si adagiò su una poltrona. – Dico che siete un bel gruppo di scombinati.

– Forse avrei dovuto avvertirti – disse Milo a Glawen, – che Sunje aderisce al programma dei Nuovi Umanisti, che al momento sono l'ala più estremista dei Vielpini.

– Membri del VPL, se non ti spiace.

– Sono termini che fanno parte della nomenclatura politica dei

Naturalisti — spiegò ancora Milo a Glawen. — VPL sta per Vita, Pace e Libertà. Julian è un membro attivo del loro gruppo.

— Con un nome che è insieme uno slogan di questa portata, c'è da chiedersi come qualcuno abbia il coraggio di farvi opposizione — commentò Glawen.

— Corre voce che lo slogan sia la parte migliore del loro programma — disse Milo.

Julian ignorò quella battuta. — Contro ogni sana aspettativa, gli oppositori del VPL non solo esistono ma crescono come le erbacce.

— Suppongo allora che questi siano i «Morguschini». I propugnatori di Morte, Guerra e Schiavitù — opinò Glawen.

— Sono più astuti di quel che credi — disse Julian. — Non mostrerebbero mai la loro vera faccia così apertamente. Invece si ornano del nome di Cartisti, e pensano di poter restare in cattedra continuando a sbandierare i loro vecchi documenti ingialliti.

Milo spiegò ancora: — I documenti a cui si riferisce sono gli Articoli della Società Naturalistica, altrimenti noti come La Carta. Julian, perché non te li leggi, un giorno o l'altro?

Julian ebbe un sorriso paziente. — Ah, le facili argomentazioni di chi giace nell'ignoranza!

— Tutto questo è un po' uno shock per me — disse Glawen. — Alla Stazione vediamo la Carta come la Prima Legge Universale, e chiunque la pensi diversamente può essere soltanto un Yip, un folle, o il Demonio stesso.

— Julian — chiese Wayness, — quale dei tre bussolotti dobbiamo alzare per cercare te?

Julian ci pensò. — Sono stato chiamato un pestilenziale giovane presuntuoso, una vescica gonfia di parole, e oggi è stato usato anche l'epiteto «scombinato». Ma non sono un Yip, né un folle o un demonio. Quando andiamo a tirare le somme sono soltanto un giovane ansioso di far bene, non troppo diverso da Milo.

— Piano, piano! — esclamò Milo. — Non sono troppo sicuro che tu mi stia facendo un complimento.

— Ma deve esserlo! — disse Wayness. — Julian non identificherebbe se stesso con qualcuno che non fosse il migliore... o almeno il più elegante e compito.

Milo annuì con riluttanza. – Non negherò queste similitudini. Entrambi portiamo scarpe con la punta ricurva. Entrambi usiamo le giuste posate a tavola, se non altro per evitare di morderci le dita. Ma abbiamo delle disparità. Io sono calmo e metodico, mentre Julian spande attorno nugoli di idee vivaci come un cane che si gratta via le pulci. Dove le abbia attinte, per me rimane un mistero.

– Posso offrirtene una banale spiegazione – disse Julian, – Quando ero fanciullo leggevo moltissimo, giorno e notte, e fu così che mi nutrii con le idee di mille e uno sapienti. Nel tentativo di assimilare questo massiccio pasto di postulati spesso contrastanti, soffersi negli spasmi della digestione intellettuale finché...

Wayness alzò una mano. – Faccio presente che il pranzo sarà servito fra poco, e se hai intenzione di estendere la tua metafora ai particolari intestinali della cosa ci rovinerai l'appetito. La povera Sunje si è già fatta pallida.

Julian s'inchinò. – Una precisazione sensata. Censurerò il mio linguaggio. In breve: quando un'idea, brillante o meno, si agita dentro di me, io m'interrogo sulla sua provenienza. È essa veramente mia, o non sto che rigurgitando il cibo fornitomi da un altro? Di conseguenza spesso esito a elargire certe luminose intuizioni, nel timore che qualcuno più saggio ed erudito di me le riconosca, e mi accusi di plagio.

– Un concetto interessante – disse Milo.

Glawen annuì. – È quello che ho pensato anch'io proprio l'altro ieri, quando mi è capitato di leggerlo.

– Eh? – disse Julian. – Com'è possibile?

– Per caso sono incappato in una verifica della tua tesi, anche se nego fermamente di vantare un'erudizione superiore alla tua.

– Cosa ci stai dicendo, di preciso? – chiese Milo.

– Per altri motivi ero andato a esaminare certi aforismi del filosofo Ronsel de Roust, contenuti nell'opera *Guida rapida ai cinquecento maggiori pensatori, con citazioni dei loro pensieri*, di Bjärnstra. Nell'introduzione Bjärnstra riferisce di aver avuto difficoltà simili alle tue con questi filosofi, usando termini molto simili se non uguali. Una coincidenza, naturalmente, ma illuminante.

– Credo di avere una copia del Bjärnstra su qualche scaffale – disse Milo.

Sunje, rannicchiata sulla poltrona come una grossa bambola di pezza, fece udire una risata rauca. — Devo procurarmi una copia di quell'utile volume.

— Non c'è problema — disse Wayness. — Sembra che tutti vadano in giro a citarne i paragrafi.

— Resta un interrogativo — disse Milo. — Perché eri così interessato a Ronsel de Roust, Glawen?

— È presto detto. Namour dichiarò che il suo filosofo prediletto era lui, così per curiosità andai a scartabellare nell'opera del Bjärnstra. Non c'è alcun mistero in questo, salvo forse l'interesse di Namour in de Roust.

Julian volle sapere: — E chi sarebbe questo dotto signore?

— Namour è il coordinatore della manodopera assunta dalla Stazione. È un collaterale dei Clattuc.

— E ogni qual volta accade una cosa insolita — disse Wayness, — puoi star certo che vi è coinvolto un Clattuc.

Una serie di note melodiose risuonò nella casa. Wayness balzò in piedi. — Il pranzo è pronto. Ricordate le buone maniere, ora. Il cibo va azzannato con molto più garbo della carne umana.

Il pranzo fu servito su una veranda all'aperto, nell'ombra di quattro fronzute marquesine e davanti alle acque placide della laguna. Dama Cora fece le sistemazioni: — Egon, tu al tuo solito posto, naturalmente. Poi (cielo! Come improvvisare questo?) Sunje, tu qui. Poi Milo, poi là Clytie, se non ti spiace, e poi Glawen. Da questa parte Wayness, alla destra di tuo padre. Poi Julian (sono certa che voi due avete molto di cui parlare) e poi tu, Etrune, se ti va bene. Algin, tu siederai qui accanto a me. E ora, dunque, nell'interesse dell'armonia e dei buoni sentimenti, posso invocare che non si pronunci una sola parola di politica?

— Da un punto di vista umanitario devo oppormi — disse Milo. — Ciò relegherebbe Julian in un doloroso stato di afonia.

Dama Cora sbuffò: — Milo, sei vivamente pregato di moderare le spiritosaggini. Julian potrebbe non capire che con ciò non intendevi offenderlo.

— Più che giusto! Julian, qualunque cosa io abbia detto, ti prego di non offenderti.

— Non me lo sogno neppure — rispose pigramente Julian. — In quanto a me, intendo sedermi a questa bella tavola e godere con animo sereno di ciò che offre.

– Ben detto, Julian! – approvò sua zia Clytie Vergence, un'avvenente anche se un po' rigida donna sulla quarantina, di lineamenti forti, con acuti occhi grigi e corti riccioli castani, alta e robusta come un uomo. – Questa è proprio una giornata deliziosa. L'aria dei boschi stimola l'appetito.

Anche le portate furono stimolanti: zuppa bianca di frutti di mare raccolti sulla spiaggia, insalata verde, spiedini di galline nane e fegatelli in salsa piccante. Poi, ribollenti nella loro casseruola di terracotta, fagioli e salsicce odorosi di spezie; funghi neri, erbarelle in olio e prezzemolo, e infine un dessert a base di fettine di melone appena freddo.

Dopo che il vino ebbe accompagnato i primi bocconi i commensali si rilassarono, le conversazioni s'intrecciarono e si frammentarono fra un lato e l'altro della tavola, punteggiate spesso da risa educate e di tanto in tanto da una delle risonanti perorazioni di Julian, queste talvolta superficiali, talvolta acute, ma sempre squisitamente forbite. Glawen, che si trovava da una parta Dama Cora e dall'altra la Custode Clytie Vergence, riuscì a trovare alcuni argomenti d'interesse comune e per lo più funse da buon ascoltatore.

I piatti del dessert furono tolti e venne portato il tè verde. Mentre lo sorseggiavano Dama Cora stabilì che era il momento di parlare dell'escursione proposta da Julian, alla Loggia di Montematto: – Le carte geografiche ti sono state d'aiuto? – gli domandò.

– Oh, decisamente! Ma non voglio farmi un'opinione finché non avrò personalmente ispezionato la zona.

Il Custode Ballinder s'era accigliato. – Suppongo che avrei dovuto essere informato di questo progetto!

– Non necessariamente – disse la Custode Vergence. – Da tempo penso che la situazione, a Montematto, andrebbe modificata in qualche modo. Voglio che Julian studi le condizioni, prima di esprimere il mio parere.

– Il tuo parere su cosa? – Il Custode Ballinder, massiccio come un toro e con lampeggianti occhi neri, capelli a spazzola e una mandibola prominente velata da una barbetta nera, fissò insospettito la collega.

Lei rispose con voce fredda, come a istruire un bambino ostinato.

— Alla Loggia di Montematto i turisti aumentano, e ci sono progetti per costruire altre strutture. Io mi chiedo se sia lecito consentire un ampliamento. I turisti vanno là per assistere al massacro sulla pianura. Dal momento che la loggia è stata autorizzata da noi, ci siamo offerti come mezzani al soddisfacimento dei più disgustosi istinti umani.

— Questo è sfortunatamente vero — disse il Custode Ballinder. — Però quello spettacolo va avanti, che noi se ne tragga profitto o meno, e se noi rifiutiamo di prendere il denaro dei turisti quelli lo spendono da un'altra parte.

— Non posso negarlo — disse la Custode Vergence. — Ma forse potremmo fermare anche quelle spaventevoli lotte, raggiungendo così un traguardo costruttivo e benigno.

Il volto del Custode Ballinder si pietrificò. — Mi sembra di sentire l'odore dolciastro dell'ideologia Vielpina.

Clytie Vergence ebbe un sogghigno acre. — E con questo? Qualcuno deve pur imporsi come autorità morale a questa società medioevale. Fino ad ora ci sono state delle ben tristi mancanze!

Il Custode Ballinder roteò gli occhi, gonfiò le guance, poi dichiarò: — Pascetevi della vostra morale, per quel che vale! Adoratela pure! Appendetevela al collo! Ma non cercate d'infliggerla alla Conservazione!

— Avanti, avanti, Algin! Fammi il favore di non essere così pomposo, e per una volta in vita tua cerca di ampliare le tue vedute invece di abbassare le corna e muggire. La morale è inutile, a meno che non sia applicata al quotidiano. Su tutto Cadwal c'è un disperato bisogno di una nuova concezione morale, e Montematto ne è un caso emblematico.

— Tu stai guardando a centottanta gradi dalla realtà. Quell'avvenimento accade da milioni di anni, ed è ovvio che adempie a un fondamentale scopo ecologico su cui io per primo non voglio curarmi di indagare. Questi sono divieti basilari imposti dalla Carta.

La Custode Clytie Vergence sbuffò. — Ho già oltrepassato lo stadio della vita in cui consentivo a qualcuno di azzittirmi con la sua sapienza o sbandierando vecchi fogli scritti.

Julian esclamò: — Ed è qui che udite la voce del realismo progressista, ardente e chiara! Il momento è adesso! Anch'io ho sentito la fredda e morta mano del «poi» attanagliarmi il braccio, e l'ho spinta da parte! In cammino, ora, con il VPL!

Milo batté le mani. — Splendido, Julian! Hai stile. Non hai mai pensato di fare carriera in politica?

Sunje lo guardò con languido divertimento. — Milo, che sciocco sei. Lui è già nella politica, no?

— Ed è un emozionante paladino della sua causa! — intervenne Dama Cora. — Wayness, non sembra anche a te?

— Ma certo. Julian è senz'altro coerente. Glawen, ho notato che ti agitavi alquanto mentre la Custode Vergence parlava. Intendevi applaudire al suo punto di vista?

Tutti si volsero a Glawen, che dopo una pensosa occhiata in tralice a Clytie Vergence rispose: — La nostra gentile ospite preferisce che si evitino i discorsi politici, perciò non desidero alimentarli.

Dama Cora sorrise e gli batté una mano su un braccio. — Quanto sei premuroso. Se soltanto anche Milo seguisse il tuo esempio!

— Questo — disse Milo, — è perché sono ansioso di sentire l'opinione di Glawen. La sua tacita acquiescenza lascia intendere che approvi i Vielpini. Glawen, è così? Rispondi almeno a questo.

— Un'altra volta — si schermì lui.

La Custode Vergence gli chiese: — Se non sbaglio lei è impiegato all'Ufficio B?

— Proprio così.

— Quale sarebbe la natura dei suoi compiti?

— Premetto che sono ancora in addestramento. Eseguo incarichi di routine per conto del Supervisore, lavori secondari inadatti alla dignità degli ufficiali superiori. E naturalmente faccio voli di pattuglia su tutti i distretti di Deucas.

— Che assumono aspetti sportivi — disse Julian, blando, — soprattutto sulla costa di Marmion, come sappiamo.

Glawen scosse il capo. — Contrariamente alla strana convinzione di Julian, il nostro pattugliamento serve a scopi tutt'altro che sportivi. In sintesi, noi sorvegliamo il territorio della Conservazione e compiamo voli su ciascuna zona più volte all'anno.

Clytie Vergence esclamò: — Giuro sulla mia testa che non riesco a immaginare cosa andate sorvegliando!

— Forniamo dati tecnici agli scienziati; supportiamo, e talora andiamo a salvare, le loro spedizioni. Registriamo e facciamo rapporti su un gran numero di eventi: disastri naturali, anomali movimenti di mandrie, migrazioni tribali fuori stagione. A volte scopriamo intrusi umani, anche provenienti da altri pianeti, e li prendiamo in custodia, di solito senza troppi problemi. Ma è un fatto che quando usciamo di pattuglia non sappiamo mai cosa aspettarci. Ad esempio possiamo trovare un krabenklotter impantanato in un acquitrino, il che rappresenta un bel po' di lavoro sporco e una sfida alle nostre capacità professionali.

Wayness volle sapere: — Cosa fate in questo caso?

— Il pattugliatore atterra, imbraca la bestia coi mezzi che riesce a improvvisare e la trascina in salvo. Poi scappa come un fulmine per evitare la sua ingratitudine.

— E fa questo da solo?

— Non abbiamo abbastanza personale per agire con più sicurezza. Comunque facciamo del nostro meglio e di solito portiamo a termine il lavoro, se non altro per potercene vantare. L'addestramento dell'Ufficio B ha lo scopo di renderci esperti in ogni possibile situazione.

Sunje chiese: — Ed è così che vedi te stesso?

Glawen sogghignò. — Io ho ancora molto da imparare. Mi piacerebbe essere pieno di risorse come mio padre.

Sempre in tono blando Julian domandò: — Cosa succede quando trovate intrusi umani?

— Molti di loro sono delinquenti venuti da fuori per scavare gemme nei giacimenti superficiali.

— Gente dura e pericolosa, dunque, e svelta con le armi.

— A volte, sì. Ma sappiamo come agire con loro, quando i sensori ci rivelano presenze estranee. Il primo passo è di localizzare e mettere fuori uso i loro mezzi di trasporto, per prevenirne la fuga. Poi, via radio o con un altoparlante, li informiamo della situazione e li invitiamo ad arrendersi senza far ricorso alla violenza. Di solito questo mette termine all'operazione.

— E poi che succede?

— Se si consegnano subito, li aspettano tre anni di lavoro all'autostrada di Capo Journal. Se fanno resistenza con le armi, vengono uccisi sul posto.

Sunje finse di rabbrividire teatralmente. — il personale dell'Ufficio

B è dunque così truce e duro? Non date ai vostri prigionieri neppure un avvocato, un processo legale, una possibilità di appello?

— Le nostre leggi sono note a chi si interessa di quelle gemme. In quanto al processo di cui parli, è automaticamente indetto, svolto e chiuso in una breve lettura della sentenza. Un po' come il conto che ti viene presentato al ristorante, comprensivo di tutto. Discuterne le singole voci sarebbe inutile. Se i delinquenti trovano inaccettabili le nostre leggi, vadano a infrangere quelle di altri.

La voce di Sunje si fece metallica: — E tu hai ucciso qualcuno di questi stranieri... sapendo che forse ignorava l'esistenza di tali leggi?

Glawen piegò appena le labbra in un sorriso acre. — Quando un gruppo di banditi ci spara addosso, la nostra compassione umana non dura molto. E uno non sta a chiedersi se ignorano la legge.

Clytie Vergence disse, fredda: — Lasci che le chieda una cosa, visto che siamo in argomento: e gli Yips che catturate sulla costa? Li uccidete con la stessa indifferenza?

Il sorriso di Glawen restò molto sottile. — Non posso risponderle per esperienza. Comunque gli Yips si arrendono quasi sempre senza fare alcuna resistenza.

— E quale destino li attende, allora?

— Con gli anni è cambiato. Un tempo venivano identificati con un tatuaggio e rimandati a Yipton. Questa politica non si rivelò capace di dissuaderli, così per un certo periodo i trasgressori furono messi a lavorare alla strada di Capo Journal, finché non se ne poterono assorbire altri. Ora usiamo una nuova tecnica, che sembra funzionare molto bene.

— In cosa consiste questa vostra «nuova tecnica»?

— Gli Yips non vengono più spediti a Capo Journal. Li si imbarca per Soumjiana o per il Pianeta di Moulton, dove lavorano sotto contratto obbligato per uno o due anni. Questo procedimento ci fornisce il rimborso delle spese. Al termine del periodo prescritto gli Yips sono liberi di proseguire il lavoro appreso oppure di fare ciò che vogliono, salvo che ritornare su Cadwal. A ogni effetto divengono emigranti, il che accontenta noi e non fa male a loro. In genere finiscono per esserne contenti. Non così l'Oomphaw, presumibilmente, poiché perde la sua percentuale sulla paga di chi lavora qui a Cadwal.

Egon Tamm guardò gli ospiti seduti a destra e a sinistra del tavolo. — Ci sono altre domande? O abbiamo studiato abbastanza a fondo il lavoro dell'Ufficio B?

La Custode Vergence fece una smorfia. — Ne ho saputo ancor più di quel che mi sarebbe piaciuto conoscere.

Dama Cora esaminò il cielo. — Credo proprio che il vento si stia rinfrescando. Che ne dite di trasferirci in casa?

Tutti lasciarono la veranda e passarono nel salone del pianterreno. Dama Cora richiamò la loro attenzione: — Vi prego di sentirvi liberi di rilassarvi ognuno come meglio preferisce. Etrune ed io andremo a guardare alcune delle mie litografie di piante indigene. Sono davvero artistiche, e in esse vibra l'essenza della loro vita vegetale. Clytie, che ne dici di unirti a noi? E tu, Sunje?

Sunje scosse il capo con un sorrisetto. Clytie Vergence rispose: — Grazie, Cora, ma non sono affatto di umore vegetale.

— Come credete. Milo, tu potresti mostrare a Sunje e a Glawen la polla segreta fra le rocce che hai scoperto l'altro giorno.

— Allora non sarebbe più segreta — disse Milo. — Possono andare a cercarla da soli, se ne hanno voglia. Nel frattempo io farò vedere a Julian la nostra nuova enciclopedia sulle armi da guerra.

— Nel nome della stessa preziosa Gaea! — ansimò Clytie Vergence. — E a che può mai servire quella roba?

Milo scosse le spalle. — Talvolta è più conveniente uccidere gli avversari che discutere con loro, specialmente se uno è così indelicato da arrivare in ritardo sul campo di battaglia.

Dama Cora strinse le labbra. — Milo, il tuo umorismo sconfina nel bizzarro e può essere considerato anche di cattivo gusto.

Milo si inchinò. — Accetto il tuo giudizio e ritiro tutto. Vieni, Julian, mostrerò a te la polla segreta.

— Non così presto dopo pranzo — disse Julian. — Mi sento un po' appesantito.

— Se vuoi riposare, qui sei a casa tua — disse graziosamente Dama Cora. — Etrune, andiamo a goderci le litografie?

Le due signore si allontanarono. Gli altri si accomodarono nel salone. Glawen stava pensando che quello era un momento buono quanto un altro per accomiatarsi. Ma Wayness, come se gli avesse letto quell'intenzione nella testa, con un semplice sguardo e un gesto delle dita gli comunicò che non voleva che lui se ne andasse.

Glawen sedette all'estremità di un divano. Clytie Vergence passeggiò avanti e indietro e poi andò a sedersi di fronte a Julian.

Milo e Wayness rimandarono in cucina la cameriera e si occuparono dei rinfreschi, servendo brandy dolce in tazzine e paste di densa crema scura. Wayness spiegò a Glawen: — È così che trascorriamo le uggiose serate invernali a Stroma. Devi inzuppare nel brandy un angoletto della pasta, farlo ammorbidire con cura e poi masticare soltanto quello. Dapprima ciò ti sembrerà superfluo, ma scoprirai che uno non riesce più a fermarsi.

Dama Clytie allontanò il piattino che lei le offriva. — Non ho pazienza per tutto questo masticare.

Milo suggerì: — Lasci stare le paste e sorseggi il brandy.

— No, grazie. Mi sento già un po' agitata, e l'alcool mi farebbe star peggio.

— Vuole andarsi a distendere e riposare un poco? — chiese cortesemente Milo.

— Certo che no! — sbottò la Custode Clytie. — La mia agitazione è puramente psichica. E se vogliamo puntualizzarne il motivo, sono ancora sorpresa e sbalordita da ciò che ho udito a tavola.

Il Custode Ballinder sorrise freddamente. — A meno che io non fraintenda i sintomi, siamo sul punto di partecipare ai sentimenti di Dama Clytie su ciò che l'ha tanto colpita.

— Non riesco a capire perché non ne sia stato colpito anche tu — ribatté la donna. — Eppure hai sentito questo gentiluomo, un pattugliatore dell'Ufficio B, descrivere il suo lavoro. Certo avrai notato la sua mancanza di crisi di coscienza... o dovremmo chiamarlo vuoto morale? Lo trovo sconvolgente in una persona così giovane.

Glawen fece per parlare, ma la sua voce fu soverchiata da quella di Dama Clytie che non intendeva lasciarsi interrompere così presto: — E cosa abbiamo scoperto sull'Ufficio B? Indifferenza per la dignità degli uomini, e sprezzo per i loro diritti basilari. Abbiamo scoperto azioni violente tese a scopi da far rabbrividire. Abbiamo scoperto un'arrogante autonomia d'intervento che il Conservatore evidentemente non osa sfidare. È chiaro che egli ha abdicato alle sue responsabilità mentre gli agenti dell'Ufficio B dominano il continente catturando, uccidendo e deportando, e chissà cos'altro. In parole povere: questo mi lascia annichilita!

Il Custode Ballinder si volse a Egon Tamm. – Questa è per te, Conservatore. Come rispondi ad accuse tanto pungenti?

Egon Tamm scosse gelidamente il capo. – La Custode Vergence parla con molta emotività. Se le sue accuse fossero fondate si richiederebbe una dura inchiesta sulla mia persona e sul mio lavoro. Fortunatamente sono prive di senso. La Custode Vergence è una persona stimabile, ma ha una percezione molto selettiva che capta solo ciò che corrisponde ai suoi pregiudizi.

«Contrariamente alle sue paure, io esamino accuratamente le attività dell'Ufficio B. Giudico che il suo personale amministri con coscienza le leggi della Conservazione definite dalla Carta. Questi sono i semplici fatti.

Julian Bohost si stiracchiò. – Ma alla resa dei conti nulla è così semplice. La legge di cui parla è obsoleta, e molto lontana dall'essere infallibile.

– Ti stai riferendo alla Carta? – chiese il Custode Ballinder. Julian sorrise. – Ti prego! Non diventiamo truculenti, o isterici, o irrazionali. La Carta non è il Verbo divino, dopotutto. È stata concepita per controllare una certa serie di situazioni, che sono cambiate. Ma la Carta resta: una stele megalitica corrosa dal tempo, rivolta verso il passato.

Dama Clytie ridacchiò. – Le metafore di Julian sono forse un po' esagerate, ma tendono a un fine positivo. La Carta, oggi come oggi, è moribonda, e alla fine dovrà essere revisionata e portata in sintonia con il pensiero moderno.

Di nuovo Glawen tentò di parlare, ma le idee di Dama Clytie sembravano avere una loro spinta d'inerzia. – Dobbiamo venire a un compromesso con gli Yips; questo è il nostro maggiore problema. Non possiamo continuare ad abusare di questa gente sottomessa, a ucciderli e a mandarli lontano dalle loro case. Non vedo nulla di male nel concedere loro la piana costiera di Marmion; agli animali selvatici resterà sempre tutto lo spazio necessario.

Milo esclamò, stupito: – Mia cara Dama Clytie! Se n'è forse dimenticata? Il permesso originariamente dato alla Società Naturalistica per istallare una base su Cadwal stabiliva che il pianeta fosse adibito a riserva naturale in perpetuo, e vi proibiva la residenza umana, salvo nei termini specificati dalla Carta. Lei non può contravvenire a queste regole basilari.

— Niente affatto! Come Custode e membro del VPL posso e voglio. L'alternativa significherebbe guerra e spargimento di sangue.

La donna avrebbe continuato a parlare, ma Wayness la interruppe: — Glawen, tu hai qualcosa da dire? Qual è la tua opinione su questo?

Lui si volse a guardarla, la ragazza gli stava sorridendo molto apertamente. Una vaga e fredda punta di sospetto lo disturbava: che Wayness lo avesse invitato lì solo per spingerlo a recitare una parte che la divertiva? Un po' rigido, disse: — In un certo senso io sono un estraneo; sarebbe presuntuoso da parte mia intromettermi nelle vostre discussioni.

Egon Tamm lo fissò, guardò Wayness, poi si rivolse ancora a lui. — Io per primo non ti considero un estraneo, e mi piacerebbe sentire la tua opinione.

— Parla, Glawen! — lo esortò il Custode Ballinder. — Tutti abbiamo lasciato emergere la nostra bestia; vediamo come te la cavi tu!

Sunje intervenne in tono vellutato: — Se temi di vederti cacciato fuori di casa da una folla inferocita, puoi anche alzarti e dirci addio senza prima toglierti quello che hai sullo stomaco.

Glawen non le prestò attenzione. — Ciò che mi lascia perplesso è una notevole ambiguità, che voi sembrate tutti ignorare. O forse sono io che ignoro l'esistenza di una vostra speciale convenzione, di un qualcosa che lasciate in disparte dandolo per scontato.

Milo esclamò: — Parla, Glawen! Lascia perdere le tue perplessità e non tenerci così in sospeso! Sii chiaro!

— Stavo cercando di introdurre un soggetto scabroso con un minimo di tatto — disse dignitosamente lui.

— Non m'importa del tatto, vieni al punto! O vuoi un invito scritto?

— Siamo pronti anche al peggio — dichiarò Egon Tamm. — L'unica cosa che ti chiedo è di non tirare in ballo la castità di mia moglie, che non è qui per difendersi.

— Posso andare a chiamarla io — disse Wayness, — se è questo che Glawen ha in mente.

— Non disturbarla — disse Glawen. — Le mie osservazioni concernono Dama Clytie. Ho notato che è stata eletta a una carica che deriva direttamente dalla Carta, con responsabilità precise e doveri definiti dalla Carta, il primo dei quali è la difesa ad oltranza della Conservazione contro tutti i suoi avversari e denigratori. Se Dama Clytie condanna o cerca in qualunque modo di invalidare la Carta, automaticamente espelle se stessa dalla sua carica. Non può tenere due posizioni opposte. O difende la Carta in ogni suo particolare, o è espulsa all'istante dal suo ufficio. E se ho capito bene, lei ha già fatto la sua scelta e dunque ora non è una Custode più di quanto lo sono io.

Il salone era silenzioso. Julian era rimasto a guardarlo a bocca aperta. Del sorriso di Wayness non restava che un'ombra. Egon Tamm immerse pensosamente una pasta nella sua tazzina di brandy. Il Custode Ballinder fissava Glawen accigliato. Sunje parlò in un sussurro rauco: — Se hai intenzione di scappare adesso, la strada è libera da qui fino alla spiaggia.

— Sono andato troppo oltre? — chiese Glawen. — A me sembra che questo fatto vada chiarito. Se sono stato rude, chiedo scusa.

Il Custode Ballinder disse, secco: — La tua osservazione è stata più che educata. Tuttavia hai appena detto a Dama Clytie una cosa che finora nessuno aveva mai osato farle notare, neppure da distanza di sicurezza. Ti meriti i miei ossequi.

Pesando ogni parola, Julian disse: — Come hai tu stesso annotato, ci sono complicazioni e sottigliezze che non puoi, da estraneo, aspettarti di percepire. Il paradosso che hai citato è solo apparente: Dama Clytie è stata legalmente eletta Custode ed esegue il suo compito come ogni altro, nonostante la sua filosofia progressista.

Dama Clytie fece un profondo respiro e si volse a Glawen. — Lei mette in gioco il mio diritto a questa carica. Ma io reclamo la mia libertà, non dalla Carta, bensì quella datami dai voti dei miei elettori. Cosa risponde a questo?

— Lascia che sia io a rispondere — disse Egon Tamm. — Cadwal è una Conservazione, amministrata dal Conservatore attraverso Stazione Araminta. Non è in nessun senso una democrazia. Il potere del governo si basa sulle garanzie date in passato alla Società Naturalistica. Questo potere passa attraverso il Conservatore e poi i legittimi Custodi, e può essere usato solo nell'interesse della Conservazione. Così è come io vedo la situazione. In breve, la Carta non può essere invalidata dai voti di pochi residenti scontenti.

– Definisci «pochi» oltre centomila Yips? – sbottò Dama Clytie.

– Io definisco gli Yips un problema grave, che non può certo esser risolto qui in questo momento.

Glawen si alzò dal divano. – Penso che sia giunta l'ora di andare, per me. E stato un privilegio fare la conoscenza di tutti voi. – Si volse a Egon Tamm. – La prego di esprimere i miei ringraziamenti a Dama Cora. – E a Wayness: – Non scomodarti; troverò la strada da solo.

Wayness tuttavia insisté per accompagnarlo alla porta. – Ti ringrazio di avermi invitato – le disse Glawen. – È stato piacevole conoscere i vostri amici, e mi spiace se li ho turbati.

Detto questo le rivolse un inchino e s'incamminò per il vialetto. Sulla schiena avvertiva la pressione dello sguardo di Wayness, ma la ragazza non lo richiamò, e lui non si volse a guardarla.

5

Quando Syrene tramontò dietro le colline, su Stazione Araminta scese lenta la sera e il cielo si riempì di stelle. Seduto al davanzale della finestra Glawen poteva vedere, quasi sopra di sé, la costellazione stranamente regolare chiamata «Il Pentagramma», e in basso a meridione l'impercettibile roteare della Grande Anguilla.

Tirando le somme degli avvenimenti del pomeriggio si sentiva prosciugato di ogni emozione, inerte e depresso. Tutto era finito. Niente poteva fare qualche differenza, ormai. Ogni cosa si era presumibilmente svolta per il meglio... eppure quanto avrebbe preferito non esser andato a Casa Riverview! Né quel giorno, né mai. Forse.

Ruminarci sopra era inutile. Gli episodi che aveva vissuto, o altri equivalenti, erano stati inevitabili fin dall'inizio. Wayness lo aveva saputo bene. S'era provata a farglielo capire, con più o meno tatto, ma lui, testardo e orgoglioso come ogni Clattuc, aveva rifiutato di ascoltarla.

Su quella giornata continuava ad aleggiare un punto interrogativo:

perché Wayness lo aveva invitato a Casa Riverview, dove, in un modo o nell'altro, anche lui era stato certo di dare spettacolo di sé? Non riusciva a immaginare la risposta, e da una prospettiva più universale forse non gliene importava neppure.

Le note flautate del telefono lo distrassero e andò a rispondere. Sullo schermo comparve l'ultima persona che in quel momento si aspettava di rivedere. — Glawen? Che stai facendo di bello?

— Non molto. E tu?

— Ho deciso di esser stata anche troppo in società, e si suppone che ora io sia a letto con il mal di testa.

— Mi spiace. Spero che ti passi.

— Sto benissimo. Avevo bisogno di restare sola, nient'altro.

— Allora i miei auguri di pronta guarigione non ti servono.

— Li incarterò e li terrò da parte per usarli alla prima occasione. Perché sei scappato via da me come se fossi un'appestata?

La domanda colse Glawen di sorpresa. — Mi sembrava il momento adatto per togliere il disturbo.

Wayness scosse il capo. — Non è vero. Quando te ne sei andato eri furioso con me. Perché? Sono rimasta a guardare il buio per quella che mi sembra un'eternità, e ora sono stanca di interrogarlo.

Glawen cercò una risposta che gli lasciasse almeno un brandello di dignità. — Ero più furioso con me stesso che con chiunque altro — borbottò infine.

— Sono ancora più perplessa — disse lei. — Perché dovresti essere irritato, non importa con chi?

— Perché vorrei non aver voluto tutto quanto! M'ero ripromesso di essere sorridente e cortese, di esibire un tatto affascinante, e di evitare ogni controversia. Invece ho sbattuto fuori le mie opinioni, ho guastato l'umore di tutti, e ho confermato le peggiori apprensioni di tua madre.

— Via, via — disse Wayness. — Non è andata poi così male; anzi, non è andata affatto male. Avresti potuto fare di peggio.

— Non c'è dubbio, se ci avessi provato davvero. Avrei potuto ubriacarmi e dare un pugno sul naso a Julian, o chiamare vecchia oca pettegola Dama Etrune, e fermarmi a orinare in un vaso da fiori prima di uscire di scena.

— Tutti lo avrebbero attribuito alla vivacità di spirito dei Clattuc. Resta la mia domanda, e tu non hai neppure cercato di rispondere: perché eri, o sei, furioso con me? Dimmelo, così non lo farò più.

— Preferirei non parlarne. Come sappiamo entrambi, ormai questo non farebbe la più piccola differenza.

— Ah! Perché no?

— Tu mi hai chiarito come sia impossibile una relazione affettiva fra noi. Io ho cercato di non crederci, ma ora so che hai ragione.

— Ed è così che vuoi che sia?

— Che sciocchezza da dire! I miei sentimenti non hanno mai risvegliato interesse. Perché ora sono sotto inchiesta?

Wayness rise. — Ho trascurato di notificarti che dopo accurate indagini i tuoi sentimenti potrebbero essere scarcerati.

Glawen sentì in gola una risata sardonica, ma la trattenne in tempo. — Anche se non sono affatto innocenti di ciò che temi?

— Alcuni di essi meritano di esser visti sotto un'altra luce.

— Ti andrebbe di incontrarci sulla spiaggia, per esaminarli alla luce delle stelle?

— Non oso. — Wayness si volse a guardare la porta. — Se mamma entrasse a controllare e scoprisse che mi sto calando dalla finestra appesa alle lenzuola di mussola con l'orlo fatto a mano, nessuna spiegazione la placherebbe facilmente.

— La mia idea migliore non ti sembra pratica, eh?

— Avanti: dimmi cos'ho fatto da infuriarti tanto.

Glawen esitò. — Sono soltanto un po'... ecco, prima di tutto mi sto ancora chiedendo perché mi hai invitato a Casa Riverview.

— Poof! — sbuffò lei, sbarrando gli occhi. — Non potrebbe essere che volessi farti conoscere Sunje e Julian?

— Dici sul serio?

— Sul serio. È tutto qui?

— Be'... no. Non riesco a capire perché sei così misteriosa sul tuo viaggio sulla Terra.

— È semplice. Non posso fidarmi che tu non ne parli a qualcun altro.

— Mmpf! — mugolò Glawen. — Questo non è un complimento.

— Tu me l'hai chiesto, io te l'ho detto.

— Non mi aspettavo una risposta talmente onesta.

— È solo questione di essere realistici. Rifletti. Supponi di giurare che manterrai un sacro silenzio, e che questo mi induca a rivelarti ciò che so e quello che mi propongo di fare. Dopo averci ripensato, potresti decidere che il tuo dovere ti impone di mancare al giuramento e spiattellare tutto a tuo padre. Per gli stessi elevati motivi tuo padre ne informerebbe Bodwyn Wook, e poi chissà a quali lontani orecchi potrebbe giungere l'intera faccenda? Se arrivasse a quelli sbagliati, ci sarebbero gravi conseguenze. Io scongiuro questo pericolo evitando di parlarne con chiunque. Ora spero che tu capisca e che non sia più arrabbiato con me, almeno per quanto riguarda questo.

Glawen ci pensò un poco, poi disse: — Quello che capisco è che hai intrapreso, o progetti di intraprendere, qualcosa di importante.

— Non lo affermo e non lo nego.

— Sei certa di poterti occupare da sola di questa cosa?

— Non sono sicura di niente, salvo che devo fare quel che va fatto senza attirare l'attenzione. È un dilemma su cui ho riflettuto: ho bisogno di aiuto, ma soltanto alle mie condizioni. Milo rappresenta il compromesso migliore, e verrà con me, cosa per cui gli sono grata. E ora: ho chiarito tutto?

— Quel poco che mi hai detto, sì. Ma supponiamo che tu e Milo foste uccisi: cosa accadrebbe delle informazioni di cui sei in possesso?

— Ho già provveduto.

— Penso che dovresti consultarti con tuo padre.

Wayness scosse il capo. — Direbbe subito che sono troppo giovane e inesperta per un'avventura simile, e io non avrei mai il permesso di allontanarmi da casa.

— Questa sua opinione non potrebbe essere realistica?

— Non la penso così. Io so che sto facendo l'unica cosa giusta. Comunque… questa è la situazione. Spero che ora tu ti senta meglio.

— Ti saprò dire come sto quando ci avrò pensato sopra.

— Buonanotte, Glawen.

Il mattino dopo Wayness gli telefonò ancora. — Tanto per tenerti aggiornato: il Custode Ballinder e la Custode Vergence poco fa hanno litigato. Subito dopo, Dama Clytie Vergence, con Julian a rimorchio, è partita per Stroma.

— Ma davvero! E per l'investigazione di Julian a Montematto?

— L'argomento non è stato intavolato. Sarà rimandata, o dimenticata.

6

In risposta a una domanda di Bodwyn Wook, Glawen disse: — Non mi sento a mio agio con questo lavoro fra gli Arditi Leoni. Ho l'impressione di essere una spia, un traditore.

— E perché ti stupisci? — sbottò l'ufficiale. — Queste sono le mansioni che svolgi. Un agente dell'Ufficio B non sta a confondersi con le parole. Dimenticane il significato. Limitati a fare il tuo lavoro.

— Intanto devo far comunella con gli Arditi Leoni. Diventano sempre più tediosi e insopportabili.

— Compreso Kirdy?

— Kirdy è il più inconsistente. Sa essere spiritoso, quando fa del sarcasmo. Ma quando comincia a scorrere il vino della «riserva degli Arditi Leoni» è un caprone ottuso quanto Cloyd o Kiper, e talvolta peggio.

— Strano! Pochi Wook sono ottusi. Lascia che ti dia un consiglio: non sottovalutare Kirdy, né prenderlo sottogamba. A volte rivela una chiarezza di visione machiavellica. Ad esempio, proprio come te, non era entusiasta di farmi un rapporto settimanale su sospette cospirazioni o parole sediziose afferrate al volo. Di conseguenza mi chiese di affidare questo incarico a te. Le manovre occulte possono avvenire in qualunque momento e luogo, non scordarlo.

Glawen cercò di sorridere. — Non dubiti che terrò a mente le sue parole.

Bodwyn Wook tamburellò su un bracciolo della sedia. — Kirdy questo non lo capisce, ma gli Arditi Leoni sono un adatto veicolo per un certo tipo di operazione. C'è una persona a cui sono interessato. Sembra che abbia rapporti molto stretti con Titus Pompo, benché non ne abbia mai fatto cenno. Mi riferisco a Namour.

Glawen non fece commenti. Bodwyn Wook continuò: — Namour è # esperto e pieno di risorse, al punto che sospetto di lui senza sapere esattamente perché. Presta molta attenzione a lui e a ogni parola che dice, senza farlo notare. Quando si riuniranno gli Arditi Leoni?

— Milden pomeriggio andranno a Baia Sarmenter per farsi un po'
di mitili arrosto. Namour non ci sarà. E io cercherò una scusa per
defilarmi.

— Come mai? Potrebbe essere una gita divertente.

Glawen scosse il capo. — Si ubriacherebbero dal primo all'ultimo.
Ci saranno rituali segreti del branco fino alla nausea, ruggiti e richiami
e prestazioni feline, con penalità per chi sbaglia. Kiper e Arles ese-
guiranno nuove canzoni composte da loro stessi, che tutti dovranno
imparare a memoria e cantare con gusto. Kiper e Jardine vomiteranno
fino a restare privi di forze. Arles sarà il solito Arles. Kirdy parlerà con
prosopopea, e Uther lo prenderà in giro fra schiamazzi e risa sguaiate.
La cosa non mi attira molto.

— Niente ragazze?

— Quale ragazza andrebbe da qualche parte con gli Arditi Leoni?

— Tuttavia dovrai essere presente. Sii cauto e formula ipotesi.

— Come dice lei, signore.

— Un'ultima cosa. Oggi ho parlato con il Conservatore. Mi ha detto
che di recente hai fatto visita a Casa Riverview.

— Sì. Ho paura di aver parlato troppo.

— Non a sentire Egon Tamm. Dice che quando ti sono state chieste
le tue opinioni le hai espresse in termini decisamente espliciti, ma con
assoluta cortesia. I tuoi interventi, così mi ha precisato, sono stati così
calibrati che vorrebbe averli fatti lui stesso. In breve, ti sei guadagnato la
sua stima. — Agitò una mano verso la porta. — Questo è tutto, per ora.

Glawen si alzò, eseguì un breve inchino un po' rigido e uscì dall'ufficio.

Milden pomeriggio, tre veicoli a energia guidati da Kirdy, Uther e
Glawen condussero tutti gli Arditi Leoni meno Jardine Laverty a nord,
lungo la strada che seguiva la costa, fino a Baia Sarmenter. Jardine
avrebbe dovuto raggiungerli da lì a poco con una damigiana di vino,
che sperava di procurarsi con mezzi illeciti nelle cantine dei Laverty.

Visto che Jardine si faceva desiderare, gli altri cominciarono a darsi
d'attorno. Prepararono la legna per il fuoco, si dispersero per l'arenile di
Sarmenter e scavarono in cerca dei bivalvi indigeni nei banchi di sabbia
lasciati allo scoperto dalla marea.

C'erano già un paio di secchi di ostriche cigliate e il fuoco era acceso quando finalmente Jardine arrivò e scese dall'auto, a mani vuote e con aria sconsolata.

La storia che raccontò non era molto edificante. Invece della damigiana di Yermolino stagionato che aveva contato di trafugare aveva sull'auto solo un paio di bottiglie di ordinario Tissop bianco. — Sono caduto in una trappola — riferì amaramente. — Il vecchio Volmer era appostato dietro una botte e mi ha colto con le mani nel sacco. Sono sicurissimo che qualcuno gli ha messo una pulce nell'orecchio; non c'è altra spiegazione! Mi hanno fatto passare un brutto quarto d'ora. Adesso sono nei guai fino al collo con il Capofamiglia, e ci sarà da sentirlo! Quando alla fine me ne sono andato ho comprato due bottiglie di Tissop al porto, ma non avevo soldi e ho dovuto farle mettere sul nostro conto.

— Che situazione sordida — brontolò Shugart. — Volmer non ti ha lasciato capire da chi ha avuto l'informazione?

— Non è da lui. Volmer è un vecchio caprone astuto.

— Bisogna dedurne che da qualche parte c'è un informatore — disse Arles. Il suo sguardo esitò per un pensoso istante su Glawen.

Uther Offaw disse: — Ce ne occuperemo domani. Adesso abbiamo carne da mettere sul fuoco e vino almeno per bagnarci la bocca. Vediamo di non guastarci la giornata, eh?

— Facile, per te! — grugnì Jardine. — Io non so quale accusa mi vogliano appiccicare, quelli. Ma non hanno preso la cosa alla leggera. Sono fortunato se non mi trovo già dietro le sbarre.

— Una sporca faccenda — disse Cloyd Diffin. — Non vedo un modo facile di uscirne.

Jardine annuì duramente. — Vorrei solo avere fra le mani il bastardo che mi ha venduto. Gli lascerei il mio nome scritto addosso come un marchio, ve lo assicuro io!

Arles chiese il silenzio alzando una mano. — Non mi piace fare accuse, ma la logica è la logica e i fatti sono i fatti. E tutti sappiamo che Glawen è uno zelante galoppino dell'Ufficio B.

— Sciocchezze — disse Kirdy. — Anch'io sono all'Ufficio B. Tengo gli affari separati dalla mia vita sociale, e senza dubbio anche Glawen fa lo stesso.

— Questa è una pia speranza — disse Arles. — Se ricordi bene, io vi ho messo in guardia fin da quando avete votato la sua ammissione. E ora i nostri guai sono cominciati.

— Glawen non mi farebbe un tiro simile per una damigiana di vino — disse Jardine, a disagio. — Almeno, non lo credo capace!

— Prova a chiederglielo — disse Arles.

Jardine si volse a Glawen. — Be', lo faresti? O meglio, siamo espliciti: sei stato tu?

— Se mi abbassassi a risponderti offenderei la mia dignità. Pensa quello che vuoi — disse Glawen.

— Non recitare! — gridò Arles. — Questo non ci basta! Vogliamo una risposta, diretta e precisa. Perché io so benissimo che spiattelli al vecchio Testapelata tutto quello che succede.

Glawen lo guardò freddamente e gli volse le spalle. Arles lo costrinse a girare su se stesso. — Rispondi, ti ho detto! Vogliamo sapere se sei o non sei una spia!

— Io lavoro all'Ufficio B — disse lui. — Non sono autorizzato a discutere con altri sui rapporti che faccio oppure non faccio ai miei superiori.

Arles lo aveva afferrato per un braccio. — Non è questo che ti ho domandato!

Glawen spinse via la sua mano. — Stai cominciando a stancarmi, Arles.

Kirdy si fece avanti. — Via, via! Smettetela di litigare e non roviniamo la giornata.

— Bah! — gridò Jardine. — Più rovinata di così!

— E io dico che Glawen è il colpevole! — insisté furiosamente Arles. — Rispondimi, tu: hai fatto la spia su di noi, o no? Dacci la risposta, altrimenti considerati espulso dagli Arditi Leoni!

— Espulso? Sono io a dimettermi dal vostro branco di avvinazzati!

— Questo è buono a sapersi, ma ancora non è una risposta. — Arles allungò una mano ad afferrarlo per una spalla; Glawen gliela scostò via con un colpo. L'altro gli sferrò un pugno violento che andò a vuoto di poco ma gli lasciò un graffio sul collo. Lui replicò con una gomitata allo stomaco e raddrizzandosi lo raggiunse con un gancio al mento che gli fece dolere le nocche delle dita. Arles ringhiò di rabbia e gli si gettò addosso mulinando le braccia in ampie sventole, costringendolo a indietreggiare vacillando. Kiper, sdraiato bocconi sulla sabbia, si affrettò a rotolare via per togliersi di mezzo, ma gli fece malignamente lo sgambetto. Glawen inciampò e cadde. Arles gli fu subito sopra, lo colpì con un calcio nelle costole, e stava per dargliene un altro quando Kirdy intervenne e lo spinse da parte.

— Basta, adesso! — esclamò. — Comportatevi lealmente! Kiper, quello che hai fatto è stato disonesto.

— Non se lui è una spia!

— Proprio così — ansimò Arles. — Questo serpente doppiogiochista non merita di meglio. Togliti, che voglio dargli un calcio in bocca, così imparerà a tenerla chiusa!

— Assolutamente no — disse Kirdy. — Adesso stai indietro, o dovrai vedertela anche con me. In quanto al vino, è ovvio che Glawen non ha niente a che fare con questa storia. Nessuno sapeva dove stava andando Jardine, salvo lui stesso e me.

— Vorrà dire che vi ha sentiti parlare.

Nel tirarsi in piedi Glawen non riuscì a reprimere una smorfia per il dolore al fianco. Da qualche passo di distanza fissò Arles negli occhi, a denti stretti; poi volse le spalle e si allontanò a passi lunghi su per la spiaggia fino al veicolo a energia dei Clattuc. Salì al volante, fece manovra e accelerò sulla strada che portava a Stazione Araminta.

Da Casa Clattuc chiamò al telefono Bodwyn Wook. — Non sono più uno degli Arditi Leoni.

— Ah! Come mai?

— Jardine Laverty ha tentato di rubare una damigiana di vino ed è stato colto sul fatto. Arles mi ha accusato di aver fatto una spiata. Ci siamo presi a parole, e io sono stato espulso dagli Arditi Leoni, con un calcio nelle costole come regalo d'addio.

— Succinto e confuso — disse Bodwyn Wook. — Questo non si adatta ai miei piani.

Glawen pensò fosse meglio tenere a freno la lingua. L'altro lasciò sibilare fuori il fiato fra i denti. — Devo supporre che tu non ci tenga a riunirti a loro?

— Dice il vero.

Bodwyn Wook tamburellò con le dita sulla scrivania. — Dovrai ugualmente andare a Yipton, e in compagnia degli Arditi Leoni. Kirdy ti inviterà. La cosa può appianarsi senz'altro.

— Se lo dice lei, signore.

7

I traghetti in servizio di collegamento fra Stazione Araminta e Yipton erano due: il vecchio *Spharagma*, ora adibito al trasporto delle merci e di parte dei lavoratori Yips, ed il più moderno *Faraz*, un catamarano fornito di ogni comodità e capace di ospitare centocinquanta passeggeri. A una velocità di crociera che poteva raggiungere i 100 chilometri orari nelle giornate favorevoli, il *Faraz* tagliava l'azzurra immensità del mare, giungeva a destinazione dopo 6-8 ore di viaggio, restava all'ormeggio per la notte ed il giorno dopo compiva il tragitto inverso, facendo così tre viaggi di andata e ritorno ogni settimana.

Pochi giorni prima delle vacanze, a metà dell'anno scolastico, Jardine Laverty avvicinò Glawen con aria avvilita. — Circa quella ridicola faccenda della damigiana di vino mi sento un po' imbarazzato. Ho scoperto che Volmer era rimasto lì soltanto per sbrigare del lavoro, invece di andar via alla solita ora. Tu sei stato accusato molto ingiustamente, e desidero farti le mie scuse. So che le parole non sono sufficienti, ma al momento non posso offrirti nient'altro.

Glawen disse, rigido: — Non si può pretendere che io abbia un buon ricordo di quel fatto.

— Naturalmente no! È un peccato che ti sia sentito spinto a dimetterti dagli Arditi Leoni. — Jardine esitò, poi con un certo sforzo disse: — Suppongo che potresti essere riammesso, se ci tieni. Anche se... Arles probabilmente farebbe qualche difficoltà.

— No, grazie — disse Glawen. — Il mio periodo di Ardito Leone è finito. Tuttavia non ho rinunciato al progetto di andare a Yipton la prossima settimana, e tanto per compagnia potrei unirmi al gruppo, se non ci fossero obiezioni.

— Sarai il benvenuto, ne sono certo! — Jardine ci pensò un momento. — Stasera c'è un'Assemblea del Branco. Spiegherò la faccenda di Volmer, e proporrò io stesso che tu faccia parte della comitiva.

Giunsero le vacanze di metà anno, e la scuola chiuse i battenti. Nel primo mattino di un Milden gli Arditi Leoni, Glawen e un'ottantina di altri turisti arrivarono alla biglietteria del traghetto, cambiarono i loro sol nella nuova valuta cartacea chiamata CC (Cartamoneta di Controllo) e salirono a bordo del *Faraz*.

Gli Arditi Leoni erano in otto: Uther e Kiper Offaw, Jardine Laverty, Shugart Veder, Arles Clattuc, Cloyd Diffin, Kirdy Wook e un membro nuovo, Dauncy Diffin. Tutti, salvo Arles, diedero a Glawen un cordiale benvenuto e chiarirono di non aver mai creduto una parola di quanto era stato detto di lui. – La sola idea era un'assurdità sulla faccia del Cosmo! – esclamò Uther Offaw.

Arles si limitò a un grugnito scontento. Per l'occasione indossava un elegante mantello di seta nera, e una vistosa cintura d'argento intarsiato. Gettando un'occhiata ostile a Glawen brontolò: – È sempre un galoppino dell'Ufficio B e, segnatevi le mie parole, se viene a Yipton non è soltanto per divertirsi con noi.

Kirdy si fece avanti, il largo volto roseo contratto dall'ira. – Rilassiamoci, vi dico, e pensiamo a godercela! – proclamò. Quel giorno portava un costume caratteristico dei ricchi allevatori di Soum: blusa di leggera vellutina marrone ricamata, pantaloni a strisele bianche e azzurre lunghi fino al ginocchio, stivaloni e un largo cappello da mandriano in corteccia di feltresca.

– Tanto per fargli capire che qui è appena sopportato – brontolò ancora Arles.

Glawen rise e gli diede le spalle.

Una volta a bordo del *Faraz* ogni passeggero riceveva un opuscolo dal titolo «Avvertenze per i visitatori delle Isole Lutwen». Mentre aspettava la partenza, Glawen andò ad appoggiarsi alla balaustra e lo lesse:

Il visitatore delle Isole Lutwen (Yipton, com'è più comunemente conosciuta la località) potrà certo godersi l'esperienza e trovarvi molti e sorprendenti generi di intrattenimento, purché eserciti la cortesia e si attenga strettamente ai regolamenti Yip.

RICORDATE: Yipton non è un pittoresco sobborgo di Stazione Araminta, bensì va considerato alla stregua di un insediamento indipendente su un pianeta lontano. La società Yip è unica nella Distesa Gaeana.

NON cercate di capire la cultura Yip o di introdurvi in essa con i normali espedienti. Non otterreste che di trovarvi in difficoltà. Leggete i seguenti consigli e prendeteli alla lettera.

SIATE CAUTI! Gli Yips non hanno molto riguardo per quelli che voi potreste chiamare «diritti umani». Vivono un'esistenza dura, e di rado possono permettersi il lusso di tediosi procedimenti legali. È più facile eliminare un problema che risolverlo, e gli Yips non sono contrari ai sistemi molto spicci. Prevenite ciò con un comportamento prudente, tenendovi fuori da ogni possibile **SORGENTE DI GUAI**.

NIENTE È GRATIS, salvo l'aria che respirate. Vi vedrete presentare il conto anche per l'uso dei gabinetti dall'albergo. Se chiedete la strada a qualcuno, pagategli cinque dinklet. Lo Yip non è avaro e predace: è puramente pratico e meticoloso. Tutto costa. Quando volete un oggetto o un servizio, dovete pagare.

NON CERCATE D'IMBROGLIARE O DI MERCANTEGGIARE, neppure per scherzo. Potreste andare incontro a spiacevoli conseguenze. **PAGATE**. Questa parola ha risparmiato a molta gente ogni difficoltà. Se pensate che uno Yip vi abbia estorto una cifra ingiusta o esorbitante, vendicatevi nel modo seguente: aspettate che lui venga a far visita alla vostra comunità e sottoponetelo allo stesso genere di estorsione. Questo è l'espediente più sicuro, sperimentato con successo in ogni epoca.

LA MORALITÀ SESSUALE È DIVERSA DALLA VOSTRA. Di questo potete stame certi, non importa quali siano le vostre tendenze particolari o i vostri tabù. La fornicazione è un atto casuale, senza coinvolgimenti emozionali. Ciò che potrebbe sembrarvi frigidità è di solito disinteresse, o semplice noia. Come ogni altro servizio, anche per il sesso viene presentato il conto. Queste liste di prestazioni, detto fra parentesi, sono anch'esse in vendita come divertenti souvenir, a tre sol per copia.*

---

* Il valore di 1 sol corrisponde a un'ora di lavoro manuale.

Ciò può sembrare esorbitante, ma il vecchio Titus Pompo sa fin dove può caricare i prezzi.

Domanda: Yipton è pericolosa per i turisti?
Risposta: Non lo è, se rispettano le regole.

Domanda: Quali sono le regole, oltre quelle di cui sopra?
Risposta:

REGOLA 1: Non vagabondate a caso. Quasi certamente vi perdereste. Nel caso peggiore nessuno vi rivedrebbe mai più (anche se questo è poco frequente). Mantenetevi sulle strade e sui canali segnati sulla cartina acclusa. Meglio ancora: affittate una guida.

REGOLA 2: Non accettate niente, né oggetti né servizi, senza aver prima chiesto o stabilito il prezzo. Nulla è in regalo. Onde evitare i malintesi, chiedete sempre quanto costa.

REGOLA 3: Non cercate di diventare amici con uno Yip, maschio o femmina. I vostri sforzi sarebbero vani. Gli Yips tollerano gli stranieri soltanto perché portano denaro. Il loro sentimento naturale verso di voi è una sicura per quanto moderata antipatia. Usate modi formali e cortesi: sono un lubrificante sociale. Potete anche mostrarvi sgarbati e duri se ne avete motivo, ma a uno Yip non importa molto che siate irritati o meno. Le vostre lamentele saranno fiato sprecato. Se avete un vero motivo di lagnanza, scrivete una lettera all'Oomphaw.

REGOLA 4: Mai, assolutamente mai, mettere piede sulla pavimentazione del Caglioro (La Tazza). Finireste per perdere tutto quello che avete, inclusi gli abiti fino all'ultimo bottone. Se faceste resistenza sareste offesi e feriti.

REGOLA 5: Limitate le libagioni al vino, al ponce, alla birra e ai liquori serviti nell'albergo. È sconsigliabile, per ragioni varie, assaggiare cibi e bevande al di fuori di quelli dell'albergo.

REGOLA 6: Non interferite con le attività degli Yips. Essi seguono le loro regole di vita, che sembrano funzionare adeguatamente.

REGOLA 7: Non toccate fisicamente gli Yips, sia in modo casuale che voluto. Lui, o lei, obietteranno con energia a tale contatto. Soprattutto non colpite uno Yip; nessuno vi proteggerà dalla sua replica. Questo si applica agli uomini come alle donne; gli Yips non conoscono la galanteria, né hanno speciale riguardo per le femmine. Anzi è il contrario.

REGOLA 8: Se visiterete la struttura turistica nota come Pussycat Palace, sarà saggio recarsi là con una guida assunta all'albergo, il cui compito sarà di tenervi fuori dai guai, benché le persone già esperte possano muoversi da sole in tutta sicurezza.

IN BREVE: Siate prudenti! Non avventuratevi in iniziative individuali fuori programma.

Domanda: Gli Yips hanno il senso dell'umorismo?
Risposta: No. Non del genere che voi capireste.

Domanda: Gli Yips sono umani?
Risposta: Questo è tutt'ora un soggetto controverso. La risposta potrebbe essere: non sono veri Gaeani. È probabile che gli Yips costituiscano una nuova o superiore specie di «Homo sapiens terrestrialis».

IL CHIFE: Nessun discorso su Yipton è completo senza un accenno al Grande Chife. Al primo impatto vi lascerà sbalorditi e scontenti. Pian piano l'effetto diminuirà. L'odore impregnerà i vostri abiti, i capelli, le mucose interne, e infine si attenuerà in un sentore generico appena avvertibile per voi. Questa può essere considerata un'altra attrattiva di Yipton, e a differenza di quasi tutto il resto è gratis.

Ci auguriamo che con l'aiuto di queste brevi note possiate godervi pienamente il soggiorno a Yipton.

Quando Glawen alzò gli occhi dall'opuscolo, il *Faraz* si stava allontanando dal molo. Si accorse che gli Arditi Leoni erano andati a sedersi nel salone principale e s'erano fatti servire alcune bottiglie di vino; Kiper cominciava già a mostrare sintomi di eccessiva convivialità. Kirdy, che odiava il mare e aveva una paura ossessiva delle acque profonde, era seduto in un angolo da cui non se ne vedeva neppure un poco.

Glawen rimase alla balaustra e guardò i familiari contorni di Stazione Araminta che si allontanavano di poppa. Il doppio scafo del *Faraz* puntò a nord-est, lasciando una larga e turbinosa scia sulle trasparenti acque dei bassi fondali.

Glawen si trasferì sul ponte panoramico di prua e sedette a riflettere sulla sua missione. Gli Arditi Leoni non avevano posto una data precisa Per il ritorno; alcuni di loro parlavano di tre giorni, ma altri si chiedevano se per esplorare le risorse del Pussycat Palace non ne sarebbero occorsi almeno cinque. L'opinione prevalente era che tre potevano bastare ad averne un buon assaggio. Tuttavia Glawen sapeva che le parole erano parole, e avrebbe dovuto assicurarsi che Kirdy aderisse a questa decisione.

Come in risposta ai suoi pensieri Kirdy si lasciò cadere a sedere nel posto accanto a lui, dando le spalle alla finestra panoramica per non dover guardare il mare. — Allora è qui che ti sei nascosto! Mi chiedevo se non fossi caduto fuori bordo. — Sogghignò e arrischiò uno sguardo dietro di sé. — Orripilante ipotesi!

— Ho pagato per restare a bordo.

— Dovresti essere nel salone con gli altri — disse Kirdy, nel tono di rimprovero che usava spesso con lui. — Non c'è da stupirsi se sei poco popolare. Ti comporti sempre come se ti considerassi un essere superiore.

Ogni tanto Glawen sospettava di non essere molto simpatico a Kirdy. Scrollò le spalle. — È più esatto dire che mi comporto come se preferissi evitare gli insulti di Arles.

— Il minimo che ti si chiede è di essere almeno conciliante.

— L'una o l'altra cosa non fanno troppa differenza.

— Errore! — dichiarò Kirdy. — Non scordare che gli Arditi Leoni devono essere la tua copertura.

— Qui sto molto più tranquillo. Kiper alza già il gomito; fra poco i ruggiti faranno tremare i vetri.

Kirdy scosse severamente il capo. — Aveva proposto tre Grandi Ruggiti per il Pussycat Palace, ma lo steward del salone gli ha detto di starsene calmo e questo lo ha alquanto depresso.

— Bene. Quand'è così — disse Glawen, — suppongo che la tattica migliore sia di unirsi a loro.

— Un momento — lo fermò Kirdy. — C'è una cosa di cui dobbiamo parlare. — Si accigliò, poi volse al cielo i suoi tondi occhi azzurri. — Circa questa missione, ho parlato ieri con il Supervisore. Ha messo l'accento sul fatto che tu e io dovremo lavorare in coppia.

Glawen fece un sospiro. Sul lavoro Kirdy sapeva essere noioso come pochi altri. Cominciò a pensare al modo migliore di sganciarsi da lui. — Il fatto è che ho avuto precise istruzioni personali su…

— Quelle istruzioni sono sospese. — Kirdy tornò a guardarlo in faccia. — E stato deciso che, in vista della mia maggiore anzianità ed esperienza, sarò io al comando della missione.

Glawen restò immobile per una decina di secondi, stupito. — Questo non mi è stato notificato.

— Te lo notifico adesso! — sbottò Kirdy. — E ti deve bastare. Mi credi oppure no? È meglio chiarire la situazione fin d'ora.

— Oh, per crederti ti credo — disse Glawen. — Solo che…

— Solo cosa?

— Ero convinto che Bodwyn Wook me lo avrebbe detto di persona.

— Be', lui lo ha detto a me e devi accontentarti di questo. Se non ti va, lamentatene al nostro ritorno. E se la verità dev'essere detta, Glawen, il tuo è un atteggiamento sbagliato in senso professionale. Te lo dimostro con un esempio: mettiamo il caso che sulla strada ci sia un mucchio di sterco, e che a te venga ordinato di rimuoverlo. Be', tu esiti, annusi disgustato, e stai a chiederti se devi usare il primo ramo che ti capita o andare a cercare una pala. E nel frattempo una vecchia signora inciampa e ci cade sopra. Non lo dico per me, ma questo è il genere di cose che dobbiamo evitare, e di conseguenza la squadra deve avere un capo esperto e deciso. L'ho fatto presente a Bodwyn Wook, e lui è stato d'accordo su ogni particolare. Così stanno le cose. Forse io tendo a essere più per l'azione diretta che per quella tattica, ma in missioni di questo genere può essere preferibile.

— Capisco. Quali istruzioni hai avuto, di preciso?

Kirdy annuì con serietà. — Le istruzioni, certo. Mi è stato detto che tu hai tutte le informazioni necessarie. Approfitta di questo momento di calma per mettermene al corrente, in sintesi.

— Hai mandato a memoria la mappa di Yipton?

— Quale mappa?

— Questa.

Kirdy si fece consegnare la carta e la aprì. Sulla bocca gli apparve una smorfia disgustata. — Che caos. La esaminerò più tardi.

— Va distrutta prima di entrare in porto. Vedi questa zona grigia?

— Cos'ha di speciale?

— È la zona su cui dobbiamo investigare.

— E questi altri posti contrassegnati, cosa rappresentano?

— Uno è il molo, l'altro è l'albergo.

Kirdy si piegò sulla mappa. — La zona grigia sembra separata sia dal molo che dall'albergo.

— Esatto.

— E cosa stiamo cercando, in particolare?

— Suppongo che lo sapremo solo quando lo vedremo.

— Mmpf! È un approccio alquanto approssimativo per una missione di questa portata.

— Da quanto ho capito, dobbiamo fare il possibile ma senza esporci a rischi personali.

— Questo è infatti il piano che pensavo di applicare. Non la vedo coma una gran sfida, tatticamente. Questa strada gira proprio intorno alla struttura in oggetto, e seguendola otterremo una buona quantità di dati.

— Se lo dici tu.

— Certo che lo dico io. Ora raggiungiamo gli altri.

— E la mappa?

— Per adesso la tengo in custodia. Hai altri documenti da farmi vedere?

— No.

Nel primo pomeriggio apparvero diverse barche da pesca: scafi leggeri, poco più che zattere in fasci di bambù legati e piegati a forma di scafo, ma c'erano anche imbarcazioni più glandi, rivestite in strisce di bambù e con telaio rigido. Subito dopo a nord-est fu in vista una linea scura, che pian piano si allargò rivelando i contorni dell'atollo e poi i particolari dei raffazzonati edifici che sorgevano fitti fra ammassi di bambù e palme da cocco. A quel punto i primi refoli del Grande Chife raggiunsero il *Faraz*, e i passeggeri si scambiarono smorfie e commenti in ogni tono.

L'atollo a cui si avvicinava il *Faraz* era quanto restava di un largo cratere vulcanico, ora ridotto a un circolo di isolette oblunghe fra le quali verdeggiava l'acqua bassa della laguna.

Il lato volto a mare di Yipton non era meno pittoresco di quello interno: gli edifici, di due, tre, quattro e anche cinque piani, avevano intelaiature in pali che davano loro un aspetto instabile ma sembravano aver deciso di sorreggersi l'un l'altro ovunque possibile, ed esibivano porticati e balconi ad ogni altezza. I colori avevano sfumature sporche: nero, ruggine, il verde-marcio del bambù invecchiato, e tutte le tonalità di bruno e grigio. La brezza portò zaffate più intense del Grande Chife; i passeggeri si premettero il fazzoletto sulla bocca o lo respirarono con espressione tetragona.

Il traghetto rallentò, oscillò avanti sulle onde in direzione del varco più ampio, girò attorno a un frangiflutti anch'esso in fasci di bambù e manovrò per accostare al molo. Il Grande Chife, non più diradato dalla brezza, aggredì le mucose nasali dei turisti.

Poco più indietro del molo la Locanda Arkady torreggiava con i suoi cinque piani ampi e irregolari sul quartiere migliore della città, dominando il panorama del porto e della laguna. Al piano terra la vasta terrazza pullulava di tavolini ombreggiati da piante e da parasoli verdi e rosa. Gli ospiti dell'albergo che sedevano lì a bere e a osservare le attività portuali erano numerosi, e sembravano ignorare del tutto il Grande Chife, cosa che incoraggiò un poco i turisti in arrivo. Glawen notò che gli stranieri sulla terrazza apparivano gioviali e rilassati. A meno che dietro non vi fosse un'altra realtà, le ammonizioni dell'opuscolo blu avevano calcato troppo la mano sui rischi che si correvano nell'atollo. Oppure, come suggerì in tono faceto un attempato gentiluomo, i lieti villeggianti che là si vedevano erano quelli che avevano pagato, e poi pagato e pagato ancora, cosicché non temevano più niente.

Il porto era pieno di imbarcazioni che entravano e uscivano dai canali, o dirette al mare, oppure si lasciavano trasportare dalla corrente mentre l'equipaggio pescava alla lenza, sgusciava molluschi, riparava reti e nasse. I bambù che crescevano lungo il litorale erano alti talora venti metri, e le palme da cocco radicate in un tratto di terreno fertile s'incurvavano sopra i canali. I balconi erano ricolmi di terraglie in cui crescevano ortaggi e legumi, fragole, peperoncini rossi, rosmarino, prezzemolo e alcune piante indigene adatte alla cucina piccante.

I passeggeri del *Faraz* sfilarono lungo una cigolante passerella di bambù fin sul molo, e due transenne li convogliarono a un cancelletto sorvegliato da due Oomp.* Uno di loro ne studiava i volti con grave attenzione; l'altro riscuoteva l'equivalente in CC di tre sol per la tassa di sbarco, opponendo la più totale indifferenza ai brontolii e alle lamentele.

Gli Arditi Leoni pagarono la tassa di sbarco con un'espressione sdegnosa da «noblesse oblige» che Glawen preferì non emulare. Poi tutti si avviarono per la scalinata che conduceva all'albergo.

Al banco delle registrazioni fu Arles a farsi avanti. – Noi siamo gli Arditi Leoni! Devono esserci otto camere riservate per noi.

– Proprio così, signore. Otto belle camere al quarto piano. Quanto pensate di fermarvi?

– Questo non è stato ancora definito. Dipenderà dalla qualità del vostro servizio.

Glawen si accostò al banco. – Io sono col loro gruppo, ma non ho prenotato. Vorrei una camera.

– Naturalmente, signore. Può avere un'ottima stanza nello stesso blocco delle altre, se così desidera.

– Andrà benissimo.

Quando furono saliti al quarto piano, Glawen si vide assegnare la stanza in fondo al corridoio e la trovò piacevole. La finestra si apriva direttamente sopra un piccolo canale, al di là del quale si affastellavano selvaggiamente i tetti. Alcune stuoie coprivano il pavimento; le pareti

---

* Gli Oomp costituiscono un corpo di polizia privato responsabile soltanto verso l'Oomphaw. Sono individui di fisico prestante; usano raparsi a zero, tatuarsi le labbra di nero e portare orecchini particolari. La loro uniforme è una tunichetta bronzea, crespata, su cui indossano un grembiule bianco lungo fino al ginocchio, e stivaletti di una dura sostanza metalloide nera essudata da un gasteropode marino. Si cingono la fronte con una fascia dello stesso materiale, a cui appendono spine di madreperla che indicano il loro grado. Più complessi e sconcertanti risultano gli emblemi, o ideogrammi, di colore rosso o nero sul petto della loro tunica; simboli di cui nessuno conosce il significato.

erano in listelli di bambù parzialmente sovrapposti, e dal soffitto pendeva una lampada globulare contenuta in un paralume di vimini nero. I mobili consistevano in un cuscino-letto, in quel momento arrotolato da parte, un tavolo, una sedia e un guardaroba. Il bagno e il cesso erano all'inizio del corridoio, dove una vecchia cameriera riscuoteva i pagamenti specificati in una lista.

A una parete della camera era applicato un elenco di intrattenimenti e servizi a disposizione dei turisti, ciascuno con il suo prezzo. La giornata era calda e umida. Glawen indossò abiti più leggeri e tornò giù nell'atrio. Il locale era molto ampio, con soffitto e pareti in robustissimi bambù verniciati in giallo-miele. Sul muro dietro il bancone risaltavano drammaticamente dozzine di maschere grottesche intagliate in legno di joho nero, souvenir irresistibili per i turisti. Al suolo erano sparsi tappeti di forma bizzarra, dal colore vistoso, che davano una gradevole vivacità all'atmosfera del salone. Una fila di porte dava accesso alla terrazza, dove gli ospiti dell'albergo continuavano a bere e a mangiare spensieratamente.

Glawen andò a sedersi su una poltrona di vimini in un angolo dell'atrio, suo malgrado affascinato dall'ambiente della Locanda Arkady. Intorno a lui erano seduti altri gruppetti di turisti, che già attaccavano discorso con quelli appena arrivati elargendo loro informazioni e resoconti delle esperienze fatte nelle strade e lungo i canali di Yipton. Dodici o quindici camerieri, ragazzi giovani vestiti con gonnellini bianchi e a piedi scalzi, si aggiravano ovunque servendo ponce al rum, succo di ling-lang, sorrisi dell'assetato (una miscela di ingredienti segreti) ed elisir verde («Salubre! Tonificante dei processi mentali! Vi predispone a felici esperienze!»).

Alcuni Arditi Leoni scesero al pianterreno: Arles, Cloyd, Dauncy e Kiper. Con la coda dell'occhio Arles prese nota della presenza di Glawen, ma ostentatamente guardò altrove e condusse il gruppetto a un tavolino sul lato opposto dell'atrio.

Glawen riaprì l'opuscolo delle avvertenze ed esaminò la piccola mappa acclusa. L'area a cui era interessato Bodwyn Wook, a nord e ad est della Locanda, recava una scritta: «Industrie e magazzini – Zona non turistica».

Si appoggiò allo schienale e di nuovo pensò a come gli sarebbe convenuto agire con Kirdy, che quasi sicuramente aveva interpretato a modo suo le funzioni conferitegli da Bodwyn Wook.

Considerò le proprie reazioni di fronte alla serie di scelte che gli si presentavano, e alla fine stabilì che la meno attraente di tutte, ovvero la supina accettazione delle direttive di Kirdy, era anche la meno producente. Ma cosa gli restava, se non ignorare la sua dignità, l'esasperazione e una dozzina di altre emozioni, e adattarsi al nuovo ruolo di assistente di Kirdy?

Mentre cercava di inghiottire quell'amara pillola, anche Kirdy apparve in fondo alle scale. Perlustrò l'atrio con lo sguardo e poi venne a sedersi accanto a lui. — Non esci per il giro?

Glawen lo fissò senza capire. — Quale giro?

— Quello che gli Yips chiamano Giro d'Orientamento. Costa quattro sol, e nel prezzo sono inclusi una guida e un mezzo di trasporto sui canali. Saremo di ritorno per la cena; poi tutti fuori e via al Pussycat Palace.

— Non sono stato invitato al vostro giro — disse Glawen. — In quanto al Pussycat Palace, lo lascio a voi.

Kirdy ne fu meravigliato. — Dici sul serio?

Lui sospirò. Le reazioni del compagno erano già tediose. — Non lo trovo affascinante. Le ragazze recitano per mascherare la loro apatia, e questo mi farebbe sentire stupido.

— Che fisime incredibili! — sbuffò Kirdy. — Io ho una buona esperienza della cosa, e non mi sono mai sentito stupido. Sono ragazze tagliate per questo, altrimenti sarebbero fuori a coltivare le alghe. Purché tu non vada a lamentarti di loro fanno qualsiasi cosa vuoi. E anzi te la rifanno fino a saziarti, perché se il cliente esce scontento vengono frustate.

— Questa è un'informazione utile e la terrò a mente — annuì Glawen.

— È chiaro che tu sai come fare con le donne. Ma per me il procedimento manca ancora di attrattive.

Kirdy si accigliò. — La gente che fa un lavoro come il nostro non può avere lo stomaco tanto delicato. Tu sei ipersensibile. Io voglio che ti unisca agli Arditi Leoni in ogni situazione; altrimenti richiamerai su di te sguardi insospettiti, e questo è proprio quello di cui abbiamo meno bisogno.

Glawen guardò verso l'altro lato dell'atrio. Uther e Shugart erano appena scesi per unirsi ai compagni. Arles aveva assunto una posa fascinosa e carognesca, con un piede poggiato su un tavolinetto e il mantello nero che gli pendeva da una spalla con grande effetto. Si accorse dell'attenzione di Glawen e guardò da un'altra parte. Lui si strinse nelle spalle. – Certi membri del branco preferiscono non avere la mia compagnia.

Kirdy ridacchiò. – È un peccato che il tuo cuoricino sia così vulnerabile. Non lasciarlo capire a Bodwyn Wook; lo faresti ridere.

– Tu hai un po' frainteso le mie osservazioni – disse tranquillamente Glawen.

– Sia come sia. Ora io ti sto invitando a venire in giro con noi, e non c'è altro da dire. Circa il Pussycat Palace, avevo proposto di andarci domani ma nella votazione ho avuto la peggio. Cloyd, Dancy, Kiper e Jardine sono... in preda a un certo fermento.

Fra i pensieri di Glawen ne salì a galla un altro. – E Arles non sta scalpitando?

– Il fatto è che Arles è un tantino giù – disse Kirdy. – L'altra sera abbiamo fatto una festicciola, e probabilmente non si è ancora ripreso.

– Si alzò. – Meglio raggiungere il branco. Dammi quattro sol; è la tua quota per il giro.

Glawen tirò fuori i suoi CC, ma l'altro fece un verso sprezzante; allora gli consegnò quattro monete. I due attraversarono l'atrio. Il branco degli Arditi Leoni era adesso al completo: un gruppo di giovani esuberanti e vogliosi di farsi notare, che si scambiavano battute a voce alta. – Ehi! – chiese Kirdy. – Chi tiene i soldi del giro?

– Io – rispose Shugart. – Hai paura che scappi con la tua parte?

– No, ma bada a restare in vista. Ecco qui altri quattro sol. Glawen viene con noi.

Shugart prese il denaro, poi gettò un'occhiata ad Arles, che era indietreggiato in posa altera per esaminare l'insieme di maschere lignee appese alla parete. – Suppongo che non ci sia ragione perché resti qui da solo – disse infine.

– Nessuna ragione – dichiarò Kirdy. Nel riaccostarsi al gruppo Arles notò la presenza di Glawen e si fermò subito. – Questa è una cosa del branco – disse a Shugart. – E per i soli membri! Credevo di averlo chiarito!

— Glawen è un ex Ardito Leone — cercò di placarlo Shugart. — Ha pagato i suoi quattro sol; non c'è motivo perché non debba venire.

— Pensavo che avesse capito che aria tira. Eppure sa bene quello che tutti pensiamo di lui!

Glawen non si prese la briga di rispondergli. A farlo fu Kirdy: — L'ho invitato io! È mio ospite, e ti sarò grato se gli mostrerai almeno un minimo di cortesia.

Arles non trovò nulla di mordace da ribattere e gli voltò le spalle. Nel frattempo era arrivata la guida che avevano chiesto, un giovanotto di tre o quattro anni più anziano di loro, dai lineamenti vivaci e svegli di un fauno, con un fisico superbo e capricciosi riccioli bronzei. Indossava un corto gonnellino bianco e un bolero azzurro pallido da cui emergevano le spalle abbronzate. Si fece avanti con modi studiati e voce assolutamente nitida, come se si stesse rivolgendo a una classe di ragazzini delle elementari: — Io sono la vostra guida. Il mio nome è Fader Campasarus Uiskil. Oggi potremo divertirci un poco, ma ricordate: non separatevi dal gruppo! State uniti! Non allontanatevi da me! Se vagabondaste da soli andreste incontro a degli inconvenienti. È chiaro per tutti? Restate sempre nelle mie immediate vicinanze e sarete al sicuro. — Tacque il tempo necessario per esaminare Arles da capo a piedi, e disse: — Signore, lei non starà comodo con quel mantello, che farà assai presto a sporcarsi. Lo dia a quel fattorino, che penserà a portarlo in camera sua.

Molto di malavoglia e con un gesto di stizza Arles seguì il suggerimento.

Fader continuò, nello stesso tono: — Questo è un giro introduttivo. Comprende una breve gita in barca attraverso alcuni canali, una visita al Caglioro, al bazaar, e ad altre destinazioni precisate nell'opuscolo. Altre opzioni vi saranno spiegate lungo il percorso, o saranno l'oggetto di un'altra escursione per domani. Chi di voi è il capitano del gruppo?

Arles si schiarì la gola, ma Kirdy lo precedette: — Per l'occasione sembra che sia Shugart, che ha il denaro. Balza avanti nella savana, Shugart! Esercita la tua autorità leonina!

— Molto bene. — Shugart gonfiò il petto. — Se tocca a me reprimere le indiscipline del branco, così sia. Tu hai parlato di opzioni, coso... uh, Fader. Ti va di discuterle adesso?

— Vi saranno esposte lungo la strada, visto che avremo un paio di minuti fra una voce e l'altra del programma. Avanti, ora, seguitemi se non vi spiace. Cominceremo in barca, su per il Canale Hybel.

Il gruppo discese una rampa e girò a lato della Locanda, dove un basso marciapiede fiancheggiava un approdo piuttosto stretto. Qui trovarono in attesa uno scafo a forma di canoa, con prua e poppa molto rialzate ed equipaggio composto da quattro vogatori muniti di pagaie. Gli Arditi Leoni saltarono a bordo e si misero a sedere sui piccoli cuscini. Fader andò alla manovra della grossa ruota del timone che campeggiava sulla poppa. L'imbarcazione scivolò subito avanti, girò sotto un passaggio coperto e sbucò alla luce del sole dopo un breve percorso ricurvo.

Gli Arditi Leoni si trovarono ad attraversare il porto, con i terrazzi della Locanda Arkady quasi sopra di loro. Quasi subito la canoa svoltò ancora, stavolta nel Canale Hybel.

Per oltre mezz'ora seguirono le curve serpentine del canale, navigando su un'acqua scura e oleosa. A destra e a sinistra incombevano edifici fatiscenti alti alcuni piani, collegati da passatoie traballanti e pali di sostegno. Gli sguardi finivano per sperdersi come ipnotizzati nell'intrico di balconi pieni di panni stesi, finestre di ogni forma, scale esterne e ballatoi su cui erano accatastati gli oggetti più diversi, il fogliame verde che sbucava dappertutto, le facce che li sbirciavano e i camini di bambù da cui uscivano refoli di fumo. Piante simili ad alghe si arrampicavano sulle rive fin sopra i cumuli di spazzatura stratificata. Il Grande Chife copriva il tutto come una cappa stagnante.

La canoa procedeva a rilento, e i vogatori si guardavano attorno pigramente come se anch'essi fossero lì per svago. Glawen mormorò a Kirdy: — Vedi quel barcone con il cordame rossastro ammucchiato sulla prua? L'ho già notato altre due volte. Questi filibustieri ci stanno facendo girare in cerchio, e ridono di noi.

— Per la capra di Balthazar! Credo che tu abbia ragione! — Indignato Kirdy si volse a Fader. — Si può sapere a che gioco state giocando? Ci avete fatto girare qua attorno fino a rimbecillirci. È tutto qui quello per cui paghiamo denaro sonante?

Jardine gli fece subito eco: — Dico, ci stai prendendo per scemi? Stiamo andando avanti e indietro fra il caldo e la puzza, sempre lo stesso caldo e sempre la stessa puzza!

Fader sorrise candidamente. — Lo scenario del canale cambia poco da un posto all'altro. I turisti lo trovano pittoresco.

Shugart agitò un pugno. — Questo non è il giro che dovevamo fare! L'opuscolo dice «scenari esotici» e «vita segreta di Yipton» e «ragazze nude al bagno»!

— È vero! — gridò Cloyd. — Dove sono le ragazze? Io ho visto solo una vecchia che masticava un pesce marcio, e un bambino che pisciava nell'acqua!

Fader rispose in tono piatto, evidentemente recitando una tirata che aveva ripetuto chissà quante volte: — C'è una spiegazione per tutto. La nostra è una società molto pratica, con vari aspetti e livelli che non tenterò di illustrarvi. Non sprechiamo niente, tutto è pianificato. Il Giro che voi avete scelto dal programma, il numero 111, fornisce provocanti riflessioni sulla concretezza della vita quotidiana. Documenta la vittoria della pazienza e dell'abnegazione, qualità così importanti nel mondo moderno. Il messaggio di questo Giro è fortemente ispiratore! Se siete interessati ad altri aspetti di Yipton, il Giro 109 comprende una visita agli asili, dove potrete esaminare l'educazione degli infanti a Yipton. Il Giro 154 vi mostrerà le tecniche della pulitura del pesce, e della successiva utilizzazione di ogni scaglia e osso nell'economia cittadina. Il Giro 105 vi porterà attraverso la Casa dei Malati e al cimitero marino, dove al tramonto potrete udire le affascinanti cantilene tradizionali e il vero «Pianto Subacqueo», di cui sono disponibili registrazioni a prezzo di favore. Ma se volete visitare la zona delle ragazze al bagno si può fare anche subito, con un piccolo extra di cinque sol ciascuno.

Shugart lo guardò stupefatto, poi assunse un tono duro: — Ascolta un po', coso, Fader! Non ho capito niente di tutto questo discorso, ma una cosa me la ricordo, e cioè che tu non avevi parlato di nessun extra. E ora che ci penso, in questo Giro si parlava chiaramente di una visita al quartiere delle ragazze.

— Quello era il Giro Basilare 112. Questo è il Giro Basilare 111.

— E con ciò? Il prezzo è lo stesso. Il Giro 111, secondo l'opuscolo che ho qui, è sconsigliato... ora leggo il paragrafo, testuale: «sconsigliato a coloro la cui religione proibisce la vista di donne nude, specialmente giovani e attraenti.» Be', noi non ci offendiamo facilmente a questi spettacoli. Dunque procediamo secondo il programma.

— Vedo che lei cade in un equivoco, signore. Evidentemente l'impiegato dell'albergo vi ha frainteso. I Giri non possono essere spezzettati, facendo un po' di questo e un po' di quello. Se volete essere risarciti dovrete rivolgervi a quell'impiegato.

Shugart sbuffò, sarcastico. — Ci prendi per fessi, coso? Eravamo d'accordo per il Giro 111, e fai il favore di non tentare altri trucchi con noi.

Fader estrasse un foglio e glielo mostrò. — Com'è possibile che lei sbagli di tanto, signore? Il Giro 111, come vede qui scritto, è limitato a un massimo di otto persone. E a bordo siete in nove.

— Che vuol dire questo? — ringhiò Arles.

Kirdy ebbe un gesto spazientito. — Arles, sii gentile e controlla i tuoi nervi. Hai la faccia di un cane idrofobo!

Shugart disse a Fader: — Dammi un po' quel foglio.

— Non posso, signore. È la copia che spetta tenere a me.

— E la terrai, dopo che l'avrò letta.

Con riluttanza Fader lo accontentò. Shugart cercò il paragrafo e lesse ad alta voce: — «I Giri 111, 112 e 113 sono quasi identici. Il 111 e il 113 sono adatti solo a chi non può essere offeso dalla nudità femminile, e passano attraverso le residenze delle ragazze. Il 112, un po' più lungo, comprende la visita alle vasche dei mitili. Il prezzo di ogni Giro è di 32 sol per un totale di otto persone. Ogni persona extra può essere inclusa a discrezione del capitano del gruppo, previo pagamento di 4 sol. Una mancia del 10% sarà gradita». Proprio così. E prima di uscire io ho consegnato all'impiegato 36 sol. Ecco la ricevuta che lo dimostra!

Fader la esaminò e annuì. — Lei avrebbe dovuto mostrarmela fin dall'inizio, e ci saremmo risparmiati ogni sgradevole discussione. Ciò malgrado, a mio parere, la barca è sovraccarica per il Giro 111.

Shugart gli puntò un dito sul petto. — Basta con questo stupido ostruzionismo! Portateci a fare il Giro 111, oppure torniamo immediatamente all'albergo, dove protesteremo furiosamente!

Fader ebbe un sospiro stanco. — Tutti vogliono qualcosa per niente, e noi dobbiamo compiacerli per amore dei buoni rapporti. Sia come volete. Dateci la nostra mancia fin d'ora, e chineremo la schiena sotto il peso del remo.

— In nessun modo, forma, colore, sapore e odore! Potrete sognarvi la mancia in eterno, se non modificate subito il vostro comportamento!

— Ah, voi ricchi studenti di Araminta siete gente spietata con i poveri lavoratori. Sia pure il Giro 111, visto che insistete. — Si volse all'equipaggio: — Mano alle pagaie, uomini. Oggi siete fortunati! I signori vogliono passare dagli alloggi, invece che dalle vasche delle ragazze.

Jardine mandò un grido: — Vasche delle ragazze? L'opuscolo parlava di vasche dei mitili!

— Il luogo è lo stesso — disse Fader. — Il dado è tratto. Andiamo.

Gli Arditi Leoni mantennero un aspro silenzio. La canoa percorse un intreccio di canali e sottopassaggi in zone fittamente edificate, costeggiò una piantagione di salpiceti coltivata, a giudicare dalla loro densità, da più esseri umani di quante erano le piante, quindi svoltò bruscamente verso il mare e rallentò fra due edifici alti e lunghi. I balconi che affiancavano il canale erano dozzine, e da porte e finestre spalancate si scorgeva l'interno di moltissime piccole stanze. Mentre gli Arditi Leoni scrutavano dappertutto qualche ragazza uscì, ad appendere un indumento alle corde o a curare un vaso da fiori, ma se ne vedevano pochissime. Gli alloggi erano silenziosi e sembravano semideserti.

Kirdy aveva il disappunto dipinto sul volto. — Questo è un mortorio — disse a Fader, con stupore. — Dove sono tutte le ragazze?

— Molte sono a letto — rispose lui. — Tutte le altre sono in acqua, nelle vasche dei mitili o alla piantagione di alghe. Questi, comunque, sono i loro alloggi. Le ragazze del turno di mattina sono a dormire. A mezzanotte dovranno uscire per andare al lavoro, e il loro letto verrà occupato dalle ragazze del turno pomeridiano. Ogni abitazione è usata da due persone. Alla fine dovremo cercare di emigrare sulla terraferma per lasciare spazio ad altri, ecco il nostro destino, e quel giorno non verrà mai troppo presto. In ogni caso, gli alloggi li avete visti. Ma francamente non vi capisco... certa gente preferisce guardare le ragazze che nuotano nude nelle vasche. Anch'io lo trovo più divertente.

— Senti, coso... — cominciò Shugart. Poi scosse il capo. — D'accordo, quello intelligente sei tu. Ma in quanto alla mancia, puoi darle il più bel bacio di addio della tua vita.

— Dice a me, signore? — chiese Fader. — Temo di non aver sentito.

— Lasciamo perdere. Andiamo avanti col giro turistico.

— Molto bene. Approderemo al prossimo molo.

La canoa accostò a una banchina e gli Arditi Leoni scesero, con Fader che li aiutava cortesemente perché non cadessero. Mentre Shugart allungava una gamba verso il molo la canoa ebbe un brusco scarto, Fader mancò d'intervenire per tempo e Shugart precipitò nel canale con un gran tonfo.

Fader e gli altri lo aiutarono a issarsi sul molo. — Lei avrebbe dovuto fare più attenzione, signore — disse lo Yip.

— Più attenzione a quello che dicevo, certo — ringhiò Shugart, scrollandosi via le sue mani di dosso.

— Ciascuno impara dai suoi errori. Bene, non c'è dubbio che lei si asciugherà presto. Non perderemo tempo a commiserarla. Da questa parte, dunque. State uniti in gruppo. Il costo per la ricerca di persone che si smarriscono ammonta sempre a una cifra elevata.

Gli Arditi Leoni attraversarono un pantano su una passerella, salirono alcune rampe di scale, furono guidati dentro una porticina e quindi lungo un corridoio che dopo dieci passi si aprì su una balconata. Sotto di loro c'era un locale in penombra, così vasto che la parete opposta poteva appena essere intuita, e pieno di mormorii. La sola luce proveniva da pochi fori aperti nell'altissimo soffitto. Mentre i loro occhi si adattavano alla semioscurità, gli Arditi Leoni videro più in basso una moltitudine di Yips. Erano suddivisi in gruppetti, per lo più seduti attorno a minuscoli focherelli accesi in ciotole di coccio su cui arrostivano pesci, granchi e mitili. Alcuni facevano circolo e giocavano a carte sul pavimento, o a dadi, o ad altri giochi; altri si facevano tagliare i capelli o sembravano occupati a regolarsi le unghie delle mani e dei piedi. Altri ancora suonavano in sordina motivetti sfiatati con pifferi di bambù, evidentemente solo per proprio gusto visto che nessuno aveva l'aria di ascoltarli. Non mancava chi si teneva in disparte, perduto nei suoi pensieri, o giaceva disteso con gli occhi fissi nel nulla. I rumori di quella folla salivano alla balconata mescolandosi in una vibrazione vaga e soffusa che proveniva da ogni parte.

Senza darlo a vedere Glawen studiò le facce dei compagni. Ognuno, com'era prevedibile, aveva un'espressione diversa. Sul sogghigno di Kiper si leggeva la voglia di dar voce a una battuta triviale, se avesse osato. Arles manteneva un'accigliata impassibilità, mentre Kirdy sembrava pensoso e un po' intimorito. Shugart, che colava ancora acqua dai capelli e dai vestiti, evidentemente avrebbe trovato irritante qualunque situazione. In seguito avrebbe descritto il Caglioro ad altri amici come «un milione di molluschi pallidi. L'incubo di una mente malata! Un miasma umano!»

Similmente, Uther Offaw avrebbe riferito l'esperienza parlando con vago sarcasmo di «una zuppa psichica».

Fader si rivolse al gruppo in tono professionale. – È qui che gli uomini vengono a riposare, a pensare i loro pensieri, e a pensare i pensieri degli altri. Le donne, ovviamente, dispongono di un luogo simile.

Dauncy gli domandò: – Quanta gente c'è qui dentro?

– È difficile averne un'idea. La gente va e viene. Notate quei turisti là, sulla balconata: si divertono a gettare monete giù sul pavimento! Come vedete, intorno al denaro si accende una lotta. Talvolta i turisti gettano somme elevate, dando origine a tumulti in cui la gente resta seriamente ferita.

Jardine lo guardò insospettito. – Non c'è una multa per chi usa il denaro al posto della nuova cartamoneta?

– Sì, ma vi sarete accorti che per facilitare i turisti facciamo delle eccezioni. Potete divertirvi anche voi senza timore. Se avete solo dei CC, vi saranno cambiati in sol al banco là in fondo.

Kiper disse, eccitato: – Quelli si pestano sul serio! Ehi, qualcuno di voi ha un po' di dinklet da prestarmi?

Kirdy lo guardò severamente. – A quando un barlume di dignità? È da stupidi sprecare denaro in questo modo. – Si volse a Fader. – Non tutti i turisti sono dei lummox, malgrado le vostre convinzioni.

Fader sorrise e scosse il capo. – Io tratto con persone di ogni genere, ma non esprimo mai giudizi su di loro.

– Hai detto che le donne hanno un posto loro – disse Cloyd. – Può essere visitato?

– Potete scegliere fra i Giri 128, 129, e 130, come spiegato nell'opuscolo. Sono quasi simili, salvo le eventuali opzioni.

– C'è un posto dove gli uomini e le donne si incontrano? Come fate a sposarvi e a formare una famiglia?

– Il nostro sistema sociale è complesso – disse Fader. – Non posso documentarvi in merito, se restiamo nei limiti del Giro 111. Pagando per l'insegnamento potrete avere notizie a vari livelli di competenza tecnica. Se volete seguire un corso di studio, vi invito ad accordarvi questa sera con il segretario addetto ai Giri.

Kiper non ce la fece a star zitto. — Stasera il nostro Cloyd farà un corso di studio molto particolare! Egli succhierà la saggezza da quella che è la sua unica vera sorgente!

Cloyd non fu divertito dal sentirsi tirare in ballo. — Se la saggezza si trova lì, guarda che la cosa che hai succhiato tu era al massimo il cuscino.

Arles indicò un punto della balconata del Caglioro, dove altri turisti stavano guardando verso il soffitto. — Cosa succede laggiù?

Fader si volse. — Quei signori là? Hanno pagato per uno spettacolo. Voi non potete guardare; questa è la regola. Se partecipate come spettatori dovete pagare un extra.

— Stupidaggini, pure e semplici! — sbottò Arles. — Io ho pagato per vedere il Caglioro. Se da qui non si vede niente, esigo la restituzione del mio denaro!

Fader scosse tristemente il capo. — Signore, ciò che lei sta guardando è appunto l'interno del Caglioro. Sentir negare l'evidenza di questo fatto è doloroso.

— Andiamo, Fader, ragiona — lo esortò Kirdy. — Noi abbiamo sborsato soldi per vedere sia l'interno del Caglioro che (cito l'opuscolo, se la memoria mi assiste) tutti i pittoreschi episodi e gli strani incidenti per cui è noto questo luogo sorprendente. È implicito che ciò comprende ogni spettacolo in atto durante la nostra visita.

— Proprio così — disse Fader. — Tuttavia è necessario considerare l'opuscolo alla lettera. Il Caglioro non è noto per questo particolare spettacolo, né per altri definibili come spettacoli organizzati. Di conseguenza si tratta di eventi fuori della norma, a cui si deve logicamente applicare un prezzo a parte.

— In questo caso noi guarderemo il Caglioro in lungo e in largo, com'è nostro diritto, ma ignorando ogni spettacolo in corso. Compagni Arditi Leoni, mi avete udito? Guardate tutto a piacer vostro, e se uno spettacolo interferisce con la vostra vista non prestategli attenzione. Non divertitevi, ignoratene l'esistenza, altrimenti io stesso vi domanderò di pagare il dovuto. È tutto chiaro? Ora spaziate con lo sguardo! E dove per puro caso vi sia uno spettacolo, osservate soltanto l'aria al di qua e al di là di esso!

Fader non ebbe nulla da dire. Intanto, pochi metri sotto il soffitto, due uomini anziani stavano avanzando su una passerella collegata a una piattaforma circolare larga circa tre metri. Indossavano soltanto pantaloni corti, bianchi per l'uno e neri per l'altro. Il vecchio in calzoncini bianchi non sembrava molto lieto di trovarsi lassù, e si fermò a guardare in basso con sorpresa e preoccupazione. D'un tratto si volse, e sarebbe tornato all'altra estremità della passerella se un cancelletto non si fosse abbassato a impedirglielo. Il vecchio in pantaloncini neri balzò avanti e lo abbrancò. I due lottarono, vacillando da una parte e dall'altra, finché quello in bianco rotolò sulla piattaforma. L'avversario gli fu addosso, lo stordì a calci in testa e lo trascinò fin sul bordo, poi lo spinse nel vuoto. Roteando su se stesso, il vecchio dai calzoncini bianchi precipitò su un pianale irto di paletti acuminati, che lo squartarono orrendamente. Gli Yips raggruppati sulla pavimentazione del Caglioro non diedero alla scena più che uno sguardo distratto. L'uomo in pantaloncini neri si avviò stancamente lungo la passerella per cui era arrivato e scomparve nell'ombra.

Kirdy si volse agli Arditi Leoni. — Io non ho visto nulla di insolito che meriti d'essere chiamato spettacolo. E voi?

— Neppure io — fu la risposta generale. — Niente… Io al buio ci vedo male… Io peggio, tienimi per mano!

Uther Offaw si volse a Fader. — Noto soltanto ora che lassù sembra esserci una piattaforma. A cosa serve, se non devo pagare il corso speciale di istruzione per saperlo?

Fader si concesse un sorrisetto ironico. — Viene usata per certi spettacoli che presentiamo ai turisti disposti a pagare. Alcuni individui anziani e indigenti, se fanno questa scelta, vengono ben alloggiati e ben nutriti. In cambio lottano là sopra, finché uno cade e si uccide. È una procedura socialmente benefica da ogni punto di vista. I vecchi sono mantenuti gratuitamente nei loro anni non più produttivi, e forniscono un utile con il trapasso finale, che altrimenti non darebbe un guadagno a nessuno.

— Interessante! Anche le donne godono dei vantaggi di questa istituzione?

— È naturale.

— Eppure capto un non so che di cinico nel costringere due vecchi indigenti a lottare a morte per dare spettacolo — disse Uther.

— È una falsa impressione! — dichiarò Fader. — Non vengo incoraggiato ad argomentare con i turisti, ma puntualizzo che le costrizioni impostoci dall'esterno ci inducono a usare ogni mezzo pur di sopravvivere.

— Mmh! Potreste metter su uno spettacolo in cui a lottare siano bambini, e non persone anziane?

— È abbastanza possibile. Il segretario addetto ai Giri dovrebbe potervi dire il prezzo esatto, nel caso.

— Sembra che qui si possa ottenere tutto, a pagamento.

Fader allargò le mani. — Non è così dovunque? Devo informarvi che il tempo passa. Avete visto abbastanza del Caglioro?

Shugart guardò i compagni. — Siamo pronti a muoverci. Qual è la prossima tappa?

— Passeremo attraverso la Galleria degli Anziani Gladiatori. Se poco fa foste stati più attenti avreste potuto vedere una coppia di questi eroici guerrieri lottare su una piattaforma. Dato che lo spettacolo vi è sfuggito, non posso chiedervene il prezzo.

— C'è da sborsare qualche extra per attraversare questa galleria? Fader li tranquillizzò con un gesto. — È sulla strada per arrivare al bazaar. Seguitemi.

Fader condusse il gruppo in un lungo passaggio su cui si apriva una serie di cubicoli. In ognuno di essi un vecchio sedeva a gambe incrociate su una stuoia. Alcuni si tenevano occupati con lavoretti manuali di vario genere. Uno ricamava all'uncinetto, un altro intrecciava tappetini su un telaio, altri ancora impagliavano piccoli animali o molavano la madreperla, ma molti non facevano che guardare nel vuoto con occhi inespressivi.

A metà della galleria gli Arditi Leoni trovarono la comitiva di turisti che aveva pagato per lo spettacolo nel Caglioro. Erano una ventina, bassi di statura e massicci, e dai larghi berretti argentei ornati di nastri neri Glawen li identificò come Laddakee provenienti da Gaude Phodelius IV. Il capo del gruppo sembrava intenzionato a trattare per un altro spettacolo, la cosiddetta «Doppia Bottiglia», con la loro guida, ma nel sentirne il prezzo cambiò idea. Altri erano riuniti davanti a uno dei cubicoli e stavano conversando con il suo anziano occupante. Gli Arditi Leoni si fermarono ad ascoltare.

Al vecchio era stata posta una domanda. Lui rispose: — Quali scelte mi restano? Non posso più lavorare. Dovrei sdraiarmi e aspettare di morire di fame?

— Ma sembra che morire qui non ti dispiaccia.

— M'importa poco che sia una fine insulsa. È quella che meglio si adatta alla mia vita. Non ho raggiunto obiettivi, né fatto scoperte o invenzioni. Non ho smosso un pelo sulla faccia del cosmo. Presto sarò scomparso, e nessuno noterà la differenza.

— Mi sembra una filosofia negativa — osservò il Laddakee. — Non hai fatto proprio nulla di cui andar fiero?

— Ho fatto lo strappa-alghe per tutta la vita. Sono stato fiero di avere calli così spessi da poter camminare scalzo sui coralli. Ma molto tempo fa caddi preda di un umore bizzarro, e scolpii un pezzo di legno: a forma di pesce, preciso fino all'ultima scaglia. La gente disse che era molto bello.

— E ora dov'è questo pesce?

— Mi cadde nel canale e la marea se lo portò via. Tempo fa cominciai un altro pesce uguale… questo qui, vedete? Ma ora sono scoraggiato e non credo che lo finirò.

— Allora sei pronto a morire?

— Nessuno è mai abbastanza pronto.

Uno dei Laddakee si fece avanti dal retro del gruppo. — Se bisogna dire la verità, io ho vergogna soltanto a vedere cose simili. Invece di comprare la morte di questo brav'uomo, facciamo una colletta per assicurargli la sopravvivenza. Non è più meritevole questo, da un punto di vista umano e religioso?

Fra gli altri di furono dei mormorii. Qualcuno sembrava d'accordo, qualcuno in dubbio. Un tipo dall'aria dura e pratica commentò: — Questo è molto bello, certo. Ma noi paghiamo, e in cambio è giusto avere lo spettacolo richiesto!

Un altro aggiunse: — Volendo essere pignoli, quelli nella sua situazione sono migliaia! Se salvassimo questo vecchio rottame e il suo pesce, uno come lui ne prenderebbe subito il posto; allora dovremmo salvare anche costui, che magari scolpirà uccelli? Sarebbe un processo senza fine!

Il capogruppo si decise a intervenire: — Come tutti sapete, io sono un uomo pietoso e un Anziano della Chiesa, ma devo propendere per le soluzioni pratiche. Da quanto ho capito, questi spettacoli non producono spasimi morbosi o perversi, ma una salutare catarsi. La proposta di Fratello Jankoop gli fa credito, ma gli suggerirei che al nostro ritorno a casa mostri un'uguale generosità per i vicini e porti le sue capre a pascolare altrove.

La facezia fu accolta da grasse risate. Il capogruppo si rivolse a Fader: — Forse alla sua comitiva piacerebbe unirsi a noi, per lo spettacolo della Doppia Bottiglia. Il costo, suddiviso fra i due gruppi, risulterebbe accettabile.

Arles volle sapere: — E qual è il costo?

Fader fece il calcolo. — La somma ammonta a cinque sol per individuo. Senza contare la percentuale per il personale di servizio. — Alzò una mano a placare il coro delle proteste. — Non ci saranno percentuali extra. Il prezzo è fissato.

Arles fece udire una risata da squalo. — Dopo uno shock finanziario come questo, ho davvero bisogno di una catarsi. Io parteciperò, malgrado la spesa.

— Conta anche me — disse Cloyd. — E tu, Dauncy?

— Non voglio perdermelo. Verrò.

— Io posso forse mancare? — dichiarò Kiper.

— È disgustoso — borbottò Uther. — Io non voglio entrarci.

— Neppure io — disse Glawen.

Shugart disse che il gioco non valeva la candela. Jardine invece decise di partecipare. — Per pura curiosità — si difese. Kirdy esitava, mentre sul suo volto rubicondo si alternavano varie espressioni. Alla fine, sentendo lo sguardo di Glawen su di sé, disse in fretta: — Non fa per me.

Intanto che Fader raccoglieva i CC da cinque sol, a Glawen accadde per caso di vedere il pesce non finito. — Posso dargli un'occhiata? — chiese.

Il vecchio gli porse l'oggetto, un pezzo di legno lungo una ventina di centimetri con la testa e circa metà delle scaglie scolpite nei più minuti dettagli. D'impulso Glawen domandò: — Me lo venderebbe?

– Non vale niente. Non è neppure finito. Quando sarò morto lo butteranno via, e potrà averlo gratis.

– Grazie – disse lui. Con la coda dell'occhio notò che Fader lo stava guardando. – Ma a Yipton nulla è gratis. Le offro questa moneta per la scultura. Può bastare?

– Sì, come le pare.

Glawen pagò e prese il mezzo pesce. Vide che Fader gli voltava le spalle, indifferente.

La guida assunta dai Laddakee venne al cubicolo. – È l'ora di andare in scena, vecchio! In piedi! Dovrai pompare e darci dentro, se stasera vuoi essere qui a gustarti la cena!

Fader restò nella galleria con Kirdy, Uther, Shugart e Glawen. Gli altri entrarono in un locale dov'era stata montata una singolare attrezzatura: eretti verticalmente fianco a fianco c'erano due cilindri di vetro, larghi circa un metro e alti il doppio, collegati da alcuni tubi. I due anziani gladiatori in lizza furono calati ciascuno in un cilindro, quindi gli inservienti chiusero ermeticamente i coperchi.

Sul fondo dei due contenitori cominciò ad arrivare l'acqua, da un cassone posto più in alto. Con l'uso di una leva lunga un braccio ogni gladiatore poteva pomparla fuori e aggiungerla a quella dell'avversario. Dapprima i due uomini parvero poco vogliosi di competere, ma quando ebbero l'acqua alla cintura s'innervosirono, cominciarono a spedirsela l'un l'altro, e infine diedero di piglio alle pompe con tutta la loro energia. Il vecchio gladiatore del tubo numero uno era più resistente, o più disperato: dopo dieci minuti riuscì a far salire l'acqua fin sopra la testa dell'altro, quello che aveva scolpito il pesce. Il disgraziato lasciò andare la leva, colpì ciecamente il vetro a pugni e a calci, si contorse ancora per pochi secondi e affogò. Lo spettacolo ebbe termine.

Gli Arditi Leoni che avevano assistito uscirono nella galleria. Kirdy chiese: – Be'?

Jardine disse, rauco: – Se quella era una catarsi, ne ho avuto anche troppa.

Fader li apostrofò bruscamente: – Andiamo, ora. Il tempo stringe. Ci aspetta il bazaar. I prezzi, sia chiaro, sono fissi. Non mercanteggiate. Siete pregati di stare uniti; qui è facile perdersi.

Gli Arditi Leoni lo tallonarono per altre viuzze, passerelle, sottopassaggi e ponti. Ebbero occasione di vedere diverse attività: uomini che mettevano a seccare erbe marine, sgusciavano e ripulivano molluschi, lavoravano il bambù, costruivano pannelli e tingevano la stoffa riciclata. Il bazaar era una zona con il soffitto in stuoie sorrette da pali, vasta qualche centinaio di metri e fitta di bancarelle su cui Yips di ogni età e sesso esponevano in vendita articoli in legno, metallo, madreperla, vetro, terraglie e corda. Non mancavano i negozianti di tappeti, indumenti nuovi e usati, utensili, e souvenir di ogni genere, ma i venditori erano apatici e si limitavano a guardare in silenzio il passaggio dei clienti.

Il posto era così noioso che gli Arditi Leoni persero subito ogni interesse. Intuendone l'umore Fader disse: — Ora passeremo dalla Sala della Musica, dove sarete liberi di fare regali in denaro senza pagare la percentuale extra per il servizio.

La Sala della Musica era suddivisa in scomparti dove uomini e donne di età anziana sedevano a suonare canzoni malinconiche con vari strumenti. Ciascuno aveva davanti a sé una ciotola di legno in cui era qualche moneta, presumibilmente donata da chi aveva gradito la sua musica. Shugart Veder si fece cambiare un CC in monetine e le distribuì fra diverse ciotole, senza badare a quel che sentiva suonare. Kirdy domandò a uno dei musicisti: — Come spendete i soldi che guadagnate?

— Non c'è molto da spendere. Le tasse se ne portano via la metà; il resto è per la polenta d'alghe. Non assaggio un pesce da cinque anni.

— Peccato.

— Sì. Presto finirò anch'io nella Galleria dei Gladiatori. È solo lì che porta la musica.

— Proseguiamo — disse Fader. — Il tempo sta per scadere. A meno che non vogliate acquistare un sovrappiù.

— Non ci contare.

Quando furono di nuovo all'albergo, Fader disse: — Ora, circa la mia mancia, il dieci per cento è il minimo anche per il turista che non si cura di lasciare un grato ricordo di sé.

— Ah, sì? — disse Shugart. — E quanto danno i turisti che cercate di far affogare nei canali, dopo non avergli neppure fatto vedere le ragazze?

— Ogni esperienza è da considerarsi un utile o divertente souvenir. Anche quelle di cui la guida non è responsabile.

— Vedo che ti piace essere persuasivo. Molto bene. Avrai il dieci per cento e non un soldo di più, a rischio di non essere ricordati come i munifici benefattori della città.

Fader non fece commenti. La mancia gli fu pagata e la accettò con un freddo cenno del capo. — Intendete recarvi al Pussycat Palace?

— Sì, questa sera. Più tardi.

— Avrete bisogno di una guida esperta.

— E perché? La strada è segnata sulla carta.

— Lasci che la avverta: i borsaioli pullulano! Vi tenderanno agguati in ogni vicolo. L'allegro ed elegante turista esce per divertirsi, ed ecco che si ritrova gettato nel fango, pesto e sanguinante, con le tasche vuote. La sua bella serata è svanita. Ma non osano attaccare chi è protetto da una guida. La mia paga sarà appena nominale, e vi garantirà un sicuro e dignitoso tragitto fino al Pussycat Palace.

— Be', e quanto chiedi?

— Nove persone, nove sol.

— A cena consulterò i miei compagni.

Mentre Syrene tramontava, gli Arditi Leoni si riunirono sulla terrazza e scelsero un tavolo da cui si godeva la vista del porto, con il *Faraz* ormeggiato al molo quasi direttamente sotto di loro.

Per un poco si ristorarono con ponci al rum e ling-lang, congratulandosi con se stessi per la situazione romantica che sapevano vivere in quell'ambiente esotico.

— Naturalmente sarà meglio non parlare del Grande Chife, quando racconteremo le nostre genuine esperienze locali — disse Dauncy Diffin con vivacità.

Kirdy gonfiò il petto. — Il Grande Chife? Bah! Me n'ero quasi dimenticato. Cos'è un po' di odore, dopotutto?

— Parla per te — disse Uther. — Io non sono così tollerante.

— È tutto nella tua testa! — replicò Kirdy. — Un individuo deve aver immagazzinato dati psichici su molte nauseanti porcherie per saper distinguere gli odori dalle puzze. Ma la mia mente è nobile e pura, perciò non distingue e non soffre.

— Potremmo prendere esempio da Kiper — disse Shugart. — Quando sono caduto in quel fetido canale, mi ha esortato a guardare la cosa dall'esterno per godermela come se la stava godendo lui.

Jardine sogghignò. — Se ricordo bene, questa era l'opinione di Fader.

— Strano che non mi abbia messo in conto anche il bagno — borbottò Shugart. — Ha pensato a tutto il resto, e adesso vuole nove sol per portarci al Pussycat Palace. Dice che è il solo modo per evitare i rapinatori… probabilmente tutti suoi compari.

Uther, di solito indifferente, stavolta batté un pugno sul tavolo. — Questa è una vera e propria estorsione! Ho una mezza idea di fare rapporto agli Oomp!

Kiper sogghignò come una volpe e indicò verso l'atrio. — Se stai parlando sul serio, là ce ne sono due.

Uther si alzò con decisione e andò a lunghi passi verso gli Oomp. I due ascoltarono cortesemente mentre lui esponeva le sue preoccupazioni, e gli diedero quella che apparve la più comprensiva delle risposte. Quindi Uther tornò al tavolo.

— Ebbene? — domandò Kiper.

— Hanno voluto sapere quando ci ha chiesto Fader. Gliel'ho detto, e mi hanno assicurato che è una cifra onesta. Ho preteso di sapere perché non uscivano ad arrestare la feccia, e mi hanno risposto che i borsaioli si dileguano molto in anticipo sull'arrivo degli Oomp, il cui pattugliamento risulta così inutile. Allora ho ricordato loro che secondo l'opuscolo blu i turisti possono visitare il Pussycat da soli e in assoluta sicurezza. Mi hanno risposto che l'opuscolo parla dei visitatori «esperti», ovvero di quelli che sganciando cinque o dieci sol all'addetto ai giri turistici evitano, in un modo o nell'altro, ogni fastidio. Secondo me la cosa non è chiara.

— Oh, be' — disse Jardine, — nove sol non ci manderanno in rovina. Ignoriamo queste inezie e gustiamoci la cena.

Syrene era scesa dietro l'orizzonte, lasciando qualche nuvola a rosseggiare alta sull'oceano. I ragazzi scalzi e silenziosi della Locanda portarono lampioncini di carta ai tavoli, e gli Arditi Leoni cenarono alla loro luce colorata mentre le ombre della sera calavano su Yipton.

I piatti di portata erano costruiti gradevolmente, anche se mancava ogni tentativo di cucina internazionale. Si trattava di cibarie locali, il cui scopo era non tanto di accontentare i gusti più sofisticati quanto di non offenderne nessuno. Le porzioni erano calibrate sulla quantità minima, e talvolta scarse. Gli Arditi Leoni ne furono poco compiaciuti, ma non poterono trovare neppure di che lamentarsi. Dapprima fu loro servito un brodino pallido e poco identificabile, poi molluschi fritti nel burro vegetale, con insalata verde, salpiceti bolliti e lattuga di mare. Poi anguille cotte a vapore con contorno di pilau, e infine un dessert di cocco marinato immerso in crema di cocco, con tè e vino di prugne.

Cloyd si forbì le labbra. — Ho mangiato sì e no la razione di un Anziano Gladiatore.

— Restare leggeri è un bene — disse Jardine. — Ora sono pronto ad affrontare Fader e i suoi borsaioli.

Uther gli indicò il panorama. — Prenditela con calma. Una volta che si ignori il Grande Chife, questa è una località affascinante: primitiva, attraente nei suoi strani particolari quanto pericolosa in altri, ma sempre unica nel suo genere. Siamo lontani mille anni luce da Araminta... comunque io ne ho avuto abbastanza. Domani torno a casa, e difficilmente Yipton mi rivedrà mai più!

— Cosa? — esclamò Kiper. — Ho sentito bene? Non siamo ancora neppure andati al Pussycat Palace!

— Sono sicuro che una visita potrà bastarmi — disse Uther con serietà.

— Poof! — sbuffò Kiper. — Non puoi sperare di diventare un vero conoscitore del pit-a-pat svolazzando via come un uccellino spaventato! Prendi esempio da Cloyd e da Arles. Forse che loro evitano un lavoro da uomini? Mai! Soltanto il troppo ci può bastare! Ecco lo slogan sotto cui marciano ruggendo.

— Possono marciare quanto vogliono, comprarsi tutti i Giri dal 100 al 200 e trasferirsi nelle cantine del Pussycat per scolpire su marmo l'Enciclopedia Universale del Pit-a-pat. Questo posto è troppo marcio per i miei gusti.

Shugart era in uno dei suoi momenti riflessivi. — Sono quasi incline a darti ragione... ma soltanto quasi. Aspettiamo, e vedremo come la penseremo domattina.

— In tutta onestà — disse Arles, — io stesso sono per metà deciso a squagliarmela da questa pattumiera. Anzi, posso dire per tre quarti. Il Grande Chife non è affatto di mio gusto.

Cloyd scosse il capo, sbalordito. — Sembra che qui sia già finita la festa. Dauncy, tu cosa ne dici?

— Sto con Shugart: vediamo cosa ne penseremo domani. Ma ho idea che un altro pomeriggio come quello di oggi sarebbe troppo per me.

— Kirdy, la tua opinione?

Kirdy lanciò un'occhiata incerta a Glawen. — Suppongo che potremmo approfittarne per restare un paio di giorni, magari senza far altro che rilassarci i nervi qui sulla terrazza.

Jardine scosse il capo. — Aggiorniamo questa discussione. Forse domattina avremo qualche idea migliore.

— Saggio consiglio! — gridò Kiper. — Stanotte il branco assalirà alla grande le gazzelle del Pussycat Palace!

Kirdy depose la tazza del tè e agitò stancamente una mano. — Non mi associo. Dopo una giornata così intensa non farei buona caccia.

Shugart lo guardò meravigliato. — Mi aspettavo cento sorprese qui a Yipton, ma questa è la più grande di tutte!

— E non te la faccio pagare nemmeno un dinklet — borbottò Kirdy.

— Ma perché? Rispondi a questo: perché?

— Non sono in vena, ecco la dannata ragione.

Kiper la stava prendendo come un'offesa personale. — Credevo che il viaggio lo avessimo fatto proprio e soprattutto per questo!

— Domani, forse.

— E se domani qui si votasse di partire?

— Allora domani mattina. Stanotte ho bisogno di dormire e di rimettermi in sesto.

Arles disse, pensosamente: — Capisco benissimo come ti senti. Anch'io farò lo stesso.

Shugart lo fissò come allucinato. — No! Non ditemi che ho sentito queste parole… qui accadono prodigi e stregonerie! Cos'è successo ai ruggenti Leoni azzanna-e-sbrana-e-provale-tutte che un tempo guidavano il branco ardito?

Arles rise acremente. — Non si può essere sempre al meglio. Ma questo non deve rovinarvi la serata.

Shugart alzò le braccia al cielo. — Come vi pare. Io non dico altro.

— Al banco degli impiegati ho intercettato qualche discorso — disse Jardine. — Sembra che cerchino di intascare dieci sol dai più fessi, al Pussycat, ma il prezzo base è cinque. Ignorate tutti gli extra; sono soltanto ciliegine sulla torta, per così dire, e perciò se ne può fare a meno.

Neppure le mance sono necessarie. Ho sentito dire che questa somma viene intascata direttamente da Titus Pompo, che non alza un dito per sudarsela.

Il gruppo si spostò nell'atrio. Kirdy ne approfittò per prendere Glawen da parte. − Sembra che avremo meno tempo del previsto. Glawen annuì. − Così pare.

L'altro assunse un tono incisivo, come se lo sospettasse d'insubordinazione: − Se il gruppo se ne va, si porta via la nostra copertura. Resteremmo allo scoperto: due tipi che puzzano di Ufficio B. Questo significa che dobbiamo anticipare il piano, e fare ciò che possiamo stanotte stessa.

− Suppongo che sia l'unica soluzione.

Kirdy gettò un'occhiata nell'atrio − Francamente, ora come ora non vedo molto che si possa fare con una certa sicurezza.

Glawen inarcò un sopracciglio. Cos'era che Kirdy stava cercando di dirgli senza metterlo in parole? Decise di dargli una spinta: − Questo potremo capirlo soltanto dopo una prima ricognizione.

Kirdy si schiarì la gola. − Non possiamo spingerci oltre un certo limite. Tornare vivi a fare rapporto è più utile che non tornare affatto. Sei d'accordo?

− Più o meno, ma...

− Non è il momento di fare obiezioni. Il mio piano è questo: mentre voialtri sarete al Pussycat, io scivolerò attorno senza farmi notare e scoprirò quel che è possibile. Poi, quando tornerai, se avrò individuato una linea concreta procederemo a una seconda fase.

Glawen restò in silenzio.

− Be'? − lo incitò Kirdy.

− Ti ho detto che non voglio andare al Pussycat Palace.

− È tuo dovere! − sbottò Kirdy. − Nessuno deve sospettare che non siamo soltanto Arditi Leoni. Anche isolarci così è un'imprudenza. Raggiungiamo gli altri.

Glawen lo seguì nell'atrio con un sospiro, e mentre Shugart parlava con un impiegato ingannò il tempo osservando i grotteschi mascheroni di legno.

Dieci minuti dopo arrivò Fader. − Siete pronti a uscire?

− Due di noi non verranno − disse Shugart. − Saremo in sette.

— Ottimo. Devo però mettervi in conto nove sol, come stabilito. Più il venti per cento di mancia perché per favorirvi ho dovuto rifiutare un lucroso incarico.

— Sette persone, sette sol. Mancia compresa. Questo è quanto ci leverai di tasca — dichiarò Shugart. — Prendere o lasciare.

Fader scosse i riccioli bronzei con espressione addolorata. — Voi ricconi di Araminta siete gente dura. Se sarete altrettanto truci con le fanciulle del Pussycat, le compatisco. Va bene, cedo alla vostra avarizia. Datemi i sette sol.

— Ah, ah, ah! — rise Shugart, euforico. — Sarai pagato al nostro ritorno. Andiamo, allora?

— Raduni i suoi amici, prego.

— Gli Arditi Leoni escono in caccia! — gridò Kiper. — Attente a voi, femmine!

— Kiper, fammi il piacere — brontolò Jardine. — Non c'è bisogno di mettere sull'avviso tutto l'albergo. La nostra tradizione è di agire furtivi fino in vista della preda.

Uther si volse ad altri ospiti della Locanda Arkady, che li guardavano in silenzio. — Come tutti sanno — spiegò, — gli Arditi Leoni sono affiliati alla Lega della Temperanza. Ogni notte usciamo per riportare sulla retta via le giovani di facili costumi.

— Anch'io mi dedicherei a una missione così nobile — gli rispose un turista di mezz'età, — se non avessi una moglie un po' troppo robusta.

D'un tratto Arles si riscosse. — Non mi sento del tutto a posto, ma credo che verrò anch'io tanto per stare in compagnia.

Fader disse: — In tal caso dovrà pagare il prezzo di un sol.

— Avrai la moneta. Facci strada!

— Procederemo via terra. Restate uniti.

Fader guidò il gruppo per un dedalo di vicoli oscuri e ponti, finché non sbucarono dinnanzi a un portico illuminato da gradevoli lampioncini color lavanda. L'insegna in anglico testimoniava che anche lì, come in buona parte della Distesa Gaeana, ogni reminiscenza della Vecchia Terra era considerata di sicuro buon gusto:

PUSSYCAT PALACE
— La Casa delle Gattine Giocose —

Gli Arditi Leoni seguirono la loro guida oltre le arcate di vimini dell'ingresso, in una sala ammobiliata con comodi divani.

– Vi aspetterò qui – disse Fader. – La routine è semplice. Comprate un biglietto da dieci sol al banco nell'atrio. Nel biglietto sono inclusi divertenti extra, per quello che chiamano «viaggio intorno al mondo».

– Non c'è bisogno di extra – disse Uther. – Opteremo per il biglietto da cinque sol.

– Allora comprerete il semplice «viaggio intorno all'isola» – disse Fader. – In più, per chi lo desidera, c'è una scelta di esibizioni, pantomime, farse e cose varie a prezzi diversi. L'impiegata al banco vi fornirà ogni informazione in merito.

– Questo sembra interessante – dichiarò Arles. – Proprio quello che ci voleva per tirarmi su, e forse domattina avrò ritrovato il vecchio me stesso.

Gli Arditi Leoni sfilarono davanti al banco, acquistarono i biglietti, poi oltrepassarono una cortina di perline di vetro infilate su cordicelle e si avviarono in un lungo corridoio. Sulla soglia delle camere sostavano le ragazze, in attesa del traffico dei clienti. Erano tutte giovani e formose, attraenti, e indossavano camiciotti bianchi lunghi fino alle ginocchia.

Glawen scelse una di loro ed entrò nella sua stanza. La ragazza chiuse la porta, ritirò il biglietto, e scivolò fuori dal suo leggero indumento. Poi restò in silenzio e attese, mentre lui cominciava un po' goffamente a togliersi la tunichetta. Glawen esitò, guardò in faccia la ragazza e fece un sospiro, quindi si rivestì.

In tono preoccupato lei chiese subito: – Cosa c'è che non va? Ho fatto qualcosa che l'ha offeso?

– No, affatto – disse Glawen. – Sembra che io non sia dell'umore adatto, in questo momento.

La ragazza scrollò le spalle e si infilò di nuovo il camiciotto dalla testa. – Io servo il tè e le paste, se vuole un extra. Il costo è di un sol.

– Molto bene – annuì lui. – Purché anche tu ne accetti.

Senza commenti la ragazza tolse da uno stipo una teiera e un vassoio di piccole paste. Versò il tè in una sola tazza. Glawen disse: – Ti prego, servi anche per te.

– Come preferisce. – Lei sedette su un cuscino e sedette di fronte a lui guardandolo senza interesse, una situazione che infine spinse Glawen a domandare: – Come ti chiami?

— Sujulor Yerlsvan Alasia. È il nome del vento del nord.

— Io mi chiamo Glawen Clattuc, di Casa Clattuc.

— Questo è un nome strano.

— Mi è sempre sembrato piuttosto comune. E tu sei interessata al posto da cui provengo, o a sapere qualcosa di me?

— Non proprio. Io devo prendere gli eventi come vengono.

— Allora io sarei un «evento»?

— Sì, è così.

— Tutte le ragazze di Yipton vengono a lavorare qui? O soltanto le più belle?

— Quasi tutte lavorano qui per un certo periodo.

— A te piace questo lavoro?

— È facile. Alcuni uomini non mi piacciono, e con questi sto più volentieri che con altri.

— Hai un innamorato?

— Non so cosa intende.

— Un giovanotto che ti ami e sia amato da te.

— No, niente del genere. Che strana idea!

— Ti piacerebbe viaggiare, visitare altri mondi?

— Non ci ho mai pensato molto. Mi chiedo perché tutti mi facciano questa domanda.

— Scusa se ti sto annoiando — disse Glawen.

La ragazza lo ignorò. — È tempo che lei vada, oppure paghi un sovrapprezzo. Può lasciare la mancia sul tavolino.

— Meglio di no, visto che tutto è intascato dall'Oomphaw.

— Come preferisce.

Glawen uscì e tornò in sala d'aspetto. Non molto tempo dopo tutti gli Arditi Leoni fecero la loro comparsa. Kiper arrivò per ultimo, e si scoprì che era stato l'unico degli Arditi Leoni a pagare per un «giro intorno al mondo».

Fader chiese se a qualcuno interessava frustare persone anziane, sperimentare droghe esotiche o dare uno sguardo alla malavita notturna, ebbe da Shugart una risposta negativa e ricondusse il gruppo all'albergo. — Domani avrete bisogno dei miei servizi? — chiese.

— Molto probabilmente no — disse Shugart. — Sono certo che oggi è stato un giorno memorabile per te. In quanto a me, non dimenticherò di averti conosciuto.

— Questo è molto gentile — disse Fader. — Le sue parole raddolciscono una giornata altrimenti piuttosto tediosa per me. — Rivolse loro un inchino e uscì.

Shugart si volse agli altri Arditi Leoni. — Be', e ora? La notte è ancora giovane.

— Penso che mi aggiusterò lo stomaco con uno di quegli eccellenti ponci al rum — disse Kiper.

Cloyd dichiarò: — Per una volta nella sua vita Kiper ha espresso un pensiero razionale. Mentre beviamo potrà descriverci gli scenari che ha incontrato nel viaggio intorno al mondo.

Glawen s'accorse intanto che Kirdy era mezzo nascosto in un angolo tranquillo dell'atrio e sfogliava le pagine di una vecchia rivista. Lo raggiunse e sedette accanto a lui.

Kirdy mise via la rivista. — Com'è andata al Pussycat?

— Più o meno come mi aspettavo.

— Dalla faccia non mi sembrate molto entusiasti.

— Non è un ambiente entusiasmante. Le ragazze sono abbastanza gentili... diligenti, sarebbe la parola più adatta. Ma tutto ciò che ho fatto io è stato di bere una tazza di tè.

— Chissà quanto ti sei annoiato, eh?

Di nuovo Glawen sentì che in fondo Kirdy lo detestava. — Non si tratta di questo.

— E allora perché? La ragazza puzzava?

Glawen scosse il capo. — Potrà sembrarti strano da parte mia, ma... ricordi il vecchio che mi ha venduto il pesce?

— Naturalmente.

— Ho seguito la ragazza in camera. Lei si è tolta il vestito ed è rimasta ad aspettare. La sua espressione era uguale a quella del vecchio. Non sarei mai riuscito a toccarla.

— Dici bene. È strano, anche da parte tua.

— Ho bevuto una buona tazza di tè. Lei mi ha detto il suo nome, io me lo sono subito dimenticato, e così è trascorso il tempo.

— Un tè costoso — borbottò Kirdy. Riprese la rivista e la aprì. Glawen chiese: — E a te come sono andate le cose?

Kirdy finse di continuare a leggere. — Non male. Ma, be', neanche bene. I nostri piani, se ci saranno, dovranno essere accurati e prudenti.

— Cos'è successo?

— Sono uscito a perlustrare. La zona che ci interessa è in buona parte su un lato dell'albergo, lungo il porto. Sono sceso sul lungomare e ho fatto qualche passo lungo la strada che porta al frangiflutti, come un qualsiasi turista innocente incuriosito dalla città.

«Subito dopo l'albergo comincia un muro di bambù lungo una cinquantina di metri, parallelo alla strada. È completamente liscio, a eccezione di una porta. Al vederla mi sembrava ben chiusa, comunque tanto per esserne sicuro ho cercato di aprirla. È stato impossibile, così ho proseguito fino al termine del muro e ho visto che lì girava sulla zona esposta a mare, fuori dalla laguna. Sbirciando dall'angolo sono riuscito a scorgere un molo. Ho fatto per tornare indietro e mi sono trovato di fronte un Oomp, un tipo molto robusto con un berretto bianco. Mi ha chiesto: "Che cosa sta cercando?"

«Ho risposto: "Niente di particolare. Passeggio".

«Lui ha sorriso in modo antipatico e ha detto: "Lei ha cercato di aprire quella porta là. Perché?"

«E io: "Pura curiosità, suppongo. Mi chiedevo cosa potesse mai esserci dall'altra parte. Qualcuno mi ha detto che è qui che fondono il vetro".

«Lui ha sorriso ancora. "Non è così. Questa è una zona adibita a magazzini. È ancora curioso di guardare dentro?"

«Io ho recitato la parte dell'ingenuo pieno di entusiasmo. "Se lei pensa che ci sia qualcosa d'interessante per me... perché no?"

«Qui gli ho visto negli occhi una luce sinistra. Ha chiesto: "Cosa le interessa, in particolare?"

«"Io mi occupo di antropologia" gli ho detto. "Mi affascina la semplicità con cui gli Yips hanno creato un habitat in pieno oceano! La vetreria e la ceramica Yip sono culturalmente notevoli".

«"Qui non c'è niente del genere" mi ha detto. "Le attrazioni turistiche sono altrove". E a questo punto sono rientrato in albergo.

— Non ha chiesto il tuo nome?

— No. Perché avrebbe dovuto?

Glawen rifletté un poco. — È strano che non lo abbia fatto.

— Può darsi, ma non è questo a preoccuparci, adesso. Non ho trovato alcun facile accesso a quest'area, e l'inconveniente ci costringe dunque a desistere dal penetrarvi.

— Hai osservato la superficie del tetto?

— Ovviamente. Ma è in stuoie di vegetale. Impossibile camminarci sopra senza sfondarlo.

— Non se si mettono i piedi solo sull'intelaiatura. Posso vedere quel tetto dalla mia camera, ma la finestra si apre a picco su un canale. E la tua?

— Non molto meglio. Il tetto è almeno cinque metri più in basso. L'unica soluzione sarebbe usare una scala, e noi non l'abbiamo.

— O una corda.

— Non abbiamo neanche corde.

— Lo so. Ma forse possiamo improvvisare qualcosa.

Il volto di Kirdy si contrasse. — Non ho intenzione di fare l'equilibrista su quel tetto. Il solo pensiero mi dà le vertigini!

— Vediamo come si presenta la cosa — disse Glawen. — Se sembra possibile, farò io un tentativo. È per questo che siamo venuti, e la tua finestra ci presenta un'opportunità.

— E va bene — grugnì Kirdy. — Purché sia chiaro che non sarò io a rischiare la vita su quel tetto.

Gli Arditi Leoni erano usciti in terrazza e seduti a un tavolo laterale bevevano ponci al rum alla luce di Lorca, Sing, e un gruppetto di lampioncini semispenti. Nella notte le loro voci si alzavano e si abbassavano, mentre consentivano agli altri turisti di notare che sofisticati e vissuti individui fossero.

Kirdy e Glawen salirono in silenzio fino al quarto piano. Glawen domandò: — Sai qual è la camera di Arles?

— La seconda del corridoio. Perché?

— Diamo un'occhiata dalla tua finestra.

La stanza di Kirdy era al buio, salvo la minuscola luce da notte sulla porta. I due andarono alla finestra e osservarono la vastità del tetto più in basso: una superficie molto irregolare con una quantità di sporgenze d'ogni forma, che la luce rosata di Sing e Lorca trasformava in una scacchiera d'ombre.

Kirdy indicò un punto. — La zona che ci interessa sembra quella laggiù. Ma come puoi vedere è piuttosto inaccessibile. Suggerisco di osservarla bene da qui, perché non vi siano lacune nel rapporto dettagliato che faremo a Bodwyn Wook.

— Le lacune saranno di meno se potremo scrivere che abbiamo fatto un tentativo.

— E come pensi di scendere sul tetto? Sono cinque metri e più.

— Se ricordo bene, Arles è venuto a Yipton con un bel mantello di robustissima seta.

— Già. Troppo elegante per un posto simile, se vuoi la mia opinione.

— La scomparsa del mantello dalla camera di Arles sarà un fatto spiacevole ma non sorprendente, e lui imparerà per il futuro a vestirsi con maggiore modestia.

Kirdy ebbe una risatina. — Se gli dicessimo che è per una buona causa, forse potrebbe sacrificarlo.

— Se però rifiutasse, gli resterebbe sulla coscienza il ricordo di un atto meschino. Il minimo che si può fare è di non presentargli il dilemma, e indurlo a compiere a sua insaputa un'azione generosa.

— Questo è vero altruismo! Però credo che la sua porta sia chiusa. Glawen esaminò la serratura di quella di Kirdy. — Guarda lo stipite in cui entra il catenaccio: listelli di bambù, non molto rigidi. Hai quel tuo grosso coltello a serramanico nella borsa?

Senza dir niente Kirdy gli consegnò l'utensile. Glawen andò alla porta della camera di Arles, e mentre l'altro faceva la guardia inserì la robusta lama del coltello nella fessura sopra la serratura. Fece leva con cautela e il battente si spostò verso i cardini finché il catenaccio uscì dall'alveolo. Glawen entrò, s'impadronì del mantello, richiuse la porta con lo stesso sistema e i due tornarono in camera di Kirdy.

Glawen tolse i laccetti in filo d'argento e le due fibbie, consegnandoli a Kirdy, quindi tagliò il mantello in lunghe strisce che il compagno annodò insieme ottenendone una corda lunga otto metri. Ne fissarono un capo all'intelaiatura del davanzale e gettarono l'altro all'esterno.

— Ora, finché me ne sento il coraggio…

— Coraggio? — grugnì Kirdy. — Io direi l'incoscienza suicida dei Clattuc.

— Un'ultima precauzione. In questo labirinto potrei perdermi. Stacca dalla porta la luce da notte e resta qui. Se mi sentirai fischiare, agitala in circolo.

— Va bene. Non c'è bisogno che ti dica d'essere prudente. — Non c'è bisogno. Vado.

Glawen salì sul davanzale e si sporse a controllare la zona, poi scese lungo la corda improvvisata. Una volta a livello del tetto tastò le stuoie con la punta dei piedi finché trovò un punto che non cedeva sotto il suo peso. Qui si accovacciò con cautela.

Ora doveva localizzare un montante adatto fra i sostegni del tetto, che risultava più spesso e morbido di quel che avrebbe creduto. Il percorso più logico era da lì fino alla travatura centrale, quindi seguirla verso est fin dove possibile.

A tentoni trovò un montante e risalì la pendenza cercando di non far scricchiolare e frusciare lo strato di vegetale, imbottito con foglie di palma. Non c'erano lucernari, e non udiva rumori, ma l'istinto gli diceva che sotto di lui c'era qualcuno. Dopo numerose deviazioni che lo costrinsero a voltarsi in cerca della lampada di Kirdy per ritrovare l'orientamento, oltrepassò alcuni camini di bambù e giunse in un punto elevato.

Quella, stabilì, era la travatura centrale di un capannone abbastanza lungo. Si girò a guardare la Locanda Arkady attraverso un golfo di tenebra. Alcune finestre erano illuminate; su un balcone c'erano due figure che parlavano sottovoce. Fin lì non aveva avuto difficoltà vere e proprie, e per un poco si riposò. Il tetto aveva molte sporgenze rettangolari o piramidali, bizzarrie costruttive che lo irritavano con la loro inutile complessità. Farsene una mappa mentale era impossibile.

Avviandosi a quattro zampe in direzione della zona che interessava a Bodwyn Wook aveva l'impressione d'essere un animale, furtivo, immerso nell'odore dello strato vegetale e nel Grande Chife. Si sentiva protetto dalla notte e perfino un po' euforico.

Dopo una decina di minuti si fermò, esaminò le geometrie del tetto e decise d'essersi allontanato abbastanza. Quella sotto di lui era la zona grigia della mappa. Cosa gli sarebbe accaduto se lo avessero preso? La sua mente si affrettò a passare ad altro. Localizzò un trave in discesa e lo seguì in cerca di un punto adatto, quindi tolse di tasca il coltello e tagliò via un pezzo di stuoia. Sotto c'era uno strato impermeabile di foglie, poi un'altra stuoia in cui aprì un buco più piccolo. E da esso uscì subito un filo di luce.

Glawen si protese, allargò il foro con le dita e vi applicò un occhio. Quindici metri circa sotto di lui dozzine di lampade illuminavano un aereo di medie dimensioni, mentre di lato si scorgevano un bancone da lavoro e una quantità di utensili e di apparecchiature per i controlli tecnici. Dieci o dodici uomini si stavano occupando molto pigramente di varie cosette oppure oziavano chiacchierando fra loro. A Glawen parve che non fossero tutti Yips, ma non poté esserne certo.

Per osservare da un'altra angolatura e con tutti e due gli occhi scivolò avanti, contorcendosi. Fu un errore: all'istante sentì che il tetto cigolava e si abbassava. Ancora pochi istanti e il suo peso lo avrebbe sfondato. Disperatamente allargò le braccia e le gambe per aumentare la superficie d'appoggio, e quasi urlò di sollievo quando il vegetale smise di cedere; ma guardando in basso vide che gli uomini avevano alzato la testa, allarmati. Sudando freddo si trascinò al sicuro.

Spaventato e furioso con se stesso ripercorse le travature principali tornando indietro il più in fretta possibile. Non poteva far altro che sparire da lì, e svelto come un fulmine, perché entro pochi minuti gli Oomp sarebbero saliti sul tetto alla sua ricerca. E sapeva che a Yipton una morte rapida poteva essere considerata stupidamente pietosa. Il pensiero gli dava la pelle d'oca.

Giunto a lato della Locanda Arkady vide la minuscola luce da notte a una delle finestre. Ansimando scivolò giù lungo i montanti, a destra e a sinistra, finché sentì contro le mani la parete esterna dell'albergo.

Dov'era la corda? Glawen tastò e guardò nel buio, ma inutilmente. La corda di seta non c'era, e da lì anche il lume al davanzale risultava invisibile.

Evidentemente, nella fretta era sceso lungo le travature sbagliate. La corda doveva essere diversi metri sulla sua destra, e non gli restava che cercarla a tentoni nell'oscurità.

Si spostò di cinque metri, dieci, altri cinque. Nessuna corda. Imprecando fra i denti decise di tornare nella direzione opposta, ma proprio allora tendendo gli orecchi captò delle voci umane che parlavano in tono concitato. Due torce accese comparvero sul tetto a meno di trenta metri da lui.

Glawen era quasi su un angolo dell'edificio: strisciò ancora più avanti, guardò in basso e vide il piccolo canale che scorreva dietro la Locanda Arkady. Quasi sotto di lui, al molo di servizio, era ormeggiata un'imbarcazione scura, in cui identificò una chiatta della spazzatura.

Il conducente della chiatta non c'era; probabilmente stava

raccogliendo i rifiuti nelle cucine dell'albergo, ma aveva già portato all'esterno del materiale di recupero, fra cui un paio di materassi che Glawen guardò con interesse. Si aggrappò al bordo del tetto e con l'aiuto di un palo di bambù scese di circa due metri. Il suo obiettivo era ancora sei metri più in basso, e due sulla destra, ma non gli restava scelta: puntellò un piede al muro e prima di lasciare la presa si diede una spinta laterale. Con sua stessa sorpresa atterrò senza spaccarsi un piede né sbattere la faccia contro il muro, e i materassi gli salvarono inoltre le ginocchia quando l'impatto gli piegò le gambe. Rotolò via con una capriola e un attimo dopo era in piedi. Si guardò subito attorno, allarmato.

C'era un rumore di passi pesanti, vicinissimo.

Glawen si schiacciò contro la parete dell'albergo. Sul molo stava arrivando l'uomo della chiatta, curvo sotto un enorme sacco di spazzatura. Appena avesse girato la testa nel liberarsi del suo carico si sarebbe accorto di lui.

Glawen balzò avanti in silenzio e con una spinta ben assestata scaraventò l'uomo e il suo sacco nel canale. Poi corse alla porta delle cucine e mise dentro la testa. C'era un breve corridoio, deserto, e una stanza laterale che doveva essere una dispensa. Scivolò dentro e si accovacciò nel buio.

Attirati dal tonfo e dalle esclamazioni, alcuni cuochi e un paio di inservienti uscirono sul molo. Glawen abbandonò il suo rifugio, attraversò le cucine senza che nessuno lo vedesse e dopo aver girato in un corridoio di servizio si trovò a sbucare sulla terrazza.

Assunse un'andatura tranquilla e approfittò di una zona d'ombra per riassettarsi il vestito e i capelli. Gli Arditi Leoni erano sempre riuniti allo stesso tavolo. Con aria indifferente andò a sedersi fra Shugart e Dauncy, che non volsero neppure la testa; la loro attenzione era dedicata ad Arles, lanciato nel racconto di ciò che aveva fatto per destare la stupefatta ammirazione della ragazza del Pussycat.

Glawen diede di gomito a Shugart. — Scusa. Devo andare un momento al cesso. Quando passa il cameriere ordinami un altro ponce al rum, per favore.

— D'accordo — annuì lui.

Glawen lasciò la terrazza, attraversò l'atrio e salì al quarto piano, poi bussò alla porta di Kirdy. — Sono io! Fammi entrare!

La porta si aprì appena, e Kirdy sbirciò dalla fessura. — Ah, sei qui? Entra. Cominciavo a essere alquanto preoccupato. Quando ho visto gli Yips sul tetto ho dovuto nascondere la luce e tirare su la corda.

— Dunque è per questo che non l'ho trovata — disse Glawen. — Non importa, probabilmente è stato meglio così.

— Ho aspettato ancora, ma non ti ho visto da nessuna parte — spiegò Kirdy. — Così mi son detto che avevi trovato un'altra scappatoia. Da dove sei sceso?

— Ne parliamo più tardi; ora non c'è tempo. Dov'è la corda?

— Qui. L'ho legata in un fagotto con gli avanzi di seta.

— Bene. Scendi sulla terrazza e unisciti agli altri. Io faccio sparire questa roba.

Kirdy se ne andò. Glawen lo seguì subito dopo, uscì dalla Locanda e girò sul piccolo molo di servizio. Tenendosi nell'ombra cercò qualche sasso, appesantì il fagottello e lo lasciò affondare nell'acqua. Tornato sulla terrazza raggiunse il gruppo degli Arditi Leoni e sorseggiò il suo ponce al rum. Ne aveva bisogno.

Trascorsero cinque minuti. Nell'atrio dell'albergo comparvero due Oomp, che dopo essersi guardati attorno uscirono fra i tavoli all'aperto e si avvicinarono agli Arditi Leoni. Il più anziano dei due disse, con voce piatta: — Buonasera, signori.

— Buonasera — rispose Shugart. — Spero che non siate venuti a dirci che c'è una tassa o un extra sulle bevute fatte a tarda ora. Oggi ci hanno già spremuti come grappoli d'uva.

— Nessun extra, non dubiti. Cosa state facendo?

Shugart lo fissò stupefatto. — Amico, poni lo sguardo su questi boccali, alcuni vuoti ed altri colmi di fermenti alcolici. Io non voglio suggerirti analisi ipotetiche, ma direi che gli Arditi Leoni stanno facendo né più né meno quello che tu osservi e vedi.

— Tutte qui le scapestrate iniziative degli Arditi Leoni?

— Egregio, devo confessare che malgrado ogni sforzo oggi non c'è stato verso di fare molto di scapestrato, neppure al Pussycat Palace. Forse domani sarò in grado di darti notizie più allegre. Perché lo domandi? Tieni un diario?

— È una normale prassi. Chi era la vostra guida?

— Un certo Fader.

— Buonanotte a tutti.

Gli Oomp si allontanarono. Uther li seguì con lo sguardo. — Cosa diavolo stava cercando di sapere, con la sua allusione alle scapestrate iniziative? Kiper, hai fatto qualcosa di brutto al Pussycat? Ricorda che qui siamo a Yipton, e Titus Pompo non è famoso per la sua indulgenza.

— Non te la prendere con me; io non ho fatto proprio niente!

Gli Arditi Leoni restarono sulla terrazza per un'altra ora, poi salirono nelle loro camere. Quasi subito da quella di Arles provenne un grido furibondo.

Gli Arditi Leoni e altri turisti misero fuori la testa dalle loro stanze. Arles uscì in corridoio, con il volto massiccio congestionato per la rabbia. — Mi hanno rubato il mantello! Furfanti e bastardi! Che posto è questo?

— Arles, cerca di controllarti — disse Jardine. — Urlare non serve. Chi ti ha rubato il mantello?

— I ladri, no? Questi pezzenti di Yips! Il mio mantello migliore è scomparso!

— Ne sei certo? Hai guardato bene dappertutto?

— Naturalmente! Anche sotto il letto! L'hanno rubato!

— È una cosa grave — lo placò uno dei turisti, — e domattina lei dovrà biasimare severamente la direzione dell'albergo. Ora però è meglio dormirci sopra.

— Domattina sarà troppo tardi! — gridò Arles, furibondo.

— Anche adesso è sicuramente tardi — disse il turista. — Lei può tirare giù dal letto tutto l'albergo, ma non per questo riavrà il suo mantello.

— È un buon consiglio — disse Shugart. — Domani vedremo quel che si può fare.

— Non servirà a niente — disse Kirdy. — Il mantello è perduto. A che scopo agitarsi tanto?

— Parole sagge — disse il turista. — Buonanotte a tutti. Spero che non ci siano altre grida isteriche su questo piano.

— A offendermi è l'inverosimile sfacciataggine di questi ladri! — dichiarò Arles a denti stretti. — Ho quasi paura a spogliarmi, al pensiero che vengano a rubarmi scarpe e vestiti sotto al naso!

Uther borbottò: — Vai a letto vestito, allora. In quanto a me, sono stanco e mi farò una buona dormita.

— Già, tu sei fortunato! — sbuffò Arles. — Nessuno è venuto a derubare te!

— Questa riflessione mi concilierà il sonno. Buonanotte.

Kirdy si sentì in obbligo di dire qualche parola. — Non lasciare che un semplice furterello ti rovini la gita. Il vero danno sarebbe questo.

Arles si ritirò in camera sua, e tutti fecero lo stesso.

Il mattino dopo Glawen disse a Kirdy: — Il *Faraz* parte due ore prima di mezzogiorno. Dobbiamo salire a bordo al più presto; una volta imbarcati non potranno toccarci. E sarebbe preferibile se gli Arditi Leoni partissero tutti insieme.

— Buona idea — disse Kirdy. — Passerò parola.

Kirdy si consultò coi compagni e li trovò quasi tutti disposti a lasciare Yipton. Soltanto Kiper e Cloyd protestarono, ma senza troppa energia, e infine decisero di imbarcarsi sul *Faraz* con gli altri.

Gli Arditi Leoni fecero colazione, pagarono il conto dell'albergo e scesero sul molo.

Al cancelletto d'ingresso c'erano quattro Oomp, individui muscolosi con la testa rasata e le labbra dipinte di nero. Esibivano un'aria casuale e indifferente, ma Glawen notò che i loro occhi vivisezionavano ogni turista, uomo o donna, che pagava la tassa di uscita. Kirdy gli sussurrò: — L'ultimo a sinistra: è quello che mi ha visto al muro. Vogliono me, ne sono sicuro.

— Ignorali. Tu non hai fatto nulla, che loro sappiano.

— Speriamo!

Glawen pagò la tassa d'imbarco, oltrepassò il cancelletto senza che nessuna mano gli piombasse su una spalla e con suo gran sollievo mise piede sul ponte del *Faraz*, dove gli Oomp non erano autorizzati a salire.

Mentre Kirdy stava per pagare anch'egli, l'Oomp sulla sinistra fece un cenno ai colleghi e questi si fecero avanti. — Il suo nome, signore?

— Sono Kirdy Wook. Che volete?

— Dobbiamo chiederle di venire con noi.

— A che scopo? Il traghetto parte fra non molto, e non voglio perderlo a causa di qualche sciocchezza.

— La cosa potrebbe essere molto grave, signore. È stato commesso un crimine, e noi dobbiamo cercarne il responsabile.

Kirdy li guardò l'uno dopo l'altro. — Questo è veramente incomprensibile, almeno per me. Di quale crimine state parlando?

— Un certo Arles Clattuc ha denunciato la scomparsa di un suo oggetto personale. Abbiamo scoperto nella sua stanza un laccio in filo d'argento, che Arles Clattuc ha identificato come proveniente dal mantello rubato. Un'accurata ispezione ci ha condotto al ritrovamento di altre fibre di un tessuto che Arles Clattuc ha ancora identificato come quello del suo indumento. Di conseguenza dobbiamo trattenerla finché le circostanze non saranno chiarite.

Glawen si volse ad Arles, che stava percorrendo la passerella. — Puoi chiarirle subito, spiegando che ti eri dimenticato di aver scommesso il mantello con Kirdy, e di aver perduto. Non devi lasciare che lo arrestino.

Arles ringhiò: — Se ha rubato il mio mantello migliore e lo ha tagliato a pezzi, questo è ciò che si merita!

— Ma era certo uno scherzo! — intervenne Uther. — Ci spiegheremo più tardi fra noi. Adesso dì a quella gente che è stato tutto un equivoco!

— Siete tutti contro di me? — gridò Arles. — Così adesso dovrei essere il mite Arles, il magnanimo Arles, dopo che si è compiuto un atto vile ai miei danni!

— È un Ardito Leone! Questo non significa niente? Ingrugnito, Arles si rivolse agli Oomp. — Un momento, ora ricordo:

Ho dato io stesso quel mantello a Kirdy. Non lo ha rubato. Ritiro la denuncia.

— Molto bene, signore. Se vuole tornare da questa parte del cancello... del tutto gratis e senza pagare alcuna tassa, andremo in ufficio e cancelleremo ufficialmente la denuncia. Vuole scendere a terra, prego?

Arles chiese, dubbioso: — Ci vorrà molto tempo?

— Non molto, signore, se tutto va bene.

— Perché non potete prendere nota delle mie parole da qui? Mi sembra molto più pratico.

— Non è questa la nostra prassi, signore. Lei deve far atto di presenza nell'ufficio apposito.

Arles lasciò invece la passerella e saltò a bordo del traghetto. — Non ho intenzione di scendere a terra. Vi ho detto che c'è stato uno sbaglio, e questo deve bastare! — Volse le spalle a tutti ed entrò nel salone coperto.

L'Oomp che comandava il gruppetto disse a Kirdy: — Se vuol essere così gentile da venire con noi, signore, ci sono alcuni punti da chiarire.

Kirdy gettò un'occhiata mesta al *Faraz*, poi s'incamminò a spalle curve stretto fra i due Oomp che lo avevano affiancato.

PARTE V

1

GLAWEN CORSE A PARLARE con l'ufficiale di plancia del *Faraz* e si mise in contatto radio con l'Ufficio B a Stazione Araminta. — Qui è Glawen Clattuc. Mettetemi in linea con il Supervisore. È una cosa urgente.

Qualche secondo dopo dall'apparecchio uscì una voce rasposa: — Sì, Clattuc, cosa c'è?

Glawen misurò le parole; era probabile che qualcuno li stesse intercettando. — Ecco, signore, si tratta di una situazione ridicola, ma che potrebbe anche diventare seria. Kirdy Wook è stato arrestato. Gli Oomp dicono che ha rubato il mantello di Arles Clattuc, un nostro compagno.

— Infatti questa sembra una ridicolaggine. Tutto qui?

— Be', sa com'è fra noi Arditi Leoni. Magari qualcuno ha fatto uno scherzo ad Arles, e ci è andato di mezzo Kirdy. Non riesco a capire la severità degli Yips... a meno che non credano Kirdy colpevole di un'infrazione più grave. Naturalmente lui è l'innocenza in persona, e questa è una situazione oltraggiosa.

— Si sarà messo nei guai con una donna — ipotizzò Bodwyn Wook. — Va bene, parlerò subito con Titus Pompo. Tu resta nei pressi della radio, in caso volessi riparlare con te.

— Il traghetto sta per partire.

— Infatti ha un orario. Non ci si può far niente, visto che i trasporti turistici hanno la coincidenza con varie astronavi. Aggiusterò io le cose con Titus Pompo.

Mezz'ora dopo, senza che fossero giunte notizie da Bodwyn Wook, il *Faraz* salpò da Yipton.

Al suo arrivo a Stazione Araminta, nel tardo pomeriggio, Glawen andò direttamente all'Ufficio B e si fece annunciare al Supervisore.

Bodwyn Wook gli indicò una sedia. Lui lo guardò speranzoso. – Ha avuto notizie di Kirdy?

– No. Non sono riuscito a mettermi in contatto con Titus Pompo, e senza un suo ordine gli altri non si fanno uscire una parola di bocca. Cos'è successo?

Glawen gli fece un rapporto più preciso e succinto possibile. L'uomo non mostrò molta sorpresa nel sentire dell'aereo. – Mi aspettavo qualcosa del genere. Hai riconosciuto il modello?

– Era un Pegasus D. Mi è sembrato uguale ai nostri, con poche modifiche.

Bodwyn Wook grugnì. – Ti è sembrato uguale ai nostri perché era nostro, messo insieme con parti rubate. Prosegui.

– È stato allora che il tetto ha cominciato a sfondarsi. Per rientrare in albergo ho dovuto seguire un'altra strada; gli Yips erano saliti a cercarmi, e Kirdy aveva ritirato la corda.

– Un momento un po' concitato, eh?

– Sì, ma sono stato fortunato e ho fatto in modo da riapparire in albergo senza destare sospetti. Sono risalito in camera. Kirdy aveva impacchettato la corda e i resti del mantello. Ho mandato il fagotto a fondo nel porto, e sembrava che la serata potesse chiudersi bene, finché Arles non ha fatto cagnara per la scomparsa del mantello.

«Al mattino gli Arditi Leoni hanno scoperto di averne abbastanza di Yipton, e stavamo per andarcene quando ci siamo accorti che al cancello del traghetto erano in attesa quattro Oomp. Io e gli altri siamo passati, ma Kirdy è stato fermato come le ho detto e poi portato via.

Bodwyn Wook si grattò il mento, perplesso. – Ma perché Kirdy? Cosa ha portato i loro sospetti su di lui?

Glawen scrollò le spalle. Con voce volutamente piatta disse: – Kirdy mi aveva mandato al Pussycat Palace, per restare solo e fare una ricognizione sul posto. Quando sono tornato...

– Un momento! Fammi capire. Hai detto che è stato lui a mandarti al Pussycat Palace? Ha *insistito* che tu andassi?

– Be', sì. L'altro ieri, partendo da Araminta, Kirdy ha preso il comando. Ha detto che lei lo aveva messo a capo della nostra squadra, per una questione di anzianità e di esperienza.

Bodwyn Wook si appoggiò allo schienale. — Non stava dicendo la verità.

— L'ho pensato anch'io. Ma Kirdy è molto suscettibile e non ho voluto smentirlo. Ho deciso di trarre il meglio dalla situazione lavorando sulla circostanze così com'erano, piuttosto che contro di loro. Da come si sono risolte, credo di aver preso la decisione sbagliata.

Bodwyn Wook parlò con voce secca: — Può darsi che la faccenda non sia così nera. Titus Pompo lo interrogherà. Kirdy si dirà senza dubbio, e farà bene, che tenendo la bocca chiusa non ha niente da guadagnare, dato che tu sei già in salvo con le informazioni. Sono sicuro che si salverà dalle conseguenze peggiori collaborando nel modo che gli sarà chiesto. In altre parole, dirà tutto quello che sa, il che non è molto. Dopotutto, anche loro sanno che la situazione generale non è più un mistero per nessuno.

«Quello che non abbiamo ancora capito sono i motivi personali di Titus Pompo. Potrebbe esser spinto dalla rabbia, da un'innata crudeltà, o aver calcolato freddamente le conseguenze economiche di una rivolta sanguinosa. È probabile che temporeggi e cerchi anche di trattare. In ogni caso la nostra opinione è di agire una volta per tutte e con decisione, e ho già messo in moto il procedimento. Ci muoveremo domattina presto. Intanto tu vai a casa e riposati. Torna qui in mattinata; potrei aver bisogno di altre informazioni.

Sulla porta Glawen si fermò. — E il Conservatore?

— Lui preferisce non sapere niente di quelli che sono comuni lavori di routine. Se gli facessi una notifica ufficiale lo obbligherei a tener presente la musica del VPL, e a mettere il veto alle nostre iniziative.

— Qual è il piano?

— Quello di cui c'è bisogno. Ora puoi andare a riposarti.

A passi stanchi Glawen raggiunse Casa Clattuc. Suo padre non c'era, e rientrò nel loro appartamento soltanto a tarda ora.

Il mattino dopo i due si alzarono presto, fecero colazione in fretta e andarono subito all'Ufficio B, dove trovarono Bodwyn Wook già in conferenza con i capitani Ysel Laverty e Rune Offaw. Da Yipton non era arrivata ancora nessuna comunicazione. Glawen ebbe il permesso di assistere e sedette con un sospiro in un angolo della stanza. Aveva dormito poco, le palpebre gli cascavano sugli occhi, e per seguire la conversazione dovette fare uno sforzo.

A parlare in quel momento era Ysel Laverty, un uomo robusto e pratico dai corti capelli grigi, che godeva fama d'essere testardo e spietato: — ... lamentarsi che le nostre misure siano eccessive, specialmente se agli Yips accadessero degli incidenti.

— Non importa — disse Bodwyn Wook. — Chi ha i mezzi per svolgere un incarico, deve usarli. Prima agire, e poi discutere. E quello che noi dobbiamo mostrare è una ferma volontà di agire, o perderemo per sempre la nostra credibilità. E con essa, fra parentesi, la Conservazione. Scharde, hai preparato tutto?

— Gli uomini sono pronti. Se non ci difendiamo, avremo meritato quello che ci accadrà.

— Allora procedi. Non si può escludere che sia già troppo tardi. Scharde si alzò e uscì, salutando Glawen con un cenno della mano nel passargli accanto.

Bodwyn Wook sfiorò un interruttore e parlò in un interfono: — Voglio nel mio ufficio Namour co-Clattuc. E che non mi faccia aspettare. Non accetterò scuse.

— Perché hai bisogno di Namour? — chiese Rune Offaw. Bodwyn Wook batté una mano su un bracciolo della sedia. — Namour è un bastardo avventuroso, nella migliore (o peggiore) tradizione dei Clattuc. Mi fido di lui solo quando posso vedere dove tiene le mani, e se lo avrò qui potrò vederlo.

Un cicalino ronzò, e la consolle collegata al centralino si accese. — C'è una chiamata da Yipton, signore. Titus Pompo vuole parlare con lei.

— Era ora! — Premette un pulsante. — Qui è Bodwyn Wook. Dopo alcuni lunghi secondi giunse la risposta, con voce alta e risonante: — Io sono Titus Pompo! Parli!

Bodwyn Wook girò inutilmente un paio di manopole. — Il mio schermo è vuoto. Lei mi vede? Sono il Supervisore dell'Ufficio B. Mi mandi la sua immagine. Voglio vederla in faccia quando le parlo.

— La mia faccia è soltanto mia. Lei dovrà soddisfare la sua curiosità in altri modi. Perché vi siete messi in contatto con me?

— Nasconda pure la faccia, se vuole. Sono affari suoi. Ma se lei mette le mani su mio nipote, questi sono affari miei. Voglio parlare con lui, immediatamente, e accertarmi che non sia stato molestato.

— Suo nipote, a quanto risulta, è un bugiardo e un ladro. Resterà in detenzione finché non avremo chiarito i suoi crimini.

— Non è un ladro. È un sergente dell'Ufficio B.

— Allora perché ha rubato il mantello di Arles Clattuc?

— Ne farà rapporto personalmente a me. Se ha commesso un'infrazione sarà punito a termini di regolamento. A lei non è permesso in nessun caso di interferire con un agente dell'Ufficio B e affiliato del CCPI. Portatelo al telefono e fatelo parlare con me.

–La sua condotta è sospetta e può aver commesso atti di spionaggio. Faremo la nostra inchiesta e agiremo di conseguenza.

— Titus Pompo, io la avverto una volta sola. Lei sta dicendo delle pericolose sciocchezze. Cadwal è per intero sotto la giurisdizione dell'Ufficio B. Noi possiamo andare ovunque, e ispezionare ogni centimetro quadrato di terreno a nostro esclusivo giudizio.

Da Titus Pompo provenne una risata alta e melodiosa, che a un orecchio sensibile rivelava però strane vibrazioni. — Lei è rimasto un po' indietro rispetto agli avvenimenti. Le Isole Lutwen hanno dichiarato la loro indipendenza sia da voi che dalla Carta dei Naturalisti. E non ci mancano i mezzi per mantenerla. Il partito progressista di Stroma appoggia la nostra azione, che dev'essere considerata definitiva e irrevocabile.

Bodwyn Wook ebbe una breve risata simile a un latrato. — Quanto a questo, vedremo. Ora lei, Titus Pompo, Oomphaw, come si fa chiamare, porti Kirdy Wook al telefono. In caso contrario sapremo che lo avete assassinato e lei sarà punito con la massima severità.

Titus Pompo disse, dolcemente: — E lei non ha paura della nostra punizione?

— Per l'ultima volta: intende permettere a Kirdy Wook di parlarmi?

Nella voce dell'altro s'insinuò il sarcasmo. — Come atto di favore personale lo rimanderò da lei fra un mese, quando avrà scontato la sua condanna.

— Io manderò immediatamente un aereo a Yipton. Atterrerà entro un'ora. Kirdy Wook dovrà esser fatto salire a bordo.

Bodwyn Wook interruppe il collegamento. Trascorsero cinque

minuti. Dalla consolle degli strumenti uscì la voce di Scharde: — Siamo pronti a muoverci.

— Bene. Ho appena notificato a Titus Pompo che un nostro aereo sarà là fra un'ora. Quando Kirdy sarà a bordo, procedete come stabilito.

Qualche minuto dopo nell'ufficio entrò Namour, con un'espressione fra seccata e interrogativa sul volto. Annuì educatamente verso Bodwyn Wook, rivolse un cenno alquanto più casuale a Rune Offaw e Ysel Laverty, e ignorò del tutto Glawen. — Ebbene, è forse accaduta una tragedia? Qui attorno si respira un'atmosfera pesante, e vedo dappertutto facce scure. Cosa sta succedendo?

Bodwyn Wook gli diede cordialmente il buongiorno. — Lei ha male interpretato il nostro umore! Glawen ci ha appena parlato del Pussycat Palace, e il fatto è che noi non apprezziamo molto ambienti di quel genere. Sono lieto che lei abbia potuto venire. È sempre un piacere vedere un volto come il suo: rilassato, mai scurito da timori o dubbi, sempre onesto e franco.

— Grazie — rispose Namour. — Io non sono meno deliziato d'essere qui, in questo luogo dove si tutelano le virtù e le leggi.

— Facciamo quel che possiamo — disse Bodwyn Wook. — Le parole di lode sono tuttavia sempre poche. Solo i criminali sembrano riconoscere le nostre capacità.

— E qualcun altro, spero, come ad esempio io.

— Di tanto in tanto. — Il Supervisore gli indicò una sedia. — Si accomodi, prego. Ysel e Rune stavano giusto per uscire. Eventi importanti sono nell'aria.

— Davvero? — Namour osservò incuriosito l'uscita dei due capitani. — Devo domandare cosa vanno a fare, o mi si richiede di mostrare un cortese disinteresse?

— Non ci sono segreti. L'Oomphaw ne sta meditando un'altra delle sue. Ha fatto arrestare mio nipote Kirdy con una falsa accusa: un atto insolente che non posso prendere alla leggera.

Namour increspò le labbra. — La gita degli Arditi Leoni sembra essersi risolta in un fiasco completo. Scambiando qualche parola con Arles ho saputo che Kirdy gli ha rubato un mantello e lo ha fatto a pezzi. Dice che la cosa è contraria al codice di comportamento del loro gruppo, e se ne dichiara sbalordito.

— Sono d'accordo che si tratti di un atto insolito, specialmente se commesso da un Wook. Non dubito che Kirdy saprà darne una spiegazione convincente. Dovrei aggiungere che lui e Glawen erano in missione per conto dell'Ufficio B. Il furto del mantello è stato usato come pretesto per trattenere Kirdy.

— Ah! Questo spiega la loro reazione. E lei si propone di chiedere i miei buoni uffici per risolvere il caso?

— Niente affatto! Titus Pompo ha annunciato, come per caso, la sua indipendenza: alcuni arroganti squittii che noi schiacceremo sul nascere. Ho appena spedito una forza armata a recuperare Kirdy e mettere in atto particolari ispezioni. Questo spunterà alquanto le unghie di Titus Pompo, e le nostre relazioni prenderanno un nuovo corso. Mentre ne attendiamo gli sviluppi, pensavo di discutere queste nuove condizioni con lei.

Namour si accarezzò pensosamente la mandibola. — Io sono a sua disposizione. Ma prima di proporle modifiche alle leggi vigenti sulla manodopera esterna dovrò studiarci sopra tutto il giorno. Perciò, se ora vuole scusarmi... — Si alzò, ma Bodwyn Wook gli accennò enfaticamente di rimettersi a sedere.

— Ci studi sopra finché vuole, ma prima lasci che le suggerisca alcuni punti fondamentali. Forse vorrà prendere nota.

— Sì, sì — borbottò Namour. Tolse di tasca una penna e un taccuino. Bodwyn Wook si appoggiò meglio allo schienale della sedia, incrociò le mani sull'addome rotondo e alzò lo sguardo al soffitto. — Il nostro obiettivo è un pianeta senza Yips. Le Isole Lutwen saranno riadattate per accogliere i turisti; una moderna base da cui potranno partire per i luoghi più ameni della Conservazione. La mia previsione è di un decennio per completare i lavori.

Namour lo fissò inarcando le sopracciglia. — Parla sul serio?

— Ha usato la parola giusta nel contesto giusto — annuì Bodwyn Wook. — Io sono una persona seria: propongo una soluzione seria a un problema che è non soltanto serio ma ormai drammatico! I nostri antenati hanno vissuto un sogno dorato con molta leggerezza. Vedevano la nuvola all'orizzonte, ma le hanno voltato le spalle in attesa che uomini come lei e me, e Glawen che ora sonnecchia sulla sua sedia, intervenissero a sistemare le cose. Dieci anni non è un periodo poco realistico. Ho ragione, Glawen?

— Eh? Oh, sì, signore! Dieci anni, senz'altro!

Namour disse, pensosamente: — Sembra che ne risulterà un drastico cambiamento per la mia vita professionale.

— E anche per la sua vita privata — aggiunse Bodwyn Wook. — Non è un segreto che, per motivi di lavoro, lei tiene in casa sette ragazze Yip.

— Sei, in questo periodo — lo corresse Namour.

— Sei, certo. I loro compiti sono indubbiamente utili e molteplici, ma il personale Yip non sarà più utilizzato, e da lei ci si attende che dia l'esempio. Sta scrivendo?

— Sì. «Eliminazione del personale Yip. Dare l'esempio».

— Tuttavia (e questo lo annoti come argomento numero due) potrà esser concesso un trattamento speciale a domestici Yip con un lungo e meritorio stato di servizio. Si verificheranno difficoltà con i rimpiazzi nonYip, sia alla Stazione che alle Logge. Le suggerisco di preparare un regolamento nuovo per costoro, oltre a un elenco di quelli che potremmo chiamare Yips Privilegiati.

— Molto bene, signore. Regolamenti ed elenchi. Vedo che sarò assai indaffarato, quindi se vuole scusarmi...

— Non ancora! C'è dell'altro. Argomento tre: reclutare nuovi lavoratori agricoli da località con una tradizione agricola, e assistenti tecnici da pianeti dove esistano istituti tecnici, esigendo diplomi e curriculum.

Namour prese nota. — La ringrazio di questo appunto.

— Il suo tono è sarcastico — disse Bodwyn Wook. — Un appunto oggi è meglio di una lettera di licenziamento domani, nel caso di un suo atteggiamento superficiale come nei confronti della manodopera Yip. La gente scelta da lei ci ha derubato a man bassa, mentre lei chiudeva un occhio con costoro e teneva l'altro aperto sulle sue otto ragazze.

Namour ebbe un sorriso agrodolce. — Lei ha toccato un punto dolente. Sono astuti come diavoli, e hanno tradito la mia fiducia.

— Argomento quattro — disse Bodwyn Wook. — Preparare una lista di località su pianeti vicini dove abbiano bisogno di manodopera non qualificata, dando la preferenza a quelli che sono disposti a pagarne il trasporto e le spese. Mi è noto che lei è già abbastanza esperto in procedure del genere.

Namour scosse il capo con una smorfia. — Se non altro, ora vedo i problemi che si prospettano.

— Problemi, inconvenienti... bisogna aspettarceli, quando una gran massa di persone cambia residenza — disse Bodwyn Wook. — Per fortuna, né io né lei sottovalutiamo la portata dell'emigrazione.

— Non c'è bisogno di farle osservare che l'Oomphaw ha altri progetti, i quali, sospetto, riguardano il Marmion.

— Progetti che dovranno essere accantonati. Questo è il senso del messaggio che sta per ricevere.

Namour scosse le spalle. — Temo che otterrete soltanto di esacerbarlo.

Bodwyn Wook socchiuse le palpebre giallastre come maligne fessure. — È più esatto dire che lui avrebbe dovuto preoccuparsi di non esacerbare me. Io chiuderò il suo porto, e lui non vedrà più neppure un pesce. I suoi bambù seccheranno e quando non avrà più stuoie per coprire il tetto la pioggia gli bagnerà la faccia. Di notte annasperà al buio per mancanza di energia. Gli Yips faranno la fila per lasciare quel luogo pestilenziale. A ogni Yip che partirà da Yipton chiederemo: «Sei tu Titus Pompo, l'Oomphaw?». E se tutti lo negheranno, sapremo che Titus Pompo sarà l'ultima persona della lunga fila.

— Potrebbe accadere proprio questo — disse Namour. — Suppongo che come primo passo lei gli impedirà ogni commercio coi turisti.

— Al contrario! Gli riempiremo Yipton di turisti, con ogni mezzo di trasporto disponibile. La Locanda Arkady ne scoppierà; i camerieri correranno avanti e indietro fra i tavoli e le cucine, carichi delle specialità locali. I turisti pagheranno soltanto in CC, che potranno essere cambiati a Stazione Araminta unicamente con contraccettivi, copie della Carta di Cadwal, e viaggi di sola andata verso altri mondi.

Namour rise di gusto, divertito. — Bodwyn Wook, devo farle tanto di cappello! Ma è molto triste che gli Yips, i cui antenati non avevano nulla a che fare con la Carta, ne soffrano le peggiori conseguenze.

— È triste anche che vogliano ciò che appartiene a qualcun altro. Ma questa è l'eterna perversità della natura umana... o non umana. — Bodwyn Wook diede un'occhiata all'orologio. — Ho avuto allarmanti rapporti (questa è un'informazione confidenziale) sul fatto che gli Yips hanno usato parti rubate per mettere insieme almeno un Pegasus Modello D, ovvero una potente arma offensiva. Se lo troveremo, sarà recuperato oppure distrutto.

— Questa è una notizia interessante! — disse Namour. — Lei mi ha dato molto su cui pensare. — Si alzò bruscamente. — E ora devo andare. Altri affari ci attendono entrambi.

— La prego di restare. Ho riservato questo tempo per conferire con lei, e devo dedicarglielo fino all'ultimo secondo. C'è un'altra questione, ora. — Bodwyn Wook distese sulla scrivania una carta geografica molto particolareggiata. — Ecco Yipton, come può vedere. Qui c'è la Locanda Arkady; qui il porto e la pista di atterraggio. — Batté un dito bianco e ossuto sulla mappa. — Questo, se non sbaglio, è il Caglioro, con intorno i dormitori delle donne. — Fece cenno all'altro di accostarsi. — Dov'è la residenza dell'Oomphaw? Me la indichi, se non le spiace.

Namour scosse il capo. — Io non ne so più di lei.

— Non ha mai trattato con lui nel suo ufficio privato?

— Abbiamo trattato di affari all'albergo, in un locale adiacente all'atrio. Gli ho parlato attraverso un sipario di bambù. Se fosse quello il suo ufficio privato, non so dirlo. Può darsi che si tratti di un locale da cui è facile tener d'occhio l'atrio. Perché le interessa?

— Potrei elencarle una dozzina di ragioni — disse il Supervisore. — A cominciare da questa: semplice curiosità personale. — Controllò ancora l'orologio. — Possiamo aspettarci novità in ogni momento, adesso.

Bodwyn Wook passò da un argomento all'altro, e i minuti trascorsero. Infine dall'impianto radio uscì una voce: — Qui Scharde Clattuc. Abbiamo prelevato Kirdy. È vivo, ma in brutte condizioni.

La voce di Bodwyn Wook suonò nitida come una campana: — Cosa gli hanno fatto?

— È in stato di shock. Ha gli occhi aperti e sembra cosciente, ma non mi riconosce e non risponde alla mia voce. Ha molte contusioni e piccole ferite. Gli Oomp che me l'hanno portato dicono che ieri ha cercato di fuggire, è saltato in un canale e si è rifugiato sotto le costruzioni a palafitta, luoghi infestati dagli yoot,* come li chiamano. Quando lo hanno ritrovato giaceva nel fango, con un branco di questi animali addosso. Questa è la loro versione.

— Tu ci credi?

---

* Yoot: ibrido ratto-mandoril a due zampe, alto poco più di un metro, dotato di intelligenza rudimentale. Sono creature indigene delle isole Lutwen e sono estremamente feroci.

– Più o meno. Lo guardavano con un certo timore, come se non capissero in che modo è sopravvissuto. In quanto a ciò che gli hanno fatto prima di questa cosiddetta fuga, è un altro discorso.

– Come sta? Pensi che riuscirà a sopravvivere?

– Non lo so. Mentalmente non reagisce.

– Ho capito. Procedi con il resto del programma.

– È già in corso. Finora non ci sono state reazioni, sotto di noi.

– Tienimi informato.

Bodwyn Wook fece ruotare la sedia e si volse a guardare fuori dalla finestra. Namour sedeva in silenzio, senza più mostrare alcun desiderio di andarsene.

Trascorsero dieci minuti, quindi dalla radio venne ancora la voce di Scharde: – Stiamo lasciando le Isole Lutwen. Wook chiese subito: – Cos'è successo?

– Con due aerei in sosta a quota di controllo, i numeri tre e quattro sono scesi a venti metri dal suolo e calando dei grappini hanno strappato via il soffitto del capannone. Non c'era traccia del velivolo né di lavori meccanici in corso; ogni cosa sembrava scomparsa. Ma abbiamo poi notato che la pavimentazione era in listelli freschi di bambù: ne nascondeva un'altra. Tolto di mezzo il falso pavimento abbiamo visto il velivolo, con gli attrezzi e le apparecchiature. Ho fatto gettare una carica esplosiva che ha distrutto l'aereo e il contenuto dell'hangar. Poi ci siamo alzati di quota. Ora siamo in rotta di ritorno.

– Ben fatto – disse Bodwyn Wook. – Avete raggiunto quello che per ora può chiamarsi il primo obiettivo concreto.

2

L'operazione contro l'officina aeronautica di Titus Pompo fu ufficialmente descritta come un viaggio di routine per accelerare il ritorno a casa di Kirdy Wook, ammalatosi nel corso di una gita. Alcune voci filtrarono dall'Ufficio B, o furono messe in giro da Namour, ma lo scopo del raid e i suoi effetti probabilmente gravi sulle ambizioni immediate dell'Oomphaw non vennero a conoscenza del pubblico in generale.

Kirdy trascorse due settimane in un letto d'ospedale, dove le sue ferite nel guarire lasciarono il posto a piccole spiacevoli cicatrici, poi fu trasferito nel reparto psichiatrico. Era in stato di profonda apatia, apparentemente conscio di ciò che lo circondava; mangiava da solo e ubbidiva alle istruzioni, ma non prestava attenzione ai visitatori e non pronunciava una parola. A volte dava segno di un'acuta disperazione interna, che faceva contrarre il suo faccione roseo fino a dargli un aspetto infantile. Le lacrime gli ruscellavano allora sulle guance, ed emetteva lievi gemiti, ma non parole articolate. Quelle crisi divennero poi meno frequenti, e nello stesso tempo mostrò un interesse maggiore all'ambiente della corsia seguendo con lo sguardo chi passava e osservando le fotografie delle riviste. Ma continuava a restare silenzioso e ignorava gli amici e i parenti venuti a fargli visita.

L'anno scolastico giunse al termine. Dopo un penoso e irritante lavoro e continue lezioni private, Arles riuscì a superare gli esami col minimo dei voti e ottenne il diploma. Glawen, con Wayness, Milo e pochi altri studenti, ebbe una menzione d'onore e il suo nome fu scritto sull'albo d'oro del liceum.

Ogni anno gli studiosi stranieri in visita, residenti alla Casa dei Viaggiatori, erano ospiti ad un banchetto a cui erano anche invitati i diplomati del liceum, il Conservatore e la sua famiglia, i Supervisori e gli assistenti-supervisori degli Uffici, i sei Capifamiglia, il corpo insegnante, e cinque partecipanti «speciali» scelti dal consiglio di facoltà del liceum.

Si trattava del ricevimento più esclusivo e quindi dell'occasione sociale più prestigiosa dell'anno; i gentiluomini indossavano uniformi tradizionali, e le signore sfoggiavano gli abiti più eleganti che le loro sartorie erano riuscite a escogitare. Chi non era invitato si consolava affermando che in quella circostanza l'unica alternativa alla vuota formalità della sceneggiata era ammazzarsi di noia con le chiacchiere inutili, e che compativano chi aveva ricevuto l'invito. Ciò nonostante c'era sempre una notevole competizione per avere uno dei cinque inviti «speciali».

Alla conclusione del banchetto, prima che cominciassero i discorsi ufficiali, Glawen riuscì a impadronirsi di Wayness e la portò sulla balconata, dove sedettero a osservare la schiera degli ospiti più in basso.

Wayness indossava un abito lungo a screziature verdi e nere, con bordi rosso-vino e molto stretto in cintura, una blusetta nera di stoffa lucida e nastri neri nei capelli. L'attenzione con cui Glawen continuava a scrutarla o a esaminarla apertamente finì con il renderla così nervosa che dopo un poco esclamò: — Glawen, smettila di guardarmi così! Mi sono criticata allo specchio per ore, trovandomi tutti i difetti del mondo, e adesso l'impossibilità di capire quale ti salta di più agli occhi mi sta facendo impazzire!

— Non ti ho mai visto così elegante.

— Ah! È tutto qui? Vuoi dire che approvi il mio aspetto?

— Ma certo. Anche se mi sembri strana e poco familiare.

Wayness fece una smorfietta sdegnosa. — Io non sono mai stata altro se non strana. In quanto alla familiarità, ti avverto che mamma non perde d'occhio le tue mani.

Glawen annuì con un sorrisetto triste. Lei lo osservò in tralice. — E ora perché tanta malinconia?

— Il perché lo sai.

— Non voglio pensarci almeno fino a stanotte.

— Non posso farci niente. Mi chiedo se ti vedrò mai tornare.

— Si capisce che ritornerò! Ma se non fosse così...

— Se non fosse così?

— Ebbene, vieni a cercarmi.

— Facile a dirsi. Fra migliaia e migliaia di pianeti, e fra i miliardi di persone che li abitano, eh?

— Questo dovrebbe in un certo senso incoraggiarti. Se non dovessi trovarmi, incontrerai certo qualcun'altra esattamente uguale a me, e con ogni probabilità più simpatica di me.

— Nell'intera Distesa Gaeana non ci sono altre uguali a te, con la stessa bocca deliziosa che hai tu, la stessa deliziosa fossetta sul mento, quello stesso delizioso riccioletto su una tempia, o il tuo stesso profumo.

— Omettendo l'aggettivo all'ultimo complimento mi stai forse informando con funambolica delicatezza che il mio profumo non ti piace?

— Ha la fragranza della brezza che sussurra sulla brughiera.

— È soltanto il sapone che uso. Glawen, per favore non diventarmi sentimentale perché sono di partenza. Truccata come sono, non posso assolutamente permettermi di piangere.

— Sia come vuoi. Baciami.

— Mentre tutti guardano quassù? No, grazie.

— In questo momento nessuno ci guarda.

— Glawen, basta così. Questo è troppo. Io sono molto suscettibile a cose di questo... guarda! Proprio mentre lo stavi dicendo, mamma si è voltata!

— Si è voltata a parlare col professor Fleck. Non sa neppure che noi siamo qui.

— Se non sapesse dove sono avrebbe già mandato Milo a cercarmi — sospirò lei. — Ecco laggiù Arles, seduto in un angolo con insolita modestia.

— Sconcertante, davvero. Spanchetta è furiosa perché non ha avuto uno degli inviti speciali. Mio padre sì, invece, cosa che l'avrà fatta ululare.

— Chi è la ragazza che si è avvicinata ad Arles? Non credo di averla mai vista. Sembrano in termini quasi intimi.

Glawen guardò l'amica di Arles, una ragazza dalle forme voluttuose con fluttuanti capelli rosa-arancio. — È Drusilla co-Laverty, una dei Pantomimi di Floreste. È in termini intimi soprattutto con Namour, a dar retta alle voci. Comunque non sono affari miei.

— Neppure miei. Però è strano.

— In che senso?

— Lasciamo andare. Ti ho detto che Julian Bohost è venuto da Stroma? È sempre intenzionato a sposarmi, e a supervisionare i massacri di Montematto.

— Peccato che non sia qui. Potrebbe fare uno dei suoi discorsi.

— A dire il vero era proprio questo il suo programma, ma papà gli ha detto che oggi non si fanno ingressi di favore. Come sta Kirdy Wook?

— Difficile a dirsi. I medici sembrano convinti che gli manchi la volontà di uscire da quello stato. Rifiuta di parlare, anche se legge e guarda la televisione, e getta in terra il piatto quando dentro c'è qualcosa che non gli piace. Lo psichiatra dice che il cervello (il cervello di tutti, non solo quello di Kirdy) è governato da una specie di comitato. Il comitato mentale di Kirdy non si fida a rimettere in funzione la macchina cerebrale attraverso cui gli sono giunti dei dispiaceri. Ma la diagnosi lascia credere che sia solo questione di tempo.

— Povero Kirdy.

Glawen ripensò a quella movimentata notte a Yipton. — Tutto sommato non si può che dir questo. Povero Kirdy, davvero.

Wayness lo fissò incuriosita. — Mi sembra di sentire un filo di sarcasmo.

— Probabile. Non ti ho mai raccontato quella storia.

— Pensi di farlo? Pussycat Palace e tutto?

— Potrei dirti tutto ciò che so sul Pussycat in tre frasi, se l'argomento ti interessa.

— Risposta affermativa, più o meno.

— Non volevo andarci, ma ho dovuto ubbidire agli ordini di Kirdy per essere un ruggente Ardito Leone, fatto e sputato. Ho bevuto un tè con la ragazza e le ho chiesto come le andavano le cose. Lei mi ha guardato con l'espressione che potresti trovare negli occhi di un pesce morto. Fine dei fatti accaduti.

Wayness gli diede di gomito. — Smettila di farmi arrossire con i racconti scollacciati. Sta arrivando Milo. Sembra sospettosamente allegro. Mi chiedo cosa gli sia successo.

Milo si lasciò cadere su una sedia. — Porto notizie dell'amico Julian Bohost — disse. E a Glawen: — Suppongo tu sappia che è a Casa Riverview. Vuole sempre andare alla Loggia di Montematto, e metter fine da solo alle guerre dei banjee.

— Potrebbe guadagnarci un'ascia di pietra fra capo e collo.

— Spera di evitare la violenza. Se i banjee rifiuteranno di aderire al VPL e di ascoltar ragione, si terrà a distanza e scriverà una relazione.

— Suppongo che nessuno obietterà nulla, purché paghi il conto. Milo lo guardò con teatrale incredulità. — Sii serio! Julian è un uomo politico, passare gratis è il suo mestiere.

— Diciamo che non ama parlare di denaro — commentò Wayness.

— Come rappresentante di Dama Clytie, pensa che la classe turistica non gli si addica e vuole il trattamento ufficiale, ovvero un aereo della Stazione con il pilota. Papà ha sospirato, ma non è stato capace di dirgli di no. Il pilota sarai tu, se l'idea ti affascina.

— Accetterò soltanto se verrete anche tu e Wayness, altrimenti no.

— Abbiamo già deciso di assistere all'esperienza. Allora è deciso.

— Non credo che Julian ne sarà molto compiaciuto.

— Poco importa — disse Wayness. — Julian dovrà imparare a prendere il dolce con l'amaro. Potrà essere un evento memorabile.

3

Il gruppetto in arrivo da Casa Riverview era in ritardo. Glawen e Chilke ne avevano approfittato per controllare l'aereo con cura particolare.

— Non possiamo rischiare che a Bohost accada qualcosa — disse Glawen.

— È una personalità politica. Chissà che non diventi il primo Oomphaw di Throy.

— Allora è meglio essergli nella manica — commentò Chilke. — Infine è a questo che servono i politicanti. Che tipo è questo Bohost?

— Lo vedrai da te. Eccoli che arrivano.

Accanto all'aereo venne a fermarsi un furgone. Ne balzò fuori Julian, ancor più magro e dinoccolato sotto il cappello da sole bianco a tesa larga. Indossava un robusto abito da escursionista, a strisce irregolari bianche e azzurre. Milo e Wayness scesero e portarono le loro borse da viaggio nel compartimento bagagli dell'aereo.

Julian si accostò a Chilke. — Siamo pronti alla partenza? Dov'è l'aeroplano?

— È quell'oggetto giallo e nero giusto dietro di lei.

Julian esaminò il velivolo con stupore. Tornò a volgersi a Chilke. — Quello che avete qui non è affatto adeguato. Non può fornirci un mezzo più ampio, con maggiori comodità?

Chilke si grattò il mento. — L'unica cosa che mi viene in mente è l'aerobus dei turisti, se ve la sentite di aspettare qualche giorno. Ma avrà tutta l'ampiezza che desidera, e simpatici viaggiatori con cui chiacchierare.

— Io sto facendo un'indagine ufficiale — disse freddamente Julian.

— Desidero, e mi aspetto di ottenere, servizi adeguati ed efficienza. Chilke annuì cortesemente, ridacchiando. — Più che giusto. L'aereo che vede qui è pronto a partire, e questo è un servizio adeguato a chi partire vuole. Può salire e scendere ovunque lei ordini, e questa è efficienza. Posso chiederle quanto ha pagato?

— Niente, naturalmente.

— Allora questo è il suo aereo. Difficile che da qualunque altra parte le diano di meglio per lo stesso prezzo.

Julian ebbe il merito di capire che le spiritosaggini di Chilke gli comunicavano un messaggio serio, e moderò il tono. — Suppongo che dovrà bastare. — Prese nota della presenza di Glawen: — Oh, ehilà! Il giovane e capace agente dell'Ufficio B. Sei venuto ad assistere alla nostra partenza?

— Non esattamente.

— Sei di servizio qui? A guardia dell'aereo? O per arrestare qualche Yip rimpiattato nelle vicinanze?

— Nelle vicinanze dove? — esclamò Chilke. — Ah, quel tipo entrato ora nell'hangar? Non è uno Yip che va a rimpiattarsi, è il mio aiutante. Sono d'accordo che bisognerebbe arrestarlo, ma oggi Glawen non avrà tempo. È il vostro pilota.

Julian ebbe un moto all'indietro, sorpreso e accigliato. — Hai la necessaria competenza?

— Mettiamola a questo modo — disse Glawen. — Il mio bagaglio è già sull'aereo. Il tuo è rimasto sul furgone, che se lo sta riportando via.

Julian corse avanti, agitando il cappello. — Ehi, conducente! Torni qui... si fermi, le dico! — Si volse a Glawen. — Non startene lì. Fai qualcosa!

Lui si strinse nelle spalle. — Se uno di noi deve corrergli dietro, perché non tu?

Chilke s'infilò due dita in bocca e fece un fischio acutissimo. Il guidatore mise fuori la testa, e al cenno di Chilke tornò indietro. Con espressione rigida Julian trasferì il suo bagaglio sull'aereo. Poi apostrofò ancora Glawen: — Devo insistere per avere un pilota esperto. Tu hai questa qualifica?

Glawen gli porse un portadocumenti. — Qui c'è il mio brevetto di pilota, la tessera dell'Ufficio B e il foglio che mi autorizza a trasportare passeggeri, rilasciato dalla società d'assicurazione.

Julian esaminò i documenti con occhio scettico. — Mmh! Sembra tutto in ordine. Molto bene. Ci dirigeremo alla Loggia di Montematto.

— Il volo durerà quattro ore. L'aereo non è un modello particolarmente veloce, ma è affidabile per viaggi di questo genere.

Julian non disse altro. Salì a bordo e sedette accanto a Milo e

Wayness, che avevano già preso posto sul retro della carlinga. Glawen scambiò un'ultima parola con Chilke. — Qual è il tuo verdetto?

— Un tipo un po' bislacco, direi.

— Questa è anche la mia impressione. Be', si decolla per Montematto. — Glawen salì e si mise ai comandi. Passò attraverso la routine dei controlli e accese i propulsori; l'aereo si sollevò verticalmente dalla pista. Quando fu a cento metri di quota accese il pilota automatico e l'aereo sfrecciò verso sud-ovest.

I Monti di Muldoon scivolarono via sotto di loro; i frutteti e le vigne del territorio di Araminta lasciarono il posto alle zone incolte: dapprima una piacevole scacchiera di radure, quindi una foresta sempre più fitta di allombrosa dal fogliame verde-blu. Sorvolarono il fiume Twan Tivol, che scendeva dal nord per svanire negli acquitrini del Mare di Fango da cui nascevano sia il fiume Wan che il Leur, una vasta zona di stagni, marcite, sabbie mobili e canali tortuosi fra cui crescevano selvaggiamente verzi porporini, macchie di balwoon, fitti cespi di erbasega e pochi torreggiami alberi-scheletro.

Syrene splendeva in un cielo senza nubi, di un azzurro profondo. — Nel caso che qualcuno se lo domandi — disse Glawen, — avremo tempo buono per tutto il volo. Se le previsioni meteorologiche non mentono, troveremo una bella giornata anche a Montematto. Nelle vicinanze della loggia non sono stati segnalati banjee.*

Julian tentò una battuta: — Se le cose stanno così, e non si prospetta nessun bagno di sangue, i turisti pretenderanno senza dubbio la restituzione dei loro soldi.

— Nessuno l'ha mai richiesto — disse educatamente Glawen.

---

* Banjee: uno dei molti animali semi-intelligenti di Cadwal, vagamente simile a un grosso mandrillo. Si tratta di un bipede dalle fattezze andromorfi, per quanto grottesche. La sua epidermide è chitinosa, nera nei maschi adulti, che possono raggiungere i due metri e mezzo di altezza. Hanno capelli veri e propri, neri e rigidi, che incorniciano un muso in buona parte composto da ossa nude.

Il banjee è per molti aspetti singolare. Durante l'infanzia è asessuato, diviene femmina all'età di sei anni, a sedici subisce una metamorfosi in cui assume attributi maschili e quindi cresce di dimensioni, aggressività e ferocia, finché generalmente viene ucciso in battaglia.

I banjee comunicano in una lingua indecifrabile anche per i più sottili metodi

— E questo — aggiunse Milo, — è il motivo per cui lo chiamano Montematto.

— Ne sei certo? — chiese Wayness. — Mi domandavo il perché di questo nome.

— Il nome deriva ovviamente dalle battaglie dei banjee — disse Julian in tono alquanto saccente. — La loro inutilità, o follia se volete, è stata da tempo riconosciuta, almeno dal VPL. Se il mio schema è preciso e verrà messo in atto, dovremo cambiargli nome in Monte della Pace.

— E se non funzionasse? — domandò Wayness.

— Monte Julian potrebbe affermarsi, purché costruiscano la lapide bene in vista — disse Milo.

Julian scosse tristemente il capo. — Scherzateci pure sopra. Alla fine capirete che il progresso e il VPL non sono roba da ridere.

Wayness alzò una mano. — Niente politica a quest'ora dal mattino. Glawen, tu che sai tutto, perché si chiama Montematto?

— In questo caso purtroppo non so tutto — rispose lui. — Sulle vecchie carte troverete il nome «Monte Stephen Tose». Un paio di secoli fa, un turista piuttosto eccitabile fornì il nuovo nome, che tutti cominciarono a usare, e così oggi è Montematto.

— E perché il turista si era eccitato?

— Ve lo farò vedere quando arriveremo.

— Ti imbarazza parlarne perché è uno scandalo piccante? — chiese Wayness. — O è una deliziosa sorpresa?

— L'una cosa non esclude l'altra — disse Milo.

Wayness si volse al fratello. — La tua mente vola ad altezze a me precluse. Non riesco a immaginare un'ipotesi simile. Tu sai immaginarla, Julian?

---

analitici dei glottologi gaeani. Costruiscono utensili e armi, e mostrano quello che sembrerebbe un barlume di senso estetico, che però allo stesso modo della lingua sfugge alla comprensione della mente umana.

Benché intrattabili, in condizioni normali i banjee non sono aggressivi. Sono consapevoli dei turisti che affollano la terrazza della loggia per vederli passare, ma non prestano loro attenzione. Gli incauti talvolta si avvicinano alle orde in marcia o alle battaglie, per riprendere scene drammatiche e sanguinose. Imbaldanziti dall'apparente indifferenza dei banjee si accostano di un passo o due, poi di un altro ancora, finché attraversano l'invisibile confine della «zona di reazione» e vengono aggrediti e massacrati.

— Mia cara ragazza, ho altre cose a cui pensare.

— Parlaci di queste battaglie, Glawen — disse Wayness. — Tu ne hai mai vista una?

— Un paio di volte. Quando si sta alla loggia è piuttosto difficile ignorarle.

— Che succede? Sono davvero terribili come dice Julian?

— Sono spettacolari, e in un certo senso anche cruente.

Julian sbuffò ironicamente. — Allora sii così gentile da istruirmi su cos'altro sono, oltreché cruente.

— Molto sta nella mente di chi guarda. Ai banjee la cosa non sembra fare la stessa impressione.

— Questo è assai difficile da credersi.

— Per loro non sarebbe un problema evitare le battaglie, se fossero di questo avviso.

Julian tolse dalla sua borsa un opuscolo. — Ascolta cosa dice questo articolo: «Le battaglie dei banjee sono eventi estremamente drammatici e spettacolari; è una fortuna che siano state rese accessibili ai turisti».

«"Le persone sensibili si considerino avvertite: questi scontri sono orripilanti per la frenesia con cui avviene la carneficina. L'aria è piena di rumori e urla; grida di vittoria ed agghiaccianti rantoli di agonia si mescolano. Senza sosta e senza pietà i combattenti si colpiscono con i loro strumenti di morte. Tagliano e spaccano, infilano, sbudellano e schiacciano. Nessuno dà o si aspetta quartiere".

«"Per l'osservatore gaeano le battaglie sono esperienze notevoli, e può trovarvi riferimenti a una simbologia archetipica. Destano emozioni per definire le quali l'uomo contemporaneo manca di termini precisi. La qualità dello spettacolo è indiscutibile. I contendenti sono pieni di colore: smaglianti toni di rosso, il nero scintillio delle armature e degli elmi pieni di sporgenze bizzarre, l'azzurro e il verde alcalino delle imbottiture toraciche".

«L'atmosfera di Montematto è appesantita dal senso di maestose forze che si scontrano in un tragico destino. Ed è quanto accade.

— È una vivida descrizione — disse Glawen. — La guida ufficiale è stata un po' censurata, e fa appena cenno delle battaglie.

— Eppure non sono questi i fatti reali?

— Non del tutto. Non ci sono poi tante urla e strida; piuttosto grugniti, imprecazioni o borbottii. Le femmine e i piccoli badano poco a quel che succede e non vengono molestati. Tuttavia non si può negare che i guerrieri tendano a colpirsi l'un l'altro.

Wayness disse: — Scusa la mia curiosità morbosa, ma cosa succede esattamente?

— Le battaglie sembrano assolutamente senza scopo e potrebbero essere evitate con facilità. I tratturi lungo cui avvengono le migrazioni corrono da est a ovest, e da nord a sud, e s'incrociano proprio sotto la Loggia di Montematto. Quando un'orda si avvicina il primo segnale è un rumore basso, un impressionante mormorio. Poi l'orda appare in distanza. Pochi minuti dopo lungo la pista arriva la prima squadra d'attacco, un centinaio di guerrieri scelti armati con lance lunghe dieci metri, asce di pietra e spine lunghe un paio di metri. Questi s'impadroniscono dell'incrocio e restano di guardia mentre l'orda lo oltrepassa di corsa. Se sull'altra pista c'è una seconda orda in avvicinamento, questa non attende che la prima sia sfilata via, come la logica potrebbe suggerire, ma al contrario s'indispettisce a quella vista e attacca.

«I suoi guerrieri abbassano le lance e partono alla carica, cercando di aprirsi una strada per cui il loro gruppo possa passare. La battaglia continua finché una delle due orde si è assicurata il diritto di transito. Per loro è una grave disgrazia passare per ultimi, e l'orda sconfitta assiste al transito degli avversari mandando urla disperate.

«Di solito è a questo punto che alcuni turisti scendono a cercare souvenir, sperando di procacciarsi un elmo in buone condizioni o qualcos'altro. Si aggirano fra i cadaveri frugandoli e rovistando. A volte il banjee è ancora vivo e ammazza il turista.

«I turisti morti non vengono ignorati dalla direzione. Le loro fotografie sono appese in una galleria, come avvertimento per gli altri. Ci sono centinaia di queste foto, raffiguranti gente di ogni provenienza, e i nuovi venuti le contemplano inorriditi e affascinati.

— Trovo che l'intera cosa sia decisamente disgustosa — disse Julian.

— Anch'io la ritengo poco piacevole — disse Glawen. — Ma i banjee non smettono di battersi, e i turisti non smettono di venire... così la Loggia di Montematto incassa e resta aperta.

— Questo è cinico mercantilismo — affermò Julian.

— La tua accusa sarebbe vera soltanto se la loggia incentivasse le battaglie a scopo di lucro — disse Glawen.

— Sono sicuro di non capirti affatto — disse rigidamente Julian. Milo gli domandò: — Allora qual è il tuo schema per i banjee, presumendo che ti venga data mano libera?

— La prima cosa a cui pensai fu una serie di barricate che tenessero indietro un'orda durante il passaggio dell'altra, ma è facile evitare o abbattere palizzate e recinti. Al momento sto considerando la costruzione di rampe e di una pista soprelevata, in modo che le orde possano incrociarsi senza venire in contatto.

— Sii ragionevole, Julian. Dovresti sapere che un progetto simile non sarebbe approvato. Hai mai sentito parlare della Carta?

— La Carta è moribonda come la Società Naturalistica. Non starò a nascondervi che il VPL sta studiando altre scelte.

— Studia le tue scelte, progetta pure le tue rampe soprelevate se ti fa piacere, ma non venire a dirmi che questi sono affari ufficiali. Sono affari dei vielpini e affari di Julian, a spese della Conservazione. Ecco, ti piaccia o meno, dov'è il cinismo.

Julian si volse lentamente a fissare Milo con occhi socchiusi, e per qualche istante la sua maschera di accomodante pensatore scomparve.

Fu questo a dare un tono più tagliente anche alla voce di Milo. — Più di ogni altra cosa tu miri a stabilire per i vielpini un precedente nelle manomissioni ambientali. Il prossimo passo sarà d'invitare gli Yips a reclamare un territorio. I vielpini vogliono costruirsi ville e possedimenti nelle zone migliori di Deucas, e confinare gli animali selvatici dietro un recinto. Non funzionerà, Julian, te lo assicuro io.

Julian scrollò le spalle. — Stai parlando come un selvaggio. Ti consiglio di calmarti. Questo è un giro di ispezione. Io farò le mie proposte. Esse avranno il peso che potranno avere. Non c'è altro da aggiungere. — Distolse con ostentazione lo sguardo da Milo e parlò a Glawen: — Cosa fa la gente a Montematto quando non ci sono battaglie fra i banjee?

— Riposa, si rilassa, beve san-sue frizzante e spremute di frutta, discute del panorama, cerca l'avventuretta. Se hai voglia di fare esercizio puoi risalire Montematto. La pista è facile e relativamente sicura, e lungo di essa ci sono varie cose interessanti. Chi vuole qualche souvenir può aggirarsi sulle rive del fiume in cerca di uova del tuono, o perlustrare il campo di battaglia (naturalmente quando non ci sono combattimenti) e rovistare fra quel che resta. Se sei davvero avventuroso puoi saltare in groppa a un bunter e cavalcare fino al campo dei banjee sul Lago Dimple... a patto che in quel momento non vi risieda un'orda. Magari hai fortuna e trovi una pietra magica.

— Cos'è una pietra magica? — chiese Wayness. — E cos'è un bunter?

— Le femmine banjee masticano pietre colorate come lapislazzuli, nefriti e malachiti, riducendole in sfere o tavolette che portano in una reticella vegetale appesa al collo. Quando sono nel periodo della metamorfosi, verso i sedici anni, se ne liberano buttandole fra i cespugli o nel lago. Così, chi non ha paura di graffiarsi fra i cespugli o di tuffarsi nel lago può trovare una pietra magica.

— Questo sembra interessante — disse Julian. — Forse farò un tentativo. E cos'è un bunter?

— Una bestia antipatica che può essere cavalcata, se adeguatamente preparata. Bisogna riempirgli lo stomaco e metterlo di buon umore, altrimenti può fare cose spiacevoli.

Julian ebbe un borbottio dubbioso. — E come lo si mette di buon umore?

— Gli stallieri Yip conoscono bene il procedimento, che però è piuttosto complicato.

— Aha! — esclamò Julian. — Così sono ancora gli Yips a fare i lavori sporchi.

— Ce ne sono alcuni, qua e là, che manterranno il loro posto.

— E perché tanta generosità?

— In tutta franchezza, nessun altro vuol fare il loro lavoro. Julian fece una risata di scherno. — Gli elitaristi cavalcano i bunter, e gli Yips puliscono le stalle.

— Già — disse Milo. — Gli elitaristi devono pagare per cavalcare i bunter. Gli Yips vengono pagati bene. Poi gli elitaristi vanno a casa e tornano al loro lavoro, e gli Yips mandano a Titus Pompo la sua sostanziosa percentuale. Noi, detto fra parentesi, abbiamo pagato la prenotazione. Il solo elitarista del mazzo sei tu.

— Io sono l'inviato della Custode Vergence, e mi è dovuto il trattamento ufficiale.

Wayness pensò bene di cambiare argomento. Indicò la savana che stavano sorvolando: — Guardate quelle bestie bianche, lunghe e sottili! Devono essere migliaia!

Glawen guardò dal finestrino. — Sono antilopi monocorni. Si spostano verso i pascoli umidi della Zusamilla, dove potranno ingrassare. — Riprese i comandi e fece abbassare l'aereo con una planata che agitò lo stomaco dei suoi passeggeri, poi lo mise in orizzontale a una trentina di metri dal suolo. Le antilopi galoppavano in ranghi molto stretti e ordinati, facendo ondeggiare all'unisono migliaia di corni lunghi un paio di metri.

— Le antilopi monocorni non hanno occhi — disse Glawen. — Nessuno sa come possano vedere, o se vedono. Eppure trovano la strada fra il Grande Pendio Rosso e la Zusamilla, e non una di loro si perde. Se qualcuno si avvicina al branco, un'antilope ne corre fuori e cerca d'infilzarlo con il corno; poi torna indietro e riprende lo stesso posto che aveva nella fila.

Julian osservò le serpeggianti colonne bianche, poi con una certa ostentazione si mise a leggere la sua guida.

Wayness volle sapere: — Perché le loro file seguono percorsi curvi, invece di galoppare in linea retta? O non gli importa di allungare la strada?

— Al contrario — disse Glawen. — Vedi quei monticelli tondeggianti? Le antilopi se ne tengono bene alla larga, anche se questo le costringe a deviazioni continue. Sulla cima di ogni collinetta vive un branco di vellosi. Stanno là seduti in attesa che qualche bestia faccia lo sbaglio di avvicinarsi troppo e risparmi loro le fatiche della caccia.

Milo scandagliava la pianura con un binocolo. Puntò un dito. — Là vicino al fiume, in quell'erba alta e azzurrina: vedo dei bestioni piuttosto impressionanti. È difficile distinguerli perché hanno lo stesso colore dell'erba.

— Quelli sono monitosauri. Cambiano colore per mimetizzarsi con il terreno. Li vedrete sempre in gruppi di nove; nessuno ne sa il motivo.

— Probabilmente perché sanno contare solo fino a nove — disse Milo.

— Può anche darsi — ridacchiò Glawen. — La loro pelle spessa dodici centimetri li salva da quasi tutti i predatori, che alla fine si stancano di addentarli.

Milo chiese: — Cosa sta succedendo laggiù, sotto quell'albero di vamola?

Glawen si fece consegnare il binocolo. — È un toro bardicante, anche piuttosto grosso. Dev'essere malato, o morente, o forse sta solo riposando. Gli skiddit l'hanno trovato, ma non sanno decidere cosa fare. Tengono consiglio... ora stanno cercando di spingere uno dei cuccioli a salire sulla schiena del bardicante. Il cucciolo è furbo e se ne va. Ci prova qualcun altro... Aha! Il toro lo ha infilzato con lo spiedo della coda e se l'è mangiato in un boccone. Gli altri skiddit fuggono in tutte le direzioni.

— Scusami — disse Julian. — Tutto questo è molto interessante e comprova il tuo addestramento nell'identificazione degli animali. Ma io avrei fretta di arrivare alla Loggia di Montematto, in modo da organizzare la mia ispezione.

— Come vuoi — disse Glawen.

L'aereo proseguì il volo, oltrepassando catene montuose e foreste, laghi e ampi fiumi, maestosi panorami che si dispiegavano uno dopo l'altro. A mezzogiorno il territorio salì e sotto di loro ci fu un vastissimo altipiano, punteggiato di laghetti. Lontano, a ovest, si levavano venti altissimi picchi disposti in fila da nord a sud.

Glawen indicò un tratto di boscaglia da cui emergevano spirali di fumo. — Là c'è un campo banjee. I fuochi che accendono non sono per cucinare né per scaldarsi: li usano per far bollire la resina con cui si fabbricano elmetti e armature.

— Quando dista Montematto?

— Puoi vederlo più avanti: quel vecchio vulcano dalla sommità irregolare. Ora stiamo sorvolando la Piana dei Gemiti. Là c'è il Lago Dimple, sulla destra.

Pochi minuti dopo l'aereo si poggiò sullo spiazzo d'atterraggio a lato della loggia. I quattro ne uscirono e si avviarono su per la breve rampa di scale che portava alla terrazza anteriore dell'edificio.

Entrarono nell'atrio, un locale ampio con tappeti rossi, bianchi e neri sul pavimento di pietra. Un po' ovunque erano appesi manufatti banjee: asce da battaglia disposte a mezzaluna sopra il caminetto, una dozzina di strani ma affascinanti elmi, e in una bacheca applicata al banco delle registrazioni sferette e piastre di malachite, cinabro, nefrite e opale nobile, larghe fino a una decina di centimetri. L'impiegato notò l'interesse di Wayness. — Sono pietre magiche banjee. Ma non mi chieda come si usano perché non lo so.

— Sono in vendita?

— Sì, dai cento sol per il cinabro ai cinquecento per la nefrite e ai mille per l'opale nobile.

L'uomo consegnò loro le chiavi delle stanze, mentre una ragazza scattava una foto a ciascuno dei quattro.

— Questo corridoio, che conduce alla sala da pranzo — spiegò l'impiegato, — è la galleria dove esponiamo le immagini degli ospiti uccisi dai banjee. Ovviamente vi auguro di non essere così poco fortunati. Ma sono certo che anche voi preferirete lasciare qui appesa la foto di «prima» piuttosto che quella di «dopo». Anche per non guastare l'appetito di chi si reca in sala.

— Ridicolo! — dichiarò Julian. — Possiamo pranzare, prego?

— Datemi il tempo di lavarmi la faccia — disse Wayness.

Poco dopo i quattro si ritrovarono sulla terrazza, e andarono alla balaustra da cui si spaziava con lo sguardo sulla Piana dei Gemiti. Milo domandò: — Dov'è questo famoso campo di battaglia?

— Proprio lì, quasi sotto di noi — disse Glawen. — Vedete quei mucchi di terriccio che corrono paralleli sulla pianura? In realtà si tratta di detriti e rifiuti gettati via dalle orde di passaggio nel corso dei millenni. Costeggiano i fratturi come sponde. Una delle piste si stende da est a ovest, l'altra da nord a sud, e si incrociano giusto qui sotto. Quando due orde vengono a contatto i guerrieri non fanno preamboli cavallereschi: si danno addosso a colpi di scure.

— In effetti sembra una cosa irragionevole — rifletté Wayness.

— È assurda, mostruosa, e bisogna farla cessare — disse Julian.

— Una soprelevata risolverebbe il problema di traffico — disse Milo. — Tuttavia devo farvi notare che le piste sono piuttosto larghe.

— Circa un centinaio di metri, sì — disse Glawen.

Julian studiava accigliato il campo di battaglia. Wayness gli domandò gentilmente: — Sapevi già che le piste erano così larghe?

Lui scosse appena il capo. — Questa è la mia prima visita a Montematto, come sai bene. Ma ora pensiamo a mangiare.

Un cameriere li condusse a un tavolo e il pranzo fu servito. — Forse possiamo aiutare Julian con i suoi calcoli – disse Milo. – La soprelevata dovrebbe essere larga cento metri per fungere da naturale prosecuzione della pista. La campata principale, ovviamente, lunga cento metri per sormontare l'altra pista, e con un'altezza di... che altezza hai presupposto, Julian?

– In realtà non ho ancora pensato ai particolari tecnici.

– Un'altezza di tredici metri dovrebbe consentire ai banjee in marcia di passarvi sotto senza abbassare le lance. Se Julian disegna i tratti in salita e discesa con una pendenza del sei per cento, ogni rampa di accesso risulterebbe lunga circa duecentodieci metri. Julian, quanti metri cubi di materiale pensi occorrerebbero per queste rampe?

– Non sono andato così lontano con le ipotesi. Una soprelevata potrebbe e non potrebbe essere l'approccio ottimale. Io sono qui per scoprire se esiste una soluzione pratica.

– Non lasciare che Milo ti confonda le idee – lo esortò dolcemente Wayness. – Fai la tua ispezione, rifletti e studia in santa pace, e noi cercheremo di non starti fra i piedi. Glawen, cosa suggerisci per il pomeriggio?

– Potremmo fare una gita a piedi su per Montematto. Sulla pista ci sono alcune interessanti rovine: una piattaforma di pietra e quella che sembra esser stata una torre. Gli archeologi pensano che la costruzione si debba a una tribù di banjee ormai estinta. Potrete trovare anche alcuni spinazzurri; si fingono fiori per poter acchiappare gli insetti, e il turista che cerca di raccoglierne uno ha una brutta sorpresa: lo spinazzurro gli sputa in faccia, poi stride, e infine protende i suoi strumenti, coda e aculei.

– Interessante. Che altro c'è?

– Probabilmente vedrai diverse orchidee della roccia, con i loro petali di vetro, e i sempreverdi arbutus mobili, che si spostano per disperdere i semi. A una quota più alta vivono le farinx, che cacciano in un modo ingegnoso: una si nasconde fra i cespugli, l'altra si stende al suolo ed emette un odore di decomposizione che attira gli uccelli divoratori di carogne. Allora la farinx nascosta salta fuori e la coppietta si procura la cena.

– Non ci hai ancora detto perché lo chiamano Montematto.

– Non è una gran storia. Un vecchio turista un po' bislacco arrivò

di corsa giù per il sentiero, gridando: «Questa montagna è matta!».
Sembra che fosse andato su a studiare le rovine. Lungo la strada aveva
cercato di raccogliere uno spinazzurro, che gli aveva sputato nella
barba e punto una mano prima di scappare. S'era poi seduto su un
arbutus mobile, che gli era sgusciato via di sotto. Quindi aveva trovato
quella che sembrava una farinx morta, sul punto di essere squartata
dal becco di un grasso uccello necroforo. Essendo di cuore gentile il
vecchio aveva scacciato il volatile, ed entrambe le farinx gli erano saltate
addosso mordendolo alle gambe. S'era infine arrampicato fino alle
rovine dove aveva scoperto una troupe di poeti che eseguivano balletti
classici, e lì la sua mente aveva perso del tutto il contatto con la realtà.
Così tornò giù gridando che la montagna era matta, e da quel giorno
Monte Stephen Tose fu conosciuto come Montematto.

— Tu ci credi? — chiese Milo a Wayness.

— Non ho altra scelta. Ma mi piacerebbe vedere di persona queste
meraviglie.

— Io penso che una passeggiata mi aiuterebbe a digerire — disse
Milo.

— Anch'io sono pronta — annuì la sorella. — Andiamo, allora. Julian,
noi torneremo fra non molto. Certamente prima di cena.

— Un momento — disse Julian. — Glawen è stato assegnato a me
come assistente. Potrei aver bisogno di lui.

Glawen ne fu stupito. — Che significa? Ho sentito bene?

— Hai sentito bene — disse Milo. — Julian ha bisogno di qualcuno
che corra avanti e indietro per prendere le misure col nastro.

Glawen scosse il capo. — Io piloto l'aereo e svolgo compiti di sorveglianza. Ho l'obbligo di correre a salvare la vita di Julian, se si mettesse
nei guai. Ma i miei doveri non vanno oltre.

Julian volse loro le spalle con espressione rigida. Osservò la pianura
per qualche secondo, poi annuì. — Qui ho già visto tutto quello che c'è
da vedere, almeno per il momento.

— Allora vieni con noi su per la montagna — propose Wayness.

— Sì, è un'idea — borbottò Julian. — Datemi il tempo di mettermi in
tenuta da campagna. Fra un minuto sono da voi.

Così trascorse il pomeriggio. Con Syrene ormai bassa nel cielo i
quattro tornarono giù dal versante montuoso. Andarono a sedersi sulla

terrazza, si fecero servire un aperitivo e guardarono Syrene scendere dietro le montagne lontane.

Wayness indicò la pianura. – Cos'è quello scintillio? Il Lago Dimple?

– Proprio così – disse Glawen. – Quando il sole è basso da qui se ne vede il riflesso. Non c'è molto laggiù, a parte il campo banjee, che vale la pena di visitare soltanto per le pietre magiche.

– Quante probabilità ci sono di trovarne una?

– Molte, salvo quando al campo risiedono i banjee. Allora le probabilità calano a zero.

– Bisogna proprio andarci a dorso di bunter?

– È una cavalcata piuttosto lunga.

– Perché non andarci in aereo? – chiese Julian.

– Un'idea tentatrice, ma contro il regolamento della loggia. Causa problemi con gli altri clienti.

Julian ebbe una smorfia di contrarietà. – Be', non fa niente. La guida dice che i bunter sono bestiacce irascibili, però piuttosto innocue se uno indossa un apposito abito da equitazione. Questo mi lascia perplesso. Possibile che i bunter siano tanto convenzionali?

– Hanno un carattere odioso, e ci ammazzerebbero con gioia se gliene dessimo l'opportunità. Prima di sellarne uno, quindi, lo stalliere deve metterlo in una particolare condizione di spirito.

– Ed evidentemente il cavaliere deve adeguarsi a quella che il bunter considera la giusta moda per gli sport equestri.

– L'abito da equitazione serve a uno scopo assai più pratico. Il bunter viene ammansito con una procedura particolare. Lo stalliere Yip lo fa mangiare in abbondanza, quindi lo tormenta con un bastone finché il bunter impazzisce di rabbia. A questo punto lo stalliere gli getta un fantoccio di stracci vestito con cappello nero, giacca bianca, pantaloni neri e cintura rossa: l'abito da equitazione. Il bunter lo assale selvaggiamente, lo scalcia, lo morde e lo scaraventa in aria. E alla fine, quando è stanco d'infierire, se lo getta sulla groppa per mangiarlo più tardi, visto che in quel momento non ha fame.

«Una volta sfogata la rabbia il bunter diventa relativamente docile. Lo stalliere gli mette i paraocchi; il cavaliere prende il posto del fantoccio, toglie i paraocchi e lo avvia al trotto senza difficoltà.

«Prima di smontare il cavaliere deve rimettergli ancora i paraocchi, altrimenti il bunter pensa che la sua vittima stia scappando e fa di tutto per ucciderla. Perciò quando cavalcate un bunter non dimenticatevi mai di chiudergli gli occhi prima di smontare.

— Penso di aver capito — disse Milo. — Se volessi una pietra magica da mille sol, non mi resta che cavalcare un bunter fino al Lago Dimple e frugare nelle immondizie dei banjee.

— Più o meno è così.

— E le mie probabilità di tornare vivo?

— Da buone a eccellenti, a patto che: uno, il bunter sia stato nutrito e fatto sfogare. Due, che ricordi di chiudergli gli occhi quando smonti. Tre, che i banjee non ti scoprano a girare intorno al loro campo. Quattro, che tu non sia aggredito da altre bestie feroci, come i turipidi o i vellosi degli altipiani.

— Come si fa a ripescare le pietre gettate nel lago?

— Puoi entrare nell'acqua e frugare nel fango con i piedi. È proibito portare un equipaggiamento meccanico, perché diventerebbe uno «sfruttamento delle risorse minerarie». La cosa è sempre sul limite della legalità, ma qui le autorità hanno voluto classificare le pietre come souvenir piuttosto che «minerali preziosi».

— Ho voglia di fare il tentativo — disse Milo.

— Anch'io — mormorò Wayness. — Ma non mi sento molto coraggiosa. Cosa succede se durante la strada il bunter ha di nuovo fame e decide di mangiare la sua preda?

— Allora devi fargli saltar via la testa. Ognuno avrà una pistola al fianco.

— Vorrei non essere così codarda — disse Wayness. — Ma sarò gentile col mio bunter, e forse lui sarà simpatico con me. Non credi?

— Se io fossi un bunter ti porterei a cavalcare fra le colline con entusiasmo — disse Glawen. — E sarei molto simpatico con te.

Julian si acciglò contrariato, trovando evidentemente fuori luogo o perfino presuntuoso il commento. — Poco probabile. Io vi raggiungerei prima che aveste fatto cento metri — disse con un sorrisetto, ma la sua voce era gelida. — La tua scappatella non ti procurerebbe certo un applauso. Al contrario.

Un po' sorpreso da quell'acrimonia, Glawen lo guardò qualche istante. — Posso essere simpatico con Wayness anche senza bisogno di essere un bunter, se è per questo.

Julian si volse alla ragazza. — Ti prego di ignorare le eccessive galanterie del mio assistente. La familiarità con cui si comporta fa supporre che ignori le circostanze.

— A quali circostanze ti riferisci? — chiese Glawen.

— Non sono particolarmente affari tuoi, ma potrei dire che Wayness e io abbiamo un'intesa ormai da lunga data.

Wayness rise, a disagio. — Ma tutto cambia, Julian! Nulla resta mai uguale. E in quanto a Glawen, malgrado la rude competenza che esibisce ha l'animo di un poeta. Tu devi tollerare i suoi voli di fantasia.

Glawen non volle appesantire la situazione. — Non dimenticate che io sono un Clattuc — proclamò. — E noi siamo famosi per i nostri eccessi romantici.

— Una casistica di cui sono in grado di citare un esempio — intervenne Milo nello stesso tono. — Mi riferisco, signori, al leggendario Reynold Clattuc. Quest'impavido mise a repentaglio la vita per trarre a salvamento un'avvenente damigella, sorpresa da una tormenta di neve nella Tundra Kaskovy. Sfidando il vento e il gelo la portò quindi sino a un rifugio; accese un fuoco per scaldarla; le massaggiò mani e piedi, la rianimò, e pazientemente la nutrì con zuppa calda e fette di pane tostato e imburrato. Lei mangiò tutto, anche la porzione del suo salvatore, ma poi si piegò sul letto e vomitò ogni cosa sulle lenzuola. E questo offese a tal punto la sensibilità di Reynold Clattuc che la trascinò fuori e la gettò di nuovo in mezzo alla neve.

— Milo, questa storia non è completamente credibile — disse Wayness.

— La ragazza deve aver fatto qualche altra cosa — aggiunse Glawen. — Io non credo che l'avrei buttata fuori per così poco.

— E cosa pensi che abbia fatto? — chiese Milo.

— Be', visto che il suo salvatore l'aveva condotta sul letto, posso solo far notare che in certe circostanze è molto seccante che la ragazza vomiti.

— Chiaramente la tradizione persiste — stabilì Milo. — È molto imprudente compiere atti volgari in presenza di un Clattuc.

— Saggio consiglio — annuì Wayness. — Se Glawen dovesse salvarmi da una tormenta di neve, rifiuterò fermamente il pane imburrato.

Glawen si alzò. — Adesso sarà meglio che io vada a ordinare i bunter per domattina. Julian, tu ispezionerai il campo di battaglia o tenterai la fortuna con noi al Lago Dimple?

Julian lottò con se stesso. Di malumore infine mormorò: — Qui ho visto abbastanza, per ora. Verrò al Lago Dimple.

Glawen e Milo scesero nella scuderia. Julian li seguì con lo sguardo, dalla terrazza, e scosse il capo. Si volse a Wayness. — Romantico o no, trovo che quel Clattuc sia decisamente scorretto e prosaico. Non posso approvare il modo in cui ti guarda. Sembra aver dimenticato che sei una Naturalista di famiglia elevata, superiore al personale della Stazione, non importa quali arie essi si diano. A dire il vero avresti dovuto rimetterlo al suo posto, e senza mezzi termini.

— Julian, sono sorpresa! Credevo che il VPL fosse contro le classi sociali, per marciare mano nella mano verso una nuova era.

— Allora puntualizzo: nella mia vita privata io compio distinzioni chiare, considerando ciò mia prerogativa. Io rappresento il livello più alto raggiunto dalla razza gaeana, e rifiuto di essere tollerante e di associarmi con chiunque salvo i migliori... nella qual categoria mi compiaccio di includere anche te.

— Io pure ho un'alta opinione di me stessa — disse Wayness. — Anche a me non piace frequentare gente inferiore, fra i quali includo gli sciocchi e gli ipocriti.

— Molto giusto! — dichiarò lui. — Abbiamo uguali punti di vista!

— Con una piccola differenza — disse la ragazza. — Le categorie cui facciamo riferimento non includono le stesse persone.

Julian si accigliò. — Be'... forse. Dopotutto ciascuno di noi ha la sua cerchia di conoscenze.

— Proprio così.

Julian assunse un tono più studiato: — Stai ancora meditando di andare sulla Terra?

— Sì. Ci sono alcune ricerche a cui tengo, e che qui non potrebbero essere completate.

— In quale campo di studi? Sei sempre stata molto vaga.

— Essenzialmente sono elementi di folklore, che intendo approfondire in loco.

— E Milo verrà con te?

— Questo è il programma. Julian s'irrigidì. — E io?

— Non so bene cosa tu significhi per me... o lo sospetto soltanto.

— Credevo che avessimo un'intesa. Non posso aspettarti indefinitamente.

Wayness rise senza allegria. — Questa cosiddetta «intesa» è stata un'idea di mamma, non mia. E non è affatto pratica. In primo luogo, io non ho alcuna simpatia per le tue idee politiche.

— Una volta non era così. Qualcuno ti ha influenzato. Si tratta di Milo?

— Milo e io parliamo di rado, se non mai, di politica.

— Non può esser stato Glawen Clattuc. Di politica ne capisce ancora meno di Milo.

Wayness lo guardò irritata. — Non concepisci l'ipotesi che io riesca a pensare da sola? E non dovresti sottovalutare Glawen; è un giovane tranquillo e senza pretese, molto intelligente. Ed è anche competente: una qualità che ho imparato ad apprezzare.

— Lo difendi con autentico fervore.

— Per favore, Julian — disse stancamente lei, — smettila di pensare a me. Al momento ho i miei problemi, e non intendo unirmi a te. Sono definitivamente sicura di questo.

Julian scrollò freddamente le spalle e si appoggiò allo schienale della sedia. I due restarono seduti in silenzio, guardando gli ultimi raggi del sole che indugiavano sulle montagne.

Milo e Glawen fecero ritorno. — I bunter saranno pronti subito dopo colazione, ben nutriti e dell'umore giusto.

— Ovvero di un umore molto ma molto diverso da quello attuale — disse Milo. — O almeno spero. Glawen non esagerava: il bunter non è una bestia amabile. Non invidio gli stallieri che lavorano qui.

— Ma sono esperti? — si preoccupò Wayness.

— Dovrebbero esserlo, ormai — disse Glawen. — Sono qui da anni. O almeno, dalla mia ultima visita.

Julian stava per dire qualcosa, probabilmente riguardo agli Yips, ma Wayness lo precedette: — Il sole è tramontato. È l'ora di cambiarci per la cena.

I quattro andarono nelle loro stanze. Glawen fece la doccia e indossò abiti ritenuti adatti a una cena informale alle logge: pantaloni verde scuro con una striscia verticale rossa e verde all'esterno, camicia bianca, e un'aderente giacca grigia con i polsini traforati. Tornando in terrazza trovò che Milo era già lì, appoggiato alla balaustra. Sulla Piana dei Gemiti s'infittiva il crepuscolo, e in contrasto con l'oscurità del suolo nel cielo restavano ancora profondi riflessi arancione.

— Stavo ascoltando i rumori — disse Milo. — Ho sentito strida di vario genere, un ruggito molto profondo, o un muggito, e quelli che sembravano lamenti malinconici.

— Anche a me piace ascoltarli stando qui, sulla terrazza — disse Glawen.

— Se l'altro modo è ascoltarli dalla pianura, scartiamolo pure. Senti questo! Che animale è?

— Non lo so. Ha una voce molto triste.

Comparve Wayness, con un abitino bianco e una blusa ocra pallida che si adattava perfettamente alla sua carnagione. — Cosa state facendo voi due?

— Analizziamo suoni e rumori — disse Glawen. — Poi facciamo ipotesi sulle fauci che li emettono.

Milo alzò una mano. — Ascolta questo! Lo senti?

— Sì. Non mi meraviglio che la chiamino Piana dei Gemiti. — Wayness guardò la terrazza, dove metà dei tavoli erano già occupati da altri clienti della loggia. — Ceniamo all'aperto anche noi?

— Se preferisci.

— È una serata piacevole. Restiamo qui.

I tre andarono a sedersi a un tavolo. Trascorsero dieci minuti, poi altri dieci, e ancora Julian non si vedeva. Milo cominciò a seccarsi. Di nuovo si volse a guardare verso l'atrio. — Che si sia addormentato? Meglio che vada a dargli una voce, o si ritroverà a cenare da solo chissà a che ora.

Milo uscì a investigare. Due minuti dopo fece ritorno. — Strano! Non è in camera sua, né in biblioteca o nell'atrio. Dove altro può essere?

— Forse in galleria, a guardare le foto.

— Ci sono appena passato. Non c'è.

— Non può essere uscito a fare una passeggiata — disse lei. — A meno che non sia molto più coraggioso di…

— Eccolo che arriva — la interruppe Milo.

— Julian, ti stavamo cercando — disse Wayness. — Dov'eri?

— Oh, qua e là — rispose con indifferenza lui. Indossava un completo bianco con un emblema azzurro sul colletto, e una cintura di cuoio rosso.

— Sono salito anche in camera tua — disse Milo — Dov'eri andato a nasconderti?

— Niente d'importante. Non era il caso che vi preoccupaste.

— È un segreto? — domandò Wayness.

— Naturalmente no — si seccò lui. — Se proprio volete saperlo, sono andato nella scuderia per farmi un'idea della situazione.

— Non avrai certo visto molto a quest'ora, con i bunter chiusi nei loro stalli — disse Glawen.

— Ho parlato qualche minuto con gli Yips. Ero curioso di sapere cosa pensano in realtà del loro lavoro.

— E te lo hanno detto?

— Abbiamo conversato piacevolmente — disse Julian con dignità. — Quando hanno saputo che ero del VPL si sono aperti. Il capo degli stallieri si chiama Orreduc Manilaw Rodenart, o qualcosa del genere. Una persona di squisita intelligenza e sorprendentemente cordiale. Lo stesso potrei dire degli altri. Non ho udito una sola parola volgare. Trovo molto notevole la loro compostezza.

— Sono pagati abbastanza bene — disse Glawen. — Anche se tutto il denaro che potrebbero mettere da parte finisce in tasca all'Oomphaw.

— Ecco una situazione in cui io direi soltanto parole volgari — commentò Milo.

Julian lo ignorò. — Come me, si augurano un futuro di amicizia. Sono convinto che un compromesso soddisfacente sia possibile, se ci sarà buona volontà da ambo le parti. Il VPL è deciso a prendere le redini di questo sviluppo. E non ho dubbi che potremo creare un mondo ove ognuno abbia i benefici che merita.

— Sotto il comando dei vielpini? Possiamo rendere pubblica la candidatura di Julian Bohost alla carica di Grande Oomphaw di Cadwal?

Julian non si prese la briga di rispondergli. — Con mia sorpresa, Orreduc non sapeva quasi niente del VPL. Gli ho esposto i nostri obiettivi, e quando ha saputo del posto che occupo nel partito è rimasto molto impressionato. Mi sono sentito scaldare il cuore.

Wayness si annoiava di quelle chiacchiere e stava guardando attorno in cerca di una distrazione. Indicò qualcosa nell'atmosfera, ancora debolmente illuminata. — Cosa mai può essere quella creatura?

Glawen alzò gli occhi. — Stai osservando un raro esemplare di pennacchiotto notturno. Probabilmente andrà a posarsi sull'albero di cardamomo in fondo alla terrazza.

— Sembra un grosso piumino da spolverare. E non ha le ali!

— È più che altro aria, una bocca, e una massa di piume nere. Le fa vibrare, e questo gli basta per alzarsi in volo. Ora starà un po' sull'albero in cerca di insetti.

Il pennacchiotto notturno fluttuò leggermente su un ramo del cardamomo. Wayness mandò un'esclamazione. — I suoi occhi brillano come lampadine rosse! Che strana creatura!

— Si erano quasi estinti, e tutti i biologi se ne chiedevano il motivo. Poi qualcuno scoprì che vivevano solo su Montematto, e che gli Yips uscivano a prendere i piccoli dai nidi per venderne le piume ai turisti. L'Ufficio B invocò l'Articolo 11 della Carta, che riguarda la distruzione di specie indigene a scopo di lucro. Con questa legge la caccia al pennacchiotto notturno è diventato un crimine punibile con la pena di morte.

— Pena di morte? — esclamò Julian, sbigottito. — Per chi caccia un volatile? Non è una mostruosità questa?

— Non necessariamente — disse Glawen. — Nessuno corre il minimo pericolo, a meno che non infranga la legge. È di una semplicità cristallina.

— Credo di aver capito — disse Milo. — Lo spiegherò io a Julian. Se uno si getta in un burrone, muore. Se uccide un pennacchiotto notturno, muore. Entrambi sono atti volontari, entrambi sono atti suicidi, e ogni persona è libera di fare la sua scelta.

Wayness dichiarò virtuosamente: — Io non ho nulla da temere dalla legge. Non vorrei mai uccidere quell'animale per venderne le piume.

Julian fece una risata sardonica. — Naturale che non la temi, visto che a te non sarebbe applicata. La legge piomba solo sul capo dei poveri Yips.

Milo si rivolse alla sorella. — Che ne pensi: ha ragione Julian? Oppure papà firmerebbe la tua condanna a morte?

— Non so. Ma con le mani di mamma attorno al collo certo ne verrebbe fuori la firma più sbilenca della sua vita.

Un cameriere si avvicinò al tavolo, lo coprì con una tovaglia a quadretti bianchi, rossi e neri, vi poggiò un candelabro e accese cerimoniosamente le candele. La cena fu servita.

I quattro giovani parlarono poco, ognuno immerso nei suoi pensieri.

Le fiammelle oscillavano appena alla brezza, e dall'oscurità della pianura provenivano continui versi, malinconici, strani, orribili.

Dopo aver cenato restarono seduti a bere tè verde. Julian sembrava malinconico e rispondeva a monosillabi. Infine girò sugli altri tre uno sguardo stanco. – A volte mi sento addosso il peso del mondo. Eccoci qui, quattro persone educate a una morale comune, e tuttavia in disaccordo sui più fondamentali problemi etici.

Milo annuì. – È una situazione straordinaria. Nelle menti di alcuni di noi vi sono ingranaggi che non combaciano.

Julian mosse una mano a indicare il firmamento, come se si stringesse al seno miriadi di stelle sparse in migliaia di anni-luce. – Posso suggerire una soluzione di carattere universale: la nostra morale comune resterà di base, e ogni persona ragionevole vi apporterà i necessari cambiamenti senza rancore.

– Sembra la proposta che tutti aspettavamo! – esclamò Milo. – Io sono favorevole alla morale. Credo che anche Wayness tenga alla morale, o quantomeno a evitare ogni scandalo. Glawen è un Clattuc ma non necessariamente immorale. In ogni caso, parla! E noi ti ascolteremo.

– Il mio piano, nelle linee essenziali, è semplice. Il Dilà non è lontano, appena dietro l'Alcova di Circe. Migliaia di mondi attendono d'essere scoperti, alcuni certo belli come Cadwal. Io propongo che una nuova e rivitalizzata Società Naturalistica mandi fuori i suoi esploratori, per scoprire uno di questi mondi e stabilire là una nuova Conservazione, mentre Cadwal cederà alle sue inevitabili realtà.

– È questo il piano? – chiese Milo. – È questo.

Glawen si accigliò, stupito. – Come si applica la morale a questo schema? Sembra che qui stiano le divergenze di cui hai parlato: noi non siamo d'accordo sul significato della parola «morale».

– Per amor di pace – disse sobriamente Milo, – potremmo definirla come «l'insieme dell'universo, dello spaziotempo e della Conservazione, strutturati secondo i gusti di Julian Bohost».

– Avanti, Milo, sii serio – disse Julian. – Vuoi fare il clown vita natural durante? La morale non ha nulla a che fare con me. La morale regola le necessità, e attraverso procedimenti democratici garantisce i diritti della gente, non già i capricci di pochi eletti.

– Superficialmente suona bene – disse Glawen. – Ma non si addice ai casi particolari. Su Cadwal abbiamo una colonia illegale di vagabondi, che non avrebbero mai dovuto essere qui ma che oggi soverchiano in numero gli onesti lavoratori di Stazione Araminta. Se avessero il diritto al voto ci spazzerebbero via.

Julian rise. – Per chiarire il punto devo generalizzare. In una moralità universale il primo assioma è quello dell'uguaglianza, che significa uguali privilegi, uguale stato davanti alla legge, e uguali capacità decisionali per ogni membro di una razza civilizzata. In breve, una democrazia autentica. Ed è questa la morale autentica.

Milo obiettò ancora: – Fammi il favore, Julian! Non restare con la testa fra le nuvole! Questa non è morale, è l'egalitarismo vielpino nella sua forma più ipertrofica. A che scopo teorizzare su queste banalità quando sai bene che all'atto pratico si rivelano controproducenti?

– La democrazia è controproducente? È questo che stai dicendo?

– Se ricordo bene – intervenne Glawen, – Baron Bodissey ebbe qualcosa da dire in proposito.

– Ah! Ed era pro o contro?

– Né l'uno né l'altro. Fece notare che la democrazia può funzionare in una società relativamente omogenea, composta da cittadini molto simili. Portò a esempio un territorio la cui cittadinanza consisteva in duecento lupi e novecento scoiattoli. Quando il codice civile e quello penale furono votati e messi in atto, i lupi vennero obbligati a vivere sugli alberi e a mangiare nocciuoline.

– Bah! – disse Julian. – Baron Bodissey era un uomo del Pliocene.

– E qui vi lascio per andarmene a letto – disse Milo. – Oggi è stata una giornata lunga e faticosa, ma due obiettivi sono ormai raggiunti: abbiamo progettato la soprelevata di Julian, e definito una volta per tutte la parola «morale». Che il domani sia altrettanto produttivo. Buonanotte a tutti!

Milo se ne andò. Per un poco gli altri tre restarono in silenzio. Glawen sperò che anche Julian si ritirasse. Ma quando parve chiaro che non ne aveva l'intenzione capì, d'improvviso, che l'altro era deciso ad aspettare che se ne andasse lui. Si alzò subito in piedi; la dignità dei Clattuc gli impediva una competizione così infantile. Diede la buonanotte a Wayness e a Julian e salì nella sua camera.

La giovane donna si raddrizzò sulla sedia. – Credo proprio che andrò a letto anch'io.

– La notte è giovane – disse dolcemente Julian. – Resta qui ancora un poco. Sono ansioso di parlare con te.

Wayness indugiò, riluttante. – Di cosa vuoi parlare?

– Non riesco a credere che tu pensi davvero quel che hai detto prima di cena. Dimmi che ho capito male.

Wayness si alzò. – Temo che tu abbia capito bene. Le nostre vite vanno in direzioni diverse. E adesso è meglio che vada. Sii bravo, e non restartene lì a ruminare tutta la notte.

Per un po' Wayness giacque sul letto a occhi aperti, troppo tesa per addormentarsi e ascoltando i rumori notturni che echeggiavano nell'immenso silenzio fuori dalla finestra. Infine scivolò nel sonno.

Il mattino dopo i quattro si vestirono con gli abiti da equitazione forniti loro dalla loggia. Poi fecero colazione e scesero nella scuderia. Glawen aveva con sé una cassetta con le armi che dovevano tener pronte nelle fondine da sella, come precauzione indispensabile.

Davanti agli stalli erano in attesa i loro quattro bunter, ciascuno con le sporgenze oculari incappucciate. Avevano finimenti di cuoio, e selle ben fissate nell'ossuta cavità dorsale. Ogni sella aveva un colore diverso: azzurro, grigio, arancione e verde, il cui scopo era di distinguere i bunter l'uno dall'altro.

Nel vedere gli animali Wayness non riuscì a reprimere una smorfia. Gli esapodi sgraziati e maleodoranti che si trovava davanti erano ancor più brutti di quel che aveva supposto.

Cercò di rinfrancarsi pensando: – Rappresentano proprio l'immagine di come io mi sentirei dentro, se fossi costretta a portare in groppa dei turisti.

Ma osservarli con distacco non le era facile. Corpulenti e minacciosi, gli esapodi erano alti due metri misurati alla cresta dorsale e lunghi circa quattro, senza contare la coda: una catena di noduli ossei lunga un paio di metri. La testa, crestata, era formata da segmenti ossei e cartilaginosi da cui pendeva una proboscide flessibile di un malsano colore bluastro. I penduncoli ottici, ora coperti da paraocchi di cuoio, emergevano da ciuffi di setole nere. I finimenti erano asticelle meccaniche fissate intorno al cranio, mentre sul retro alcuni giri di nastro adesivo immobilizzavano la coda a un bastone sporgente, per impedire che l'animale la usasse per buttare giù di sella il cavaliere.

Wayness domandò a Glawen: — Siamo davvero sicuri di voler salire in groppa a queste creature da incubo?

— Se preferisci, puoi restare alla loggia — disse lui. — Non c'è molto da vedere al Lago Dimple, e niente da fare se non cercare le pietre magiche.

— Ho sempre avuto la reputazione d'essere scapestrata almeno quanto Milo. Se viene lui, verrò anch'io. Ma non nego che mi piacerebbe cavalcare qualcosa di meno spaventoso.

— Per le solite escursioni dei turisti i bunter non danno problemi — disse Glawen. — Non alla direzione, almeno, visto che il conto è pagato in anticipo e la fotografia viene fatta fin dall'arrivo.

— Non scherzare, e spiegami una cosa — disse Wayness. — Dopo esser montata, come farò a controllare l'animale?

— Semplicissimo — disse Glawen. — Davanti a ogni sella c'è un pannello di strumenti: tre leve, che con cavetti e contatti elettrici mandano segnali al bunter. Per andare avanti, spingi avanti la leva di sinistra, quindi riportala al centro. Per aumentare la velocità spingi di nuovo la stessa leva, tante volte finché ti sembra necessario. Solitamente basta una volta; al bunter non dispiace correre. Per rallentare la leva è sempre quella, basta un colpetto in senso inverso. Se invece vuoi fermarti tieni la leva premuta all'indietro, e abbassa i paraocchi. Per voltare a destra o a sinistra premi la leva di centro, verso destra o verso sinistra. La terza leva controlla i paraocchi. Una spia luminosa rossa indica che i paraocchi sono alzati. Non smontare mai senza averli abbassati, e controlla poi che la luce sia verde. Il bunter resterà lì immobile e passivo; non ci sarà bisogno di legarlo. Sulla destra c'è una cassetta contenente la radio d'emergenza, di cui spero non avremo bisogno. Un'ultima cosa: non camminare davanti al bunter. Ha la proboscide legata con una catenella, ma può cercare lo stesso di sputarti.

— Sì, è semplice — sospirò Wayness. — Spingi, tira, premi a destra e a sinistra, e non farti sputare addosso. Suppongo che si debba evitare anche di passargli dietro la coda per risparmiarsi qualcosa di peggio. Julian, hai ascoltato bene le istruzioni di Glawen?

— Sì. Ho capito perfettamente.

— Spesso l'apparenza inganna — disse Milo. — Però queste bestie non mi sembrano né sazie né tranquille. Il bunter di Julian scalpita e cola bava dal naso — disse, indicando quello con la sella arancione. — Non riesco a vederlo come un modello di mansuetudine.

Orreduc, il capo stalliere, sorrise tranquillamente. — Sono impazienti di fare una corsetta. Hanno mangiato tutto il loro spinaglio e fatto a pezzi un pupazzo nuovo. Vi porteranno al Lago Dimple e ritorno, e sarà un divertimento per tutti.

Julian scartò il bunter dalla sella arancione con un gesto sprezzante.

— Questo non mi piace! — Andò a battere una mano sulla cresta dorsale di quello con la sella verde. — Ecco un bestione più gradevole! Lo chiamerò «Albers» e su di lui cavalcherò nobilmente. E tutti ammireranno il mio veloce incedere verso le avventure della selvaggia piana! Orreduc, aiutami a salire a bordo di Albers.

— Un momento — disse Glawen. Aprì la cassetta e mise una pistola in ognuna delle fondine a lato delle leve di comando. Poi ispezionò i quattro bunter, le selle, le staffe, i controlli, i cavi elettrici, i paraocchi, le radio, e i legacci che tenevano ferme le code e le proboscidi. Infine annuì.

— Sembra tutto a posto.

Orreduc si fece avanti. — Dunque, siete pronti? Per la signora, la montatura adatta è questa con la sella azzurra, che è più comoda. Il bunter è in buone condizioni fisiche; un bunter morbido, come lo chiamiamo noi, e le farà godere la cavalcata. Venga, le darò una mano a montare.

— Io sono la piccola dolce innocente Wayness — mormorò lei. — Non riesco a credere che tutto questo accada a me. — Con cautela si lasciò aiutare a salire in sella. — Per ora, tutto bene.

Orreduc si volse a Milo. — Questo è il bunter che ci vuole per lei. La sella grigia ha sempre portato fortuna. Ce la fa a salire?

— Posso rompermi una gamba da solo, grazie.

— Ben fatto! Lei è agile, signore. — E a Julian: — Lei, signore, ha preso in simpatia il suo Albers e andrà benone. E in quanto a lei – disse a Glawen, – cavalcherà sicuro su Sella Arancione. È un bravo ragazzo e farà il suo dovere. È il più vivace, e la bava indica che si sente a posto e desideroso di sgranchirsi un po'. Non ci faccia caso.

Gli stallieri rientrarono nella scuderia. Glawen guardò i suoi compagni. – Tutti pronti? Alzate i paraocchi. Ora spingete avanti la leva di sinistra, quindi riportatela al centro.

I bunter si lasciarono alle spalle la scuderia, dapprima al passo lento, poi accelerando a un moderato galoppo. La Piana dei Gemiti, una desolazione terrosa punteggiata di arbusti, si stendeva davanti a loro. A sinistra la Catena dei Mandala incrinava l'orizzonte, svanendo nelle brume a nord e a sud.

I bunter galoppavano senza sforzo. Glawen era però costretto a tenere sotto stretto controllo il suo, che sembrava particolarmente audace. Aveva la netta impressione che i quattro animali procedessero con insolito vigore, e decise infine che negli ultimi mesi dovevano averli lasciati uscire piuttosto di rado.

Un'ora bastò per raggiungere il Lago Dimple, una distesa d'acqua liscia e grigia lunga otto chilometri e larga tre. Le rive erano basse, fangose, piene di impronte profonde dove gli animali scendevano ad abbeverarsi. Qua e là crescevano rade querciogame e altissimi alberi del fumo, o solitari alberi scheletro; nella melma s'infittivano canne giallastre ornate di germogli neri. Un imponente dendrone campeggiava al centro di un'area spoglia, a una cinquantina di metri dal lago. Intorno ad esso il terreno nudo era chiazzato con le ceneri e i resti dei fuochi che indicavano la posizione del campo dei banjee.

Glawen fece segno agli altri di seguirlo fino al dendrone. – Ecco il posto. Come potete vedere, in questo periodo i banjee sono in viaggio altrove. Le pietre magiche si possono trovare fra i fitti cespugli di fragospini qui intorno, o lungo il lago a pochi metri dalla riva. Non smontate senza aver abbassato i paraocchi.

Wayness si girò a guardare il lago. – Confesso che sprofondare nel fango fino alle ginocchia non mi attira molto.

– Allora resta fra i cespugli, però bada bene a evitare le spine. Tieni un bastoncello in ogni mano per scostare i rovi. Il fango è più sporco, però non graffia.

— Forse per un po' resterò a guardare voi.

— Controllate le vostre luci spia. La leva destra dev'essere spinta bene in avanti perché i paraocchi vadano a posto. Milo?

— Paraocchi giù.

— Julian?

— Sono giù. C'è bisogno di chiederlo?

— Wayness?

— Paraocchi a posto.

— E i miei anche.

Senza più esitare Julian saltò a terra, subito imitato da Milo. Glawen rimase in sella, reso perplesso dal comportamento del suo bunter, che non s'era immobilizzato del tutto.

Julian girò davanti al bestione da cui era sceso, Albers, che all'istante emise un terribile mugolio, s'impennò e lo scalciò violentemente con gli zoccoli anteriori. Glawen tirò fuori la pistola; ma nello stesso istante il suo bunter mandò un ululato così acuto che parve vibrare oltre la soglia degli ultrasuoni. Poi indietreggiò all'improvviso e si contorse, scaraventando il giovane al suolo. Schizzando getti di bava dalla proboscide l'animale galoppò addosso a Milo, lo abbatté e lo calpestò ferocemente, quindi lo scaraventò in aria un paio di volte.

Stordito dalla caduta Glawen annaspò in cerca della pistola e sparò, facendo esplodere la testa di Albers. L'altro bunter, il suo, lasciò perdere il corpo inerte di Milo e si volse a fissare Glawen, impennandosi e agitando le zampe in una selvaggia danza di trionfo e di odio. In ginocchio fra la cenere e sopraffatto dall'orrore Glawen alzò la pistola e sparò ancora, più volte. Le pallottole esplosive scoppiarono nelle viscere del bestione e gli dilaniarono il cranio. Per qualche istante rimase eretto, poi si abbatté nella polvere con un tonfo pesante.

Wayness, scossa da singhiozzi disperati, stava cercando di scendere dal suo bunter per correre da Milo. Glawen gridò: — Non muoverti! Resta dove sei! Non puoi far nulla per aiutarlo!

Cautamente si accostò agli altri due bunter, quello della ragazza e l'altro, usato da Milo. I loro peduncoli oculari erano coperti; tremavano di eccitazione repressa, ma impossibilitati a vedere non osavano muoversi.

— Prendi la pistola, tienila pronta — disse Glawen a Wayness. — Ma non scendere a terra.

Julian era sdraiato poco più in là e gemeva, pallidissimo, con una gamba piegata a un'angolazione anomala rispetto al fianco. Alzò su Glawen uno sguardo sofferente. — Sei stato tu a farmi questo! Tu hai organizzato tutto!

Glawen scosse il capo. — Cerca di stare fermo. Mi occuperò della tua gamba al più presto possibile. — Andò a chinarsi accanto a Milo, ma non poté far altro che constatarne la morte. Scosso e vacillante girò intorno al bunter di Wayness, prese la radio d'emergenza e chiamò la loggia.

4

Nella sua prima concitata chiamata a Bodwyn Wook, Glawen aveva descritto soltanto i fatti essenziali. Il Supervisore inviò Ysel Laverty e una squadra di investigatori a Montematto, e poi telefonò di nuovo a Glawen per farsi riferire i particolari dell'accaduto.

— Ho dozzine di sospetti — disse il giovane, — ma non sono sicuro di niente. La condotta di Julian è stata abbastanza ambigua. È sceso nella scuderia a parlare di politica con Orreduc e i suoi aiutanti. Ha ammesso di aver esaltato i meriti suoi personali e del VPL, e senza dubbio ha descritto noi altri tre come fanatici Cartisti e aristocratici, ansiosi di tiranneggiare gli Yips o di spedirli sulla Nebula Spirale. Ma non vedo come possa aver predisposto l'aggressione dei bunter, anche perché lui è stato il primo a smontare e il primo a restare ferito.

— Il piano potrebbe essergli andato storto. Però non mi è chiaro il movente.

— Non sarebbe così oscuro. Disapprovava me e Milo al punto di odiarci. In quel momento aveva probabilmente incluso Wayness nella cerchia dei suoi nemici, perché lei aveva appena rotto quella che lui credeva una promessa di matrimonio. Julian era di umor nero, non c'è dubbio. Di umore omicida? È quasi da escludere. Ma non sarebbe accaduto nulla se lui non avesse maldisposto gli Yips verso di noi, mettendo il moto le cose.

— Dunque sei incline a discolpare Julian.

— Non ho fatto che ripensarci. Sembra assurdo che Julian abbia complottato con Orreduc. D'altra parte, quando siamo scesi alla scuderia

Julian ha fatto un po' di scena per poter scegliere il bunter con la sella verde, a cui diede nome «Albers». Io me ne chiesi il perché. In ogni modo, Albers si è dimostrato inaffidabile e ha assalito Julian senza esitare.

«Se ci fosse stato un piano, questo avrebbe richiesto che Julian rimontasse su Albers e galoppasse via, mentre noi tre venivamo calpestati e uccisi, e a dire il vero lui tenne il suo bunter in disparte prima di smontare. E se avessero complottato, Orreduc ha giocato un brutto scherzo a Julian. Perché? Dubito che Orreduc ce lo dirà. Forse per eliminare un possibile accusatore, se le cose si fossero volte al peggio. Più probabilmente perché non gli importava un dinklet del VPL e lì c'era un'occasione per eliminare in un sol colpo quattro persone odiate, incluso quel signorino con i suoi paroloni e il suo cappello bianco. Potrei annotare anche che Julian ha accusato me di aver attentato alla sua vita... una strana idea, a meno che non avesse già contemplato quel sospetto.

– Interessante ma non conclusivo – disse Bodwyn Wook. – Cosa mi stavi dicendo prima, circa quei paraocchi?

– Quelli sono la prova, innegabile e definitiva, che Orreduc ha premeditato l'omicidio. I paraocchi sono stati tagliati in due. Questa mattina erano stati piazzati con cura sugli occhi, in modo che sembrassero in buone condizioni. Ma una volta sollevati e riabbassati la fessura si sarebbe aperta, lasciando vedere al bunter ciò che aveva davanti. Se fossimo scesi contemporaneamente e tutti i paraocchi si fossero aperti a quel modo, saremmo stati massacrati. I bunter sarebbero fuggiti via, e il verdetto sarebbe stato "morte accidentale".

«Ma due dei paraocchi, quelli dei bunter di Milo e di Wayness, non si sono aperti. Io ho potuto ammazzare le altre due bestie, ed è solo per questo che, a parte il povero Milo, noi siamo scampati.

«Inoltre io sono sicuro che, per incrementare le probabilità di aggressione, i bunter non siano stati preparati a dovere per la cavalcata, il che incrimina tutti gli assistenti di scuderia. Credo che i bunter siano stati fatti infuriare, ma non placati col solito espediente, e portati fuori in stato di rabbiosa eccitazione.

– Ho mandato lì un paio di biologi – disse Bodwyn Wook. – Ci daranno una risposta definitiva. Dov'è adesso Orreduc?

— Nell'ufficio del direttore, con aria mesta e abbattuta. Dopo la mia precedente chiamata sono andato nelle scuderie e gli ho detto che c'era stato un grave incidente. Poi l'ho accompagnato nella loggia per impedire che non concertasse una storia con i suoi assistenti, nel caso che non ci avessero ancora pensato. Ho chiesto a Orreduc se possiede un'arma, e ha risposto di no. Ma l'ho frugato e ho scoperto che aveva una piccola pistola. Gli ho chiesto perché avesse mentito, e lui ha detto che la pistola appartiene alla scuderia e non è sua proprietà personale. Ora il direttore lo sta tenendo d'occhio.

— Forse Orreduc rivelerà quale parte Julian ha avuto, se l'ha avuta, nella faccenda. Altrimenti sarà impossibile provare l'esistenza di una cospirazione. Passando ad altro: ho appena parlato con il Conservatore e Dama Cora. La ragazza ha già chiamato dalla loggia. Come sta?

— Sta seduta in silenzio, immobile. Ho l'impressione che le sembri di vivere in un incubo da cui vorrebbe svegliarsi.

— La squadra sarà lì da un momento all'altro, e anche un trasporto per Julian e il cadavere. La ragazza, almeno credo, vorrà rientrare subito.

Il capitano Laverty prenderà in mano la situazione; dagli tutto l'aiuto che puoi e quindi torna a casa anche tu.

Glawen andò alla camera di Wayness e bussò. — Sono Glawen.

— Entra pure.

La ragazza era seduta sul letto e guardava verso la finestra. Glawen le si sedette accanto. Le passò un braccio intorno alle spalle e la strinse dolcemente a sé. Soltanto allora Wayness ricominciò a piangere. Dopo un poco lui mormorò: — Non è stato un incidente. Orreduc ha tagliato il cuoio dei paraocchi per far sì che si aprissero. Contava che fossimo uccisi tutti quanti.

— Perché avrebbe fatto una cosa simile? Non posso capirlo!

— È stato spinto a farlo. Forse confesserà in che modo. Julian potrebbe avergli detto che noi eravamo qui per far mandare via dal lavoro tutti gli Yips. Senza dubbio ci ha descritti come Cartisti fanatici.

Wayness gli si appoggiò alla spalla. — Che posto spaventoso è questo!

— Non ci saranno più Yips, né bunter — disse sottovoce Glawen. Wayness si raddrizzò, ravviandosi i capelli con una mano. — È assurdo tormentarsi con vani rimpianti, ma... — Di nuovo cominciò a piangere.

— Non so capacitarmi che Milo non ci sarà più! Se davvero pensassi che Julian è responsabile, io... io non so cosa farei!

Glawen non trovò nulla da dire. Infine la ragazza chiese: — Cosa succederà a Orreduc?

— Mi aspetto che la giustizia sia molto rapida a suo riguardo.

— E a Julian?

— Non si può provare niente contro di lui, anche se fosse colpevole, e probabilmente non lo è.

— Spero di non doverlo rivedere mai più.

Gli aerei mandati da Stazione Araminta atterrarono alla loggia. Glawen parlò con il capitano Ysel Laverty, poi portò in volo i due biologi al Lago Dimple, dove prelevarono campioni di sangue dai due bunter uccisi. — Non c'è dubbio su questo! — disse uno dei due. — Il loro sangue è pieno di ariactina, dunque entrambi erano in preda a una violenta rabbia.

Glawen e i biologi tornarono alla loggia. Julian e il corpo di Milo erano già in viaggio per Stazione Araminta. Wayness era salita sullo stesso aereo.

Mentre Orreduc attendeva nell'ufficio del direttore, mostrando sintomi crescenti di disagio, Ysel Laverty interrogò gli stallieri. Ognuno dei tre raccontò versioni confuse e contraddittorie, ma tutti insistettero nel dire che i bunter erano stati fatti irritare come di regola con l'uso del bastone.

— E poi cos'è successo? Chi ha gettato loro i pupazzi?

Qui le storie prendevano direzioni diverse. Ogni stalliere disse che non era responsabile di quello stadio del lavoro, e che altri doveri lo avevano distratto proprio in quel particolare momento.

— Molto strano — disse Ysel Laverty all'ultimo dei tre. — Tutti quanti avete irritato i quattro bunter con i bastoni, poi ve ne siete andati via, e nessuno sa chi degli altri ha gettato i pupazzi.

— Io dovevo uscire in ogni modo! Questo era parte del procedimento. Siamo tutti lavoranti esperti e qualificati!

— Non ho trovato nessun pupazzo usato nel bidone dell'immondizia. Era vuoto.

— Questo è stupefacente! Chi può averli portati via?

— Non riesco a immaginarlo — disse Ysel Laverty, e andò a interrogare

Orreduc. Sedette alla scrivania del direttore, poi fece un segno a uno dei suoi sergenti. L'uomo andò a prendere i paraocchi incriminati e glie li consegnò, poi restò in piedi accanto alla porta.

Laverty ne allineò con cura una coppia, poi l'altra; la prima con le fessure chiuse, la seconda con le due metà aperte.

Orreduc lo guardava in affascinato silenzio.

Il capitano si appoggiò all'indietro e scrutò lo Yip con un lungo sguardo spassionato. Infine, con un tremolante mezzo sorriso, Orreduc chiese: — Perché mi guarda in quel modo e tace? È poco cortese fissare così una persona, e ne provoca il disagio e lo stupore.

— Sto solo aspettando che lei dica quel che ha da dire — rispose Laverty.

— Via, via, signore! Non sono pagato per chiacchierare con questo e con quello. Il direttore si irriterà se non tornerò subito al mio lavoro. Ed è importante, se ci sono clienti desiderosi di andare a fare una cavalcata.

— Il direttore ha ordinato che lei risponda alle mie domande. E ora è questo il suo unico compito. Cosa ne pensa di questi paraocchi?

— Ah, mio caro signore! Guardi un po' lì: lo vede anche lei che sono rotti. Questa è la mia opinione! Dovranno essere aggiustati, e aggiustati bene. Li porterò io stesso in officina.

— Avanti, Orreduc, sia serio. Lei è un assassino. Se la sente di rispondere alle mie domande?

L'altro si fece pallido. — Chieda quello che vuole. Lei è un uomo duro, e parlarle è già molto spiacevole per me.

— Chi è stato a proporle il piano criminoso?

Orreduc scosse il capo e, con un sorriso, lasciò vagare lo sguardo per la stanza. — Non sono sicuro di aver capito cosa vuol dire.

— Cosa le ha detto Julian Bohost ieri sera?

— È difficile ricordarlo. Sono spaventato dalle sue minacce. Se lei fosse più gentile e mi dicesse: «Orreduc, lei è una brava persona. È stato fatto un errore, non se n'è accorto?» e poi dicesse anche: «La prego di stare più attento la prossima volta che questi giovani vanno a cavalcare», allora io direi: «Ma certo! E ora ricordo tutto quanto, poiché la mia mente è libera dalla paura e di nuovo tranquilla».

Ysel Laverty si volse al sergente. — Hai la pistola ben carica? Controllala, perché fra poco dovremo sparare a Orreduc.

— L'ho appena controllata, signore.

Ysel Laverty fissò lo Yip. — Cosa le ha detto Julian Bohost? Orreduc ebbe una smorfia ostile. — Ha detto molte cose. Non ho fatto attenzione alle sue parole.

— Perché ha deciso di far morire quei quattro giovani?

— Perché il sole brilla? Perché il vento soffia? Io non ammetto niente. Nelle Isole Lutwen ci sono centomila persone. A Stroma poche centinaia; ad Araminta poche migliaia. Se ogni lutwenese ancora a Deucas riuscisse ad ammazzare quattro farisei, non ne resterebbe più nessuno.

— Abbastanza vero. Lei si è espresso molto lucidamente. — Ysel Laverty ebbe un sorriso rigido. — Avevamo sperato di potervi tenere a lavorare qui senza attriti. Lei era ritenuto una persona di fiducia, e avrebbe potuto restare finché avesse voluto. Sembra che in questa politica ci sia un errore. A causa del suo gesto ogni Yip di Deucas verrà mandato via, forse su un altro pianeta.

— Lei può rimandarmi a casa o su un altro mondo — disse ingenuamente Orreduc. — Per me fa lo stesso.

— È stato Julian Bohost a proporle quello che avrebbe dovuto passare per un incidente?

Orreduc inarcò un sopracciglio. — Che ricompensa siete disposti a darmi, se dirò la verità?

— Lei sta per morire. Dica la verità e salverà almeno i suoi aiutanti.

— Allora uccidetemi. Spero che l'incertezza e il sospetto vi tormentino per tutta la vita.

Ysel Laverty accennò al sergente di farsi avanti. — Ammanettalo. Portalo sull'aereo e mettilo al sicuro nel compartimento posteriore. Fai lo stesso per gli altri tre. Stai attento, potrebbero essere armati.

5

Subito dopo il suo rientro a Stazione Araminta, Glawen andò all'Ufficio B per parlare con Bodwyn Wook. Venne a sapere che Julian era stato ricoverato in ospedale con una frattura all'anca e contusioni a entrambe le gambe. — È fortunato a essere vivo — disse il Supervisore. — Se il piano è opera sua non si può dire che abbia fatto un capolavoro.

Glawen scosse il capo. — Malgrado tutto, non riesco a vedere in Julian tendenze omicide.

— Così la penso anch'io. La situazione è ambigua, ma più oltre non possiamo andare.

— Probabilmente ha parlato troppo, eccitando gli Yip con i suoi continui riferimenti politici, ma non si potrà provare niente di più.

— Questo è ciò che risulta anche dalle dichiarazioni degli stallieri. Comunque la loro testimonianza è troppo vaga per essere utile.

— Cosa ne sarà di loro?

— Orreduc è stato giustiziato. Gli altri tre sono in viaggio per Capo Journal, dove taglieranno una strada fra le rocce per il Lago Krazekat fino alle Cascate Alte.

— Se la cavano con poco.

Bodwyn Wook intrecciò le dita e alzò lo sguardo al soffitto. — La loro colpevolezza è difficile da misurare. Sapevano quel che stava succedendo, ma non hanno fatto nulla per impedirlo. Secondo il nostro modo di vedere sono colpevoli quanto Orreduc. Gli Yips hanno una diversa concezione della vita. Anche adesso non riescono a capire perché vengono puniti: Orreduc dava gli ordini, essi hanno soltanto ubbidito, dunque perché ce la prendiamo con loro?

«Ma non sarò io a compatirli. La regola è semplice: quando sei in un'altra terra, devi ubbidire alle leggi di quella terra. Gli Yips hanno ignorato questa logica e ora lo sconteranno a Capo Journal.

Tornato a Casa Clattuc Glawen chiamò Wayness al telefono. La ragazza era apatica e svuotata, e parlò pochissimo.

Il mattino dopo, verso le dieci, fu lei a chiamare Glawen. — Hai da fare?

— Non particolarmente.

— Devo parlarti. Possiamo vederci da qualche parte?

— Ma certo. Vengo lì a Casa Riverview?

— Se vuoi. Ti aspetterò nel prato.

Glawen prese il furgone a energia dei Clattuc e uscì di città lungo Via della Spiaggia. Dal mare tirava un forte vento che scuoteva i sempreverdi piantati lungo il litorale, e faceva ondeggiare le palme avanti e indietro. Sulla spiaggia le onde spumeggiavano trascinando a riva conchiglie ed alghe staccate dal fondale. A Casa Riverview Glawen trovò Wayness in attesa all'ingresso del viale, avvolta in un mantello verde che svolazzava al vento.

La ragazza salì in cabina al suo fianco, e lui guidò ancora per un paio di chilometri verso sud; poi uscì di strada e si fermò in un punto da cui potevano guardare il mare in burrasca. Tanto per dire qualcosa Glawen domandò: — Come stanno tuo padre e tua madre?

— Cercano di sorreggersi a vicenda. È venuta la sorella di mamma a darle conforto.

— Che ne sarà dei tuoi progetti? Pensi ancora di andare sulla Terra?

— È di questo che voglio parlare. — Per qualche secondo tacque, fissando il mare. — Ho detto molto poco su quello che spero di fare.

— A me non hai detto niente.

— Ma a Milo sì, quando decise di venire con me. Ora lui non c'è più. E sto pensando che se, come Milo, anch'io morissi all'improvviso o fossi uccisa, o diventassi pazza, allora nessuno saprebbe mai quello che so. Almeno, io credo che nessuno ne sappia nulla, e lo spero.

— Perché non ne parli con tuo padre?

Wayness ebbe un sorriso triste. — Ne sarebbe sbalordito, e poi molto preoccupato. Non mi permetterebbe di andare sulla Terra. Direbbe che sono troppo giovane e inesperta per prendermi questa responsabilità.

— Forse avrebbe ragione.

— Io non la penso così. Ma devo parlarne a qualcun altro, nell'eventualità che mi succeda qualcosa.

— La fai sembrare molto drammatica.

— Potrai giudicare da solo.

— Hai proprio deciso di rivelarmi tutto?

— Sì. Ma devi promettermi che non ne parlerai a nessuno, a meno che io non sia uccisa e anche tu tema per la tua vita, o qualcosa di simile.

— Non mi piace pensare a questo, ma farò come mi hai chiesto.

— Grazie, Glawen. Innanzitutto devi sapere che io non sono completamente sicura di nulla, e che potrei benissimo essermi messa a correre dietro alle ombre. Ma sento che devo sapere la verità.

— Va bene. Continua.

— La prima volta che andai sulla Terra ero poco più che una scolaretta. Abitavo con un cugino di mio padre in un posto chiamato Tierens, che non è lontano da Shillawy. Il suo nome è Pirie Tamm, e vive in un'enorme vecchia casa piena di echi con la moglie e le figlie, più anziane di me. Pirie Tamm è una persona complicata, un appassionato di dozzine di arti e mestieri e di una quantità di cose strane. E uno dei pochi Naturalisti che vi siano sulla Terra (o quanto a questo nell'intera Distesa Gaeana) grazie alla sua passione per le scienze biologiche. Ha decine di amici interessanti; Milo e io ci siamo goduti ogni minuto di quel periodo.

«Un giorno venne in visita un vecchio di nome Kelvin Kilduc. Ci fu detto che era il segretario, e probabilmente l'ultimo segretario, della Società Naturalistica, ormai sul punto di sparire completamente dato che gli unici membri erano lui stesso, Pirie Tamm, alcuni studiosi di cose antiche e due o tre giovani poco impegnati. La Società un tempo disponeva di fondi notevoli, ma ora è in miseria, grazie alle criminose manovre di un certo Frons Nisfit che ne fu il segretario sessant'anni fa. Nisfit falsificò i conti, vendette tutti i beni disponibili e fuggì con il ricavato. Non fu mai ritrovato, e la Società restò con gli esigui introiti di alcuni investimenti che Nisfit non era riuscito a liquidare: appena abbastanza per pagare le tasse e le spese di cancelleria. E naturalmente la Società rimase l'assegnataria di Cadwal, grazie alla Garanzia Perpetua incorporata nell'originale della Carta.

«A suo tempo Kelvin Kilduc divenne segretario; una carica onoraria che gli dava modo di partecipare ai ricevimenti della buona società e di sviluppare il suo amore per la conversazione dotta. Non credo che prendesse la sua posizione molto seriamente.

«Io ne approfittai per avvicinarlo e chiedergli, con la più grande cortesia e delicatezza, se era possibile esaminare l'originale della Carta, spiegandogli che ero una Naturalista di Throy. Lui si mostrò piuttosto seccato, fece delle difficoltà e disse infine che la Carta era chiusa in una cassaforte nei sotterranei della Banca di Margravia, a Shillawy. Io non volli insistere, anche se lo trovai presuntuoso e scostante.

«Il povero Kelvin Kilduc morì nel sonno due settimane più tardi, e in mancanza di altri fu Pirie Tamm ad accollarsi la carica di segretario dell'ormai quasi inesistente Società Naturalistica.

– Un momento – disse Glawen. – E i cittadini di Stroma?

– C'è una distinzione. Sono Naturalisti perché così si fanno chiamare, ma non necessariamente membri della Società, a meno che non paghino la tassa d'iscrizione e dimostrino di possedere certi requisiti, cosa che nessuno fa ormai da secoli. Comunque sia, Pirie Tamm divenne segretario e si sentì obbligato a recarsi alla banca, a Shillawy, per fare l'inventario dei beni della Società... onere che Kelvin Kilduc s'era ben guardato dall'accollarsi durante il suo mandato.

«Per abbreviare una lunga storia, quando guardammo nella cassaforte ci trovammo un gran numero di vecchi scartafacci, i pochi effetti legali che davano ancora un introito, ma nessuna Carta. E, peggio ancora, nessuna Garanzia Perpetua.

«Pirie Tamm ne fu sconvolto, e prima ancora di fare ipotesi disse che la cosa era grave: la Garanzia era trasferibile, e bastava soltanto un atto di vendita e una nuova registrazione per intestarla a chiunque.

«In altre parole, chi possiede la Carta originale e la Garanzia Perpetua acclusa è il proprietario di Cadwal: Ecce, Deucas e Throy.

«Pirie decise che la Carta e la Garanzia erano state vendute da Frons Nisfit come oggetti antichi da collezione. Io suggerii di domandare agli archivi nazionali se fosse stata fatta una nuova registrazione. Solo allora Pirie si rese conto delle possibili conseguenze, ma non seppe cosa fare, salvo che ignorare l'intera faccenda e sperare per il meglio. Ovviamente non era compiaciuto di vedermi al corrente della situazione, e mi fece promettere di non dire niente a nessuno... almeno finché non fosse riuscito in qualche modo a risolverla.

«Non so cosa fece... niente, sospetto, anche perché dagli archivi seppe che la Garanzia non era stata intestata a nessun altro.

«C'erano altri indizi, che Pirie cercò piuttosto svogliatamente di seguire, senza particolare successo. Oggi è dell'opinione di lasciar stare il can che dorme, ma è vecchio e di salute cagionevole, e quando morirà il prossimo segretario potrebbe cercare la Carta... sempreché un prossimo segretario ci sia.

«Ora sai come stanno le cose. Avevo progettato di andare sulla Terra con Milo per cercare la Carta, prima che accada qualcosa di terribile. E averti detto tutto è un sollievo, perché nessun altro sa niente oltre me e Pirie Tamm, che ormai è vecchio e stanco.

— Va bene — mormorò Glawen. — Cosa pensi di fare una volta che sarai sulla Terra?

— Andrò ancora ad abitare con Pirie Tamm. Poi mi iscriverò alla Società Naturalistica e ne diventerò la segretaria. In questo modo, nessun altro scoprirà che la Carta non c'è più. Pirie potrebbe decidere che questa è la soluzione migliore e proporre la mia candidatura. Immagino che nessuno ci tenga ad assumere quella carica.

Glawen rifletté un poco su quel che aveva appreso. — Non so che dirti. C'è qualcosa che si agita in fondo alla mia mente, ma non riesco a ricordare cosa. Vorrei poter venire con te.

Wayness lo guardò, pensosa. — Anch'io lo vorrei. Ma non importa. Andrò sulla Terra, scoprirò quel che potrò, e forse troverò il modo di rimettere le cose a posto.

— Spero che tu non debba giocarti la vita.

— Perché dovrei?

— Qualcun altro potrebbe avere il tuo stesso obiettivo.

— È un'ipotesi che non ho mai fatto — rifletté Wayness. — A chi stai pensando?

— Non lo so. E non lo sai neanche tu, il che lo renderebbe ancor più pericoloso.

— Sarò prudente.

— D'accordo, ma ora… — Glawen le passò un braccio attorno e la baciò, finché lei non si ritrasse.

— Meglio che vada a casa. Mamma e papà si staranno chiedendo dove sono scappata.

— Rifletterò a quello che hai detto. Ho la vaga impressione che tutto ciò sia forse collegato a qualcosa che non riesco a ricordare.

— Ti verrà a mente quando meno te l'aspetti. — Lei lo baciò su una guancia. — Ora riportami a Casa Riverview, prima che comincino a rastrellare il fondo della laguna in cerca del mio corpo.

PARTE VI

1

WAYNESS LASCIÒ STAZIONE ARAMINTA a bordo del postale *Faerlith* delle Linee Perseiane, che avrebbe dovuto portarla lungo lo Sciame di Mircea fino ad Andromeda 6011 IV, un crocevia a cui facevano scalo i transgalattici della Glistmar Explorer Route. Da lì avrebbe proseguito fino alla Terra.

La partenza della ragazza lasciò un triste vuoto nella vita di Glawen. Le sue giornate divennero scialbe e monotone. Perché aveva lasciato che lei svanisse così terribilmente lontano, aldilà di ogni percezione umana? Spesso si poneva quella domanda, e la risposta gli giungeva sempre in compagnia di un amaro sorriso: lui non aveva avuto nessuna voce in capitolo. Wayness aveva preso le sue decisioni, e soltanto sulla base del proprio giudizio. Era stato un modo di agire che Glawen, obiettivamente, non poteva condannare. O così cercava di dirsi, benché senza molta convinzione.

Per certi aspetti vedeva ora Wayness come una specie di forza della natura: talvolta calda e benevola (e nell'ultima settimana affettuosa da mozzare il fiato), talaltra misteriosa e sconcertante, ma sempre fuori dalle possibilità di controllo umane.

Glawen ponderava su quella persona unica e particolare di nome Wayness Tamm. Se grazie a qualche straordinaria circostanza lui fosse stato investito di poteri divini e assegnato al piacevole compito di costruire una nuova Wayness, avrebbe abbassato il suo livello di ostinazione, regolato il quoziente di testardaggine e intrattabilità, iniettato una dose inferiore d'indipendenza e autodeterminazione, non abbastanza da falsare il prodotto finito ma solo per renderla più... qui

Glawen esitava, in cerca della parola adatta. Malleabile? Prevedibile? Sottomessa? No, nessuna delle tre cose. Forse, in realtà, l'essere divino che aveva creato la Wayness originale era stato così abile e sottile nel suo lavoro che nessun miglioramento era possibile.

Per occupare le sue energie, Glawen si iscrisse a numerosi nuovi corsi di studio, al cui termine avrebbe potuto dare l'esame di primo grado per il CCPI. La promozione, oltre a un buon punteggio nell'uso delle armi, tecnologia pratica, capacità di sopravvivenza in vari ambienti sociali e combattimento a mani nude, lo avrebbe qualificato come Agente ordinario del CCPI dandogli un rango e un'autorità riconosciuti in tutta la Distesa Gaeana. Già altri membri dell'Ufficio B lo avevano ottenuto. Scharde aveva superato lo stesso esame e uno successivo, ed era un Agente del CCPI di secondo livello, cosa che consentiva all'Ufficio B di fungere in pratica da sezione del CCPI.

Kirdy Wook aveva dichiarato che intendeva anch'egli sottoporsi all'addestramento previsto dal CCPI, ma non sembrava darsi molto da fare per frequentare i corsi. In apparenza s'era ripreso bene dalla sua brutta avventura a Yipton, benché ogni tanto avesse momenti di apatica distrazione oppure d'improvvisa durezza di modi, sintomi che tutti speravano di veder scomparire quando fosse completamente guarito. Rifiutava ancora, o forse ne era incapace, di parlare di quell'esperienza. Pochi giorni dopo esser uscito dall'ospedale aveva dato le dimissioni dagli Arditi Leoni, e da allora s'era tenuto alla larga da tutti i membri del gruppo.

Per qualche settimana Glawen non trascurò ogni occasione di farlo chiacchierare, nella speranza di ricondurlo a un più tranquillo stato mentale; ma gli sembrava che fosse come cercare di raccogliere il mercurio con le dita. Per la maggior parte del tempo Kirdy ascoltava senza aprir bocca, ogni tanto esibendo un sorrisetto strano e vacuo, distorto, in cui lui aveva l'impressione di leggere un disprezzo sfumato di ostilità. Di sua iniziativa Kirdy non diceva assolutamente nulla, cosicché quando Glawen aveva esaurito gli argomenti su di loro gravavano pesanti silenzi. Alle domande Kirdy non rispondeva affatto, o al contrario dava la stura a discorsi verbosi che non avevano però riferimento con quanto gli era stato chiesto.

Kirdy non era mai stato famoso per il suo umorismo; adesso sembrava trovare le battute di spirito addirittura incomprensibili. Ogni volta che Glawen passava a un discorso scherzoso o gettava lì una facezia, lo fissava con occhi così freddi e distanti da mozzargli le parole in gola.

Un giorno Glawen si accorse che Kirdy scantonava per evitarlo, e da quel momento desistette dai suoi sforzi.

Tempo dopo ebbe occasione di parlare con Scharde di Kirdy e del suo comportamento. – Se non lo trovassi triste, direi che è buffo. Kirdy sa che se passerò l'esame del CCPI avrò un grado superiore al suo nell'Ufficio B. E per reazione ha deciso di dare anche lui l'esame. Ma questo significa duro studio e serie probabilità di fallire... che nel suo caso sono ancora più forti, perché è debole in matematica e in tutte le tecniche pratiche.

– Difficilmente supererà l'esame psicometrico.

– Questo è il dilemma di Kirdy. E non riesco a capire come pensi di risolverlo... se non pregando che io fallisca così vergognosamente da piantare l'Ufficio B e darmi all'enologia come Arles.

– Povero Kirdy. Ne ha passate troppe.

– Sono d'accordo: povero Kirdy. Ma questo non ne fa una persona con cui si possa lavorare.

Da Acquatica, l'astroporto di Andromeda 6011, arrivò una lettera di Wayness, scritta mentre aspettava la coincidenza con un transgalattico della Glistmar. La ragazza scriveva: «Sento già la nostalgia di casa, e tu mi manchi tanto. È così strano che una persona possa imparare ad amarne un'altra, ad averne fiducia e a dipendere completamente da lei, senza quasi rendersene conto finché la lascia e parte. Ora lo so». E finiva: «Ti scriverò ancora da Tierens, per darti le ultime notizie sulla situazione. Spero che per qualche miracolo siano buone notizie, ma non sono così ottimista. Sto già guardando avanti e non faccio che pensare a come fronteggerò le difficoltà che conosco, come un espediente per impedire a me stessa di preoccuparmi per quelle che non conosco».

Trascorse l'estate, e con essa venne e passò il ventesimo comple-anno di Glawen, l'ultimo prima del fatidico ventunesimo: il Giorno dei Suicidi, com'era talvolta chiamato. Glawen oscillava fra la speranza e la disperazione. Il suo Indice di Rango era ancora 22, e se poteva essere peggiore avrebbe potuto essere anche migliore.

Lo Smollen successivo Arles portò Drusilla co-Laverty alla cena di famiglia in Casa Clattuc, come sua ospite, con evidente sorpresa e disapprovazione di Spanchetta.

Arles finse di non farci caso. Drusilla era di umore esuberante e ignorò del tutto Spanchetta, facendola fumare di rabbia.

Durante il pasto Arles esibì una studiata dignità, parlando poco salvo che con Drusilla e anche in quelle occasioni assai sottovoce. S'era vestito con cura: giacca nera, pantaloni rosso opaco, camicia bianca a pieghettine e una fascia azzurra alla cintura. L'abito di Drusilla era meno convenzionale, ed anzi provocante. Aveva una gonna fatta di strisce di seta nera, rosa e arancione, tagliata corta sul davanti; i suoi riccioli biondi erano chiusi in un turbante nero ornato da un'altissima piuma, e portava orecchi-da-elfo in reticella d'argento, così appuntiti che sembravano piccole ali. Sensualità a parte, il suo abbigliamento era perfino più vistoso del fluttuante abito rosso e rosa di Spanchetta, la cui espressione, quando si degnava di voltarsi verso la ragazza, veicolava immense quantità di disgusto.

Drusilla era dell'opinione che la timidezza non serviva. Rise con alti vocalizzi trillanti, molto spesso e anche senza una ragione apparente. Contribuì con la sua opinione a tutte le conversazioni in corso attorno alla tavola, spettegolò, fece allusioni audaci, e indirizzò a tutte le sue nuove conoscenze cenni e sorrisi, commenti e strizzatine d'occhio.

Scharde, dopo aver assistito per un poco, si piegò verso Glawen. — Ammetto di essere confuso. Non aveva una certa relazione con Namour?

— Credo che quella sia finita da un pezzo. O forse è un interludio estivo, visto che Drusilla viaggia ancora con i Pantomimi.

— Ma l'esordio lo ha passato da anni. So che Floreste immette di continuo sangue giovane nella sua troupe.

— Adesso fa l'assistente di Floreste. Non recita più.

— Arles sembra un gatto che abbia appena preso il topo più grasso, Questo mi lascia ancor più perplesso. Credevo che Arles non provasse più alcun interesse per le donne.

— Anch'io. Sembra che ci sia stato un errore. Drusilla è una femmina, su questo non ci sono dubbi.

— Così pare. — Scharde guardò altrove. — Bene. Non sono affari miei, e sono felice di poterlo dire.

Glawen gli diede di gomito. – Si direbbe che Arles sia sul punto di fare un discorso.

Arles s'era alzato in piedi. Per qualche momento volse attorno un ampio sorriso, aspettando che le conversazioni cessassero. Poi batté un coltello sull'orlo del suo bicchiere. – Per favore, tutti quanti! Chiedo la vostra attenzione. Desidero fare un annuncio, abbiate la cortesia di ascoltare. Seduta accanto a me avrete notato (e come avreste potuto mancare di notarla?) una creatura vivace e attraente che molti di voi avranno riconosciuto come la distinta e onorevole Drusilla co-Laverty. Il suo talento è pari al suo fascino, e per alcuni anni ha aiutato Floreste a fare miracoli con i suoi Pantomimi. Ma tutto cambia! In risposta alle mie suppliche Drusilla ha acconsentito a diventare una Clattuc. Devo essere più esplicito?

Arles volse lo sguardo sui presenti, annuendo verso chi batteva educatamente le mani.

– Il segreto che voglio confidare a voi tutti è ancor maggiore: oggi ci siamo uniti in matrimonio, e il contratto è stato registrato negli Archivi. Il dado è tratto!

Arles si inchinò, mentre nell'aria s'intrecciavano congratulazioni e auguri rivolti a entrambi. Drusilla alzò le mani, inclinando il capo di lato, e agitò le dita in modo civettuolo.

Scharde mormorò a Glawen: – Dà uno sguardo a Spanchetta. Non ha ancora deciso se avere o meno l'attacco cardiaco.

Arles proseguì: – Non c'è bisogno di dire che io sono più stupito di voi della fortuna che ho avuto. Partiremo subito per un viaggio di nozze che ci porterà in luoghi lontani, pieni di romanticismo e di mistero! Ma torneremo, ve lo prometto! In tutta la Distesa Gaeana non c'è posto come Stazione Araminta!

Arles sedette, e per qualche minuto fu indaffarato a rispondere ai commenti di rito e alle domande.

– Così visiteranno mondi romantici e misteriosi – mormorò Scharde. – Mi chiedo dove Arles si procurerà il denaro. Certo non da Spanchetta.

– Forse Drusilla ha qualcosa da parte.

– Non con quello che le paga Floreste. I Pantomimi hanno sempre versato tutto nel fondo per l'Orpheum. Drusilla si è goduta i viaggi e il soggiorno negli alberghi, con al più qualcosa per i vestiti e le altre spese.

— Forse ha messo in piedi un'attività collaterale di qualche genere.

— Auguriamole che sia un'attività in cui Arles possa esserle d'aiuto. Il giorno dopo Arles e Drusilla partirono a bordo di una lussuosa nave da crociera delle Linee Perseiane, la *Mircean Lyre*. Quella sera Scharde disse a Glawen: — Ho scambiato qualche parola, e l'interrogativo sul denaro di Arles è chiarito: non ha un soldo, e Drusilla ancora meno. Dunque come hanno potuto prenotare escursioni verso i «luoghi pieni di romanticismo e di mistero»? È presto detto. Drusilla è in viaggio di lavoro, a procacciare scritture per i Pantomimi; una cosa che fa tutti gli anni. Floreste è riuscito ad avere trasporto e alloggio quasi gratuiti per il suo personale, e i due figurano entrambi come suoi dipendenti. Le loro spese saranno ridotte all'osso, e in quanto ai luoghi romantici e misteriosi potranno godersi Soum, Natrice, Liliander e Tassandero: il circuito abituale di Floreste. Tutti posti più o meno insipidi.

— Mi chiedo dove pensano di abitare al loro ritorno — rifletté Glawen. — Credi che Spanchetta li terrebbe con sé?

— Non con troppo entusiasmo.

Glawen andò a guardar fuori dalla finestra. — Anche a me piacerebbe visitare altri posti. La Terra, soprattutto.

— Aspetta fino al tuo prossimo compleanno.

Lui ebbe un secco cenno d'assenso. — Come collaterale sarei libero di andare da qualsiasi parte, e specialmente di non tornare più.

— Non essere così amaro. Ancora non sei fuori. Magari potrei indurre il vecchio Dorny a ubriacarsi a morte. Descant è un altro. Non vuole ritirarsi, e rifiuta cocciutamente di prendersi una malattia mortale.

— È inutile che io stia a tormentarmi — disse Glawen. — Se sarò buttato fuori da Casa Clattuc, così sia. E visto che non posso viaggiare verso mondi misteriosi, come Arles, né in direzione della Terra, credo che prenderò lo sloop e andrò a godermi il mare. Magari all'isola Thurben. Ti andrebbe di venire con me? Potremmo accamparci sulla spiaggia per un giorno o due.

— No, grazie. L'isola Thurben non fa per me. Se vai là, portati una scorta d'acqua. Su quello scoglio non ne troverai una goccia. E non nuotare nella laguna.

— Penso che ci andrò — annuì Glawen. — Se non altro, è un cambiamento.

2

Glawen caricò qualche provvista sullo sloop, riempì le taniche dell'acqua, ricaricò le batterie di bordo, e senza stare a salutare nessuno sciolse l'ormeggio e salpò dal molo dei Clattuc.

Usando il motore scese lungo il fiume Wan fino all'estuario, oltre-passò la zona dei bassifondi dove si alzavano le onde e mise la prua sull'oceano. A qualche centinaio di metri dalla riva alzò la vela, e sulla spinta del vento proseguì verso est, su una rotta che avrebbe potuto finire col portarlo sulla nebbiosa costa occidentale di Ecce.

Collegò il timone e il boma al pilota automatico e si distese a poppa, godendosi lo sciabordio dell'acqua, l'azzurra immensità del cielo e il dolce rullio dello scafo sull'onda lunga dell'oceano.

I tetti di Araminta divennero una lontana striscia rossa e grigia sull'orizzonte, poi svanirono nella foschia. Il vento cambiò. Glawen decise di girare su una rotta che gli avrebbe consentito di sfruttarlo meglio e mise la prua qualche grado più a nord.

Trascorse la giornata, senza nient'altro da vedere che la pigra distesa grigio-azzurra, il cielo, e qualche uccello marino sperduto in quell'immensità.

Nel tardo pomeriggio il vento calò, e al tramonto c'era una bonaccia stagnante. Glawen ammainò la vela e lasciò l'imbarcazione in balia della corrente. Scese sottocoperta, si scaldò un piatto di stufato e tornò sul ponte, sedendosi sul tettuccio della cabina con un po' di pane e una bottiglia di chiaretto accanto a sé, mentre i colori del tramonto svanivano dall'atmosfera.

Nel cielo terso si accesero le stelle. Glawen si distese a osservare le costellazioni. Lo Sciame di Mircea, con Lorca e Sing, era ancora sotto l'orizzonte. Allo zenith brillava quella nota come Perseo Che Solleva La Testa Di Medusa, con le due vivide stelle rosse Aguin e Cairre che rappresentavano gli occhi dell'incantatrice. A sud trovò il circoletto del Nautilus, composto da cinque stelle. Al centro di esse ce n'era una minuscola e gialla, di decima grandezza e quasi invisibile. Quella stella era il Vecchio Sole. E in quella direzione, nella grande astronave pas-seggeri della Glistmar che sfrecciava nel vuoto, c'era Wayness. Quanto gli sarebbe parsa piccola se avesse potuto vederla? Come un atomo? Ancora più piccola? Un problema interessante. Glawen scese in cabina e fece il calcolo: vista da cento anni luce Wayness gli sarebbe apparsa delle stesse dimensioni di un neutrone situato a milleduecento metri da lui. – Tanto per saperlo – borbottò fra sé.

Tornò sul ponte, scrutò attentamente il cielo e le condizioni del mare per sicurezza, poi scese di nuovo e lasciò lo sloop a badare a se stesso.

Il mattino portò con sé una brezza da sud uguale a quella del giorno prima. Glawen alzò la vela e l'imbarcazione scivolò via dolcemente verso nord est.

Soltanto verso il mezzodì del giorno seguente avvistò l'isola Thurben, un mucchio di sabbia e di detriti vulcanici largo tre chilometri, qua e là chiazzato da cespugli grigioverdi, pochi stenti alberi di timo e altrettanti dendroni dai rami contorti. Al centro si alzava una collina di basalto vulcanico frantumato. L'isola era completamente circondata da una barriera corallina, che racchiudeva una laguna anulare larga circa duecento metri. Glawen abbassò la vela e usò il motore per entrare controcorrente attraverso il passaggio meridionale. A una trentina di metri dalla spiaggia calò l'ancorotto, in un'acqua così chiara che sembrava amplificare i particolari del fondale: ramosità di corallo, fiori subacquei, molluschi corazzati e strani crostacei. Pesci-imp e faloriali vennero a esaminare l'imbarcazione, l'ancora e la catena, poi si allontanarono o restarono nei pressi in attesa di ulteriori sviluppi: la spazzatura, un nuotatore, o qualcuno che cadesse fuoribordo.

Glawen usò il boma coma argano per estrarre la scialuppa dallo scomparto di poppa e la calò in acqua. Con grande attenzione passò a bordo del piccolo natante, filando dietro di sé un rotolo di corda sottile e robusta legato alla balaustra per un capo; accese il propulsore della scialuppa e raggiunse la spiaggia lasciando scorrere la corda dietro di sé.

La prua affondò nella sabbia. Glawen saltò a riva e trascinò il piccolo natante su per l'arenile, fuori dalla portata delle onde. Poi legò la corda al tronco nodoso di un alberello, tanto per assicurarsi che un improvviso colpo di vento non gli portasse via lo sloop con l'ancora e tutto.

Adesso era del tutto disoccupato. Non aveva niente da fare, soprattutto niente perlustrazione, niente fogli di lavoro da riempire e niente facce che erano sempre le stesse facce. E questo era proprio il motivo per cui si trovava lì.

Prese visione dei dintorni. Dietro di lui c'erano dei cespugli spinosi, qualche balsamo contorto, alcuni alberi-forca nerastri, e la gobba di basalto sassoso al centro dell'isola. Davanti a lui la laguna, apparentemente placida e innocua, dove lo sloop ondeggiava all'ancora. A destra e a sinistra si allungava la striscia bianca dell'arenile, orlata da cespugli grigioverdi e alberi di timo, le cui sottili foglie argentee terminavano con una punta scarlatta. La brezza spargeva sulla laguna raffiche di minute ondulazioni che scintillavano al sole, e dalla vegetazione emanava un lieve miscuglio di odori.

Glawen sedette sulla sabbia ad ascoltare la natura.

Silenzio ovunque, a parte il lento respiro delle onde che salivano e scendevano sulla spiaggia.

Si distese all'indietro, appisolandosi nella calda luce del sole.

Trascorse il tempo. Un granchio di terra venne ad assaggiargli un polpaccio. Lui scalciò e si alzò a sedere. Il crostaceo zampettò via terrorizzato.

Glawen fece qualche passo verso la riva. Lo sloop tendeva la catena dell'ancora nella leggera corrente. Syrene s'era spostata nel cielo; nient'altro era cambiato. Non si poteva negare, pensò il giovane, che sull'isola Thurben ci fosse poco da fare se non dormire, guardare un monotono panorama, oppure consumare energia camminando avanti e indietro sulla spiaggia.

Guardò a destra, poi a sinistra. Non vedendo differenze nell'una e nell'altra direzione s'incamminò a caso verso nord. Al suo avvicinarsi i granchi scappavano a rifugiarsi nell'acqua, da cui riemergevano poi con grande circospezione. Le lucertole azzurre si alzavano sulle zampe posteriori e correvano via stridendo, rintanandosi con goffi saltelli fra i cespugli, dove in pochi secondi cambiavano umore e tornavano battagliere, sfidandolo con irosi squittii.

La spiaggia girava verso est, intorno alla scogliera settentrionale dell'isola. Glawen giunse nella zona opposta a quella in cui era approdato; anche lì un canale, simile all'altro sul lato sud, permetteva l'accesso alla laguna attraverso i bassifondi corallini. Aveva appena aggirato alcune grandi rocce quando ciò che vide lo fece fermare sbalordito.

Dall'ultima volta che era venuto lì qualcosa era cambiato: un rustico molo si allungava nelle acque della laguna. Lì accanto c'era un capannone di bambù con tetto e pareti di stuoie, il cui stile era inconfondibilmente Yip.

Per alcuni minuti Glawen si tenne nascosto, esaminando la zona. In giro non si vedeva un'anima. Sulla sabbia non c'erano impronte fresche, e non si udivano rumori.

Tranquillizzato, ma sempre teso e all'erta, si avviò verso il capannone. I ciuffi paglierini delle stuoie oscillavano al vento; l'interno era asciutto e polveroso, del tutto vuoto. Ciò malgrado rimpianse di non essersi portato un'arma. In situazioni così sospette una pistola lo avrebbe fatto sentire più a suo agio.

Volse le spalle al capannone e osservò il molo, perplesso. A cosa potevano servire quelle costruzioni? Una base per i pescherecci Yip d'alto mare? A una dozzina di metri dalla riva, su un lato del molo, era fissata un'attrezzatura di legno, un argano fornito di un braccio mobile, il cui scopo era evidentemente il carico o lo scarico di oggetti dalle imbarcazioni.

Glawen s'incamminò sul pianale del molo, che cigolò e s'incurvò appena sotto il suo peso. Oltre il canale della scogliera l'oceano si estendeva deserto fino all'orizzonte. A destra e a sinistra c'era solo il placido mormorio della laguna. Dalla parte di terra null'altro che il capannone e la lunga curva della spiaggia. E sotto di lui, pali di bambù lunghi cinque o sei metri piantati nella sabbia del fondale. In trasparenza, velate e oscillanti a causa delle increspature di superficie, si scorgevano forme e ombre in movimento. Ma c'era anche qualcos'altro laggiù, e con lo sguardo fisso nell'acqua Glawen sentì un brivido di gelo nella schiena. Aveva fatto una scoperta così poco piacevole che dapprima stentò a credere ai suoi occhi.

Ma non poteva sbagliarsi: sul fondo, presso l'estremità del molo, c'era un grottesco insieme di ossa umane. Alcune erano semisepolte nella sabbia, altre avvolte fra le alghe e sparse fra le ombre del fondale, nude e scarnificate.

Glawen si costrinse a esaminarle meglio. Era difficile fare un conto degli scheletri andati a disfarsi sul fondo. Pur limpida, l'acqua distorceva la visuale. Tuttavia le ossa gli parvero piccole e delicate.

All'improvviso ebbe l'impressione d'essere osservato e si volse a scrutare la riva. Tutto sembrava come prima. Non c'era traccia di esseri umani, anche se questo non escludeva che dozzine di occhi lo stessero spiando dai cespugli.

I nervi, dovette dirsi, gli stavano giocando strani scherzi.

Tornò sulla spiaggia e per qualche minuto cercò di capire il senso di quell'insieme: il molo, l'argano e il capannone. Poi nella sua mente s'insinuò un sospetto: se qualcuno lo aveva visto arrivare, cosa gli avrebbe impedito di aggirare l'isola e prendersi lo sloop, salpando con tutto comodo prima del suo ritorno? Quel pensiero gli diede il batticuore; Thurben non era un'isola su cui gli sarebbe piaciuto vedersi abbandonato, con solo radici e granchi di terra per riempirsi lo stomaco e niente da bere se non l'acqua salata.

Ripercorse la spiaggia in senso inverso al passo di corsa, guardandosi attorno incessantemente.

Lo sloop era sempre ancorato nello stesso posto in cui lo aveva lasciato. Il groviglio di timori e ipotesi allarmanti si sciolse. Su quell'isola c'era soltanto lui. Tuttavia aveva ormai perduto la tranquillità. La spiaggia non poteva più essere il sonnolento paradiso in cui oziare qualche giorno senza pensieri.

Il sole era prossimo al tramonto; il vento si era smorzato, lasciando una piatta calma sull'oceano e nella laguna. Glawen decise che sarebbe partito con la brezza del mattino, spinse la scialuppa nell'acqua e tornò a bordo dello sloop.

Syrene scomparve sotto l'orizzonte e una fitta tenebra avvolse l'isola Thurben. Glawen si scaldò la cena, mangiò, poi salì sul ponte e per un paio d'ore prestò orecchio ai lievissimi e non identificabili rumori della riva. Le costellazioni erano più limpide della sera precedente, ma lui non se ne accorse neppure; la sua mente era occupata in speculazioni molto più terrene.

Infine andò a sdraiarsi nella cuccetta. Per oltre un'ora tenne gli occhi aperti nel buio; ma i pensieri spiacevoli continuarono a tormentarlo anche nel sonno e più volte si svegliò con un sussulto, convinto di sentire il rumore di qualcuno che saliva a bordo.

La tensione gli rovinò del tutto la nottata, e si addormentò davvero soltanto a ora tarda, così profondamente che all'alba non sentì neppure la sveglia. Quando si svegliò, stordito e con gli occhi gonfi, Syrene era già sorta da più di tre ore.

Fece colazione seduto sulla cuccetta, con una tazza di tè e lo stufato rimasto dalla sera prima. Avrebbe potuto levare l'ancora in qualsiasi momento, perché la brezza soffiava da nord ed era quel che ci voleva per tornare con tranquillità sul continente. Il profondo azzurro dell'oceano era accentuato dalla presenza di cumuli bianchi, luminosi, che si stavano levando da sud. L'isola era di nuovo un regno di pace, e quel che c'era dall'altra parte della laguna si adattava così poco a quello scenario da apparirgli irreale.

Non era escluso che nella fretta di tornare allo sloop gli fosse sfuggito qualcosa, perciò decise che prima di partire avrebbe dato un altro sguardo al molo e al capannone. Rimise in acqua la scialuppa, diede la massima potenza al motore, e tallonato da branchi di faloriali affamati seguì l'arco della laguna verso nord.

Quando fu in vista del canale d'ingresso settentrionale non trovò nulla di cambiato nell'aspetto del molo e del capannone. Trasse in secco la barca e legò la cima di prua a uno dei pali di bambù.

Sulla sabbia c'erano soltanto le sue impronte, e si disse che avrebbe fatto meglio a cancellarle. Tutto il resto era silenzio. Tornò all'estremità del molo e scrutò il fondale. Non era ben visibile, perché la brezza increspava l'acqua, ma le ossa erano ancora laggiù.

Entrò nel padiglione e si accorse che dietro la porta c'era qualcosa che il giorno prima non aveva visto: otto materassi, con le stuoie su cui stenderli al suolo. Non c'era il necessario per cucinare né altro, salvo una piccola latrina sul retro, all'esterno.

Decise che aveva visto abbastanza da giustificare un'indagine. Tornò alla scialuppa e la spinse nella laguna. Fu mentre guardava il canale fra i coralli che vide, circa tre chilometri al largo, due vele latine di stoffa scura, gonfie di vento.

Si trattava di un catamarano, e con ogni evidenza puntava dritto sul canale settentrionale dell'isola.

Glawen tornò a tutta velocità allo sloop, sull'altro lato della laguna. Viste le circostanze, e senza un'arma, non se la sentiva di affrontare un incontro probabilmente pericoloso. Andarsene alla svelta era l'unica soluzione, e una volta in mare sarebbe stato al sicuro. Con il vento a favore il catamarano avrebbe potuto raggiungerlo, sulla lunga distanza, ma lo sloop aveva anche il motore, e dirigendosi controvento si sarebbe lasciato alle spalle qualsiasi inseguitore fornito soltanto di vele.

Salito a bordo Glawen prese il binocolo e si appoggiò all'albero per tenerlo fermo. Appena ebbe messo a fuoco le lenti constatò che l'altra imbarcazione era infatti un catamarano, lungo da ventidue a venticinque metri e con due alberi, insolitamente grosso per essere un comune peschereccio Yip. Con suo sollievo, non mostrava cenni di voler cambiare la rotta e filava dritto verso il passaggio nord. A occhio nudo era difficile che quella gente lo vedesse, sullo sfondo dei cespugli e dei dendroni che si levavano scheletrici sulla riva dietro lo sloop.

Glawen restò a guardare finché il catamarano scomparve oltre la curva dell'isola, poi andò a poppa. Era indeciso. La prudenza gli suggeriva di lasciare l'isola Thurben immediatamente. D'altra parte, se avesse seguito la spiaggia con cautela tenendosi fra i cespugli, avrebbe potuto scoprire l'identità di quella gente. Se lo avessero visto, gli restava sempre la possibilità di scappare di corsa e balzare a bordo dello sloop prima d'essere raggiunto. Dunque cosa gli conveniva? Una cauta ritirata, oppure la seconda e più avventurosa soluzione? Se avesse avuto una pistola non se lo sarebbe chiesto due volte. Con soltanto un coltello da cucina neppure molto affilato, chiederselo era già molto. — Ma io sono un Clattuc — disse infine a se stesso. — Sangue, natura e tradizione possono spingermi a una sola risposta.

Rivolse una smorfia alla lama del coltello, lunga appena una dozzina di centimetri, e se lo infilò nella cintura. Tornò sulla spiaggia, mise la scialuppa nella posizione più adatta a una partenza rapida, e si avviò lungo la riva tenendosi all'interno e fra i cespugli.

Non era da scartarsi l'ipotesi che uno o più membri di quell'equipaggio fossero stati mandati a esplorare la spiaggia, e l'idea lo innervosiva. Ma non vide nessuno e questo gli risparmiò di trovarsi di fronte a eventualità più antipatiche di quelle che aveva previsto.

Mezz'ora dopo scorse gli alberi del catamarano, e duecento metri più avanti ebbe l'intera vista del molo e del vascello. Si arrampicò su una scarpata verso l'interno, aprì un varco nei cespugli e proseguì cercando di non far oscillare i rami. Più avanti dovette muoversi sulle mani e sulle ginocchia, e con estrema cautela si avvicinò fino a una trentina di metri dal capannone. Lì si distese bocconi ed osservò la scena aiutandosi con il binocolo.

Fra il catamarano e il capannone si muovevano avanti e indietro quattro Yips dalla pelle dorata. Avevano già portato a terra dei cuscini, tappeti, sedie di vimini, e ora stavano piazzando lì accanto un lungo tavolo. Indossavano soltanto pantaloncini bianchi e sembravano molto giovani, ma la loro testa era completamente nascosta da cappucci neri, con due buchi per gli occhi e uno per la bocca.

Sulle sedie di vimini sedevano altri sei uomini, di età più matura. Portavano tuniche grigio chiaro e, come gli Yips, cappucci neri che celavano la loro identità. Apparivano composti e silenziosi, e a giudicare dall'atteggiamento e dal modo in cui tenevano la testa si sarebbero detti personaggi abbienti e consci della loro importanza. Non si scambiavano parola, quasi che ognuno si considerasse isolato dagli altri. Glawen non fu capace d'immaginare la loro provenienza. Non erano Yips, nessuno aveva l'aria di un Naturalista di Throy, e che fossero gente di Stazione Araminta gli sembrava molto improbabile.

C'era una chiara atmosfera d'attesa. L'immobilità dei sei silenziosi individui dal cappuccio nero dava un che d'irreale alla scena. Glawen scoprì d'essere più calmo: gli Yips e quegli strani personaggi erano completamente assorti nei loro affari. Li guardò affascinato, rinunciando a fare qualsiasi speculazione.

Un altro elemento di bizzarria si aggiunse alla situazione. Dal catamarano uscì una donna alta e dall'ossatura pesante, con spalle larghe e braccia e gambe massicce. Invece del cappuccio portava una maschera nera che le nascondeva il naso e gli occhi, lasciandole scoperte due guance pesanti e un mento squadrato come un'incudine. La sua pelle era bianca come la polpa di un'ostrica, e aveva capelli biondi tagliati così corti, appena un paio di centimetri, che da lontano sembrava calva. Le sole indicazioni che si trattava di una femmina erano le mammelle, flosce e rigonfie, e i fianchi corpulenti inguainati in un paio di pantaloncini corti, il suo unico indumento.

La donna avanzò fino alla base del molo e osservò i dintorni. Poi disse qualche parola agli Yips; due di loro corsero all'imbarcazione e tornarono portando due ceste di vimini, che disposero sul tavolo. Sollevati i coperchi ne tolsero bottiglie di vino e bicchieri, con cui servirono da bere ai sei uomini. Gli altri due giovani cercarono rami fra i cespugli e prepararono il necessario per il fuoco.

La donna tornò a bordo dell'imbarcazione ed entrò in cabina; pochi secondi dopo ne uscì di nuovo, preceduta da un gruppetto di ragazze Yips. Le giovani donne si mossero un po' esitanti lungo il molo, lanciando occhiate incerte a destra e a sinistra, tallonate dalla massiccia donna mascherata che sembrava spingerle avanti come un bulldozer. Erano sei fanciulle snelle e delicate, tutte nel fiore della giovinezza, con grandi occhi color ambra e morbidi capelli biondo miele. Adesso Glawen capiva la natura delle ossa che giacevano sul fondo della laguna, e cominciava a farsi un quadro di ciò che sarebbe accaduto.

I sei individui incappucciati continuavano a sedere in silenzio. Le sei fanciulle si guardarono attorno con espressioni limpide e innocenti, ma già mostrando vaghi cenni di disagio. A un ordine della donna si accovacciarono sulla sabbia.

La natura di quella riunione era un po' più chiara per Glawen. Restò a guardare senza spostarsi di un centimetro, mentre le ore del giorno trascorrevano e sulla spiaggia si svolgevano i preliminari. Poi il gruppo si trasferì nel capannone, mentre i quattro Yips sedevano all'esterno. Tutto il resto si svolse come aveva previsto, e non poté far altro che assistere, agghiacciato.

Era rimasto lì anche troppo. Stretto dall'angoscia e dalla nausea, quasi senza vedere dove metteva i piedi, indietreggiò fra i cespugli e fece ritorno allo sloop, ritirando la cima con cui lo aveva ormeggiato all'alberello.

Intanto che Syrene si abbassava verso l'orizzonte, Glawen sedette con gli occhi sul mare, pensando a ciò che aveva visto e a quello che gli conveniva fare. Non aveva mai desiderato tanto una pistola.

Il sole tramontò, e sull'isola Thurben si addensarono le tenebre. Glawen ritirò l'ancora e con il motore al minimo si spinse a nord nella laguna, guidandosi con la luce delle stelle che rendeva appena visibile il pallido nastro della spiaggia. Sotto lo scafo guizzava un branco di faloriali fosforescenti, lunghi poco meno di un metro e veloci come frecce nell'acqua nera.

Più avanti, sulla riva, apparve la luce tremolante di un fuoco. Glawen calò lentamente l'ancora, attento a non far sferragliare la catena, poi scrutò la spiaggia col binocolo. Un paio di figure si muovevano pigramente; gli altri sembravano ancora tutti nel capannone. Attese un'ora, quindi scese nella scialuppa e con il motore al minimo fece rotta verso il molo, ma senza accostarsi alla spiaggia. Sotto di lui migliaia di faloriali spandevano una fantomatica luminescenza verdastra che lo seguiva come la coda di una cometa.

Il fuoco s'era quasi spento. Glawen spense il motore e proseguì con la pagaia, accostandosi lentamente al catamarano ormeggiato al molo. Gli scafi si toccarono appena. Poggiò un orecchio sul fasciame della grossa imbarcazione e non sentì alcun rumore. Legò la cima della scialuppa alla ringhiera e salì a bordo, sudando per la tensione. La cabina centrale rimase buia e silenziosa. Allora andò a prua, tagliò la spessa corda dell'ormeggio con il coltello da cucina, scivolò in punta di piedi lungo la murata e fece lo stesso con quella di poppa. Il catamarano galleggiò libero, e una spinta gli bastò per farlo allontanare a qualche metro dal molo. Una cupa euforia s'impadronì di lui, mentre aggirava la cabina per tornare alla scialuppa.

Ci furono alcuni rumori, il cigolio di un portello, e dall'interno emerse una forma scura e corpulenta. Un grugnito cupo informò Glawen che la donna era stata tirata giù dal letto dalla sensazione che qualcosa non andava, e quando si voltò e lo vide si accorse anche dello spazio che separava il catamarano dal molo. Con una bestemmia oscena la massiccia virago sollevò le braccia e si precipitò verso di lui. Glawen era indietreggiato in fretta, ma inciampando in un viluppo di corde cadde a sedere sul ponte. La donna gli piombò addosso con tutto il suo peso, mandò un rauco grido di trionfo e gli strinse le mani attorno alla gola.

Per alcuni confusi momenti Glawen si contorse e lottò, cercando di staccarsi dal collo le dita spesse, e non riuscendoci si rese conto che i pollici della donna gli avrebbero spezzato la trachea. Divincolarsi sotto quella montagna di carne e in uno spazio così angusto era inutile. Selvaggiamente pensò: — Non può succedere! Questo non può essere il mio destino! — Le lasciò i polsi e si frugò intorno alla cintura, ricordando solo allora di avere il coltello. Ne trovò l'impugnatura e sferrò un colpo alla cieca, sentendosi soffocare. La virago emise un gemito e la stretta attorno al suo collo si allentò. Glawen le affondò la lama in un fianco. Questo la fece urlare. Imprecando e tastandosi la ferita la donna rotolò da parte e cercò di alzarsi, mentre lui si puntellava contro la cabina e sollevava le ginocchia. Si era quasi raddrizzata quando il calcio a pie pari di Glawen la colse nell'addome e la gettò contro la balaustra. Il corpo lardoso si rovesciò all'indietro, le gambe scalciarono follemente verso l'alto, poi ci fu il tonfo pesante con cui precipitava nell'acqua. Dolorante e con il fiato mozzo Glawen vacillò in piedi e guardò oltre la murata. La fosforescenza dei faloriali le illuminava la faccia, e dalla pelle le era emersa quella che sembrava una barba di sottili filamenti argentei. Era un volto che lui non conosceva. Per un istante le poté vedere gli occhi, stravolti dall'orrore mentre si rendeva conto dell'orribile cosa che le stava accadendo. Aveva una specie di tatuaggio sulla fronte, uno strano simbolo nero rappresentante quella che si sarebbe detta una forchetta a due denti, con un corto manico, le punte dei denti ricurve all'interno.

Il veleno dei faloriali immobilizzò la donna; da ogni centimetro del suo corpo sbucavano filamenti argentei sempre più lunghi. L'aria le uscì dai polmoni in un rutto osceno, esplosivo, poi affondò lentamente nell'irreale luminosità verdastra.

Glawen si volse a scrutare la riva. Il mormorio della risacca, per quanto debole, sembrava esser bastato a mascherare ogni rumore.

Ancora piuttosto scosso e massaggiandosi la gola si calò nella scialuppa. Legò la cima al centro del canapo che univa le due prue dell'imbarcazione, quindi la rimorchiò lentamente verso l'esterno della laguna. Una volta a bordo dello sloop issò la scialuppa, accese il motore e partì verso il canale tirandosi dietro il catamarano.

Dal padiglione uscì un uomo con una bottiglia in mano; si guardò attorno, corse sul molo e mandò un grido rauco. Da lontano Glawen udì le imprecazioni rabbiose degli individui rimasti a terra, e un acre sorriso gli affiorò sulle labbra.

Attento a non farsi trascinare sulle aguzze rocce coralline dalle onde che lo investirono da dritta, uscì dal canale e si mise in rotta verso sud, lasciandosi di poppa il nero profilo dell'isola Thurben ma portando via con sé il lugubre ricordo di quanto era accaduto su quella spiaggia.

Per due ore rimorchiò il catamarano usando soltanto il motore, e quando ne ebbe l'energia lo spense e issò la vela, affidandosi al vento.

Non riuscendo a togliersi dalla mente l'odore del corpo molle e sudato della donna, si tolse i vestiti e tirò su alcuni secchi d'acqua per lavarsi. Quando si fu cambiato mangiò pane e formaggio, bevendoci dietro mezza bottiglia di vino. Infine, di umore suo malgrado quasi allegro, andò a distendersi comodamente dietro il timone e osservò le stelle.

Un'ora dopo si stiracchiò, ammainò la vela, controllò le cime e l'attrezzatura, poi si gettò sulla cuccetta e cadde in un sonno profondo.

Il mattino dopo salì a bordo del catamarano. Non trovò nulla che rivelasse l'identità della donna e dei sei uomini mascherati.

C'era però una moderna attrezzatura per la navigazione, e questa la trasferì sullo sloop; non aveva dubbi che fosse stata rubata a Stazione Araminta.

La rotta che doveva percorrere non gli lasciava molta scelta: diede fuoco al catamarano e tornò sullo sloop. La fresca brezza mattutina lo spinse veloce verso sud est. Le fiamme si levarono alte e crepitanti, divorando il bambù umido fra nuvole di fumo nerastro. La distanza aumentò, l'incendio rimpicciolì e fu soltanto un refolo di fumo all'orizzonte, finché scomparve nell'immensità del mare.

3

Dopo un giorno e una notte di navigazione con vento assai variabile, Glawen avvistò la costa del continente. Mezz'ora dopo che Syrene aveva oltrepassato lo zenith, era sui frangenti che si alzavano sui bassifondi sabbiosi all'estuario del Wan. Neppure un'ora più tardi, seduto nel sancta sanctorum dell'Ufficio B, faceva il suo rapporto allo stato maggiore (il cosiddetto «zoo») al completo: Scharde Clattuc, il rude lupo grigio; Ysel Laverty, il cinghiale; Rune Offaw, lo snello e infaticabile ermellino; e affondato nella sua grossa sedia di legno il piccolo e calvo orango, Bodwyn Wook.

Terminata la relazione, disse: — Li ho lasciati là, scornati e impotenti: quattro Yips e sei altri, di origine sconosciuta. Probabilmente sono registrati alla Locanda Arcady, o almeno credo.

— Assolutamente sbalorditivo — commentò Bodwyn Wook. — E anche, inutile dirlo, intollerabile. — Alzò lo sguardo al soffitto e parlò in tono didattico: — Sorgono spontanee numerose domande. Chi ha organizzato i festini? Non necessariamente Titus Pompo, anche se com'è ovvio dà il suo appoggio. Da quanto tempo va avanti la cosa? È già accaduta almeno una o due volte, vista la presenza delle ossa. Chi sono i sei incappucciati? Da dove vengono? Come sono stati avvicinati, e da chi? Chi è, o meglio, chi era la donna con il tatuaggio sulla fronte? Senza dubbio avremo presto risposta a queste domande; ma io per primo non mi riterrò soddisfatto finché questo osceno traffico non sarà stato chiarito. Infine, qual è la vostra opinione per il momento? — Bodwyn Wook si appoggiò all'indietro. — La parola a voi, signori.

Dopo una breve pausa, Rune Offaw disse: — È probabile che a Yipton si stiano già chiedendo perché il catamarano non ritorna. Non è da scartare l'ipotesi che Titus Pompo voglia investigare. Potrebbe mandare un'altra imbarcazione, o addirittura l'altro suo aereo, se davvero ne ha uno. Possiamo prepararci a trarre un vantaggio da questa possibilità... che francamente non è molto grande.

— Allora qual è il tuo suggerimento?

— Penso che si debba mandare a prelevare questi individui, e intanto metter su un'imboscata con due o tre aerei ben armati. Se Titus Pompo manderà questo suo ipotetico velivolo, potremmo costringerlo ad atterrare, o distruggerlo, o magari scortarlo qui a Stazione Araminta. Se arriverà un'imbarcazione, la affonderemo e cattureremo l'equipaggio.

Bodwyn Wook guardò gli ufficiali. — Non saprei pensare a uno schema migliore. A meno che non ci siano obiezioni, mettiamoci immediatamente al lavoro.

4

Scharde pilotò l'aereo da turismo dell'Ufficio B fino all'isola Thurben, con quattro altri agenti a bordo con sé. Avvistato il fazzoletto di terra ridusse la velocità e scese a trecento metri di quota, poi sorvolò la laguna verso nord fermandosi sulla verticale del capannone. Un secondo aereo da trasporto e due da combattimento, con scorte di cibo e acqua per tre giorni, scesero a poggiarsi su una zona piatta del massiccio centrale, da cui avrebbero tenuto sotto controllo col radar il cielo e il mare.

Sul suo schermo Scharde non riscontrò nulla in un raggio di

centinaia di chilometri. Usando il cannocchiale esaminò la spiaggia sottostante, e vide i quattro Yips seduti sconsolatamente sulla riva presso il molo. Gli altri sei uomini non erano in vista.

Scharde fece abbassare l'aereo nello spazio incolto a lato del capannone, poi uscì con gli altri agenti. Gli Yips li fissarono con sguardi apatici. Scharde li chiamò con un gesto. — Salite in cabina.

I quattro si alzarono a fatica. Uno di loro disse, rauco: — Dateci dell'acqua.

Scharde si volse ai suoi. — Lasciateli bere.

Dal capannone uscirono i sei individui, con la barba lunga e gli occhi arrossati. Senza il cappuccio le loro facce erano quelle piuttosto ordinarie di uomini di mezz'età, provenienti da una classe sociale elevata e abbiente. Barcollarono verso Scharde gridando con voci arrochite che volevano bere.

Lui indicò l'aereo da trasporto. — Salite a bordo e avrete tutta l'acqua che volete.

I sei si affollarono su per la scaletta e nel compartimento, dove ebbero da bere. Scharde si rimise ai comandi, decollò con leggerezza e si mise in rotta per Stazione Araminta.

Trascorsero quindici minuti. I sei individui s'erano dissetati a volontà e cominciavano a riflettere cautamente sulla loro situazione. Uno interpellò Scharde: — Ehi, pilota, dico! Dove ci stai portando?

— A Stazione Araminta.

— Benone. Da lì dovrei poter prenotare un posto sulla prima astronave.

— Temo di no — disse Scharde. — Voi siete tutti in arresto, e con gravi accuse. Non andrete da nessuna parte.

— Cosa? Ti prendi gioco di noi? Dopo tutte le privazioni e le sofferenze che abbiamo patito?

— Non avete nessuna base legale per fare una cosa simile — dichiarò un altro. — Io sono un eminente giurista, e le assicuro che lei non può invocare nessuna legge. In quanto a me, intendo far punire i colpevoli e domandare un sostanziale risarcimento danni.

— A chi? A Stazione Araminta?

— Alla Compagnia Ogmo, chi altri? Le attrezzature turistiche non erano quelle promesse.

Un uomo grassoccio esclamò, indignato: — Questo è vero al cento per cento! È stata una cosa insopportabile, e rifiuto di essere multato! Scharde si volse a guardarlo. — Anche lei è un giurista?

— Temo di non poter rivendicare questo titolo, anche se ne ho diversi al mio servizio. Io controllo non pochi istituti finanziari, compresa un'importante banca. Non sono abituato all'inettitudine dei servizi turistici che ho trovato qui.

Un altro aggiunse, in tono iroso: — I maltrattamenti che io ho dovuto subire sono imperdonabili! I miei diritti sono stati violati, e le autorità di Araminta dovranno assumersene tutta la responsabilità!

— Temo di non seguire il suo ragionamento — disse Scharde.

— È semplicissimo. Io sono stato allettato a venire su questo pianeta, Cadwal, da profferte di ottima ospitalità e intrattenimenti di prima classe. Invece ho incontrato un personale rozzo, ho sofferto la sete e sopportato ogni sconforto possibile. Qualcuno deve pagarne il prezzo.

Scharde fece una risata breve. — Sospetto che il prezzo sarà alto, e che a pagarlo sarete voi.

Un altro gridò: — Io sono un Accolito di Terzo Grado del Bogdar Kadesh! Le sue accuse sono oltraggiose! Il nostro compito è di promulgare il Giusto, non già di darne l'esempio con i dettagli secondari della nostra vita. Io ricuso strenuamente le sue contorte allusioni, e devo insistere per avere il rispetto dovuto alla mia toga!

— Così sarà — disse Scharde.

A Stazione Araminta i dieci uomini prelevati dall'isola furono rinchiusi, malgrado le loro tumultuose proteste, in un vecchio magazzino dalle pareti di pietra, e poi, uno dopo l'altro, condotti nell'ufficio di Bodwyn Wook per essere interrogati. Ad assistere c'erano, oltre a Scharde, il conservatore Egon Tamm e Glawen.

I primi ad essere ascoltati furono i quattro Yips, che gli agenti scortarono dentro uno alla volta. Ognuno di loro raccontò più o meno la stessa storia. Erano tutti cadetti Oomp, selezionati e addestrati per il solo scopo di collaborare durante le escursioni all'isola Thurben. Quella era stata l'ultima di una serie di tre, che aveva preso inizio un mese addietro. Della donna grassa sapevano soltanto che si faceva chiamare «Sibil», e che aveva partecipato alla seconda escursione ma non alla prima. Ai quattro Yips non era mai piaciuta e ne avevano avuto paura; le sue pretese erano esagerate, e non tollerava il comportamento pigro e negligente a cui loro erano abituati. Precisione e solerzia erano le parole con cui li aveva tormentati, accompagnandole con pugni e calci di cui essi portavano ancora i segni.

L'ultimo Yip a essere interrogato fu Saffin Dolderman Nivels, così si presentò, rispondendo poi alle domande come se fosse lì per partecipare a una conversazione casuale. — Sono davvero felice di sapere che Sibil è morta — disse. — Era diventata insopportabile per tutti, e non si comportava in modo piacevole con gli stranieri.

— Neanche le ragazze si sono divertite — gli fece notare Scharde.

— Ah, be', non c'era da aspettarselo, questo — disse Saffin. — Però, tutto sommato, le escursioni riuscivano meglio con Sibil in cabina, invece che sulla spiaggia. Sarebbe istruttivo esaminare le sue ossa.

Bodwyn Wook ebbe un sorrisetto storto. — Saffin, tu vivi in un mondo strano e meraviglioso.

Lo Yip annuì educatamente. — Così sembra anche a me, a volte. Naturalmente non ne conosco altri, il che è un peccato. Io sono il tipo d'uomo che condisce il suo pesce non solo con un cucchiaio di salsardente, ma anche con una bella spolverata di persimmonio dolce.

Egon Tamm chiese: — Le escursioni avvenivano ogni due settimane. Qual era il programma per il futuro?

— Non lo so, signore. Nessuno si è preoccupato di dirmelo. — Saffin li guardò in viso tutti, sorridendo vagamente. Poi si alzò in piedi. — Ora, signori, se le vostre conservazioni sono finite, io e i miei compagni dovremmo andare. È stato bello parlare con voi, ma il dovere ci chiama con voce forte, e dobbiamo guadagnarci la paga.

Bodwyn Wook ridacchiò. — E poi Porlock, il sociologo, dice che gli Yips mancano del senso dell'umorismo! Vorrei che fosse qui ad ascoltarti. Tu sei un omicida, e peggio. Non andrai da nessuna parte, salvo che in prigione.

Il volto di Saffin si scurì. — Signore, io temevo infatti che la conversazione prendesse questa piega! Ma lei è vittima di un malinteso! Quel che lei ha detto non è di mio gradimento, eppure avrò pazienza. Per un buon cadetto, l'ubbidienza è la regola di ogni giorno.

Bodwyn Wook annuì pensosamente. — E tu non avevi altra scelta se non commettere quegli orrendi omicidi, vero?

— Lei dice bene, signore! Nessuna scelta, mi creda pure!

— Avresti potuto dare le dimissioni dagli Oomp — suggerì Scharde. Saffin scosse il capo. — Questo non sarebbe stato un comportamento saggio, signore.

— Tu credi? — disse Wook. — Scoprirai invece che sarebbe stato molto saggio. In effetti, avrebbe potuto salvarti la vita.

— In tutta giustizia lei dovrebbe considerare le nostre necessità — disse cupamente Saffin. — Quando i ricchi lavoratori stranieri vengono a sorridere coi loro denti bianchi, dovremmo rifiutare il denaro che ci porgono?

Bodwyn Wook ignorò la domanda. — Questi ricchi lavoratori davano i soldi direttamente a Sibil?

— Mai a Sibil. E mai a me! O almeno, non più di qualche dinklet per un lavoro fatto bene.

— Sibil parlava con gli stranieri? Ad esempio, le chiedevano del suo tatuaggio? O qualche volta lei ne ha parlato con voi?

Saffin agitò sdegnosamente le dita. — Con me Sibil parlava soltanto a ordini, a cui dovevo ubbidire di corsa. Quelli del secondo gruppo erano suoi amici, e parlava con loro, ma solo per dire quello che dovevano e non dovevano fare.

— E cioè cosa?

— Erano gente strana, in un certo senso, e non volevano toccare le ragazze. Ma Sibil li minacciò e disse che dovevano fornicare. Così loro ubbidirono, per paura che mettesse in atto la sua minaccia.

— Quale minaccia?

— Sibil disse che dovevano fornicare con le ragazze oppure lo avrebbero fatto con lei, questa era la loro scelta. Tutti si affrettarono a prendere le ragazze.

— Senza dubbio l'alternativa più oculata — annuì Bodwyn Wook. — Io stesso non avrei potuto mostrarmi più saggio. In quale altro modo era strana quella gente?

Saffin poté fornire solo vaghe impressioni. — Erano singolari, ma lo stesso si poteva dire per Sibil. E ora che ci penso, ci furono discorsi di un'altra escursione, un gruppo di quattro signore donne e quattro signori uomini. Mi chiesi quali attività avesse in mente Sibil.

— Forse progettava di usare anche i tuoi servizi maschili.

Saffin sbatté le palpebre. — Questo non è considerato il mio genere di lavoro.

— Non lo sapremo mai, e speculare è inutile. Cos'altro puoi dirci?

— Niente del tutto! Sicuramente ora sarete convinti della mia innocenza. Sono libero di andar via?

Bodwyn Wook sbuffò, incredulo. — Non ti rendi conto degli orribili crimini che hai commesso? Non provi rimorso, né vergogna?

Saffin disse subito: — Signore, lei è vecchio e saggio, ma non può conoscere ogni più piccola e delicata fase dell'esistenza cosmica!

— Sono d'accordo. A quale ti riferisci?

— Forse vi sono insignificanti particolari noti a me, ma abbastanza fuori della sua esperienza personale.

— Di nuovo, sono d'accordo! Certi dettagli del tuo lavoro con le ragazze vanno oltre qualsiasi esperienza io abbia mai desiderato fare.

— Stando così le cose, mi giudicherebbe irrispettoso se le spiegassi le regole a cui noi tutti, voi e io, dovremmo adeguarci se volessimo facilitare molto le nostre vite?

— Parla! — esclamò Bodwyn Wook. — Sono sempre ansioso d'imparare qualcosa.

— Ora è «ora», questo è il dogma liberatorio. Lei dovrebbe ripeterlo a se stesso! Il «passato» e il «futuro» non sono altro che immateriali costruzioni della mente. Ciò che è accaduto è scomparso, è svanito, è diventato un nulla astratto! I cosiddetti «eventi del passato» potrebbero benissimo non esser mai accaduti, e l'espediente migliore e più utile per tutti noi è di guardarli in questa luce. Mi creda, signore: e non una volta, ma mille e mille volte. Mai soccombere a cattive abitudini come rimuginare le memorie, o avere nostalgia di immaginari giorni lieti presenti in esse. Questi sono segni sicuri di senilità aggravata. La giusta strada sta nel prendere la vita mentre si evolve: mai cercare sostegno nel fumo impalpabile di quel che è già successo. Ora è «ora»! Tutto il resto è inutile vaghezza. In altre parole, «ora» è mentre io desidero lasciare questa camera spiacevole, che puzza di generazioni e generazioni di stranieri, per tornare a godermi l'aria aperta e la luce del sole.

— E ne godrai tanta — dichiarò Bodwyn Wook. — Sono stato profondamente commosso dalla tua eloquenza. E se i miei colleghi sono d'accordo, direi che hai saputo guadagnarti un rinvio della pena.

– Si volse agli altri. – Saffin ha pronunciato alcune semplici verità. Raccomando perciò che, invece di impiccarli a un albero o di chiuderli per sempre in una buia cella, consentiamo al loro irreale futuro dì avere una reale utilità. Prima saranno portati sull'isola Thurben, dove godranno di sole e aria buona mentre distruggeranno molo e capannone, restaurando l'ambiente ecologico prima esistente. Poi ci saranno il sole e l'aria aperta di Capo Journal, dove ogni meditazione sul futuro confermerà la filosofia di Saffin. Il piacere di usare il piccone vita natural durante sarà il sovrappiù... il persimmonio sul pesce, per così dire.

– Anch'io ho apprezzato la filosofia di Saffin – disse Egon Tamm. – La sua proposta è ottima, come Saffin riconoscerà senz'altro.

– Lo riconoscerà – disse Bodwyn Wook. – Saffin, tu sei un uomo fortunato. Tuttavia per il momento ti si chiede di tornare in cella.

Lo Yip protestò, ma gli agenti lo portarono via subito. Bodwyn Wook poggiò le mani sui braccioli. – È difficile condannare un tipo 'dallo sguardo così limpido e ingenuo... oh, be', lo stesso Saffin deprecherebbe il mio sentimentalismo. Cosa abbiamo saputo da lui?

– Fra i vari frammenti ce ne sono alcuni interessanti – disse Scharde. – Naturalmente sono più le domande che creano che quelle a cui danno risposta.

– È questa Sibil a rendermi perplesso – disse Egon Tamm. – Se fossi io a organizzare festini del genere, assumerei una hostess affascinante e cordiale... non certo un'arpia omicida.

– È un enigma – disse Bodwyn Wook. – Ma dobbiamo procedere. Scharde, credo che tu abbia già scambiato qualche parola con i sei detenuti.

– Posso fornirvi pochi dati. Sono individui di mezz'età, provenienti da una società evoluta. Ciascuno si autodefinisce persona importante. Si dicono oltraggiati dalla detenzione e fanno minacce. Tutti sono irritati, e affermano d'essere stati vittime di un raggiro.

Bodwyn Wook sospirò. – Suppongo che dovrò sorbirmi le loro lamentele. Forse così sarà più facile racimolare qualche informazione.

I sei partecipanti all'escursione sull'isola Thurben furono portati dentro uno alla volta e interrogati. Come gli Yips, raccontarono tutti la stessa storia. Avevano saputo di quella gita grazie a un dépliant della Compagnia Ogmo, ottenuto con altri alla loro agenzia di viaggi.

Ciascuno affermò d'essersene interessato soltanto per semplice curiosità, benché avessero pagato un extra di mille sol oltre alle spese di viaggio e soggiorno su Cadwal. Nessuno aveva mai incontrato persone collegate alla Compagnia Ogmo fino al loro arrivo a Yipton. Qui erano stati presi in consegna da Sibil. Tutti insistettero sul loro stato sociale di personaggi ricchi e influenti. Non uno si considerava sospetto di deviazioni sessuali, anche ammettendo che «ogni tanto un po' di divertimento non guasta» o che «le novità insaporiscono la vita». Uno di loro s'infuriò a quell'allusione: – Io? Un pervertito sessuale? Voi dovete essere pazzi!

Ognuno dei sei cercò di nascondere la sua identità dando un nome falso, e poi si giustificò dicendo che era soltanto per evitare stupidi e dannosi pettegolezzi. – Non servirebbe a nulla sollevare scalpore sulla faccenda – protestò quello che diceva d'essere un proprietario terriero. Mia moglie ne sarebbe sconvolta.

– Non c'è bisogno che sappia nulla – disse Bodwyn Wook, – a meno che lei non voglia farla intervenire alla sua esecuzione. Per noi non fa differenza impiccarla sotto il nome vero o quello falso.

– Eh? Ma che sta dicendo? Lei non può parlare sul serio!

– Non sono un uomo frivolo. Le sembra che io stia ridendo?

– No, ma…

– Per ora questo è tutto, signore.

Il proprietario terriero uscì a passi esitanti, voltandosi a guardare in cerca di qualche segnale rassicurante che però non venne.

Un altro del gruppo, che si definiva «finanziere e banchiere» e aveva dato il nome di Alvary Irling, si lamentò con fredda ira e minacciò azioni legali se le sue richieste non fossero state accolte. Bodwyn Wook gli chiese: – Come pensa di intraprendere queste azioni, dopo che sarà morto?

– Morto? E perché dovrei morire?

– L'esecuzione di un omicida è sovente causa di morte, salvo alcuni casi un po' raccapriccianti.

– Queste sono assurdità! – esclamò furibondo Alvary Irling.

– Assurdità? – ruggì Bodwyn Wook. – Lo vede quell'albero di shardash là sulla piazza? Forse prima del tramonto lei fornirà un esempio che qui non giudichiamo affatto assurdo, appeso al ramo orizzontale!

Alvary Irling disse, freddamente: – Esigo di vedere il mio avvocato.

— La richiesta è respinta. Verrebbe soltanto a complicare un processo molto semplice, e forse dovremmo condannarlo ai lavori forzati per aver tentato di ostacolare le nostre procedure.

— Se questo è umorismo, lo trovo grottesco. Io sono un uomo d'affari molto impegnato, e questa detenzione mi sta provocando danni finanziari.

Ancora minaccioso e provocante, Alvary Irling fu portato via e rimesso sottochiave nel magazzino.

Bodwyn Wook scosse acremente il capo. — Non vedo motivo di sprecare altro tempo con questo affare disgustoso. Naturalmente la parola definitiva spetta al Conservatore.

— La decisione può essere una sola — disse Egon Tamm. — Intanto, l'esecuzione di questi sei criminali; e quindi l'identificazione degli organizzatori e una pena uguale anche per costoro, non importa quando e dove li si possa trovare.

— Da me non sentirà obiezioni — disse Bodwyn Wook. Notò il cenno di Scharde. — Sbaglio, o hai qualche altra idea?

— Lasciami mettere insieme alcuni fatti — disse Scharde. — Primo: sappiamo che presto o tardi gli Yips tenteranno di sbarcare nel territorio di Marmion; se avranno successo sarà l'inizio della fine per la Conservazione. Al momento non è del tutto certo che saremmo in grado di respingerli; abbiamo mezzi limitati e non possiamo procurarcene altri per mancanza di denaro. Pensateci un poco. Abbiamo in custodia sei ricchi criminali. Se li impicchiamo avremo sei corpi da seppellire. Se invece ognuno di loro pagasse una lauta cauzione, diciamo un milione di sol a testa, avremmo sei milioni di sol. Abbastanza per acquistare due aerei da caccia e stabilire una stazione difensiva permanente sugli Stretti di Marmion.

Bodwyn Wook non nascose una smorfia. — Non è un'azione commendevole, né corretta, né attraente.

— Ma è molto pratica — disse Egon Tamm. — Inoltre non sarò costretto a consultare quei dannati vielpini. Non vedo altri modi per ottenere sei milioni di sol... almeno, non da Throy.

— Va bene, allora è deciso così — disse Bodwyn Wook. — Suggerisco di aggiungere un extra di mille sol, per finanziare la nostra indagine sulla Compagnia Ogmo. — Accese l'interfono. — Portate qui i sei detenuti, tutti insieme.

I sei soumjiani, ancora vestiti con le tuniche grigie che erano stati i loro costumi sull'isola Thurben, entrarono nell'ufficio e furono fatti allineare con le spalle a una parete. Mosso da un impulso capriccioso Bodwyn Wook chiamò dentro anche il sottufficiale di turno. — Eccoli qui, l'intera banda dell'isola Thurben. Prendi una fotografia di ciascuno per l'archivio e annota con cura le generalità. — Si volse ai prigionieri. — Vi consiglio di fornire i dati esatti al sottufficiale. Saranno controllati, e se non risultano veri sarà peggio per voi.

— Avanti! — sbottò raucamente quello che aveva detto di chiamarsi Alvary Irling. — Che differenza fa il nome che usiamo?

Bodwyn Wook ignorò la domanda. — Avete commesso un crimine orrendo. Chiunque proverebbe una punta di rimorso, ma chiaramente è aspettarsi troppo da voi. Di conseguenza non parlerò di quelle povere vittime; vi annoierei soltanto. Vi interesserà di più apprendere che il processo è già finito e si è decisa la sentenza. Silenzio! Niente proteste! Chiudete la bocca e ascoltate me! Ognuno di voi merita d'essere subito eliminato come un insetto nocivo. Io per primo mi rallegrerei nel vedervi tirare gli ultimi calci tutti insieme appesi al ramo dello shardash, meglio ancora con l'accompagnamento di un quartetto d'archi, e vi assicuro che la gente applaudirebbe.

«Tuttavia, malgrado la nausea che ci dà la vostra presenza in questa città, abbiamo stabilito di preferire una cauzione in denaro a sei cadaveri. Per farvela breve, potete scampare alla morte pagando un milione di sol a testa, più mille di multa.

Per qualche istante i sei rimasero in silenzio, come se la loro prospettiva mentale faticasse a mettersi a fuoco su quella calamità di nuovo genere. Ci furono dei borbottii, uno scambio di occhiate, poi uno diede piena voce alla sua disperazione: — Un milione di sol? E perché non ci chiedete le lune di Geidion? — E un altro: — Se anche vendessi tutto non potrei mai realizzare un milione di sol!

Un paio di minuti bastarono per far perdere la pazienza a Bodwyn Wook. — Molto bene. Quelli che vogliono pagare facciano un passo avanti. Scharde, chiama una squadra e fai impiccare subito gli altri.

Uno degli uomini gridò, terrorizzato: — Io pagherò! Ma non posso trovare sui due piedi una somma simile!

— Neppure io! — protestò un altro. — Un milione di sol non lo si porta in tasca quando si viaggia! Non potete ridurre la cauzione a diecimila, anzi meglio a novemila duecento sol?

— Ah! — sbottò Wook. — Si aspetta che io venga a rovesciarle le tasche? Pagherete la cauzione stabilita, e non un dinklet di meno.

Scharde si rivolse con calma ai colleghi. — Noto che Alvary Irling, il banchiere, sta in disparte e tace. Presumibilmente può ottenere grosse quantità di liquido. Io credo che questi signori potrebbero accordarsi per pagare attraverso di lui l'intera somma di sei milioni e seimila sol. Al loro ritorno a Soumjiana estingueranno il debito nei soliti modi.

— Un'idea che non mi trova d'accordo — disse Alvary Irling. — Non è affar mio racimolare per voi anche il riscatto degli altri.

— Al contrario — disse Bodwyn Wook, — sarebbe una nobile idea, che semplificherebbe l'intera transazione.

— Forse dal suo punto di vista. Io sono un banchiere, non un altruista.

— Anche qui è noto che i due termini non sono esattamente sinonimi — annuì Bodwyn Wook.

— Non so niente di queste persone. Non ho neppure visto i loro documenti, e ignoro quali garanzie possano darmi.

— Sedetevi a un tavolo e il nostro notaio legalizzerà i vostri accordi scritti. Per lei sarà una buona giornata di lavoro, con la possibilità di guadagnarci sugli interessi.

— È irregolare, poco conveniente, e cattiva pratica di affari — brontolò Alvary Irling. — Vedo mille difficoltà insormontabili.

— Nel frattempo — disse Bodwyn Wook, — prepari un mandato di pagamento per la somma di sei milioni e seimila sol, e noi lo inoltreremo alla sua banca tramite i soliti canali. Appena avremo la cauzione, la porta della vostra cella sarà aperta.

— Qual è il nome della sua banca? — chiese Scharde.

— Io sono la Banca di Mircea!

— Una solida istituzione — approvò Bodwyn Wook. — In circostanze meno drammatiche sarebbe stato un piacere parlare d'affari con lei. Prima che ci lasci, vorrei consultarla circa alcuni miei piccoli investimenti.

5

Appoggiato al banco delle registrazioni dell'Albergo Araminta, Glawen osservava le persone presenti nell'atrio. Ne era appena arrivato un notevole contingente a bordo del postale *Sublume Overdyne*; possibile che alcuni di quei ben vestiti e beneducati turisti avessero prenotato quella che il dépliant chiamava «la Gita della Perfetta Gioia» all'isola Thurben?

Ne studiò un primo gruppetto, poi un altro. Non dovevano essere esclusivamente uomini; a dar retta a Saffin, Sibil aveva programmato un festino per quattro uomini e quattro donne. Chiunque partisse col traghetto per Yipton poteva esser considerato sospetto.

Identificare quelle persone non doveva essere troppo difficile. I partenti per Yipton venivano già passati al setaccio per assicurarsi che non portassero valuta; la ricerca poteva estendersi a chi avesse una prenotazione per la Gita della Perfetta Gioia.

E poi? Glawen si allontanò dal banco. Era contento che quella decisione non spettasse a lui.

Andò nell'ufficio del direttore e studiò con attenzione il registro degli ospiti, prendendo nota dei dati che gli sembravano più interessanti.

Quel lavoro gli portò via due ore. Quando ebbe finito uscì dall'albergo e andò al Portovecchio. Aveva appuntamento lì con suo padre, che aveva fatto un'indagine dello stesso genere al terminal dell'astroporto.

Mentre passava sulla strada che costeggiava gli hangar si sentì chiamare da Chilke: — Ehi, Glawen! Dove vai di bello?

— Al Portovecchio.

— Faccio la strada con te, se non hai obiezioni.

— Il piacere è tutto mio.

I due attraversarono Via della Spiaggia e presero su per Via Wansey. — Aspettavo di vederti per dirti due parole — disse Chilke. — Si tratta di una faccenda che mi dà da pensare.

— Se è una cosa losca, non sono stato io.

— Più che losca è fosca, ma è capitata a me. Parlando con tuo padre ho saputo dell'isola Thurben. Ha lasciato andar lì due parole anche su una gentildonna di nome Sibil.

— Il mio collo non se la ricorda troppo gentile.

— A sentire Scharde, che ha avuto l'informazione da te, questa Sibil aveva un tatuaggio sulla fronte. Una forchetta a due denti, con le punte rivolte all'interno.

— Questa è stata la mia impressione. Ho potuto guardarla appena un momento, prima che i faloriali la tirassero sotto.

— È una cosa dannatamente strana — borbottò Chilke. — In realtà non capisco un fico di quello che sta succedendo.

— E cosa sta succedendo?

Dopo qualche secondo Chilke disse: — Se non ricordo male, qualche anno fa ti dissi come mi era capitato di arrivare qui a Stazione Araminta, no?

— Sì, me l'hai raccontato, anche se mi vergogno a dire che non ne rammento tutti i particolari. Mi pare che ci fosse coinvolto anche Namour. Avevi lavorato per una proprietaria terriera che voleva fare di te un uomo sposato.

— Infatti. E ricordi la descrizione che ti feci di lei?

— Non del tutto. Mi pare che ne parlasti come di una donna alta e di forme abbondanti.

— Abbondanti è la parola. Comunque aveva anche lei pelle molto bianca e un tatuaggio sulla fronte: una specie di forchetta a due denti, con i denti curvati l'uno verso l'altro.

— E sospetti che Sibil fosse lei?

— Non avendo visto Sibil, non posso dirlo. Ma una cosa la so per certa: non è stata una coincidenza a portarmi qui a Stazione Araminta. E tuttavia, se non è stata una coincidenza, che cos'era? O meglio, perché proprio io, Eustace Chilke? Se lo chiedessi a Namour mi riderebbe in faccia.

— Senza dubbio hai visto giusto. A volte mi spaventa pensare alle cose che Namour sa e tiene solo per sé.

Chilke rise. — Namour è tutta una sorpresa. Ma adesso m'interessa l'aspetto di questa Sibil, di cui so solo che era alta, tatuata e poco incline ai garbati convenevoli.

— Fisicamente aveva la struttura di un baule con le mammelle, grassa ma molto robusta, e sembrava ignorare del tutto la sua già scarsa femminilità. Mento squadrato, guance cascanti, naso lungo ma storto alla radice come da una vecchia frattura, pelle più bianca del gesso, e la bocca sottile come una crepa nel granito. I capelli… be', li portava cortissimi, una lanugine color sabbia. Tutto sommato abbastanza sgradevole, senza contare l'odore di quel suo corpaccione sudato.

— Non sembra corrispondere a Madame Zigonie, tatuaggio e mammelle a parte. Lei aveva un volto arrotondato e forme generose, ma non a questo punto. E i suoi capelli erano rosso scuro, riccioluti.

— Quella potrebbe esser stata una parrucca.

— Non credo. Be', sono contento che Sibil non fosse lei. Dovresti cercare di scoprire dov'è che le donne si procurano un tatuaggio di quel genere.

— È una buona idea. Contatteremo l'ufficio informazioni del CCPI. Noi siamo affiliati a quell'agenzia, come forse sai.

— Il che fa di te un agente del CCPI, una carica che la gente prende molto sul serio nella Distesa Gaeana. — Chilke si fermò — Bene, ho saputo quello che volevo. Adesso torno al lavoro.

Glawen entrò al Portovecchio. Vide che Scharde non c'era ancora e andò a sedersi a un tavolo d'angolo all'ombra di una pianta. Ordinò una frittura di pesce, mezza caraffa di Elisir Verde Diffin, e restò ad aspettare.

Il tempo trascorse. Glawen si fece portare un'altra mezza caraffa di elisir e si appoggiò allo schienale, agitando appena il bicchiere per studiare i riflessi della luce nel liquido smeraldino.

Dietro il cristallo comparve un sipario di seta rossa e rosa. Lentamente alzò gli occhi, sapendo già quello che si trovava davanti: un abbondante abito ricamato con volatili e purpurei grappoli d'uva, un collo bianco e massiccio, un volto largo in cui gli occhietti neri brillavano come opali di fuoco, e sopra il tutto un gran cespuglio di riccioli neri quel giorno costretti da un'attrezzatura misteriosa a formare un ampio cilindro, benché di solito Spanchetta usasse portarli sciolti.

Spanchetta lo stava esaminando con una sorta di buonumore che mascherava solo in parte l'antipatia e la disapprovazione. Glawen le restituì uno sguardo piuttosto vacuo.

— È così che voi dell'Ufficio B passate la giornata? Vedo che io mi sono iscritta all'ufficio sbagliato. Anche a me piacerebbe lavorare come fai tu.

– Lei ha preso un abbaglio – disse educatamente Glawen. – Sono qui per ordine dei miei superiori. Malgrado le apparenze, sto lavorando molto duramente.

Spanchetta ebbe un secco assenso. – Visto che non hai di meglio da fare, forse puoi darmi qualche informazione.

– Farò il possibile. Vuole sedersi?

Spanchetta prese la sedia di fronte a lui. – Allora, se è possibile, spiegami cos'è quest'aria di mistero all'Ufficio B. Tutti sanno che c'è qualcosa in pentola, ma nessuno si preoccupa di sapere cosa. Che significano tutte queste attività furtive?

Lui scosse il capo con un sorriso. – Mi mette in una posizione antipatica. Non posso darle una risposta.

– Certo che puoi! Non hai capito la mia domanda? O hai perso l'uso della lingua?

– Supponiamo – disse Glawen – che questo segreto esista. E supponiamo che lo abbiano confidato proprio a me. In tal caso non mi sarebbe permesso parlarne a chiunque casualmente me ne domandi. Questo è un caso ipotetico, come capirà; tuttavia, se lei desidera placare i suoi timori, perché non ne parla con Bodwyn Wook?

Spanchetta emise un borbottio sprezzante. – Sei molto verboso, oggi.

Una caratteristica che non ti conoscevo, devo dire. Quanto vino hai bevuto da quando stai seduto qui a lavorare?

– Non poi tanto. Posso ordinarne un bicchiere per lei?

– No, grazie. Ho da tornare al mio lavoro. E nel nostro ufficio la gente non va a zonzo col bicchiere in mano, come sembra perfettamente naturale all'Ufficio B.

Tanto per cambiare argomento, e in mancanza di uno migliore, Glawen chiese: – Come se la passa Arles? Avete avuto sue notizie? O anche sulle sue attività c'è un'aura di mistero?

Prima che Spanchetta trovasse una risposta pungente, al tavolo si avvicinò Scharde. Sedette e gratificò la donna di un sorrisetto melenso. – Salve! Anche tu di passaggio da queste parti? Consentimi di offrirti un bicchiere di vino, se vuoi unirti a noi.

Spanchetta esitò, poi con grande dignità accettò l'invito. – Stavo tentando di scoprire cosa significano tutti quei sussurri e gesti furtivi che ogni tanto trasformano voialtri dell'Ufficio B in una banda di congiurati. Glawen ha un modo tutto suo di rispondere: propone ipotesi, le inzuppa di chiacchiere, e mentre io cerco di capire se quella è una risposta lui cambia argomento. Forse date troppa importanza alla discrezione.

— Così spero. Ma il fatto nudo e crudo è che oggi siamo preoccupati di quello che succede a Stroma, e con Titus Pompo che non è più una semplice seccatura. Siamo sul punto di perdere la pazienza con lui.

Glawen disse, blandamente: — Giusto mentre entravi, Spanchetta stava per darmi le ultime novità su Arles.

— Questo non è esatto — precisò la donna. — Non ho avuto nessuna notizia da lui.

— Oh, be', probabilmente Arles è troppo occupato per scrivere — disse Scharde. Riempì un bicchiere e lo porse a Spanchetta. — Non ho ancora smesso di meravigliarmi che tu lo abbia incoraggiato a sposare una collaterale, e per di più una Laverty.

— Io non l'ho incoraggiato affatto — rispose lei con voce secca. — Anzi, mi sono stupita che Arles abbia fatto un passo simile senza consultarmi. Forse sospettava già che quella sgual… che Drusilla, dati certi suoi precedenti un po' ambigui, non avrebbe incontrato la mia approvazione.

— Ormai il grano è nel granaio — disse Scharde.

— Proprio così. — Spanchetta bevve metà del bicchiere con un sorso. Si appoggiò indietro, facendo scricchiolare la sedia. — In ogni caso tu dovresti essere l'ultimo a cavillare, dopo che per colpa di un matrimonio esterno come questo la povera Smonny è stata costretta ad andarsene, disperata, finendo chissà dove.

— È stato un caso doloroso — disse Scharde. — Tuttavia ho idea che non se la passi affatto male. Già allora era una ragazza molto pertinace. È strano che tu non abbia mai saputo nulla di lei.

— È logico, invece. Simonetta è sempre stata orgogliosa e sensibile. Una persona deliziosa.

— Ma non le dispiacevano le relazioni ambigue. Spanny e Smonny: facevate una bella coppia, se ricordo bene.

Spanchetta non si degnò di replicare. Vuotò il bicchiere e si alzò. — Non essendo impiegata all'Ufficio B, è l'ora che io torni al lavoro. Anche se non è così che troverò risposta alle mie domande.

Spanchetta attraversò la terrazza e uscì dal Portovecchio. Scharde tolse di tasca un taccuino. – Sono passato dalla biglietteria dei traghetti, ecco perché ho tardato qualche minuto. Ma non importa; ho buttato giù un elenco indicativo. Sono soltanto nomi, però possiamo confrontarli con quelli presi all'albergo e allo spazioporto e identificare il loro pianeta d'origine.

– Mentre ero all'albergo mi è venuta in mente una cosa. Circa l'astronave piena di turisti arrivata questa mattina, quelli di loro che hanno pagato per la Gita della Perfetta Gioia dovrebbero avere una ricevuta, o un opuscolo.

– Vero – disse Scharde. – Ne parlerò a Bodwyn Wook; forse vorrà scandagliare tutte le possibilità. Per adesso, confrontiamo i nostri elenchi.

6

Dopo esser uscito dal Portovecchio, Glawen andò direttamente alla sede dell'Ufficio B, dove fu intercettato da Hilda, un'impiegata magra e pignola da poco divenuta la segretaria del Supervisore. Hilda diffidava per principio di tutti i Clattuc, che accusava d'essere «sarcastici e sfuggenti», e guardava Glawen con particolare sospetto, poiché a quelle particolarità il giovane aggiungeva una distaccata cortesia che lo dipingeva di una luce a suo avviso strana e sinistra. Nessun dubbio che quel Glawen fosse un tipo contorto! Era un maestro dell'intrigo, e Hilda ne aveva le prove, visto che in tempo brevissimo era riuscito a entrare nella manica del Supervisore Wook. Di conseguenza, quando Glawen le chiese di annunciarlo, lei gli rispose con fermezza che Bodwyn Wook aveva dato ordine di non essere assolutamente disturbato. Il che era vero, in realtà.

Glawen restò in anticamera a studiare le stampe appese al muro per un'ora, finché, casualmente, Bodwyn Wook mise la testa fuori dal suo ufficio e lo vide.

L'uomo depose un fascicolo sulla scrivania di Hilda e lo guardò, accigliato. – Allora, Glawen! Sei passato da qui per riposarti i piedi? Credevo che tu avessi del lavoro da fare.

– Infatti, signore. Ma quello che aveva da fare lei era più importante, come ha giustamente puntualizzato la sua segretaria quando sono arrivato, un'ora fa.

Bodwyn Wook volse su Hilda uno sguardo freddo. – Che sciocchezze sono queste? Lei dovrebbe sapere che se qualcuno chiede di vedermi è necessario almeno farmelo sapere.

– Il suo ordine di non essere disturbato era esplicito.

– I miei ordini sono sempre espliciti! Tocca a lei interpretarli con la flessibilità del caso. Ci ha fatto sprecare del tempo a tutti e due! Vieni dentro, Glawen.

Bodwyn Wook rientrò nel suo ufficio e andò a sedersi sulla massiccia sedia dietro la scrivania. – Cos'hai saputo?

Glawen poggiò tre fogli sul levigato piano di legno. – Mio padre e io abbiamo esaminato tutte le registrazioni, allo spazioporto, all'albergo e al traghetto. Questi sono i nomi che possono collegarsi alle tre escursioni sull'isola.

Bodwyn Wook studiò la lista. – Il primo gruppo potrebbe essere questa gente proveniente da Natrice: Sir Mathor Borph e Sir Lonas Medlyn, di Halcyon; e poi SS. Guntil, SS. Foum, SS. Nobile, SS. Koldach, SS. Rolp e SS. Buler, di Lanklandia. No? Questi titoli mi confondono. SS. cosa significa?

– Non lo so.

Bodwyn Wook mise da parte il foglio di Natrice. – Secondo gruppo: sei persone di Tassandero, che mi pare sia un pianeta della Stella di Zonk. Zonk, ovviamente, era il pirata Zab Zonk, famigerato in tutto lo Sciame. Mmh. Non vedo il nome di Sibil.

– Abbiamo supposto che potrebbe essere «S. Devella», di Ponte Pogan.

– Quest'altra gente viene dalla Terra di Lutwiler. Cosa vuol dire questa parola fra virgolette: «Zubeniti»?

– Ho consultato la guida di Tassandero. L'astroporto è a Fexelburg, descritta come una città moderna e progressista. La Terra di Lutwiler si trova nella Steppa Orientale, ed è abitata dai membri della setta degli Zubeniti.

Bodwyn Wook esaminò la terza lista. – Questi sono i gentiluomini di Soum che abbiamo in custodia. E qui non ci sono sorprese. – Depose i fogli e si appoggiò allo schienale. – Sembra che si vada avanti a piccoli passi. Lascia che ti esponga le mie riflessioni. Queste gite dipendono da tre elementi: Titus Pompo, protettore e organizzatore, talvolta conosciuto anche come Compagnia Ogmo. In realtà lui è l'unico elemento sconosciuto della situazione, e non possiamo permettere che resti tale. È sicuramente il peggior topo di tutta la fogna. E non è escluso che sia un individuo a noi già noto. Non voglio ancora azzardare ipotesi o fare nomi, neppure nelle più selvagge speculazioni. Ma è chiaro che va rintracciato, identificato e preso in custodia. Cos'hai da dire su questo?

— Niente, signore. Sono d'accordo.

— Mi fa piacere. — Bodwyn Wook alzò lo sguardo al soffitto. — Voglio puntualizzare che allo scopo di condurre un'investigazione occorrono degli investigatori. A questo proposito è stato fatto il tuo nome. Potrebbe esserti richiesto di recarti su altri mondi: Natrice, Tassandero, Soum, e su ognuno di essi effettuare le opportune indagini. Il programma ti interessa?

— Sì, signore.

— Questo individuo... che in mancanza di un nome migliore chiamerò Ogmo, ha certamente lasciato qualche traccia. Ha trattato con agenzie di viaggi e fatto stampare un opuscolo. A queste agenzie sono stati pagati dei soldi, in seguito trasferiti a Ogmo. Ogni transazione deve aver generato altre tracce; il loro insieme, opportunamente seguito, condurrà a Ogmo. Sono stato chiaro?

— Sì, signore.

— Bene. Oltre a questi punti di carattere generale non posso offrirti altre linee di condotta. Tu e il tuo collega dovrete sviluppare l'indagine usando il vostro acume professionale. Ora, hai qualche domanda?

— Sì, signore, può scommetterci. Lei ha usato la parola «collega». Io ho già avuto un'esperienza di lavoro con un collega. Mi riferisco a Kirdy. E non voglio ripetere l'errore. Tutto sommato, credo che agirò molto meglio da solo.

Bodwyn Wook si acciglió, poi si schiarì la gola. — Ho paura che in questo caso dovrai purtroppo lasciare in secondo piano le tue preferenze personali. Per varie ragioni, tutte d'importanza considerevole, la cosa migliore è che tu lavori con un collega.

Glawen cercò di pensare a un'obiezione valida, scartandole una dopo l'altra mentre il Supervisore lo fissava imperturbabile da sotto le palpebre socchiuse. Infine domandò: — E chi avrebbe in mente come mio collega?

— Lavorare in coppia non è la fine del mondo — sbuffò Bodwyn Wook. — Forse la tua precedente esperienza con Kirdy non è stata un successo, ma tutti noi dobbiamo imparare dai nostri errori. Tu sarai senz'altro al comando, e sono certo che con l'aiuto di altri due occhi, di altre due mani, e della sagacia caratteristica dei Wook saprai dare ottima prova. Inoltre, come ho detto, ci sono altre ragioni per cui la cosa ha la sua importanza.

— Lei sta dicendo che dovrò lavorare ancora… con Kirdy?

— Un lavoro di responsabilità è essenziale al pieno recupero di Kirdy. Deve scendere dalle nuvole e focalizzare la sua mente sulla realtà. — Wook parlò nell'interfono: — Kirdy è in sede?

Da lì a poco il giovanotto entrò nell'ufficio. Il suo sguardo cadde su Glawen, e all'istante si fece distante e vitreo.

— Ed eccovi finalmente qui tutti e due, di nuovo insieme! — esclamò allegramente il Supervisore. — Dopo la faccenda di Yipton, Kirdy ha passato dei tristi giorni; ma ora è tornato fra noi e si aspetta di riprendere la rotta a gonfie vele. Quello di cui ha bisogno è soltanto il lavoro, duro e impegnativo, per esercitare il talento che ha ereditato dai Wook. Quest'indagine viene dunque a proposito ed è un'opportunità che non possiamo trascurare. Specialmente visto che voi due avete già operato in coppia.

Kirdy sorrise: una smorfia lenta e fredda che gli storse la bocca. — Non l'ho dimenticato.

Glawen scosse il capo. — Se non fosse che per questa ragione, Kirdy si sentirebbe a disagio come mio subordinato. Perciò il mio consiglio è…

— Sciocchezze! — tagliò corto Bodwyn Wook. — Ormai ciascuno di voi conosce i pregi e i difetti dell'altro, e dovreste esser capaci di lavorare in perfetta armonia.

Kirdy annuì pensosamente. — La trovo senz'altro un'ottima opportunità.

— Allora è deciso — disse Bodwyn Wook. Accese ancora l'interfono. — Hilda, se non le spiace!

Appena la segretaria ebbe aperto la porta, l'uomo ordinò: — Prepari i documenti di viaggio per Glawen e Kirdy. Da oggi sono promossi al grado di sergente. Usi questa denominazione.

– Aspetti! – esclamò Glawen. – Se dovrò trattare con la polizia di altri pianeti ho bisogno di credenziali più sostanziose, almeno in via provvisoria per questa particolare indagine.

– L'osservazione è sensata. Hilda, registri Glawen col grado di capitano.

La segretaria indirizzò al giovane un'occhiata storta, ma non si mosse. – E Kirdy? Sarà soltanto un sergente? Dovrà avere a che fare anche lui con quei poliziotti stranieri.

Bodwyn Wook ebbe un gesto espansivo. – Benissimo. Entrambi, per il periodo della missione, risulteranno capitani della polizia di Cadwal. Probabilmente i più giovani capitani nella storia dell'Ufficio B.

Hilda restò dov'era. – Signore, Glawen Clattuc non ha ancora il rango di Agente, e visto il suo I.R. si può presumere che non lo avrà mai. Non è un'irregolarità amministrativa, farlo capitano?

– Non del tutto – disse Wook. – Né la legge né il senso comune precludono a un collaterale di ottenere il grado che merita.

Hilda fece una smorfietta. – A casa mia si dice che tre malattie vanno temute: l'orgoglio, la superbia e la nascita di un Clattuc. Per ciascuna l'unica medicina è una buona dose di umiltà.

– Mmh! – borbottò l'uomo. – Questi esempi di saggezza popolare a volte contengono un filo di verità... cosa stavi dicendo, Glawen?

– Citavo un altro esempio di saggezza popolare. Ma forse è meglio che non sia stato udito.

Con voce piatta Kirdy riferì: – Ha detto: «Una mucca che non ha mai figliato dà spesso latte acido».

Bodwyn Wook si massaggiò il mento. – Arguto, sì, ma non pertinente. Hilda, se non sbaglio stava uscendo.

– Sì. Ho del lavoro da fare, io.

– Chiami il terminal e scopra quando parte il prossimo volo per Soumjiana, su Soum.

– Posso dirglielo anche adesso – disse Glawen. – Il *Sagittarian Ray* parte domani a mezzogiorno

– Molto bene. Capitano Clattuc e capitano Wook, scendete subito all'ufficio viaggi e accordatevi per le prenotazioni, poi andate a fare i bagagli. Vi esorto a non portare con voi più di una piccola valigia. Domattina ripassate da qui per i documenti, il denaro, e le ultime precisazioni sull'indagine.

I due giovani uscirono dall'ufficio. Quando furono al pianterreno Glawen disse: — Sediamoci un momento in giardino.

— Perché?

— Ho qualcosa da dirti.

Kirdy si girò e seguì Glawen fino a una delle panchine che circondavano la fontanella ovale. Glawen sedette e con un gesto lo invitò a fare altrettanto.

Kirdy rifiutò. — Sto bene in piedi. Cosa vuoi da me?

— Dobbiamo regolare le cose fra noi due — disse lui con voce neutra. — È una faccenda che va risolta qui e subito.

Kirdy ebbe una risata rauca e sprezzante. — Io non ho tanta fretta. Ci penserò quando sarà il momento adatto.

— Il momento adatto è ora.

— Davvero? — ridacchiò Kirdy. — Il momento di farmi sentire a quale musica vuoi che io balli?

— Tocca a me fare in modo che questa missione vada liscia. E in queste condizioni non ne vedo la possibilità.

— Ma quanto siamo seri! E quali condizioni vorresti modificare?

— Il tuo antagonismo. È ingiustificabile.

Kirdy si accigliò, perplesso. — Non stai parlando secondo logica. Dopotutto l'antagonismo è mio, non tuo. Come puoi sapere su quali basi è fondato?

— A Yipton tu hai sofferto molto. Una sofferenza che io non ho condiviso. Ed è per questo che provi risentimento. Sono nel giusto?

— Fino a un certo punto.

— Le tue bugie e i tuoi errori di giudizio ti hanno messo nei guai. Non è razionale biasimarne me, ma questo è il prodotto del tuo subconscio che non vuole ammettere la colpa. Devi tenere sotto controllo queste reazioni psichiche.

Kirdy rise ancora. — Risparmiami le tue dotte diagnosi. Io faccio uso delle reazioni psichiche che ritengo più convenienti.

Glawen studiò il volto dell'altro. I lineamenti larghi e tondeggianti, un tempo teneri, quasi infantili, ora sembravano duri come una maschera di cuoio. A disagio disse: – Perché non ritorni alla tua vecchia mentalità? Questa è la sola cosa conveniente.

– Che cattivo psicologo saresti! La mia vecchia mentalità è esplosa in pezzetti piccoli piccoli, che mi svolazzavano nel cranio come pipistrelli in gabbia. Lo trovavo molto seccante, perché questo disturbava la mia nuova mentalità. E di conseguenza... – Kirdy s'interruppe.

– E di conseguenza cosa?

– Niente.

– Vuoi un consiglio?

– Sembra che io debba ascoltarti, che lo voglia o no. Imparerò qualcosa di utile? – Kirdy inarcò un sopracciglio. – Consigliami pure, Glawen. Sentiamo con quali generose parole vuoi aiutarmi nella mia carriera.

– Primo, perché tanta fretta di rimettere insieme i pezzi della tua personalità? Forse si riuniranno da soli, col tempo. Secondo...

– Già lo conosco il secondo: resta a casa. Resta, goditi la vita, leggi dei buoni libri. Lascia che ci vada Glawen a guadagnarsi una promozione.

– Girala come la vuoi, la frittata rimane questa. Non possiamo lavorare insieme, se ogni volta che ti do le spalle tu estrai il coltello. Questo crea condizioni intollerabili.

Kirdy ci pensò qualche istante. – Solo dal tuo punto di vista.

– Ma non afferri il punto chiave? Tu non hai alcun motivo per questo atteggiamento!

Kirdy lasciò vagare lo sguardo sul giardinetto, e assunse un tono annoiato: – Oh, ne ho di motivi. Diversi motivi. Molti motivi. Tu non li conoscerai mai. Forse non possono neppure essere espressi in parole. Forse sono perfino irrazionali. E con ciò? Io li ho ugualmente.

– Se riconosci che un motivo è irrazionale, non puoi metterlo da parte?

– Se necessario.

– Sei d'accordo che adesso è necessario?

– Dovrò pensarci sopra... dove stai andando?

– Torno nell'ufficio di Bodwyn Wook.

– Verrò con te.

Senza aprir bocca Hilda li lasciò passare nell'ufficio interno. Bodwyn Wook richiuse il fascicolo che stava leggendo, seccato. – Che altro c'è?

— La situazione è impossibile — disse Glawen. — Kirdy non è sano
di mente. Non ha voluto neanche promettere che non cercherà di
ammazzarmi.

— Naturale che non ha voluto — sbottò Wook. — Perché dovrebbe?
E io, ho forse promesso che non ti ammazzerò? Hilda lo ha promesso?
Altri hanno voluto prometterlo? Via... sei in stato di eccitazione iste-
rica! Che significa?

Glawen cercò di controllare il tono. — Lasci che la metta in questo
modo: una squadra non funziona se i componenti non si fidano l'uno
dell'altro. Kirdy non è sano di mente, perciò non posso lavorare con lui.

Bodwyn si volse a Kirdy. — Chiariamo questa faccenda una volta per
tutte. Sei sano di mente o no?

— Io mi considero sano.

— Puoi lavorare con Glawen?

— La domanda dovrebbe essere: lui può lavorare con me? Glawen
fece per replicare, ma Bodwyn Wook agitò una mano verso la porta. —
Tu puoi andare. Sviscererò il problema parlando con Kirdy. Non una
parola di più! Ti rivedrò domattina.

A passi lunghi Glawen attraversò l'anticamera, il corridoio, e scese le
scale. Nel giardinetto camminò avanti e indietro in preda a un attacco
di nervosismo, esaminando e scartando un piano dopo l'altro. Infine,
ancora masticando imprecazioni fra i denti, andò all'ufficio viaggi dove
ebbe la conferma che il passaggio a bordo del *Sagittarian Ray* era stato
prenotato.

Quella sera tenne i suoi problemi per sé, e Scharde non gli fece
domande. Il mattino dopo si avviò all'Ufficio B, e lungo la strada
incontrò Kirdy, elegantissimo in un'uniforme nuova di sartoria sulla
quale spiccavano i gradi rosso fiamma di capitano. Kirdy lo esaminò da
capo a piedi con aperta disapprovazione. — Perché non sei in uniforme?

— Perché ho deciso così, e perché non si addice a un'indagine di
questo genere.

— Non sta a te giudicare se gli abiti che io indosso sono adatti o meno.

Al primo piano dell'Ufficio B Glawen si presentò a Hilda, che si
limitò a consegnargli una busta con i documenti d'identità e di viaggio.
Glawen li controllò, e gli parve che non mancasse nulla. Salvo una cosa.
— Dov'è il denaro?

Con la riluttanza di chi sperava di non sentirsi fare una domanda così venale, la donna gli diede un'altra busta. — Troverà qui mille sol. Li conti pure, se non si fida. È una bella somma di denaro, e sappia che se lo spererà in bagordi non ne avrà altro.

Glawen lo contò, firmò la ricevuta, poi si mise le due buste in una tasca interna della giacca. Hilda scosse il capo con compatimento. — Se porta i soldi lì sarà derubato ancor prima di salire sulla nave. Abbia almeno l'accortezza di farsi incollare una tasca su una gamba dei pantaloni, all'interno. È lì che il saggio tiene il suo denaro.

— Di tasche simili ne ho già due — disse Glawen. — Ma esitavo al pensiero di abbassarmi i pantaloni qui davanti a lei.

— Pfuh! — sbuffò Hilda. — A me che importa quale tasca adopera? — Fece un cenno col capo verso l'ufficio interno. — Può entrare. Il Supervisore la sta aspettando.

Glawen spinse la porta. Bodwyn Wook era in piedi davanti alla finestra, intento a guardare fuori. — Signore, sono io, Glawen.

Bodwyn Wook si volse e lentamente girò intorno alla scrivania. Sedette, e solo allora si degnò di prender atto della sua presenza. — Sei pronto a partire?

Glawen lo scrutò attentamente. Sbagliava, o nel comportamento del superiore c'era qualcosa di strano e forzato? — Nossignore — disse con fermezza. — Non mi sento pronto. Posso soltanto ripetere che Kirdy non è all'altezza di lavorare con un minimo di raziocinio. L'ho appena visto addobbato in un'uniforme da parata, tanto per informare tutta la Distesa Gaeana che lavora per l'Ufficio B. E quel che è peggio, ha punzecchiato me perché sono in borghese.

— Ah, sì! Il povero Kirdy è forse un po' distratto. Confido che questo sia bilanciato dal tuo senso comune. Hai avuto i documenti? E il denaro? E le pillole rettificanti?

— Ne ho preso una confezione standard in farmacia.

— Butta via quelle chiamate Erythrist. Sono inutili, specialmente contro la diarrea soumjiana. Allo spazioporto di Soum ti daranno qualcosa di meglio, mentre passate la dogana. Bene, allora puoi andare.

La disperazione impedì a Glawen di muoversi. — Signore, io non posso lavorare con Kirdy nelle condizioni in cui è.

— Via, via, Glawen! È necessario guardare più lontano. Questa esperienza non solo sarà utile a Kirdy, ma espanderà anche le tue stesse capacità.

— Qual è la mia missione: indagare sul caso dell'isola Thurben, o provvedere a una terapia per Kirdy?

La voce di Bodwyn Wook s'indurì. — Avanti, Glawen! Le tue ansietà stanno diventando seccanti. Vuoi davvero una risposta a una domanda simile?

— Mi spiace darle fastidio, signore, ma è inevitabile. Kirdy ha avuto il denaro per le sue spese?

— Gli è stata data una somma adeguata.

— Quanto, esattamente?

— Duemila sol, se vuoi saperlo. Sono molti, però dovrà dare un bel po' di mance.

— Ma io ho avuto soltanto mille sol.

— Che dovrebbero essere sufficienti.

— Ha chiarito il fatto che sono io a dare gli ordini?

— Be'... credevo che fosse più o meno implicito.

Glawen fece un respiro profondo. — Abbia la gentilezza di mettere per iscritto un'esatta definizione della mia autorità, stabilendo che Kirdy deve ubbidire scrupolosamente a ogni ordine che gli darò.

Bodwyn Wook agitò una mano come a spazzar via del fumo. — In queste faccende sono spesso gli imprevisti a determinare l'azione. Ho lasciato un tantino nel vago l'argomento «autorità». Come ho detto, voglio che Kirdy recuperi la fiducia in se stesso in ogni modo possibile. In realtà, quando ha insistito per essere lui al comando dell'operazione non ho voluto star lì a dargli torto.

Glawen mise sulla scrivania i documenti e il denaro. — In questo caso la mia partecipazione sarà di grave ostacolo alle indagini di Kirdy. Gli sforzi che lui farebbe per ammazzarmi e io per non essere ammazzato ci distrarrebbero troppo. Con enorme sollievo le annuncio che mi ritiro dalla missione.

Bodwyn Wook strinse i denti, irritato. — Stai suonando la canzone sbagliata. Ti consiglio di riflettere su quello che dici.

— In tal caso, andrò a suonare le mie canzoni da un'altra parte. Le auguro il buongiorno. — Glawen s'inchinò rigidamente e uscì a passi rabbiosi. Nell'anticamera fu raggiunto dalla voce del Supervisore:

— Torna qui, santo cielo! Non sai neppure stare allo scherzo? Sei privo di umorismo come Hilda. Avrai il tuo memorandum.

— Voglio qualcosa di più. Lei deve notificare inequivocabilmente a Kirdy la mia autorità, e ridurre il suo grado a sergente.

— Non posso far questo, via! Ho già confermato la nomina.

— Spieghi che c'è stato un errore. Inoltre terrò io in custodia i suoi duemila sol. Lui potrà tenersene in tasca un centinaio per le spese. E gli ordini di sostituire quell'uniforme con un abito che non dia nell'occhio.

— Tutto questo è irrealizzabile! La nave decolla fra un'ora!

— Basterà. Se necessario, la nave può aspettare. In ogni caso, io non salirò a bordo senza esser libero da doveri terapeutici verso Kirdy. Preferirei mille volte andare da solo.

— Sei un esempio di testardaggine addirittura diabolica. Se le insolenze fossero mattoni e l'insubordinazione calcina, potresti costruirti un palazzo più grosso di questo!

— Lei non me lo lascerebbe costruire, signore, se dentro di sé non sapesse che ho ragione.

Bodwyn Wook rise. — Non cercare di psicanalizzare il tuo Supervisore; questa è l'insolenza peggiore di tutte. Hilda! Dov'è Kirdy?

— E in corridoio, signore.

— Lo mandi qui.

Kirdy entrò nell'ufficio. Bodwyn Wook si alzò in piedi. — Ho voluto dare elasticità a questa faccenda lasciando nel vago certi dettagli, ma mi ero sbagliato e ora porrò rimedio. Non c'è niente di personale in questo; io ho stima di entrambi voi. Ma l'indagine può avere un solo capitano, e questi sarà Glawen. Kirdy, tu dovrai ubbidire scrupolosamente ai suoi ordini. È quindi necessario che il tuo grado sia soltanto quello di sergente. E non potrai portare l'uniforme, dato che l'indagine esige anche una certa riservatezza. Se hai dell'ostilità verso Glawen, devi metterla da parte fin da questo istante oppure rinunciare alla missione. D'accordo?

Kirdy scosse le spalle. — Come dice lei.

— Lo prenderò per un sì. Inoltre, prenderò io in custodia il denaro che Hilda ti ha consegnato questa mattina.

Kirdy lo fissò rigidamente, pallido e con occhi scintillanti. Per un po' non si mosse; infine tirò fuori di tasca il pacchetto di banconote e lo gettò sulla scrivania.

— Non devi vederla come una mancanza di fiducia — disse Wook. — Davanti a te si aprono lunghi e soddisfacenti anni di carriera. Hai qualche domanda?

— Ho preso nota dei suoi ordini.

— Cercherai di collaborare in termini cordiali con Glawen?

— Lavorerò con lui nell'interesse di Stazione Araminta. I miei sentimenti appartengono soltanto a me.

Glawen disse: — Non sei certo il collega ideale, ma sembra che dovremo operare insieme. Vediamo di capirci. Tu non sei più convalescente, ma soffri ancora del disturbo che ieri mi hai descritto. Pensi che sia tale da impedirti la piena collaborazione con me?

Kirdy non aprì bocca. Bodwyn Wook e Glawen lo fissavano, come anche Hilda dall'altro ufficio, con l'aria di aspettarsi ormai quella risposta ambigua e contorta che lo avrebbe fatto esonerare dalla missione.

Con voce inespressiva lui disse: — Sì. Lavoreremo insieme.

Glawen non perse tempo. — Allora mettiti un abito borghese e vai direttamente all'astroporto. Ci vedremo a bordo della nave.

Kirdy uscì. Glawen attese una decina di secondi, quindi si fece avanti e raccolse il denaro dalla scrivania. — Faremo del nostro meglio, signore. Arrivederci. — E lasciò l'ufficio.

Bodwyn Wook sospirò. — Clattuc o meno, deve avere un bel po' di sangue Wook. È un dannato testardo, orgoglioso in modo irritante, ma sa essere duro come una lama di coltello e ha una mente sveglia. Non mi dispiacerebbe avere un figlio come lui.

Hilda sbuffò e scosse le spalle. — Io ho passato l'età in cui una donna pensa a queste cose. Ma forse è bene che lui non abbia una madre. Le donne dei Clattuc non possono mai stare tranquille, quando i loro uomini escono di casa.

Parte VII

1

Entrando nel grande scafo del *Sagittarian Ray* Glawen provava una gradevole eccitazione; non aveva mai viaggiato verso altri mondi. Kirdy, dal canto suo, era andato in tournée con i Pantomimi di Floreste da un capo all'altro dello Sciame di Mircea. I pianeti su cui avrebbero fatto scalo, Natrice, Soum e Tassandero, non rappresentavano una novità per lui, e nel salire a bordo non fece nulla per celare il suo umore cupo. Più volte rallentò il passo e si girò a mezzo, come se fosse sul punto di lasciar perdere tutto e tornare indietro.

Un cameriere li condusse alle loro cabine. Glawen restò nella sua appena il tempo di infilare la valigia in uno scomparto, appese il mantello e tornò sul ponte di passeggiata, da cui si vedeva la terrazza del terminal. Suo padre e Bodwyn Wook, che lo avevano accompagnato per fargli le ultime raccomandazioni, erano ancora là. Il Supervisore aveva enfaticamente precisato: — Quando ti trovi davanti un ostacolo dimentica l'aggressività dei Clattuc! Questo è un caso delicato e va manipolato con delicatezza. Il linguaggio incisivo o sarcastico non renderà più svelta ed efficiente la polizia di altri mondi. Chi ha già le sue rogne non è particolarmente entusiasta di aiutare un collega forestiero. E rispetta le leggi del posto, che tu le capisca o meno! Tu sei un agente dell'Ufficio B, affiliato al CCPI, ma per un poliziotto locale questo può essere un particolare poco rilevante.

Scharde aveva aggiunto: — Su Tassandero dovrai indossare abiti del luogo, per una questione di convenienza. All'astroporto troverai una quantità di avvoltoi che faranno di tutto per indurti ad acquistare sulle loro bancarelle. Ignora gli sberleffi, gli insulti e i tentativi di farti sentire ridicolo, e aspetta finché sarai a Fexelburg, poi serviti in un negozio a prezzi controllati, altrimenti sarai truffato. Lo spirito di Zab Zonk il Pirata sopravvive ancora in molte usanze di Tassandero.

Bodwyn Wook aveva alzato un dito ammonitore. — Evita la politica, ovunque! Su Natrice, la tua prima tappa, ci sono fazioni piuttosto accese. Non è probabile che ti coinvolgano nelle loro beghe, però bada bene alle opinioni che ti escono di bocca!

— Farò buon uso dei vostri consigli — aveva detto Glawen. — Su Natrice evitare i politicanti. Su Tassandero vestirsi alla moda ma non dai truffatori ambulanti. Da cosa dovrò guardarmi su Soum?

— Dal matrimonio — era stata la risposta di Scharde. — Se porti a letto una ragazza, prima insisti per farle firmare una rinuncia a intenzioni nuziali. I moduli sono in vendita nelle edicole e nelle pasticcerie.

— Meglio che tu vada a bordo — aveva concluso Bodwyn Wook, — o la nave decollerà mentre sei qui ad ascoltare i consigli di viaggio.

Da dietro il cristallo della passeggiata Glawen li salutò agitando un braccio, ma i due uomini non lo videro. D'improvviso sentì un groppo in gola, ma lo deglutì e finse di non provare nessuna nostalgia e commozione.

Alcuni ritardatari uscirono di corsa dal terminal e con sollievo si affrettarono a salire a bordo. Nell'aria c'era l'elettricità della partenza. Su uno schermo a parete comparve «Ray», il centauro armato d'arco che la compagnia usava come immagine pubblicitaria, che con voce virile diede il benvenuto ai passeggeri e l'annuncio del decollo. Glawen sentì alcuni portelloni chiudersi in distanza. Un leggero sibilo che sembrava provenire da ogni direzione salì subito oltre i limiti dell'udito. Senza la minima scossa avvertibile l'astronave lasciò il suolo di Cadwal e accelerò nell'atmosfera.

Glawen guardò lungo la passeggiata in cerca di Kirdy, ma non lo vide, allora si dedicò al panorama esterno. Kirdy aveva subito una prova terribile e meritava compassione, almeno fin dove la compassione poteva umanamente estendersi all'atto pratico.

Cadwal assunse contorni sferici, vivamente illuminato dal fulgore bianco-giallo di Syrene. A sud, Throy era un cuneo verdastro striato di nero. Glawen cercò di identificare la posizione di Stroma, senza successo. L'immagine di Wayness scivolò nella sua mente. Quando l'avrebbe mai rivista? E cosa si sarebbero detti?

Kirdy stava venendo da quella parte lungo la passeggiata, scuro in faccia e con lo sguardo fisso nel niente. Glawen capì che sarebbe passato oltre senza rivolgergli la parola. Malgrado il suo precedente impulso di pietà, quell'atteggiamento riuscì a urtarlo, così chiamò: — Ehi, Kirdy! Non mi hai visto? Sono qua!

L'altro si fermò, ponderò qualche istante, poi lo raggiunse alla finestra panoramica.

— Lascia che ti proponga un sillogismo — disse Glawen. — Il mondo è reale, io sono parte del mondo, di conseguenza io sono reale.

Kirdy ci rifletté. — Non sono sicuro che questa sia una logica rigorosa. Avresti dovuto formulare la premessa così: «Il mondo è fatto di parti reali». Oppure: «Ogni parte del mondo è reale», e quindi: «Io sono una di tali parti». Nell'ultimo caso avresti lasciato irrisolta la questione se un'aggregazione di parti reali costituisca necessariamente un intero reale.

— Più tardi ci penserò sopra — annuì Glawen. — Nel frattempo tu e io siamo entrambi a bordo della nave. Non possiamo evitarci... almeno, non sempre. Questi sono i fatti.

Kirdy si limitò a scrollare le spalle e distolse lo sguardo.

In tono urbano Glawen domandò: — Ti piace ancora il panorama? Suppongo che tu lo abbia visto molte volte.

Kirdy si girò verso il cristallo, come se solo allora notasse l'esistenza di quello spettacolo. — Come hai detto tu, l'ho già visto. Non cambia mai molto. A volte Lorca e Sing sono là fuori come due uccelli-lampada, a volte no. Floreste non guarda mai Lorca e Sing, dice che porta sfortuna. Ha dozzine di fisime e superstizioni, e guai se gli altri le ignorano.

— Quanto tempo sei stato con i Pantomimi? — chiese Glawen.

— Sette anni. Entrai che ne avevo dieci. Per anni ho fatto la parte del grufoide o dell'animaletto peloso.

— Dev'esser stata una bella avventura.

Kirdy fece un grugnito. — Floreste ci teneva inchiodati alle prove tutto il giorno. Per metà del tempo non sapevamo neanche dov'eravamo, anche se facevamo sempre lo stesso giro: Natrice, Soum, qualche volta una puntata a Protagne, o Tassandero, o Calvario Nuovo, o magari al Pianeta Azzurro di Mildred, poi di nuovo nello Sciame e su Antico Lumas, o sul Pianeta di Caffin. Non andavamo mai molto più in là.

— Perché?

— I Pantomimi vanno solo dove Floreste può procacciarsi passaggi gratuiti o trattamenti di favore. È tirchio come un diavolo... non per se stesso, sia chiaro, ma per il Nuovo Orpheum.

— Secondo te qual era il migliore di questi pianeti?

Kirdy rispose con voce piatta: — Su Soum Floreste riusciva a farci mangiare meglio. Natrice è monotono, pieno di bigotti, specialmente in Lanklandia, e il cibo fa schifo. Ci davano polpette di verdura cotta e una brodaglia che chiamavano zuppa di lucertola nera. Gli unici dolciumi che ho visto erano pallottole simili a prugne grigie, che poi seppi erano fatte con insetti fritti. Floreste ci portava in Lanklandia solo quando non riuscivamo ad avere molte serate in cartellone a Poinciana, ad Halcyon, o a Estate. Gli Scientisti Sanart hanno una legge che proibisce agli uomini e alle donne di recitare e perfino di assistere agli spettacoli insieme. Floreste l'ha sempre sistematicamente ignorata, ma nessuno ha mai protestato visto che gli spettacoli sono castigatissimi, anche per gli Scientisti Sanart.

— Scientisti Sanart? — Glawen schioccò le dita. — Ecco cosa significa «SS.» davanti al nome.

— Sono tutti quanti SS. questo o SS. quello — disse Kirdy. — Significa «dignitosi» questo o quello, credo.

— E le donne? Anche loro sono «dignitose»? — domandò Glawen.

— Vorrebbero esserlo, ne sono sicuro. Loro invece sono Vs. questo oppure Vs. quello. Floreste disse che sta per «Vaso d'empietà», ma secondo me scherzava. Portano lunghi vestiti neri e buffi cappelli neri. Floreste disse che lo fanno per non sembrare frivole. Le donne degli Scientisti hanno l'aria più tetra che io abbia mai visto. Mi è stato detto che si alzano all'alba tutte quante per fare il bagno nell'acqua gelida.

— Anch'io avrei un'aria maledettamente tetra — commentò Glawen. Kirdy annuì vagamente. — Abbiamo sentito strane storie sugli Scientisti Sanart.

— La più strana di tutte è che sull'isola Thurben ci sono andati sei di loro, insieme a Sir Mathor Borph e Sir Lonas Medlyn di Halcyon.

— Questi ultimi due saranno Patrunes, ovvero aristocratici. Generalmente non sono in buoni rapporti con gli Scientisti Sanart, ma suppongo che sull'isola Thurben tutti i gatti siano grigi. Bah! Questi non sono affari nostri, dopotutto.

Glawen lo guardò con stupore. — Certo che sono affari nostri, se questo può aiutarci a identificare Ogmo.

— E non capisci che è tutto uno spreco di energia? Questo è soltanto uno dei soliti gridi di guerra del vecchio orango. Ogni tanto ne lancia uno, tanto per far sentire che c'è anche lui. Le escursioni all'isola Thurben sono finite; cos'altro vuole?

— Vuole catturare i vigliacchi che le hanno organizzate, tanto perché non ci riprovino. La trovo un'ottima idea.

— Non ne sono così sicuro — disse Kirdy. — Eliminato un criminale, il suo posto viene assunto da altri due. Questo Affare Ogmo è un nido di serpenti velenosi, un labirinto pieno di vicoli ciechi. E chi abbiamo a scarpinare attorno, a sudare, a rischiare la vita in una faccenda sporca e complicata? Bodwyn Wook, forse? Nossignore: un paio di giovani tirapiedi sacrificabili, Glawen Clattuc e Kirdy Wook.

Glawen annuì pazientemente. — Questo è il ruolo che abbiamo scelto di recitare.

— Bah! — ringhiò Kirdy. — Perché dovremmo dannarci l'anima? A Yipton si possono fare orge anche peggiori, se uno ha i soldi per pagarsele.

— Sospetto che tu abbia ragione — disse Glawen. La voce suadente del Centauro Ray annunciò l'ora del pranzo. — In ogni caso, questa è la missione che ci hanno affidata e preferisco condurla con ogni scrupolo piuttosto che il contrario. Tu no?

Kirdy si limitò a dargli un'occhiata rigida e inespressiva, che lui finse di ignorare.

I due andarono nel salone e sedettero a un tavolo. Davanti a ognuno di loro si alzò un piccolo schermo su cui comparve il menu. Kirdy lo fissò con una smorfia e distolse lo sguardo.

Glawen inarcò un sopracciglio, sorpreso. — Non c'è niente di tuo gusto? Cosa vuoi ordinare?

— Non sono uno schizzinoso. Prenderò quello che prendi tu.

Glawen era riluttante ad assumersi la responsabilità dei pasti del collega. — Meglio che ordini tu stesso. Non voglio prendermi la colpa, se qualcosa non ti piace.

— Mi basta un piatto di stufato, e del pane.

— Dovrebbe essere semplice, anche se sulla lista è chiamato ragout.

— Non m'importa come lo chiamano.

Glawen batté l'ordinazione su una tastiera. A Kirdy fu servito un piatto di carne al sugo, che non trovò affatto di suo gradimento. — Volevo uno stufato normale, non questa strana roba piccante extragalattica! Avresti fatto meglio a ordinare uno stufato, come ti avevo chiesto.

— Da oggi in poi ci penserai tu. Si può sapere perché hai chiesto a me di ordinare il tuo stufato?

Kirdy sbuffò ma non gli offrì alcuna risposta. Glawen lo fissava seccato. Infine chiese: — Questi pezzi e pezzetti della tua mente conscia... stanno cominciando a riunirsi com'erano prima?

— Non credo.

— Peccato. Bodwyn Wook sperava che il viaggio, con il cambiamento di ambiente e l'attività, ti rimettesse in sesto. Qual è la tua opinione in proposito?

— Si sbaglia. Ma il capo è lui, e bisogna ubbidire.

— Anche questo è un modo di vederla — sospirò Glawen.

Kirdy assunse un tono lamentoso. — Quello che voglio è tornarmene a casa al più presto. Io non so niente di questa faccenda di Ogmo. Forse è giusto, forse è sbagliato. Mi hanno costretto ad accettare la tua compagnia, anche se non la volevo. Ogni volta che parli sento il bisogno di alzare i pugni e darteli in faccia. Questa potrebbe essere la sola cosa giusta da fare... ma io sono un uomo prudente e non la faccio, perché potrei avere bisogno del tuo aiuto là fuori fra quella strana gente e quegli strani rumori, e allora resterei da solo... da solo, da solo, come un cieco che annaspa nel buio!

Glawen dovette fare uno sforzo per sorridere. — Le tue premesse sono distorte, ma la conclusione è corretta. Se tu mi spaccassi la faccia, io non solo ti restituirei il favore, ma non vorrei più avere a che fare con te. Così, continua a essere un uomo prudente. — E aggiunse: — Anche perché il capo sono io, e questo è un ordine.

Kirdy increspò le labbra. — Già! Sembra che il capo sia tu.

Mentre il viaggio proseguiva, Kirdy cominciò a dipendere da lui in modo infantile, una situazione che Glawen trovava malata e irritante. Gli argomenti di cui Kirdy discuteva a ogni occasione riguardavano il passato lontano, quando loro due erano bambini. Parlava di fatterelli e incidenti che Glawen aveva dimenticato, riesumandone i minimi dettagli, quindi ne illustrava il significato recondito scoprendovi profezie e portenti con un'analisi puntigliosa e una logica distorta.

Al ripetersi di questi episodi Glawen si oppose cercando di focalizzare l'attenzione dell'altro sugli anni successivi, su ricordi sempre più recenti. E finalmente un mattino, mentre sedevano dopo aver fatto colazione, Kirdy parlò della sua esperienza a Yipton. — Io stupisco perfino me stesso. Loro pensavano che fossi uno sciocco supplichevole, un uomo di pastafrolla, un incapace con le pigne nel cervello.

Fece una pausa al ricordo, poi gratificò di un sorrisetto ironico un paio di persone che lo guardavano stupite dal tavolo accanto. — Così mi diedero la prima dose di quella roba, e ne dissero anche il nome. «Ora assaggerai un po' di nyene» mi spiegò quello Yip, un rospo sogghignante che avrebbe potuto essere anche Titus Pompo in persona. «Questo ti porterà più vicino alle grandi verità universali, e vedrai il flusso dell'esistenza sia dall'esterno che dall'alto. Una prospettiva che, mi viene detto, può essere molto interessante».

«Fu allora che capirono d'essersi sbagliati. Con un calcio spaccai la mandibola a uno di loro. Ne centrai un altro con un pugno alla tempia che gli fratturò il cranio, facendogli schizzare un occhio mezzo di fuori come un tuorlo d'uovo. Poi mi gettai su Titus Pompo (lo chiamerò così), ma lui si chinò dietro il tavolo. Io gli rovesciai il tavolo addosso e cominciai a saltarci sopra per schiacciarlo. Dopo un po' lo tolsi via, perché volevo torcergli la testa e strappargliela con le mie mani, ma nella stanza entrarono altri Oomp, allora corsi alla finestra e mi tuffai nel canale.

«Non ce la fecero a trovarmi, perché ero entrato fra i pilastri di legno marcio e strisciai avanti nel fango, sempre più avanti, nascondendomi in un posto dove nessuno aveva il coraggio di venirmi a cercare. — Kirdy ridacchiò, un suono basso e gorgogliante che fece contrarre lo stomaco a Glawen. — Così ero libero, nel regno degli yoot. Aha! Che giornate furono quelle! Come potrei descriverle? Lì c'era soltanto il puzzo e il fango. Gli yoot (così li chiamano a Yipton) usano quei posti come fossero di loro proprietà esclusiva. E come ci si comporta con gli yoot? Con la gentilezza e la logica? Ma cosa significano queste parole sotto le palafitte di Yipton? Quella era un'altra realtà. Io li terrorizzai con feroci ruggiti, facendoli fuggire al suono della mia voce; li allettai con dolci richiami per attirarli a me. Mangiai i loro piccoli, crudi, e rubai il pesce che prendevano, e mi riempii lo stomaco… e qui stava il segreto! Il vero, grande segreto! Perché quel pesce si nutre dei molluschi spinosi dal cui veleno si estrae il nyene, e questo è reso inefficace dal contravveleno naturale della sua carne, che gli yoot chiamano glemma.

«Appena cominciai a digerire il glemma in me accadde un cambiamento. Io non ero più la selvaggia creatura ruggente, e gli yoot smisero di aver paura e cominciarono ad assalirmi. Ma hanno paura della vista delle loro budella, così sbranai alcuni di loro e li appesi attorno, e tuttavia non mi davano pace. Alla fine pensai che avrei potuto uscire a nuoto nel canale, di notte, rubare una barca e raggiungere il Marmion. Cercai di mettere in atto questo piano, però fui catturato e riportato da Titus Pompo, sempre che fosse lui.

«Stavolta si diedero molto da fare con me. Avevo addosso tanta corda che non riuscivo a muovere un dito. "Adesso vedremo!" disse Titus Pompo. "Facciamogli assaggiare un po' di nyene".

«Così me la iniettarono, ma la droga non funzionò con me. Finsi di essere ammattito, allora, perché si stancassero di tormentarmi e gli sembrasse che lo scherzo più crudele fosse di rimandarmi pazzo a casa mia. Fu questo a farmi tornare vivo a Stazione Araminta. E poi qualcosa… la mia prospettiva era cambiata. Avevo scoperto nuovi scopi. – A questo punto Kirdy s'interruppe.

– Quali sono questi nuovi scopi? – cercò d'incoraggiarlo Glawen. L'altro lo guardò di traverso. – Non posso fidarmi di nessuno, ecco una cosa che so. Fra tutte le realtà non ce n'è una più sicura, più vera e più dolce di questa: io sono io. Tutto il resto è fanghiglia, pesce marcio e puzzolente oscurità.

Glawen non riuscì a fare nessun commento. Infine disse: – Se questi tuoi scopi sono validi, perché vuoi tenerli segreti?

– Lascia perdere. Sono linee di pensiero che ora non voglio seguire. Un giorno saprai il motivo del mio ragionamento.

— Dubito che ne sarò interessato — disse Glawen.

Kirdy lo fissò con quegli occhi azzurri, freddi e opachi, che un tempo erano stati colmi di pacata ingenuità. — Non dovresti essere così sicuro di niente. Il cambiamento è ovunque. Vedo cambiamenti perfino in me stesso. Io sono diventato impermeabile, duro, e vedo con penetrazione totale, come non avevo mai visto prima. Riconosco le verità che si celano dietro le maschere altrui. Vedo le miserie degli animali bipedi che si affannano attorno nei loro ridicoli abiti. Un tempo questi messaggi arrivavano soltanto al mio subconscio, che li celava alla mente direttiva. Ora la mente direttiva è il mio subconscio, e questo mi dà una nuova lucidità disinibita. Tutto è chiaro. Anche tu, Glawen. Le tue pose non possono più nascondermi nulla.

Glawen scosse il capo con una risata. — Se le mie pose ti offendono, suggerisco che tu torni a Stazione Araminta con la prima nave in partenza da Poinciana. Posso cavarmela benissimo senza di te. Questa posa ti è chiara abbastanza, o devo ripeterla?

— È chiarissima.

— Bene... cosa vuoi fare? Tornerai a Cadwal?

— È una cosa su cui posso riflettere.

2

Il *Sagittarian Ray* decelerò dall'interspinta, girò intorno alla stella azzurra Blaise, «l'Occhio Azzurro del Diavolo», e scese verso Natrice. Osservandolo dal ponte di passeggiata Glawen vide un pianeta di modeste dimensioni, metà in ombra e metà illuminato dalla luce azzurrina di Blaise. Le calotte polari erano visibili come irregolari chiazze biancastre; gli altri dettagli della superficie erano velati da un'atmosfera densa, molto alta, in cui nebbie di cristalli di ghiaccio riflettevano la maggior parte delle pericolose radiazioni attiniche del sole.

Nel grande salone del *Sagittarian Ray* i camerieri avevano piazzato un voluminoso mappamondo rappresentante Natrice. Glawen se l'era studiato, notando subito che i due emisferi erano più o meno simmetrici. Il globo era circondato da uno stretto mare equatoriale, il Mirling, su entrambi i lati del quale i continenti presentavano una lunga pianura costiera. Sia a nord che a sud i territori si facevano dapprima collinosi, alti e temperati, quindi s'increspavano di montagne, poi la tundra si estendeva fino alle calotte polari. Nell'emisfero nord, le regioni a settentrione della piana costiera erano la Lanklandia; le zone corrispondenti di quello sud erano chiamate Contee Selvagge. A causa di varie circostanze storiche la popolazione di Natrice non era numerosa. Poche cittadine si fronteggiavano dai lati opposti del Mirling, e la più grande di queste era Poinciana, sede di un astroporto. La seconda in ordine d'importanza era Halcyon, quasi sullo stesso meridiano ma dall'altra parte del Mirling.

Il primo insediamento permanente s'era formato quando Natrice era considerato ancora nel Dilà, ovvero oltre i confini riconosciuti della Distesa Gaeana. Quegli abitanti erano per lo più pirati ritiratisi dall'attività, schiavisti, fuggiaschi e disperati di vario genere, e uno strato sociale composto essenzialmente da criminali comuni. A unirli era l'aspirazione di godersi in pace il frutto delle loro imprese, al sicuro dal CCPI. I più abbienti avevano aperto tenute molto confortevoli lungo le coste del Mirling, adottando architetture in perfetta armonia con l'ambiente. Basse e larghe cupole di cemento plastico creavano ampie zone di fresca penombra, arricchite di mutevoli colori. Le ville erano attorniate da piscine coperte e meravigliosi giardini, dove la lussureggiante flora indigena conviveva con quella importata. C'erano palme di ogni varietà, ombrellifere gialle, macrospini neri, salmatici dai rami penduli con le foglie a forma di cuore, tigli dolci a chioma larga, frutteti perennemente in fiore, jasmine, hinano, kahalaea, ramifogli che si ergevano alti su dieci tronchi ricurvi, batticranii i cui rami terminavano a forma di mazza, erbacielo striata di rosa, azzurro e viola; felci nere e argentee che stillavano lacrime se toccate, dendroni lattei da cui pendevano centinaia di fiori-gong, rose ibride di molte specie, vigneti e fiordifiamma originari di Cadwal, e un'enorme quantità di coloratissime piante carnivore.

In quell'ambiente i rapinatori, i tagliagole, gli schiavisti e i grossi calibri della razzia erano diventati i Patrunes di Natrice. I loro discendenti avevano però vissuto vite oneste e onorevoli, insegnando le virtù ai figli e prendendo sempre più le distanze dall'ambiente della malavita, che continuava a usare Natrice come base per imprese orrende. Per mettere un freno a questi episodi i Patrunes avevano assunto i modi degli antichi signorotti medievali, usando la forza bruta per imporre un ordine sociale e dando ai loro figli un'educazione aristocratica. E con il passar dei secoli erano divenuti veri aristocratici, le cui antiche origini davano spunto a congetture umoristiche o erano motivo d'orgoglio.

Quando la Distesa Gaeana aveva colonizzato lo Sciame di Mircea, su Natrice erano giunti molti immigrati, non tutti graditi ai Patrunes. I più numerosi erano stati gli Scientisti Sanart, una setta legata alla filosofia della natura, che s'erano insediati in Lanklandia. Costoro erano arrivati da ogni angolo della Distesa Gaeana in un flusso continuo che alla fine aveva indotto i Patrunes a chiudere l'astroporto all'immigrazione. Gli Scientisti non avevano fatto altro che ignorare il divieto e aprire un proprio astroporto, grazie a cui l'afflusso era proseguito senza che i Patrunes riuscissero a interferire. Infine gli arrivi s'erano ridotti a zero, probabilmente perché tutti gli Scientisti della Distesa Gaeana (oltre un milione) avevano ormai messo casa su Natrice. S'erano suddivisi i terreni senza padrone, avevano aperto miniere, disboscato foreste e in generale formato una comunità chiusa che non cercava di fare proseliti, questo perché giudicavano la loro Verità troppo luminosa per aver bisogno d'essere predicata.

E in un certo senso quella presunzione non era eccessiva, dato che la filosofia Sanart era di una disarmante semplicità. L'uomo gaeano, affermavano, doveva essere una creatura naturale che costruiva secondo natura. La sua salute, la sua bontà, la sua forza dipendevano dall'essere in sintonia con la «quieta e dolce armonia della natura», come la definivano. In queste poche parole era riassunta l'Idea, da cui gli Scientisti Sanart traevano corollari più o meno elaborati. Gioivano nella purezza degli elementi: il tuono e il lampo, il fluire delle acque, il calore del sole, la ricca sostanza del suolo e il ciclo delle stagioni. I cibi naturali e i piaceri della natura erano per definizione buoni. Gli alimenti sintetici, i divertimenti delle società tecnologiche, gli abiti di stoffe chimiche e gli elementi estetici astratti erano definiti malvagi e da evitare, o anche in taluni casi da espurgare con la forza. La lealtà, la forza d'animo, la perseveranza e l'austerità erano le strade del bene e contribuivano al manifestarsi della Verità e dell'Idea. Tollerare l'esistenza dei vizi era poco meno peccaminoso che indulgervi, e questi formavano una graduatoria ai primi posti della quale c'erano la ghiottoneria, lo spreco, e gli eccessi di lussuria e sensualità.

L'Idea non era adorata né discussa. Rappresentava un potere universale, anche se concepita dall'uomo e su scala umana. Gli Scientisti Sanart disprezzavano il misticismo più di ogni altra cosa. Aborrivano le altre religioni e i preti, giudicandoli stolti e presuntuosi oltre il lecito.

Nello stesso modo detestavano il lusso e l'edonismo dei Patrunes che vivevano da parassiti sui loro investimenti finanziari. La reazione dello Scientista Sanart medio era di scrollare le spalle e ignorarli, al più con un acre sorrisetto sprezzante: lasciamo pure che questi debosciati si rotolino nel loro dolce fango, così forniranno un utile insegnamento ai giovani che si recano in città chiedendosi quali siano gli esempi da evitare. In effetti i giovani tornavano poi in campagna con la testa piena di contraddizioni sul significato stesso dell'Idea. Alcuni «diventavano cattivi» e cercavano di mettere in atto quel che avevano imparato. Se rimproverati o puniti, alcuni «giovani cattivi» assumevano atteggiamenti di sfida e se ne andavano dalla Lanklandia. La situazione non era mai migliorata troppo in quel senso, anzi erano sempre di più le novità e le ambizioni che penetravano fra i giovani Scientisti infettandoli come un'epidemia.

Ogni tre anni i delegati dei distretti si riunivano al Sinodo Globale. Durante l'ultimo di essi erano state usate parole forti contro i Patrunes, ora identificati come la sorgente di tutti i loro guai. Le voci dei più inferociti s'erano levate chiedendo un'azione che liberasse Natrice dai «degenerati, le cui vite sono fogne a cielo aperto!».

La proposta, messa ai voti anche in passato, era stata bocciata con un margine minimo. In Lanklandia si stava addensando una spiacevole tensione.

Oltre agli Scientisti Sanart, su Natrice era giunta una miscellanea di immigrati diversi, che avevano portato nuove capacità, talenti e ambizioni. Quelli che raggiungevano la ricchezza si affrettavano, con gran disgusto degli Scientisti, a imitare il lusso e lo stile di vita dei Patrunes; ma più ci provavano e più erano snobbati dai vecchi aristocratici, finendo con lo stratificarsi in una classe sociale simile a una borghesia insoddisfatta.

Il *Sagittarian Ray* atterrò all'astroporto di Poinciana. Glawen e Kirdy scesero direttamente a bordo di un lungo autobus, coperto da un baldacchino di stoffa, e nella vivida luce di Blaise che brillava allo zenith attraversarono la pista verso il terminal. Al banco delle informazioni si sentirono raccomandare l'Albergo Rolinda. — Una sistemazione di classe! — dichiarò il Consigliere Turistico, un affascinante giovanotto addobbato in una larga toga bianca secondo la moda dei Patrunes. — Il Rolinda è assolutamente moderno, e aderisce ai più elevati standard cosmopoliti.

Kirdy sbuffò con aria malinconica. — Per i Pantomimi, Floreste preferiva la Dimora Sui Pascoli.

— Definitivamente e ineluttabilmente inferiore! — li informò il Consigliere. — Vi si ottengono risultati appena tollerabili. È là che si fermano gli Scientisti Sanart quando vengono in città. C'è bisogno di dir altro?

— La Dimora dei Pascoli era piuttosto spartana, infatti — brontolò Kirdy. — Tuttavia quelli erano bei tempi! Avevo tante cose ancora da imparare, e tanta libertà per farlo... — La sua voce si smorzò.

— La capisco — disse il Consigliere. — In tutta coscienza non posso raccomandarvi la Dimora Sui Pascoli. Il turista sensibile e di gusti esercitati sceglie inevitabilmente il Rolinda. È costoso, è vero, ma con ciò? Se sborsare un dinklet in più causa disagio a un individuo, fa meglio a restarsene a casa, dove la sua frugalità non offende i tecnici dell'industria turistica. Siete d'accordo?

— Naturalmente — disse Glawen. — Io sono un Clattuc, e Kirdy è un Wook. Per noi neppure il meglio è abbastanza buono. Sul nostro pane e prosciutto aggiungiamo sempre il burro, per una semplice questione di principio.

— Parole sagge.

— Ineluttabilmente. Come si arriva al Rolinda? Dovremo camminare, con questo caldo?

— Sarebbe impensabile. L'albergo pone a vostra disposizione un veicolo di lusso, con l'aria condizionata e una scelta di liquori e birre.

— Come offerta agli ospiti?

Il Consigliere inarcò un sopracciglio. — Mio caro signore!

— Non ci sono trasporti pubblici?

— Sono dolente di sentirglielo domandare. Comunque sì, c'è

l'omnibus. È utilizzato dai poveri, dagli Scientisti Sanart e dai vagabondi. Non nego che sia rapido, oltreché economico, ma i suoi soli
vantaggi sono questi. Se vi diverte, come a volte capita a me, mescolarvi
col popolino indigente tanto per farvi una risata, la fermata dell'omnibus è proprio di fronte al terminal.

— Farà senz'altro al caso nostro. Un'ultima domanda: quali sono le
principali agenzie di viaggi?

— Senza alcuna esitazione mi permetto di suggerirvi le più presti-
giose: l'Agenzia Phlodoric e la Bucyrus Viaggi. Troverete i loro uffici
nella Galleria dell'albergo Rolinda, per vostra maggior comodità.

— Queste agenzie sono usate dalle persone abbienti che viaggiano
anche su altri pianeti?

— Proprio così, signore.

Glawen e Kirdy salirono sull'omnibus e giunsero all'albergo
Rolinda, un complesso ricoperto da quattro cupole basse e schiacciate
fra le quali c'era un padiglione largo un centinaio di metri. Lo spazio
centrale era un lussureggiante giardino che un alto tetto di cristallo
grigio schermava dall'ardore di Blaise. Due snelle torri di materiale
vetroso ospitavano le camere dei clienti.

L'omnibus si fermò dinnanzi a una veranda completamente chiusa.
Glawen e Kirdy entrarono e si trovarono immersi in una fresca brezza
profumata. Oltrepassarono una tenda ad aria di consistenza nebulosa
e furono in quello che doveva essere l'atrio, un vastissimo spazio in
penombra di cui era difficile giudicare le esatte dimensioni. Il soffitto
bianco si alzava in una lenta curva fino a una dozzina di metri dai mosaici
del pavimento. Il banco delle registrazioni non era volgarmente in
piena vista; si trattava di una zona mimetizzata da piante in vaso dietro
cui alcuni impiegati stazionavano con aria casuale. Sul lato opposto
c'era la sala da pranzo, fiancheggiata dal giardino-giungla.

Glawen e Kirdy avvicinarono un impiegato e presero due camere,
al diciannovesimo piano della torre nord. Le stanze, così scoprirono,
erano ammobiliate in uno stile piuttosto neutro, ma a renderle interessanti era la parete esterna in vetro grigio.

Glawen indugiò a osservare il panorama, così diverso da quelli che
aveva conosciuto. Da lì fin dove poteva spingere lo sguardo c'erano
centinaia di cupole bianche, disposte apparentemente a caso, ognuna

circondata da larghe masse di vegetazione scura. A sud si allungava la linea azzurra del Mirling, liscio e scintillante come la seta nella luce ultravioletta di Blaise. Un panorama insolito e sconcertante, pensò Glawen, un po' alieno, sicuramente troppo luminoso, con una non spiacevole prevalenza del bianco e dell'azzurro.

Volse le spalle alla parete-finestra. In un bagno monolitico di cristallo grigioverde, misteriosamente illuminato dall'interno stesso di quel materiale, si fece la barba e si lavò. Lo divertì il congegno elettronico del rubinetto, che invece del sapone forniva una schiuma dal profumo regolabile, ma la presa elettrica a corrente continua lo costrinse a smontare il rasoio per adattarlo. Tornando in camera da letto vide che una cameriera aveva disposto lì una di quelle toghe candide che sembravano di moda a Poinciana. La indossò, si controllò allo specchio, poi andò a bussare alla camera di Kirdy.

Dall'interno non ci fu risposta. Stava per tornare indietro quando la porta si aprì di scatto. Spettinato e con un asciugamano intorno al collo Kirdy guardò a destra e a sinistra, quindi lo gratificò di un'occhiata dura. — Ti sembra il momento di venire a seccarmi? — Notò il suo abito e fece una smorfia. — Dove stai andando?

— Giù nell'atrio. Voglio fare qualche domanda. Quando sarai pronto raggiungimi, e pranzeremo insieme.

Kirdy s'impermalì. — Avresti dovuto avvertirmi! Ho già ordinato il pranzo in camera.

— Mangia dove ti pare. Scendi appena sei pronto. Se non mi vedi, siediti e aspetta. Non uscirò dall'albergo, almeno non credo.

— Oh, che il diavolo si porti queste complicazioni! Aspettami, allora. Sarò pronto in un quarto d'ora. Dove hai trovato quella specie di vestito?

— Era sul letto quando sono uscito dal bagno. Ma non posso aspettarti. Ho del lavoro da fare. Se non mi vedi, siediti da qualche parte e guarda le ragazze che passano.

— Riesci sempre a rendere le cose difficili — grugnì Kirdy. — Perché non hai l'intelligenza di cambiare? Dovresti tenere più in considerazione me e le mie opinioni.

— Questo è assurdo — disse Glawen. — Sei tu che la vorresti troppo comoda. Ricorda che siamo qui per lavoro.

Su una tempia di Kirdy una vena si gonfiò fin quasi a scoppiare. La sua voce fu un rantolo minaccioso: — È duro sentirmi dare ordini da te. Non hai nessun rispetto per i miei sentimenti. I tuoi occhi sono pieni di disprezzo. Ignori le mie parole come se io non avessi parlato, e se non le ignori è solo per criticarle. Ti fai beffa della mia capacità e della mia esperienza. Ma io non sono uno che si possa prendere alla leggera, come ho dimostrato in più occasioni. Potresti impararlo a tue spese.

Glawen lo fissò, rigido e senza parole. Cominciò a irritarsi. Pazzo o no, Kirdy doveva cambiare atteggiamento. Subito dopo tuttavia si controllò: aggredendolo rabbiosamente non avrebbe fatto che confermare le sue idee fisse. Con freddezza rispose: — Ti comporti in modo inaccettabile. È chiaro che non possiamo lavorare insieme. Saremo entrambi molto più contenti quando tornerai a Cadwal. Io proseguirò l'indagine da solo.

L'altro ebbe una risata sarcastica. — Aha, capitano Clattuc! Ecco dove volevi arrivare fin dall'inizio, eh?

— Pensa quello che vuoi. Il Supervisore mi ha chiesto di portarti con me, nella speranza che un po' di lavoro ti raddrizzasse, ed è solo per questo che sei qui.

— Ma quant'è generoso e nobile da parte tua!

— Ti sbagli, non sono affatto generoso. E questo significa che devi impegnarti ad agire come una persona normale, qui e subito. Io rifiuto di sopportare i tuoi umori balzani un minuto di più.

Kirdy aprì e strinse i pugni, fissandolo in silenzio. Glawen sostenne il suo sguardo, pronto a tutto. — Pensa bene a quello che fai — lo consigliò.

Kirdy era rigido. — Questo è più facile a dirsi che a farsi — fu il sibilo che gli uscì dalle labbra.

— Sospetto che lo sia più di quel che vuoi farmi credere. L'autocontrollo dovrebbe essere una seconda natura per un Wook. Tu sai come comportarti. Perché non lo fai?

— Come ti ho detto, è più facile a dirsi.

— Facile o difficile, a me non importa. O questo, oppure te ne torni a casa.

— Io posso soltanto fare del mio meglio.

— Ciò significa che farai quello che sembra meglio a te, e non è abbastanza. Autocontrollo e comportamento sensato, oppure la prima nave in partenza.

Kirdy chiuse la porta con un tonfo secco. Glawen andò all'ascensore e scese nell'atrio. In quel momento il collega era furibondo, ma – così almeno lui sperava – furibondo in modo sano e normale. Pochi minuti avrebbero dovuto bastargli per calmarsi e riesaminare la situazione. Glawen lo immaginò in piedi davanti alla parete-finestra di vetro grigio, il faccione rotondo pensosamente contorto. Forse i frammenti della sua vecchia personalità si riunivano, prendendo forza dalla necessità, e stavano ricacciando il subconscio al posto che gli competeva. O forse quel subconscio avrebbe deciso di fingersi normale per ingannare lui. Peccato, pensò, che Bodwyn Wook non fosse lì per accollarsi lui stesso quel problema.

Al banco delle registrazioni Glawen domandò dove fossero l'Agenzia phlodoric e la Bucyrus Viaggi. L'impiegato gli indicò un corridoio che usciva attorno al giardino centrale, trasformandosi in un porticato. – Troverà i loro uffici lungo la Galleria. Godono di ottima reputazione entrambi, e servono spesso personaggi d'alto rango compresi, inutile dirlo, i Patrunes. Il direttore dell'Agenzia Phlodoric è Sirrah Kyrbs. La Bucyrus Viaggi è condotta con uguale efficienza da Sirrah Fedor.

Glawen visitò per prima l'Agenzia Phlodoric. Si presentò, chiese di Sirrah Kyrbs, e fu guidato a un ufficio sul retro con tale fretta che si chiese se non volessero nascondere la sua presenza a qualche Patrunes.

Sirrah Kyrbs, un gentiluomo grassoccio di mezz'età, vestito e profumato come un damerino, accordò a Glawen un benvenuto formale legnoso e distaccato. – Signore, sono alquanto sorpreso che lei chieda di parlare personalmente con me. Posso saperne il motivo?

– Glielo spiegherò. Ma prima permetta che le faccia una domanda: ha mai trattato affari con la Compagnia Ogmo?

– Compagnia Ogmo? Credo di no, comunque posso accertarlo subito. – Accese il computer dell'ufficio, pronunciò qualche parola nel microfono e lo schermo gli diede la risposta. – Spiacente, sembra che io non possa aiutarla.

– Cosa sa dirmi della Gita della Perfetta Gioia, su Cadwal? L'altro scosse il capo, perplesso. – La risposta è identica.

– Grazie, signore. – Glawen uscì dall'agenzia.

Alla Bucyrus Viaggi, Sirrah Fedor non gli diede più informazioni di quante ne aveva avute da Sirrah Kyrbs. Tornò nell'atrio e vi trovò Kirdy, seduto presso una parete, vestito secondo la moda locale e all'apparenza in pieno possesso delle sue facoltà mentali.

Mentre Glawen gli si avvicinava, Kirdy si alzò di scatto. − Dove sei stato? − La sua voce, pensò Glawen, era emozionalmente neutra, a parte un filo di tensione. La domanda? Poteva essere sia ragionevole curiosità che una lamentela. Decise di dare a Kirdy il beneficio del dubbio.

− Ho visitato quelle due agenzie di viaggi. Nessuna delle due ammette di aver trattato con la Compagnia Ogmo, né hanno registrazioni circa la Gita della Perfetta Gioia. Entrambi i direttori sembrerebbero persone oneste.

− E questo dove ci porta?

− Per ora in sala da pranzo, e poi ci penseremo.

Il ristorante confinava con il giardino-giungla, che occupava una zona larga circa cinquanta metri sotto la cupola di cristallo grigio. Migliaia di piante diverse, alte e basse, allargavano rami e foglie di ogni aspetto. Al centro, un rozzo spunzone di basalto nero si levava a quattro metri d'altezza sull'humus fertile. Dalla sua sommità sgorgava una cascatella che ruscellava via con un piacevole gorgoglio d'acqua corrente.

Glawen e Kirdy sedettero a un tavolo sul bordo del giardino e fu loro servito un pranzo d'alta classe. Considerando i prezzi Kirdy scosse malinconicamente la testa. − Floreste avrebbe nutrito tutti i Pantomimi per una settimana con quello che spendiamo per questi piatti. A quei tempi non conoscevamo la differenza... o non ce ne importava. Eravamo entusiasti e affiatati; c'era sempre qualcosa di eccitante da fare. Non so se potrei tornare a una vita di quel genere. Aveva le sue attrattive, naturalmente. Le ragazze erano tutte così belle e amichevoli, anche se non si poteva superare un certo limite con loro... a questo pensava Floreste. Non lo si può dire un tipo permissivo. Chi amava, amava invano... almeno finché durava la tournée. Uscito dalle sue grinfie, naturalmente, potevi tornare a fare quel che volevi... se non era troppo tardi. Tutto sommato, erano giorni splendidi.

− Sono giorni ormai passati − disse Glawen. − Esaminiamo la situazione attuale. Non si può affermare che...

— Ci ho riflettuto — lo interruppe Kirdy. — Capisco il tuo punto di vista. Perché l'indagine proceda è ovvio che si debba lavorare in armonia. Non è necessario che tu mi piaccia o che io piaccia a te. Ma dobbiamo accordarci su un sistema che ci permetta di lavorare insieme.

— Va bene — disse Glawen. — Useremo il tradizionale sistema di servizio: io sono la persona al comando, tu l'assistente. Non c'è scopo nel lasciar sfogare gli umori. Non voglio altri conflitti emozionali o minacce; mi distraggono dal mio lavoro. Così... ecco la soluzione. Lavorare come si usa nel nostro mestiere. O questo o niente, il che significa io per la mia strada e tu in viaggio per Cadwal.

— Capisco e sono d'accordo.

Glawen ripensò al subconscio di lui e al pericolo che decidesse di mettersi una maschera di normalità. In tono casuale osservò: — Sembri proprio il vecchio Kirdy in questo momento. Hai rimesso insieme, per così dire, i pezzi della tua antica mente? Oppure la tua seconda mente si è adattata alla realtà che ti circonda?

Kirdy ebbe un sorrisetto storto. — La realtà che mi circonda? Questa è una definizione ambigua, che diverte almeno una delle mie menti. In tutta franchezza, ho appena avuto quella che potrei dire un'illuminazione. Per tutto questo tempo ho teorizzato che la mia condotta prima dei fatti di Yipton fosse governata da quella che chiamerò Mente A, e in seguito dalla Mente B. Ho appena saputo che ciò non è del tutto esatto. In realtà la Mente B è stata quella dominante per molti anni, con la Mente A nelle funzioni di collegamento verso la «realtà che mi circonda», come la definisci tu. Credo che questa sia una regola valida per tutti: tu, io, Bodwyn Wook, Arles, Namour, tutti quanti. La Mente B è la fortezza; la Mente A è l'araldo che corre fuori dal portone a distribuire messaggi qua e là, e quindi riporta notizie del mondo esterno.

— Non so molto di psicologia — disse Glawen. — Potresti benissimo aver ragione. Al momento ciò che chiedo è collaborazione piena: niente minacce, né ostruzionismi, né lamentele. Riuscirai a controllarti su questa linea di condotta?

— Naturalmente — disse lui, freddo. — Posso fare qualunque cosa valga la pena d'essere fatta.

— Ma *vuoi* farla?

La vena su una tempia di Kirdy si gonfiò, un sintomo che Glawen non trovò rassicurante. – Farò del mio meglio – replicò.

– Mi spiace – disse Glawen. – Come ti ho detto, questo non basta. Dev'essere «sì» o «no», una volta per tutte, e senza riserve.

– In questo caso: sì. – La voce di Kirdy era morta, meccanica. Glawen fece un profondo sospiro. Non poteva sperare di più, salvo finire l'indagine quanto prima e rientrare a Stazione Araminta con quelli che ne sarebbero stati i risultati.

Finirono il pasto in silenzio, poi Glawen si alzò. – Devo fare qualche altra domanda alle agenzie di viaggi. Puoi venire con me, se credi, oppure aspettarmi qui.

– Vengo con te.

I due percorsero la Galleria fino all'Agenzia Phlodoric. Sirrah Kyrbs, seduto dietro la sua scrivania, accolse la loro comparsa con faccia impassibile. Si alzò e li salutò chinando appena il capo. – Posso esservi utile?

– Così io spero, signore. Questo è il mio collega, il sergente Kirdy Wook. Avrei qualche altra domanda, se posso impormi così alla sua pazienza.

– Le risponderò di certo come la legge richiede, entro i limiti suggeriti dalla discrezione.

– Non deve avere timori. Le informazioni che mi darà saranno ritenute strettamente confidenziali.

– Domandi pure.

– Le è noto il nome di Sir Mathor Borph?

– Naturalmente. Sir Mathor è uno dei nostri notabili.

– E Sir Lonas Medlyn?

– Lo conosco di nome. La sua famiglia è forse meno stimata di quella di Sir Mathor.

– So che di recente sia Sir Mathor che Sir Lonas hanno visitato altri pianeti. Senza dubbio si sono rivolti alla sua prestigiosa agenzia per affidarle la programmazione.

– Signore, io non posso, date le mie responsabilità, discutere gli affari dei nostri clienti.

– Temo che lei dovrà metter da parte, fino a un certo punto, i suoi scrupoli – disse Glawen. – La nostra è un'inchiesta ufficiale di polizia.

Assisterci è suo dovere, e ciò nel migliore interesse di questa agenzia. Inoltre ogni sua parola sarà considerata ufficiosa e confidenziale.

— Mmh! Come servirei gli interessi della mia ditta, se fossi irresponsabilmente indiscreto?

— Non c'è bisogno che metta in rilievo i poteri del CCPI. Ma è ovvio che l'Agenzia Phlodoric non sopravvivrebbe. se le compagnie di trasporto rifiutassero di onorare i biglietti venduti da voi.

— Mmh! Mi consenta di vedere le sue credenziali.

— Certamente. — Glawen gli porse i suoi documenti, e Kirdy fece lo stesso. — Noterà che il nostro ufficio è diretto affiliato del CCPI.

Sirrah Kyrbs scrollò le spalle e restituì i documenti. — Il CCPI non è tenuto in grande considerazione su Natrice; sentimento certo ereditato dai primi coloni. In realtà qui non c'è neppure una sede stabile del CCPI. Be', non importa. Cercherò ragionevolmente di rispondere alla vostre domande.

— Grazie. Posso presumere che abbia procurato lei i biglietti a Sir Mathor e Sir Lonas?

— Questo non è un segreto. Qualche mese fa Sir Mathor e Sir Lonas partirono per Cadwal, a bordo della *Spada di Pietra* delle Linee Perseiane.

Glawen annuì. — Fin qui ci siamo. Ora, cosa può dirmi dei sei Scientisti Sanart? I loro nomi sono...

Sirrah Kyrbs agitò una mano. — Conosco quel gruppo, e sono sorpreso che abbiano deciso di cedere alle frivolezze del turismo. Persone del genere, come lei saprà, aderiscono a pregiudizi particolari.

— Hanno acquistato anch'essi i biglietti presso di voi?

— Non personalmente. Io ho ceduto un blocco di sei biglietti, a loro nome, a una giovane donna che fungeva da loro rappresentante.

— Con che nome si è presentata questa donna?

— Non si è preoccupata di darmi il suo nome. Ho dedotto che era originaria di un altro mondo e di scarsa levatura sociale... senza dubbio non una Scientista Sanart.

— Era ospite di questo albergo?

— Credo di no. Volle i biglietti subito, per non dover tornare una seconda volta.

— Lei non ha un indizio della sua possibile identità?

— Nessuno. Pagò in contanti e io accantonai ogni domanda... salvo un attimo di divertimento nel pensare a degli Scientisti e dei Patrunes in viaggio per la stessa destinazione. Mi chiesi se si sarebbero rivolti la parola.

— Una situazione curiosa — annuì Glawen.

— Ne vediamo diverse in questo lavoro, e non è compito nostro speculare dove e con chi la gente va, se capisce cosa intendo.

— Oh, certo.

— Non so dirle di più. Se desidera altre informazioni, le consiglio di rivolgersi ai diretti interessati.

— Questa è un'idea eccellente — disse Glawen. — Avrei dovuto pensarci da solo. Dove posso trovare Sir Mathor e Sir Lonas?

Sirrah Kyrbs ebbe un sorriso rigido. — Io mi riferivo agli Scientisti Sanart. I Patrunes non si degnano di fornire informazioni. È già un privilegio quando passano di persona ad acquistare un biglietto.

— Tutto può servire — disse Glawen. — Porremo qualche domanda casuale a Sir Mathor, e forse vorrà gentilmente chiarirci l'intera faccenda.

Sirrah Kyrbs si schiarì la gola, gettò un'occhiata cauta fuori dalla porta e unì le mani dietro la schiena. — Confesso di essere curioso. Qual è la natura di questa cosiddetta faccenda?

— In sintesi, si può parlare di ricatto. I Patrunes potrebbero esserne stati vittime, se non avessimo compiuto i passi necessari.

— Capisco. Benché i Patrunes, fra tutti, non siano facili da sottoporre a ricatto. Sono loro a fare la legge... ecco perché il CCPI non è rappresentato su Natrice. I Patrunes si fanno giustizia da soli, senza riguardo per nessuno. E dal momento che gli Scientisti Sanart fanno esattamente lo stesso, lei può capire quali frizioni e ostilità ci siano.

— Dove possiamo trovare Sir Mathor e Sir Lonas?

— Sir Mathor naturalmente risiede alla storica dimora dei Borph, ad Halcyon, oltre il Mirling. Sir Lonas, a quanto ne so, gli funge da aiutante e abita attualmente presso di lui.

— Come si può raggiungere la proprietà dei Borph?

— È abbastanza semplice. Potete recarvi in volo ad Halcyon, affittare un'auto e percorrere una cinquantina di chilometri lungo la costa. C'è un volo ogni mezz'ora, quindi il viaggio può prendervi un'ora e mezzo, due al massimo. Oggi è forse ormai tardi per mettersi in strada.

— Questo è anche il mio parere — disse Glawen. — Un'ultima parola: al nostro arrivo ci terremmo a trovare Sir Mathor in casa, e se lui sapesse di questa visita potrebbe rendersi inavvicinabile. Lei non ha motivo, suppongo, di fargli i suoi saluti per telefono proprio oggi, no?

Sirrah Kyrbs ebbe un sorrisetto acido. — Intendo tenermi il più possibile appartato da questa faccenda.

— La prudenza è del saggio.

— Voglio permettermi di darvi anzi un buon consiglio. Avrete bisogno di un adatto copricapo contro i raggi di Blaise, visto che starete a lungo all'aperto. Nelle vostre camere ne troverete una scelta. Quelli bianchi a tesa larga sono i migliori, nelle giornate di sole.

— Grazie, sia per le informazioni che per il consiglio.

3

Glawen e Kirdy trascorsero il resto del pomeriggio in occupazioni oziose. Si aggirarono fra i negozi della Galleria, guardarono le ragazze che nuotavano nella piscina dell'albergo, sfogliarono i periodici in sala di lettura e al tramonto andarono al bar per un aperitivo. Un'ora dopo salirono nelle loro camere a cambiarsi per la cena, una formalità su cui a detta del barista al Rolinda non si transigeva.

Glawen fu informato dal cameriere addetto al guardaroba che nella sua valigia non c'era niente di utilizzabile, e che gli abiti adatti erano in attesa sul suo letto. Li esaminò: larghi pantaloni di lana nera e lucida, una blusa color zafferano, una mantellina scarlatta con fibbie nere da appuntarsi alle spalle, copricintura in seta azzurra e due orecchini a forma di insetto con sottilissime antenne in filo d'argento, più una minuscola coccarda bianca da applicarsi sulla punta delle scarpe.

Quando si fu abbigliato ciò che vide allo specchio non lo rese molto entusiasta, ma scrollò le spalle e scese nell'atrio. Sedette dove poteva osservare l'arrivo, sempre interessante, dei nuovi clienti, e si dispose ad aspettare.

Passarono venti minuti prima che Kirdy uscisse dall'ascensore, goffo e a disagio come se quegli abiti gli dessero il prurito. Aveva la bocca stretta in una linea dura, probabilmente perché era ancora seccato che lui non lo avesse consultato sui suoi piani per il giorno dopo.

Glawen lo raggiunse senza dir parola. I due attraversarono la vasta pavimentazione dell'atrio e uscirono nel ristorante del giardino.

Quella sera furono condotti a un tavolo situato una decina di metri all'interno della vegetazione, in un isolamento illusorio ma convincente e piacevole. La zona era pervasa da una luminosità verdolina, all'apparenza prodotta dal fogliame stesso. Glawen ipotizzò che nella linfa dei vegetali fosse stata introdotta una sostanza fluorescente, il cui effetto era potenziato da una sorgente radiante posta da qualche parte.

Glawen e Kirdy sedettero su seggioloni di vimini dallo schienale a ventaglio, ammorbiditi da sottili cuscini in broccato bianco e rosso, in uno stile nato migliaia di anni addietro nell'Oriente della Vecchia Terra, con il vimini che cigolava ad ogni movimento. Una tovaglia nera e marrone copriva il tavolo; la posateria era intagliata nel legno. Su di loro pendevano grappoli di orchidee rosa; da un lato sorgeva un viluppo di lobelie medicinali dagli scintillanti fiorellini azzurri. Una musica appena udibile del genere conosciuto come Antico Gitano andava e veniva come se una brezza mutevole la portasse lì da grandi distanze.

Kirdy trovò impressionante l'estetica fornita dal ristorante. — Qui hanno lavorato dei cervelli competenti! Sono riusciti a creare un ambiente romantico e insieme drammatico. Tutta apparenza, ovviamente, vanità e controsensi, ma di grande effetto!

— Così pare anche a me — disse Glawen, chiedendosi cosa significasse quel nuovo aspetto di Kirdy. — Ma sono controsensi genuini, non d'imitazione.

— Proprio così! — dichiarò l'altro con voce piena e risonante. — Grazie all'impegno umano questo circo equestre di stili insensati è diventato una cosa a se stante. Arriverei perfino a dire che si tratta di un lavoro d'arte, visto che fa nascere una domanda critica da una parte e le dà una risposta dall'altra. È artificiale e usa elementi naturali... ma per trascendere la natura. Ecco la vera definizione dell'arte. Sei d'accordo?

— Non vedo motivo per non esserlo. — Quella inattesa versione di Kirdy gli sembrava più somigliante al pomposo, filosofico giovanotto di cinque anni prima. — Naturalmente ho sentito altre definizioni. Si direbbe che tutti abbiano da parte una o due definizioni da tirar fuori in occasioni come questa.

— Dici? E qual è la tua?

— Al momento mi resta nel subconscio. Baron Bodissey diceva che le parole «arte» e «discorso retorico» sono sinonimi, ma forse è fuori luogo citarlo qui. Probabilmente lui sarebbe d'accordo con te nel vedere il ristorante come una forma d'arte.

Kirdy aveva perso interesse all'argomento. Scosse il capo nel cenno, ormai familiare, che indicava nostalgia per il passato. — Quando ero un Pantomimo non immaginavo neppure che esistessero posti come questo. Floreste li conosceva, ma badava bene a non lasciarceli vedere.

Ah! pensò Glawen. La fase «analitica» di Kirdy aveva lasciato il posto a quella «autobiografica».

— Sapevamo a malapena su che pianeta stavamo recitando — brontolò l'altro. — Gli alberghi avevano sempre un odore strano, un misto di disinfettanti e di vernice, e quando non erano troppo freddi erano troppo caldi. I soli pasti abbondanti erano quelli insipidi… anche se qui su Natrice a volte mangiavamo bene, quando capitava di dare uno spettacolo nella villa di un Patrunes. Ah, lì c'era da leccarsi i baffi! — Sogghignò al ricordo. — Ma alla Dimora dei Pascoli le cose erano diverse. Stufati con molta verdura e poca carne, pesce bollito pieno di lische, trippa piena di pepe, e la salsa piccante da mettere su tutto quello che non aveva nessun sapore. Almeno, nessuno rischiava di mangiare troppo… neppure Arles, che spendeva tutti i suoi soldi in dolciumi. Però eravamo contenti lo stesso. — Fissò Glawen, criticamente. — Tu non hai mai fatto parte dei Pantomimi. Mi chiedo perché.

— Non avevo il talento adatto.

— Neppure io, né Arles. Floreste ci faceva recitare come Esseri Primordiali, Orchi o Demoni della Tempesta, dove non era richiesta una capacità particolare. Sì, quelli erano giorni! Senza dubbio oggi è ancora così. Facce diverse, voci diverse, ma sempre le stesse risate e gli stessi scherzi. — L'espressione di Kirdy si fece remota, più morbida. — Naturalmente non m'importa più un baffo di recitare, ormai.

Kirdy proseguì con le sue reminiscenze finché Glawen cominciò ad annoiarsi e cambio argomento: — Domani potrebbe essere una giornata importante.

— Spero che non sarà un fallimento come oggi.

— Non è andata tanto male. Abbiamo scoperto un altro dei protagonisti che si sono mossi sulla scena.

— Ah, sì? E chi sarebbe?

— Una giovane donna, una straniera che acquistò un blocco di sei biglietti per Cadwal.

— Non dovresti chiamarla una «protagonista», visto che occupava certo un ruolo da comprimaria, o forse appena da comparsa.

— La parte che recitava la vedremo in seguito. Quello che voglio ora è il suo nome. Chissà che Sir Mathor non possa dircelo.

Kirdy fece un grugnito. — Sir Mathor non ci dirà neppure da che parte si alza il sole. Il CCPI non significa niente per i Patrunes. Quelli si fanno la legge da soli.

— Vedremo.

Il mattino dopo Glawen preferì i suoi abiti a quelli un po' troppo vistosi che l'albergo assegnava ai turisti, e si vestì con cura.

Kirdy bussò alla porta, entrò, abbigliato alla moda locale, e nel vederlo assunse un'aria fra stupita e disgustata. — Se posso far conto su una cosa, questa è la tua perversa imprevedibilità. Vorresti gentilmente spiegarmi perché ti comporti così?

— Ti riferisci al mio vestito? La perversità non ha niente a che fare con quello che indosso.

— Pensi che io meriti una risposta?

— Certamente. I Patrunes non hanno molta stima dei locali; otterremo maggiore attenzione da Sir Mathor se lo avvicineremo vestiti alla nostra maniera.

Kirdy sbatté le palpebre. — Sai una cosa? Credo che tu abbia ragione. Dammi due minuti per levarmi questa roba di dosso.

— E due minuti sono il tempo che ti concedo — disse Glawen. — Fai in fretta.

Dopo una rapida colazione Glawen e Kirdy presero l'omnibus e andarono all'aeroporto. Da lì un silenzioso traghetto aereo li portò al di là del Mirling, e dopo un volo di mezz'ora atterrarono alla periferia di Halcyon.

Erano le dieci e mezzo di mattina, secondo l'ora standard che un trasmettitore inviava a tutti gli orologi raggiungibili dal suo segnale. Nel cielo aleggiava una foschia lattescente. Blaise, un grande zaffiro azzurro, sembrava emettere arcobaleni di radiazioni rosate e verdoline.

All'uscita dell'aeroporto di Halcyon, Glawen e Kirdy trovarono una fila di veicoli controllati dal sistema computerizzato intercontinentale, a disposizione di chi ne avesse bisogno. Le istruzioni erano su una targa fornita di alcuni pulsanti:

1. *Scegliete un veicolo. Salite a bordo e sedetevi.*

2. *Il meccanismo di controllo vi chiederà di segnalare la Vs. destinazione. Rispondete: «La residenza della persona X», oppure: «La sede della ditta X». Di solito questo è sufficiente.*

3. *Prezzo del viaggio: mettete le monete nell'apposita fessura. Per eventuali tempi di attesa pagate in anticipo. Il veicolo rifonderà il sovrappiù.*

4. *Potete dare i seguenti ordini: «Più veloce», «Più lento», «Fermati», «Cambia destinazione per il posto X». Non sono necessarie altre direttive. Il veicolo procede a quella che ritiene la velocità adatta, lungo la strada più breve. Si prega di non danneggiare l'interno della vettura.*

— Sembra abbastanza semplice — disse Glawen. Scelse un'automobile lunga e bassa, a due posti, che una bolla di cristallite verde schermava dai raggi di Blaise, e premette il pulsante sulla targa. Kirdy esaminò il veicolo con una smorfia accigliata. — È un'idea che non approvo.

— Perché? — si meravigliò Glawen.

— Non ci si può fidare di queste vetture. Sono guidate da cervelli tolti a dei cadaveri. Questo è quanto mi fu detto da una persona degna di fiducia, quando venni qui con i Pantomimi. E non si tratta neppure di cervelli freschi.

Glawen ebbe una risata incredula. — Dove l'hai sentito dire?

— Non ricordo dove. Da fonte ben informata. Arles, forse.

— In questo caso, ti stava prendendo in giro. A guidarle sono ovviamente dei semplici computer.

— Ne sei certo?

— Si capisce!

Ma davanti alla portiera Kirdy si fermò. Esasperato Glawen chiese: — Cosa c'è che non va, adesso?

— In primo luogo, quest'auto è troppo piccola. Su quel sedile mi verranno i crampi. Secondo me dovremmo noleggiarne una con un vero conducente, che faccia quello che gli chiediamo di fare. Queste macchine sono incuranti dei desideri umani; agiscono in base alla loro logica, e se gli sembrasse logico potrebbero scaricarci in mare.

— Non preoccuparti — disse Glawen. — Se facesse qualche stranezza basterà dire «Fermati!». Comunque qui ce n'è una a quattro posti; puoi avere tutto lo spazio che vuoi. O sali a bordo, o mi aspetti nel terminal. Come pare a te.

Kirdy borbottò fra i denti, poi con aria ingrugnita salì sulla quattro-posti. — Questo è un sistema assurdo. Tutto è assurdo. L'intera Distesa Gaeana è un controsenso, compreso te, con le tue idee bizzarre e il tuo sogghigno da pesce freddo.

Il sorriso di Glawen, che lui aveva creduto affabile e incoraggiante, si spense. Premette il pulsante per la quattro-posti e salì sul retro accanto al collega. Da un pannello anteriore uscì una voce: — Benvenuti a bordo, signori e signore.

— Vedi? — Recriminò all'istante Kirdy. — Non sa neppure che razza di persone siamo!

La voce disse: — A bordo ci sono due persone. Sono attese altre persone?

— No — rispose Glawen.

— Qual è la destinazione attuale?

— La residenza di Sir Mathor Borph, circa cinquanta chilometri a est lungo la strada costiera.

— La distanza esatta è chilometri 47, 768 — disse la voce. — Sola andata, tre sol. Andata e ritorno, cinque sol. Il prezzo dev'essere pagato in anticipo. Per il tempo di attesa, un sol all'ora. Potete depositare le monete che desiderate. Quelle eccedenti saranno restituite.

— Ordina a questa cosa di guidare con prudenza — borbottò Kirdy. Il veicolo domandò: — Siete pronti alla partenza? In caso affermativo rispondere: «Pronti».

— Pronti.

Il veicolo indietreggiò sul piazzale, si avviò nel centro abitato e fece numerose svolte a destra e a sinistra. — Non sa neppure in che direzione andare! — sbottò Kirdy, disgustato. — È chiaro che ha un guasto pericoloso.

— Non credo — disse Glawen. — Sta semplicemente seguendo i sensi unici.

Pochi secondi dopo l'auto sbucò su una larga strada parallela alla costa e subito accelerò a una velocità che scatenò le proteste di Kirdy.

Glawen non gli prestò alcuna attenzione e pian piano l'altro si calmò, anche se continuò a sottolineare gli aspetti di quella missione che non approvava. — Sir Mathor non sa che stiamo arrivando. Anche qui è considerato scortese far visita senza aver preso appuntamento.

— Noi siamo agenti dell'Ufficio B. Ci sono formalità su cui possiamo sorvolare.

— Nonostante ciò, avremmo dovuto avvertire Sir Mathor. Dopotutto è un Patrunes. E se avesse detto che non vuole vederci, ci saremmo risparmiati il viaggio.

— Io intendo vedere lui, senza riguardo ai suoi desideri. Sono venuto su Natrice apposta per questo.

— Potrebbe prendersela a male… o addirittura mandarci via.

— Un Clattuc e un Wook? Poco probabile.

— Il nostro pedigree non gli è certo familiare.

— In tal caso tu lo metterai al corrente, cercando di non urtare i suoi aristocratici sentimenti.

— Bah! — grugnì Kirdy. — Non capisco mai quando parli sul serio,

— Questo è sintomo di buona salute mentale. Forse il nostro viaggio si dimostrerà una terapia efficace, infine.

Kirdy non fece commenti. In silenzio i due si lasciarono portare attraverso un panorama misto di vegetazione tropicale, campi coltivati, tratti di fitta giungla dove la vegetazione raggiungeva i cento metri d'altezza ed era a sua volta sovrastata di molte decine di metri da dendroni giganti, che allargavano nel cielo i loro ombrelli di fogliame marroncino. Ogni tanto da varchi fra le piante si scorgeva il Mirling, azzurro-lavanda sotto i bagliori di Blaise. Sulla destra, alcune strade traverse portavano alle dimore isolate di altri Patrunes, circondate da alti muri e recinzioni metalliche.

Il veicolo sterzò infine in una di queste e andò a fermarsi davanti al portone di un grosso edificio. — Questa è la destinazione specificata. Desiderate tornare indietro subito?

— No. Aspetta qui.

— Il tempo di attesa costa un sol all'ora, da pagarsi in anticipo. Le monete in eccedenza saranno restituite.

Glawen infilò cinque sol nella fessura.

— Questo veicolo attenderà cinque ore a vostra disposizione. Prego fornire un nome che codifichi la vostra priorità all'uso.

— Spanchetta — disse Glawen.

— Per cinque ore questo veicolo è riservato all'uso del signor Spanchetta — dichiarò la voce.

Kirdy si accigliò contrariato. — Perché gli hai dato quel nome?

— È il primo che mi è venuto in mente.

— Mmh! — sbuffò lui. — Spero che al ritorno non saremo costretti a provare la nostra identità.

— Non è questo a preoccuparmi. Adesso ascoltami bene. Queste sono le tue istruzioni. Non intervenire nella conversazione, salvo che io non ti faccia una domanda. Se mi sentirai dire qualcosa di inesatto non correggermi, perché potrei avere le mie ragioni. Non mostrare né cordialità né freddezza; mantieni un calmo distacco, anche se subissimo qualche angheria. Non fissare troppo le donne che potrebbero esser presenti. In generale, comportati come un tipico Wook di Casa Wook.

— Sono incline a disapprovare queste istruzioni — brontolò Kirdy.

— Non ha importanza. Disapprovale quanto vuoi, ma eseguile.

— Non so se ne sarò capace. Comportarsi come un Wook non significa sopportare le angherie, e in quanto al non guardare le donne…

— Voglio essere paziente — disse Glawen, e gli ripeté le istruzioni. — È tutto chiaro?

— Naturalmente — si seccò Kirdy. — Non è per caso che sono un sergente dell'Ufficio B.

— Bene. — Glawen andò al portone e premette il pulsante sull'interfono. Poco dopo una voce disse: — Sì? Chi è?

— Due visitatori — rispose Glawen.

Ci fu una pausa, poi: — I vostri nomi, prego, e il motivo della visita.

— Siamo Glawen Clattuc e Kirdy Wook, dell'Ufficio B di Stazione Araminta, su Cadwal. Desideriamo consultare Sir Mathor Borph su una questione importante.

— Siete attesi?

— No.

— Un momento, per favore. Annuncerò la vostra presenza.

Trascorsero tre minuti. Kirdy emise un mugolio: — È chiaro che...

Uno dei battenti scivolò di lato. Un uomo alto, di pelle nera e con pallidi occhi grigi, fornito di una muscolatura impressionante, esaminò i due visitatori con faccia impassibile. — Voi siete gente di Cadwal?

— Proprio così, signore.

— Cosa siete venuti a fare, qui?

— Lei è Sir Mathor?

— Io sono Sir Lonas Medlyn.

— I nostri affari riguardano principalmente Sir Mathor.

— Siete agenti di commercio? Venditori? O propagandisti religiosi?

— Nessuna di queste tre cose.

— Entrate pure, prego.

Sir Lonas si avviò in un atrio pavimentato in conchiglie-mattonella bianche, e Glawen e Kirdy gli tennero dietro. L'uomo uscì subito in un vasto giardino, li condusse oltre alcuni alberi, su un ponticello che sormontava un corso d'acqua e quindi verso alcune cupole basse e larghe. Una porta di cristallo opaco scivolò di lato, ed entrarono in uno spazioso salotto. Sir Lonas fece loro segno di attendere, quindi scomparve aldilà di una porta. Glawen e Kirdy si guardarono attorno. Una dozzina di ninfe scolpite nel marmo erano disposte lungo le pareti; il pavimento era in lisce piastrelle d'alabastro. Una sfera di cristallo larga due metri, di trasparenza quasi ipnotica, pendeva da un cavo argenteo al centro del soffitto.

Sir Lonas fece ritorno. — Potete accomodarvi — disse, e li precedette in un locale molto ampio la cui funzione sembrava soltanto quella di una zona di passaggio. Il fondo era chiuso da una serie di pannelli di vetro, oltre i quali si vedeva una piscina ombreggiata da una cupola in cristallo grigio. Al centro di essa stava un disco vitreo suddiviso in anelli concentrici dai colori diversi, che filtravano la luce di Blaise in altrettanti arcobaleni: rosso carminio, verde marcio, porpora, azzurro zaffiro, blu, arancione scuro e rosa. Dieci o dodici persone di età varia facevano il bagno nell'ovale d'acqua chiara, e almeno altre venti indugiavano attorno all'ombra dei parasole.

Sir Lonas andò a parlare con quello che doveva essere Sir Mathor, un individuo alto di età matura, dai capelli ancora biondi e luminosi, fisico atletico e lineamenti regolari. L'uomo depose il bicchiere che aveva in mano e uscì dalla piscina coperta, chiudendo la porta a vetri dietro di sé. Da cinque o sei metri di distanza esaminò Glawen e Kirdy, percorrendo ciascuno dei due con uno sguardo calmo e incuriosito. A Glawen fece l'effetto di un individuo padrone di sé, uso alla cordialità misurata, indulgente verso i propri difetti ma riservato e per nulla propenso a lasciarli trasparire. A parte l'eleganza e le pose sperimentate da animale sociale, Sir Mathor era tuttavia un tipo abbastanza comune.

Non si prese la briga di nascondere la sorpresa per quella visita e l'aspetto dei due stranieri che aveva davanti. — Siete di Stazione Araminta, su Cadwal? Un posto lontanuccio, devo dire. E cosa vi porta da queste parti?

— Come ho detto a Sir Lonas, rappresentiamo l'Ufficio B — rispose Glawen. — Io sono il capitano Glawen Clattuc; questo è il mio collega Kirdy Wook. Ecco le nostre credenziali.

Sir Mathor le rifiutò con un gesto. I suoi modi erano ancora fra perplessi e divertiti. — Lei è certamente un giovanotto onesto; non dubito che mi stia dicendo la verità. Ma devo proprio chiedermi cosa mai può volere da me.

— A meno che qualcuno non abbia assunto la vostra identità, di recente lei e Sir Lonas avete visitato Stazione Araminta. Noi desideriamo indagare sulle circostanze di quella visita. Possiamo sederci, o preferisce restare qui?

— Ah, scusatemi! Davvero imperdonabile da parte mia! Sedetevi, prego, da questa parte! — Sir Mathor indicò loro un divano. Glawen e Kirdy sedettero, ma l'uomo passeggiò lentamente avanti e indietro di fronte a loro: tre passi a destra, tre a sinistra. Infine si fermò. — La mia recente visita a Stazione Araminta, ha detto. È sicuro di questo fatto?

— Può star certo della nostra professionalità, signore. In effetti siamo affiliati al CCPI. Lei ha usato un nome fittizio all'Albergo Araminta, ma ciò non è insolito né biasimevole, e non è comunque la ragione della nostra visita.

— Davvero straordinario! — annuì Sir Mathor. — Sono sempre più stupito.

— La capisco — disse Glawen. — La nostra indagine richiede il chiarimento di una certa situazione. Spero che lei non abbia niente in contrario a discuterla in ogni particolare.

Sir Mathor sedette in una morbida poltrona, sprofondandovi mollemente. Si appoggiò all'indietro, incrociò le gambe, poi gettò un'occhiata a Sir Lonas che s'era fermato lì accanto con le mani dietro la schiena. — Lonas, saresti così gentile da portare qualcosa da bere? Magari due calici di quell'eccellente Chiaretto Brina. E uno anche per me.

Sir Lonas annuì e si allontanò. Sir Mathor dedicò di nuovo la sua attenzione a Glawen e a Kirdy. — Dunque: supponiamo che mi diciate esattamente quale genere di informazioni state cercando.

— Circa due mesi fa vi siete recati a Yipton, e quindi sull'isola Thurben. Lì avete commesso azioni che sono illegali tanto su Cadwal che nell'intera Distesa Gaeana.

Sir Mathor gettò indietro la testa e rise, un suono metallico e squillante in cui non c'era alcuna traccia d'ilarità. — E siete venuti per dichiararmi in arresto?

Glawen scosse il capo. — La nostra ingenuità non arriva a tanto, Sir Mathor. Ma non c'è nulla da ridere. Il crimine che lei ha commesso ha un nome molto spiacevole.

— Allora non parliamone. Le parole spiacevoli rovinano la digestione. — L'uomo attese che Sir Lonas avesse servito i calici di vino freddo e continuò, in tono casuale: — Mi dica, avete discusso di questa faccenda con altri dei partecipanti all'escursione?

— La procedura — rispose cortesemente Glawen — richiede che io segua un certo ordine nell'inchiesta. Tuttavia potrei chiederle: farebbe qualche differenza?

Nella flemma di Sir Mathor si aprì finalmente una crepa. — Una gran differenza, infatti! Se lei vuole informazioni, va bene, gliele darò, purché lei non avvicini nessuna di quelle persone. In caso contrario, no.

— Le suggerisco di espormi i fatti. A cominciare dal come lei è stato informato dell'esistenza di quella gita.

Sir Mathor scosse il capo con un sospiro. — Parlerei con voi più volentieri se vedessi chiaro nei vostri scopi. Mi sembra, se posso fare deduzioni, che qualora voleste punire i partecipanti alla gita avreste subito appoggiato il caso al CCPI. Estorsione? Ricatto? Non direi che sia questo il vostro gioco, il quale è uno spreco di tempo in ogni caso. Allora qual è? Cosa state cercando?

— La prego di non scoprire misteri che non esistono — disse Glawen. — L'accaduto ha destato profonda indignazione. Vorremmo perseguire penalmente tutti gli implicati nel crimine, ma questo è possibile solo con chi è rimasto ad agire su Cadwal. Lei... in tutta franchezza, non sembra il genere di persona capace di partecipare a un episodio così ripugnante.

— È abbastanza vero. Adesso ho però affari più urgenti a cui pensare. — Sir Mathor si tamburellò con le dita sul mento. — Non sono ben certo di come regolarmi con questa storia. — Fece una pausa. — Credo che lei non si renda conto che qui su Natrice stiamo combattendo una guerra silenziosa ma disperata contro un nemico che ci supera di venti a uno. Se si arrivasse alla violenza subiremmo danni enormi. Non è un'esagerazione dire che è in gioco la nostra sopravvivenza... e che useremmo ogni arma disponibile.

— Ah! — disse Glawen. — Comincio a capire. Si riferisce agli Scientisti Sanart?

— Mi riferisco a uno dei loro gruppi, i cosiddetti Ideazionisti. Sono gente fanatica, che dell'inflessibilità fa una virtù. In passato ci hanno attaccato finanziariamente e verbalmente, cosa che non ci ha molto preoccupato. Di recente, bande di scorridori anonimi sono scese dalle Terre Selvagge e ci hanno assalito di notte, uccidendo e depredando.

«Questa è la situazione in cui viviamo. Il nostro nemico è motivato dalla sua "idea", che in sé non può dirsi ignobile. Tende al massimo della virtù. Ma dove può nascere una forza più violenta di quella generata dall'eccesso di virtù? Come si può combattere la virtù? Con la depravazione? E la depravazione è allora meglio della virtù? Opinabile, forse. Se non altro, la depravazione consente a chi la pratica una gran varietà di scelte. Personalmente, io tengo le distanze dai due estremi. Mi limito a vivere con calma e senza veri eccessi. Eppure eccomi qui seduto, oggi, sotto la minaccia di queste passionalità Sanart. Essi vogliono che io abbracci la loro Idea, io resisto; mi vedo costretto in una scomoda posizione difensiva e preoccupata. Le dolcezze della vita hanno assunto un sapore rancido; sono spinto a pascermi di odio, senza averlo voluto.

«E allora, uno cosa può fare? Siede nella sua poltrona e si mette a pensare... come sto facendo ora. Stimola la propria mente con il Chiaretto Brina... come sto facendo ora. – Sir Mathor vuotò il boccale. – Dico, voi signori non bevete?

– Non è cosa saggia bere sul lavoro – disse Glawen. – Quando va bene, dà all'inchiesta una falsa aria di giovialità. Quando va male, la bevanda contiene droga o veleno. E badi che non è un'ossessione paranoica. M'interesserebbe vedere lei o Sir Lonas bere da uno di questi bei calici.

Sir Mathor rise. – Qualunque sia il caso, a preoccuparci è la condotta da assumere con gli Scientisti Sanart. Noi non vogliamo distruggerli. Ci accontenteremmo se moderassero il loro fervore e ci lasciassero vivere le nostre futili, immorali, magari anche ignobili, ma pur sempre *nostre* vite.

«A tale scopo abbiamo studiato un piano per confondere e demoralizzare il nemico, cosicché alla fine anch'egli conosca il demone della licenziosità e i vizi insiti nella sua stessa carne. Speriamo di raggiungere questo scopo ribaltando la pietra del fanatismo Ideazionista e mostrando i vermi che brulicano anche sotto di essa.

«Sapendo questo, ora tutto dovrebbe esserle chiaro. Noi abbiamo scelto i sei più ardenti Scientisti; io ho fatto in modo che ricevessero un biglietto per Cadwal, più un messaggio con cui il Conservatore proponeva di unire l'Idea alla filosofia naturalistica: sarebbero stati così gentili, i sei eminenti Scientisti, da venire a colloquio con lui su Cadwal, con tutte le spese pagate? Non c'è bisogno di dire che i sei dotti filosofi accettarono. E il resto lo sapete.

– E sull'isola Thurben i sei si sono comportati come lei sperava?

– Erano un po' troppo rigidi. Li abbiamo ammorbiditi con una droga, e i loro freni inibitori sono saltati. Hanno compiuto gesti abbastanza spettacolosi da ricordarseli per sempre.

«Poi, in stato confusionale, i sei Scientisti sono stati riportati in Lanklandia. Erano consci di aver fatto qualcosa di perverso, e nessuno ricordava il colloquio con il Conservatore, ma è stato loro assicurato che questo era uno scherzo purtroppo ben noto a chi eccedeva con i forti vini di Cadwal. Nel viaggio di ritorno non hanno fatto che parlare dei pericoli contenuti nell'uva, rabbrividire a quel che il Conservatore doveva aver pensato di loro, e chiedersi scusa l'un l'altro per l'accaduto. In quanto alle registrazioni video, abbiamo in progetto di trasmetterle durante il Sinodo della settimana prossima. L'impatto sarà devastante.

— I delegati potrebbero capire la verità.

— La maggior parte preferirà credere allo scandalo. Anche fra gli scettici le immagini parleranno con la voce delle immagini, che da sola annienta un milione di prediche.

— Non ha torto — disse Kirdy con voce sorda.

— I Patrunes hanno la possibilità di trasmettere questo materiale durante un Sinodo? — chiese Glawen.

Sir Mathor sorrise a qualche sua riflessione privata. — Posso dirvi questo: sono stati presi solidi accordi. La registrazione raggiungerà un vasto pubblico. Già da ora tutto è fuori dalle nostre mani. — Si rilassò sulla poltrona. — E adesso sapete ogni cosa.

— Non proprio. Inizialmente, chi vi ha informati delle possibilità offerte dall'isola Thurben?

L'uomo aggrottò le sopracciglia. — Non lo so bene. Ci fu un breve accordo verbale e nient'altro, qualcosa del genere.

— Non mi sembra possibile. La vostra escursione è stata la prima. Poi ce ne sono state altre due.

— Davvero? Ne prendo atto. Comunque non fa ormai gran differenza. L'operazione è conclusa.

— Non per noi. Gli organizzatori dei festini sono ancora a piede libero.

— Temo di non potervi essere d'aiuto in questo.

— Senza dubbio lei rammenta chi si è occupato degli accordi.

— Ho acquistato i biglietti a un'agenzia. Più tardi parlai con una giovane donna molto attraente, e fu lei ad accordarsi con me. Quindi un uomo telefonò per confermare che i biglietti erano stati consegnati e che i sei Ideazionisti avevano accettato.

— Qual è il suo nome? Il suo aspetto fisico?

— Davvero non saprei. Non l'ho mai visto.

Glawen si alzò in piedi, imitato più lentamente da Kirdy. — Per ora è tutto quel che ci serve. Forse non avrà più mie notizie, ma questo sta ai miei superiori deciderlo.

— Loro sanno che siete venuti a parlarmi?

— Naturalmente.

— Dove si trovano?

— A Stazione Araminta.

— Ah! E ora quali sono i vostri progetti?

— Come le ho detto, l'indagine mira a identificare i membri della Compagnia Ogmo. Lei non sembra molto incline a collaborare, così dovremo seguire un'altra strada.

— Davvero! — Sir Mathor si accarezzò il mento. — E dove vi porterà questa «altra strada»?

— Non posso soddisfare la sua curiosità, signore.

— Devo sospettare che lei intenda interrogare gli Ideazionisti circa l'uomo che portò loro i biglietti.

— Probabile. Perché dovremmo scartare questa possibilità di identificarlo?

— Per più d'una ragione — disse Sir Mathor con la voce dolce della ragione. — Prima di tutto, io non voglio che la sua identità sia conosciuta. Questo sarebbe imbarazzante e dannoso. Secondo, non posso affidarmi alla vostra discrezione mentre il Sinodo è ormai così vicino. — Fece forza sui braccioli e si alzò, voltandosi a guardare il muscoloso negro. — Eh, Lonas, dico bene? Questo non devono farlo, non credi anche tu?

— È esattamente la mia opinione.

Sir Mathor si rivolse ai due. — Signori miei, fin dal vostro arrivo temevo che avremmo potuto arrivare a questo. Capitemi, io speravo in altre possibilità e le ho esaminate, soppesandole in base alle vostre parole. Tuttavia restiamo dinnanzi a fatti spiacevoli. Lonas, dove ti hanno portato i tuoi pensieri?

— Dinnanzi a fatti spiacevoli.

— La cui conclusione dovrà essere rapida e silenziosa, onde non disturbare i nostri ospiti. Gentiluomini, fra un istante la vostra indagine proseguirà nel Regno della Luce. Ah, se soltanto poteste tornare a riportarci novella di quelle liete regioni! Ma senza dubbio sarete troppo impegnati a bearvi nell'Eterno — disse Sir Mathor con voce morbida. Sir Lonas fece un lungo passo in avanti, poi un altro.

Kirdy emise un suono stridulo, il gemito omicida della bestia che vede aprirsi le sbarre della sua gabbia. Sir Mathor, che stava estraendo qualcosa di tasca, lo fissò stupefatto. Un attimo dopo il pugno massiccio di Kirdy lo raggiunse a una tempia con l'impatto di una mazzata, e il suo volto si distorse in modo grottesco. L'oggetto che aveva in mano, una piccola pistola, cadde sul pavimento. Glawen la scostò di lato con un piede, mentre Kirdy si girava per assorbire contro una spalla l'urto del corpo di Sir Lonas, mezza testa più alto di lui e trenta chili più pesante. Lo abbrancò alla cintura e cercò di rovesciarlo sulla poltrona, ma non ci riuscì subito, perché i pugni enormi dell'altro gli si abbatterono sulla schiena. Poi un piede del negro scivolò e i due rotolarono a terra avvinghiati. Kirdy scalciò e si contorse, ringhiando freneticamente nel tentativo di togliersi il corpaccione di dosso; urlò quando Sir Lonas gli afferrò i testicoli, e lo colpì con una testata in piena faccia. Ma l'avversario lo tenne sotto, gli chiuse le mani possenti intorno al collo e cominciò a strangolarlo. Glawen raccolse la pistola, si portò alle spalle di Sir Lonas e gli sparò una pallottola nella nuca.

Kirdy si tirò in piedi, ansimando. Glawen guardò verso la piscina oltre le vetrate chiuse. Nessuno s'era ancora accorto di quel che era successo nella penombra della sala.

Kirdy si piegò a osservare Sir Mathor. – È morto – disse, stupito. – Gli ho spaccato il cranio. Ho le mani pesanti.

– Svelto – lo incitò Glawen. – Nascondiamoli laggiù, in quella stanza.

Occorse la forza di entrambi per trascinare il peso di Sir Lonas, afferrandolo ciascuno per una caviglia. Poi Glawen raddrizzò la poltrona e la spostò a coprire la chiazza di sangue sul pavimento. – Andiamocene.

I due attraversarono di corsa il giardino, l'astanteria, e uscirono dalla villa. Il veicolo li lasciò salire a bordo docilmente, ma invece di partire al comando di Glawen disse: – Questa vettura è riservata. I signori sono pregati di sceglierne un'altra.

Kirdy batté un pugno sul cruscotto. – Qual è quel maledetto nome? Non me lo ricordo... so solo che era qualcosa di idiota!

Per un terribile istante la parola eluse anche Glawen. Poi gridò: – Spanchetta!

Il veicolo li sbarcò mezz'ora più tardi all'aeroporto di Halcyon, dove furono costretti ad attendere con il cuore in gola per altri venti minuti prima che partisse l'aereo per Poinciana.

Mentre sorvolavano il Mirling, Glawen riconsiderò gli avvenimenti. Né lui né Kirdy erano stati visti da altri alla dimora dei Borph, e lungo la strada non avevano attirato l'attenzione di nessuno, dunque era altamente improbabile che qualcuno li collegasse ai due cadaveri. I Patrunes avrebbero pensato a un raid dei terroristi Sanart. Tuttavia il direttore dell'Agenzia Phlodoric non aveva certo scordato i due stranieri venuti a chiedergli dove potevano trovare Sir Mathor Borph e Sir Lonas Medlyn. Appena la notizia della loro morte fosse stata resa pubblica, si sarebbe attaccato al telefono e avrebbe chiamato la polizia.

— Penso sia mio dovere riferire un particolare, che forse può essere attinente a questo triste evento — avrebbe cominciato a dire. Entro un'ora la polizia avrebbe preso in custodia le due persone sospette, per interrogarle, e in un posto dove erano i Patrunes a fare le leggi, la tessera di affiliati al CCPI dei due stranieri sarebbe stata meno che cartastraccia.

Ad aumentare l'apprensione di Glawen c'era la certezza che la polizia avrebbe esaminato le registrazioni del veicolo. Forse qualcuno lo stava già facendo in quel momento. In tal caso, a Poinciana gli agenti avrebbero atteso con interesse l'arrivo delle due persone sospette che i loro colleghi di Halcyon stavano cercando.

L'aereo atterrò sulla pista. I due passarono attraverso il terminal senza essere fermati, e Glawen constatò che non c'era alcuna attività di polizia.

I pensieri di Kirdy correvano paralleli ai suoi. Il collega gli diede di gomito, indicando oltre le piste. — Guarda là.

Glawen si volse. Dietro i capannoni dell'adiacente astroporto si levava la sagoma familiare del *Sagittarian Ray*, da cui erano sbarcati appena il mattino precedente.

— Sì — disse Glawen. — Il tuo istinto e la mia logica puntano verso la stessa conclusione.

— Quel cancello porta al terminal spaziale — disse Kirdy.

Senza pensarci oltre i due andarono alla biglietteria. Glawen domandò all'impiegata: — Quando parte il *Sagittarian Ray*?

— Giusto fra un'ora, signore. — Dove farà scalo?

Lei consultò il computer. — La sua prossima tappa è Soumjiana, sul pianeta Soum.

— È quel che fa per noi. Ci sono cabine libere?

— Sì, signore. In prima classe e in turistica.

— Allora prenderemo due cabine in classe turistica.

— Come desidera. Il prezzo è... vediamo. Trecentodieci sol. Volete favorirmi i passaporti, prego?

Glawen pagò. L'impiegata fece passare i loro documenti sotto un lettore e li restituì, accompagnandoli con i biglietti e diversi opuscoli pubblicitari.

Mentre si allontanavano dallo sportello Kirdy brontolò: — Le nostre valigie sono ancora all'albergo.

— Te la senti di andarle a prendere? — chiese Glawen. — Anche se i corpi sono già stati trovati, non risaliranno a noi prima della partenza.

–E tu?

— Io intanto ti aspetto a bordo.

Kirdy scosse nervosamente il capo. — Salgo anch'io.

— Allora al diavolo le valigie. Però... — Glawen esitò.

— Che altro c'è?

— Avremmo il tempo di fare una telefonata.

— Adesso vuoi anche telefonare? E a chi?

— A uno o all'altro degli Ideazionisti. SS. Foum, ad esempio. Mi piacerebbe sapere chi gli ha portato i biglietti.

Kirdy grugnì. — E credi che te lo direbbe per telefono? Ti farà mille domande, e alla fine non dirà proprio niente.

— Magari potrei avvertirlo del complotto, che tutto sommato mi sembra piuttosto sporco.

— Come ogni normale manovra politica — disse Kirdy. — Comunque le loro controversie non ci riguardano.

Glawen fece un sospiro. — Qui devo essere d'accordo con te. Anzi, più ci penso e più sono d'accordo.

— Allora saliamo a bordo della nave.

4

Le stelle dello Sciame di Mircea, malgrado il loro spettacolare insieme di vortice fulgente, erano quasi tutte della stessa classe spettrale. Vergaz, l'astro bianco-rosato che illuminava i cieli di Soum, non faceva eccezione alla media.

Il *Sagittarian Ray* puntò su Vergaz, deviò lungo l'orbita di Soum, rallentò nell'atmosfera sull'emisfero diurno del pianeta, e finalmente atterrò allo scalo spaziale di Soumjiana. Carico e passeggeri, Glawen e Kirdy compresi, furono traslocati al suolo, dopodiché il *Sagittarian Ray* proseguì lungo lo Sciame di Mircea diretto al suo capolinea su Andromeda 6011 IV.

Nel salone del terminal Glawen chiese informazioni sulla coincidenza per Tassandero, nel sistema di Zonk, una stella lontana e isolata ai margini dello Sciame. Venne a sapere che su quella rotta facevano servizio due piccoli postali: il *Camulke*, in partenza da lì a quattro giorni, e il *Kersnade*, per il cui passaggio da Soumjiana mancava ancora più di un mese. Nessuna delle due date era soddisfacente, se fosse stato necessario viaggiare fino a Tassandero... a meno che non fossero riusciti a completare entro quattro giorni la loro inchiesta su Soum. Visto che questa possibilità non sembrava eccessivamente remota, Glawen prenotò due posti a bordo del *Camulke*, incontrando l'immediata disapprovazione di Kirdy: – Perché diavolo insisti con questa fretta incomprensibile? Non ti capita mai di prendere in considerazione i desideri degli altri? Lavoriamo con comodo, dico io, e godiamoci anche il soggiorno! A Soumjiana fanno dei salumi eccezionali.

Glawen rispose educatamente alla sua protesta. – Per quel che ne sappiamo, i tempi dell'indagine potrebbero avere un valore determinante. Se così fosse, Bodwyn Wook non si lascerebbe rabbonire neppure se gli portassimo una valigia di salsicce e souvenir delle località dove abbiamo oziato, a spese dell'Ufficio.

– Bah! – brontolò Kirdy. – Se Bodwyn Wook vuole che lui e io si faccia la stessa strada, deve imparare a camminare al mio passo.

Glawen rise. – Non ti aspetterai che io ti prenda sul serio!

Kirdy si limitò a un grugnito e restò a guardare con la coda dell'occhio mentre lui terminava le formalità della prenotazione.

Mentre aspettavano che i biglietti fossero pronti, Kirdy chiese con indifferenza: – Cosa pensi di fare, se non riuscissimo a finire il lavoro in quattro giorni?

– Ce ne preoccuperemo quando verrà il momento.

– Ma supponi che accada.

– Tutto dipenderà dalle circostanze.

— Capisco.

Su quel meridiano erano le undici del mattino. Glawen e Kirdy si recarono a Soumjiana con la soprelevata magnetica, attraversando un quartiere di piccole industrie, botteghe, e abitazioni di periferia costruite in schiuma di vetro verde, azzurra, e ogni tanto anche rosa e giallo-limone. La città si estendeva su una liscia pianura, a destra e a sinistra, tagliata a intervalli regolari da ampi viali alberati.

In termini geologici Soum era un pianeta vecchio. Le montagne erano state consumate dagli elementi atmosferici, e una rete di piccoli corsi d'acqua spesso in secca aveva preso il posto dei grandi fiumi di un tempo. I suoi sette mari conoscevano vento e tempesta solo nella stagione più fredda dell'anno.

Come il loro mondo, i soumjiani avevano generalmente un carattere mite e uniforme. Una scuola di pensiero filosofico, i Deterministi Circostanziali, affermava che era stato l'ambiente placido a plasmare la psiche dei soumjiani. Un altro gruppo, che si autodefiniva Sociologista, propugnava la teoria secondo cui «l'insieme delle tendenze mistiche è uguale all'assenza delle tendenze mistiche». Essi facevano notare che nel corso dei secoli su Soum erano giunti immigrati di tutte le razze e le religioni possibili, e che ciascuno, costretto ad adattarsi ai costumi degli altri, aveva sviluppato la tolleranza e la disposizione al compromesso, doti ora integrate nella personalità del soumjiano medio. Uomini e donne avevano identico stato sociale e vestivano nello stesso modo; ben poco mistero erotico circondava la sessualità. Ciò rendeva del tutto insoliti i crimini di matrice sessuale ed elementi come la gelosia, mentre il grande amore e l'avventura romantica erano al più soggetto di speranzose fantasticherie... a meno che qualcuno non potesse permettersi servizi tipo quelli forniti dalla Compagnia Ogmo con la Gita della Perfetta Gioia.

Arrivati nel centro di Soumjiana Glawen e Kirdy presero alloggio alla Locanda del Viaggiatore, che si apriva sull'Ottangolo, così era chiamata la grande piazza centrale a otto lati.

Kirdy sembrava inquieto e depresso. Malgrado ciò Glawen volle spiegargli i particolari di ciò che si proponeva. — Abbiamo una Usta delle agenzie di viaggi usate dai soumjiani che sono stati catturati all'isola Thurben. Le visiteremo tutte e cercheremo di identificare l'anello di collegamento con la Compagnia Ogmo. Forse ne tireremo fuori un indirizzo, o un numero di conto corrente, o magari una persona con un nome e un volto.

— Forse.

— Se ci muoviamo, dovremmo farcela a concludere entro quattro giorni... presumendo, ovviamente, di dover decidere che il viaggio a Tassandero è inevitabile, il che non è detto. O almeno spero.

A Kirdy quel programma continuava ad andare stretto. — Quattro giorni sono assolutamente pochi. Di tutti i posti dove recitavamo noi Pantomimi, questo era il nostro preferito. Andavamo matti per le salsicce alla griglia. Le vedrai friggere in ogni angolo della città, specialmente qui sull'Ottagono. C'era una bancarella dove sapevano farle in modo indimenticabile, e sono ansioso di andarla a cercare. Floreste non ce ne comperava mai più di due a testa, cosa che tutti giudicavamo meschina e insopportabile. Due salsicce erano abbastanza da farci provare il supplizio di Tantalo. Sono deciso a trovare quella bancarella a tutti i costi, ma i gerenti si spostano di continuo per la città e potrebbero occorrermi più di quattro giorni. E anche se fosse, che importa? Almeno mi sarò riempito la pancia con quelle delizie una volta nella vita!

Glawen aprì la bocca per parlare, poi la richiuse. Cosa si poteva obiettare a un discorso del genere? Sospirò. — Kirdy, mi stai a sentire?

— Naturalmente, eccomi qui.

— Noi non possiamo perdere tempo a cercare delle salsicce, neanche se fossero di nettare e ambrosia e su ognuna ti dessero in omaggio una notte con Miss Mortadella. Se vuoi metterti a cercare salumi non posso fermarti, ma con te non ci vengo.

Gli occhi azzurri di Kirdy scintillarono. — Non sei intelligente a dirlo. Dobbiamo stare insieme!

— A me sembra più intelligente così. Tu vai pure a caccia di queste meravigliose salsicce. Io andrò a caccia della Compagnia Ogmo, e saremo più felici entrambi.

— Bah. In primo luogo, quattro giorni non basteranno.

— A me o a te?

— A me. Non vorrai che mi metta a correre da una bancarella all'altra, ingozzandomi di salsicce a due mani finché non trovo proprio quella.

— Hai ragione. Allora resta qui quanto ti pare.

— Ah! E tu?

— Appena ho finito io me ne vado.

Sul faccione roseo di Kirdy si dipinse la contrarietà. — Questo non è un atteggiamento conciliante.

A dispetto delle sue migliori intenzioni Glawen ebbe uno scatto d'ira. — Aah! Tu e i tuoi appetiti arretrati! Non hai dimenticato uno dei tuoi languori di Pantomimo! Ma il motivo per cui siamo qui ti è già uscito dalla memoria?

Kirdy sorrise acidamente. — Lo ricordo abbastanza bene. Ma non mi interessa più molto. Che differenza fa, oggi? Esso appartiene al passato. Ma ora è ora, ed è *ora* che io vivo.

— Irritarsi con te è del tutto inutile — disse Glawen. — Avanti, è l'ora di pranzo. Mangia quante salsicce vuoi; se non altro risparmieremo sui pasti. E ora che ci penso, le salsicce alla griglia piacciono anche a me.

Le bancarelle disposte tutto intorno all'Ottangolo erano molte, e da ognuna si levava il caldo aroma della carne alla brace. Kirdy insisté per mangiare a quattro bancarelle diverse, due salsicce a ogni sosta. Dopo averle assaggiate diceva: — Abbastanza buone, ma non sono quelle che sto cercando. — Oppure: — Queste hanno un po' troppo pepe, non credi? — O anche: — Saporite, sì, pastose, però mancano di un certo non so che. Ma adesso andiamo a quella bancarella laggiù; usa brace di carbone, vedi? Può essere un fattore determinante!

Davanti a ogni banco di vendita Kirdy sostava a masticare a lungo, ogni tanto annuendo o scuotendo il capo con pensosa concentrazione, mentre Glawen lo affiancava fra annoiato e divertito. Era certo che voleva fargli perdere tutto il tempo possibile, per costringerlo a rimandare la partenza. Ma intanto che Kirdy mangiava o discuteva col venditore sul tipo di legno usato per la brace, lui ne approfittò per comprare una carta della città e localizzare le agenzie di viaggi. Quasi tutte si trovavano a non molta distanza dall'Ottangolo. E quando Kirdy puntò verso la quinta bancarella lui gli indicò la più vicina delle agenzie, su un lato della piazza. — Il pranzo è finito. Io vado un momento là. Tu continua pure a mangiare o rientra all'albergo, come preferisci.

— Io non ho finito affatto — s'irritò lui.

— Io sì. Ho del lavoro da fare.

Kirdy volse le spalle alla bancarelle di salsicce e seguì Glawen negli uffici della prima agenzia.

Trascorsero così il pomeriggio, tutto il secondo giorno ed il mattino del terzo, con Kirdy che sprecava quanto più tempo possibile mentre Glawen fra un sospiro e l'altro trovava (era costretto ad ammetterlo con se stesso) un irrazionale piacere nel sabotare a sua volta le tattiche dilatorie del collega. Durante questo periodo visitò le agenzie di viaggi della sua breve lista. Il risultato fu simile per tutte. Ciascun ufficio aveva trattato l'acquisto di un biglietto con una cliente definita come giovane e bella, una straniera a giudicare dall'aspetto. Il suo attributo più notevole, dal punto di vista soumjiano, era una prorompente femminilità, il ricordo della quale portava sorrisetti sul volto degli impiegati di sesso maschile e smorfie di disapprovazione da parte di quelle di sesso femminile, spesso non molto distinguibili dai primi. Gli fu descritta come una ragazza dalle forme abbondanti, di media statura, con capelli neri, biondi, rossi, castani e neve-argento, colore che evidentemente mutava intonandolo all'abito o all'umore. Inoltre era caratterizzata da un elemento «esotico-straniero», «schlemielish» (aggettivo che Glawen non riuscì a farsi spiegare), «volubile e frivola», «eccessiva: tutto petto, scodinzolamenti e sbattere di ciglia», «un po' provocante», «sofisticata-originale, se capisce cosa voglio dire», e «misteriosa! Le ho chiesto il nome e mi ha risposto che era la O di Ogmo. Ha un senso questo? Lo domando a lei!», e infine: «certo, che le ho chiesto dove fosse questa Gita della Perfetta Gioia. Su Cadwal, mi ha detto. Ho voluto sapere se tutte le ragazze di Cadwal erano belle come lei. Ma mi ha sorriso e ha detto che quello non era il suo genere di posto: troppo vecchio stile».

In ogni agenzia Glawen s'informò della transazione finanziaria: — Quando avete venduto il biglietto per la Gita della Perfetta gioia, vi è stata pagata una somma. Dov'è finita? È stata ritirata da questa donna?

La risposta fu invariabilmente: — Abbiamo trasferito il denaro sul conto della Ogmo, alla Banca di Mircea. Queste erano le nostre istruzioni, e sono state seguite alla lettera.

— Avete visto la giovane donna anche in altre occasioni?

— No, signore.

— Sapete dove siano gli uffici della Compagnia Ogmo?

— No, signore.

Glawen non poté più scacciare la delusione che cominciava a deprimerlo. Quella che avrebbe dovuto essere la pista principale dell'indagine non portava da nessuna parte. Aveva saputo soltanto che una donna giovane s'era data da fare, svanendo senza lasciare alcuna traccia a parte il ricordo di un aspetto fisico che aveva usato per accecare, più che per destare, l'attenzione altrui.

Kirdy consumò il suo solito pranzo a base di salsicce e fece il suo solito tentativo di prolungarlo. E quando (al solito) fallì, si sfogò con una serie di recriminazioni e di proteste. Glawen non gli prestò attenzione, e con il collega che lo tallonava borbottando a due passi di distanza attraversò l'Ottangolo verso la sede della Banca di Mircea, l'istituto, per coincidenza, controllato da Alvary Irling, ancora trattenuto a Stazione Araminta.

In banca Glawen fu costretto dapprima a discutere e poi a minacciare, esibendo le credenziali a quattro impiegati e altrettanti capisezione prima d'essere condotto da un dirigente disposto a dargli informazioni e autorizzato a farlo. Kirdy ingannò quell'attesa stando in piedi al centro dell'atrio, girandosi soltanto per seguire i vari spostamenti di Glawen con sguardo sospettoso e insoddisfatto, quasi che si vedesse relegato nella posizione di complice di un criminale entrato lì dentro in cerca di guai.

Il dirigente dell'istituto ascoltò con attenzione la richiesta di Glawen, poi scosse il capo. — Non posso aiutarla. La Compagnia Ogmo ha un conto corrente, e di conseguenza chiunque può depositarvi del denaro che in seguito, per quanto riguarda noi, semplicemente scompare. I prelievi possono esser fatti automaticamente da chi usa il codice prefissato. Il conto è segreto, anonimo. Non fa che lasciarci una percentuale su ogni transazione e accumulare l'interesse annuale.

— E voi non potreste ottenerne il codice, se voleste farlo?

— Un genio della cibernetica potrebbe localizzarlo, depositando fondi sul C. C. della Ogmo e seguendo l'attività del computer. A questo modo potrebbe avere il codice, forse, il che significherebbe poter derubare questa Compagnia. Ma questo non gli darebbe certo il nome e l'indirizzo del proprietario.

— E se, mettiamo, un'operazione del genere fosse ordinata da Alvary Irling in persona?

Il dirigente lo osservò con un'espressione fra curiosa e calcolatrice. Poi disse: — Lei usa questo nome con sorprendente sicurezza.

— Perché no? Attualmente è nostro ospite a Stazione Araminta. Se io fossi incline a trasmettere il suggerimento, verrebbe rilasciato all'istante.

— Già, certo. — Il dirigente raddrizzò le carte che aveva sulla scrivania. — Lei ha grande influenza su di lui, allora. Interessante. Perché non gli chiede di darmi un aumento di stipendio? Io ho una piscina coperta che è un vero disastro, mi creda.

— Se lei trova il modo di farmi avere i dati che mi servono, le manderò una botte del miglior vino di Cadwal — sorrise Glawen.

L'uomo allargò dolorosamente le braccia. — Mi spiace proprio. Non è una questione di regolamenti interni. Il codice è noto sono al proprietario del conto corrente, e il suo nome non appare in nessuna registrazione della banca.

Glawen uscì in strada, con Kirdy alle calcagna. Rientrando alla Locanda del Viaggiatore aveva il morale nelle scarpe.

Nel piccolo atrio dell'albergo Glawen si gettò a sedere su una poltrona. Kirdy abbassò lo sguardo su di lui, con un sorrisetto freddo e indecifrabile. — E ora cosa pensi di fare?

— Vorrei saperlo.

— Non hai nessun altro da interrogare?

— Chi? E cosa potrei chiedergli?

Kirdy scosse le spalle, indifferente. — Resta molto da apprendere. E Soum è un mondo grande.

— Dammi il tempo di pensarci un po'.

— Pensaci. — Kirdy attraversò l'atrio e andò a leggere i fogli appesi in una bacheca. Subito mandò un'esclamazione di sorpresa, e quando si volse i suoi occhi brillavano di soddisfazione. — Non possiamo andarcene da Soum! Impossibile partire proprio adesso!

— E perché?

— Guarda quel manifesto!

Senza grande interesse Glawen andò alla bacheca. Il foglio che Kirdy indicava orgogliosamente era piccolo ma vivacemente colorato:

Il famoso impresario
–: Mastro Floreste :–
PRESENTA LA SUA GENIALE TROUPE
⌘ *I Vagabondi dello Sciame* ⌘
DI NUOVO QUI A SOUMJIANA!
Per il piacere del pubblico entusiasta e raffinato.

— Non saranno qui prima di un mese — commentò Glawen. — Noi ce ne andremo domani.

— Domani? — gemette Kirdy, sbalordito. — Io non voglio andarmene, né domani né dopodomani!

— Resta finché vuoi — disse lui. — Basta che non mi secchi più con le tue stupide lamentele.

Kirdy lo fissò, i muscoli del volto rigidi come corde. — Ti avverto di badare a come parli! Non dimenticare che sono più anziano di te! Glawen sospirò. — Scusa. Non volevo offenderti. Kirdy annuì con accigliata dignità. — Ho un suggerimento.

— Se non riguarda le salsicce o i Pantomimi, sono tutt'orecchi.

— Questa indagine era ovviamente un'assurdità fin dall'inizio, come sospettavo e ho dichiarato. Penso che dovremmo trascorrere un'altra settimana o due qui su Soum, occupandoci di varie cose, e poi prendere la prima astronave per Cadwal.

— Tu sei libero di tornare a casa — disse Glawen. — Io ho il dovere di completare l'indagine il meglio possibile. Questo significa Tassandero, con partenza domani.

Kirdy strinse le labbra e gettò un'occhiata al portiere, che li osservava. — Il dovere è dovere, certo, quando è necessario. Ma questo è un dovere sciocco quanto inutile.

— Non sta a te deciderlo.

— Naturalmente, che sta a me! Al raziocinio di chi potrei affidarmi, altrimenti? Al tuo? A quello di Bodwyn Wook? A quello di Arles Clattuc? Persone stimabili, certo. Ma io sono io! Se ritengo inutile un certo «dovere», rifiuto di preoccuparmene oltre. Non è dignitoso aggirarsi attorno senza uno scopo. La mia dignità m'impedisce di fare lo sciocco e il disturbatore con altre persone. Così è sempre stato, e così sarà sempre.

— Più che giusto — tagliò corto Glawen. — Prendi le decisioni che vuoi, e non farmene più responsabile. Domani io sarò a bordo del *Camulke*. Resta qui o vieni, come preferisci.

5

La Stella di Zonk, una nana bianca di scarsa luminosità, ruotava da sola e poco degna di nota nel golfo di tenebra su un lato dello Sciame, tenendo molto vicino a sé il suo unico pianeta, Tassandero.

Sul pianeta abitavano tre diverse popolazioni: gli Zubeniti della Contea di Lutwiler, circa centomila persone in tutto; alcune decine di migliaia di nomadi che scorrazzavano nella Grande Steppa e nelle Terre Lontane; e tre milioni di anime nella Contea di Fexel, con capitale Fexelburg. Questi tre gruppi etnici mantenevano separate la loro cultura così nettamente da meritarsi un appunto piuttosto acceso nella Guida Planetaria:

> Le razze che abitano il pianeta Tassandero sono socialmente e psicologicamente inassimilabili fra loro. Ciascuna considera le altre due ripugnanti dal punto di vista fisico, e non si mescolano più di quanto non farebbero un ugual numero di galline, cammelli e pesci spada.
>
> I Fexel sono di comune tipo gaeano; il turista medio li troverà i meno insoliti dei tre gruppi etnici. Coltivano uno stile di vita sofisticato, forse un po' troppo egocentrico, e l'osservatore esterno potrà essere disturbato dal loro interesse verso le mode e le novità straniere.
>
> Dal punto di vista dei Fexel, gli Zubeniti sono dei fanatici religiosi di discendenza indefinibile e dalle abitudini disgustose, mentre i nomadi vengono sprezzantemente definiti barbari primitivi. A loro volta i nomadi deridono le «sdolcinatezze dei damerini, frivoli e smidollati» della Contea di Fexel. Essi dichiarano di discendere dai pirati che un tempo partivano da Tassandero per le loro scorrerie. Zab Zonk ne era il capobanda più famigerato, e si dice che la sua tomba, mai localizzata, nasconda un immenso tesoro. Ogni anno

migliaia di cosiddetti «zonker» arrivano su Tassandero dai pianeti più diversi e trascorrono settimane o mesi scavando nelle steppe e nelle Terre Lontane, alla ricerca dell'elusiva tomba. Finora il solo tesoro è quello portato dagli stessi zonker, sotto forma di valuta straniera.

Ben poco d'altro può interessare il turista, una volta che si sia stancato di andare in cerca del tesoro di Zonk. Può visitare i cosiddetti «fiumi della melma purpurea», o dedicarsi agli sport invernali a Monte Speranza, un vulcano spento alto seimila metri sulle cui pendici si snodano spettacolari piste da sci lunghe fino a trentacinque chilometri.

Seduto nella sala passeggeri del *Camulke*, Glawen depose la Guida Planetaria. Kirdy era in piedi davanti alla finestra panoramica e fissava cupamente il nebuloso splendore dello Sciame che si allontanava sempre più nella notte cosmica.

L'ultimo tentativo di comunicazione di Glawen aveva avuto in risposta solo un borbottio disinteressato, così decise di non domandare a Kirdy cosa pensasse di Fexelburg e prese la pubblicazione ufficiale dell'Agenzia d'Informazione Turistica di Fexelburg, un elegante volume intitolato *Guida Turistica di Tassandero*. Una premessa parlava di come Zab Zonk aveva messo insieme il suo tesoro. C'era poi un'avvertenza ad uso di chi intendeva cercare la tomba del pirata: «Le autorità garantiscono che chiunque trovi i preziosi potrà realizzare il loro intero valore corrente, che non sarà gravato da tasse, deduzioni, rimborsi né imposte speciali di alcun genere».

Kirdy aveva voltato le spalle alla finestra. — Ascolta questo — disse Glawen, e gli lesse il paragrafo.

— Molto generoso da parte delle autorità, certo — commentò distrattamente lui, guardandolo appena.

— Qui dice anche: «I cercatori sono avvertiti di non acquistare mappe su cui sia segnata l'esatta dislocazione del tesoro. È stupefacente la varietà di questi documenti offerti in vendita. Se ve ne propongono una, non chiedete al venditore perché non va lui stesso a cercare il tesoro invece di cederlo a voi: avrà inevitabilmente un'ottima risposta da darvi. Ve la racconterà lo stesso, ma voi non comprate la mappa, che sarà di certo un falso». E sotto c'è un altro avviso: «Nota: le autorità non possono escludere che una o più mappe, disegnate da chi seppellì Zab Zonk, esistano realmente da qualche parte».

— Ah, sì — annuì Kirdy. — Arles comprò una mappa sgualcita, da un vecchio che diceva d'essere in punto di morte e desiderava che il tesoro fosse portato via dal pianeta per metter fine al nocivo afflusso di vagabondi e avventurieri. Questo sembrava ragionevole ad Arles, ma Floreste gli proibì di andare nella Steppa Settentrionale a scavare la tomba.

— Poco gentile da parte sua. Arles poteva fare buon uso del tesoro. Magari avrebbe comprato uno yacht spaziale per gli Arditi Leoni.

— Fu proprio quello che disse.

Glawen tornò alla guida turistica. Lesse che i «fiumi di melma purpurea» erano in realtà colonie di grossi vermi rossastri che scivolavano attraverso la steppa, in assembramenti lunghi quattrocento metri e larghi una trentina. Secondo la guida, i «fiumi di melma» erano spettacoli che eccitavano anche gli osservatori più sofisticati: «Questi meravigliosi fenomeni sono notevoli per il mistero che li avvolge! Danno i brividi con la loro aliena bellezza. Ma è ancora necessaria un'avvertenza: non tutto ciò che ha fascino è innocuo! L'odore emesso dai grandi vermi è assai acre. La gente sensibile è consigliata di esaminarli stando sopravvento».*

Glawen sfogliò il volume e trovò un capitolo intitolato «Zab Zonk, nelle canzoni e nella storia», dov'erano enumerate le imprese del pirata e si tentava un inventario del suo tesoro.

Finora abbiamo prudentemente fornito dati certi, tralasciando quelli non confermati. Ma di quali imprese potevano essere capaci quegli antichi scorridori? Giudicatelo voi stessi da un esempio. Questo era il brindisi preferito di Zab Zonk:

---

* Nella sua monografia *Gli Scivolatori Purpurei di Tassandero* il biologo Dennes Smitch usa tuttavia un linguaggio più diretto: «I vermi essudano un puzzo spaventoso, con cui riescono ad allontanare la maggior parte dei predatori. Di solito i turisti non vengono messi al corrente di un suo effetto collaterale: questa sostanza chimica volatile penetra nella pelle e nei capelli degli uomini e delle donne, e non può essere lavata via né celata con alcun deodorante. Il puzzo persiste per diversi mesi».

«Io alzo io calice a me stesso, Zonk il Sublime, Magnifico Imperatore della vita e della morte, dell'oggi e del poi, del vicino e del lontano, del noto e dell'ignoto, dell'universo e dell'altrove! Gloria a Zonk, e così sia sempre. Bevete, miei sudditi!»

Quando firmava, Zonk era un po' più modesto, e alcuni moduli riempiti da lui in gioventù recano in calce: ZONK, il primo e l'ultimo dei Superuomini.

Cosa pensassero di lui le donne si può capire da questo frammento di una poesia scritta in carcere da una delle sue amanti:

«Zonk: lui, l'avatar di Febo Apollo, incarnazione di tutte le melodie sulla bellezza. Lui, che con mani di luce pose sulla mia indegna carne le Diciassette Rivelazioni dell'Amore».

Quando è messa a confronto con queste testimonianze la stessa verità storica vacilla, rinuncia senza scuse alla nuda cronaca, e s'inchina con involontaria ammirazione alla leggenda.

Kirdy smise di guardare dalla finestra e sedette su una poltrona, incrociò le gambe e sollevò gli occhi al soffitto spoglio. Glawen depose il libro. – Tu cosa ne pensi di Tassandero?

Kirdy rispose con voce atona: – Fexelburg non è poi tanto male. L'entroterra fa schifo, più che altro perché non si può muovere un passo senza trovarsi davanti delle masse di vermi rossi dall'odore terrificante. Il cibo non sa di niente. In città condiscono tutto con strane spezie, usano verdure locali che secondo me non piacciono neanche a loro; però sono dei fissati e si piccano di mangiare tutto quello che va di moda. Uno non sa mai cosa aspettarsi, e se ordina lo stesso piatto del giorno prima magari la moda è cambiata e gli portano qualcosa di irriconoscibile. – Ebbe una risatina secca. – I proprietari terrieri mangiano abbastanza bene, ma Floreste ci rovinò tutto. Per poco non lo gettammo in uno di quei fiumi di vermi.

– Cosa vi fece?

– Un proprietario terriero ci aveva invitati nella sua tenuta, e ordinò di preparare un banchetto. Ricordo ancora il profumo che usciva dalla cucina. Sua moglie e i suoi figli ci chiesero di recitare una cosetta o due, e lo avremmo fatto molto volentieri. Ma Floreste, quell'avaro bastardo, chiese cinquecento sol per dare lo spettacolo. Il padrone di casa gli rise in faccia e ci indicò la porta. Uscimmo da lì neri di rabbia. Io ero sul punto di dare le dimissioni sui due piedi. – Kirdy ebbe una smorfia triste. – Ora vorrei non aver mai lasciato la troupe. Non ci preoccupavamo di niente, stavamo allegri. Qualche volta Floreste si assentava, e potevamo allungare un po' le mani con le ragazze. Alcune erano delle autentiche bellezze. Che tempi, quelli!

– Avete mai recitato nella Contea di Lutwiler?

– Contea di Lutwiler? – Kirdy si accigliò; – Non ci abitano gli Zubeniti? No, non li abbiamo mai neppure avvicinati. Quella gente non approva ciò che ritiene frivolo, a meno che non sia gratis.

– Strano – disse Glawen. – Perché mai saranno andati sull'isola Thurben?

Kirdy alzò di nuovo lo sguardo al soffitto, e il suo interesse, mai troppo focalizzato, tornò a disperdersi. Glawen era grato al cielo che l'indagine fosse ormai vicina alla conclusione.

Con sollievo di entrambi venne il giorno in cui il *Camulke* atterrò all'astroporto di Fexelburg. Glawen e Kirdy sbarcarono e passarono attraverso le formalità di accesso, sbrigate da impiegati in elegantissime uniformi rosse e blu.

Allo sportello dei permessi di soggiorno l'addetto rivolse un lungo sguardo critico ai loro documenti e poi agli abiti che indossavano. – Voi siete ufficiali accreditati della polizia di Cadwal?

– Proprio così – disse Glawen. – Siamo inoltre affiliati al CCPI. L'uomo non ne fu molto impressionato. – Questo significa poco per noi. Qui a Fexelburg non siamo precisamente degli ammiratori del CCPI.

– Posso saperne il motivo?

– Diciamo che misuriamo le cose con un metro diverso: più lungo per le regole, più corto per la flessibilità. All'atto pratico si rivela più utile.

– Lei mi sorprende. Solitamente il CCPI è molto stimato.

– Non a Fexelburg! Partric Plock gira per altre terre con il titolo di giudice, o prefetto, o Doppio Comandante, o altri simili, ed è un militarista tutto d'un pezzo. Bisogna essere pronti a tutto, qui e altrove, visto che infine Tassandero è per la maggior parte steppa selvaggia. Flessibilità, ecco la parola d'ordine, e il diavolo si porti le regole! Ma se il Triplo Comandante Partric Plock va a cercarsi guai, non ci è possibile aiutarlo. A Fexelburg le cose importanti vengono per prime.

— Più che ragionevole, certo. Mi interesserebbe parlare con questo mio collega, Plock.

L'impiegato dedicò un'altra occhiata di compatimento all'abito di Glawen. — Se ci va vestito a questo modo, non entrerà neppure dalla porta. E rischierà di sentirsi chiamare «pagliaccio» o peggio.

— Ah! — esclamò Glawen. — Finalmente capisco perché ci guardate così storto. Questi sono i nostri unici abiti. Abbiamo perduto le valigie, e non ci è ancora stato possibile fare acquisti.

— Più presto farete, meglio sarà. Vi suggerisco di mettervi nelle mani di un abbigliatore capace. Qual è il vostro albergo?

— Ancora non lo abbiamo scelto.

— Mi permetta di suggerirvi il Lambervoilles, che conferisce prestigio e stile alla clientela. A Fexelburg siamo ultramoderni sotto tutti gli aspetti, e non troverete niente di trasandato o fuori moda.

— Questo è senz'altro rassicurante.

— Ricordate: prima le cose importanti! E prima di entrare al Lambervoilles abbigliatevi almeno in modo da non offendere l'occhio. Il salone Noveau Cri è giusto di fronte al Lambervoilles; là vi forniranno uno stile adeguato e decente.

— Qual è il mezzo di trasporto più conveniente?

— Uscite dal terminal e prendete il tram rosso. In centro oltrepasserete la statua eroica raffigurante Zab Zonk che borseggia Dirdie Panjeon. La fermata successiva è la vostra. Vedrete il Lambervoilles alla destra e il Noveau Cri a sinistra. Tutto chiaro?

— Chiarissimo, e grazie per i suoi consigli.

I due lasciarono il terminal. Salirono su una vettura tranviaria della linea rossa, in trasparente plastivetro, e partirono verso il centro di Fexelburg. Erano le dieci e mezzo di mattina, ora locale, e la Stella di Zonk brillava larga e pallida in un cielo verdastro. La strada attraversava i sobborghi di Fexelburg, file di piccoli bungalow dall'architettura molto elaborata, ciascuno dei quali sembrava aspirare a distinguersi dai vicini per l'originalità dei colori e le bizzarrie decorative. Snelli aghifogli neri, alti una trentina di metri, costeggiavano tutte le vie principali.

Il tram svoltò in un ampio viale a sei corsie, dove i veicoli privati presero a sorpassarlo a destra e a sinistra. Le auto erano diversissime l'una dall'altra, e Glawen ci mise un po' a capire che in realtà si trattava di un modello unico ma con carrozzerie personalizzate, tutte di lunghezza esagerata e studiate per esibire ricchezza o estrosità. Ogni veicolo era fornito di un impianto stereofonico esterno ed emetteva musica a tutto volume, cosa che non sembrava disturbare per nulla i pedoni.

Se non altro, rifletté Glawen, la città di Fexelburg pulsava di fantasiose energie.

Appeso con una mano a un tubolare di sostegno Kirdy si mordicchiava un angolo della bocca con aria infelice, come se niente di ciò che vedeva gli piacesse troppo. Glawen si chiese se continuasse a rimpiangere di aver lasciato Soumjiana prima di aver trovato la sua bancarella di salsicce. O forse era Tassandero stava risvegliando in lui altri malinconici ricordi.

Il tram passò accanto alla statua di Zab Zonk che tagliava la gola a una donna strappandole la borsa con l'altra mano. Glawen e Kirdy scesero poco più avanti, nella piccola piazza dove si affacciava l'Albergo Lambervoilles che, come tutte le altre ditte di Fexelburg, annunciava la sua esistenza con un'insegna animata e sonora. Kirdy la indicò come se fosse un'eccitante scoperta. – Eccolo lì! Il Lambervoilles! Floreste ci portava sempre alla Pensione Flinders, dove si fermavano perfino i nomadi.

– Forse Floreste vedeva se stesso e i Pantomimi come un gruppo di nomadi.

– Un'analogia su cui non sono d'accordo – dichiarò Kirdy, avviandosi.

I due attraversarono il viale, correndo e fermandosi per evitare i veicoli che li sfioravano con la massima indifferenza, avvolti nelle onde sonore della loro musica.

Sulla sinistra della piazza un'insegna che si sarebbe potuta definire un cartone animato sovrastava le vetrine della Sartotecnica Noveau Cri. Nel disegno si vedeva un uomo vestito di nero entrare con aria mesta da una porta e uscirne subito dopo, in abbigliamento diverso e sprizzante orgogliosa soddisfazione.

Kirdy prese Glawen per un gomito. — Perché abbiamo attraversato la strada? L'albergo è dall'altra parte.

Lui lo guardò meravigliato. — Non ricordi quello che ha detto l'impiegato del terminal?

Kirdy mugolò, seccato. — Quello che voglio adesso è un buon bagno caldo e un aperitivo prima di pranzo. Per rifarci il guardaroba abbiamo tempo tutto il pomeriggio.

Glawen non gli prestò attenzione e continuò a camminare sul marciapiede verso il Noveau Cri, lasciandoselo alle spalle. Quando Kirdy distolse lo sguardo sconsolato dal Lambervoilles e si accorse che lui s'era allontanato imprecò fra i denti. Lo raggiunse di corsa, irritato. — Potresti avvertirmi quando te ne vai, invece di lasciarmi a parlare da solo come uno scemo in mezzo alla strada.

— Scusa. Credevo che mi avessi visto.

Kirdy stava ancora brontolando fra sé allorché entrarono nella sarto-tecnica. Un impiegato ancor più giovane di loro uscì da dietro il bancone, si fermò di colpo, li esaminò da capo a piedi e con educatissima freddezza disse: — Signori? Quali sono i vostri desideri, prego?

— Vorremmo un paio di abiti completi per ciascuno — rispose Glawen. — Niente di troppo elaborato. Non staremo molto su Tassandero.

— Possiamo provvedere senza meno alle vostre necessità. Quale dimensione categorica pensate di occupare?

Glawen scosse il capo, perplesso. — Questa terminologia non mi è familiare.

Kirdy si fece avanti. — È un modo educato di chiedere se ci consideriamo gentiluomini o pezzenti.

L'impiegato smorzò con un gesto la rudezza di quelle parole. — Prego, signore. Chi entra al Noveau Cri si autoelimina comunque dalla seconda delle categorie da lei menzionate. Voi siete stranieri, se ho ben compreso.

— Lei ha compreso bene.

— Intendevo questo: quale percorso esistenziale vi proponete? È importante che i vostri abiti riflettano tali prospettive sociali. Questa è una verità universale nell'industria dell'abbigliamento.

Glawen si mostrò accigliato. — Non è ovvio? Io sono un Clattuc, il mio collega è un Wook. Questo dovrebbe rispondere con un altro truismo alla sua domanda.

— Suppongo che sia così — annuì subito il commesso. — Lei ha una personalità assai definita. Bene, passiamo ora alla scelta. Come gentiluomini, vorrete abbigliarvi da gentiluomini, senza scivolare nell'errore della falsa economia. Lasciatemi riflettere... sì, per un guardaroba assolutamente minimo avrete bisogno di due, o meglio tre, abbigliamenti da mattino: casuale, affari, cerimoniale. Quindi un adatto abito da pranzo. Qualcosa di sportivo per la ricreazione pomeridiana, se intendete ad esempio fare una corsetta in auto, benché la classica marsina da guida sia sempre preferibile. E per le occasioni sociali del tardo pomeriggio, in compagnia di signore affascinanti e sensibili, quello che noi amiamo chiamare il nostro coda d'anitra grigioperla. Per la sera, infine, due abiti intercambiabili da cena e da concerto. Il tutto in tessuti leggeri da mezza stagione, e ovviamente accessoriato con scarpe, cappelli, non meno di una dozzina, cinture e il resto. In quanto alla biancheria intima, passeremo poi nel reparto...

Glawen alzò una mano. — Tutto questo per una permanenza di una settimana?

— Un guardaroba del Noveau Cri vi distinguerà nell'intera Distesa Gaeana, per tutto il tempo previsto dagli esperti prima che le tendenze attuali slittino sui colori più audaci, benché un classico come il coda d'anitra...

— È il momento di tornare alla realtà — lo interruppe Glawen. — Ci mostri un completo per tutti gli usi che ci consenta di entrare al Lambervoilles, e poi qualcosa di sportivo. Un cambio di biancheria o due, e le scarpe. Nient'altro.

Il commesso emise un languido gemito di sconforto. — Signore, io sono qui per accontentarvi, ma consideri il mio esempio personale. Io rispetto il mio corpo e lo tratto con la generosità che merita. Lo lavo soltanto con acqua piovana e saponette all'olio di pera, quindi lo massaggio con balsamo Kolmoura, più una lozione di calisthene per i capelli. Poi lo rivesto con biancheria in fresco di lino e una scelta assolutamente idonea di abiti. Non offenderei mai il mio corpo costringendolo in indumenti inappropriati, e in cambio lui tratta bene me.

— Mi sembra un accordo vantaggioso — annuì Glawen. — Tuttavia il mio corpo ha meno pretese, e quello di Kirdy gli espone soltanto richieste di carattere alimentare. Ci mostri gli abiti che le ho chiesto, di stoffa economica, e vedrà che i nostri corpi ne saranno soddisfatti.

Il commesso ebbe una smorfietta sprezzante. — Ho finalmente capito la vostra dimensione categorica. Bene, vuol dire che farò del mio meglio.

Una volta abbigliati a nuovo, Glawen e Kirdy entrarono all'Albergo Lambervoilles con passo fiducioso e non trovarono alcuna difficoltà né con il portiere né con gli impiegati di rango superiore al banco delle registrazioni, dove furono loro assegnate due camere nell'alta torre centrale che sovrastata la piazza. Mentre salivano in ascensore Kirdy annunciò la sua intenzione di farsi un bagno e poi andarsene subito a letto.

— Cosa? — si stupì Glawen. — Ma non è neppure mezzogiorno!

— Siamo stanchi. Un buon sonno ci farà bene.

— Farà bene a te. Non certo a me.

Kirdy emise un mugolio di frustrazione. — E allora cosa proponi di fare?

— Tu riposati pure. Io andrò a mangiare giù al ristorante.

— E io vengo lasciato in camera, solo e affamato?

— Chi dorme non si accorge di soffrire la fame.

— Io non la soffro né sveglio né addormentato. Bah! Come sappiamo, la vuoi sempre a modo tuo. I miei desideri non significano niente?

Glawen rise, di una risata stanca. — Domande come questa potresti risparmiartele. Siamo stati mandati qui a investigare, non a riposarci. E se vuoi mangiar bene, l'ora migliore per andare al ristorante è questa.

— Ti avverto — disse Kirdy, — qui il cibo è bizzarro. Ti servono vermi e penne in sugo di cancrenoide, con acqua resinosa o spremuta di muschio da bere. Mettono la salsa allo zenzero su tutto quanto; questa è l'usanza di Tassandero.

— Staremo in guardia.

I due scesero al ristorante poco più tardi. Sullo schermo del menu erano segnalati quasi con urgenza alcuni nuovi piatti, ma Glawen infine ordinò da una lista etichettata «Cucina dietetica tradizionale, per gli anziani e i malati», che annoverava cibarie più o meno congeniali ai loro gusti.

Durante il pranzo Kirdy propose ancora che tornassero nelle loro camere per rilassarsi a fondo qualche ora. Glawen lo invitò di nuovo a fare quello che preferiva. — Io ho altre cose per la testa.

— Senza dubbio connesse con questa insensata investigazione.

— Mi riesce difficile considerarla insensata.

— Cosa ti aspetti di scoprire? Le agenzie di viaggi cantano sempre la stessa canzone. Ci farai la figura del cafone ficcanaso.

— Vale sempre la pena di fare qualche domanda.

— Io ne ho avuto abbastanza di queste agenzie — disse Kirdy. — Gli impiegati diventano cordiali solo quando vedono che stai per andartene fuori dai piedi.

— In ogni caso, possiamo interrogare gli Zubeniti che sono stati all'isola Thurben. Abbiamo i loro nomi.

— Non apriranno bocca. Perché dovrebbero farlo?

— Forse perché glielo domanderemo garbatamente.

— Ah-oh! Una pia speranza, se mai ne ho sentita una. Su questo pianeta, anzi su tutti quanti, la gente diventa loquace solo quando cominci a torcerle un braccio dietro la schiena. — Kirdy scosse il capo, acremente. — Perché le cose stanno così? Non ci sono mai risposte alle mie domande. Perché, in fin dei conti, io sono vivo?

— Qui almeno la risposta è automatica — disse Glawen. — Sei vivo perché non sei ancora morto.

Kirdy lo guardò insospettito. — La tua definizione è più sottile di quel che forse intendevi. Ti annoto che però non concepisco nessun'altra condizione, ipotesi questa che può sostenere la teoria dell'immortalità.

— Non lo escludo — disse Glawen. — A me riesce più facile ipotizzare le due condizioni opposte. Ad esempio, nei cimiteri si riscontrano non pochi casi di persone che sono state dichiarate morte. Questo non indebolisce la tua teoria dell'immortalità?

— Stai aggirando le mie parole — disse Kirdy. — Ma una cosa è sicura: gli Zubeniti non ti diranno niente, se penseranno che tu li possa mettere nei guai. Fra parentesi, parlando di guai, non hai notato i due uomini seduti al tavolo qui accanto?

Glawen seguì con lo sguardo il suo cenno. — Li vedo ora per la prima volta.

— Sospetto che siano poliziotti in borghese. Ci stavano fissando. Queste situazioni non mi piacciono. Mi mettono a disagio.

— Vuol dire che hai la coscienza sporca — osservò Glawen.

Sul volto di Kirdy ci fu una strana contrazione. Per un istante i suoi occhi azzurri si fissarono come punte di freccia in quelli di Glawen. Poi si volse e lasciò vagare ostentatamente lo sguardo per il locale.

— Stavo solo scherzando — disse Glawen. — Ma tu non hai riso.

— Non mi è parso divertente — borbottò lui, ostile.

Per l'ennesima volta Glawen sentì che Kirdy lo odiava. Gli sfuggì un sospiro. — Prima torneremo a casa, meglio sarà.

Kirdy non rispose. Glawen gettò un altro sguardo ai due uomini, che avrebbero potuto essere poliziotti come non esserlo. Sedevano a un tavolo un po' appartato, presso una parete, e parlavano a voce bassa. Erano entrambi di mezz'età e dello stesso tipo: robusti, bruni e di pelle olivastra, con lineamenti un po' pesanti e occhi molto acuti. Indossavano abiti che il commesso del Noveau Cri avrebbe definito «da affari, semi-formali per tutti gli usi, adeguati alla dimensione categorica della classe medio-impiegatizia».

— Credo che tu possa aver ragione — disse a Kirdy. — Sembrano poliziotti anche a me. Be', a noi non interessa.

— Ma stavano guardando noi!

— Lascia che guardino. Non abbiamo nulla da nascondere.

— La polizia di Fexelburg è di una sospettosità paranoica. O sei un ricco turista che butta via il denaro, o si domandano cosa sei venuto a complottare. Anche Floreste li trattava coi guanti. Sarebbe più prudente chiedere la loro collaborazione.

— Non me la sento di darti torto.

Mentre uscivano dalla sala da pranzo, i due uomini si alzarono, li seguirono nell'atrio e qui si avvicinarono. Uno di loro chiese: — Capitano Clattuc? Sergente Wook?

— In persona, signore.

— Sono l'ispettore Barch, della polizia di Fexelburg. Questo è l'ispettore Tanaquil. Possiamo scambiare qualche parola con lei?

— Quando volete.

— Adesso ci andrebbe bene. Da questa parte, prego.

I quattro sedettero in un angolo tranquillo del salone. Glawen disse: — Spero che il nostro comportamento sia stato conforme alle vostre leggi. Ci hanno assicurato che questi abiti sono compatibili con un pranzo pomeridiano al Lambervoilles.

— Abbastanza — annuì Barch. — In realtà, se vi abbiamo avvicinato è solo per semplice curiosità. Cosa può cercare su Tassandero la polizia di Cadwal? Non riuscendo a escogitare una risposta facile, abbiamo pensato che forse non vi dispiacerebbe metterci al corrente.

— Questa era la nostra intenzione — disse Glawen. — Ma come certo sapete, siamo appena arrivati. E non c'è motivo di aver fretta.

— Naturalmente no — disse Barch. — Tanaquil e io siamo usciti a pranzo, e abbiamo pensato di approfittare dell'occasione. Mi sembra di capire che non siate qui per motivi ufficiali.

Glawen annuì. — Può trattarsi di una cosa semplice, o forse non tanto. Dipenderà dalle circostanze. Spero che non sia eccessivo presumere nella vostra collaborazione, in caso di necessità.

— Anzi mi sembra naturale, nei limiti del possibile. Qual è, esattamente, la missione di cui siete incaricati?

— Stiamo indagando su una serie di trattenimenti orgiastici e criminosi offerti a gruppi di turisti stranieri su un'isola del nostro pianeta. Questi gruppi provenivano un po' da tutti gli angoli dello Sciame, incluso Tassandero, ed ecco perché ora siamo qui.

— Da non credersi! Tanaquil, hai mai smesso di stupirti alle incredibili stranezze del comportamento criminale?

— Mai! Si può sempre contare su nuove sorprese!

Barch si volse di nuovo a Glawen. — E chi sono i nostri concittadini capaci di commettere atti così sordidi?

— È qui che devo chiedervi una particolare discrezione. Il nostro scopo è di identificare l'organizzatore del piano, perciò dobbiamo usare il guanto di velluto con i partecipanti, almeno finché il retroscena non sia venuto alla luce.

— Questo è comprensibile. Penso di potervi garantire la massima discrezione. Tu non credi, Tanaquil?

— Sono dello stesso avviso.

— In tal caso parlerò più liberamente — disse Glawen. — Abbiamo saputo che sei Zubeniti della Contea di Lutwiler sono stati invitati sull'isola Thurben, e qui coinvolti in attività orgiastiche dai risvolti criminosi.

Barch ebbe una risatina incredula. — Sei Zubeniti? Questo è a dir poco stupefacente! Ne siete sicuri?

— Abbastanza sicuri, sì.

— Straordinario! Gli Zubeniti non sono portati agli eccessi erotici, è un dato di fatto. Tanaquil, hai mai sentito niente di simile?

— Sono in stato di shock! Mi chiedo cos'altro faranno.

Barch si sentì in dovere di spiegare: — Abbiamo una conoscenza molto profonda degli Zubeniti, che vengono dalla Contea di Lutwiler per motivi commerciali. Sono considerate persone stolide, per non dire torpide; ecco il perché della nostra perplessità.

— Ciò nonostante questi Zubeniti hanno partecipato. Potrebbero esser stati sottoposti a una forma di coercizione, ed è proprio perché non lo escludo che ho speranza di convincerli a dire quel che vogliamo sapere.

— E sarebbe?

— Chi ha venduto loro i biglietti? Chi li ha consegnati? Chi ha ricevuto il denaro? Alcuni membri della Compagnia Ogmo hanno la residenza su Cadwal: chi sono? In breve, vogliamo andare alle radici della vicenda.

— Un percorso a ritroso che sembra tuttavia molto diretto. Dico bene, Tanaquil?

— Lo credo anch'io. Ma c'è una difficoltà. Dubito che gli Zubeniti siano proclivi a dare informazioni, se non altro a causa della loro inerzia congenita.

— Questo è l'ostacolo che vedo anch'io — disse Barch. — Dunque, quali alternative vi restano? Decisamente poche. Non potrete minacciarli di arresto o incriminarli; leggi del genere non esistono nella Contea di Lutwiler.

— E per quanto riguarda la vostra possibilità d'intervento? È qui che si rivelerebbe indispensabile per noi.

Barch e Tanaquil risero. — Nella Contea di Lutwiler? O nella Contea di Varmoose? O nelle Terre Lontane? — Barch indicò col pollice un tavolino non distante da loro. — Vede la vecchia signora con quel divertente cappellino verde?

— Sì. Ha impiegato un quarto d'ora solo per attraversare l'atrio.

— Be', lei e io abbiamo esattamente la stessa autorità nella Contea di Lutwiler. In altre parole: nessuna. Noi manteniamo l'ordine nella Contea di Fexelburg, ma non un passo più in là. E in assenza di mezzi, e di possibilità, questo passo non lo facciamo.

Tanaquil alzò un dito. — Con un'unica eccezione! I turisti fanno base a Fexelburg per le loro escursioni e cacce al tesoro, sui quali estendiamo la nostra responsabilità. Se una carovana di nomadi molesta un turista, puniamo severamente i colpevoli. Ma questo non è un vero lavoro di polizia, e al giorno d'oggi accade di rado.

— Grazie a noi — precisò Barch. — Il turismo è vitale per Fexelburg, e i nomadi assorbono questa semplice nozione con il latte materno.

— E gli Zubeniti? Sicuramente avranno un codice di leggi.

Barch scosse il capo, con un sorriso. — Loro vivono all'ombra della Rocca di Pogan, e il Seminario Monomantico esercita tutta l'autorità necessaria. Lontano dalla Rocca di Pogan e per tutte le steppe la sola giustizia è quella che uno si fa, oppure subisce. Queste sono le leggi della vita su Tassandero.

— In situazioni d'emergenza suppongo che il CCPI possa imporre l'ordine — osservò Glawen. — Dopotutto le leggi gaeane sono in vigore ovunque, compresa la Contea di Lutwiler. Fra parentesi, noi siamo affiliati al CCPI.

Barch scrollò le spalle. — L'ufficio del CCPI a Fexelburg è imprevedibile. Non sempre è facile trattare con il comandante Plock. È un uomo, me lo lasci dire, fatto a suo modo.

Tanaquil aggiunse: — Una certa persona, di cui non farò il nome, usa spesso la parola «arrogante» a suo riguardo.

— Mi spiace sentire questo — disse Glawen. — Dato che siamo agenti del CCPI dovremo fare al suo ufficio una visita di cortesia. Ma terrò presenti le vostre parole.

Barch disse, pensosamente: — C'è un'altra questione, piuttosto delicata, su cui dovrò farmi consigliare. Vi prego di scusarmi un momento, intanto che telefono ai miei superiori.

Barch attraversò l'atrio verso una cabina telefonica.

Kirdy si rivolse a Tanaquil. — Cosa c'è di tanto delicato?

L'uomo si accarezzò il mento. — Gli Zubeniti possono essere antipatici quando vengono provocati. Quelli del Seminario Monomantico sono poi gente ancora più strana. Non vogliamo che diventino pericolosi o si vendichino sui turisti, perciò cerchiamo di irritarli il meno possibile.

— In che modo si rivelano pericolosi? — chiese Glawen.

— Oh, per lo più si tratta di rivalse dappoco. Ad esempio, dozzine di carovane di turisti vanno nella Contea di Lutwiler in cerca della tomba di Zonk, oppure passano oltre verso le Terre Lontane. Gli Zubeniti sono capaci di mettere un posto di blocco sulla strada e chiedere un pedaggio, oppure pretendono che ogni turista si arrampichi fino al seminario sulla Rocca di Pogan per farsi firmare un permesso di soggiorno, al prezzo di venti sol. Possono mettere in atto dozzine di contrattempi simili fino a ridurre a zero il transito dei turisti, almeno nei dintorni della Rocca di Pogan.

L'ispettore Barch fece ritorno. — I miei superiori sono d'accordo di offrirvi ogni assistenza. Sperano che ci terrete informati delle vostre attività e di quello che riuscirete a scoprire. Vi consigliano di usare la massima prudenza nel trattare con gli Zubeniti. Il Seminario Monomantico è il loro centro religioso; più o meno la sede del governo, come direste voi. Per quello che riguarda noi, ufficialmente non sappiamo niente. Preferiamo non interferire con gli Zubeniti, per una serie di ragioni.

— Così, se rifiutassero di rispondere alle nostre domande non potremmo minacciarli di far intervenire la polizia di Fexelburg.

— Questo sarebbe del tutto inutile, sciocco, imprudente e pericoloso.

— Non si può dire che lei ami restare nel vago — commentò Glawen. Barch si alzò di nuovo, imitato dal collega. — È stato un piacere conoscervi. Vi auguro la miglior fortuna nella vostra indagine.

— Questi sono anche i miei sentimenti — disse Tanaquil.

Gli ispettori di polizia si allontanarono. Glawen li seguì con lo sguardo mentre uscivano dall'atrio. — Sono stati molto chiari — disse a Kirdy. — Non vorrebbero lasciarci avere a che fare con gli Zubeniti, ma non possono fermarci, così dicono che collaboreranno. A patto che li teniamo informati.

— A me sembrano persone abbastanza decenti — disse Kirdy.

— Se è per questo, anche a me. — Glawen si alzò in piedi.

— Dove vuoi andare? — chiese Kirdy, contrariato.

— Soltanto al banco, dall'impiegato.

— Perché? C'è qualcosa che non va? Siamo appena arrivati, e già trovi di che lamentarti?

— Non mi lamenterò. Salvo che rifiutino di dirmi come posso arrivare all'ufficio del CCPI.

Kirdy imprecò volgarmente sottovoce. Glawen non gli prestò attenzione, andò a parlare con un impiegato dell'albergo e dopo un poco fece ritorno. — È appena a cinque minuti di strada da qui. Sono curioso di conoscere questo «militarista arrogante».

— Non sei capace di rilassarti un momento? È l'ora giusta per un sonnellino. Per oggi direi che abbiamo già fatto abbastanza.

— Non sono stanco.

Kirdy strinse i denti. — Io voglio riposare, e adesso vado in camera mia.

— Sogni d'oro.

Kirdy si avviò verso gli ascensori, ma prima di arrivarci deviò verso un divano e vi si gettò a sedere sopra con aria irritata. Quando Glawen si mosse verso l'uscita lo guardò un poco, poi balzò in piedi e lo seguì. Sul marciapiede esterno lo raggiunse, senza dir parola. — Aha! — esclamò lui. — Ti è già passato il sonno?

— Qualcosa del genere — bofonchiò Kirdy.

I due aggirarono la piazza. Kirdy la paragonò con l'Ottangolo di Soumjiana: — Guarda! Traffico caotico e insegne bizzarre dappertutto. Scommetto che non troveresti una bancarella di salsicce in tutta la dannata città!

— Si vede che questa settimana le salsicce non vanno di moda.

— Ci puoi scommettere. Aah! Che posto insipido. Tassandero non mi è mai piaciuto. E la Stella di Zonk non è neanche l'acconto di un sole vero. — Si volse a guardare in alto, sprezzante. — Il cielo sembra pieno di muffa. Una luce così non può far bene alla salute.

— È soltanto luce. Non molta, ma luce.

— Forse. E forse no. Ho saputo da fonte ben informata che la luce di Zonk comprende un onda elettromagnetica particolare, che non si trova da nessun'altra parte. Corrode lo smalto dei denti, e fa cose strane alle unghie delle mani.

— Dove l'hai sentito dire?

— Floreste lo venne a sapere insieme a molte altre cose da uno scienziato che aveva studiato l'argomento in profondità.

— Non ho letto nulla del genere nella guida turistica. C'era scritto: «La Stella di Zonk aleggia nel cielo come un'enorme perla, splendendo con centinaia di lievissimi colori. Alla distanza di Tassandero l'effetto atmosferico è assai affascinante».

— Questo è puro imbonimento! Le guide turistiche sono un mucchio di balle per i turisti creduloni.

Glawen non aveva commenti da fare. L'ufficio del CCPI era in fondo a una strada secondaria, al terzo piano. Spinsero la porta a vetri e si trovarono in un vasto locale ammobiliato con quattro scrivanie e una fila di scaffali e schedari, d'aspetto vetusto ma solido. In quel momento il personale doveva essere fuori sede, a parte una giovane donna che stava lavorando a un computer. Era alta e snella, con corti capelli biondi e un'aria di efficienza professionale. Indossava l'uniforme regolamentare del CCPI, che non faceva alcuna concessione al sesso salvo quando, come nel suo caso, il contenuto aveva la meglio sulla stoffa: giacca blu con cordonature rosse, pantaloncini corti dello stesso colore, aderenti stivali neri e cinturone con una pistola a proiettili esplosivi. Due stelle bianche su ogni spallina indicavano il suo grado. La ragazza valutò Glawen e Kirdy con un rapido sguardo e si rivolse loro con voce neutra e impersonale ma non spiacevole: — Signori? Se avete bisogno di qualcosa potete rivolgervi a me. Di che si tratta, prego?

— Niente di urgente — disse Glawen. — Io sono il capitano Clattuc, e questi è il sergente Wook, della polizia di Stazione Araminta, su Cadwal. Abbiamo pensato fosse bene farvi sapere che siamo nei paraggi.

— Come nostri affiliati, certo, un'ottima idea! Vi annuncio subito al comandante Plock, che avrà piacere di conoscervi. Volete seguirmi? Non facciamo troppe formalità in questa sezione.

La ragazza li precedette a un ufficio in fondo a un corridoio e aprì la porta. — Colleghi stranieri in visita, comandante. Il capitano Clattuc e il sergente Wook, di Cadwal.

Il comandante Plock si alzò in piedi. Era alto, largo di spalle e atletico, con corti capelli neri, occhi scintillanti e lineamenti che sembravano stampati nel cuoio. Strano, pensò Glawen: quell'uomo si sarebbe detto un avventuriero più che un militare schiavo del regolamento.

Plock indicò loro le sedie. — Sedetevi, se volete. Lei è il capitano Clattuc, no? E lei il sergente Wook.

— Esatto, signore.

— È la prima volta che venite su Tassandero?

— Per me sì. Il collega Kirdy, qui, è già venuto altre volte con i Pantomimi di Floreste.

— E qual è la sua impressione, finora?

— Fexelburg è un posto civile, certo. La gente veste con grande cura e le automobili trasmettono un'ottima musica. La polizia tiene l'orecchio appoggiato al suolo in attesa di passi sospetti. Abbiamo fatto appena in tempo a entrare all'albergo che gli ispettori Barch e Tanaquil sono passati a porgerci i loro omaggi.

— Quasi offensivo! — stabilì Plock. — La prossima volta che capitate qui usate titoli più elaborati: «Plenipotenziario Capo Sterminatore Clattuc», oppure «Supremo Signore degli Eserciti di Stazione Araminta», o qualcosa del genere. E prima di mandare una delegazione a seccarvi s'informeranno almeno se state riposando. Be', presumo che siate qui per motivi professionali, no?

— Sarò lieto di spiegarglieli, se ha tempo.

— Se Barch e Tanaquil il tempo l'hanno trovato, penso che potrò anch'io. Proceda. — Glawen gli espose le circostanze che avevano condotto lui e Kirdy su Tassandero. Proprio come Barch e Tanaquil, Plock non nascose il suo stupore. — Perché degli Zubeniti? Follie simili potrei aspettarmele dai Fexel: annunciate un nuovo e singolare modo di fornicare, anche molto costoso, e si calpesteranno l'un l'altro per costringervi ad accettare il loro denaro.

— Questo è più o meno ciò che hanno detto Barch e Tanaquil. Sono stati abbastanza cordiali e hanno parlato di collaborazione, ma non credo che ciò significhi molto. Volevano che ci tenessimo alla larga dalla Contea di Lutwiler... questa è stata la mia impressione. È una terra senza legge, dicono, e pericolosa.

— Le leggi gaeane vigono ovunque — disse Plock. — Barch e Tanaquil lo sanno meglio di me.

— Ho detto anch'io qualcosa del genere, ma loro non ci hanno fatto molto caso.

— Il fatto è che nella Contea di Lutwiler non ci sono leggi locali. La giustizia è imprecisa, e opera su un livello molto basilare. Quando vado da quelle parti io uso il titolo di «Giudice Esecutivo», perché sono costretto a fungere da poliziotto, avvocato della difesa e pubblico ministero, giudice e boia, contemporaneamente e senza neppure cambiarmi il cappello.

Kirdy domandò: − Quali crimini la conducono nelle steppe?

− Quasi tutto quello che potete immaginare. Ogni qualche anno un nomade si ricorda delle sue nobili tradizioni e le rinfresca un po': brucia una fattoria, taglia la gola ai turisti, o magari scaraventa un bambino in un fiume purpureo dopo avergli ammazzato il cane, e diventa una seccatura per tutta la zona. Allora qualcuno chiama il CCPI. Questo significa che io devo sorbirmi lunghe e solitarie notti nella steppa, perlustrando ogni cespuglio con un sensore a infrarossi. Quando trovo il delinquente ci parlo per qualche minuto, e se lo ritengo colpevole gli sparo. Così vanno le cose anche in zone più vicine, come la Contea di Lutwiler.

− L'ispettore Barch ha detto che la polizia protegge i turisti, se necessario.

− Proprio così. Loro volevano che fossimo noi ad accollarci il lavoro; gli abbiamo risposto che se organizzavano carovane e mandavano i turisti nelle Terre Lontane erano loro i responsabili della protezione. Se la cosa dipendesse da noi non permetteremmo a un turista di uscire da Fexelburg, a meno che non assuma una scorta armata.

− Il CCPI non è molto ben visto dalla polizia di Fexelburg.

Plock rovesciò indietro la testa e rise. − Abbiamo avuto i nostri contrasti. E i politicanti fanno la loro parte. Poco più di un anno fa, un certo Rees Angker formò una «commissione cittadina» per scavare in certi episodi di corruzione accaduti nella polizia. Una notte scomparve e non fu rivisto mai più. I cittadini della commissione capirono l'antifona e rinunciarono. Noi ci offrimmo d'investigare, ma la polizia di Fexelburg rifiutò l'aiuto. Quando insistemmo, trovarono un cavillo legale e ci ordinarono di chiudere la nostra sezione su Tassandero. Ma non avevano previsto un piccolo incidente tecnico: il nostro lavoro di base, ovvero la protezione del commercio interstellare, senza un ufficio locale aperto divenne impraticabile. Saputo ciò, le agenzie di assicurazione dichiararono che avrebbero annullato i loro contratti con le linee di navigazione che facevano scalo su Tassandero, e a loro volta queste si ritennero costrette a chiudere i battenti il giorno stesso della nostra partenza. Ah, che deliziose grida disperate udimmo levarsi! Venne subito una delegazione a giurarci che c'era stato un gravissimo errore, e che Fexelburg ci amava troppo per consentirci di andar via. Finallora ci avevano fatto pagare un affitto esorbitante; io ottenni di acquistare l'intero palazzo a un terzo del suo valore, e grazie agli affitti che riscuotiamo ora ci siamo raddoppiati la paga tutti quanti.

– E l'incidente finì lì?

–Niente affatto. Pretesi le dimissioni dell'Altissimo Supercomandante della polizia, e dei due Alti Comandanti responsabili della sparizione di Rees Angker. Detto e fatto: i tre rinunciarono graziosamente al loro titolo... ma continuarono a mantenere le stesse funzioni. Una notte qualcuno (non domandatemi il suo nome) condusse in volo questi tre gentiluomini nella penisola di Varmoose, esattamente dall'altra parte del pianeta, e li sbarcò nella Steppa Abbandonata. Ovviamente ben riforniti: a ciascuno fu dato un fazzoletto e un flacone di ottima schiuma da bagno.

Ah, e un pettine per i capelli; senza dubbio ne staranno benedicendo il cielo, visto che nella zona tirano forti venti. Così potrete chiedervi: la polizia di Fexelburg è oggi onesta e incorruttibile? Io non credo. Fanno sempre il loro comodo, anche se con più discrezione e maggiore sottigliezza tecnica.

– Be', sembra che dovremo prenderci i nostri rischi nella Contea di Lutwiler – disse Glawen. – Quale mezzo di trasporto ci consiglia?

– Se affittate un'auto, il conducente guiderà come un pazzo furioso e vi farà diventare sordi con la sua musica. L'omnibus fa tre viaggi di andata e ritorno ogni giorno. Potete partire al mattino presto, fare la vostra inchiesta, sul cui risultato non scommetterei un dinklet, e tornare la sera. Il capolinea è giusto qui in piazza, davanti all'agenzia di viaggi D&AE. Meglio che acquistiate i biglietti subito, o non troverete più posto sull'omnibus.

Glawen e Kirdy si alzarono. – Un'ultima cosa, importante – disse Plock. – Il CCPI, a differenza della polizia di Fexelburg, va dappertutto, specialmente per aiutare uno dei suoi. Vi consiglio di studiare una copertura reciproca, ad esempio tenendo uno di voi sempre nelle vicinanze di un telefono. Così, se qualcosa va storto, basta chiamarci e noi faremo del nostro meglio per intervenire.

— Ci sono telefoni nella Contea di Lutwiler?

— Mmh! — borbottò Plock. — Non molti. Al Crocevia Flicken, a metà strada, e anche alla Rocca di Pogan, ma non in posti intermedi.

— Penseremo a qualcosa — annuì Glawen. — Grazie per i suoi consigli.

Glawen e Kirdy tornarono in piazza, ma per quanto si aggirassero sul marciapiede non riuscirono a trovare l'agenzia di viaggi D&AE. Infine si decisero a chiederlo a un passante, che li guardò sorpreso e con un pollice accennò dietro di sé. — Ci state proprio di fronte, signori miei.

— Oh! Scusi la nostra sbadataggine! — Alzando lo sguardo Glawen vide un'insegna che diceva «Turismo Istruttivo — DANZE & ARTI ESOTICHE».

Kirdy seguì il passante con sguardo accigliato. — Quell'uomo ha usato un tono offensivo. Sono tentato di far quattro chiacchiere con lui, magari nell'interno di un portone.

— Non oggi — disse Glawen, secco. — Non abbiamo tempo.

— Non ci metterei molto.

— La sua mente è già tornata ad altre cose; non capirebbe la ragione per cui viene punito. Avanti, entriamo a dare uno sguardo alla D&AE, come la chiamano.

Oltrepassarono una porta fatta di fasce concentriche di vetro nero e purpureo pressate insieme, con al centro una stella alonata da raggi azzurrini, e si trovarono a procedere sul tappeto nero e alto fino alla caviglia di una vasta sala d'attesa. Manifesti dai colori vivaci decoravano le pareti, e sul fondo c'era il bancone della biglietteria, identificabile dalla scritta ritagliata nel vetro sopra Io sportello:

BIGLIETTI OMNIBUS

Uno dei poster raffigurava un elegante veicolo per gite di gruppo, fermo sulla stradicciola che attraversava un panorama bucolico. Sembrava praticamente vuoto. Da uno dei finestrini una sorridente coppietta di turisti si sporgeva a conversare con due bambini del luogo graziosissimi nei costumi tradizionali. La femminuccia stava offrendo un bouquet di fiori di campo alla turista; il bambino indicava con entusiasmo quella che si sarebbe detta una strada di colore rosso stesa attraverso i campi verdeggianti. La scritta diceva:

Visitate con l'omnibus le meraviglie di Tassandero!
Sicurezza! Comodità! Convenienza!
Acquistate i biglietti qui.

Lo sportello era chiuso. Glawen si avvicinò al bancone. Dietro di esso una giovane impiegata stava battendo sui tasti di un piccolo computer da ufficio, e non gli prestò alcuna attenzione. Lui bussò cortesemente sul vetro. — Buongiorno a lei. Per favore, potrei avere un biglietto per l'omnibus?

La giovane donna esaminò Glawen e il suo vestito. — Lo sportello, signore. Non lo ha visto?

— Lo sportello è chiuso.

— Infatti. L'ho chiuso io stessa.

— E lo riaprirà lei stessa?

— Sì.

— Quando?

— Fra undici minuti.

— E poi mi venderà il biglietto?

— Farò del mio meglio, signore.

— In questo caso aspetterò.

— Come preferisce, signore.

Glawen ingannò il tempo mettendosi a guardare i poster. Per lo più avevano a che fare con Zab Zonk, gli episodi della sua carriera e il misterioso e leggendario tesoro.

VISITATE L'IRREQUIETO TASSANDERO

diceva uno dei manifesti, su cui era dipinto Zonk nell'atto di deca-pitare un avversario con una scimitarra azzurra incrostata di gemme, mentre sullo sfondo incantevoli ragazze seminude danzavano fra i fiori. Sul fondo un'altra scritta domandava:

Chi sarà a trovare il favoloso tesoro?

Un manifesto mostrava invece Zonk seduto fra un gruppo di cameriere da taverna, prosperose e adoranti, mentre con una mano accarezzava la testa di una bionda odalisca accovacciata ai suoi piedi e con l'altra levava un calice di vino. Sotto c'era scritto:

Zab Zonk si godeva la vita, e faceva bene.
Aveva scelto il posto giusto!
Venite su Tassandero e capirete il perché!

Un altro poster raffigurava un turista dall'aspetto avventuroso che apriva la porta di una vecchia cripta colma di luccicanti gioielli. La scritta suggeriva:

L'inviolato tesoro di Zab Zonk potrebbe essere tuo!

Fra gli opuscoli sparsi su un tavolino Glawen ne notò uno dalla copertina rossa, su cui era disegnata in oro una ragazza nuda, vista di spalle, che voltava la testa come a chiedere d'essere seguita con un sorriso invitante. Il titolo era:

La Perfetta Gioia
Si può avere.

— Bene, bene — mormorò fra sé. — Cos'abbiamo qui? — Stava per aprire l'opuscolo quando Kirdy emise un'eccitata esclamazione di sorpresa. — Vieni subito qui! Guarda questo!

Glawen si mise in tasca l'opuscolo e raggiunse il collega dall'altra parte della sala. Kirdy batté un indice tremante su uno dei manifesti. — I Pantomimi sono in città! Dobbiamo andare subito a trovarli! Guarda! Qui ci sono anche le loro foto! Questo è Arles, e qui Glostor, e Malory, Favlissa, Mullin, Dorre, e tutti gli altri! Ed ecco Floreste. Ah, il buon vecchio Floreste!

— L'ultima volta che ne hai parlato era «quel vecchio bastardo avaro».

— Non importa. Che meravigliosa coincidenza! Proprio quando tutto sembrava andare male, ecco finalmente un po' di luce!

Glawen lesse la locandina, che sotto le foto di Floreste e dei Pantomimi elencava le caratteristiche del repertorio e il loro programma di spettacoli per la settimana entrante. — Non hai letto bene le date. Saranno qui soltanto fra due giorni. Ora stanno lavorando in una città chiamata Diamonte.

— Allora bisogna andare a Diamonte! È l'unica cosa da fare! Pensa alla sorpresa, quando ci vedranno! Pensa quanto ci divertiremo a far festa insieme!

— Kirdy, vieni un momento qui se non ti spiace. — Glawen condusse l'emozionato collega in un angolo tranquillo della sala. — Ascolta quello che ti dico, e ascoltami bene perché non voglio ripeterlo. Noi non andremo a far visita ai Pantomimi, né a Diamonte né da nessun'altra parte. Domattina io vado alla Rocca di Pogan per scoprire qualcosa di Sibil, che ha dato come suo indirizzo «Ponte Pogan». Potrebbe essere rischioso, se il suo carattere rispecchia quello degli abitanti del posto. Di conseguenza voglio che tu resti all'albergo, in camera tua o nell'atrio. Non mi aspetto guai, ma se domani sera non sarò tornato tu dovrai metterti in contatto con Plock, alla sede del CCPI. È chiaro questo?

Lo sguardo di Kirdy tornò al manifesto. — Chiaro, sì, ma...

— Niente ma! Se tutto va bene, dopodomani potremmo essere in viaggio verso casa sul *Camulke*. Quando i Pantomimi torneranno a Stazione Araminta potrai vederli finché ti pare. Ma non ora. Questo è definitivo. Coraggio, adesso; devo comprare il biglietto e poi fare qualche domanda al direttore.

Lo sportello era aperto. Glawen acquistò un biglietto di andata e ritorno per la Rocca di Pogan, quindi chiese all'impiegata: — Come si chiama il direttore?

— Arno Rorp. Il suo ufficio è in fondo a sinistra.

Glawen bussò alla porta, e vedendo che questa si apriva la spinse. Un signore di mezz'età, con capelli grigi pettinati in modo artistico e baffetti dalle punte arrotolate sedeva dietro una scrivania. Glawen si presentò, tirò fuori di tasca l'opuscolo della «Perfetta Gioia» e gli domandò come fosse arrivato sul tavolo dell'agenzia Danze & Arti Esotiche.

Arno Rorp gettò alla copertina un'occhiata critica. — Francamente, questo non è il genere di stampati che di solito accettiamo. Ma... be', mi sono lasciato persuadere. Dopotutto non è più offensivo di alcuni nostri poster di Zonk.

— Quanti di questi opuscoli vi sono stati consegnati?

— Tre dozzine. Per lo più sono stati portati via dai curiosi, ma hanno procurato un lievissimo afflusso di clienti, benché di provenienza che non definirei gradita.

— Gli Zubeniti?

— Proprio così. Come lo sa? Tuttavia mi scusi, dimenticavo di dirle che queste escursioni avvengono su Cadwal.

— Non più. Chi è venuto a proporle l'affare?

— La gita, intende? Una giovane donna piuttosto attraente, una straniera, non lontana dagli ambienti dove il denaro circola, direi.

— Ha lasciato il suo nome?

— Compagnia Ogmo. Nient'altro.

— È venuto qualcun altro a rappresentare la Ogmo? Un uomo, magari?

— Nessun altro.

— Per favore, mi segua un momento nell'atrio. Desidero mostrarle un manifesto. — Glawen condusse Arno Rorp davanti alla locandina dei Pantomimi.

— Ah, sì — disse l'uomo. — I commedianti. Mi dicono che il loro spettacolo è di ottimo livello artistico.

— Guardi queste fotografie — lo invitò Glawen. — Riconosce qualcuno dei loro volti?

— Sicuro — annuì Arno Rorp. — Che strano! Questa è la giovane donna che mi ha portato gli opuscoli. — Si avvicinò a leggere il nome scritto sotto di essa. — Dama Drusilla. Così si chiama, dunque.

Glawen staccò con cura la locandina dalla parete. — Vorrei che lei facesse la sua firma sopra la fotografia. E che qui, in questo spazio bianco, scrivesse: «La mia firma indica la persona che ha consegnato gli opuscoli della Gita della Perfetta Gioia», e firmasse anche questo.

— Mmh! Sarei coinvolto in un procedimento legale?

— Al contrario, se ne scagionerebbe. Le complicazioni verrebbero soltanto se rifiutasse di collaborare con la polizia.

Arno Rorp annuì fra sé. — Non c'è bisogno che dica altro. — Estrasse una penna dal taschino e scrisse la dichiarazione.

— Probabilmente lei non avrà più notizie di questa faccenda — disse Glawen. — Nel frattempo la prego di non far parola della mia inchiesta, nel caso che lei riveda questa giovane donna.

— Come vuole lei, signore.

Glawen e Kirdy attraversarono la piazza verso l'albergo, con il largo e pallido disco della Stella di Zonk ormai basso a occidente. La luce di quel sole, rifletté Glawen, aveva qualcosa di singolare: morbida e vaga, tuttavia capace di fluire in modo strano al di là degli angoli e nell'interno di ogni fessura. Sembrava anche distribuire attorno dei colori scuri: ambra, marroncino, verde e indaco, mentre le ombre erano più nere del nero.

Kirdy s'era rinchiuso in un accigliato mutismo. Scrutandolo in tralice Glawen vide che aveva il volto rigido e contratto. — Finalmente la Compagnia Ogmo comincia a darci dei nomi — disse.

Kirdy emise un borbottio poco impegnativo.

— Suppongo che non sia una grande sorpresa — continuò Glawen. — Da tempo sentivo che gli eventi portavano in questa direzione.

— Naturale — disse l'altro con indifferenza. — E io sentivo che tu avevi intuito tutto.

— Davvero?

Kirdy scrollò le spalle. — La faccenda è finita, chiusa. Io dico di metterci una pietra sopra.

— Non è così che vanno le cose. E questa è un'altra ragione per cui tu non devi andare a fraternizzare e chiacchierare con i Pantomimi: loro non devono sapere della nostra indagine.

— Ancora non vedo che differenza farebbe.

— Non puoi essere così ottuso. Se Drusilla sapesse che possiamo inchiodarla a una serie di accuse, sparirebbe, e noi non avremmo le informazioni che può darci sui suoi complici. Non dimenticare che è la moglie di Arles.

Kirdy sbuffò, sprezzante. — Stai accusando anche Arles, adesso?

— Le accuse possono aspettare finché non rientreremo in sede.

Qualche passo più avanti Kirdy azzardò un suggerimento: — Potremmo far visita ai Pantomimi, tenendo a freno la lingua.

Glawen sospirò. — Se pensi che io stia conducendo male l'inchiesta puoi fare rapporto a Bodwyn Wook. Fino ad allora sei obbligato a rispettare i miei ordini, e io li ho espressi con chiarezza. Se disubbidisci ti dovrò espellere all'istante dall'Ufficio B.

— Non ne hai l'autorità.

— Mettimi alla prova e vedrai. Non credo che tu sia ancora così disorientato da non capire cos'è un ordine tassativo.

— A me non piacciono gli ordini tassativi.

— Peccato.

— Non proprio. Io ho sempre fatto quel che volevo, ordini o non ordini.

I due proseguirono in silenzio. Quando furono nell'atrio del Lambervoilles, Glawen tentò un approccio amichevole: — Facciamo una capatina al bar, e vediamo quali sono i pregi della birra locale.

Kirdy chiese, sarcastico: — È un ordine tassativo?

— Non del tutto. Mi piacerebbe sentire il tuo parere sul caso, a questo punto.

— Perché no? Parlare non costa soldi.

Entrarono nel bar e si misero a sedere in due comode poltrone di cuoio davanti al caminetto spento. Un cameriere servì loro birra di buona qualità in alti bicchieri col manico. — Allora — disse Glawen, — chi è colpevole e chi è innocente? Ti sei fatto un'opinione?

— Prima di tutto mi sto chiedendo cosa vai a fare alla Rocca di Pogan. Hai già saputo chi ha distribuito quegli opuscoli.

— Fin qui ci siamo arrivati — annuì Glawen. — Ma ho la sensazione di aver visto soltanto la cima dell'iceberg. Ad esempio: Sibil aveva un tatuaggio sulla fronte.

— E con questo? Io so di donne che si fanno tatuare addosso le cose più strane, spesso nei posti più intimi.

— Comunque queste donne con la fronte tatuata sono misteriose.

— Ce ne sarebbe più d'una?

— Sì. Una di queste ha avuto strani rapporti con Chilke. C'è in corso una faccenda che né lui né io abbiamo capito. Potrebbe esservi coinvolto Namour, e a me piacerebbe sapere come, perché, dove e quando. — Bah! — borbottò Kirdy. — Cosa vuoi che ne sappiano di Namour, alla Rocca di Pogan.

— Probabilmente nulla. Non ho la minima idea di quello che sanno o non sanno… ma intendo scoprirlo. E domani ci proverò.

— Potremmo usare molto meglio il nostro tempo — grugnì Kirdy.

— E come?

— Be', visitando la città di Diamonte, ad esempio. E una volta là, visto che ci sono i Pantomimi...

— Ti ho già spiegato tre volte — disse Glawen con voce tesa, — e per tre volte ti ho ordinato esplicitamente, che non voglio che tu veda i Pantomimi. Conosci le mie ragioni. Le ricordi?

— Ricordo le tue parole, ma non mi sei sembrato troppo convinto.

— In tal caso, perché mi sarei preso il disturbo di ripetertele? Ora, per la quarta e spero ultima volta, ti trasmetto un ordine chiaro, diretto e inequivocabile: non comunicare con i Pantomimi! Non andare nelle loro vicinanze, non parlare, non guardare, non mandare segnali o messaggi ai Pantomimi, né a membri della troupe, né a loro eventuali rappresentanti. Non assistere al loro spettacolo. In breve, non avere niente di niente a che fare con i Pantomimi. Ho dimenticato qualcosa? Se è così, includila come parte dell'ordine. Non posso essere più categorico. Sono nel giusto con quest'ultima supposizione?

— Eh? Ma sì, certo. Vorrei un altro po' di questa eccellente birra.

— Domani — disse Glawen, — partirò presto per la Rocca di Pogan. Tu starai in camera tua o qui al pianterreno, ma assicurati che l'impiegato al banco sappia dove ti trovi. Se domani sera non dovessi tornare, comunicalo al CCPI. D'accordo?

Kirdy sorrise di quello che a Glawen parve un sorriso astuto e contorto. — Ho sentito le tue parole. Le ho comprese con tutti i livelli della mia mente.

— Allora non ti dirò altro. Adesso esco e vado a cercare una libreria. Voglio aggiornarmi un po' sugli Zubeniti. Puoi venire con me, aspettare qui, o salire in camera tua, se sei stanco. — Verrò con te — disse Kirdy.

Parte VIII

1

GLAWEN ARRIVÒ DI BUON'ORA al capolinea davanti alla Danze & Arti Mene, ma solo per scoprire che l'omnibus diretto a est era già affollato ai limiti della capienza, con file di facce pallide e dagli occhi inespressivi che guardavano fuori dai finestrini. Quella vista non lo compiacque affatto. Né l'omnibus né il suo contenuto rispecchiavano ciò che aveva promesso l'idilliaco poster dell'agenzia. Dovette congratularsi con se stesso per aver riservato un posto a sedere, visto che l'antiquato veicolo sembrava decisamente sovraccarico.

Non c'era niente da fare, rifletté, e salì a bordo dallo sportello anteriore. Si fermò a guardare la folla dei passeggeri, tutti vestiti più o meno allo stesso modo con tuniche di fustagno e carichi di sporte e pacchi.

Il conducente non aveva pazienza con gli indecisi; allungò una mano e lo esortò seccamente: — Mi dia il biglietto, prego. Questa è la regola, se vuole viaggiare. Se no, scenda dalla vettura.

— Non sono salito per ripararmi dalla pioggia — disse Glawen. — Anzi, ho riservato un posto di prima classe. Ecco il biglietto. Per favore, mi indichi il mio sedile.

Il conducente diede appena un'occhiata al talloncino. — Va bene, il biglietto è valido. Può accomodarsi.

— E il posto di prima classe?

— Tutti i posti che vede sono di prima classe. Lei ha il privilegio di sedersi in quello che preferisce.

— Non è così che la vedo io. Sul biglietto c'è scritto che ho diritto a un posto a sedere riservato, e adesso è qualcun altro che lo sta occupando.

L'uomo inarcò un sopracciglio. — Tutti quanti hanno diritto a un posto riservato, non lei solo! Nella steppa non ci sono privilegi di classe, amico!

– D'accordo – disse Glawen. – Ma io ho un biglietto che mi garantisce un posto a sedere. Dov'è questo posto?

Il conducente indicò col pollice alle sue spalle. – Non mi chieda di fare l'indovino, egregio. Provi a cercarlo sul fondo della vettura. Glawen si fece strada lungo il passaggio centrale, e sulla piattaforma posteriore riuscì a incunearsi fra un paio di Zubeniti dall'aria stolida seduti sulla panca laterale. Per non farseli calpestare i due avevano messo i loro pacchi sul sedile, e resistettero all'intrusione del nuovo venuto, allargando le ginocchia e inchiodando le spalle contro lo schienale, ma Glawen si fece spazio contorcendosi ancor più vigorosamente. Alla fine, borbottando di malumore, i due si decisero a sollevare alcuni pacchi sulla rastrelliera montata più in alto a quello scopo. Visto come andavano le cose, Glawen mise da parte la gentilezza e occupò tutto il posto che poteva. Gli Zubeniti mandarono luttuosi mugolii di disappunto. Uno dei due gridò: – Pietà, caro fratello! Abbi compassione delle ossa del nostro corpo naturale!

Glawen lo guardò severamente. – Perché tiene quella borsa sul sedile accanto a lei? La metta sul portapacchi col resto, e avremo più spazio.

– Sarebbe fatica sprecata, fratello, dappoi ché io viaggio solamente sino a Flicken. Se tuttavia fai insistenza, delego a te l'impegno di sollevare il suo peso.

– Dovrebbe averla messa lassù fin dall'inizio.

– Ah, caro fratello! Non è tale la via della giustezza.

Glawen non vide motivo di replicare a quell'opinione, e per distrarsi guardò i passeggeri accalcati nelle sue vicinanze. Erano uomini e donne, in uguali proporzioni, anche se non sempre si riusciva a distinguerne il sesso. Tutti portavano un camicione di fustagno stinto, fornito di cappuccio, e sotto di esso brache flosce con l'estremità ripiegata dentro lunghi calzini neri. Le scarpe erano nere anch'esse, molto allungate e a punta. I cappucci, gettati indietro, lasciavano scoperte chiome nere e piuttosto corte non una delle quali sembrava aver conosciuto il pettine quel mattino. Le facce erano larghe e rotonde, di carnagione pallida, con occhi dal taglio lacrimoso e nasi lunghi a punta piatta. Glawen cominciò a capire perché le altre razze di Tassandero non si incrociassero con gli Zubeniti.

Il conducente partì cinque minuti prima dell'orario, probabilmente perché aveva deciso che chi non era giunto in anticipo se ne meritava le conseguenze. Diede energia al vecchio motore a pressione e poco dopo uscì dai sobborghi di Fexelburg, lungo una strada sterrata che scompariva a oriente verso la steppa.

Il panorama era monotono e privo d'interesse. Non avendo di meglio da fare Glawen si dedicò all'osservazione dei compagni di viaggio, con l'idea di studiare i loro inconsci manierismi per estrapolare la mentalità di quella gente. Non ne ricavò niente: gli Zubeniti sedevano o stavano in piedi fissando nel vuoto sguardi torpidi, senza curarsi di osservare l'esterno. Forse, rifletté stavano tutti quanti ruminando le regole della Sintosofia Monomantica.

Ma era più probabile il contrario. A meno che non si sbagliasse, pensò, quelle persone non erano Adepti Inferiori né Superiori, ma semplici campagnoli ignoranti e per nulla interessati alla filosofia.

La sera prima aveva dato una scorsa a *Primi Elementi di Sintosofia*, e ora provò a mettere alla prova la sua comprensione del testo. Si volse allo Zubenita seduto a destra: — Signore, ho notato quella che sembrerebbe un'ambiguità nell'ordinamento delle Dottrine Naturali. Le Congiunzioni Tessarattiche dovrebbero in realtà precedere la Dottrina della Tresi e dell'Anatresi. Lei ha un'opinione sull'argomento?

— Caro fratello, invero non mi è possibile discutere teco, poiché non comprendo le parole che pronunci.

— Questo risponde alla mia domanda — disse Glawen. Tornò a guardare il paesaggio: una pianura che sembrava estendersi all'infinito, dove solo i neri aghifogli molto separati fra loro davano all'occhio il senso della prospettiva. A nord, in distanza, una linea di basse collinette sfumava nella foschia. In qualche parte di quella terra c'era la tomba di Zonk, se si voleva credere alla leggenda. Glawen si chiese se gli ispettori Barch e Tanaquil sfruttassero il loro fine-settimana per unirsi a quella grande caccia al tesoro. Probabilmente no, decise.

Era già in preda alla noia quando l'omnibus arrivò a Flicken, un villaggio già molto addentro nella Contea di Lutwiler e formato da poche casupole malridotte, l'officina di un meccanico e l'Emporio Keelums nella vetrina del quale un cartello informava:

ATTREZZI PER I CERCATORI DI TESORI

CIBO E ALLOGGIO

L'omnibus rimase in sosta davanti all'emporio solo per il tempo necessario a far scendere alcuni passeggeri, compresi i due flaccidi Zubeniti seduti ai lati di Glawen. Mentre tiravano giù dalla rastrelliera i loro involti gli rivolsero malinconici sguardi di rimprovero, come per dire: «Vedi ora, finalmente, a quali gravi fatiche ci hai costretto?».

Glawen li salutò con un misurato cenno del capo, ma la sua cortesia fu completamente ignorata.

L'omnibus proseguì verso oriente, e mentre la Stella di Zonk raggiungeva lo zenith penetrò in una regione coltivata a cereali e alberi da frutta. Il grande spunzone nero della Rocca di Pogan emerse dalla foschia, e mezz'ora più tardi giunsero nella cittadina che si allargava dalla base del picco basaltico. Guardando dal finestrino Glawen riuscì a dare un'occhiata al seminario, una massiccia struttura di pietra costruita a metà altezza sulla Rocca.

L'omnibus percorse la breve strada che portava nella piazza centrale e lì si fermò, di fronte a un deposito scalcinato. Glawen scese e alzò ancora lo sguardo verso la Rocca, che gli parve simile a un antico cratere vulcanico, l'unica cosa degna di nota su cui avesse posato gli occhi da quel mattino. Una strada molto stretta si arrampicava su per il versante ripido serpeggiando a destra e a sinistra fino all'altezza del seminario. La sua prima impressione fu confermata. L'edificio, pesantemente edificato in pietra e alto fino a tre piani, sovrastava la cittadina come una fortezza. Non era certo un luogo in cui la frivolezza e l'allegria rischiassero d'interferire con lo studio della Sintosofia Monomantica.

Glawen entrò nella rimessa, un unico vasto locale con un bancone sul fondo, le cui pareti un tempo dovevano esser state verniciate in giallo fino a metà altezza. Ora qualcuno, probabilmente l'addetto al deposito, aveva fatto del suo meglio per nasconderle dietro strati di manifesti dai colori vivaci, come personale risposta all'atmosfera deprimente del luogo.

Il conducente dell'omnibus portò dentro un pacchetto di buste e una bracciata di giornali e riviste, che depose sul banco. Evidentemente la rimessa serviva anche da ufficio postale della comunità. Il materiale fu subito esaminato dall'impiegato, un ometto magro e di bassa statura con una zazzera di capelli rossicci e occhi penetranti. I suoi baffetti, appuntiti e rivolti all'insù, erano un'altra replica sprezzante alla banalità della cittadina. Portava una divisa blu con i bottoni dorati e un cappello rosso, forse per evidenziare il suo stato sociale, ma Glawen sospettava che se quell'uniforme non lo avesse divertito non l'avrebbe indossata. Chiaramente non si trattava di uno Zubenita.

Quando si avvicinò al bancone, l'impiegato gli gettò una rapida occhiata di traverso. — Mmh! Cosa posso fare per lei?

— Vorrei sapere con precisione a che ora l'omnibus torna a Fexelburg.

— Quello di mezzogiorno parte adesso. Quello della sera arriva e riparte fra cinque ore, più o meno. Verso il tramonto. Vuole un biglietto?

— Ne ho già uno, andata e ritorno. Ma vorrei essere sicuro che avrò il posto a sedere per cui ho pagato.

— Lei ha pienamente ragione, signore! Il suo posto a sedere è senza dubbio da considerarsi «riservato», ma non chieda a me di spiegare questo semplice fatto agli Zubeniti. Hanno sì e no abbastanza testa da capire che il biglietto me lo devono pagare qui, senza aspettarsi che sia io a servirli sulla vettura, ma una volta a bordo sono svelti come fulmini a sbattere su ogni posto libero il loro grasso sedere. Forse perché è lì che tengono il cervello.

— Visto che qui sono un forestiero tengo riservata la mia opinione. E anche il mio posto sull'omnibus.

— Non deve preoccuparsi per questo. La corsa serale è sempre quasi vuota.

Glawen gli mostrò la lista degli Zubeniti coinvolti nella seconda escursione all'isola Thurben. — Questi nomi le sono familiari?

L'impiegato lesse i nomi a voce alta, torcendo le labbra come se le parole fossero acido: — Lasilsk. Struben. Mutis. Kutah. Robidel. Bloswig. Questa è gente del seminario. Diaconi Maggiori, si fanno chiamare. Se lei sta cercando il tesoro di Zonk, lo cerchi altrove. Si avvicini al seminario e le capiterà un guaio, o peggio.

— Non sono un cacciatore di tesori — disse Glawen. Indicò la lista.

— Voglio parlare con queste persone, almeno alcune di loro. Come posso fare?

— Una cosa gliela do per certa: quelli non scendono mai quaggiù.

— In altre parole, devo salire al seminario.

— Sì, ma… — L'ometto alzò un dito per sottolineare le sue parole.

— Se progetta di fare un'ora o due di chiacchiere, che so, sulla loro filosofia, per infilarci un paio di domande astute sulla tomba di Zonk, le consiglio di sedersi su quella sedia e restarci fino all'arrivo dell'omnibus. Poi se ne torni a Fexelburg e si accontenti d'essere vivo e vegeto.

Glawen gettò uno sguardo incerto al seminario, visibile fuori dalla finestra. — Li fa sembrare una famiglia di orchi.

— Sono dei filosofi. Ne hanno fin sopra i capelli dei turisti che vengono a seccarli. Hanno ripetuto per decenni che se sapessero dov'è il tesoro di Zonk se lo godrebbero loro. Adesso rifiutano di aprire la porta. Se un turista, uomo o donna che sia, bussa più di tre volte gli rovesciano addosso un vaso da notte.

— Questo dovrebbe scoraggiare ogni visitatore civile.

— Non sempre. Un paio di turisti evitarono il liquido fetido e bussarono ancora. Quando la porta fu aperta dissero di essere studenti di architettura che volevano studiare le strutture interne del seminario. L'Adepto disse: «Certamente! Ma prima dovrete imparare qualcosa della nostra vita, su cui si basano la forma e lo scopo dei locali». I turisti, che si aspettavano una conferenza di dieci minuti, risposero: «È ovvio. Saremo ben felici di apprendere questi particolari». Dopodiché furono condotti via, rivestiti con un saio grigio e costretti a seguire un corso di Sintosofia Elementare per un anno. Alla fine ebbero il permesso di studiare l'architettura del seminario. Ma non avevano più voglia di cercare la tomba da quelle parti: corsero giù per la Rocca gridando e agitando le braccia, e comprarono due biglietti per Fexelburg. Io chiesi loro se li volevano di andata e ritorno. Indovini cosa mi risposero.

— Mmh! Si direbbero filosofi molto dediti alla meditazione.

— Altri turisti hanno risalito il retro della Rocca, in cerca di una caverna o un passaggio. Non sono mai stati visti tornare. Ho sentito dire che potrebbero essere precipitati nella fogna del seminario. E forse ce ne sono stati altri di cui non si sa niente. Qui non si tiene il conto dei turisti che scompaiono.

— Ma la polizia di Fexelburg non interviene?

— Sicuro. Li avverte tutti di non salire sulla Rocca di Pogan.

— A me non importa di Zonk e del suo tesoro. Cerco informazioni su un'altra cosa. Ma non mi va l'idea di essere accolto da un vaso da notte. C'è una linea telefonica con il seminario?

— Certo che c'è. Lasci che faccia io la chiamata, per sentire da che parte soffia il vento. Qual è il suo nome?

— Sono il capitano Glawen Clattuc di Stazione Araminta, Cadwal.

— E lo scopo della visita?

— Preferirei spiegarlo di persona.

L'impiegato parlò in un telefono senza schermo, attese, parlò con qualcun altro, poi si volse a Glawen. — Quello che preferisce lei non gli interessa. Vogliono sapere cosa vuole.

— Ho bisogno di informazioni sulla Compagnia Ogmo. L'ometto lo spiegò all'interlocutore, quindi riferì: — Non sanno di cosa sta parlando.

— Di recente le sei persone della lista hanno visitato Cadwal. Voglio sapere chi ha venduto loro i biglietti. Solo questo.

L'impiegato trasmise l'informazione, ascoltò, infine depose il ricevitore. Aveva l'aria stupita. — Da non credersi!

— Che cosa?

— Accettano di parlare con lei.

— Ed è così sorprendente?

— Abbastanza. Sono pochi i forestieri con cui trattano. Salga su per la strada e bussi al portone. Quando aprono, chieda dell'Adepta Zaa. Li tratti coi guanti, amico. Quella è gente strana.

— Farò le mie domande con la cortesia necessaria. Se non vorranno rispondere, tornerò indietro. Non credo di avere altra scelta.

— Ecco un programma ragionevole.

L'impiegato lo accompagnò alla porta della rimessa. Poco più avanti, un gruppo di Zubeniti stava attraversando la piazza. Glawen domandò: — Come fa lei a distinguere gli uomini dalle donne?

— Questa è la domanda preferita dei turisti. E la mia risposta è: perché preoccuparsi di scoprirlo?

— Lei si è fatto qualche amico fra la gente di qui?

— Bah! Sarebbe facile come farsi amica la pioggia, e ancora meno divertente. — L'ometto indicò l'altro lato della piazza. — Là è dove comincia la strada per la Rocca, amico.

2

Glawen attraversò la piazza, chinando il capo contro il freddo vento che s'era levato dal nord. All'inizio della stradicciola sterrata un cartello avvertiva:

▪ SEMINARIO MONOMANTICO ▪
Vietato l'ingresso!

Glawen ignorò il divieto e si avviò per la salita. La strada era un faticoso susseguirsi di tornanti: un centinaio di metri a destra, un centinaio a sinistra, e ad ogni svolta un panorama sempre più vasto della steppa che qualcuno aveva cercato di nobilitare col nome di «Contea» di Lutwiler.

Il seminario apparve, stagliato contro il cielo. L'ultimo tornante s'interruppe a metà e curvò lungo la facciata dell'edificio. Davanti ai tre gradini di pietra che salivano a un breve porticato, sotto cui c'era un portoncino massiccio, Glawen si fermò a riprendere fiato. Nella luce slavata della Stella di Zonk il panorama che si godeva dalla Rocca era molto diverso da quello del suo mondo, e così la prospettiva, resa imprecisa dal vago fluire dei colori pallidi. Sotto di lui i tetti nerastri della cittadina risaltavano sulla spianata polverosa, affollandosi intorno alla squallida piazza. Un fiumicello giallastro varcato da un ponte di mattoni — probabilmente quello da cui l'abitato prendeva il nome — si snodava fra le terre coltivate alimentando filari di aghifogli e di alberi-stregone, e svaniva nella malinconica foschia della steppa.

Glawen raddrizzò le spalle, controllò la piega della giacca e si volse a osservare l'edificio. Sopra il portone c'era una piccola finestra, quella usata per dare il benvenuto ai turisti; le altre che vide erano strette come feritoie, silenziose, e davano l'impressione che nessuno si affacciasse mai a guardare la pianura. Un luogo certamente adatto allo studio, pensò Glawen, almeno per chi partiva dal presupposto che studio e divertimento si escludessero a vicenda. Salì sotto il porticato, alzò il batacchio di bronzo e lo lasciò ricadere sul battente.

Trascorsero alcuni secondi. Il portone si aprì, e sulla soglia comparve un uomo poco più alto di lui, con occhi rotondi molto ravvicinati e bocca sottile. Il saio che indossava, di colore grigiastro e fornito di cappuccio, gli lasciava scoperto soltanto il volto. Ispezionò Glawen con sguardo ostile. — Perché credi che sulla strada vi sia il divieto d'accesso? Sei un analfabeta?

— Ho visto il cartello, e non sono analfabeta.

— Peggio ancora! Noi puniamo severamente gli intrusi! Lui tenne la voce sotto controllo. — Sono il capitano Glawen Clattuc. Mi è stato detto di bussare alla porta e chiedere dell'Adepta Zaa.

— Ah, sei tu, allora. E cosa vuoi?

— L'ho già spiegato per telefono.

— Spiegalo ancora. Io non ammetto oltre questa soglia i perdigiorno che vagabondano in cerca di tesori.

Glawen lo fissò negli occhi. — Non sono abituato a questo genere di accoglienza. Mi dia il suo nome.

— Questo non è opportuno, al momento.

Lui lesse i nomi della sua lista. — Lei è uno di questi?

— Se proprio vuoi saperlo, io sono Mutis.

— Allora lei ha partecipato alla gita sull'isola Thurben.

— E con questo?

— Chi vi ha consegnato i biglietti?

Mutis alzò una mano. — Poni questa domanda all'Adepta e saprai con quale risposta potrai andartene.

— Ho già fatto la stessa domanda per telefono.

Mutis ignorò l'osservazione. — Rimani dove sei — ordinò. E gli chiuse la porta in faccia.

Glawen si volse, tornò sulla strada e camminò avanti e indietro a lunghi passi. Si fermò. Un atteggiamento infantile, rimproverò a se stesso: non era dignitoso dar troppa importanza al comportamento di Mutis. Salì ancora sotto il portico, ma dando le spalle al portone, e lasciò vagare lo sguardo sulla steppa.

Si girò, lentamente, solo quando sentì il rumore della porta. Ma l'espressione di sprezzante condiscendenza che aveva preparato per Mutis colpì un altro bersaglio: sulla soglia c'era una persona più bassa e molto più snella dello sgarbato individuo. Uomo o donna? Glawen era propenso alla seconda ipotesi. La sua età? Calcolarla era difficile, con l'informe abbigliamento del seminario. Gli parve nella prima maturità, un po' più anziana di lui. Da come il saio le pendeva addosso la giudicò piuttosto magra; il cappuccio incorniciava un volto dall'incarnato cereo, con occhi scuri e luminosi, naso dritto, bocca severa e incolore. I suoi caratteri razziali erano chiaramente diversi da quelli degli Zubeniti che lui aveva visto sull'omnibus. Dalla porta semiaperta la donna lo esaminò dalla testa ai piedi, con assai più cautela e attenzione di quel che Glawen avrebbe ritenuto necessario. Infine disse, con voce rauca: — Io sono l'Adepta Zaa. Cosa vuoi da me?

Glawen esibì la più formale cortesia. — Io sono il capitano Clattuc, della polizia di Stazione Araminta, su Cadwal. Sono stato mandato qui dal Conservatore per svolgere una certa indagine. Questa è la ragione della mia visita.

Zaa non sembrava intenzionata a lasciarlo entrare. La sua espressione rimase immutata. — Posso solo ripeterti la mia domanda.

Glawen prese nota di quell'appunto con un secco cenno del capo. — Io sono un ufficiale di polizia di Cadwal, affiliato al CCPI. Se vuole, le mostrerò le mie credenziali.

— Non importa. Chiunque tu sia, non fa differenza.

— La informo di questo perché non mi prenda per un turista di passaggio. La mia indagine concerne il viaggio all'isola Thurben compiuto da sei di voi. — Glawen lesse i nomi. — Questi sei uomini non mi interessano. Voglio conoscere l'identità della persona che ha organizzato la loro gita, e nient'altro.

Zaa rimase immobile e silenziosa. Glawen si rese conto di non averle fatto alcuna domanda. Quello sguardo freddo era snervante. Ma doveva stare attento, si ripeté, a non perdere la pazienza e l'autocontrollo. Nello stesso tono urbano chiese: — Lei può fornirmi il nome di quella persona?

— Sì.

— Qual è il nome?

— Quella persona è morta. Io non so se i morti facciano uso di nomi.

— Qual era il suo nome fino al momento della morte?

— L'Adepta Sibil.

— Lei sa come l'Adepta Sibil fu messa al corrente della gita?

– Sì. E anticipo la tua domanda: non vedo motivo di divulgare questa informazione.

– Quali sono le ragioni della sua reticenza?

– Sono complesse, e per essere capite richiedono ampie conoscenze che tu non hai.

Glawen annuì pensosamente. Poi disse, col suo tono più cordiale: – Se ha voglia di uscire un poco potremmo sederci qui sugli scalini, il che le risparmierebbe la fatica di stare in piedi. Poi forse vorrà elargirmi un riassunto di queste «ampie conoscenze», o almeno quanto basta per la necessità.

– Ti consiglio di tenere a freno l'impertinenza – disse l'Adepta Zaa con voce piatta. – Vedo in te la vanità e l'aggressività. Mi hai fatto una ben misera impressione.

– Mi spiace sentirglielo dire – replicò Glawen. – Non era certo questa la mia intenzione.

– Non vedo scopo nel sedere sugli scalini per ripetere le parole che ho già detto. Considerale bene e con attenzione. Se desideri altre informazioni puoi entrare nell'edificio, ma ciò sarà solo per tua volontà e non per mio invito. Hai compreso?

Glawen aggrottò le sopracciglia. – Non del tutto.

– Ciò che ho detto mi sembra chiaro – disse Zaa.

Glawen esitò. La proposta di lei, sia per il tono che per il contenuto, alludeva a qualcosa di spiacevole la cui responsabilità lui avrebbe dovuto prendere su di sé. Stava per chiedere qualche precisazione quando Zaa gli volse le spalle e si allontanò nella penombra.

Per qualche minuto Glawen non seppe far altro che guardare al di là della soglia, indeciso. Quali inconvenienti potevano attenderlo? Lui era un ufficiale di polizia; se lo avessero trattenuto o molestato Kirdy sarebbe andato ad avvertire il comandante Plock. Fece un profondo respiro, attraversò la soglia e si trovò fra le nude pareti di pietra di un vestibolo dal soffitto alto. A parte lui, lì non c'era nessuno.

Attese un poco, ma nessuno venne a parlargli. Sulla destra un breve corridoio a volta portava in quella che gli parve una sala per conferenze, alta di soffitto come il vestibolo e pavimentata in mattonelle quadrate di pietra nera. Sulla parete opposta c'erano tre finestre lunghe e strette; i deboli raggi del sole ruminavano un tavolo di legno scuro, lucidato con tanta assiduità nel corso degli anni che le venature di grana più dura erano in rilievo. Attorno ad esso erano disposte pesanti sedie, mentre alle pareti erano allineate panche dello stesso legno. In un angolo del locale, ferma nell'ombra, vide Zaa.

La donna gli indicò una panca. – Siedi, assapora il riposo. Dimmi in breve quello che desideri dire.

Glawen la invitò con un gesto educato. – Vuole accomodarsi anche lei?

Zaa lo fissò, inespressiva. – Perché?

– Non è galante che io mi sieda, se lei sta in piedi.

– Sii pure galante. Io resterò in piedi – disse, e gli indicò ancora la panca in atto che lui trovò piuttosto perentorio.

Glawen s'inchinò dignitosamente e sedette a un'estremità della panca. Sperando di riportare una nota di cortesia nella conversazione, disse: – Questo è un edificio interessante. È molto vecchio?

– Sì. Per quale motivo, esattamente, sei venuto qui?

Glawen glielo ripeté in tono paziente. – Come vede, non è nulla di complicato. L'organizzatore di quelle escursioni è un criminale che deve essere assicurato alla giustizia.

Zaa sorrise. – Non è possibile che i nostri concetti di giustizia differiscano?

– Non in questo caso. I particolari la farebbero inorridire.

– Non sono così impressionabile.

Glawen scrollò le spalle. – Giustizia a parte, rispondere a qualche domanda potrebbe essere nel vostro interesse.

– Non riesco a seguire la tua logica.

– La nostra indagine si accentra sulla Compagnia Ogmo. Se dovessimo coinvolgere anche il CCPI, questa si estenderebbe al seminario, a causa della partecipazione di Sibil... causandovi preoccupazioni e molto disturbo, visto che le udienze si terrebbero a Fexelburg.

– E poi? Fammi sentire l'intero elenco di minacce e di orrori. Glawen rise. – Queste non sono che... conseguenze presumibili. Ma visto che lo domanda, è certo che i sei Diaconi Maggiori sarebbero accusati di complicità e puniti come meritano. Ora come ora, questo aspetto del caso esula dalle mie mansioni.

Zaa parve divertita. – Vediamo se ti ho capito correttamente. Se io non rispondo alle tue domande, il caso sarà affidato al CCPI, causando preoccupazioni a me e una condanna a sei Diaconi Maggiori. È questo il senso di ciò che dici?

Glawen rise ancora, a disagio. — Lei sta dando alle mie parole un significato troppo crudo. Ho soltanto esposto un'ipotesi che lei può evitare con la massima facilità.

Zaa si mosse lentamente verso di lui. — Sei consapevole che questa è la Contea di Lutwiler?

— Ma certo.

— Le leggi locali sono destinate alla nostra protezione. Esse ci danno il diritto di trattare i criminali e i disturbatori come si meritano. Chi ci affronta lo fa a suo rischio.

Glawen mantenne un'aria fiduciosa. — Io sono un ufficiale di polizia nello svolgimento delle sue mansioni. Cosa dovrei temere?

— Innanzitutto la punizione usuale per i ricattatori.

— Cosa? — si sbalordì Glawen. — Come le è venuta quest'idea?

Zaa lo scrutava con quello che a lui parve un segreto compiacimento. — Oggi sono stata avvertita del tuo arrivo, e delle domande che avresti fatto.

— Questo è assurdo! Chi l'ha informata?

— I nomi non hanno nessuna importanza.

— Ce l'hanno… specialmente se le hanno dato notizie false.

Zaa scosse lentamente la testa. — Non credo. Ti sei già tradito con le tue stesse parole.

— In che senso?

— Sei davvero così ingenuo? O pensi ancora di potermi ingannare con i tuoi sorrisi falsi e i manierismi artefatti?

— Signora, lei mi ha evidentemente frainteso! Non ho nessuna intenzione del genere, glielo assicuro in tutta onestà. Se ha visto l'inganno e la falsità dietro il mio comportamento, si è sbagliata.

— Rivolgiti a me chiamandomi «Adepta», se non ti spiace.

La voce di Zaa era più gelida che mai, e Glawen capì di non essere riuscito a comportarsi col tatto necessario. — In ogni caso non sono un bugiardo né un ricattatore.

— Questo si è dimostrato falso. Con deliberata malizia mi hai minacciato di far intervenire il CCPI. Con evidente piacere hai menzionato le angosce e le umiliazioni che ricadrebbero su di me, e i dolori che sarebbero inferti ai sei Diaconi Maggiori.

– Basta! – esclamò Glawen. – Più lei parla, e più la sua immaginazione scivola verso il peggio. Affronti i fatti! Sono stati commessi dei delitti! Qualcuno deve indagare su questo. Io non pretendo che lei risponda alle mie domande. Se non vuole farlo, le augurerò il buongiorno e non mi rivedrà mai più.

Zaa parve esser giunta a una decisione. – Sì! Faremo un patto! I termini sono questi: io ti darò tutte le informazioni che vuoi, e in cambio tu mi renderai certi servizi.

Glawen si alzò in piedi. – Che genere di servizi? Quando, dove, come e perché?

– Avremo il modo di discutere i particolari, purché si sia d'accordo in linea di principio. Se sei favorevole all'idea ne parlerò con gli altri Adepti.

– È prematuro che lei si consulti con chiunque, visto che prima devo sapere cosa volete da me.

Zaa scosse il capo. – Non posso neppure sfiorare l'argomento senza avere il consenso degli altri.

– Può farlo subito, allora? Io non ho molto tempo. Devo partire fra un paio d'ore al massimo.

– Agirò con la fretta necessaria... se sei d'accordo sui termini generici della mia proposta. Devi rispondere per intanto a questo.

Glawen allargò le braccia. – E una cosa troppo improvvisa. Non posso accettare una richiesta così imprecisata.

– Devi decidere se vuoi le informazioni per cui sei venuto, oppure no – disse rigidamente Zaa.

– Voglio informazioni, certo. Ma quali sono questi servizi? Quanto tempo mi prenderanno? Dovrò viaggiare? E in tal caso, dove? Se volete che io faccia del male a qualcuno, o rischi la vita, non potrò accettare. In breve, prima di impegnarmi a rendervi un servizio, devo sapere di cosa si tratta in ogni particolare.

Zaa non ne sembrò irritata, anzi il contrario. – Così sia. E una posizione prudenziale, e non ti do torto per averla assunta. Eseguirò i tuoi desideri, e stringeremo il patto nei termini chiesti da te.

Zaa si volse e fece un gesto. Dall'ombra di uno stretto corridoio uscì

Mutis. Zaa gli diede sottovoce un ordine che Glawen non capì. Mutis si volse e scomparve di nuovo nella penombra da cui era emerso.

Glawen cominciava a trovare qualcosa d'inquietante nella situazione. — Cosa significa tutto questo?

— Tu hai insistito, saggiamente, per avere piena conoscenza di quello che vogliamo da te. Perciò il primo passo indispensabile è che tu sia istruito sul nostro ordine e sui principi su cui si basa, e che troverai non solo affascinanti ma utili come sorgente di forza interiore. Ho mandato a chiamare qualcuno che ti istruirà, almeno sulle cose essenziali.

Glawen si costrinse a mantenere un tono calmo e sicuro. — Adepta Zaa, con tutto il rispetto, il suo programma non è attuabile, né pratico, né di mio gradimento. Giusto ieri sera ho letto un libro, un'introduzione alla Sintosofia Monomantica, e so già abbastanza delle vostre idee.

Zaa annuì e sorrise. — Conosco quei testi. Ma un'introduzione è soltanto un'introduzione. Non serve assolutamente ai nostri scopi.

— Adepta Zaa — disse lui, con decisione, — io non ho il tempo né la voglia di dedicarmi a questo studio. Mi dia le informazioni, poi spieghi quello che dovrei fare per lei. Se è possibile, lo farò. Ma non cerchi di costringermi a restare qui. Se non rientrerò a Fexelburg con l'omnibus della sera, un mio collega lo notificherà subito al CCPI.

— Davvero? In questo caso ti sarà permesso telefonare, e potrai assicurare i tuoi colleghi che tutto va bene.

— Non mi sono spiegato chiaramente? — disse Glawen.

Zaa ignorò la domanda. — L'istruzione è essenziale. In caso contrario la tua comprensione non sarebbe completa, e questo è un termine basilare del nostro patto.

Nel locale entrarono Mutis e altre due figure in saio. La prima, alta e robusta, era evidentemente un uomo; la seconda, molto più snella, poteva essere un ragazzo o una donna.

Zaa si volse a loro. — Questo è Glawen, e seguirà il nostro corso di studio. Lilo, tu lo condurrai attraverso le Introduzioni e probabilmente il primo Compendio. — E a Glawen disse: — Lilo è un'ottima insegnante, sensibile e paziente. Mutis e Funo sono Diaconi Maggiori, e Guardiani della Casa. Entrambi sono saggi e ligi al dovere, e dovrai seguire sempre i loro consigli.

Irritato, Glawen esclamò: — Una volta per tutte: non voglio sapere niente di Monomantica o nessun'altra cosa! Visto che non intendete darmi le informazioni per cui sono venuto, me ne andrò in questo momento.

— Non essere scoraggiato — disse Zaa. — Se studierai con diligenza, le nostre fatiche non andranno sprecate. Ora sarai preparato per lo studio.

Mutis e Funo si fecero avanti. — Vieni — disse il primo. — Ti mostreremo la tua stanza.

Glawen guardò Zaa e di nuovo vide quel segreto compiacimento sul suo volto. La donna si stava godendo la situazione. Strinse i denti. — Dunque sta pensando seriamente di tenermi qui contro la mia volontà?

Lei indossò ancora la sua maschera d'impassibilità. — Non è una decisione frivola — disse. — I termini del nostro patto sono espliciti.

Glawen s'incamminò verso l'uscita principale. — Me ne vado. Se tentate di fermarmi lo farete a vostro rischio.

Mutis e Funo si mossero. Lui li scostò con uno spintone e a lunghi passi uscì nel vestibolo. I due lo seguirono senza fretta. Glawen andò al portone, ma non trovò nessuna maniglia o catenaccio. Cercò d'insinuare le dita fra i battenti, spinse, tirò, e non ottenne nessun risultato.

Mutis e Funo erano ormai dietro di lui. Glawen appoggiò le spalle al portone e si preparò a battersi. L'insegnante di nome Lilo alzò le mani verso di lui. — Non lottare! Loro ti farebbero del male, e io ne soffrirei. Non costringerli a ferirti!

— Come si esce da qui?

— Non puoi. Fai come ti è stato detto. Vieni con me. Ti assicuro che questa è la cosa migliore.

Glawen guardò i due Guardiani della Casa. Erano molto robusti, e avrebbero potuto sopraffarlo. D'un tratto gli parve che la soluzione migliore fosse un intervento del CCPI: quando Kirdy avesse avvertito Plock del suo mancato ritorno, questi avrebbe fatto i passi necessari.

— Vieni — disse Lilo. — Non c'è bisogno che loro ti tocchino.

— Per tua fortuna, Glawen — disse Mutis.

Lui strinse i denti. — Questo è intollerabile! Io ho cose importanti che mi attendono altrove!

— Dovranno aspettare — gli comunicò Funo, con voce stranamente acuta per una persona così massiccia e muscolosa. — Hai sentito cosa dice l'Adepta. Ora seguila, prima che perdiamo la pazienza.

— Muoviti — disse Mutis, piegandosi verso di lui. Nella sua bocca umida e molliccia, aperta, la lingua pulsava come un tentacolo.

Depresso e a disagio, Glawen gli passò accanto, stancamente. Lilo lo prese per un braccio e lo condusse verso il corridoio.

3

Glawen seguì Lilo su per una stretta e umida scala di pietra fino al primo piano, poi lungo un corridoio. Guardando il modo in cui muoveva i fianchi poté stabilire con certezza che era una femmina. Dietro di sé aveva i passi pesanti di Mutis.

Alla base di una seconda rampa di scale Lilo si fermò e lasciò passare avanti Mutis, che andò ad accendere alcune deboli lampade a olio. — Ora saliremo per questi scalini — disse Lilo, — ma stai attento perché sono molto pericolosi, specialmente quando c'è poca luce.

— Lascia che lo scopra da solo — disse Mutis con un sorrisetto duro. — Un bel ruzzolone potrebbe fargli bene.

Lilo si avviò su per la scala. Glawen non si mosse, attanagliato da un improvviso tremito di spavento. Lei si volse a guardarlo da sopra una spalla. — Vieni.

Glawen esitò ancora. Mutis e Funo lo guardavano, con i volti larghi e pallidi impassibili sotto i cappucci. Per un attimo si tese, tentato di coglierli di sorpresa con un balzo rapido e cercare una via di fuga. La ragione gli disse invece che Mutis e Funo si aspettavano proprio quello, e che comunque Kirdy avrebbe avvertito il CCPI della sua assenza prima ancora che facesse buio.

— Vieni, Glawen — disse ancora Lilo.

Lui volse le spalle ai suoi guardiani e con una smorfia affrontò la scala, tenendo dietro a Lilo. Una scala strana, pensò, per un edificio così solido. Gli scalini erano uno diverso dall'altro, obliqui e distorti, non c'era il corrimano, e la rampa cambiò direzione per due volte secondo angoli bizzarri. Lilo diceva che era pericolosa, al buio. Su questo non c'era dubbio.

La sua guida lo precedette in un corridoio spoglio, quindi in uno stanzone dove c'erano alcune grosse vasche di legno allineate e rustici attaccapanni alle pareti. — Questo è un piccolo passo preliminare, ma è essenziale. Dovrai essere lavato e rivestito con l'abito adatto, per conformarti alla regola. Ora puoi togliere e gettare via il tuo abito straniero, che non va bene per il seminario. Non lo userai più.

— Un accidente, che non lo userò più! — ringhiò lui. — Questa è follia pura! In che mondo credete di vivere? Non ho chiesto io di venire qui, e non intendo restarci!

— In quanto a ciò, Glawen, non so cosa dirti. Io posso soltanto ubbidire all'Adepta. Tu scoprirai che questa è la cosa migliore.

— Io non voglio ubbidire a nessuna Adepta.

— Può darsi, ma le regole del seminario sono precise. E poi, chissà? Quando conoscerai la perfezione della Sintosofia, il tuo atteggiamento potrebbe cambiare. Pensaci.

— È una possibilità molto remota. Quello che ne ho visto finora è abominevole.

La voce di Lilo si raffreddò. — Adesso puoi usare quella tenda, per la tua intimità. Glawen andò dietro la tenda, si levò il vestito e le scarpe, mise di nuovo fuori la testa e si trovò davanti Mutis, in attesa.

L'individuo gli indicò uno sgabello. — Esci, e siediti qui.

— Perché?

— Devo rimuovere dalla tua testa quella peluria insalubre. Noi viviamo in civili condizioni di pulizia.

— Neanche per idea! — esclamò lui, irritato e offeso. — Quando uscirò di qui non voglio avere l'aspetto di un selvaggio!

— Siediti! — Mutis e Funo lo afferrarono per la braccia e lo tirarono fuori dalla tenda, costringendolo a forza sullo sgabello. — Adesso taci! — ordinò Mutis. — Non darci delle noie, o per te ci sarà la gabbia. E di notte soffia un vento molto freddo.

— Fai come ti chiede — disse Lilo con voce atona. — È meglio così.

Glawen si tenne in bocca le imprecazioni e meditando vendetta rimase immobile come una pietra, mentre Mutis con rude efficienza gli sforbiciava via i capelli.

— E adesso — disse l'uomo, — togliti quelle brache o comunque si chiamino, e vai dentro quella vasca.

Glawen dovette immergersi in un «fluido decontaminante»

dall'odore acre, poi sciacquarsi in una vasca di acqua fredda, e infine gli fu permesso scegliere dall'attaccapanni un saio grigio della sua misura e indossarlo.

Mutis approvò il suo aspetto con un grugnito e se ne andò per gli affari suoi. Lilo disse: — Ti condurrò adesso nella tua stanza, per un intervallo di meditazione.

— Un momento. — Glawen raccolse i suoi indumenti, li ripiegò e se li mise sottobraccio.

Lilo non fece commenti. — Vieni — disse poi, e lo precedette lungo un corridoio recitando in fretta una lista di norme che suonavano come avvertimenti. — Per un certo periodo dovrai fare a meno di scendere in città e di passeggiare nella campagna. Dimentica queste inclinazioni; sarebbero disapprovate energicamente.

— Non starò qui abbastanza da sentire la necessità di far due passi. O così spero.

— In tal caso — disse concitatamente Lilo, — passeggia senza scendere le scale, perché sono estremamente pericolose.

— Hanno anche un aspetto odioso, se è per questo — borbottò lui.

— Sei percettivo! Allora sii saggio! Ricorda: lo studente volonteroso trova la vita più facile dell'infingardo impaziente. Ma credo che tu non abbia questi difetti. Ho ragione?

— Io sono un Clattuc di Casa Clattuc. Questo risponde alla tua domanda?

Lilo gli gettò un'occhiata. — Cos'è un Clattuc?

— Questo lo scoprirete voi stessi, presto o tardi. Presto, spero. Per un poco Lilo tacque. Poi chiese, quasi speranzosa: — Tu hai viaggiato in molti luoghi della Distesa?

— Non tanti quanto vorrei. In realtà ho visitato soltanto pochi pianeti dello Sciame.

— Viaggiare dev'essere interessante — disse Lilo. — Io ho solo pochi ricordi dell'orfanatrofio di Strock. Poi, il seminario. — Si fermò davanti a una porta. — Questa sarà la tua stanza. — La aprì e attese. Vedendo che lui rifiutava di entrare, scosse il capo — Davvero, non avrai nulla da guadagnare con l'ostinazione. Mutis è contento solo quando può mostrarsi intransigente.

Glawen sospirò ed entrò nella stanza. Lilo restò sulla soglia. — Più tardi parleremo ancora. Sono felice che l'Adepta mi abbia scelta come tua insegnante. Di solito questo compito spetta a Bayant o a Hylas. Nel frattempo, per tua comodità e protezione, chiuderò a chiave la porta.

— Protezione contro cosa?

Lilo fece un gesto vago. — Talvolta, quando gli studenti terminano il loro lavoro, cercano di andare a chiacchierare con altri che preferiscono riposare o meditare. Chiudendo a chiave ti risparmierò questa seccatura.

La porta si chiuse. Vibrando di furia, ma ancor più disgustato con se stesso per essersi lasciato intrappolare e umiliare in quel modo, Glawen prese visione del suo alloggio. Non si poteva dire che fosse esiguo: la stanza era larga sei metri per sei, e alta circa quattro. Il freddo del pavimento in pietra era ammortizzato da una sottile stuoia di vegetale intrecciato; sulle pareti c'era uno strato d'intonaco grigio, corroso dall'umidità. Al muro esterno, sotto una finestra molto alta dal suolo, erano appoggiati un tavolo e una sedia. A sinistra c'era una branda, a destra un guardaroba striminzito e una cassettiera, accanto alla quale una porticina dava accesso a un austero gabinetto.

Glawen gettò i suoi abiti sulla branda e andò a sedersi al tavolo.

Nella stanza faceva freddo, e lui era ancora intorpidito dal bagno. I brividi che cominciarono a scuoterlo lo irritarono ancor di più. Balzò in piedi, agitò le braccia, corse avanti e indietro a rapidi saltelli e dopo un poco si sentì meglio.

Alzò lo sguardo verso la finestra. Una robusta barra verticale la divideva in due parti, troppo strette per lasciar uscire un uomo. I vetri potevano essere aperti dall'interno per dare aria; in quel momento erano chiusi contro la colonnetta centrale.

Salì in piedi sul tavolo e guardò all'esterno. Il panorama era quello che si aspettava: la steppa, il fiumiciattolo, e la periferia orientale della cittadina, dove le case si diradavano verso i campi. La Stella di Zonk era invisibile da lì, ma a giudicare dalla lunghezza delle ombre nerissime e dalla scarsità di luce doveva essere al tramonto. L'omnibus era probabilmente già partito per Fexelburg, e anche quella riflessione gli strappò una smorfia di sconforto.

Si alzò in punta di piedi e guardò in basso. Il muro esterno scendeva a perpendicolo per almeno trenta metri, fino al nudo basalto del versante. Aprì uno dei vetri e saggiò la solidità della colonnetta, ma per quanto facesse forza l'unica cosa che ottenne fu di spellarsi un dito. Richiuse, per tener fuori il vento freddo. Qual era stata la minaccia di Mutis? Qualcosa circa una gabbia? Il pensiero lo fece rabbrividire. Saltò giù dal tavolo e sedette di nuovo sulla sedia. Volendo presumere che Kirdy seguisse le sue istruzioni alla lettera, era possibile che i soccorsi arrivassero prima di notte... possibile ma non realistico, rifletté, rimandando ogni speranza all'indomani.

Si massaggiò le gambe e cercò di esaminare in prospettiva la situazione in cui si trovava. Era un'avventura che non avrebbe dimenticato facilmente. Gli sfuggì una risatina secca. La sfrontatezza di quella Zaa e dei suoi accoliti era così incredibile da trascendere perfino la logica della realtà. Si spingevano anche a usare su di lui una rozza tecnica per il controllo della personalità: primo, distruggere la fiducia della vittima in quelli che considerava gli schemi dell'esistenza normale; secondo, sostituirli con un sistema alternativo ordinato e funzionante. Fosse voluta o no, questa sembrava la tecnica di Zaa. — Non sarò molto orgoglioso di quello che scriverò sul mio rapporto di lavoro — mormorò fra sé.

Qualcos'altro gli tornò in mente: se doveva credere a Zaa (e perché non avrebbe potuto?), la donna era stata avvertita del suo arrivo da una telefonata. Chi era stato al corrente dei suoi piani? Kirdy, gli ispettori Barch e Tanaquil, e il comandante Plock. Perché uno di questi avrebbe dovuto tradirlo? Qui il mistero era assoluto.

Glawen si accarezzò la fronte, quasi per stimolare i pensieri. Zaa aveva agito con lui, un ufficiale di polizia, senza la minima preoccupazione per le conseguenze; chiaramente non temeva la polizia di Fexelburg. Forse le bastava sapere che lì nella Contea di Lutwiler la polizia non aveva potere legale o (più probabile) sceglieva deliberatamente di non intervenire?

D'improvviso Glawen si rese conto che fino a quel momento non aveva subito violenza. Gli era stato fatto ben poco oltre a qualche minaccia e una serie d'intimidazioni, anche se ora si trovava sequestrato in una stanza e con la testa rapata a zero. Si passò una mano sul cuoio capelluto e senza ragione provò un senso di vergogna.

— Quel che è fatto è fatto — borbottò cupamente. — Se qualcuno mi ha giocato uno sporco scherzo, mi servirà di lezione.

Ma la sola domanda con cui poteva concludere quel ragionamento era più grossa di tutte le altre messe insieme: perché?

Si accorse che nella stanza s'era fatto buio. Tornò ad arrampicarsi sul tavolo e guardò all'esterno. Sulla Contea di Lutwiler era scesa la notte. Lo Sciame di Mircea era un pulviscolo steso di traverso nel cielo. Sedette di nuovo. Nella stanza non aveva visto lampade né interruttori. L'unico modo di passare il tempo era di lasciarlo passare.

Tre minuti più tardi nel corridoio ci fu uno scalpiccio. La porta si aprì e comparve la snella silhouette di Lilo.

— Non esistono il riscaldamento e la luce in questo posto? — disse freddamente Glawen.

— C'è la luce, certo — Lilo toccò un pulsante a lato della porta, e quella che lui aveva preso per una striscia di vernice lungo il soffitto s'illuminò vivamente.

Lilo entrò. Con fare calmo e pensoso chiuse la porta, e attraversò la stanza. Glawen vide che aveva sottobraccio una mezza dozzina di libri. La ragazza li poggiò sul tavolo, sempre con aria placida e astratta, e Glawen guardò in silenzio mentre li metteva in fila. Intuendo il suo mutamento di umore lei si volse a scrutarlo. — Questo è il materiale che dovrai studiare. Come sai già, io sarò la tua insegnante, almeno per un certo periodo. Naturalmente il lavoro di maggiore importanza toccherà a te; i veri progressi si fanno nella solitudine. I libri sono difficili, ma le loro pagine chiedono di essere aperte.

— Non ho alcun interesse nella Monomantica — replicò lui, aspro. Lilo non si lasciò scoraggiare. — Il tuo interesse aumenterà, vedrai, appena scoprirai i vantaggi dello studio. E ora, coraggio! Dobbiamo pur cominciare, altrimenti penseranno che siamo pigri.

La ragazza scelse uno dei libri e con felina morbidezza sedette sulla branda. — Questo è l'Elenco delle Introduzioni. Dovrai mandarle a memoria, anche se il loro significato non ti sarà immediatamente chiaro. Io te le leggerò, e tu ascolterai con tutti e due gli orecchi per ricevere la forza e il suono delle parole, anche se non le capirai. «Uno: la Dualità è il tessuto di ogni spiacevole difficoltà; deve ristrutturarsi nell'Unità. Due...» — Mentre leggeva, Glawen la fissava a occhi socchiusi domandandosi quali capricci del destino l'avessero condotta al seminario della Rocca di Pogan. La ragazza era di modi dolci, e aveva una natura più calda e umana di quel che lì dentro potesse servirle. Lei gli gettò una rapida occhiata inquisitoria. — Stai ascoltando?

— Naturalmente! Hai una bella voce. L'unica cosa piacevole che ho trovato dentro queste mura.

Lilo distolse lo sguardo. — Non dovresti pensare in questi termini — disse severamente. Glawen vide però che non era dispiaciuta. La ragazza continuò: — Mi hai sentito leggere l'elenco, e lo ripeteremo ogni giorno finché non lo avrai imparato. Ora diamo un rapido sguardo ai nostri studi. Questo libro stampato in caratteri verdi contiene i Precetti, i Laterali e le Flussioni; e nello stesso volume ma in caratteri rossi e a iniziare dalla copertina opposta ci sono i Terminatori Utili. Questi hanno un'immensa importanza, ma al momento farai meglio a cominciare con i Fatti e i Primordiali, che ti daranno una base per ciò che verrà poi. E naturalmente qui hai i Concetti Primari. — Porse a Glawen un altro libro. — Questo deve venire prima di tutto il resto.

Glawen ne sfogliò le pagine. — Sembra che approfondisca... molto oltre quelli che sarebbero i miei interessi, se li avessi. E non li ho.

— Ma l'interesse verrà! La Sintosofia è essenzialmente una progressione di assiomi, ciascuno derivante dalla cosiddetta Verità Fondamentale. La Verità, molto crudelmente, comanda l'unità di tutte le cose. La Verità Fondamentale è un nodo di forza intellettuale: la sostanza conosciuta come *sthurre*. Raggiungere la vetta è difficile, ma possibile. Nulla deve offuscare la chiarezza della tua visione. La Rocca di Pogan, qui nella Contea di Lutwiler, è proprio l'ambiente adatto. Niente impedisce i nostri progressi. Il seminario non fornisce distrazioni; non è piacevole né spiacevole...

— È freddo, però.

Lilo non gli badò. — ... e allontana da noi gli elementi estranei, specialmente la follia dell'indulgere a effimere frivolezze. La sofferenza può essere ignorata, ma il piacere è più insidioso.

— E più divertente, non trovi?

Lilo strinse le labbra. — Questo concetto non ha alcun valore né conseguenze positive.

— Per Mutis e per Zaa, forse. Non per me. Io penso spesso ai piaceri che non ho avuto, ma non spreco una lacrima sui dolori che non ho dovuto sopportare.

— Non essere così leggero! — disse lei con serietà. — Queste idee sono debilitanti e disturbano il flusso della logica. Come le Introduzioni ci insegnano, gli impulsi erratici dell'evoluzione hanno generato anomalie che noi cerchiamo di correggere. Il nostro scopo è l'imposizione dell'ordine sul caos. Ricordi la numero tre dell'Elenco? L'Unità è purezza! L'Energia è direzione! La Dualità è collisione, disordine, stasi!

Metà seccato e metà divertito Glawen guardò i lineamenti di Lilo, che come quelli di Zaa erano fini, delicati, e accentuati dai grandi occhi neri. La ragazza chiese: — Questi concetti sono ben fermi nella tua mente?

— Fermissimi.

— La Dualità è per la logica unitaria ciò che la morte è per la vita. Il capitolo «Opposti e Supposti» analizza l'argomento nelle linee generali, e si confà alle necessità dei principianti.

— Cosa intendi per «Dualità»?

— Questo dovrebbe esser chiaro anche a te! La Dualità è stata la sorgente del Grande Scisma che ci separò dai Polimantici. In ogni caso essi erano dominati dal mascolino, che causava polarità. Nella Formula Progressista, che noi adottiamo, la polarizzazione sessuale è ignorata oppure evitata.

— E tu cosa ne pensi di questo?

— Non è necessario che io ci pensi. Il Credo Monomantico è giusto.

— Ma cosa provi, in termini personali?

Lilo strinse ancora le labbra. — Non ho mai voluto analizzare l'argomento. L'introspezione non è tempo speso bene.

— Capisco.

Lilo gli gettò uno sguardo in tralice. — E tu?

— In quanto al sesso, sono per la Dualità.

Lei scosse il capo con disapprovazione, anche se parve sorridere. — Lo sospettavo. Devi accettare l'Unità. — Lo scrutò di nuovo. — Perché mi stavi guardando in quel modo?

— Mi chiedo in che categoria ti vedi. Maschio? Femmina? Tipo unificato? Tipo sconosciuto? O cos'altro?

Lilo volse il capo. — Questi concetti non sono ritenuti adatti alla discussione. L'irrazionalità dell'evoluzione ci ha oberati del dualismo; dobbiamo metterlo da parte con tutta la forza della nostra filosofia!

— Non hai risposto alla mia domanda.

Lei riabbassò gli occhi sull'Elenco. — Tu come mi vedi?

— Sei decisamente femmina.

Lilo annuì con riluttanza. — Io sono fisiologicamente femmina, questo è vero.

— Se ti lasciassi crescere i capelli potresti essere considerata molto attraente.

— Che cosa sciocca da dire! Sarebbe una deliberata dualità.

Spinto in parti uguali da una dispettosa malizia e dall'inguaribile galanteria dei Clattuc, Glawen andò a sedersi sul lettino al suo fianco. Lei lo guardò con stupore. — Perché fai questo?

— Così possiamo studiare la Dualità insieme e vedere come funziona. È molto più interessante della Monomantica.

Lilo si trasferì sulla sedia. — Questo è il suggerimento più insolito che io abbia mai sentito!

— Ti interessa?

— Naturalmente no. Dobbiamo dedicare tutta la nostra attenzione al comportamento appropriato. — All'esterno suonò una campanella. — È l'ora della cena. Vieni. Tu ed io andremo insieme.

Nel refettorio, Glawen e Lilo si misero a sedere all'estremità di un lungo tavolo, e una figura in saio mise loro davanti due fette di pane, una ciotola di latta contenente fagioli e verdure lesse, e una brocca d'acqua. Non c'erano condimenti, né sale. Una trentina di altre persone, di sesso imprecisabile, stavano chine sul loro cibo e mangiavano in silenzio. Glawen sussurrò a Lilo: — Qualcuno di questi è un tuo amico, diciamo, particolare?

— Noi amiamo tutta l'umanità con lo stesso profondo fervore. Tu devi fare lo stesso.

— Troverei qualche difficoltà a innamorarmi di Mutis.

— A volte Mutis è incline a essere arbitrario.

— E tu lo ami, nonostante questo?

Lilo esitò un poco. — Tutti noi dobbiamo emanare la nostra parte di amore universale.

— Perché sprecarne una fetta per un tipo come Mutis?

— Ssssh! Taci! Tu sei una persona rumorosa. In refettorio il silenzio è la regola. Molti di noi si riservano questo tempo per pensare, o chiarirsi alcuni apparenti paradossi, e nessuno vuole essere disturbato.

— Scusa.

Quando ebbe vuotato la sua ciotola, Lilo guardò quella di Glawen.
— Perché non mangi?

— La vostra cucina fa schifo. Sui fagioli ci vorrebbe almeno un po' di
sale, e la verdura sembra bollita nell'aceto.

— Se non mangi, più tardi ti verrà fame.

— Meglio la fame che il mal di stomaco.

— Allora andiamo via; non c'è scopo a oziare seduti qui.

Una volta che furono di nuovo in camera, Lilo sedette subito sulla
sedia, e a Glawen non restò che il lettino. La ragazza annunciò: — Ora
dovremmo discutere dei Primordiali.

— Parliamo di qualcosa di più concreto — propose lui. — Quali sono
i servizi che Zaa si aspetta da me?

Lilo agitò una mano, nervosamente. — Non me la sento di azzardare
un'opinione.

— Chi ha telefonato per avvisarla del mio arrivo?

— Non lo so. Ora, circa questi libri, dovrò lasciarli a tua disposizione.
Poiché sono costosi, mi è stato ordinato di chiederti una ricevuta. — Si
alzò e gli porse un foglio di carta. — Devi apporre il tuo emblema e il
tuo nome qui in fondo.

Lui scostò di lato il foglio. — Porta via i libri. Non li voglio.

— Ma sono indispensabili per i tuoi studi.

— Questa mascherata deve finire. E tanto prima, tanto meglio. Io
sono il capitano Glawen Clattuc, un ufficiale di polizia. Sto conducendo un'indagine. Quando l'avrò completata intendo andarmene.

Lilo guardò la ricevuta, aggrottò le sopracciglia. — Però devo chiederti di firmare. Queste sono le istruzioni di Zaa.

— Leggimi quel documento.

Con voce incerta Lilo ubbidì. — «Il sottoscritto, Glawen, dichiara
di ricevere in custodia i sei volumi dal seguente titolo...» — La ragazza
lesse i titoli, poi: — «Mi impegno a non danneggiarli, trattandoli con
cura durante i miei studi. Per il loro uso pagherò la cifra consueta
all'Istituto Monomantico, e oltre ad essa la somma necessaria per il
vitto, l'alloggio, e le altre comodità che mi saranno fornite. In fede...».

— Dammi la penna — disse lui. Sullo spazio bianco a fondo pagina
scrisse: «Io, Glawen Clattuc di Casa Clattuc, Stazione Araminta,

Cadwal, capitano di polizia e affiliato al CCPI, non pagherò niente a nessuno. Sono qui per ragioni di servizio, e me ne andrò appena vorrò farlo. Ogni richiesta di rimborso o d'altro genere dovrà esser fatta all'ufficio del CCPI, a Fexelburg».

Restituì il foglio a Lilo. — Portati via i libri. Non li voglio.

Lei raccolse i sei volumi e andò alla porta. Glawen balzò in piedi e la raggiunse sulla soglia. — Non importa che tu chiuda. Visto che non studierò, posso benissimo permettere ad altri di disturbarmi.

Lilo uscì lentamente nel corridoio, esitò, poi si volse a guardarlo con espressione preoccupata. Infine mormorò: — Sarebbe meglio se io chiudessi a chiave.

— Non mi piace. Mi fa sentire prigioniero.

— È per la tua comodità, per la tua sicurezza.

— Correrò il rischio.

Lilo chinò il capo e si allontanò lungo il corridoio. Glawen attese di vedere la sua figuretta incappucciata sparire giù per quella scala bizzarramente pericolosa. La tentazione di seguirla subito era forte, ma stabilì di non essere precipitoso. Che fossero Plock e gli agenti del CCPI a trattare con quell'assurda comunità.

D'altra parte, qualche precauzione non guastava. Tese gli orecchi: da alcune stanze venivano lievi rumori, ma nel corridoio non c'era nessuno. In punta di piedi corse nel locale dove Mutis gli aveva tagliato i capelli. Da uno scaffale prese sei lenzuola pulite, quindi sbirciò cautamente fuori, si accertò che la strada fosse libera e rientrò in fretta nella sua stanza. Salì sulla sedia e mise le lenzuola sopra l'alto guardaroba, dove non potevano esser viste. Dopo aver riflettuto unì ad esse anche i suoi abiti, strettamente ripiegati.

Trascorse mezzora. Mutis aprì la porta e guardò nella stanza. — Vieni con me.

— Non ti hanno insegnato l'educazione? — disse freddamente Glawen. — Torna fuori e bussa, se vuoi entrare!

Mutis lo fissò con occhi vacui, senza capire, poi mosse una delle sue mani robuste in un gesto secco. — Andiamo.

— Andiamo dove?

Mutis si accigliò e fece qualche passo avanti. — Devo essere più chiaro di così? La parola che ho detto è: andiamo!

Glawen si alzò lentamente dal lettuccio. L'individuo sembrava piuttosto di cattivo umore. — Muoviti! — ringhiò ancora. — Non farmi aspettare. Oggi pomeriggio eri molto più docile.

A passi tranquilli lui andò alla porta, e lì si fermò. Mutis lo spinse da dietro. — Non ti ho detto di muoverti? — Gli premette un pugno sulla colonna vertebrale. Glawen si girò a mezzo e lo colpì con una gomitata al collo che lo fece sbandare di lato. Per qualche istante l'individuo ansimò, col volto contorto e la boccuccia rosea e molle grottescamente spalancata, poi gli si gettò addosso. Glawen cercò di evitarlo con un saltello, ma l'aveva sottovalutato: Mutis riuscì a uncinarlo con un braccio e lo trascinò al suolo. Si contorse, rotolò da parte e colpì il nerboruto avversario con un calcio su un orecchio. Balzò in piedi e lo guardò, ansimando. Nel corridoio era però uscita gente, e numerose figure in saio corsero dentro. Mani anonime aguantarono Glawen, lo immobilizzarono e gli tirarono il cappuccio sulla faccia per impedirgli di vedere. Sentì i grugniti furiosi di Mutis che protestava contro qualcuno, quindi un tramestio, come se l'individuo cercasse di liberarsi per saltargli addosso.

Glawen fu per metà spinto e per metà trascinato fuori, poi giù per due rampe di scale. Qui ci fu ancora confusione, domande secche, e alcune voci imprecarono. Alla fine quella di Mutis sovrastò le altre: — Al vecchio posto! Questi sono stati i suoi ordini.

Glawen udì borbottii dubbiosi e commenti sussurrati che non riuscì a capire. Cercò di liberarsi dalle mani che lo immobilizzavano e di sollevarsi almeno il cappuccio dalla faccia, ma senza successo.

— Lo prendo in consegna io — disse Mutis. — È docile. Non ho più bisogno di aiuto.

— È svelto e robusto — disse la voce di uno di quelli che lo tenevano. — Veniamo anche noi, per impedire ogni altra violenza.

— Aah! Bah! — grugnì Mutis.

Glawen fu condotto in un passaggio che odorava di pietra umida, ammoniaca e qualcosa di fungoso, come se stessero calpestando del muschio. Sentì un rumore metallico, un cigolio, poi uno spintone lo scaraventò avanti.

Riuscì a tenersi in piedi per miracolo. Dietro di lui ci fu il tonfo di una pesante porta che si chiudeva, ancora un cigolio e infine il silenzio.

Rabbiosamente si tolse il cappuccio dalla faccia. Non vide assolutamente nulla: in quel luogo c'era il buio più completo.

Dopo qualche istante si mosse verso la porta e le sue mani trovarono un muro scabro. Gli echi, o forse un istinto ancor più sottile dell'udito, lo informarono che quello era un locale piuttosto grande; una caverna sotterranea, a giudicare dall'odore dei depositi calcarei. Il solo rumore era un lievissimo gorgoglio d'acqua corrente.

Glawen rimase immobile per qualche minuto, cercando di rimettere insieme i pezzi del suo autocontrollo. — Sembra che io abbia fatto un altro maledetto sbaglio — mormorò a se stesso. — Potevo restare in padella, e mi sono fatto gettare nella brace.

Tastò il muro a sinistra della porta e sentì la roccia nuda, irregolare, umida, odorosa di muschio. Quelle in cui si trovava, decise, erano le viscere più antiche della Rocca di Pogan.

Cominciò una cauta esplorazione, tastando il suolo a ogni passo nella quasi certezza che lì ci fosse un baratro: un trucco che poteva ben aspettarsi dai monomantici. E così, quando il comandante Plock fosse venuto a cercarlo, l'Adepta Zaa avrebbe potuto esibire un nobile rincrescimento: — Il capitano Clattuc? Ah, quel poveretto! Ha insistito per esplorare recessi e caverne, ignorando i nostri avvertimenti, ed è precipitato in un crepaccio. Che doloroso incidente!

Ma i suoi piedi non trovarono nessun crepaccio. Il suolo sembrava livellato artificialmente. Tornò indietro ed esplorò per un'altra decina di passi sulla destra della porta. La sensibile curvatura della parete indicava che il locale (sempreché fosse circolare) aveva un diametro di circa venti metri. La circonferenza doveva essere sui sessanta o poco più. Glawen andò ad appoggiarsi alla porta e attese. Presto o tardi qualcuno avrebbe pur dovuto venire a portargli da mangiare… o no? Dovette chiedersi se non era stato proprio quello il destino dei turisti che avevano sognato di scoprire la tomba di Zonk. Lì s'erano imbattuti nella tomba sbagliata: la loro. In quanto a lui, il calcio che aveva dato all'orecchio di Mutis era un ricordo gradevole, ma questo non bastava a farlo morire contento.

Una mezzora più tardi si stancò di restare appoggiato alla porta e sedette con le spalle al muro. Le palpebre gli caddero sugli occhi, e malgrado il freddo della roccia finì con l'appisolarsi.

Quando si svegliò dovevano essere trascorse parecchie ore. Si sentiva rigido, indolenzito, e aveva la gola spiacevolmente secca. Si passò le mani sulla faccia e ascoltò il buio: nessun rumore, salvo il fruscio dell'acqua che continuava a sentire da qualche parte sulla destra. Con un grugnito si alzò e tastò la porta, colpito dall'improvviso sospetto che poteva non essere chiusa. Che scherzo sardonico da giocare a un poliziotto: metterlo in una cella e lasciarlo lì a morire di fame... dietro a una porta che non era stata chiusa!

Diede qualche colpo al battente e il legno massiccio risuonò appena.

A tentoni ne esplorò la cornice, ma non trovò né cardini né indizi sulla posizione della serratura. Prese una breve rincorsa e gettò tutto il suo peso in una spallata. La porta non vibrò neppure. Glawen mugolò qualche imprecazione e sedette di nuovo, massaggiandosi la spalla.

Il tempo scivolò via: un'ora, forse due, si accorse non riuscire a giudicarlo. In ogni caso una noia mortale s'era già impadronita di lui, e non gli restava che sopportarla per tutto il resto della notte, mentre gli altri si disinteressavano di lui godendosi il calduccio dei loro letti.

Per un poco cercò di estrarre energia dalla rabbia, ma non fu molta l'adrenalina che riuscì a farsi scorrere nelle vene.

Aveva la gola sempre più secca. Tenendosi a contatto del muro si mosse sulle mani e sulle ginocchia verso destra, e dopo una ventina di metri sentì un rivoletto di acqua gelida. Vi inzuppò le dita e se le leccò. Era acqua acida, ad alto contenuto di minerali e forse a malapena potabile. Ne bevve un poco, abbastanza da calmare la sete, poi si alzò in piedi e tornò accanto alla porta.

Disteso sul terreno freddo si lasciò andare a un sonno torpido, stringendosi nel saio ruvido e svegliandosi ogni pochi minuti.

In qualche posto, più in alto, ci fu un lieve rumore. Glawen sollevò la testa. Il rumore si ripeté, e gli parve quello di una porta che cigolava sui cardini. Ad un tratto nel buio si accese una chiazza di luce giallastra che delineò i contorni di un balcone, a sei o sette metri dal suolo.

Su di esso comparve una figura vestita di bianco, che reggeva alta una lampada a olio. Lui rimase immobile. I giochi delle ombre in movimento confondevano la sua percezione ottica, e si sentiva stordito, poco interessato alla persona che era venuta a controllare la prigione.

La figura in bianco appese la lampada a un gancio, poi con un gesto svelto gettò indietro il cappuccio del saio. Nel debole alone giallo Glawen vide una testa appena velata da una lanugine di capelli color rame ed un volto sottile, dai grandi occhi neri, fine e delicato di lineamenti. I capelli erano un po' più lunghi di quel che si sarebbe aspettato, e s'incurvavano in piccoli riccioli sulla fronte e dietro gli orecchi. Apaticamente Glawen riconobbe l'Adepta Zaa. Il saio che indossava era di una stoffa molto più fine di quello che aveva il giorno prima, e dava alla sua figura una morbida grazia.

La donna stava guardando lui, con volto imperscrutabile, e quando parlò lo fece in tono quasi divertito: — Sei stato davvero molto abile, se il tuo scopo era di finire in una brutta situazione.

— Il mio comportamento è stato corretto — rispose lui in tono misurato. — Voi avete commesso un errore a imprigionarmi qui, e i vostri motivi sono al di là della mia comprensione.

Zaa scosse il capo. — In termini di realtà locale è la mia condotta ad essere corretta. La tua è basata su ingenue ipotesi, e di conseguenza si è dimostrata fallace.

— Non ho voglia di discuterne — borbottò Glawen. — Sarebbe scortese da parte mia infastidirti con delle lamentele.

Zaa lo guardò dall'alto, divertita. — Si direbbe che i tuoi umori si siano molto rasserenati, qui al buio.

Conscio che la donna stava giocando con lui come il gatto col topo, Glawen non fece commenti.

— È stoicismo? — lo interrogò Zaa. — Oppure una filosofia elaborata da cui t'illudi di trarre forza d'animo?

— Non saprei dire. Sono poco portato all'introspezione. Forse è soltanto il freddo che mi intorpidisce.

— Che peccato. Sai, se Mutis ha un difetto è che non dimentica facilmente, e credo che abbia ancora un gran mal di capo dopo il calcio che hai voluto dargli. Ma non serve rimuginare sugli errori passati; dobbiamo guardare al futuro. Qual è la tua opinione in proposito?

— È questa: dammi le informazioni che ho chiesto, e il futuro a cui guarderai sarà la mia schiena mentre me ne vado fuori da qui. Ecco la sola opinione intelligente che ti offro.

Zaa sorrise. — Intelligente dal tuo punto di vista.

— Anche dal tuo. Chi rapisce un ufficiale di polizia si sta procurando il guaio della sua vita.

— Dimentichi che questa è la Contea di Lutwiler. Qui la tua autorità non ha alcun significato.

— Il CCPI non la vede a questo modo.

— Non lasciare che quest'ipotesi influenzi il tuo comportamento — disse Zaa. — Sono io a controllare il seminario, ecco l'essenza della verità locale. Tu devi regolarti sul mio programma, non io secondo il tuo. Se questo non ti è chiaro, allora hai bisogno di una terapia cerebrale.

— Oh, è tutto chiaro. Non ho bisogno di nessuna terapia, grazie.

— Non ne sono del tutto convinta, dopo aver sentito i rapporti di Lilo e di Mutis. Con la prima hai avanzato proposte erotiche...

— Cosa? Io non ho fatto niente del genere!

— ... con il secondo sei stato brutalmente offensivo. Il suo orecchio sanguina e duole.

— Queste sono accuse del tutto assurde!

Zaa scrollò le spalle. — La tua posizione è abbastanza ben definita. Mutis afferma che sei intrattabile. Lilo è addolorata dal tuo scarso rispetto e si domanda dove ha sbagliato.

Glawen fece una risata secca. — Ti dirò io i fatti. Mutis mi ha messo le mani addosso prima che io lo colpissi. Mi ha provocato... probabilmente dietro tuo ordine. In quanto a Lilo, forse sono stato un po' galante, tanto per ingannare la noia e mettere una scintilla di vitalità nella sua esistenza. Ma ho agito con cortesia. Le ossessioni sessuali sono nella sua testa, non nella mia.

Zaa scosse ancora le spalle, indifferente. — Potrebbe anche essere, e perché no? Tu sei forte e sicuro di te, una giovane donna sensibile potrebbe trovarti attraente. — Il suo sguardo percorse la caverna. — Questa non si può dire una sistemazione di lusso, ma è gratuita. Se insisti a non voler pagare per l'alloggio, dovrai accontentarti delle comodità che ti vedi attorno.

— Tu volevi usare la mia ricevuta come prova che io sono qui di mia volontà. Non è onesto, visto che mi tenete prigioniero.

— Hai dimenticato il nostro contratto?

— Contratto? — Glawen sbatté le palpebre. — I termini erano così vaghi dà non avere alcun significato. E nessun contratto, o impegno, o promessa ha valore fra un prigioniero e i suoi catturatori.

Zaa rise, un suono leggero come di cristalli che tintinnassero al vento. — Nella Contea di Lutwiler simili contratti hanno un valore ben preciso, specialmente riguardo ai doveri di un prigioniero.

Glawen non fece commenti. La donna continuò: — Ricordi il nostro accordo?

— Mi hai offerto tutte le informazioni in tuo possesso in cambio di un servizio non specificato. Un patto che non potevo accettare. Poi hai cercato di costringermi a studiare la Sintosofia Monomantica, come parte dell'accordo. È uno scherzo spiritoso, ma pensavi davvero che poi avrei preso sul serio il tuo «contratto»?

— Questo è un errore. Il contratto dev'essere preso sul serio.

— In tal caso, ecco il mio suggerimento — disse Glawen. — Fammi uscire da questo buco, dimmi quello che voglio sapere, poi spiegami cosa desideri tu. Se è non è qualcosa di criminoso, immorale, disdicevole o illegale, ed è nelle mie possibilità, ti accontenterò.

Zaa ci pensò un poco. — La tua è una proposta molto semplice.

— Sono felice che tu la apprezzi.

— Ah! La tua felicità mi preoccupa assai meno della tua sincerità. Glawen annuì lentamente. — Io sono sincero, riguardo a quello che posso fare per te.

— Mmh! Forse. Ma devo esserne certa. Ho quasi paura di metterti alla prova. Ora aspetta. Ne riparleremo fra poco.

Zaa scomparve nell'ombra e ci fu il rumore di una porta che si chiudeva. Dieci minuti dopo fu il robusto portone a livello del suolo ad aprirsi. Zaa entrò, mentre qualcun altro richiudeva dall'esterno. — Da vicino si parla più facilmente.

— Vero.

Il tessuto del saio di lei era seta, candida e liscia. Zaa appariva diversissima dalla rigida creatura con cui Glawen aveva trattato il giorno prima. La luce della lampada ammorbidiva il taglio dei suoi lineamenti, che incorniciati dal casco di capelli rosso rame assumevano colore valorizzando la liquida profondità degli occhi nerissimi. Un'onda di lieve profumo attraversò i cinque o sei metri che li separavano.

Zaa gli indicò la caverna con un gesto vago. — Hai preso familiarità con questo luogo?

— Nel buio? Io sono un Clattuc, ma ogni rischio ha un limite.

— Allora guardati intorno. È una caverna, nel cuore stesso della Rocca.

— Un posto infame. Scommetto che ne andate fieri.

— Nota la piattaforma contro quella parete. C'è una coperta. È lì che dormono certi nostri ospiti.

— E che affitto chiedete per l'alloggio?

— Nessuno. Puoi dormire gratuitamente, e per di più nello stesso punto esatto dove anche Zab Zonk dorme, nel suo sarcofago di giada bianca, avvolto in stoffe d'oro trapunte di pietre lunari e di perle.

Glawen osservò la nuda piattaforma. — Capisco. Una sistemazione privilegiata per chi era venuto a cercarlo. E ne informate gli ospiti che tenete qui?

— Sempre. Perché deluderli? A volte vengono da pianeti lontani.

— Sulla Guida c'è scritto molto sul tesoro, ma non che chi lo trova non ha bisogno del biglietto di ritorno. — Si volse a guardare la donna. — I Fexel sanno che voi avete la tomba?

Zaa si stiracchiò languidamente le braccia e sorrise, inarcando un sopracciglio. — È ovvio — disse. — Perché credi che ci lascino in pace, e prendano la nostra gente a lavorare nelle loro fabbriche? Migliaia di turisti spendono una fortuna ogni anno, per farsi organizzare carovane ed escursioni nelle steppe alla ricerca del tesoro. Noi manteniamo il segreto, e i Fexel ci mostrano la loro gratitudine in vari modi.

Lui tornò a osservare la piattaforma. Strano, pensò, il modo in cui lo avevano messo a parte di un segreto così prezioso. Zaa non gli aveva neppure chiesto la discrezione. Come poteva esser certa che lui non avrebbe divulgato una notizia così clamorosa, una volta fuori dalla Rocca? Dava per garantito il suo silenzio? Poco probabile: Zaa poteva essere tutto ma non un'ingenua. Glawen dovette fare uno sforzo per non pensare troppo all'altra ipotesi, quella che aveva implicazioni assai più spiacevoli.

— Cosa ne è stato del leggendario tesoro? — domandò.

— Il sarcofago fu fatto a pezzi. Le ossa di Zonk non furono mai trovate. Il tesoro non esisteva. — Zaa si girò, incamminandosi lentamente attraverso la caverna. Gli lanciò uno sguardo. — Non vieni?

Glawen la seguì, con l'impressione di muoversi in un sogno. Grandi eventi aleggiavano in quell'atmosfera; quali sarebbero state le loro conseguenze? Non riusciva a immaginarlo. La sua mente si perdeva nelle semplici percezioni visive, come per evitare ogni pensiero.

Zaa si fermò davanti al rigagnolo che percorreva il pavimento. — Hai notato quest'acqua? — chiese.

— Sì. L'ho anche assaggiata, nella speranza che non venisse dalle vostre fognature.

Zaa annuì gravemente. — È piuttosto mineralizzata, ma potabile. Osserva il tunnel attraverso cui esce. Altre persone, ancor più afflitte di te da disordini mentali, hanno pensato di metter fine alla loro terapia cacciandosi lì dentro. Non è stata una buona idea. Il passaggio si restringe, e l'avventuroso non riesce più a tornare indietro. C'è un punto in cui, se ci prova, scivola giù e precipita nell'acqua. È un largo pozzo, gelido, profondo, e dopo essersi agitato invano egli affoga. I tessuti del suo corpo si mineralizzano rapidamente. Si dice che un individuo molto magro seppe entrare nello stretto passaggio dall'esterno, legato a una corda, alla ricerca del tesoro. Non trovò nulla di valore. Ma quando puntò la sua torcia elettrica nell'acqua del pozzo vide molte forme bianche sul fondo di esso, disposte in varie posizioni. Alcune di quelle figure pietrificate sono lì dai tempi di Zab Zonk... e chissà, una di loro potrebbe essere lo stesso Zonk, anche se non ci siamo mai presi il disturbo di accertarlo.

— Il pozzo, da solo, sarebbe una grossa attrattiva per i turisti — mormorò Glawen.

— Senza dubbio! Ma non vogliamo aver nulla a che fare con i turisti! la confusione e la sporcizia che seminano metterebbero a dura prova la nostra pazienza. La tomba non conoscerà mai mutamenti, e così il pozzo. Pensa! Fra un milione di anni gli esploratori di qualche razza aliena potrebbero scoprire il pozzo. Immagina il loro stupore, quando guarderanno giù nell'acqua!

Glawen volse le spalle al tunnel. — Un pensiero affascinante.

— Proprio così. Qui nella tomba si sente il flusso del tempo. Nella penombra a volte immagino di udire il mormorio di quelle voci future, che echeggeranno nei recessi segreti della Rocca. — Con un gesto fluttuante delle dita Zaa mise da parte l'argomento. — Ma questo non ci riguarda. Noi siamo le cose di adesso! Noi siamo vivi! Noi siamo consapevoli! Noi mettiamo ordine! Noi dirigeremo le nostre parole per tutto l'universo come fossero i tuoni degli Dei!

Dopo qualche secondo Glawen azzardò, in tono cauto: — Sono sorpreso che tu mi confidi cose simili, specialmente circa la tomba di Zonk.

— Perché non dovrei? Le informazioni sono quello che sei venuto a cercare! Non è così?

— È così. Tuttavia…

Zaa si avvicinò alla piattaforma. Sedette sul bordo di pietra e alzò lo sguardo su Glawen. — Tuttavia? Lui scosse il capo. — Niente.

— Siediti, o mi dovrò alzare io — disse Zaa. — Non posso parlare con la testa rovesciata all'indietro.

Glawen sedette a un paio di passi di distanza da lei, e le gettò un'occhiata di traverso. La scarsa luce della lampada dava al suo profilo uno strano fascino senza nome.

— Come ti ho detto — continuò a bassa voce Zaa, — Lilo è convinta che tu sia un concentrato di bassi istinti erotici, e le abbia fatto delle proposte laide.

— Le paure o le speranze di Lilo, quali che siano delle due, eccedono la realtà per un fattore di cinquanta a uno — disse Glawen. — È troppo sensibile, troppo vittima delle sue fantasie, e questo non le fa bene. D'altra parte, se i soli uomini che si vede attorno sono bestioni come Mutis e Funo, bisogna capirla.

— Funo, si dà il caso, è una donna.

— Cosa? Dici sul serio?

— Naturalmente.

— Ah! Mi meraviglia che Lilo resti sana di mente, qui dentro.

— Consideri Lilo sessualmente stimolante?

Glawen distolse lo sguardo, accigliato. La situazione si stava complicando e gli appariva ogni istante più contorta. Il tempo restava il fattore più importante: senza dubbio Plock era stato ormai avvertito, e non avrebbe tardato molto a venirgli in aiuto.

Nel frattempo, Zaa gli si mostrava rilassata e incline a fornirgli altre informazioni. Se lui avesse assunto un atteggiamento galante, forse si sarebbe rilassata ancor di più. Strinse i denti. Doveva ammettere che la donna gli appariva molto più umana di prima, ma in lei c'era ancora qualcosa che lo faceva pensare a un rettile, a una sensuale lucertola bipede dalla pelle candida, flessuosa e seducente. Gli sfuggì un sospiro. Doveva allontanare quell'idea dalla mente. Se Zaa l'avesse intuita poteva diventare non solo fredda ma sprezzante.

Quei pensieri lo avevano attraversato in non più di due o tre secondi. Qual era stata la sua domanda? Se trovava Lilo provocante?

— Devo essere franco — disse. — Gli uomini possono essere provocati in modi diversi dalle donne, come certamente sai.

— Non mi sono mai preoccupata di esplorare l'argomento.

— Be', è vero. Nel caso di Lilo, il saio grigio cela del tutto la sua figura, e non è facile immaginarne le forme. Senza capelli, non si può dire che la sua testa sia attraente. E ho visto cadaveri con una carnagione più sana. D'altra parte, ha lineamenti regolari e occhi belli. È graziosa e ha un piacevole modo di fare. Ripensandoci, non riesco a credere di averla messa in allarme. Sembrava anzi prendere vita, davanti alle mie attenzioni.

— Certe cose forse l'hanno disturbata, provocando in lei confusione e senso di colpa. L'ha attribuito a te, e come ora vedo ha probabilmente esagerato. Sembra, dunque, che tu la trovi piacente.

— Piacente, simpatica, o comunque femminile, insomma. Se si lasciasse crescere i capelli e prendesse un po' di sole, con un vestito come si deve potrebbe essere attraente.

— Interessante! E così com'è, non trovi in lei alcuno stimolo?

Glawen cercò le parole per una risposta generica. — I viaggiatori spaziali incontrano donne di ogni specie. Ne ho sentiti molti dire che al buio tutti i gatti sono grigi.

Zaa annuì con aria pensosa. — Lilo, ovviamente, è molto ingenua. In vita sua ha conosciuto solo la Sintosofia Monomantica e il comportamento unificato del seminario. E per varie ragioni noi siamo interessati alla sua reazione istintiva in presenza di un uomo giovane e attraente come tu sei.

— Così è per questo che le hai dato l'incarico di istruirmi.

— In parte.

— Sicuramente non sarò io il primo uomo che vede.

Zaa ebbe una risatina amara. — Vedo che devo spiegarti qualcosa.

I monomantici osservano nell'Unità il loro obiettivo. I polimantici accettavano la Dualità, ma erano dominati dal mascolino. La rivoluzione monomantica fu guidata da donne eroiche, desiderose dell'uguaglianza sessuale, che volevano creare una razza in cui la sessualità non fosse una forza coercitiva. Nel laboratorio biologico, a Strock, furono tentate molte strade, ma i loro sforzi non ebbero buoni risultati. Gli Zubeniti della Contea di Lutwiler furono dapprima considerati un glorioso successo, perché risultavano almeno parzialmente intra-fertili. A quel punto la Dualità era sconfitta: avevamo dei perfetti monomantici, almeno in molte fasi. La dottrina afferma che le parole «uomo» e «donna» sono arcaiche e incidentali, sorpassate. Mutis è un uomo, Funo è una donna, ma potrebbero non essere affatto consapevoli delle loro differenze, visto che non si tratta di caratteri funzionali: Mutis è impotente, Funo non produce ovuli. Così è fra gli Zubeniti. La loro sopravvivenza come popolo è puramente sperimentale.

Glawen si tenne in bocca la sua opinione.

— Tuttavia i nostri sforzi sono stati, almeno teoricamente, un successo. La Dualità è stata screditata, è vacillante, e non può più essere considerata una filosofia ispirativa. Sei d'accordo su questo?

— Non ho mai preso posizione, in un senso o nell'altro.

— Ora l'Unità è la regola. Uomini e donne devono diventare uguali sotto ogni aspetto. Le donne saranno libere dalla primitiva maledizione della gravidanza. A loro volta gli uomini non soffriranno più delle pressioni ghiandolari che distolgono le loro energie da altre attività, e che li spingono a illogici comportamenti «galanti». Cosa ne pensi di questo?

— È un interessante punto di vista — disse cautamente Glawen. — Ma io non ho difficoltà con le mie ghiandole, e non sono per nulla ansioso di veder realizzata l'Unità.

Zaa sorrise. — Potrei informarti che la nuova teoria ha molti importanti sostenitori, fra cui io stessa. Gli Zubeniti non sono troppo soddisfacenti: per un motivo o per l'altro non copulano, e lasciati a se stessi, senza i giovani che vengono portati qui da Strock, si estinguerebbero.

— Lilo non sembra una tipica Zubenita… e neppure tu, se è per questo.

— Lilo ha una storia interessante. Per facilitare il lavoro facemmo venire a Strock, non proprio di sua volontà, un brillante ingegnere genetico di Alphanor. Per vincere la noia egli cominciò a fare esperimenti segreti. Sembra che nel caso di Lilo abbia usato un ovulo di ottima qualità e il suo stesso seme. La fece crescere in una speciale vasca di coltura, un utero in cui fu nutrita con particolari sostanze e senza soppressori di ormoni. Nel suo lavoro normale, spinto dal risentimento e poiché non era tenuto sotto eccessivo controllo, ignorò il suo dovere e produsse centinaia di creature con un occhio solo, o una gamba sola, o a chiazze bluastre, o con spropositati organi genitali. In un'altra vasca rovinò tre dozzine di ovuli contaminandoli con il seme di un cane che teneva con sé. Nessuno si rese conto della cosa finché agli infanti non cominciò a crescere la coda. E allora, finalmente, la verità venne alla luce e l'uomo fu allontanato definitivamente.

«In quanto a Lilo, per poco non subì lo stesso destino dei teratoidi. Ma qualcuno notò che si stava sviluppando secondo una forma normale, e così sopravvisse. Rivelò anzi doti eccellenti, la cui origine non si poté tuttavia chiarire, dato che il genetista era ormai defunto.

— Una storia avvincente — mormorò Glawen.

— In età puberale, Lilo è divenuta femmina secondo la vecchia Dualità. Non volendo metterla in imbarazzo abbiamo evitato di darle questa informazione… anche se ormai sembra che l'abbia ricevuta per un'altra strada.

— A parte questa faccenda — disse Glawen, — resta il fatto che io devo pensare al mio lavoro. Volete tenermi chiuso ancora a lungo in questo buco?

— Vedo che dovrò essere franca — disse Zaa. — Nel nostro sforzo di eliminare la Dualità abbiamo seguito una strada non ideale, questo lo sai.

Possiamo produrre Zubeniti a volontà, ma hanno troppi caratteri negativi e si profila la necessità di un cambiamento. Dobbiamo modificare la monomantica e rischiare una nuova sessualità? La teoria di cui ho fatto cenno suggerisce che ciò potrebbe essere inevitabile, a causa della natura stessa del protoplasma. Da Strock giungono soltanto notizie scoraggianti. I processi di laboratorio sono fallimentari. Gli zigoti muoiono più in fretta di quanto possono essere prodotti; gli infanti sono malati e anormali.

«Per sopravvivere, sembra che si debba tornare al metodo primitivo. Ah, ma questo è il punto! Gli uomini sono come Mutis, incapaci di compiere l'atto. E le donne sono come Funo: cadono in preda a convulsioni soltanto a quest'idea.

«Certo, questo non è vero in tutti i casi! Alcune donne ovulano, sono ancora ricettive. Ciò che manca è l'apporto degli uomini. Sono un ben misero gruppo, torpidi e impotenti.

– Ma potrebbero sorprendervi! – disse nervosamente Glawen. – Vestite le donne con abiti femminili, lasciate che portino i capelli lunghi e prendano un po' di sole. Invece della filosofia potrebbero studiare danza, o canto, e partecipare a feste allegre in cui ci siano vino e risate. Gli uomini non mancherebbero di reagire.

Zaa fece una smorfia seccata. – Abbiamo già sentito teorie del genere. Ci fu un individuo che dichiarò di essere un esperto nel campo delle emozioni umane; affermava che i nostri problemi erano mentali e nient'altro, e che dovevamo sottoporci a una serie di quelle che chiamava «sedute di terapia sessuale». Abbiamo messo alla prova le sue teorie, con grande fatica e spesa ancora maggiore. E solo per scoprire che l'avidità era l'unico campo in cui lo si poteva definire un esperto!

Glawen cercò di mascherare l'improvvisa eccitazione. – Sembra che tu stia alludendo al caso dell'isola Thurben.

– Ovviamente. Una dimostrazione simile non è abbastanza?

– Questo esperto in avidità non ha fatto altro per voi? Quali erano le sue credenziali?

– I risultati sono stati ambigui, nella migliore delle ipotesi. Lui ci esortò a continuare il programma, e l'Adepta Sibil rimase per osservare e imparare, ma i suoi rapporti non erano chiari.

– E l'esperto? Qual è il suo nome?

– Non ricordo bene. Non ho preso io gli accordi. Floreste, così mi sembra che si chiami. Dirige una compagnia di saltimbanchi e pagliacci. Farebbe qualsiasi cosa per il denaro!

Glawen deglutì un groppo di saliva. Zaa, si disse, era chiaramente spassionata e sincera nel fargli quella rivelazione. Si chiese quali servizi avrebbe preteso prima di lasciarlo andare per la sua strada. Sempreché da un momento all'altro non arrivasse Plock.

– Fra parentesi – continuò Zaa in tono discorsivo, – è stato Floreste ad avvisarmi del tuo arrivo. E non vuole che tu ritorni a Cadwal. Rovineresti i suoi progetti, a quanto dice.

Glawen era stupefatto. — Come poteva conoscere i miei movimenti?

— È molto semplice. Il tuo collega è rimasto a Fexelburg, no?

— Sì. Kirdy Wook.

— Sembra che questo Wook abbia telefonato a Floreste, subito dopo la tua partenza sull'omnibus, per chiedergli di unirsi alla troupe. Floreste ha accettato, e Kirdy Wook è ora con lui. Le misure precauzionali che hai preso, almeno quelle riguardanti il tuo collega, non sono più effettive.

Glawen non riuscì ad aprir bocca, annichilito.

— Ora — riprese Zaa, — circa il nostro accordo, e mi riferisco al cosiddetto «contratto», non nascondo che al tuo arrivo sono stata favorevolmente impressionata. Sei sano, intelligente, di modi non spiacevoli, e senza dubbio normale nelle tue funzioni sessuali. Ho deciso che dovrai fertilizzare le donne in grado di ovulare, perché diano alla luce un primo nucleo di quelli che chiamerò Neo-Monomantici. Ho messo Lilo in stretto contatto con te, quasi aspettandomi che una situazione del genere si evolvesse da sola. Ma agendo con quella che mi sembra deliberata malizia tu hai sconvolto Lilo. Naturalmente, non tutto è perduto. Lei è spaventata ma anche affascinata da ciò che ha intravisto nella cosa. Farò in modo che lasci crescere i capelli e si abbronzi un po'. Le altre faranno lo stesso.

— Tutto questo richiederà dei mesi! — gemette Glawen, disperato.

— Si capisce. Tu dovrai pensare in questi, o ancora più lunghi, termini di durata. Nel frattempo potrai sperimentare con me. Io sono fertile, una vera femmina, e non ho sciocche paure. Al contrario.

— Questi — chiese lui con voce rauca — sono i «servizi» di cui mi avevi parlato?

— Proprio così.

Glawen si scoprì incapace di pensare in modo razionale. Una cosa però era certa: se voleva fuggire, prima di tutto doveva uscire dalla tomba di Zonk. Gettò uno sguardo cauto a Zaa. — Questo non mi sembra l'ambiente più adeguato.

— E buono quanto ogni altro luogo del seminario.

— La piattaforma è un letto poco comodo.

— Stendici sopra la coperta.

— Già. Questa è una buona idea.

Glawen dispiegò la coperta. Quando si volse vide che Zaa aveva lasciato cadere al suolo la veste bianca. Nella debole luce della lampada le sue forme erano tutt'altro che spiacevoli. La donna tolse i piedi dall'abito e gli si avvicinò. E malgrado la situazione lui ne fu provocato e la abbraccio, ma quando si distesero insieme sulla coperta nella sua mente tornò l'immagine del rettile. Angosciato cercò di dire a se stesso:

— Io ignorerò la sua freddezza, la sua pelle così pallida, i suoi denti aguzzi, i suoi occhi imperscrutabili. Ignorerò il luogo in cui mi trovo, e i fantasmi che vagano in questo buio con i loro occhi bianchi e mineralizzati!

— Ah, Glawen! — ansimò Zaa avvinghiandosi a lui. — Sento che la Dualità non mi ha mai abbandonato del tutto. Io sono un'Adepta, ma stretta a te so di essere anche una donna! — Mentre gli baciava il collo la sua parrucca di riccioletti ramati si spostò e cadde di lato, lasciando allo scoperto la testa calva e il tatuaggio che aveva sulla fronte.

Glawen non riuscì a reprimere un grido e si strappò via dalle sue braccia. — Non posso! Non così! Mi chiedi una cosa al di là delle mie capacità!

Senza dir parola Zaa si rimise la parrucca, raccolse la veste e la indossò. Per un poco lo guardò con un sorrisetto contorto, poi disse: — Sembra che anch'io dovrò farmi crescere i capelli ed esporre il mio corpo alla luce del sole.

— E io?

— Fai quel che credi. Studia la monomantica. Fai esercizi ginnici. Esplora le profondità del pozzo. Io ti ho dato tutte le informazioni che volevi. E finché non sarò soddisfatta dei tuoi servizi, finché la mia primitiva natura femminile non sarà placata, tu non lascerai la Rocca di Pogan.

Zaa andò alla porta e bussò tre volte. Qualcuno le aprì. La donna oltrepassò la soglia e il massiccio battente si chiuse alle sue spalle.

4

Glawen restò seduto sul bordo della piattaforma, con i piedi allargati al suolo e lo sguardo perso nel niente. Quello, pensò, doveva essere considerato il nadir della sua intera vita … e la situazione aveva il potenziale per farlo scendere ancora più in basso.

Trascorse un tempo che lui non si curò di misurare: più di un'ora, meno di un giorno. Sul balcone uscì una figura in saio che calò sul pavimento un cestello appeso a una corda e quindi se ne andò, lasciando la lampada appesa dov'era.

Senza fretta e neppure molto interesse si alzò per investigare. Trovò alcuni pentolini di plastica contenenti zuppa di fagioli, stufato, pane, tè, e due fichi. Evidentemente non lo avrebbero lasciato morire di fame.

Scoprì di avere appetito. Nel refettorio non aveva mangiato nulla, a parte un paio di bocconi di pane. Quanto tempo era passato da allora? Più di una giornata, forse due. O tre?

Benché il cibo fosse insipido lo divorò fino all'ultima briciola, e rimise i contenitori nel cestello. Poi, sentendosi più energico, esaminò meglio la tomba. Il soffitto, una quindicina di metri più in alto, era roccia basaltica allo stato naturale. L'acqua scendeva nel locale da una fessura a metà altezza sulla parete.

Andò a guardare nel cunicolo attraverso cui usciva il rigagnolo. L'imboccatura era rozzamente circolare, larga meno di un metro. Il passaggio curvava verso il basso e spariva nel buio. Da una certa distanza proveniva il gorgoglio di una cascatella. Glawen si volse, con un brivido. Soltanto una noia mortale avrebbe potuto spingerlo nell'oscurità alla ricerca di quel pozzo.

Tornò a sedersi sulla piattaforma. Che altro fare? Qualcosa doveva pur succedere, si disse. Nessuno poteva vivere per giorni, settimane, mesi o anni sepolto vivo in una caverna. Tuttavia non esisteva neppure una legge di natura che stabilisse il contrario.

Il tempo continuò a scorrere. Non accadde nulla, salvo che a intervalli di molte ore qualcuno sostituiva la lampada, tirava su il cestello e ne calava un altro.

Glawen mangiava, oziava arrotolato nella spessa coperta, faceva ginnastica, dormiva.

Se il cibo gli veniva portato ogni mezza giornata, tempo di Tassandero, la prima settimana di prigionia venne e se ne andò senza che accadesse nulla. Glawen teneva il conto dei pasti incidendo un segno su un tratto di roccia calcarea. L'undicesimo giorno Mutis comparve sul balcone e gli gettò un saio pulito e un'altra coperta. — Mi è stato detto di chiederti se c'è qualcosa che vuoi — grugnì scontrosamente.

— Sì. Un rasoio, del sapone. Carta e penna.

Gli oggetti furono consegnati nel cestello successivo.

Trascorsero trenta lunghi giorni, poi quaranta, cinquanta. Il cinquantaduesimo, se il calcolo di Glawen era esatto, ricorreva il suo compleanno. Poteva considerarsi un Clattuc con pieno rango di Agente a Stazione Araminta? O era diventato Glawen co-Clattuc, un collaterale, parte della popolazione in eccesso e senza alcun rango sociale? Cos'aveva detto Kirdy a Bodwyn Wook? La verità? Poco probabile. E tuttavia, in ogni caso, suo padre Scharde non avrebbe mai rinunciato a cercarlo. Seguire il suo cammino fin lì gli sarebbe stato facile... ma poi? Anche se Scharde fosse arrivato al seminario e avesse costretto Zaa a farlo entrare fin nella tomba di Zonk, Glawen era quasi certo che un altro corpo si sarebbe aggiunto al gruppo di bianche statue sul fondo del pozzo.

In quelle settimane aveva cercato di tenersi fisicamente in forma, e su di morale. Dedicava buona parte del giorno a semplici esercizi fisici, correndo lungo le pareti, saltando per raggiungere punti sempre più elevati in sfida con se stesso, camminando sulle mani e facendo serie di piegamenti complessi. La ginnastica divenne quasi un'ossessione, un espediente che usava per non pensare, e pian piano gli occupò sempre più tempo.

Se ne andarono due mesi. Glawen trovava difficoltà a ricordare il mondo esterno. La sua realtà era contenuta nelle dimensioni della tomba di Zonk. Ah, fortunato Glawen Clattuc! Migliaia di turisti vagavano invano su Tassandero alla ricerca di quel buco nella roccia che lui conosceva così bene! E lo avrebbe conosciuto sempre meglio. Sapeva bene che Zaa era stata tanto generosa nel dargli informazioni non perché si fidasse di lui, ma perché quando la sua utilità fosse terminata gli avrebbero imposto il silenzio con il più definitivo dei metodi. Quella sentenza Glawen se l'era sentita dare nel preciso istante in cui lei gli aveva rivelato il segreto della tomba.

Il sessantesimo giorno la porta inferiore fu aperta. Sulla soglia avanzò Funo. — Vieni.

Glawen raccolse i suoi fogli di carta e la seguì. Funo lo scortò su per due rampe di scale, e poi nella stessa stanza che gli era stata assegnata al suo arrivo. Chiuse a chiave e se ne andò. Lui salì in piedi sulla sedia. Le sei lenzuola e i suoi vestiti ripiegati erano ancora dove li aveva nascosti.

All'esterno ci furono dei passi. Glawen scese dalla sedia proprio mentre Mutis spalancava la porta. — Seguimi. Devi fare il bagno.

Glawen si sottomise a un'immersione nel liquido antisettico e in una vasca d'acqua fredda. Mutis ignorò i suoi capelli già lunghi quasi quanto prima. — Indossa un indumento pulito, poi torna in camera tua.

Glawen non fece commenti e ubbidì. Quando fu di nuovo nella stanza sentì la chiave scattare ancora nella serratura, ma scosse le spalle. Sul tavolo c'era la sua solita cena, e la mangiò senza appetito. Venti minuti dopo Mutis riapparve e portò via le stoviglie.

All'esterno era scesa la sera, e gli ultimi veli di un tramonto violaceo stavano abbandonando il cielo. La luce morbida dello Sciame di Mircea penetrava già dalla finestra.

Per una mezz'ora Glawen restò seduto al tavolo, riesaminando i fogli che aveva portato con sé. Poi la porta si aprì; Lilo entrò lentamente nella stanza, senza quasi guardarlo. Lui aveva appena voltato la testa, ma la esaminò con interesse. La ragazza indossava pantaloni bianchi, una blusa grigia con ricami ocra, e sandali. Il suo aspetto era cambiato così a fondo che Glawen stentò a riconoscerla come la pallida creatura da lui conosciuta. I suoi capelli erano riccioletti castani, pettinati con cura intorno a un volto delicato che non si poteva più definire magro e che — certo era stata mandata spesso all'aperto — aveva una lieve abbronzatura. Aveva l'aria pensosa e composta. Glawen non riuscì a capire il suo stato d'animo.

Lilo si fermò soltanto quando lo vide alzarsi in piedi davanti a lei. — Perché mi… guardi in questo modo? — mormorò.

— Sono sorpreso. Sembri un'altra persona, diversa.

La ragazza annuì. — Mi sento diversa. Una persona che ancora non conosco.

— Non sei contenta del cambiamento?

— Non lo so. Pensi che dovrei esserlo?

— Certo. Hai un aspetto più… normale. In qualsiasi città nessuno ti guarderebbe due volte. Salvo che per ammirarti, voglio dire.

Lilo scrollò le spalle. — È un cambiamento che mi è stato ordinato. Temevo che sarei parsa grottesca, o volgare.

— Puoi escluderlo.

— Sai perché sono venuta da te?

— Forse lo immagino.

— Me ne vergogno.

Glawen ebbe una breve risata. — La vergogna è un lusso che io non mi posso permettere. Ho dimenticato perfino cosa sia.

La voce di Lilo s'incrinò. — Non è necessario pensare questi pensieri! Dobbiamo fare quello che va fatto. Ecco perché sono qui.

Glawen prese le sue mani. — Mutis ci sta spiando attraverso un foro nella parete, è così?

— No. I muri sono di solida roccia. Nessuno ci spia.

— Saperlo è un sollievo, se non altro. Be'... cominciamo. Glawen la fece sedere sul letto. Lilo si ritrasse. — Credo di aver paura.

— Non c'è niente da temere. Rilassati, e basta.

Lilo seguì le istruzioni di Glawen, e tutto il resto si svolse senza incidenti imprevisti. Alla fine Glawen, accarezzandole il viso, domandò: — E ora, dimmi, qual è la tua opinione filosofica sulla Dualità?

Lei lo abbracciò con forza, rannicchiata al suo fianco. — Non so come spiegarlo. Forse sto pensando solo pensieri sbagliati.

— Credi?

— Non voglio dividerti con le altre.

— Le altre? Quante altre?

— Una dozzina. Zaa verrà domani, se le dirò che stasera è andato tutto bene.

— Sei tenuta a farle rapporto?

— Naturalmente. Sta aspettando nel suo ufficio.

— Le dirai ancora che sono un maniaco sessuale?

Lei lo fissò con stupore. — Non le ho mai detto nulla del genere.

— Non eri sconvolta e oltraggiata dai miei accenni di proposte erotiche?

— Ma niente affatto! Non ho mai visto accenni o proposte sconce, nei tuoi modi.

— Allora perché Zaa mi ha raccontato che ero in disgrazia con te? Lilo ci pensò. — Forse mi ha fraintesa. O forse era, be'... — gli accostò la bocca a un orecchio — era *gelosa*.

— Sembra che finora abbia nascosto a tutti le sue emozioni.

— Per necessità. Io sono la prima solo perché vuol essere sicura che tu sia come dev'essere un uomo.

— Progetta di rinchiudermi ancora nella tomba?

— Non credo. Non finché farai bene quello che dovrai fare. In caso contrario, Mutis ti strangolerà con una corda.

— Tu ed io faremo ancora all'amore?

— Se vuoi.

Poco dopo Lilo lasciò la stanza. Glawen attese cinque minuti, poi si alzò e andò alla porta. Era chiusa a chiave.

Il momento era venuto. Indossò i suoi vecchi indumenti e tornò a distendersi sul letto.

Trascorse un'ora. Glawen si mosse in punta di piedi e poggiò un orecchio alla porta. Non sentì niente. Subito si diede da fare, lavorando con febbrile precisione a ciò che aveva studiato.

Il lettino era in legno, costruito per essere montato e smontato facilmente, con una rete di corda che sosteneva il materasso. Glawen staccò l'intreccio dalle robuste sbarre laterali, che restarono a sua disposizione, ma ancora non le tolse.

Alla meglio arrangiò il lettuccio in modo che nulla sembrasse fuori posto a un primo sguardo, nel caso che fosse entrato qualcuno. Una alla volta portò le sei lenzuola nel cesso, le strappò in strisce larghe una trentina di centimetri e dopo averle saldamente annodate ottenne una corda lunga trentasei metri, che giudicò adatta alle sue necessità.

Di nuovo tornò ad ascoltare alla porta. Silenzio.

Con una delle assi del lettino e la corda ricavata dalla rete, salì in piedi sul tavolo e aprì i due vetri della finestra. Esaminò la sbarra verticale che impediva il passaggio. C'erano vari metodi per toglierla di mezzo. Il più semplice consisteva nell'attaccarla alla base.

Legò un'estremità dell'asse alla sbarra, con molti giri di corda, in modo che fungesse da leva contro uno dei montanti laterali. Cautamente cominciò poi a manovrare l'asse. La corda, come s'era aspettato, cedette e si allentò. Rifece i nodi e applicò forza alla leva. Con uno schianto secco la sbarra si spezzò alla base.

Glawen sospirò soddisfatto. Poche torsioni laterali gli bastarono per svellere del tutto l'ostacolo; la finestra era adesso larga a sufficienza.

Con la fretta dell'eccitazione legò la corda alla stanga del lettino, che piazzò di traverso contro la finestra, e ne gettò l'altra estremità nel vuoto. Salì sul davanzale, controllò la tenebra che aveva sotto di sé e rapidamente si calò lungo il muro dell'edificio.

I suoi piedi toccarono la roccia del versante. – Addio, seminario! – chiocciò, con una risatina esultante. – Addio, addio, addio!

Girato l'angolo fu sulla strada, e corse giù per la Rocca in gloriosa libertà. Attraversando la strada del villaggio non aveva neppure il fiato grosso.

Il deposito era chiuso e buio; lì accanto era posteggiato un omnibus, con lo sportello anteriore aperto. Entrò e scoprì che c'era il conducente, addormentato sulla panca posteriore. Lo svegliò scuotendolo per una spalla. – Amico, vuole guadagnarsi cinquanta sol?

– Uh... perché no? È la mia paga mensile.

– Eccoli qui – disse Glawen. – Mi porti a Fexelburg.

– Adesso? Con il prezzo di un biglietto può prendere la corsa di domattina.

– Ho già il biglietto – disse lui, – ma ho affari urgenti in città.

– Lei è un turista, se non sbaglio.

– Esatto.

– È stato su al seminario? Ho sentito dire che fanno un trattamento piuttosto disgustoso a chi bussa alla porta.

– Soltanto a chi insiste per entrare – lo corresse Glawen.

– Be', non vedo motivo per non accontentarla. Affari urgenti, ha detto?

– Sì. Mi sono dimenticato di fare una telefonata.

– Capisco. Ma non tutto il male vien per nuocere, anche se sarò solo io a trarre un guadagno dalla sua dimenticanza.

– Sfortunatamente è così che va il mondo.

5

L'omnibus correva lungo la strada immersa nel buio, sotto un cielo cosparso di costellazioni estranee a Glawen. Quella notte il vento soffiava con forza, frusciando sulla carrozzeria della vettura e facendo ondeggiare i pochi agospini visibili nella luce delle stelle.

Il conducente si chiamava Bant, un robusto Fexel sulla trentina dai modi gioviali e con la predisposizione alle chiacchiere. Glawen non era però dell'umore adatto, e dopo aver ottenuto da lui soltanto qualche monosillabo Bant si dedicò alla guida.

Dopo due ore di viaggio Glawen chiese: — E con la corsa del mattino dalla Rocca di Pogan in città, come pensa di cavarsela?

— Ci stavo giusto pensando anch'io — disse Bant. — Non prevedo nessun vero problema. Nel caso più semplice, la corsa non ci sarà, e dunque non ci sarà neppure il problema. Ma ho escogitato una soluzione che dovrebbe accontentare tutti quanti. Fra un po' più di un'ora saremo a Flicken, e da lì telefonerò a Esmer, che domani è di riposo. Gli offrirò cinque sol per portare fuori il vecchio Deluxus a otto ruote, per una corsa speciale mattutina. Esmer sarà contento del piccolo extra, e il custode in sede non farà storie. Credo che nessuno si metterà a piangere per la novità... certamente non io.

— È una soluzione ingegnosa. Quanto manca di preciso a Flicken? Ho da fare una chiamata anch'io.

— Da un'ora a un'ora e mezzo. Sto andando piano a causa del vento. Le raffiche sono pericolose, a velocità elevata. Non è così?

— Sì, prima la sicurezza. Meglio arrivare tardi che morti.

— È quello che dico anch'io. L'anno scorso Esmer era in ritardo di mezz'ora e cercò di recuperare, spingendo al massimo uno degli Zephir Blu appena revisionato. Uscì di strada in piena steppa. Risultato: ottocento sol di danni alla vettura, e una multa di venti per lui. Adesso quando arriva in ritardo le proteste altrui lo fanno ridere.

— Questa è vera filosofia — annuì Glawen. — Circa il telefono, a Flicken: l'ora è un po' tarda. Riusciremo a usarlo?

— Non c'è problema. Keelums sarà di sopra, a letto, ma il tintinnio di un paio di sol lo farà scendere di corsa.

La conversazione tornò a languire. Glawen non riusciva a strappar via i suoi pensieri dal seminario. Si chiese quando avrebbero scoperto la sua fuga. All'alba sicuramente, ma forse ancora prima. Forse qualcuno era già andato a controllare la sua stanza. Ebbe un sogghigno al pensiero delle grida costernate che la sua scomparsa avrebbe provocato nel seminario, con il segreto della tomba di Zonk ormai in balia del vento. Stava riflettendo alle implicazioni della cosa fin da quando era fuggito, e non vedeva l'ora di mettere le mani su un telefono.

Più avanti apparvero alcune deboli luci. Bant le indicò. – Flicken.

– Perché quelle luci accese? Chi può essere in giro a quest'ora?

– È l'illuminazione stradale. Una questione di orgoglio civico, direi.

– Quanto ci metteremo per arrivare a Fexelburg?

– Se buttiamo giù una tazza o due di brodo per scaldarci le ossa, e magari una fetta di torta per, diciamo, una sosta di mezzora al massimo calcolando anche le telefonate, arriveremo in tempo per vedere l'alba. In questa stagione le notti sono brevi.

All'alba, se non prima, la sua fuga sarebbe stata scoperta, e in risposta a quel pensiero Glawen sentì affluire in sé un'emozione che gli parve provenire dritta dalla Rocca di Pogan: un alito di rabbia e di odio così intenso da investirlo alle spalle come una ventata calda. E senza una ragione logica fu sicuro che Zaa era stata informata della sua scomparsa proprio in quel preciso istante.

L'omnibus rallentò fra le case di Flicken e si fermò davanti all'emporio. Bant scese e andò alla porta, dando di piglio alla corda di un antiquato campanello. – Keelums! – chiamò. – Tirati giù dal letto! Dormirai un'altra volta! Keelums... sei sveglio?

Al primo piano una finestra si aprì a mezzo. – Sono sveglio, che l'anima di Zonk ti porti via! – grugnì Keelums. – Chi sei... Bant? Cosa vuoi a quest'ora di notte?

– Un po' di brodo caldo e un paio di telefonate. Questo gentiluomo qui vuole offrirti un sol per il privilegio di servirlo. E io ce ne metterò un altro. Naturalmente, se ti secca infilarti i pantaloni, puoi tornare a letto e dire a tua moglie che hai appena buttato via due sol.

– Sicuro come l'inferno che sarebbe lei a tenermi sveglio, allora. Va bene. Ho della zuppa, se la vuoi.

– Anche qualche fetta di salame, e un po' di torta. Apri, che questo vento ghiaccio mi sta azzannando le ossa come una bestia dannata.

– Porta pazienza. Il tempo di vestirmi e scendo.

Poco dopo il negoziante aprì la porta. Glawen seguì Bant nell'interno dell'emporio. – Dov'è il telefono? – chiese.

– Dietro il banco. Ma prima di dimenticarcene, avevamo parlato di alcuni sol.

Glawen lo pagò, poi andò al telefono. Chiamò l'ufficio dell'CCPI a Fexelburg, non ebbe risposta e fece il numero del centralino, che infine lo mise in contatto con l'abitazione di Plock. — Sì? — chiese l'uomo. — Chi è all'apparecchio, prego? Accenda il video.

La voce calma e fredda del collega fu per Glawen un tale sollievo che s'accorse di tremare. — Non c'è il video, qui — disse, e si identificò. — Credo che lei si ricordi di me. Due mesi fa sono andato alla Rocca di Pogan per la mia inchiesta, al seminario.

— La ricordo benissimo. Credevo che lei fosse partito per Cadwal ormai da un pezzo.

— Sono stato tradito dal mio collega. Doveva avvertire lei, se non fossi tornato, e invece si è unito ai Pantomimi di Floreste. Io sono stato tenuto prigioniero per due mesi nella tomba di Zonk, che si trova in una grotta all'interno della Rocca. Sono appena riuscito a fuggire, e la sto chiamando da Flicken. E questo è solo l'acconto. C'è dell'altro.

— Vada avanti.

— La polizia di Fexelburg sa tutto sulla tomba di Zonk. Ma hanno soppresso questa conoscenza, e concedono molti privilegi a quelli del seminario perché anche loro mantengano il segreto. Sospetto che l'Adepta Zaa, appena scoperta la mia fuga, ne abbia informato le autorità di Fexelburg, che faranno di tutto per intercettarmi lungo la strada.

— Sì, credo che lei abbia ragione — disse Plock. — A esser franco, aspettavamo da tempo una prova concreta per entrare in azione contro la polizia di Fexelburg. Mi lasci pensare un momento. Lei è all'emporio di Flicken?

— Sì.

— Come c'è arrivato?

— Ho affittato l'omnibus.

— Quando prevede che la sua fuga sarà scoperta?

— Pochi minuti fa ho avuto una strana sensazione telepatica, il presentimento che si siano già accorti di tutto. In ogni caso, lo scopriranno all'alba, al più tardi.

— Parto subito in volo per Flicken, con una squadra dei miei. Saremo lì fra circa mezzora. Nel caso che la polizia di Fexelburg ci abbia preceduti e sia già per strada, faccia continuare l'autista per Fexelburg, ma lei rimanga lì. La polizia noterà l'omnibus, e se sono in volo atterreranno per fermarlo. Questo li ritarderà. Capisce cosa voglio dire?

— Perfettamente.

— Arriveremo al più presto possibile.

Bant venne al telefono per mettersi d'accordo col suo collega Esmer. Poi si volse a Glawen. — E l'ora di muoverci, se vogliamo arrivare all'alba in città.

— I piani sono cambiati — disse lui. — Bisogna che lei prosegua per Fexelburg da solo.

Sul volto rotondo di Bant si disegnò una gran perplessità. — E lei rimarrà qui?

— Sì.

— Non le sembra una sciocchezza? Voglio dire, mi paga per portare a Fexelburg l'omnibus completamente vuoto.

— Dato che lei intasca cinquanta sol, non è una sciocchezza.

— Parole più sagge non furono mai dette! In tal caso, arrivederci. È stato un vero piacere conoscerla.

L'omnibus ripartì con un ronzio. Glawen attese di vederlo sparire verso ovest e rientrò nell'emporio, dove fece sorridere Keelums mettendogli in mano un altro sol. — Sto aspettando alcuni amici che saranno qui fra poco. Lei può andare a letto. Se avessimo bisogno di qualcosa la chiameremo.

— Faccia come a casa sua — annuì il negoziante, e risalì al piano di sopra. Glawen spense le luci, andò a sedersi davanti alla vetrina e attese nel buio del negozio odoroso di semenze.

Nella sua mente lampeggiavano immagini residue appartenenti ai due mesi appena trascorsi. Non ricordava una gioia più grande, in vita sua, del momento in cui i suoi piedi avevano toccato terra fuori dal seminario. Cosa sarebbe successo se avesse trovato lì Mutis e Funo, sogghignanti e in attesa? Scacciò quel pensiero. Sarebbe mai riuscito a ricordare quegli avvenimenti senza emozione, senza risentire il freddo odore della caverna? Pensava di no. Ancora non aveva smesso di rodersi l'anima all'idea che quella cosa fosse stata fatta a lui, Glawen Clattuc. E tuttavia, perché sorprendersi dell'accaduto? Il Cosmo non si curava della ragione umana, o di nessun'altra cosa umana, quanto a questo. E mentre sedeva lì a ruminare, un altro e strano stato d'animo s'impadronì di lui, un umore doloroso e nostalgico, fatto di una tristezza al di là della sua comprensione e, forse, estranea a ogni logica.

Glawen guardò la notte oltre il vetro dell'emporio. Cosa gli stava succedendo? Non aveva mai provato emozioni così snervanti e imprecisabili. Erano reali? Forse il tempo in cui era stato sepolto vivo nella tomba di Zonk aveva impregnato le sue carni di una nuova e indesiderata sensibilità.

La tristezza sfumò, lasciando in lui soltanto il freddo e la solitudine. Si alzò e cominciò a camminare avanti e indietro, sfregandosi le braccia.

Trascorsero venti minuti, poi mezzora. Glawen uscì sotto la veranda dell'emporio e un ronzio gli fece alzare lo sguardo. Dal cielo stava scendendo in verticale un grosso velivolo nero, sui cui fianchi c'era la stella a nove punte del CCPI. Atterrò in uno spazio incolto a lato dell'edificio, e ne saltò giù Plock, seguito da cinque uomini in uniforme: due ufficiali e tre agenti.

Glawen andò loro incontro, scambiò una stretta di mano con tutti e li condusse nell'emporio, quindi chiese a Keelums di scendere di nuovo. Gli uomini furono d'accordo che un piatto di zuppa calda era quello che ci voleva. Poi, su istruzioni di Plock, Glawen telefonò alla sede centrale della polizia di Fexelburg. — Qui parla il capitano Glawen Clattuc — disse all'agente di turno. — Mi metta subito in contatto con il sovrintendente Wullin. È una cosa della massima importanza.

La risposta fu sarcastica: — A quest'ora di notte? Amico, tu stai ancora sognando. Torna a letto. Il sovrintendente Wullin non vuole essere svegliato neppure dall'Avatar Gundelbah in persona. Richiama domani.

— È una questione urgente. Mi faccia parlare con l'ispettore Barch. Gli dica che è Glawen Clattuc all'apparecchio.

L'agente lo collegò con la casa di Barch, e dopo alcuni squilli l'ispettore fu in linea. — Ah, capitano Clattuc! Mi sorprende sentire la sua voce. Credevo che fosse partito un paio di mesi fa. Come mai mi chiama in piena notte?

— La chiamo perché ho delle informazioni di grande importanza. E inoltre perché sono furibondo per gli ingiustificabili oltraggi che ho dovuto subire.

— Si direbbe che le sia capitata qualche avventura interessante.

— Interessante non direi! — In tono indignato Glawen gli fece un resoconto dell'accaduto, dicendosi offeso e assolutamente deciso a pretendere l'immediato intervento delle autorità. — A stento mi capacito dell'insolenza di quegli inqualificabili individui, e del cinismo con cui hanno maltrattato un ufficiale di polizia!

— Lei ha usato la parola giusta — disse Barch. — «Inqualificabili» è il termine che li qualifica più adeguatamente. Non posso negare che in passato ci sia stata troppa indulgenza verso di loro.

Glawen continuò: — Sono stato rinchiuso per due mesi in una caverna che a sentir loro era la tomba di Zonk. Naturalmente non ho trovato nessun tesoro. Ma questo mistero, se non altro, è ormai svelato — disse. E la certezza che Barch avesse saputo della sua sorte fin dall'inizio gli rese difficile mantenere un tono cordiale.

Barch parve invece non avere un equivalente problema psicologico, perché ridacchiò divertito. — Lei ha fatto un'esperienza imprevista, eh? Ma la realtà è quella che è, lo sa bene. E la Contea di Lutwiler è fuori dalla nostra giurisdizione.

— Sta dicendo che non intende prendere nessun provvedimento?

— Calma, calma! Qui siamo su Tassandero, e niente è così semplice. Le cose vanno fatte in un certo modo, e due più due qualche volta fa sette. Oppure zero, a seconda di chi manovra la calcolatrice.

— È un tipo di ragionamento che non capisco — disse Glawen. — Io voglio semplicità, e voglio azione. Forse dovrò informarne il CCPI, se lei è tanto preoccupato della giurisdizione. Il CCPI agisce in ogni angolo della Distesa Gaeana.

— Vero. Ed è per questo che i loro sforzi finiscono sempre nel niente — disse Barch. — Quelli del CCPI locale, poi, sono degli sfaticati. Se è l'azione che lei vuole, deve rivolgersi a chi ha i mezzi e gli uomini per agire. Si trova a Flicken, ha detto?

— Proprio così. All'emporio di Keelums.

— Resti vicino al telefono, intanto che io chiamo il sovrintendente Wullin. Stia sicuro che lui ordinerà un intervento in forze al Seminario Monomantico. Ma non chiami il CCPI: loro sarebbero solo d'impaccio con lungaggini burocratiche.

— Va bene. Mi affido a lei.

Qualche minuto dopo Barch richiamò. — Il sovrintendente le chiede di aspettarci lì a Flicken. Ha deciso per un'azione in forze.

— Un'azione di che genere?

— Sarà un intervento duro e definitivo, questo glielo posso assicurare! Discuteremo i particolari più tardi. Soprattutto, lei non parli con nessuno dell'accaduto.

— Non vedo perché non dovrei. Anzi, ne parlerò con tutti gli interessati, visto che ho trovato la tomba di Zonk scoprendo che è un guscio vuoto senza il valore di un dinklet. La notizia dovrà essere divulgata quanto prima, nell'interesse dei turisti.

— Questo è un punto di vista altruistico, certo — disse Barch. — C'è qualcuno lì, a cui lei abbia già raccontato la sua avventura?

— No, è ancora troppo presto.

— Ci metteremo subito in movimento.

— Avrete bisogno di un aereo molto capace.

— Per farne cosa?

— Al seminario ci sono almeno trenta monomantici. Io intendo incriminarli uno per uno, e dovranno essere arrestati tutti.

— Non so se oggi potremo arrivare a questo — disse Barch.

— Se è così, fate a meno di venire. Chiamerò il CCPI.

Nella voce di Barch s'insinuò la tensione. — Suggerisco di arrestare soltanto i caporioni, per oggi. Poi potremo individuare le responsabilità degli altri. Molti di loro sono semplicemente fanatici religiosi. Comunque, lei aspetti lì. Non si muova e non parli con nessuno, o potrebbe compromettere l'inchiesta.

— Sembra che lei preveda tempi lunghi, ispettore Barch. È sicuro di non voler andare troppo coi piedi di piombo?

— Naturalmente no! Mai! Niente affatto! Saremo lì fra poco, e ci accorderemo su come condurre il caso.

La comunicazione s'interruppe. Glawen si volse, con un sorrisetto. — Barch è molto paziente e cortese, no?

— Al suo arrivo non lo sarà più tanto. Ora vediamo un po' come disporre i nostri uomini. L'importante è coglierlo con le mani nel sacco, perché la cosa sia legale.

— E crede che ce le metterà?

— Fino alle spalle, se tutto va bene.

Trascorse una trentina di minuti. All'orizzonte comparvero i primi lucori dell'alba; sulla steppa intorno a Flicken cominciò ad aleggiare una debole luce grigiastra. Nel cielo, dalla parte di Fexelburg, apparve un aereo che scese rapidamente proprio sulla strada. Quattro uomini balzarono subito al suolo: gli ispettori Barch e Tanaquil, e due agenti ordinari.

Glawen era in attesa davanti all'emporio. I quattro poliziotti s'incamminarono verso di lui, e Barch alzò una mano in un saluto affabile.

— Salve. Lei ricorda l'ispettore Tanaquil, naturalmente.

— Naturalmente.

— Bene, ha passato proprio una brutta avventura — disse Barch.

— Infatti — annuì Glawen. — Molto sconfortante. Ma sono sorpreso.

— E di cosa?

— Il vostro aereo è un modello a quattro posti. Qui siamo in cinque, e al seminario dovremo prendere in custodia almeno altre cinque o sei persone.

— Be', Clattuc, per esser franchi non è semplice come sembrava prima. Vedi, l'Adepta Zaa ci ha comunicato che sei sfuggito alla sua custodia. E come ti ho detto, nella Contea di Lutwiler sono i monomantici a comandare legalmente. L'Adepta afferma che hai commesso dei gravi atti, e chiede che tu sia riportato al seminario.

— Lei sta scherzando! — esclamò Glawen. — Io sono un agente del CCPI.

— Io scherzo sempre, già. Comunque, l'azione in programma è alquanto diversa. Wullin non ha gradito che lo svegliassi per chiedere istruzioni, così mi ha ordinato di portarti un'amaca. Noi la chiamiamo «amaca volante», e tutto considerato si tratta del tipo di azione più adatto alla circostanza.

— I suoi modi sono offensivi — protestò Glawen. — Io non so niente delle vostre amache, e non voglio saperne niente.

Barch rise, annuendo. — Allora te lo devo spiegare, no? Vedi, è molto utile quando quattro poliziotti e un delinquente devono volare su un aereo a quattro posti. I poliziotti stanno sull'aereo, e il delinquente usa l'amaca. — Fece un cenno ai suoi uomini. — Sbrighiamoci. Qui fa freddo, e io voglio tornare a casa a far colazione.

I due agenti svolsero una rete e alcune corde, poi si mossero verso di lui. — Un momento! — disse Glawen. — Se devo tornare al seminario, preferisco aspettare l'omnibus.

— Perché tante storie, Clattuc? È un volo di appena dieci minuti, Anche se dovremo sganciarti sul seminario da una certa altezza.

Diciamo un centinaio di metri. Non ti va? Che peccato, bisognerà legarti un poco, allora. Feri, prepara la corda. E ora…

I due agenti agguantarono Glawen e lo trascinarono accanto allo sportello dell'aereo. Qui Feri strinse un cappio alle sue caviglie e gli girò la corda intorno ai polsi, poi alle braccia e al torace. L'altro agente gli gettò sulle spalle una rete, ai cui angoli erano legate quattro lunghe corde. — Sdraiati, sarà più facile.

— Avete dimenticato una cosa — li avvertì Glawen.

— Ah, sì? E cosa?

— Io sono un ufficiale del CCPI.

— Non te ne voglio per questo, stai tranquillo — disse Barch. — Signori, siete pronti? Allora saliamo a bordo, forza.

Da dietro il velivolo sbucarono alcune ombre scure fra cui Plock, con la sua grossa pistola puntata sui quattro poliziotti. — Be', guarda un po' cosa sta succedendo, qui — disse.

— Oh, merda! — sussurrò Barch. — È quel gran bastardo di Plock! — L'uomo del CCPI li guardò in faccia. — C'è buio, ma mi sembra di riconoscere gli ispettori Barch e Tanaquil. O sbaglio?

— Siamo noi — disse Barch, rauco. Si schiarì la voce. — Sembra che questo Clattuc, che faceva tanto l'innocentino, ci abbia giocato uno sporco scherzo. Eh, Tanaquil?

— Uno scherzo schifoso — borbottò il collega.

— Solo che non è uno scherzo — disse Plock. — Quando vi ha fatto notare che stavate molestando un ufficiale del CCPI, diceva maledettamente sul serio.

Barch assunse un tono lamentoso. — E come potevo sapere che è davvero del CCPI? Così giovane… sono sicuro che ha documenti falsi! Lo avete controllato?

Due degli agenti di Plock si fecero avanti e disarmarono i Fexel, che avevano una pistola ciascuno. Un altro liberò Glawen dalla rete chiamata «amaca volante».

— Sono molto deluso degli ispettori Barch e Tanaquil — disse Glawen. — Volevano proprio uccidermi. Strano. A Fexelburg erano stati così cordiali. Ho ancora molto da imparare sulla natura umana.

— Gli ordini sono ordini — si lamentò Barch. — Vanno ubbiditi.

— Chi ha dato questi ordini? — domandò Plock.

— Consenta alla mia dignità un doveroso silenzio, comandante.

— Qui fuori, nella Contea di Lutwiler, il mio titolo è «Sommo Giudicatore» Plock.

— Come pare a lei, Sommo Giudicatore.

— Temo di dover insistere per la risposta. Potete chiudere la vostra esistenza qui, senza dignità per aver parlato, ma pulitamente; oppure in eroico silenzio, ma affogando fra i vermi di un fiume purpureo.

— Bisogna proprio giungere a tanto?

— Questa è la Contea di Lutwiler. Avete cercato di uccidere un agente del CCPI. E conoscete le regole, no?

— Non le abbiamo fatte noi! — protestò Tanaquil.

— Vi dirò questo: oggi non tornerete a casa per colazione, ma consolatevi. Prima di sera diversi vostri superiori salteranno la cena per lo stesso motivo. Noi «scansafatiche» del CCPI stiamo per dare una ripulita alla polizia di Fexelburg. Di nuovo: chi vi ha dato gli ordini?

— Wullin, naturalmente, come lei sa benissimo.

— Nessun altro più in alto di lui?

— Chiunque ci sia, non avrei osato chiamarlo a quest'ora.

— Lo avrà fatto Wullin. Me lo dirà, prima di morire.

— Perché preoccuparsi di chiederglielo? Ci sono dentro tutti.

— Da qui a una settimana ognuno avrà la sua sentenza. In quanto alla vostra, eccola. — Plock sparò quattro colpi di pistola, e quattro cadaveri si afflosciarono sulla strada.

Plock tornò nell'emporio e chiamò Keelums, che si precipitò a ubbidire, pallidissimo. — Presumo che lei abbia un furgone a energia di qualche genere.

— Sissignore, ce l'ho. È un veicolo quasi nuovo, che uso per far venire la merce da Fexelburg.

— Ecco qui dieci sol. Tiri fuori il furgone, carichi questi quattro corpi, li porti nella steppa e li lasci dove non disturbino la vista di nessuno. Come saprà, siamo ufficiali del CCPI. E le do un buon consiglio: non parli a nessuno di questa faccenda.

— Mai, signore! Non una parola, lo giuro!

— Allora faccia presto, prima che tutto il villaggio si svegli. Plock tornò sulla strada. Glawen esaminò le armi prese ai poliziotti di Fexelburg e scelse per suo uso una piccola pistola a raggi, infilandosela nella cintura.

— Qui abbiamo terminato — disse Plock. — È sempre dell'idea di fare una visita alla Rocca di Pogan?

— Sì, se siete pronti — annuì Glawen.

— L'aereo della polizia potrà servirci — disse Plock. Si volse a cercare con lo sguardo i suoi agenti. — Kylte, Narduke: voi due salite a bordo di quel velivolo e seguiteci alla Rocca di Pogan.

6

La Stella di Zonk si alzava sull'orizzonte, spandendo la sua fioca luce mattutina sulla Contea di Lutwiler. I due aerei fecero rotta ad est lungo la steppa, sorvolando la strada percorsa dall'omnibus quella notte.

Mezzo addormentato su una poltroncina, Glawen riaprì gli occhi con un sussulto quando Plock gli diede di gomito. — La Rocca di Pogan è davanti a noi.

Lui si raddrizzò e cercò di svegliarsi. Il picco di basalto nerastro s'ingigantì mentre scendevano di quota. — Guardi quelle finestre che riflettono il sole, a mezza altezza. E il seminario.

I velivoli girarono intorno alla Rocca e atterrarono nella piazza del villaggio. Gli uomini scesero, e senza perder tempo raggiunsero la strada a zig zag che portava al seminario. Soltanto Maase, il più giovane degli agenti, fu lasciato a sorvegliare gli aerei ed a tenere il contatto con l'ufficio di Fexelburg.

I sei uomini s'arrampicarono a passo svelto su per i ripidi tornanti, e sbuffando di fatica giunsero di fronte all'edificio. Plock andò a sollevare il batacchio e percosse il portone, ma senza ottenere alcuna risposta. Bussò ancora, più volte, e infine uno dei battenti si mosse con un lento cigolio di cardini. Nello spiraglio comparve la faccia di Mutis. Lo sguardo dell'individuo percorse il gruppetto, senza dare alcun segno di riconoscere Glawen. Poi grugnì: — Cosa volete da noi? Questo è il Seminario Monomantico; non sappiamo niente di Zab Zonk e del suo tesoro. Andatevene!

Plock spinse con forza, aprendo la porta malgrado le furibonde proteste di Mutis. — Come osate? — gridò il Guardiano della Casa. — Uscite da qui, o sarà peggio per voi!

Gli agenti del CCPI entrarono nel vestibolo. — Fai venire l'Adepta Zaa, immediatamente!

— E chi è che pretende di disturbarla?

Glawen rise. — Avanti, Mutis! Sai bene chi è che viene a farvi visita, e perché. Questa è una squadra del CCPI, e voi siete in un guaio.

Mutis se ne andò, e poco dopo fece ritorno con Zaa. La donna si fermò all'uscita dell'antico corridoio di pietra, e li guardò freddamente. Indossava il grigio saio monacale, anche se sotto il cappuccio il suo volto non era più così cereo. Prese nota della presenza di Glawen con occhi fermi e impassibili. — Cosa vuoi?

— Se ricordi bene — disse Glawen, — ti avevo avvertito che non si può sequestrare un agente del CCPI senza sfuggire alla punizione. Ora quel momento è venuto, e scoprirai che dicevo sul serio.

Zaa si rivolse a Plock, bruscamente: — Quali ragioni vi portano qui? Rispondete, e poi andatevene subito!

— Il capitano Clattuc le ha appena risposto — disse Plock. — Ma non abbiamo fretta di andarcene, dato che qui c'è molto lavoro per noi.

— Di cosa stai parlando? Non capisci che questo è il Seminario Monomantico?

— Lei mi rassicura — annuì Plock. — L'indirizzo è giusto, dunque non rischiamo di commettere un terribile errore. Da questo momento lei e tutti gli altri membri del seminario siete in arresto, per i crimini compiuti contro il capitano Clattuc. Comunichi a tutti di riunirsi fuori dall'edificio.

Zaa non si mosse, e sul suo volto vi fu una smorfia sprezzante. — Tu sei fuori dalla tua giurisdizione. La legge della Contea di Lutwiler siamo noi. E tu stai infrangendo la legge. Ne pagherai le conseguenze.

Plock perse la pazienza. — Muoviti! Se non ubbidisci all'istante ti farò legare e trascinare fuori a calci!

Zaa scrollò le spalle, poi volse il capo e ordinò a Mutis: — Convoca l'assemblea generale, all'esterno come dice quest'uomo. — Si avviò a passi svelti verso il corridoio. Glawen chiese: — Dove stai andando?

— Non sono affari tuoi.

— Rispondi alla domanda, signora mia — la avvertì Plock.

— Ho delle faccende personali di cui occuparmi.

Il comandante fece un cenno a uno degli agenti. — Vai con lei e assicurati che non distrugga documenti o altro.

— In tal caso aspetterò qui — disse Zaa.

Silenziosi e tetri nel loro saio, i monomantici sfilarono uno alla volta nel vestibolo e uscirono dall'edificio. Gli agenti li seguirono, nella luce pallida della Stella di Zonk.

— Non c'è nessun altro? — chiese Plock a Zaa.

La donna si volse a Mutis. — Hai fatto scendere tutti?

— Tutti.

Plock andò davanti al gruppo. — In questo luogo sono avvenuti atti criminosi. I particolari restano ancora da chiarire, ma la vostra posizione è molto grave. Ognuno di voi è reo di complicità. Che pochi abbiano preso parte attiva ai delitti, mentre gli altri non se ne preoccupavano e badavano ai loro studi, non è rilevante. In maggiore o minore misura siete stati complici, e come tali sarete condannati.

Glawen, che li stava guardando in faccia uno per uno, si acciglò. — Un momento — disse. — Fra quelli che conosco manca almeno una persona. Perché Lilo non è fra voi?

Nessuno rispose. Il giovane si fermò di fronte a Zaa. — Dov'è la ragazza?

Lei ebbe uno dei suoi sorrisetti distorti. — Non è qui.

— Lo vedo. Ti ho chiesto dov'è.

— Noi non parliamo con gli estranei dei nostri affari interni.

— Non devi parlarne; devi soltanto rispondere. Dov'è Lilo?

Zaa inarcò un sopracciglio e si girò a guardare la steppa con indifferenza. Glawen si rivolse a Mutis: — Lilo è rimasta dentro?

— Non sono autorizzato a dare informazioni.

Uno dei monomantici, un giovane che si teneva un po' in disparte, scosse il capo con espressione disgustata. Glawen lo notò. — Dimmi, tu sai dove si trova la ragazza?

Zaa si volse di scatto. — Danton, non rispondere a quest'uomo!

— Con tutto il rispetto — disse Danton con voce piatta, — questi sono ufficiali di polizia. Alle loro domande si deve rispondere.

— Fallo senza timore — lo incoraggiò Glawen. — Sai qualcosa? Danton gettò un'occhiata di traverso a Zaa, poi disse: — Era circa mezzanotte quando loro hanno scoperto la tua fuga. Dalle nostre stanze li abbiamo uditi gridare e imprecare, e ci siamo chiesti cosa stava accadendo.

— Mezzanotte, hai detto?

— Un po' più tardi, forse. Non so l'ora esatta.

Dovevano essere quasi le due quando Glawen, in viaggio verso Flicken, aveva sentito il flusso d'odio e di rabbia investirgli i pensieri: una proiezione telepatica, oppure una semplice coincidenza? — E poi cos'è successo?

— Danton, non dire una parola di più! — sbottò Zaa.

Il giovane invece continuò a parlare, con voce inespressiva. — C'è stata confusione. Loro incolpavano Lilo. L'hanno accusata di averti portato delle lenzuola, e non si sono curati dei suoi dinieghi. Mutis e Funo l'hanno messa nella gabbia. Il vento era forte e gelido. Poche ore sono bastate per farla morire assiderata. Mutis e Funo hanno portato il suo corpo dietro la Rocca, nella fossa della spazzatura, e l'hanno gettato là.

Glawen era impallidito spaventosamente. Non osò neppure voltarsi a guardare Mutis, per non dare spettacolo con una reazione bestiale e poco dignitosa. Quando gli parve di poter controllare la propria voce, disse a Zaa: — Lilo non aveva nulla a che fare con quelle lenzuola. Le avevo rubate io due mesi fa, la prima volta che mi portaste in quella stanza. Sarei fuggito fin da allora, se non mi aveste rinchiuso nella tomba. La ragazza non sapeva niente dei miei piani.

Zaa non fece commenti.

— L'avete uccisa. E senza un motivo — mormorò Glawen.

La donna restò impassibile. — Gli errori si fanno ovunque. Ogni secondo, in tutta la Distesa Gaeana, accadono migliaia di eventi simili. Essi sono impliciti nello svolgimento coerente della civiltà.

— Può anche darsi — disse Plock, — visto che il CCPI serve appunto a questo: ridurre al minimo tali cosiddetti «errori». Nel caso attuale il giudizio è opera semplice, malgrado la complessità dei tuoi moventi. Hai rapito Glawen Clattuc. Dopo la sua fuga hai assassinato una ragazza innocente. Se si deve dar retta alle voci, qui avete ucciso un numero sconosciuto di turisti. È esatta questa mia opinione?

— Non ho niente da dichiarare. Le tue sono opinioni preconcette.

— Vero — annuì Plock. — Infatti il mio giudizio è già formato. — Si rivolse all'intero gruppo: — Questo luogo è appestato, e per intanto sarà evacuato. Prendete i vostri oggetti personali e ritornate subito qui. Verrete ricondotti a Fexelburg, dove le responsabilità dei singoli saranno meglio accertate. Queste istruzioni non si applicano alle persone di Funo e Mutis, e dell'Adepta Zaa. Voi tre mi precederete ora fino alla fossa dei rifiuti. Non avrete bisogno dei vostri oggetti personali.

Mutis gettò all'Adepta uno sguardo incerto e palesemente spaventato. Funo mantenne un'espressione stolida, immersa nei suoi pensieri privati. Zaa esclamò, irritata: — Questo è completamente assurdo! Non ho mai sentito tanti controsensi!

— Lilo pensava certo la stessa cosa, mentre la condannavi a morte — disse Plock. — Peccato che questa utile riflessione non possa esserti più di alcun insegnamento.

— Voglio fare una telefonata.

— Alla polizia di Fexelburg? Meglio di no. Preferisco coglierli di sorpresa.

— Allora dovete lasciarmi scrivere alcune lettere.

— A chi?

— All'Adepta Klea, a Strock, e ad altri Adepti.

— Quali altri Adepti? — chiese Glawen in tono casuale.

Zaa strinse le palpebre. — Ripensandoci, non scriverò a nessuno.

— Uno di questi Adepti non è forse Madame Zigonie, che ha una proprietà terriera sul pianeta Rosalia?

— Stai divagando inutilmente. Io non dirò altro. Fate il vostro sporco lavoro, e che sia finita.

Plock estrasse la pistola. — Questo è un suggerimento pratico. Non vi annoierò con altre cerimonie. — Sparò tre colpi, con precisione, e rinfoderò l'arma.

— Be', una parte del lavoro è fatta — disse poi, fissando i tre cadaveri.

E quanto era stata fatta in fretta, pensò Glawen. Funo non ruminava più le sue riflessioni. Quelle di Mutis erano state spente dalla pallottola che gli aveva fracassato il cranio. E ciò che Zaa aveva saputo era irrimediabilmente perso.

Plock fece un cenno a Danton. — Amico, porti queste salme nella fossa della spazzatura. Usi una carriola, le trascini, o faccia come le pare. Quando ha finito, raggiunga gli altri giù in paese.

Danton si mosse per eseguire l'ordine di Plock, ma Glawen lo prese per un gomito. — La scala che porta al terzo piano: perché è tanto pericolosa?

Danton gettò un'occhiata ai cadaveri, quasi per accertarsi che non potessero più sentirlo. – Quando un estraneo veniva condotto al terzo piano e tenuto lì contro la sua volontà (cosa che accadeva più spesso di quanto puoi pensare), Mutis collegava la scala a un generatore. Ci sono dei fili elettrici sugli scalini, che hanno anche una forma adatta allo scopo. Se qualcuno tentava di fuggire, arrivava in fondo con molte ossa spezzate. Poi, vivo o morto che fosse, Mutis e Funo lo buttavano nello scarico dei rifiuti.

– E nessuno di voi ha mai protestato?

Danton sorrise appena. – Quando uno studia la sintosofia con grande concentrazione, raramente nota ciò che gli accade intorno. Glawen volse le spalle e si allontanò.

– Togli di mezzo questi cadaveri, ora – disse Plock a Danton.

7

Nel seminario vuoto e silenzioso sembravano aleggiare migliaia di sussurri appena oltre la soglia della percezione. Glawen e Plock, con Kylte e Narduke, erano nella cupa e fredda sala comune al piano terra. Plock esaminò l'ambiente con scarso entusiasmo. – Pur non essendo un uomo superstizioso, tutti i fantasmi che si aggirano fra questi muri mi danno fastidio.

– Quello di Zab Zonk non mi ha mai disturbato – disse Glawen. – Anzi, avrei molto gradito un po' di compagnia.

– In ogni caso, dobbiamo avventurarci al piano di sopra. Potrebbero esserci ancora dei monomantici, così presi nel loro studio da non aver sentito gli ordini.

– Andate voi tre. Io ne ho avuto abbastanza di quelle camere. Se entrate in cucina spegnete il fuoco, altrimenti la zuppa di fagioli verrà ancora peggiore del solito.

Plock e i due colleghi si avviarono su per le scale. Glawen esplorò invece i locali del pianterreno. Trovò subito l'appartamento privato di Zaa e il suo ufficio: una stanza ampia dai muri imbiancati a calce, con lampade dalla strana forma contorta, un tappeto verde e nero, e mobili ricoperti di tessuto rosso lanuginoso. Un ufficio singolare, pensò Glawen, intuendovi le tensioni che avevano spinto Zaa in tante direzioni opposte. Gli scaffali contenevano una varietà di libri, tutti dall'aria molto antica. Frugò nella scrivania, ma non trovò note, indirizzi, corrispondenza o altro materiale che potesse interessargli. Tuttavia Zaa era parsa ansiosa di distruggere delle informazioni. Quali, e dove? Oppure lui aveva frainteso il suo atteggiamento? In uno scomparto trovò una cassetta di sicurezza, aperta, contenente una notevole somma di denaro. La vuotò sulla scrivania e ne venne fuori anche una fotografia, raffigurante una dozzina di giovani donne in quello che sembrava un piccolo orto. L'ambiente non si sarebbe detto quello di Tassandero. Una delle donne era Zaa, dieci o quindici anni prima. C'era anche Sibil, Le altre gli erano sconosciute. Fra loro potevano esserci Klea, quella che lavorava a Strock, e forse madame Zigonie, ma non erano identificate in nessun modo, neppure da una nota sul retro. Si mise la fotografia in tasca; quella non era cosa che potesse interessare eccessivamente il CCPI.

Passò poi a perquisire l'appartamento di Zaa, quasi lieto che l'aver qualcosa da fare gli impedisse di pensare troppo a Lilo. Ma neanche lì trovò documenti utili, né altre foto, né giornali, né elementi che potessero collegarsi a madame Zigonie, sul pianeta Rosalia, o ad altre persone a lui note.

Plock e gli altri scesero dai piani superiori. Glawen li condusse giù nella tomba di Zonk, dove la lampada spandeva ancora la sua luce giallastra nella fredda caverna.

Aprì loro la porta, ma non fu capace di entrare per più di un passo o due. – Eccola qui – disse. – Ancora come l'ho lasciata: la piattaforma, il ruscelletto d'acqua amara, il tunnel e il resto.

Plock si guardò intorno con attenzione. – Non vedo nessun tesoro.

– Neppure io ne ho trovato traccia, e stia certo che il tempo di esplorare non mi è mancato. Non ci sono passaggi segreti, pietre allentate, pannelli nascosti o resti di oggetti preziosi.

– In ogni caso, non è affar nostro – disse Plock. – La tomba di Zonk l'ho vista, e ora posso anche andarmene.

– Mi associo – annuì Narduke.

– Sì, non c'è molto di interessante, qui – commentò Kylte.

– In quanto a me, avevo sperato di non rivedere più questo posto – disse Glawen. E uscì in fretta.

Subito dopo scortò i colleghi nell'ufficio di Zaa e mostrò loro il contenuto della cassetta di sicurezza. Plock contò il denaro. – Ad occhio e croce, novemila sol, dinklet più, dinklet meno. – Rifletté qualche istante. – Secondo me – disse a Glawen, – i monomantici le devono un indennizzo, sebbene difficile da valutare. Stabiliamo una somma di mille sol al mese per il tempo perso, più un altro migliaio per le sofferenze patite. In un minuto abbiamo condotto un processo penale che avrebbe richiesto mesi a una corte di giustizia, e intanto chissà dove sarebbero finiti questi fondi? Meglio vedere fin d'ora l'uso che ne vien fatto. Condanno dunque il Seminario Monomantico a pagarle un risarcimento danni di tremila sol.

Glawen accettò le banconote e se le mise in tasca. – La cosa si è risolta più facilmente di quello che mi aspettavo. Farò buon uso di questo denaro.

I quattro uomini uscirono dal seminario e si avviarono sulla discesa che portava al villaggio.

PARTE IX

1

VERSO LA METÀ di un uggioso pomeriggio invernale, l'astronave *Solares Oro* emerse dalle nuvole sopra Stazione Araminta e atterrò a breve distanza dall'ingresso del terminal.

Glawen Clattuc era fra i passeggeri che ne sbarcarono, e subito dopo aver passato le formalità doganali andò a un telefono e chiamò Casa Clattuc. Quello era Smollen, il settimo giorno della settimana; i Clattuc si stavano preparando per la Cena di Famiglia. Ma invece di suo padre, a rispondergli fu la voce impersonale del computer di casa: — Con chi desidera parlare, signore?

Strano, pensò Glawen; aveva fatto il numero dell'appartamento che lui divideva con il padre. — Con Scharde Clattuc.

— In questo momento non è in casa. Vuole lasciare un messaggio?

— Nessun messaggio.

Glawen chiamò Casa Wook. Il maggiordomo gli rispose che Bodwyn Wook era sceso per la Cena di Famiglia, e lo si poteva disturbare solo in caso di assoluta emergenza.

— Per favore, gli faccia subito avere questo messaggio. Dica che sarò a Casa Wook fra non molto. Giusto il tempo di passare da Casa Clattuc e scambiare qualche parola con mio padre.

— Riferirò immediatamente, signore.

Glawen uscì sul posteggio delle auto pubbliche davanti al terminal e si avvicinò alla prima della fila. L'autista non mostrò alcun interesse per il suo bagaglio, ma ebbe un soddisfatto cenno d'assenso quando glielo vide mettere nel vano posteriore della vettura. Era un giovanotto che lui non aveva mai visto, scuro di pelle ed elegante, con occhi acuti e un gran ciuffo di capelli neri, evidentemente uno dei lavoratori fatti arrivare in sostituzione degli Yips.

Glawen sedette nello scompartimento dei passeggeri. L'autista depose il giornale che stava leggendo e si volse a mezzo con un sorriso cordiale. – Dove vuole andare, signore? Lei nomini il posto ed io la porterò là in grande stile. Ha visto come luccica la mia vettura? Io mi chiamo Maxen.

– Mi porti a Casa Clattuc – disse lui. I conducenti Yips che c'erano una volta, benché non così affabili, erano sempre solerti nel dare una mano col bagaglio.

– Benissimo, signore! Partenza per Casa Clattuc!

Osservando gli edifici a cui passavano accanto, così familiari in ogni minimo dettaglio, Glawen ebbe l'impressione d'esser stato lontano da casa per anni e anni. Tutto era lo stesso, eppure tutto gli sembrava diverso, come se avesse una visione nuova di ogni cosa.

Maxen, l'autista, gli gettò un'occhiata da sopra una spalla. – È la prima volta che viene qui, signore? Dagli abiti direi che lei è di Soum, eh? O di Aspergili, più giù lungo lo Sciame. Be', le darò la mia opinione. Questo è un posto singolare, anzi potrei dire unico.

– Sì, forse è vero.

– Personalmente, trovo la gente un po' moscia. Si accoppiano fra loro in questo ambiente, e il risultato è che sono decisamente... come dire, eccentrici? Questa è la sensazione che danno.

– Io sono un Clattuc di Casa Clattuc – disse Glawen. – Sono stato via per un certo tempo.

– Oh, ah! – Maxen parve imbarazzato, poi scosse le spalle e ridacchiò. – Bene. Non troverà molti cambiamenti. Qui non cambia niente, e non succede mai niente. Mi piacerebbe che mettessero su una sala da ballo come si deve, e un paio di stabilimenti balneari sulla riva. E perché non anche qualche bancarella di frutti di mare su Via della Spiaggia? Non guasterebbero, nossignore. Questo posto ha bisogno di un po' di progresso.

– Può anche darsi.

– Lei è un Clattuc, ha detto. Quale della schiatta, di preciso?

– Glawen Clattuc.

– Lieto di conoscerla! La prossima volta potrò salutarla per nome.

Eccoci alla magione di famiglia. Troppo grandiosa per i miei gusti, temo.

Glawen scese, tolse il suo bagaglio dallo scomparto e si accostò al finestrino, mentre Maxen tamburellava con le dita sul volante. Gli pagò il prezzo che lampeggiava sullo schermo. Il giovanotto inarcò le sopracciglia. — E la mancia?

Glawen si rimise in tasca il portafogli. — Lei mi ha forse aiutato a caricare il bagaglio?

— No, ma…

— Mi ha aiutato a scaricarlo?

— Visto che ha fatto lei…

— E non ha detto che qui siamo eccentrici e mosci, lasciando capire che magari siamo anche deboli di mente?

— Dicevo tanto per ridere.

— Allora, sempre per ridere, mi dica se ha meritato la mancia.

— D'accordo, non l'ho meritata.

— Buonasera a lei — lo salutò Glawen.

— Eccentrici, tutti quanti! — borbottò Maxen, e partì a forte velocità, col gomito sportivamente fuori dal finestrino.

Glawen entrò in Casa Clattuc e salì direttamente nelle sue camere, in fondo al corridoio del secondo piano nell'ala est. Aprì la porta, fece un passo avanti e si fermò di colpo.

Tutto era cambiato. Al posto dei suoi vecchi e solidi mobili c'erano adesso eteree costruzioni di metallo e vetro. Alle pareti erano appesi bizzarri quadri dai colori stridenti e incomprensibili oggetti d'arte. I tappeti erano stati sostituiti da una moquette di sabbia artificiale, a imitazione spiaggia e di un giallo accecante. Anche l'aria aveva un odore diverso.

Glawen avanzò lentamente, guardandosi attorno nella più completa meraviglia. Che suo padre fosse impazzito? Entrò in salotto e qui scoprì una formosa giovane donna in piedi davanti a uno specchio, occupatissima a darsi gli ultimi ritocchi all'acconciatura prima di scendere per la Cena di Famiglia. Nel riflesso del cristallo Glawen vide il volto di Drusilla, sposa di Arles e membro attivo della troupe di Floreste.

La ragazza si accorse dell'ingresso di lui e gli restituì uno sguardo di blanda curiosità attraverso lo specchio, come se l'immagine di un uomo che le compariva alle spalle d'improvviso non fosse una novità né affatto una sorpresa. Sbatté le palpebre, un po' perplessa, e infine riconobbe il visitatore. — Ma guarda, non è Glawen? Che cosa fai, da queste parti?

— Stavo per fare a te la stessa domanda.

— Non vedo il perché — disse lei, inarcando un elegante sopracciglio.

Glawen si impose un tono paziente. — Perché questo è il mio appartamento, dove abitiamo io e mio padre. Adesso entro e trovo una strana roba gialla sul pavimento, un profumo ancora meno piacevole e te. Non riesco a immaginarne la spiegazione.

Drusilla rise, un trillante gorgoglio da contralto. — È molto semplice. La moquette è un modello molto in voga su Soum; l'odore che senti è probabilmente quello del piccolo Gorton, la deliziosa sorpresa che io e Arles abbiamo fatto alla famiglia. Devo presumere che tu non abbia saputo le ultime novità?

Un brivido freddo scese lungo la schiena di Glawen. — Sono appena sbarcato dall'astronave.

— Oh, questo spiega tutto. — Drusilla assunse un'aria solenne. — Scharde è partito per un suo lavoro di polizia. Due mesi fa, se ricordo. Ma non è mai tornato, ed è sicuramente morto. Penso proprio che questo sia un po' uno shock, per te. Ti senti bene?

— Sì. Sto bene.

— Comunque, le stanze erano vuote, ed ecco che ci siamo sistemati qui! Ora scusami, ti spiace? È una tale noia, ma bisogna davvero che scenda a cena. Tu resta pure, se vuoi. Ti piace la mia acconciatura?

— Sto uscendo anch'io — disse Glawen.

— Cielo, sono già in ritardo? — si chiese Drusilla. — Arles farà un sacco di smorfie. Pare proprio che qui sia un tale crimine!

Glawen seguì Drusilla giù per le scale e poi nell'atrio, dove si fermò, con una mano poggiata sulla ringhiera di bronzo. Sentiva il bisogno di aggrapparsi a qualcosa. Non era possibile che suo padre, il suo amato padre, fosse morto! Non era possibile che il suo corpo giacesse da qualche parte senza vita, gli occhi vuoti, il cuore fermo, già preda della corruzione. Le gambe gli si piegavano. Vacillando, raggiunse una panca di marmo e si sedette. Fra tutte le preoccupazioni degli ultimi mesi, non aveva mai considerato un'ipotesi così dolorosa. Perfino per quello che riguardava l'appartamento l'ordine e la logica sembravano capovolti; Arles e Drusilla non avrebbero avuto comunque nessun diritto di occuparlo!

Naturalmente quella era una sciocchezza irrilevante, se suo padre era davvero morto. Si rese conto dell'avvicinarsi di qualcuno, e alzando gli occhi vide Spanchetta incombere quasi su di lui. La donna si fermò, con una mano poggiata su un fianco e l'altra che giocherellava fra le trine purpuree della sua scollatura. Come al solito indossava un abito sgargiante, e quella sera aveva accentuato l'effetto con tre lunghe piume candide che ondeggiavano sulla voluminosa magnificenza dei suoi riccioli.

— Drusilla sta raccontando che sei qui — disse Spanchetta. — Sembra che ti abbia già dato la notizia.

— Di Scharde? Ma è vero?

Lei annuì. — Stava volando sui Monti Mahadion durante una tempesta, ed è stato colpito da un fulmine; almeno così si suppone. Drusilla non ti ha detto nient'altro?

— Soltanto che lei e Arles si sono sistemati nel nostro appartamento. Dovranno trasferirsi da un'altra parte, e subito.

— Temo di no. Per tua sfortuna Arles e Drusilla hanno presentato ufficialmente il loro bambino, Gorton, prima della data del tuo compleanno. E lui ha la precedenza su di te. Tu avevi un I.R. di 21, e non hai potuto ottenere il pieno rango di Agente. Ora sei un collaterale e non hai il diritto di alloggiare qui. Anzi, in questo preciso istante ti trovi in Casa Clattuc senza aver avuto il permesso di entrare.

Glawen fissò Spanchetta con attonito stupore. Lei fece un ondeggiante passetto di lato, e disse: — Forse non è il momento di parlare di certe cose, ma fin dall'inizio il tuo posto sull'albero genealogico era molto ambiguo, perciò non hai alcun motivo di lamentarti.

Nella nebbia dei pensieri di Glawen s'insinuò un'ironica constatazione: alla fine Spanchetta aveva avuto la sua vendetta su Scharde... una vendetta molto tardiva, e viziata dal fatto che ormai Scharde era morto, ma pur sempre tale. E quello era un piatto che si poteva gustare anche freddo.

Spanchetta tornò verso il salone da pranzo. Voltando a mezzo la testa disse: — Coraggio, Glawen, dovrai pure affrontare la realtà un giorno o l'altro. Anche da bambino eri apatico e musone. In periferia troverai un modesto alloggio adeguato alle tue necessità, e senza dubbio sarai assegnato a un lavoro produttivo.

— Hai ragione — disse lui. — Non devo mettere il broncio. — Si alzò con decisione, a lunghi passi attraversò l'atrio e uscì dal portone senza guardarsi indietro. Ma prima di giungere sulla Via Wansey si fermò, colto da un pensiero improvviso, e tornò a Casa Clattuc. Nel piccolo ufficio del maggiordomo, su un lato dell'atrio, si rivolse al domestico di servizio: — Dov'è la mia posta? Dovrebbe esserci qualche lettera per me.

— Non saprei, signore. Qui non c'è niente a suo nome.

Glawen uscì dall'edificio. Nelle prime ombre della sera raggiunse in fretta Casa Wook. Il portiere che lo fermò all'ingresso era uno nuovo, ma dopo aver sentito il suo nome gli rivolse un inchino. — Il signor Bodwyn è a cena con la famiglia, ma ha ordinato che il suo arrivo gli sia annunciato subito. Attenda, prego, signore.

L'uomo parlò in un interfono, attese la risposta, e benché anche Glawen l'avesse sentita gliela ripeté formalmente: — Il signor Bodwyn chiede che lei lo raggiunga a tavola.

Lui guardò il suo spiegazzato abito da viaggio. — Non credo di essere adeguatamente vestito.

— Direi anch'io, signore. Ciò malgrado è già stato riservato un posto per lei. Mi segua, prego.

Percorsero un paio di corridoi, e in un'anticamera Glawen trovò Bodwyn Wook ad aspettarlo. L'uomo gli venne incontro e gli poggiò le mani sulle spalle. — Ah, ragazzo mio! Hai saputo di Scharde?

— Allora è proprio vero?

— È uscito in volo, e non è più tornato. Questa è l'unica cosa certa. Potrebbe essere ancora vivo. Ma... più probabilmente no. È inutile dire quanto io condivida il tuo dolore. — Scosse mestamente il capo. — Dimmi ora, in due parole, quello che hai scoperto.

— Da Spanchetta ho appena saputo d'essere un collaterale. In quanto all'indagine, ho scoperto che è stato Floreste a organizzare i festini all'isola Thurben. Su Tassandero ha cercato di farmi uccidere. Ma come vede, sono riuscito a scappare. È una storia che lei troverà interessante. Floreste è qui a Stazione Araminta, adesso?

— Sì. È ritornato dalla sua tournée, e sta facendo grandi progetti.

— Lei dovrebbe arrestarlo subito, senza perdere un istante, prima che sappia che io sono tornato.

Bodwyn Wook sorrise. — Prenditela con calma! Floreste è a nostra disposizione! Per essere precisi, lo troverai seduto a tavola a meno di quindici metri di distanza dal tuo piatto. Sta degustando il nostro vino migliore, e affascina le signore con un eloquio più forbito e ammaliante che mai. Bene, è una situazione che affascina anche me. E in quanto a Kirdy? È stato molto vago, e non ho saputo niente da lui.

— Kirdy mi ha tradito. Non potrà usare il disordine mentale come scusa. Non so i particolari, ma mi ha mandato alla morte sapendo quello che faceva. Non posso fare a meno di accusarlo.

Bodwyn Wook ebbe una smorfia amara. — Un'altra tragedia. Si accumulano una sull'altra, e sembra che non finiscano mai. Andiamo a tavola.

I due entrarono nel salone da pranzo e presero posto alla grande tavola rotonda, larga una ventina di metri e lautamente apparecchiata. Glawen era stato messo alla destra di Bodwyn Wook, con Ticia sull'altro lato. Quasi direttamente davanti a loro, dalla parte opposta della tavolata, Kirdy e Floreste occupavano due posti adiacenti. Entrambi erano molto presi dalla conversazione, e non si erano accorti dell'ingresso di Glawen.

Bodwyn Wook gli mormorò in un orecchio: — Questo è un momento che lo stesso Floreste vedrebbe come il culmine di un dramma in tre atti. La tensione sale, e loro due siedono ignari.

Glawen annuì. Studiò Kirdy con attenzione, sentendo l'odio e il disgusto inacidirgli la saliva come fiele. In quel momento l'altro sembrava del tutto padrone di sé, senza traccia dell'introversa malinconia del Kirdy che lo aveva accompagnato nella sua missione. Al contrario, anzi, i suoi occhioni azzurri e il volto rotondo mostravano un grande ritorno della cordialità un po' infantile che ai vecchi tempi l'aveva reso abbastanza popolare.

Glawen lo fissò come affascinato. Stentava a credere che quello fosse lo stesso Kirdy visto l'ultima volta a Fexelburg. Il giovanotto aprì abilmente in due un pesce, ne masticò un boccone, depose il coltello d'argento e si pulì le labbra con il tovagliolo. Il suo sguardo percorse la tavolata, si fermò su Glawen e divenne vitreo. Incurvò lentamente le spalle, il volto rigido e privo d'ogni allegria, e gettò una rapida occhiata all'uomo che aveva accanto.

Bodwyn Wook si piegò ancora verso Glawen. — Nei suoi occhi non c'è confusione mentale, né vergogna: soltanto la consapevolezza della colpa. Non ho bisogno di altro per convincermi. È disgustoso. Bisogna che io ricontrolli la sua ascendenza genetica.

— È cambiato dall'ultima volta che l'ho visto. Floreste è stato per lui una terapia notevole. Guardi: ora sta riferendo la novità a Floreste. Un'altra bocca perde l'appetito.

Alle parole di Kirdy, Floreste alzò la sua bella testa bianca e percorse i presenti con uno sguardo casuale che passò su Glawen come senza notarlo. Poi si girò a mezzo e cominciò a chiacchierare vivacemente con Dama Doma Wook, che sedeva alla sua sinistra.

Glawen attese qualche secondo, poi si rivolse a lui, alzando la voce per farsi sentire attraverso la tavola: — Mastro Floreste! Vedo che lei è finalmente rientrato dalla sua tournée!

L'uomo dardeggiò su di lui un'occhiata fredda. — Sembra di sì.

— Ed è stato un successo?

— Così si è detto. Noi diamo ogni volta il massimo, e speriamo sempre di fare meglio ancora. L'ottimismo è il nostro motto.

— È stata una lieta sorpresa incontrarci su Tassandero, le pare?

— Dice davvero? Non ricordo di averla vista. Io incontro centinaia di persone al giorno, e non posso tenerle a mente tutte, salvo... ah, ah!... le più affascinanti.

— E ritiene affascinante l'Adepta Zaa?

— L'Adepta Zaa? E chi sarebbe? Ma... a chi importa chi è? In questo momento ho fin troppa piacevole compagnia a cui dedicarmi.

— In tal caso, le dirò soltanto che l'Adepta Zaa la invidierebbe. Le circostanze in cui ella si trova non sono altrettanto piacevoli. Ha saputo ciò che le è capitato?

— No.

— Pare fosse coinvolta in una serie di gravissimi crimini, che hanno richiamato l'attenzione del CCPI. Anzi, credo che ora interrogheranno anche lei per verificare le dichiarazioni dell'Adepta. O forse delegheranno l'incarico alla nostra filiale del CCPI, che come saprà è l'Ufficio B.

— Sicuramente è una cosa che non mi riguarda affatto — disse Floreste. Si volse di nuovo a Dama Doma e riprese la conversazione.

Ticia, che aveva già preso criticamente nota del vestito di Glawen, lo apostrofò in tono rigido: — Sbaglio, o hai appena messo a disagio un artista, stimato ovunque, con un'incredibile mancanza di tatto?

— Ti sbagli, sì. Ritengo di aver agito con tatto impeccabile.

— Chi sarebbe questa «Adepta Zaa»? Una delle amanti di Floreste?

— Non mi sorprenderebbe. Entrambi sono tipi assai singolari.

— Mmh-pff! Sei stato via, è così? Non ricordo di averti visto in giro, negli ultimi tempi.

— Sì, sono stato via.

— Ho sentito di tuo padre. Mi dispiace. Ma ora che ci penso, adesso sei un collaterale! Eppure ecco che siedi qui, alla nostra Cena di Famiglia, dove perfino i collaterali dei Wook rischiano sovente d'essere snobbati di brutto.

— E tu hai deciso di snobbarmi?

— Da oggi in poi, sì. Ora non posso farlo molto bene, dato che siamo seduti accanto ed è fin troppo facile per te ottenere in un modo o nell'altro la mia attenzione.

— Via, non sono poi così sensibile — disse Glawen. — Snobbami pure finché ti pare.

— Non ho affatto bisogno del tuo permesso — disse Ticia. — In realtà io snobbo praticamente tutti, per rendere più rari e preziosi i miei favori agli occhi altrui.

— Non prestare attenzione alla piccola sciocca — disse Bodwyn Wook a Glawen. — Sta già perdendo molti corteggiatori. Fra dieci anni sarà tutta denti, naso e gomiti come sua zia, Dama Audis.

— Questa sera, zio Bodwyn — replicò la ragazza, — il tuo umorismo senile è davvero mordace. Stai diventando l'*enfant terrible* della tua generazione.

— Faccio ammenda, Ticia. A volte sono davvero mordace, e il tuo rimprovero è meritato. Le formalità vanno rispettate, e ai collaterali non dovrebbe esser data troppa confidenza. Glawen, sono troppo impaziente di sentire il tuo rapporto. Andiamo a finire la cena in uno dei salotti.

Bodwyn Wook e Glawen lasciarono il salone. Nel corridoio l'uomo volle sapere: — Non esiste alcun dubbio sulla colpevolezza di Floreste?

— Nessuno.

— In questo caso lo farò scortare in prigione stasera stessa. Non prima che sia finita la cena, però, o sconvolgerei per sempre la delicata sensibilità sociale di Ticia e di altre venti o trenta dame. E di Kirdy che mi dici?

— Ha tradito me, e l'Ufficio B. Era sottoposto a uno stress mentale, che forse per lui è stato troppo. Ma non posso ignorare la certezza che sapesse bene quello che faceva. Comunque voglio che sia lei a formarsi la sua opinione.

— La mia opinione si è formata quando sedevamo a tavola. Anzi, sei fin troppo generoso con Kirdy. Ti ha tirato un ultimo colpo, di cui non sei ancora al corrente. Dopo il suo ritorno ad Araminta mi ha assicurato che eri morto, e che ne aveva le prove inconfutabili. Di conseguenza io ho annullato la missione di soccorso che stavo preparando, e che per te avrebbe potuto significare la differenza fra la vita e la morte. Mi ha mentito. Ora dovrà affrontare un'inchiesta, e perderà il suo rango di Wook. Come minimo.

— Sembra molto più sano di mente oggi di quando lo lasciai a Fexelburg.

— Adesso vieni. Un cameriere ci porterà i piatti. Parleremo fra un boccone e l'altro.

2

Glawen e Bodwyn Wook cenarono in un salottino che si apriva sul corridoio centrale della casa. Con linguaggio il più possibile sintetico, il giovane fece un resoconto dell'indagine e delle difficoltà che aveva incontrato, e concluse: — Ora che siedo qui e guardo a questi avvenimenti, non so neppure io quante emozioni sento ridestarsi. La più forte è il sollievo per esserne uscito salvo, ma ci sono stati anche momenti buoni, come quando mi sono calato dalla finestra del seminario. Anche stasera ho provato una certa crudele felicità, guardando le facce di Kirdy e di Floreste al di là del tavolo.

— E ora ci saranno altre cose non meno noiose. Floreste pretenderà le attenuanti: le sue vittime erano soltanto Yips, materiale umano per nuovi e arditi esperimenti artistici, oltre al fatto che un genio universalmente riconosciuto non può mai piegarsi alle banali regole del vivere civile. Dama Doma potrebbe benissimo applaudire a simili argomenti; è innamorata cotta di lui, e fa parte del Circolo delle Belle Arti.

Nella stanza entrò un cameriere. — Signore, mi hanno detto di riferirle che le sue istruzioni sono state eseguite.

Bodwyn Wook lo congedò con un cenno soddisfatto. — Come previsto, Floreste e Kirdy si sono congedati dagli altri commensali prima del tempo, adducendo certo un'ottima scusa. Ma hanno trovato una squadra pronta a prenderli in custodia appena fuori dalla porta. Il decoro della Cena di Famiglia non è stato leso. Bene, passiamo a cose meno sgradevoli. Posso mescerti ancora un po' di questo chiaretto? È il nostro migliore Chariste, e supera qualsiasi altra miscela prodotta dai mastri vinai di Stazione Araminta.

— È un'opinione su cui voglio dirmi d'accordo.

Per un poco i due sorseggiarono il vino. — E ora — disse poi Bodwyn Wook, — esaminiamo un momento i tuoi problemi personali.

— L'ho già fatto. Intendo scoprire quello che è successo a mio padre.

— Mmh, sì. Be', io non ho molte speranze. Abbiamo fatto un'accurata ricerca nella zona, senza trovare nessuna traccia né individuare segnali di soccorso. Ci sono dozzine di possibilità. Si è cercato di analizzarle tutte, sempre con lo stesso risultato: niente.

Glawen fece roteare lentamente il vino nel calice. Dopo qualche secondo mormorò: — Questo è già in se stesso un indizio, non trova?

— Un indizio di cosa?

— Non lo so. Ma deve avere un significato. Prima di tutto, in caso d'incidente avreste dovuto scoprire dei rottami.

— Non necessariamente. Potrebbe essere precipitato nella foresta, o nel lago.

— Tuttavia... il dubbio resta. A sentire Spanchetta, il suo aereo è stato colpito da un fulmine nella zona dei Mahadion.

— Questa è un'ipotesi, buona quanto le altre... o cattiva quanto le altre, se preferisci.

— Domani farò due chiacchiere con Chilke. — Glawen esitò, poi disse: — Tanto per sapere tutto il peggio fin da stasera, come influirà il mio nuovo stato sociale sull'Ufficio B? O sono già del tutto fuori?

— Ah, ah! — ridacchiò l'altro, esaminando in controluce il suo chiaretto. — Finché io sarò il sovrintendente Bodwyn Wook, tu sarai il capitano Glawen Clattuc. Le tue capacità, che sono a mio avviso encomiabili, trascendono ogni questione di rango. A questo proposito, tuttavia, non posso fare a meno di sentire che c'è qualcosa di molto strano.

— In che senso?

— Ancora non sono certo di niente. In superficie tutto sembra regolare. Ma quando io vedo una superficie mi chiedo sempre cosa c'è al disotto.

— Temo di non seguirla, qui.

— Torniamo un attimo a tre settimane prima del tuo compleanno. Tu eri nella Rocca di Pogan, e qui giunse la notizia che Eri Clattuc era morto sotto una slavina a Capo Journal. In quel momento il tuo I.R. scese dunque a 20.

— Ah! Povero Eri. Mi dispiace. — Glawen si accigliò. — Questo però che significa?

— Strane cose accadono! I Pantomimi sono tornati a Stazione Araminta, con Arles, Drusilla e Gorton. E tu risali di nuovo a 21. Se Scharde fosse stato presente, avrebbe chiesto di ritirarsi in pensione pur di farti scendere di un punto. Ma Scharde è morto da quasi due mesi.

«Ora, cosa sarebbe successo se i membri della famiglia avessero indetto una Seduta Elettiva a Casa Clattuc in seguito alla scomparsa di Scharde, e dunque prima del tuo compleanno? Risposta: se lo avessero dato per morto ufficialmente, tu saresti di nuovo sceso a un I.R. di 20 e avresti avuto in ogni modo il pieno rango di Agente come voleva tuo padre. E infatti la Seduta fu chiesta... ma il Comitato Elettivo è presieduto da Spanchetta, che si oppose e ottenne di farla rimandare.

«Sì, Spanchetta riuscì a far spostare la seduta a due settimane dopo il tuo compleanno, quando tu eri già un collaterale ed espulso da Casa Clattuc. Soltanto allora la scomparsa di Scharde fu messa all'ordine del giorno. Tuo padre fu dichiarato presumibilmente morto, venne annunciato un posto vacante e fu esaminata la lista dei collaterali per stabilire chi fosse il primo. E sai chi c'era in cima alla lista?

— Namour!

— Proprio così. A tutti gli effetti, Spanchetta ti ha giocato un tiro mancino e ha dato il tuo posto a Namour. Non è ironico? Namour aveva sempre affermato che non gli importava un fico del rango di Agente. Ma non ha esitato un istante a entrare in Casa Clattuc, quando ne ha avuto la possibilità.

Glawen fece un sospiro. — In questo momento ho una gran voglia di gridare che non importa un fico neppure a me.

— Questa passività non sarebbe piaciuta a tuo padre.

— Vero. Riesaminerò la situazione.

— Finché non sarà chiarita o stabilizzata, sarai mio ospite a Casa Wook. A Kirdy non piacerà. Ticia farà finta di non vederti, ma a questo non badare; è il suo modo di richiamare l'attenzione su di sé. In quanto agli altri, andrai certo d'accordo con tutti.

3

Il mattino dopo Glawen fece colazione da solo nelle stanze che Bodwyn Wook aveva messo a sua disposizione, poi uscì sulla via Wansey. Nel cielo correvano via piccoli cirri bianchi, fuggiaschi che sembravano precedere spaventati la violentissima tempesta in corso a settecento chilometri sull'oceano, e che stava avanzando inesorabilmente verso la costa. Su Via della Spiaggia Glawen girò l'angolo e prese il tratto che conduceva all'aeroporto, dove trovò Chilke seduto nel suo ufficio con una tazza di tè in mano. Per un miracolo l'amico non la rovesciò. — Che mi venga un accidente! Credevo che tu fossi morto! Così almeno si diceva in giro.

— Sono vivo. È mio padre, purtroppo, che bisogna dare per morto.

— Questa è l'opinione generale, sì. — Chilke si alzò, gli batté una mano su una spalla e fece un sospiro. — Io non so nulla più di quanto possano averti già detto. — Aprì una carta geografica sulla scrivania. — Era uscito per un volo di pattuglia di routine: a nord est sulla Piana di Pandora, oltre i Mahadion, intorno al Lago Garnet, poi lungo la costa di Marmion, quindi ritorno sullo stesso percorso. O almeno, questa era la rotta che mise nel pilota automatico.

Glawen gli fece qualche domanda, ma Chilke non aveva da aggiungere altro se non speculazioni e sospetti. — In caso di incidente, almeno nove volte su dieci l'automatico fa in tempo a inviare una richiesta di soccorso. Se non altro un semplice «bip». Invece non abbiamo ricevuto niente, e neppure sui monitor ci sono registrazioni. Non si sono trovati rottami. Questi sono i fatti che io so per certi. E tu? Perché quella diceria così pessimista? Sei un po' pallido, ma ti vedo in ottima salute.

— Non ci si abbronza molto nell'interno di una tomba. — Glawen sedette sul bordo della scrivania e gli raccontò la sua avventura. Poi tolse di tasca la foto trovata nella cassetta di sicurezza dell'Adepta Zaa. — Che ne pensi di queste facce?

Chilke studiò la foto con attenzione. — Non ce n'è una che sorrida, di queste tipe. Ma se i miei occhi vedono il vero, questa è proprio la mia vecchia amica, madame Zigonie, che ancora mi deve dei soldi.

— Qual è?

— Questa, la terza da sinistra. Quando la conobbi aveva i capelli più lunghi, o forse portava una parrucca. Chi sono queste signore?

— Fanno tutte parte di un culto filosofico. Monomantici, è il nome che si danno. Questa qui è Sibil, che comandava le operazioni all'isola Thurben. Questa invece è l'Adepta Zaa, che voleva conoscermi meglio fra le lenzuola. Io invece usai le lenzuola per fare una corda e scappai calandomi dalla finestra. Adesso dovrei essere contento di essere a casa... se fossi a casa.

— Perché dici questo?

— Namour è ora un Clattuc, e io sono un collaterale. Il mio rango di Agente è tale quale il tuo.

— È una cosa che dà da pensare — disse Chilke.

Glawen tornò a Casa Wook. Andò in biblioteca e passò il resto della mattina pensando e prendendo appunti. Bodwyn Wook mise dentro la testa, lo vide e venne a battergli una mano su una spalla. — Mi fa piacere vederti rilassato. Hai lavorato sodo e passato dei guai, e ti occorre un po' di riposo. Anche dormicchiare sui libri fa bene. Dirò che nessuno ti disturbi fino all'ora di pranzo.

Glawen lo guardò indignato. — Io sono sveglio! Stavo semplicemente riflettendo.

Bodwyn Wook rise. — Sicuro. Nella tomba di Zonk devi aver sviluppato una forte propensione alle meditazioni.

— Le mie meditazioni attuali sono molto più concrete, e più interessanti. Ma ho qualcosa da farle vedere. — Gli mostrò la fotografia.

Lo sguardo dell'uomo divenne subito affilato come un rasoio. — Dove l'hai avuta?

— Alla Rocca di Pogan. Era nella scrivania dell'Adepta. — Indicò uno dei volti. — Questa è lei, Zaa. E questa è Sibil, da giovane.

— Perché non me l'hai fatta vedere prima?

— Volevo sapere se Chilke avrebbe identificato madame Zigonie. Poi avrei forse avuto qualcosa di utile per lei.

— E l'ha identificata? Ma… fammi un po' vedere. È questa?

— Esatto! Come lo sa?

— Una volta la conoscevo col nome di Smonny… voglio dire, Simonetta. La sorella minore di Spanchetta.

Glawen studiò le facce con nuovo interesse. — Ora che ci penso, anch'io vedo una certa somiglianza.

— Se permetti, prenderò io in custodia questa foto — disse Bodwyn Wook. — Non ne faremo parola con nessuno. Dirò anche a Chilke di tenere la bocca chiusa. È un'informazione molto compromettente.

— Namour sa certamente tutto.

— Un giorno appenderò Namour a testa in giù in una cella, e ce lo terrò finché tutti i segreti che ha nascosti addosso non si saranno ammucchiati sul pavimento.

— Namour starà molto attento a non darle mai l'opportunità.

— Fino ad oggi questo è stato vero. Fra parentesi, stamattina ho fatto quattro chiacchiere con Drusilla: conferma le malefatte di Floreste, anche se si protesta virtuosa e vittima innocente. — L'uomo diede uno sguardo alle carte che Glawen aveva davanti. — Cosa sono queste liste e queste note?

— Rappresentano punti che mi sono oscuri. Misteri, se preferisce. Bodwyn Wook indicò i fogli. — E sono così tanti? Credevo che avessimo spazzato via almeno nove misteri su dieci.

— Per dirne una, mi stupisce il fatto stesso che Floreste fosse in contatto con i monomantici. Vorrei fargli qualche domanda.

— Mmh! Vuoi condurre un interrogatorio. Be', perché no? Può essere buona pratica per te, se non altro. Poco fa ho parlato con lui, senza ricavarne niente. È tanto esperto nello spargere cortine fumogene che per parlare con lui bisogna accendere un faro antinebbia. Non credo che ne ricaverai molto.

— A meno che non mi prenda sottogamba e lasci vedere un punto debole.

— Possibile. Preparati ad avere a che fare con un santo martire, la cui unica colpa è l'amore per l'arte. Gli ho fatto vedere le foto delle povere ossa ripescate da quella laguna, e lui ha ridacchiato cordialmente e ha divagato sulle esigenze del teatro moderno. La gente di Stazione Araminta, dice, non ha mai apprezzato a fondo il suo geniale talento. Lui si considera un «cittadino dell'universo». Cadwal è un quieto stagno di periferia, con un sistema sociale stupido e incestuoso, che si pasce della propria stupidità e costringe a emigrare altrove le sue forze più vive e creative. Questa è la sua opinione, e certo contiene alcune mezze verità.

«In ogni caso (e qui abbiamo avuto un barlume di quello che è il vero Floreste) cos'ha fatto per lui Stazione Araminta? Dove sono le alte onorificenze, il rango nobiliare, i conti in banca e la grande villa che ha meritato? Come viene riverito il suo grande genio? Con quattro applausi a un banchetto, e lo starnazzare delle oche del Circolo delle Belle Arti! Gli ho fatto notare che il suo lavoro è quello d'intrattenere un pubblico, e che non per questo dobbiamo dedicargli una statua equestre in ogni piazza

O proclamarlo santo. Non ha detto altro, ma è chiaro che non ha nessun affetto per la Conservazione, o la Carta, o Stazione Araminta.

— Mi chiedo perché volesse costruire proprio qui il suo Nuovo Orpheum.

— Sei libero di porre la domanda a Floreste, anche se per pura e semplice perversità eviterà di darti una risposta diretta. È capace di alzare davanti a sé impenetrabili pareti di chiacchiere.

Glawen si appoggiò allo schienale della sedia. — Mentre me ne stavo qui a pensare (o a dormicchiare, se crede), ho calcolato che Floreste deve aver accumulato una bella somma di denaro. Lei sa dove lo tiene?

— Lo so da anni. Ha un deposito alla Banca di Mircea, a Soumjiana.

— Ho deciso d'intentare contro di lui un'azione legale. Dovrei avere buone speranze di strappargli un forte risarcimento... in specie se il caso, per competenza territoriale, fosse discusso dalla Corte Suprema di Stazione Araminta.

— Aha! — esclamò Bodwyn Wook. — Voi Clattuc tendete sempre a ferire l'avversario nel punto più sensibile, eh? Certo, neppure nel fondo dell'inferno Floreste soffrirebbe come nel veder minacciato il suo denaro.

— Non so molto in materia. Quale procedura mi consiglia?

— Dirò a Wilfred Offaw di preparare le scartoffie legali oggi stesso, per mettere intanto i suoi beni sotto sequestro cautelativo. Se ci riesce, i soldi di Floreste saranno più intoccabili che chiusi dentro un blocco di durastang con cento Caschi Grigi di guardia.

— Floreste ne rimarrà sconcertato, se non altro.

— Puoi scommetterci. Quando pensi d'interrogarlo?

— Nel primo pomeriggio.

— Telefonerò a Marcus e gli dirò di darti tutta l'assistenza necessaria.

Subito dopo pranzo, Glawen si avvolse in un pesante mantello invernale e, chino contro il forte vento di mare, attraversò il ponte che conduceva alla vecchia prigione, situata dalla parte opposta del fiume rispetto all'Orpheum. Nell'astanteria, Marcus Diffin insisté per frugarlo. — Non intendo chiederti scusa — borbottò poi. — Io non faccio passare nessuno senza perquisirlo, compreso Bodwyn Wook che ne ha dato l'ordine. Posso chiedere cos'è questa bottiglia?

— È proprio quello che sembra. Se ne avrò bisogno, le chiederò di portarmela.

La cella era arredata come una camera d'albergo. Glawen entrò e rimase qualche secondo con le spalle alla porta. Floreste sedeva in una poltrona di vimini, di fronte a un tavolino, e studiava con assoluta concentrazione il fiore bianco che emergeva dal collo sottile di un piccolo vaso di ceramica azzurra. Dalla fissità del suo sguardo si sarebbe detto immerso in una mistica introspezione, o forse contava che Glawen non osasse disturbarlo e restasse a ciondolare scioccamente davanti alla porta. Tutto era possibile, pensò lui. Infine disse: — Mi faccia capire subito, prego, se posso disturbare le sue meditazioni.

Senza spostare lo sguardo di un millimetro Floreste fece un gesto di stanca rassegnazione. — Parli! Io non posso far altro che ascoltare. La mia sola speranza è la speranza stessa. E ovunque io la cerchi, la vedo simboleggiata soltanto in questo tenero fiore, così ardito nella sua solitudine.

— Sì, è un bel fiore — disse Glawen. Avvicinò un'altra sedia al tavolino e sedette, di fronte a Floreste. — Vorrei farle alcune domande, e confido che possa rispondermi.

— Oggi non sono di umore ciarliero. Dubito che lei sarà soddisfatto delle mie risposte.

— Per pura curiosità, da quanto tempo conosce Zaa? Mi riferisco, naturalmente, all'Adepta della Rocca di Pogan.

— I nomi non significano niente per me — disse Floreste. — Ho conosciuto migliaia di persone, di ogni aspetto e cultura. Alcune le ricordo, per il loro modo di essere, uno stile intrinseco che le distingueva dagli altri gaeani. Le altre sono impronte sulla sabbia degli anni trascorsi, effimere creature che è bene dimenticare.

— E in quale categoria mette l'Adepta Zaa?

— Anche le categorie in cui queste persone scivolano sono prive di vera importanza, e noiose da riesaminare.

— Forse può dirmi questo: come accadde che Zaa, una donna intelligente e capace, decise di unirsi ai monomantici?

Floreste fece una risatina. — Un fatto è un fatto, no? Le cose sono come sono, e per un uomo che crede nel destino ciò è abbastanza.

— Come autore drammatico, lei non se ne è chiesto il motivo?

— Solo come drammaturgo. Le empatie, le simpatie… è con questi mezzi che gli incerti tentano di razionalizzare un universo per loro caotico e spaventoso.

— Un interessante punto di vista.

— È una verità. Ora non c'è altro che mi interessi discutere, e lei può andarsene.

Glawen finse di ignorare quell'invito. — Forse è ancora troppo presto per un bicchiere di vino d'annata. Almeno suppongo che lei la pensi come me, visto che la ritengo una persona di gusti equilibrati.

Floreste lo gratificò di uno sguardo seccato. — Pensa di guadagnarsi la mia confidenza con una tattica così puerile? Non voglio il suo vino, né ora né più tardi.

— Mi aspettavo che lei rifiutasse — annuì Glawen. — E come vede non ho portato nessuna bottiglia con me.

— Bah! — bofonchiò Floreste. — Le sue chiacchiere sono sciocche e insipide. Mi ha sentito? Le ho dato il permesso di andarsene.

— Come preferisce. Ma non le ho ancora riferito le novità.

— Non mi interessano le sue novità. Desidero soltanto vivere i miei giorni in pace.

— Neppure se le notizie riguardano lei?

Floreste tornò a fissare il fiore bianco. Scosse il capo e sospirò. — Grazia e gentilezza, addio! Devo salutarvi per sempre. Senza che io lo chieda, torno a essere irretito da tribolazioni meschine. — Alzò gli occhi su Glawen, come se lo vedesse per la prima volta. — Ebbene... perché no? Il saggio che viaggia attraverso la sua vita può anche voltarsi a guardarne i panorami, se non altro per sapere di non averli oltrepassati invano. La strada innanzi a lui ha interminabili svolte oscure, sale e scende fra misteriose colline, e chi può sapere dove conduce?

— Talvolta è facile capirlo — disse Glawen. — Ad esempio, nel suo caso.

Floreste si alzò in piedi di scatto e prese a camminare avanti e indietro, con le mani unite dietro la schiena. Glawen lo osservò in silenzio. Dopo un poco l'uomo tornò a sedersi. — Questi sono momenti spiacevoli. Peccato che non abbia portato del vino. Berrei volentieri.

— L'ho portato — disse lui. — Sono venuto preparato a entrambe le possibilità. — Andò alla porta e bussò.

Marcus Diffin aprì lo spioncino. — Cosa vuole?

— La mia bottiglia.

— Dovrò travasarla in una caraffa di carta, e fornire bicchieri di carta. Ai criminali non è permesso l'uso del vetro.

— Non chiamarmi criminale, tu! — ruggì Floreste. — Io sono un artista del teatro drammatico! C'è una differenza abissale!

— Se lo dice lei. — L'uomo si allontanò e fece ritorno due minuti dopo. — Ecco il vino. Lo beva alla mia salute.

— Che idiota! — ringhiò Floreste. — Eppure... importa qualcosa? L'uomo saggio degusta ogni istante felice. Versi il vino, Clattuc, e non con mani avare.

— Questa è una faccenda molto triste — disse Glawen. — Le sue azioni hanno fatto piangere molti occhi.

— Inclusi i miei. È una vergogna che io sia trattato così.

— E i suoi orribili crimini? Lei merita molto di peggio.

— Sciocchezze! Quelli che lei chiama crimini erano mezzi per raggiungere un fine. Piccole monete spese per acquistare un grande tesoro! Sono cose trascorse e dimenticate. Ma ora… rifletta a questo: io vengo costretto a danzare nel macabro balletto che voi chiamate giustizia! E a quale scopo? Chi ne trarrà beneficio? Certo non io. Molto meglio se potessimo mettere da parte tutti questi controsensi, trasferirci in un altro ambiente e parlare degli argomenti che si confanno a due gentiluomini. Lei è stato educato bene, se non sbaglio. Perché rinunciare a tanto?

— Riferirò il suo complimento a mio padre… se mai lo rivedrò. È scomparso. Lei ne è al corrente?

— Credo di averne sentito parlare, sì.

— Cosa gli è successo? Lo sa?

Floreste vuotò il bicchiere d'un sorso. — Perché dovrei dirglielo, anche se lo sapessi? È per colpa sua se adesso sono qui, a contare i minuti delle mie giornate terrene.

— Potrei considerarlo un atto generoso.

— Generoso, mi dice? — Floreste afferrò la caraffa di carta e si riempì il bicchiere. — Per tutta la vita io sono stato un generoso! Mi hanno dato un premio o un rango per questo? Il mio nome è rimasto sulla lista dei collaterali. E ciò mentre elargivo il mio genio a piene mani. Ogni denaro l'ho dedicato al Nuovo Orpheum, anche sapendo che forse non avrei mai visto questa splendida realtà. E tuttavia ho sempre dato! Quel grande teatro sarà il mio mausoleo, e per secoli la gente che passerà dinnanzi alla mia statua, nell'atrio, pronuncerà il nome di Floreste con reverenza!

Glawen scosse il capo, scettico. — Un progetto forse irrealizzabile, ed è appunto questa la notizia che sono venuto a portarle. Temo che dovrà prenderne atto.

— Cosa sta dicendo?

— È piuttosto semplice. Io ho sofferto gravi danni a causa degli atti da lei compiuti con spietata premeditazione. Perciò ho iniziato un procedimento legale, facendo mettere sotto sequestro i suoi beni e il suo denaro. Mi è stato assicurato che avrò un fortissimo risarcimento. I suoi progetti sul Nuovo Orpheum dovranno essere accantonati.

Floreste lo fissò a occhi sbarrati. — Lei non può dire sul serio! Sarebbe l'azione maniacale di un folle!

— Non proprio. Lei ha predisposto un destino terribile per me, e ne sono uscito vivo solo a prezzo di molto dolore. Se ci ripenso, mi sembra un vero incubo. Perché non dovrebbe risarcirmi? La mia pretesa è legittima.

— Soltanto in teoria! Lei brama il mio denaro, il tesoro che io ho messo insieme un sol dopo l'altro sognando un solo nobile sogno nella mia mente! E ora lei mi parla dei suoi piccoli incubi, pretendendo di distruggere con essi il mio universo!

— Lei non si preoccupava delle mie ambizioni personali, quando mi ha fatto imprigionare nella Rocca di Pogan. Io non mi preoccupo delle sue. — Col volto contratto Floreste fissò il fiore nel sottile vaso azzurro. Poi un pensiero improvviso lo fece raddrizzare. — Lei sta accusando la persona sbagliata. E stato Kirdy, non io, a insistere per avvertire la Rocca di Pogan. Io ho accettato, è vero, ma senza livore per lei e per il suo destino. È stato Kirdy a volere che lei soffrisse, e a gioirne enormemente. Prenda il suo denaro, se vuole, e lasci stare il mio.

— Non posso crederci davvero — disse Glawen. — Nella mente di Kirdy c'è solo una grande confusione.

— Mio caro signore, come può essere così ottuso? Kirdy era confuso, certo, ma il suo odio per lei risale all'infanzia!

Glawen distolse lo sguardo, e lasciò che i suoi pensieri tornassero a sensazioni vecchie di anni. Floreste, almeno in quel caso, gli stava dicendo la cruda verità. — È una cosa che ho sempre saputo, e l'ho sempre repressa in un angolo della mente dove non potessi vederla. Kirdy era un bravo ragazzo, mi dicevo, intelligente, positivo, ed era sbagliato pensare certe cose di lui. E anche quando queste cose le faceva, io... non potevo capacitarmene. Non vedevo perché mai dovesse odiarmi.

Floreste non distolse gli occhi dal suo fiore. — Dopo che Kirdy telefonò alla Rocca di Pogan, l'odio gli scaturì dal corpo come vomito. Non si tenne dentro niente. Sembra per tutta la vita lei abbia preso ognuna delle cose che lui voleva, senza neppure sforzarsi troppo. Era pazzo d'amore per Sessily Veder, la desiderava così disperatamente che stava male solo a guardarla. Sessily lo evitava come se fosse deforme, e a lei bastò corteggiarla per farla innamorare. Lei aveva ottimi risultati a scuola e all'Ufficio B, e non faticava per ottenerli. A Yipton Kirdy fece del suo meglio per metterla nei guai, ma l'Oomphaw non volle collaborare e anzi si sfogò contro di lui. Mi disse che la odiava tanto che al solo pensiero si sentiva tremare le ginocchia.

— È doloroso ascoltare queste parole.

— Una sporca faccenda. Alla fine lei lo lasciò solo a Fexelburg, e con immensa gioia Kirdy seppe che il suo momento era venuto. La telefonata alla Rocca di Pogan fu il culmine per lui. Francamente, restai sbalordito dalla sua ferocia.

Glawen sospirò. — Tutto ciò è interessante, a suo modo, ma non è quello che volevo sapere.

— E cosa vuole sapere?

— Dov'è mio padre?

— In questo momento? Non sono sicuro di saperlo.

— Ma è vivo?

Floreste ebbe una smorfia, irritato dall'essersi lasciato sfuggire un frammento d'informazione. — Se le mie supposizioni sono esatte, è possibile.

— Mi dica ciò che sa.

— Cosa mi offre in cambio? La vita? La libertà?

— Questo non posso. Io ho potere soltanto sul suo denaro. Floreste curvò le spalle e si versò ancora del vino. — Sono pensieri che non ho ancora contemplato.

— Mi riveli ciò che sa. Le giuro che se ritroverò mio padre il suo denaro sarà salvo.

— È ovvio che non posso crederle.

— È ovvio che deve credermi. Io darei tutto il denaro del mondo pur di riavere mio padre a casa. Perché non fa lo sforzo di credermi? È la sua sola possibilità!

— Ci penserò sopra. Quando ci sarà il mio processo?

— Lei ha rifiutato la difesa d'ufficio, perciò non ci saranno rinvii nella procedura. Il processo avverrà fra due giorni. Quando saprò la sua risposta?

— Si faccia vivo dopo il processo — disse Floreste, versandosi l'ultimo bicchiere di vino rimasto nella caraffa.

4

Il tribunale della Corte Suprema si riuniva nell'Aula Moot della Vecchia Agenzia, un grande locale circolare sovrastato da una cupola di vetri verdi e azzurri, con pannellature di rosilegno e un pavimento in marmo grigio screziato da vene di quarzo bianco e verdastro. La metà esterna era riservata allo svolgimento dei processi, quella interna, strutturata ad anfiteatro e arricchita da balconi e colonnette, poteva ospitare se necessario quasi l'intera popolazione di Stazione Araminta.

Allo scoccare del mezzogiorno i tre giudici della corte entrarono in sala e presero posto. Erano Dama Melba Veder, Rowan Clattuc, e il Conservatore Egon Tamm che presiedeva la seduta. Quando i magistrati furono ciascuno sul suo scranno di cuoio rosso, il Primo Usciere accese registratori e telecamere e annunciò: — Attenzione, prego! La corte è in seduta. Che la persona oggetto delle accuse sia condotta in quest'aula e sottoposta a giudizio!

Voltandosi a brontolare irosamente contro qualcuno che lo aveva spinto da dietro, Floreste attraversò la soglia e si fermò dov'era.

— L'accusato prenda posto al banco — ordinò il Primo Usciere. — Balivo, scorti il signor Floreste al suo posto.

Il poliziotto di turno era entrato anch'egli. — Da questa parte, signore.

— E la smetta di strattonarmi! — sbottò Floreste. — Il processo non comincerà finché io non arrivo, può starne sicuro.

— Sì, signore. Prego, questo è il suo posto.

Floreste fu infine fatto sedere sulla piccola piattaforma recintata. Il Primo Usciere gli andò accanto. — Signore, lei è qui per rispondere a gravi accuse. Alzi la mano destra e pronunci con chiarezza il suo nome, affinché tutti i presenti sappiano chi siede nella recinzione.

Floreste lo guardò, sprezzante. — Lei scherza? Io sono ben noto a tutti! Gridi lei il suo nome, e metta in causa i suoi crimini. Ogni essere umano ne compie. Mi divertirebbe esaminare quelli di chi presume di giudicare me!

Egon Tamm disse: — Le formalità ritardano evidentemente il nostro lavoro. Sorvoliamo, se l'imputato è d'accordo.

— Io non sono d'accordo su niente che acceleri questa farsa. Sono già stato dichiarato colpevole e condannato. Questo lo accetterò, e non negherò niente; causerei soltanto ritardi e confusione per tutti. In quanto alla possibilità della mia morte, che dire? Ho sofferto a lungo questa incurabile malattia di nome vita. Perciò ora ne fronteggio il termine senza rimorsi né vergogne. Sì! Riconosco i miei errori, ma se li spiegassi pensereste che cerco pietose giustificazioni, così terrò un dignitoso silenzio. Ma questo voglio rendere noto: i miei scopi erano nobili e grandiosi! Io cavalcai come un dio quei sogni di gloria! Ed ora tali visioni vacilleranno, crollando nella polvere. La strada che ho percorso è stata tragica per tutti noi. Guardatemi bene, gente di Araminta! Non rivedrete mai più uno come me! – Floreste si volse ai giudici. – Per quanto mi riguarda, il processo è finito. Pronunciate pure la terribile condanna, e lasciate che a mia volta vi suggerisca una sentenza: sei mesi di lavori forzati al Primo Usciere, se non altro perché tutto in lui è trivialità che offende lo sguardo.

– Fra tre giorni, al tramonto, lei sarà giustiziato – disse Egon Tamm. – In quanto al Primo Usciere, per stavolta se la caverà con un'ammonizione verbale.

Floreste si alzò e fece per uscire dalla recinzione, il Conservatore alzò una mano. – Un momento, signore! Dobbiamo esaminare altre responsabilità, e la sua testimonianza sarà necessaria.

Di malavoglia Floreste si rimise a sedere. Il Primo Usciere chiamò: – Namour Clattuc! Si trova in aula; voglia avvicinarsi, prego!

Namour era in prima fila. Si alzò con aria stupita e avanzando verso i giudici ebbe un sorrisetto incredulo. – Ho sentito bene? Sono stato chiamato proprio io?

– Sì, signore – disse Egon Tamm. – Abbiamo alcune domande da farle. Lei conosce bene sia Floreste che Titus Pompo. È al corrente dei fatti accaduti all'isola Thurben?

Namour rifletté a lungo prima di rispondere. Poi disse: – Ebbi solo vaghi particolari sulla vicenda. Non feci domande, per timore di sapere più di quello che mi sarebbe piaciuto. Voglio precisare una cosa: è inesatto dire che conosco bene Titus Pompo.

Egon Tamm si volse a Floreste. – Questa dichiarazione si accorda con i fatti a lei noti?

– Sì, abbastanza.

— Questo è tutto, signor Clattuc. Può tornare a sedersi. Namour andò di nuovo al suo posto, sempre sorridendo vagamente.

Il Primo Usciere disse nel microfono: — Drusilla co-Laverty Clattuc! Si trova in aula su invito. Voglia farsi avanti, prego!

Drusilla sedeva fra Spanchetta e Arles. Si alzò solo quando vide che tutti la stavano guardando. — Si riferisce a me, signore? — chiese, esitante.

— Il nome chiamato era il suo?

— Oh, certamente. Credo proprio che fosse il mio.

— Allora perché suppone che non mi riferissi a lei?

— Oh, non lo so davvero.

— Venga avanti, per favore. — Drusilla raccolse la sua ampia gonna di seta rosa e nera, uscì ancheggiando voluttuosamente sul passaggio centrale e andò davanti al microfono riservato ai testimoni.

— Prego, sieda — disse il Balivo. — Si rende conto che dovrà rispondere alla corte con verità e senza celare nulla?

— Rispondere? Ma sicuro! — cinguettò lei. Si girò verso Floreste e agitò vezzosamente le dita, ma l'uomo si limitò a guardarla con aria incupita. — Non ho la minima idea di cosa dirvi, però. Io non so nulla di questa brutta storia, ma proprio nulla.

Egon Tamm domandò: — Lei era al corrente delle escursioni all'isola Thurben?

— Oh, be', mi sembrava che stesse succedendo qualcosa, e sospettavo che fosse poco commendevole, ma non ho avuto nulla a che fare con quella faccenda, naturalmente.

— Lei ha agito come rappresentante della Compagnia Ogmo. È così? Drusilla ebbe un gesto indifferente. — Oh, quello! Io non ho fatto che portare in giro opuscoli pubblicitari e lasciarli qua e là.

Il giudice Dama Melba Veder chiese, seccamente: — Non è forse vero che lei ha procurato clienti a questa Compagnia?

Drusilla sbatté le palpebre. — Non sono sicura di aver capito cosa vuole dire.

Floreste parlò con voce rigida: — Non tormentate questa povera creatura. Lei non sapeva niente.

Dama Melba non gli prestò attenzione. — Lei era in termini di amicizia intima con Namour. Non ha parlato con lui della Compagnia Ogmo e delle cosiddette gite?

— Non proprio. Mi pare che lui abbia guardato gli opuscoli, una volta o due, poi ha riso e li ha gettati da parte, e questo è tutto quello che le so dire.

— E suo marito, Arles Clattuc?

— Oh, be', anche lui più o meno non ci ha fatto caso.

— Questo è tutto.

— Può tornare al suo posto — disse Egon Tamm.

Con evidente sollievo, e un affascinante sorriso a Floreste, Drusilla andò di nuovo a sedersi fra Arles e Spanchetta. Bodwyn Wook si accostò al banco della corte e disse qualcosa sottovoce a Egon Tamm, che si consultò brevemente con i due colleghi mentre Wook riprendeva posto in disparte.

Egon Tamm si rivolse al pubblico: — Il sovrintendente dell'Ufficio B ha portato alla nostra attenzione un altro argomento che sarà discusso subito. Signor Floreste, poiché la cosa non la riguarda può ritirarsi.

Floreste si alzò in piedi e senza guardare a destra né a sinistra uscì dall'aula. Egon Tamm proseguì: — Chiedo ora che il sovrintendente Wook esponga i particolari del caso su cui desidera il giudizio di questa corte.

Bodwyn Wook tornò a farsi avanti. — Il mio intervento riguarda una piccola ma disgustosa frode, perpetrata apparentemente per motivi di semplice malvagità. Mi riferisco allo stato di agente del capitano Glawen Clattuc. Parecchi mesi fa, e ben prima del suo ventunesimo compleanno, il suo I.R. era di 22. Poi Artwain Clattuc si ritirò, ed Eri Clattuc morì sotto una slavina a Capo Journal. L'indice di Glawen scese quindi a 20.

«Poco tempo dopo Scharde Clattuc, il padre di Glawen, uscì per un volo di pattuglia e non fece ritorno. Lo cercammo a lungo, ma infine fummo costretti a darlo per morto.

«Ebbene, cosa accadde poi? Si verificarono strani eventi. Due settimane prima del compleanno di Glawen atterrò un'astronave, riportando su Cadwal Arles Clattuc la moglie Drusilla, e il loro figlioletto Gorton! Una grande sorpresa, signori, e assai poco felice per Glawen! Egli fu sopravanzato dal piccolo Gorton, e il suo I.R. risalì a 21.

«Già da tempo il Comitato Elettivo di Casa Clattuc (presieduto, guarda caso, da Spanchetta) avrebbe potuto indire una seduta e prendere atto della presunta morte di Scharde: se questo fosse accaduto prima del compleanno di Glawen, come sarebbe parso ragionevole e onesto, lui si sarebbe visto riconoscere l'I.R. di 20 e avrebbe preso il posto di suo padre in Casa Clattuc; ma Spanchetta, ignorando le proteste di altri membri del Comitato, rimandò la seduta a due settimane dopo il compleanno di Glawen, quando lui era diventato un collaterale. Scharde fu dichiarato morto, il suo posto vacante, e chi fu nominato per diventare un nuovo Clattuc? Namour! Non è straordinario?

Spanchetta non riuscì a trattenersi oltre, e balzò in piedi. — Io protesto contro queste vili insinuazioni con tutta la veemenza dei miei diritti! Sono assolutamente stupita che la Corte Suprema permetta a questo vecchio scimmione rimbecillito di insultare il mio onore di dama di alto rango! Pretendo una spiegazione!

Egon Tamm annuì. — Signor sovrintendente, ha sentito la richiesta di dama Spanchetta? Prego, si spieghi con maggiori particolari.

— Io non voglio altri particolari! — gridò Spanchetta. — Esigo che ritiri queste infami imputazioni, e le sue scuse ufficiali!

— Non ho ancora espresso le imputazioni — disse Bodwyn Wook. — In quanto alle scuse, la sua condotta parla da sola. Vuole ascoltare la registrazione di quel che ha appena detto?

— Non ho fatto niente di illegale! Le Sedute Elettive si tengono quando io stabilisco che esistano le circostanze necessarie. Lei non può provare nessun atto illecito! In quanto a Gorton, lui sopravanza di diritto Glawen, e in questo la legge parla chiaro!

— Ah! — disse Bodwyn Wook. — Qui non siamo d'accordo. Negli ultimi giorni abbiamo esaminato il caso del piccolo Gorton. Innanzitutto abbiamo dovuto notare che è stato concepito sei mesi prima del matrimonio fra Arles e Drusilla.

— Questa è una stupida menzogna! Arles e Drusilla vivevano come marito e moglie già da quando erano a Soumjiana. E anche se non erano sposati, che significa? Arles ha riconosciuto legalmente il bambino per suo.

— Certo, ma la legge nega lo stato di agente ai bambini adottati.

— Che sta dicendo? Gorton non è stato adottato da Arles, ed è figlio di Drusilla.

— Molto vero — annuì Bodwyn Wook. — Ma come ho detto, siamo

andati a esaminare il caso del bambino. Dapprima abbiamo ottenuto materiale genetico, non importa come, sia di Arles che di Drusilla e di Gorton. Questa particolare ricerca è stata condotta da esperti di medicina legale, che potranno esibire le prove se la corte lo richiederà.

— Queste sono parole, e le parole se le porta via il vento — dichiarò Spanchetta con voce alta e sprezzante. — Ma i fatti, quelli dove sono?

— Le prove dimostrano che Gorton è figlio di Drusilla, non c'è dubbio su questo. Riguardo l'altra metà della parentela la cosa non è altrettanto limpida, benché si siano trovati dei cromosomi tipici dei Clattuc.

— Le vostre provette vi hanno già detto quello che sto ripetendo! Non è abbastanza? E ora, vuole lasciarci in pace, o no?

— Porti pazienza, dama Spanchetta. Ascolti, e lasci ascoltare chi desidera saperne di più. Dovremo ora tornare qualche anno addietro nel tempo, ovvero a quando con scellerata premeditazione Arles tentò di rapire e violentare Wayness Tamm, la figlia del Conservatore. Gli andò male, e fu catturato. Lascio ora al giudice il compito di descrivere la punizione inflitta ad Arles.

— Arles indossava un cappuccio e una maschera che celavano la sua identità — disse Egon Tamm. — Per questa ragione presumemmo che intendesse rapire soltanto, e non rapire e uccidere, e quindi gli risparmiammo la vita.

«Tuttavia, affinché non fosse più tentato di ripetere imprese del genere, fu sottoposto a un intervento chirurgico che lo rese sterile e inoltre incapace di compiere materialmente l'atto sessuale. La procedura è di carattere irreversibile e permanente. Gorton non è figlio di Arles.

Spanchetta emise un grido strozzato: — Non è vero! Non è vero! Non è vero!

— L'intervento è avvenuto subito dopo la sentenza — disse Egon Tamm.

Bodwyn Wook fece un cenno a Drusilla. — Si alzi, prego. La giovane donna ubbidì, con palese riluttanza.

— Chi è il padre di Gorton? — chiese Wook.

Drusilla esitò, gettò occhiate a destra e a sinistra, si mordicchiò un labbro, poi assunse un'espressione lamentosa. — È Namour.

— Arles lo sapeva?

— Naturalmente! Come avrebbe potuto ignorarlo?

— Dama Spanchetta era al corrente di questo?

— Non lo so, e non me ne importa. Lo domandi a lei.

— Grazie, può sedersi. — Bodwyn Wook fece un cenno ad Arles, che si alzò con un grugnito. — Tu hai da dire qualcosa su tutto questo?

— Per il momento nulla.

— Tua madre sapeva che Gorton non è tuo figlio?

Arles si volse a guardare Spanchetta, che sedeva come schiacciata dalla massa delle sue chiome rigonfie. — Suppongo di no — borbottò.

Glawen, che accanto a Bodwyn Wook aveva assistito in silenzio, chiese di parlare: — Se la corte lo permette, avrei una domanda da porre ad Arles.

— La faccia.

Glawen si girò dalla parte di Arles. — Cosa ne avete fatto della mia corrispondenza?

— Abbiamo fatto quello che era giusto e opportuno! — dichiarò Arles boriosamente. — Tu non c'eri, Scharde neanche, e nessuna sapeva dove foste, così l'abbiamo rimandata al mittente col timbro «indirizzo sconosciuto».

Glawen si rivolse al Conservatore. — Questo è tutto, signore.

Egon Tamm annuì fra sé, con un sorrisetto duro. Si consultò con i due colleghi, poi riaccese il microfono. — La corte sentenzia quanto segue: Glawen Clattuc è iscritto al rango di Agente. Si riconosce che è stato vittima di quella che il sovrintendente Wook ha definito una frode perpetrata con malvagità. La corte ordina che Arles e Drusilla siano privati del loro rango e cancellati anche dalla lista dei collaterali. Oggi stesso dovranno abbandonare Casa Clattuc. I locali da essi abusivamente occupati dovranno essere rimessi quanto prima nelle condizioni precedenti, con piena soddisfazione del capitano Clattuc. «Quanto prima» significa che i lavori devono procedere ininterrottamente e senza riguardo per la spesa. Tale spesa sarà sopportata da Dama Spanchetta, con riserva di risarcimento della stessa nei confronti del figlio.

«Inoltre, la corte ordina che Arles e Drusilla scontino un periodo di ottantacinque giorni di lavori forzati a Capo Journal, sperando che questa esperienza sia per loro salutare. È una sentenza lieve, e devono considerarsi fortunati. Drusilla emise un gemito incredulo. Arles aveva abbassato lo sguardo sul pavimento, e non reagì in alcun modo.

Egon Tamm non aveva finito. – La corte non può ignorare il sospetto che Dama Spanchetta sapesse molto più di quello che le prove hanno indicato. Questo è ciò che suggerisce il buon senso. Tuttavia il sospetto non basta, e in questa circostanza Dama Spanchetta non raggiungerà Arles e Drusilla a Capo Journal. I giudici non hanno giurisdizione sugli ordinamenti interni di Casa Clattuc, ma è necessario evidenziare che Dama Spanchetta non è moralmente qualificata per presiedere il Comitato Elettivo o qualsiasi altro organismo. Raccomandiamo al Capofamiglia e agli anziani di Casa Clattuc di provvedere in merito.

«Se non ci sono altri casi da discutere, questa corte dichiara chiusa la seduta odierna.

5

Il pomeriggio del giorno dopo Glawen si recò ancora alla prigione. Entrando nella cella di Floreste lo trovò seduto al tavolo, chino su un libro elegantemente rilegato in cuoio rosa. L'uomo accolse il suo ingresso con una smorfia contrariata. – Che cosa vuole, adesso?

– La stessa cosa che le ho già chiesto.

– Temo di non poterla aiutare. Ho poco tempo per sistemare le mie cose, e non posso sprecarne un secondo. – Floreste tornò a dedicarsi al libro e parve dimenticare la sua esistenza. Glawen si avvicinò e sedette sulla sedia di fronte a lui.

Qualche secondo più tardi l'uomo rialzò lo sguardo, accigliato. – E ancora qui?

– Sono appena arrivato.

– È già rimasto fin troppo. Non vede che sono occupato con questo libro?

– Lei deve prendere una decisione chiara, in un senso o nell'altro. Floreste ebbe una risata acre. – Tutte le decisioni importanti sono state prese, ormai.

– E il suo Nuovo Orpheum?

– Il Circolo delle Belle Arti porterà avanti i lavori. La presidentessa è Dama Skellane Laverty, che io conosco da molti anni e so devota a questa nobile causa. È stata lei a portarmi questo libro, uno dei miei preferiti. Lo ha letto?

— Non me ne ha mostrato il titolo.

— Sono le *Liriche* di Navarth il Folle. Udite una volta, le sue poesie restano per sempre nella mente.

— Ne conosco alcune, sì.

— Mmh! Questo mi sorprende. Lei sembra un... be', non voglio definirla ottuso all'arte. Piuttosto un triste burocrate, direi.

— Non è così che io mi vedo. Il fatto è che sono molto preoccupato per mio padre.

— Parliamo di Navarth, invece. Qui c'è un verso particolarmente delizioso. Il poeta scorge un volto per un istante, ma quando si volta a cercarlo esso è svanito. Navarth se ne tormenta per giorni e giorni, e infine ricostruisce quelle sensazioni in cento quartine di meravigliosi versi dodecasillabi, selvaggiamente impregnate di senso del destino e ciascuna terminante con il grido:

Così ella vivrà, così ella morrà,
e così il vento sul mondo soffierà!

— Molto bello — disse Glawen. — È gentile a intrattenermi recitando poesie.

Floreste inarcò severamente un sopracciglio. — Questo è un privilegio per lei!

— Io voglio sapere cos'è successo a mio padre. Sembra che lei possa dirmelo. E non capisco perché non voglia farlo.

— Non cerchi di comprendermi — lo ammonì Floreste. — Io stesso non mi sforzo d'inoltrarmi in quelle direzioni. Uso il plurale volutamente.

— Mi dica almeno se lei sa davvero cos'è accaduto. Qual è la risposta, un sì o un no?

Floreste si accarezzò il mento. — La conoscenza è una complessa forma d'energia — disse infine. — Non si presta qua e là, come un contadino che sparge la semenza sui solchi che la invocano. La conoscenza è potere! È un aforisma che merita d'essere ricordato.

— Lei rifiuta di rispondermi. Ha proprio deciso di non dirmi niente?

— Le dirò questo — mormorò pensosamente l'uomo — e lei mi ascolti con attenzione. Con ogni evidenza il nostro universo è complicato e, si potrebbe anche dire, palpitante. Nulla si muove senza spostare qualcos'altro. Le mutazioni incombono sulla struttura del cosmo; neppure il Cadwal della Carta può sottrarsi ai cambiamenti. Ah, dolce Cadwal, con le sue belle pianure e le nobili montagne! I prati verdeggiano nel sole luminoso, e nel loro seno invitano ciascuna creatura a prendere il suo particolare piacere. Gli erbivori possono pascolare, e gli uccelli volare, e gli esseri umani cantare le loro canzoni e danzare in una pace armoniosa. Così dovrebbe essere, se ognuno facesse la sua parte ed il lavoro per cui è più adatto. Questa è la visione che molta gente, qui e altrove, sta accarezzando.

— Può darsi. Ma in quanto a mio padre?

Floreste scrollò le spalle con un brontolio seccato. — Possibile che lei sia così ottuso? Bisogna gridarle ogni cosa negli orecchi? Lei approva gli ideali che ho citato?

— No.

— E Bodwyn Wook?

— Meno che mai.

— E suo padre?

— Neppure lui. E quasi nessun altro a Stazione Araminta.

— Altrove c'è chi ha punti di vista più evoluti. Ma ho già detto fin troppo. Lei se ne può andare.

— Certamente, se è questo che desidera.

Glawen uscì dalla prigione e si dedicò alla sistemazione di piccole faccende personali, il che gli portò via tutto il resto della giornata e l'intera mattina successiva. Verso mezzogiorno Bodwyn Wook lo trovò che stava terminando di pranzare a un tavolo del Portovecchio.

— Dove diavolo ti eri nascosto? — domandò l'uomo. — Ti abbiamo cercato dappertutto.

— Non all'Archivio, altrimenti mi avreste trovato. Cosa c'è di tanto urgente?

— Floreste è in preda a un'agitazione irrefrenabile. Insiste per parlare con te al più presto possibile.

Glawen si alzò e mise alcune banconote sul tavolo. — Vado immediatamente da lui.

A lunghi passi attraversò il ponte sul fiume ed entrò nella prigione. Marcus Diffin gli si fece incontro. — Ah, è arrivato, finalmente! Il prigioniero chiede la sua presenza.

— A cosa devo questa nuova popolarità? L'ultima volta non vedeva l'ora che io gli sparissi dagli occhi.

— Stia attento. Oggi quel pazzo ha una giornata storta.

— Cos'è successo?

— Prima c'è stato Namour, e li ho sentiti litigare di brutto. Stavo per intervenire quando Namour ha chiesto di uscire, nero in faccia. Poi è venuta Dama Skellane. Non so cosa abbia detto a Floreste, ma lui si è irritato ancora di più e ha cominciato a gridare che voleva parlare con lei.

— Credo di sapere cosa lo preoccupa. Forse riuscirò a calmarlo. Marcus Diffin lo precedette fuori dall'ufficio. — C'è una visita per lei! Glawen Clattuc! — gridò nel corridoio.

— Lo porti qui! Cosa aspetta? — fu la risposta.

Glawen trovò Floreste in piedi accanto al tavolino, con un'espressione accusatoria sul volto arrossato. — Lei si sta comportando in modo inqualificabile! Come osa interferire con le mie disposizioni personali?

— Si riferisce alla mia conversazione con Dama Skellane Laverty?

— E a cos'altro? Il mio denaro è sotto sequestro, e lei ha fatto sapere di pretendere un risarcimento addirittura grottesco! I nostri progetti costruttivi sono ormai impossibili!

— Questo gliel'ho spiegato, ma lei ha preferito non ascoltarmi.

— Naturalmente! I miei orecchi ignorano le chiacchiere stolte.

— Allora lo spiegherò di nuovo: ritirerò l'azione legale in cambio di informazioni. È molto semplice, non è d'accordo?

— Non sono d'accordo, e non è semplice! Lei mi pone dinnanzi a un dilemma abominevole. Non ne ho forse parlato chiaramente?

— Non in termini che io potessi capire.

— Non c'è bisogno che capisca. Lei deve accettare la mia parola.

— Preferisco un milione di sol del suo denaro.

Floreste indietreggiò, urtando nel tavolino. — Lei sta rendendo un inferno le mie ultime ore!

— Le basterà darmi le informazioni che voglio.

Floreste strinse i pugni. — Come posso fidarmi di lei?

— Io dovrò basarmi sulle sue parole. Lei deve fare lo stesso. L'altro sospirò stancamente. — Non ho altra scelta. In realtà so che lei è onesto, per quanto testardo e perverso.

— Allora, è un sì o un no?

Floreste si accigliò. — Di preciso, cos'è che dovrei dirle?

— Se lo sapessi starei qui a interrogarla? In generale, voglio sapere tutto quel che c'è da sapere su mio padre: come è scomparso, perché, dove si trova adesso e chi è il responsabile. Potrebbero esserci anche altre domande a cui vorrò la risposta.

— Come faccio a sapere tutte queste cose? — brontolò Floreste, andando avanti e indietro per la cella. — Devo rifletterci ancora. Mi dia tempo. Torni più tardi, anzi domani.

— Potrebbe essere troppo tardi. E se s'illude che dopo la sua morte lo mi ammorbidisca, ci ripensi. Il suo Orpheum non significa niente per me. Svuoterò il conto che ha in banca, e mi comprerò lo yacht spaziale che ho sempre desiderato.

Floreste sedette nella poltrona di vimini aldilà del tavolo e lo guardò. — Lei mi costringe a rinunciare a un ideale per onorarne un altro.

— Questo è di scarsa importanza, per quel che mi riguarda.

— E sia. Accetto la sua proposta. Metterò per iscritto certe informazioni, che spero la soddisfaranno. Ma lei potrà leggerle soltanto dopo la mia morte.

— Perché non me le dice a voce, e subito?

— Ho stretto certi accordi che potrebbero essere compromessi, se parlassi oggi.

— Questo non è del tutto soddisfacente. Lei potrebbe tenere per sé alcuni elementi fondamentali.

— Per lo stesso motivo lei potrebbe decidere di insistere per un risarcimento. La fiducia dovrà essere il legame che ci unisce, pur diversi come siamo.

— In tal caso... — Glawen tolse di tasca la fotografia trovata al Seminario Monomantico. — La guardi, e mi dica il nome di queste donne.

Floreste studiò le facce una dopo l'altra. Gli gettò un'occhiata di traverso. — Perché mi chiede di farlo?

— Lei ha parlato di fiducia reciproca. Se non c'è verità non c'è fiducia. E di conseguenza il nostro accordo sarebbe una farsa. Sono stato chiaro?

— Non c'era bisogno di tanta chiarezza. — Floreste esaminò ancora la foto. — Dovrò rinunciare al mio riserbo. Questa è Zaa, come lei sa.

Il suo nome intero, se ricordo bene, era Zadine Babbs. Questa è Sibil Devella. E questa… — L'uomo esitò. — È Simonetta Clattuc.

— Con quale altro nome l'ha conosciuta?

Floreste reagì alla domanda con singolare emozione. Alzò la testa di scatto e fissò Glawen a occhi sbarrati. Poi farfugliò: — Chi le ha detto che ha un altro nome?

— Le basti sapere che lo conosco. Voglio controllare se lo sa anche lei.

— È incredibile! — mormorò Floreste. — Glielo ha detto Namour? No, naturalmente, non oserebbe mai. Allora chi? Zaa? Sì, dev'essere stata Zaa! Perché avrà fatto una cosa simile?

— Intendeva uccidermi. Dietro suo suggerimento, no? Ha chiacchierato per ore.

— Stupida femmina maledetta! Ora tutta la coesione è svanita!

— Non capisco cosa sta dicendo.

— Non importa. Lei non deve capire. Torni domani a mezzogiorno. Ciò che metterò per iscritto sarà pronto.

Glawen uscì e fece ritorno all'Archivio, nel sotterraneo della Vecchia Agenzia. Verso la metà del pomeriggio trovò infine ciò che, pur senza contarci troppo, aveva sperato di trovare. Subito telefonò a Bodwyn Wook. — Ho qualcosa da farle vedere. Può raggiungermi all'Archivio?

— Adesso?

— Se possibile.

— Sembri piuttosto eccitato.

— Sono appena emerso da un groviglio di vecchie emozioni. Credevo che avessero perduto la loro forza, ma sbagliavo.

— Sarò lì fra dieci minuti.

Quando Bodwyn Wook arrivò, Glawen lo condusse in una delle salette di proiezione. — Una delle cose che Floreste ha detto mi ha dato un'idea. Sono andato a controllare e… be', lo vedrà lei stesso.

I due entrarono nella saletta. Quando ne uscirono, due ore più tardi, Glawen era pallido e silenzioso; Bodwyn Wook aveva il volto rigido e gli occhi colmi di fosche emozioni.

Solo a metà della via Wansey si resero conto che su Stazione Araminta era scesa la sera. Bodwyn Wook si fermò, per qualche istante preso dai suoi pensieri. — Mi piacerebbe chiarire tutta la faccenda subito, in questo preciso istante… ma è tardi, e si provvederà domani. A mezzogiorno sarà fatta. Darò le istruzioni necessarie appena avremo cenato.

I due mangiarono da soli nell'appartamento di Bodwyn Wook. Glawen gli riferì il suo colloquio con Floreste. — Cinque minuti di chiacchiere con quell'uomo bastano a dare il mal di capo a chiunque. Gli ho chiesto se conosceva l'altro nome di Simonetta, convinto che non avrebbe avuto difficoltà a dirmi che su Rosalia è conosciuta come madame Zigonie. Invece ne è stato sconvolto, e ha voluto sapere chi avesse osato darmi un'informazione segreta. Dunque deve conoscerla sotto un terzo nome. Quale potrebbe essere, per averlo eccitato tanto?

«Inoltre c'è il fatto che vuole mettere per iscritto quello che sa di mio padre, in modo che io possa leggere le informazioni solo dopo la sua morte. Ho cercato di farmene dire la ragione, ma inutilmente. Cos'è che fa tanta differenza per lui? Sono confuso!

— Non resterai confuso a lungo — disse Bodwyn Wook. — La differenza sta in una giornata di tempo in più, durante la quale molte cose possono succedere.

— Lei ha ragione, sì. Mi sento un idiota — mormorò Glawen. — E dato che una giornata in più o in meno per Floreste non conta, il tempo dev'essere un fattore molto importante per qualcun altro. Ma chi?

— Terremo gli occhi aperti su quello che succede, e cercheremo d'essere pronti a tutto.

6

Verso la metà del mattino seguente Glawen andò alla prigione, e trovò Dama Skellane Laverty che confabulava sottovoce con Floreste. I due non furono affatto compiaciuti di vederlo entrare in cella.

Floreste gli indicò la porta. — Non vede che sto parlando privatamente con Dama Skellane?

Glawen non si mosse. — Sono venuto per il documento che lei mi ha promesso.

— Non è pronto. Torni più tardi!

— Nel suo caso «più tardi» può anche significare mai. Le resta poco tempo.

— Non ho bisogno di sentirmelo ricordare. Ci penso fin troppo. Glawen si rivolse a Dama Skellane. — Sia gentile e non lo distragga oltre. Se non fa quello che ho chiesto, voi delle Belle Arti non vedrete un dinklet del suo denaro. Io mi farò lo yacht spaziale, e a voi non resterà che ridipingere il vecchio Orpheum.

— Questo è davvero un linguaggio volgare! — gridò appassionatamente Dama Skellane. — Io sono sconvolta! — Diede le spalle a Glawen. — Caro Mastro Floreste, non consenta ad altri di por fine a questa ahimè troppo breve visita, con cui ho sperato almeno di consolarle l'animo.

— Il destino incombe su di me, mia buona amica. Esso chiama con la saturnina voce del giovane Clattuc, che pretende i segreti a me più cari.

Clattuc, torni più tardi! Ancora non ho pronto ciò che esige. Dama Skellane, lei deve scusarmi.

La donna squadrò Glawen con occhi fiammeggianti. — Come può essere così insensibile da tormentare le ultime nobili ore della sua vita! Lei dovrebbe lenire le sue pene per addolcirgli il martirio.

— L'unico lenimento buono per Floreste è il tempo — disse Glawen. — Fra trent'anni i suoi crimini saranno dimenticati, e il Circolo delle Belle Arti lo onorerà come un santo che morì in nome del teatro. Che ironia! Floreste le taglierebbe la gola in questo stesso istante, se pensasse che ciò gli salverebbe la vita, o almeno gli facesse risparmiare cento sol.

Dama Skellane si volse a Floreste. — Perché tollera con tanta pazienza un abuso così efferato?

— Perché, mia cara anima, egli pronuncia la spietata verità. La prima e più eletta funzione della vita è l'arte. La mia arte, in particolare. Io sono soltanto un travolgente veicolo che corre nel cosmo portando in sé un prezioso e fragile carico. Se qualcosa ostacola il mio cammino, o la mia esistenza, o la mia comodità, o il mio conto depositato alla Banca di Mircea, io debbo schiacciarlo e passare oltre. *Ars gratia Artis*: questo era il motto preferito del poeta Navarth. Ne faccia buon uso anche lei.

— Oh, Mastro Floreste, io non potrei mai credere a questo! Glawen bussò allo spioncino per farsi aprire. — Venga, Dama Skellane. Dobbiamo andare.

La donna elargì a Floreste un languido sospiro di addio. — Se non altro ho potuto farla tornare del suo solito umore.

— Com'è vero, cara signora. Grazie a lei io morirò felice.

7

A mezzogiorno Bodwyn Wook entrò nel suo ufficio. Senza guardare a destra né a sinistra aggirò la scrivanie e sedette sulla pesante sedia di legno dallo schienale rigido. Infine concesse a quanti erano riuniti nella stanza uno sguardo circolare. — Tutti presenti? Vedo Kirdy, Drusilla e Arles. Vedo Glawen, Ysel Laverty, Rune Offaw, e qui il luogotenente Larke Diffin della milizia. Chi manca… Namour? Rune, dov'è Namour?

— Ha accolto con molta sgarberia la richiesta di partecipare a questa riunione — disse Rune Offaw. — Così ho mandato un paio di agenti in uniforme a prelevarlo, e se non m'inganno questi sono i loro passi che si avvicinano.

La porta si aprì, e Namour fece il suo ingresso nell'ufficio.

— Ah, eccola! — disse Bodwyn Wook. — Sono lieto di vederla finalmente apparire. Penso proprio che ci sia bisogno di lei, per confermare o ampliare certi elementi della nostra indagine.

— E su cosa state indagando? — volle sapere Namour in tono duro. — Comunque è certo che io non so niente della faccenda, perciò vogliate scusarmi se non mi trattengo. Oggi ho molto da fare.

— Andiamo, andiamo! Lei è troppo modesto. In giro si dice che la sappia lunga su tutto quello che succede.

— Niente affatto! A me interessano soltanto i fatti miei.

Bodwyn Wook allargò le mani. — Oggi dovrà subordinarli ai fatti dell'Ufficio B, che essendo un organo istituito dalla Carta può pretendere la massima collaborazione dei cittadini.

Namour ebbe un freddo sorriso sardonico. — Io sono stato portato qui contro la mia volontà, e non sono abituato a saltare come un cagnolino ammaestrato. Appena il mio aiuto non sarà più necessario, mi aspetto di avere il permesso di andarmene.

— Naturalmente! — concesse sorridendo Bodwyn Wook. Rifletté qualche istante, poi accennò a Rune Offaw e a Ysel Laverty di accostarsi alla scrivania, e i tre parlottarono un poco sottovoce. Quindi «il Cinghiale» e «l'Ermellino» tornarono a sedersi.

Bodwyn Wook si schiarì la gola. — Oggi riesumeremo un doloroso avvenimento che molti di noi avevano relegato in fondo alla loro memoria. Lo facciamo per buone ragioni, che soddisferanno anche Namour quando le sentirà. Mi riferisco all'atroce uccisione di Sessily Veder, al Parilia di alcuni anni fa.

«La pratica non era stata mai chiusa, e solo la perseveranza del capitano Glawen Clattuc ci ha permesso di risolvere il caso. Glawen, vorrei che fossi tu a presentare i fatti, visto che conosci i particolari meglio di me.

— Come desidera, signore. Cercherò di non essere prolisso. Per cominciare, abbiamo gli indizi scoperti durante la prima indagine: alcune fibre di tessuto trovate sul camion della casa vinicola. Esse avrebbero potuto provenire sia dalle gambe da satiro del costume di Namour che dai due costumi «primordiali» del guardaroba dei Pantomimi. Tutti quelli degli Arditi Leoni erano in tessuto diverso.

«Namour poté dimostrare il suo alibi durante il periodo in oggetto. Arles e Kirdy si pensava fossero di pattuglia intorno agli alloggi degli Yips. Le loro firme e controfirme sembrarono discolparli entrambi.

«E tuttavia Ysel Laverty scoprì nelle registrazioni fotografiche una figura seduta accanto al Portovecchio. Risultò che si trattava di Arles, con uno dei costumi primordiali. Parve certo che avessimo individuato l'omicida. Arles ammise di aver falsificato il foglio di lavoro; Kirdy ammise di aver taciuto sulla falsificazione perché erano entrambi Arditi Leoni e non poteva fargli un torto. Arles ammise di esser andato nel guardaroba dei Pantomimi, che si trova in un vecchio magazzino dietro cui passa una stradicciola che porta alla zona degli alloggi Yips. Si vestì del costume primordiale, poi andò a sedersi su quella panchina per attendere Drusilla. Kirdy fu lasciato da solo a pattugliare il recinto.

«Drusilla confermò l'alibi di Arles, più o meno, anche se la sua incertezza era comprensibile, visto che si era ubriacata. Tuttavia è provato che assistettero alla fantasmagoria insieme, e sembra improbabile che Arles potesse abbandonare l'affascinante compagnia di Drusilla per commettere oltraggio su Sessily.

«Quando ricontrollai le fotografie, in una di esse vidi Namour nel suo costume da satiro fermo accanto al Portovecchio, nell'atto di parlare con qualcun altro seminascosto oltre gli archi di pietra. Namour, lei ricorda l'episodio?

– No, non posso dire di ricordarlo. È stato molto tempo fa, e so che quella sera avevo bevuto.

– Io invece ricordo bene – disse Arles con energia. – Rise della mia maschera, che non era certo da Ardito Leone. Mi disse che sembravo un rospo avvolto in una parrucca. Io gli spiegai che era la cosa migliore che avessi trovato sul momento, ma non mi sentì neppure; era troppo occupato a sdilinquirsi con Drusilla.

Namour ridacchiò. – Vero. Adesso tutto mi viene a mente. Sì, è stato proprio come dice Arles.

– Questo episodio accadde immediatamente dopo il termine della fantasmagoria. Arles, come Namour, è depennato dalla lista dei sospetti.

«Dunque, chi ci resta? Gli Arditi Leoni sono qua e là. Kirdy marcia bravamente in solitudine attorno al recinto. Namour, lasciata la riva del porticciolo, danza la pavana con Spanchetta. Arles siede irritato sotto gli archi del Portovecchio. E così la situazione è rimasta, per anni, mentre la dolce e innocente Sessily svaniva nei ricordi di tutti.

«Ma due persone non smisero mai di pensare a quella notte: l'assassino, che riviveva la scena dell'omicidio, ed io, che cercavo invano di ricostruirla. Tempo fa mi è accaduto di trascorrere due mesi nella tomba di Zab Zonk, e ho avuto modo di pensare a molte cose. Esaminammo con scrupolo le registrazioni fotografiche. Ma quando furono chiariti i movimenti di Arles non cercammo oltre. Al momento ci parve abbastanza.

«Questo fu il primo errore di procedura. Il secondo è venuto alla luce ieri, quando ho studiato ancora le fotografie scoprendo due immagini in cui la figura in costume primordiale, dapprima creduta sempre Arles, in realtà non poteva essere lui. Altrimenti, secondo l'ora della registrazione, Arles avrebbe dovuto trovarsi contemporaneamente in due posti diversi. Questa seconda figura usciva frettolosamente da dietro l'Orpheum, pochi minuti prima di mezzanotte, e nell'altra foto stava correndo verso via Wansey. Correva perché doveva farsi trovare di pattuglia al recinto nel momento in cui fossero arrivati a dargli il cambio.

«Anche Floreste ha stimolato la mia memoria, riparlando dei Pantomimi. Mi ha detto che Kirdy impazziva per Sessily, ma invano. Sessily non voleva avere a che fare con lui o con Arles. Però restava da spiegare il pattugliamento. E qui un altro pezzo del mosaico andò a posto: Kirdy mi disse un giorno che non avrebbe mai ubbidito a un ordine sciocco o inutile. Aveva una grandiosa visione di sé, lui era unico, immune ai regolamenti ed alle usanze comuni. L'ordine di pattugliare gli alloggi Yips era a suo avviso stupido e senza scopo. Appena Arles se ne fu andato, Kirdy decise di seguirlo. Entrò dopo di lui nel guardaroba dei Pantomimi, mise l'altro costume identico al suo, e finalmente fu libero! Ora poteva fare quello che desiderava, senza più freni e inibizioni. E desiderava soprattutto imporsi su Sessily, non tanto allo scopo di possederla quanto per vendicarsi, per punirla di averlo ignorato.

«Questa gli parve una buona idea e decise di metterla in pratica. Era il momento più glorioso della sua vita.

Glawen fece una pausa. Gli altri guardarono Kirdy, che sedeva come pietrificato.

– E va bene – disse all'improvviso Namour. – Non è affar mio, ma dove sono le tue prove?

– Sono nelle registrazioni fotografiche con il timbro orario – disse Glawen. – Specialmente nella seconda, quando dopo essere tornato con il camion si allontana di corsa sulla via Wansey, ancora nel suo costume primordiale e diretto alla recinzione.

– È tutta una menzogna – disse Kirdy. – Ogni parola è falsa.

– Tu non ammetti niente, allora? – chiese Bodwyn Wook.

– Non posso ammettere quello che non ho fatto.

– E hai regolarmente compiuto tutti i tuoi giri di pattuglia?

– Sicuro. Glawen è sempre stato geloso di me, perché io sono quello che sono: un Wook a pieno diritto. Mentre lui è un bastardo.

Bodwyn Wook disse, con voce atona: – Larke Diffin, fatti avanti per favore.

Namour alzò una mano, seccato. — Se lei ha finito con me, vorrei congedarmi.

Bodwyn Wook si volse a Glawen. — Hai altre domande da fargli?

— Per il momento, no.

— Lei può andare.

Senza una parola Namour uscì dall'ufficio. Ysel Laverty attese qualche secondo, quindi se ne andò anche lui. Nel frattempo Larke Diffin s'era alzato dalla sua sedia d'angolo. Era un giovanotto biondo di bell'aspetto, alto e muscoloso, con un volto baffuto su cui si leggevano cordialità e fiducia in se stesso.

Bodwyn Wook si rivolse ai presenti. — Tutti voi conoscete bene il luogotenente della milizia Larke Diffin. Quella notte era di pattuglia intorno agli alloggi Yips, e faceva parte della squadra in servizio nel turno successivo a quella di Kirdy e Arles. Larke, riferisci quello che hai già detto a me.

Il giovanotto si passò due dita sui baffetti e gettò a Kirdy un'occhiata fosca. — Riporterò i fatti nudi e crudi, senza aggiungere le mie opinioni personali. Nel periodo in questione, ovvero l'ultima notte del Parilia, arrivai con dieci minuti d'anticipo per esser certo di montare in servizio all'ora stabilita. Intorno al recinto non trovai né Kirdy né Arles, però, con mia sorpresa, scoprii che sul foglio tutti i giri di pattuglia erano stati firmati e controfirmati, compreso l'ultimo, cosa questa palesemente in contrasto con l'evidenza, dato che non poteva esser stato ancora completato.

«Pochi minuti dopo arrivò Kirdy, con il fiato grosso e vestito con quella che non era certamente l'uniforme regolamentare. Per esser precisi, indossava un costume peloso da umanoide primitivo. Non lo compiacque affatto trovarmi già sul posto, e fu imbarazzato dalla mia evidente disapprovazione. Disse che aveva fatto una scappata al guardaroba dei Pantomimi, tanto per guadagnare tempo. Arles, a sentir lui, s'era comportato nello stesso modo.

«Non mi era facile fare la faccia dura proprio nella notte del Parilia. Comunque gli appuntai seccamente che falsificando il foglio di lavoro lui e Arles avevano compiuto una grave infrazione. Sottolineai che avrei dovuto fare rapporto. Ma poiché tutto era tranquillo e la cosa era stata priva di conseguenze, promisi che avrei sorvolato sull'irregolarità.

Questo è ciò che accadde, e non ci pensai più fin quando Glawen non venne a interrogarmi. Oggi, però, ripensandoci, posso dire che Kirdy non arrivò dalla viuzza che gira dietro il magazzino, bensì dalla parte di via Wansey.

Glawen si volse a Kirdy. — Ebbene, su questo cos'hai da dire? Altre bugie?

— Non dirò niente. Io devo percorrere da solo la mia strada. Sono sempre stato da solo contro il mondo.

— Per oggi questo è tutto — disse bruscamente Bodwyn Wook. — Questa non è un'udienza, e tu non sei stato formalmente incriminato. Tuttavia non tentare di uscire dai confini della Stazione. Io sentirò i magistrati, e stabiliremo il da farsi. Ti consiglio di consultare un legale che si prepari a rappresentarti.

8

Glawen pranzò da solo al Portovecchio, e poi, non avendo di meglio da fare, rimase seduto a sorseggiare il vino che avanzava nella bottiglia, mentre Syrene si spostava nel suo arco celeste.

Verso le quattro del pomeriggio sentì che non sarebbe riuscito ad aspettare ancora. Si avviò verso la prigione. Marcus Diffin lo perquisì senza commenti e lo fece entrare in cella.

Seduto al tavolino Floreste stava scrivendo a mano su alcuni fogli di carta arancione. Alzò gli occhi e gli rivolse un breve cenno col capo. — Ho finito giusto adesso. — Infilò i fogli in una spessa busta, su cui scrisse: «Da non aprire prima del tramonto!»

Sigillò la busta e la consegnò a Glawen. — Ho esaudito le sue richieste. Ora lei rispetti questa avvertenza.

— Non ne capisco il motivo, ma farò come chiede. — Pensosamente Glawen ripiegò la busta e se la mise in tasca.

Sul volto di Floreste ci fu per un attimo un sogghigno ferino. — Domani, o forse ancor prima, i miei motivi le saranno chiari. Il nostro accordo è ora un dato di fatto, e lei abbandonerà le sue pretese legali.

— Dipende dal contenuto di questa busta. Se non vi troverò che chiacchiere e divagazioni, pretenderò fino al suo ultimo dinklet. Perciò rifletta bene, Floreste, finché è ancora in tempo ad aggiungere qualcosa.

L'uomo scosse lentamente il capo. – Non oserei ingannarla. Conosco bene la sua testardaggine. Lei è un piccolo burocrate spietato.

– Non proprio. Ma per mio padre non c'è nulla che io non farei.

– Non posso biasimarla per questa lealtà – disse Floreste. – Vorrei aver trovato gli stessi sentimenti in coloro a cui ho affidato la tutela dei miei interessi. – Si alzò in piedi e cominciò a camminare avanti e indietro. – In tutta franchezza, sono preoccupato. Mi chiedo se queste persone siano veramente dedite ai miei stessi ideali, come affermano. – Accanto al tavolino si fermò. – Devo essere logico. Posso davvero fidarmi di Namour? Sarà disposto a subordinare i suoi interessi ai miei scopi, per pura lealtà?

– La risposta sembra negativa – gli fece notare Glawen.

– Propendo anch'io per questa opinione – disse Floreste. – In quanto a Smonny, anche lei dichiara di condividere i miei ideali; ma non ci sono molte prove che indichino questo, a Yipton. Quando lei pensa «Araminta», pensa «vendetta», e non già gloriose onorificenze. Bisogna essere brutalmente realistici: se lei avesse accesso al mio denaro lo investirebbe nella costruzione del Nuovo Orpheum, oppure in altri velivoli e armamenti? Lei cosa ne pensa?

Glawen stava facendo uno sforzo enorme per mascherare il suo stupore. Possibile che Floreste intendesse davvero ciò che sembrava aver detto? Cercò di esibire un tono calmo: – La mia opinione è esattamente uguale alla sua.

Floreste aveva ripreso a camminare su e giù, senza badargli. – Forse sono stato troppo fiducioso. Sul conto che ho alla Banca di Mircea non ci sono solo i miei soldi, ma anche fondi intestati alla Compagnia Ogmo. A questa parte del conto corrente Smonny ha accesso, per comodità, ed essa contiene ingenti somme depositate di recente. La sua procedura legale ha ovviamente bloccato il conto, e causato in Smonny una grande ansietà. Namour è riuscito a convincermi a stilare un documento con cui ho intestato ogni mia proprietà a Smonny, con la postilla che lei trasferisca quindi la mia fortuna personale al Circolo delle Belle Arti. Ma è qui che nascono i miei dubbi. Crede che lo farà veramente?

– Così a intuito – disse Glawen, – propenderei per il no.

– Io ho lo stesso sospetto. Il mio Nuovo Orpheum sarà costruito solo se non vi saranno spiacevoli imprevisti in ciò che ho stabilito. Ma mi chiedo... — Floreste tornò a sedersi, con espressione pensosa. — Forse non è troppo tardi per fare alcuni piccoli cambiamenti.

— Perché no? Chiami Namour, e si faccia restituire il documento.

Floreste ebbe una risata acre. — Non sono stato chiaro? Ma non importa. A me interessano solo le conseguenze, e ora vedo un modo per realizzare i miei scopi. Tanto per curiosità, come ha fatto a saperla così lunga su Smonny? Si credeva che il segreto fosse assoluto. Zaa glie ne ha parlato, è vero, ma mi chiedo il perché.

La menzogna, in quel caso, era ancor più plausibile della verità. — Zaa progettava di uccidermi solo dopo che avessi fornito il mio seme a certe femmine ancora in grado di ovulare. Nel frattempo provava una perversa soddisfazione nel dirmi quello che si proponeva.

— Aha! «Perversa» è la parola più adatta a Zaa. Potrei raccontarle dozzine di episodi che lo dimostrano. È stata Zaa a concepire il cruento programma dell'Isola Thurben, con cui voleva insegnare ai torpidi Zubeniti come accoppiarsi. Almeno, questo fu il pretesto. E Sibil, spinta da quello che si potrebbe chiamare amore-odio per le fanciulle fragili e avvenenti, si prestò all'incarico con zelo. Smonny le fornì le ragazze, indifferente alla loro sorte. E io? Io volsi la schiena a questi particolari della faccenda, visto che incassavo denaro sonante... anche se non ne restava poi molto dopo che Smonny s'era presa la sua parte. E tuttavia oggi (non è ironico?) anche i soldi della Ogmo sono bloccati sul mio conto, e Smonny non si è neppure rifatta delle spese.

— Suppongo che lei non veda il lato comico della cosa — disse Glawen.

— Può scommetterci! Se una cosa è certa, è che non ha il benché minimo senso dell'umorismo.

— Com'è arrivata alla sua posizione attuale? Zaa non mi ha detto mente di questo.

— Smonny s'era sposata con un ricco proprietario terriero, un certo Titus Zigonie, sul pianeta Rosalia. I due andarono a Yipton per prendere sotto contratto un po' di manodopera Yip. A quel tempo l'Oomphaw era il vecchio Calyactus. In qualche modo invogliarono Calyactus a restituire loro la visita, su Rosalia. Il poveretto non fu mai più rivisto da nessuno.

«Smonny e Titus tornarono a Yipton. Titus cominciò a farsi chiamare Titus Pompo, ma non aveva molta propensione al comando e il vero Oomphaw era Smonny... una posizione che le dava un'ineffabile piacere.

«In qualche modo Namour fu coinvolto da loro... forse era l'amante di Smonny? Chi lo sa? Namour è un uomo dal ferreo autocontrollo e senza scrupoli, una combinazione pericolosa. Non so altro.

L'uomo tacque, guardando fuori dalla finestra. – Visto che il nostro accordo è stabilito – disse Glawen, – ora devo...

– Non ancora! – lo interruppe Floreste con energia. – Mi conceda qualche minuto.

– Va bene. Come vuole.

Floreste riprese a camminare avanti e indietro. – Per anni sono stato un uomo dalle grandi visioni. Il mio sguardo oltrepassava l'orizzonte, e intanto ignoravo il terreno su cui poggiavo i piedi. Adesso, in queste ore conclusive, devo fare dei cambiamenti. – Andò ad aprire un cassetto del tavolino, prese carta e penna e in bella calligrafia scrisse rapidamente una ventina di righe. Poi accennò col capo verso la porta. – Chi c'è nell'astanteria?

– Marcus Diffin, credo.

– Lo sento parlare con qualcun altro. Chieda a tutti e due di venire qui.

Glawen bussò alla porta. Marcus Diffin venne ad aprire lo spioncino. – Cosa desidera?

– Chi c'è nel suo ufficio?

– Bodwyn Wook.

– Floreste vorrebbe che entraste un momento tutti e due.

La porta fu aperta, e Bodwyn Wook e Marcus Diffin vennero dentro. Floreste si alzò in piedi. – Sono pervenuto a un'importante decisione. A voi potrà sembrare strano, ma io credo che ciò sia giusto e che mi consentirà di morire in pace. – Mostrò loro il foglio. – Questo è il mio testamento, con la data e l'ora esatta in cui è stato compilato. Ve lo leggo:

A tutti gli interessati:
Queste sono le mie ultime volontà, stilate nel pomeriggio
che precede il giorno dell'esecuzione. Scrivo in pieno possesso

di ogni facoltà mentale e con lucida tranquillità, come i testimoni attesteranno. Questo documento rende nulli tutti gli altri, particolarmente e specificamente quello con cui lasciavo i miei beni a Simonetta co-Clattuc Zigonie, che qui e ora io dichiaro non valido e annullato in ogni sua parte. Oggi, di mia spontanea volontà e dopo attenta riflessione, io lascio tutto ciò che possiedo (compresi il denaro liquido, i conti bancari e i valori depositati alla Banca di Mircea a Soumjiana, gli oggetti d'arte, i preziosi e le gemme, le terre e gli immobili, gli effetti personali e ogni mia altra proprietà) al capitano Glawen Clattuc, nella speranza e con la certezza che egli userà questi fondi e gli interessi derivati per realizzare quello che lui conosce come lo scopo della mia vita, ovvero la costruzione di un grande teatro, il «Nuovo Orpheum» a Stazione Araminta. Firmo questo alla presenza dei testimoni qui sottoscritti.

Floreste si piegò sul tavolino e scrisse il suo nome in calce al documento. Poi diede la penna a Marcus Diffin. — Firmi.

L'uomo eseguì. Floreste si volse a Bodwyn Wook. — La sua firma, signore.

Il supervisore dell'Ufficio B segnò il suo nome con uno svolazzo. Fu a lui che Floreste consegnò il foglio. — Lo metto nelle sue mani. Si assicuri che venga eseguito subito e alla lettera. Ci saranno delle proteste, poiché sul mio conto c'è un fondo che Smonny considera suo. Namour è già in viaggio per Soumjiana, allo scopo di far eseguire il mio precedente documento e ritirare il denaro.

— Dunque è questo il motivo della sua fretta. Quando parte la prima astronave per Soumjiana?

— Proprio oggi — disse Floreste. — È la *Karessimuss*. Namour sarà a bordo.

Bodwyn Wook corse fuori dalla cella e andò subito al telefono, nell'ufficio di Marcus Diffin.

— Questo è tutto — disse Floreste a Glawen. — Lei può andare. In quanto a me, siederò qui a riflettere sulle terre misteriose in cui mi troverò a vagare da domani in poi.

— Che ne direbbe di aiutarsi con una bottiglia di vino?

Floreste lo guardò insospettito. — Quale vino? L'ultimo che lei ha portato era di un'annata difettosa.

— Marcus le darà un paio di bottiglie di Zoquel Verde.

— Sì, può andare.

— Mi accerterò che il suo denaro sia usato come lei chiede.

— Di questo non mi preoccupo. Ora il mio animo è in pace.

Glawen uscì dalla cella. In corridoio diede alcune banconote a Marcus. — Ho promesso a Floreste due bottiglie di Zoquel Verde. Vuole pensarci lei, per favore?

— Sì, gliele farò avere subito.

Bodwyn Wook era accanto al telefono, scuro in faccia. — La *Karessimuss* ha decollato più di un'ora fa. Namour era fra i passeggeri. In qualche modo ha giocato gli uomini che gli avevo messo alle costole. Ysel Laverty è andato a cercarli.

— Quando Namour arriverà a Soumjiana... che ne sarà del denaro di Floreste?

— È al sicuro. Prima di tutto il conto è sempre sotto sequestro. Inoltre, questi affari passano dal tribunale: il testamento va convalidato, e qui occorre la prova della morte di Floreste. Il procedimento legale prenderà da uno a tre mesi. Nel frattempo il nuovo testamento sarà convalidato qui, e molto più in fretta. I beni di Floreste sono salvi.

— Ora, comunque, sappiamo perché ha insistito per mettere in una busta le informazioni che gli avevo chiesto.

— Che cosa vuoi dire?

— È pronto per una sorpresa, signore?

— Più o meno.

— Lei non si è mai chiesto perché Titus Pompo ci tenga tanto a restare nascosto e sconosciuto?

— Scherzi? Sono anni che mi faccio questa domanda. Glawen gli fornì la risposta.

Quando Bodwyn Wook ritrovò la lingua, emise un borbottio. — Questa dev'essere la prima ragione della partenza frettolosa di Namour. Ci sono ora le prove di una sua partecipazione, se non altro come complice passivo, nella Compagnia Ogmo e nella faccenda dell'isola Thurben. E non potrebbe sfuggire a una condanna ad almeno vent'anni di lavori forzati a Capo Journal. Forse di più. Non lo rivedremo più a

Stazione Araminta. Ora, se vuoi scusarmi, ho altri tristi particolari di cui occuparmi.

— Floreste starà almeno bevendo del buon vino, quando il gas verrà immesso nella sua cella.

— Ci sono modi peggiori di morire. Hai le tue informazioni?

— Non posso aprire la busta fino al tramonto.

— Fa poca differenza, ormai. Namour ha già preso il volo.

— Onorerò lo stesso il desiderio di Floreste. Altrimenti mi sentirei a disagio.

— Glawen, tu sei troppo sentimentale o troppo superstizioso. O ambedue le cose. E forse… chissà che non sia questa la più autentica definizione dell'onore.

— In quanto a questo, non saprei dire. — Glawen si volse e uscì dalla prigione.

9

Glawen s'incamminò lentamente lungo via Wansey. I raggi del sole tagliavano obliquamente gli alberi spogli in riva al fiume, proiettando lunghe ombre sulla strada. Si volse a guardare il cielo. Syrene brillava ancora in tutto il suo splendore sopra le colline occidentali; mancava un'ora al tramonto.

Si fermò a osservare la terrazza del Portovecchio. C'era l'abituale clientela del tardo pomeriggio, e l'atmosfera creata dalle loro chiacchiere spensierate non si accordava affatto all'umore di cui lui si sentiva preda. In un angolo un po' isolato sedeva Kirdy, muto e solitario, con lo sguardo fisso nel niente.

Glawen perse del tutto la voglia di entrare a bere un bicchiere di birra. Proseguì per via Wansey, oltrepassò la traversa che portava a Casa Wook, poi quella in fondo a cui si vedeva il giardino di Casa Veder, e quindi l'incrocio a destra del quale c'era Casa Clattuc. Indugiò a guardare le finestre del secondo piano. L'indomani sarebbe andato a controllare che il lavoro procedesse con ordine, senza le improvvisazioni, i danni e la trascuratezza che sicuramente Spanchetta avrebbe cercato di incoraggiare.

Quel pensiero gliene fece nascere un altro: fino a che punto Spanchetta era coinvolta nelle macchinazioni di Simonetta? Quanto sapeva della sua attività? Ovviamente, con oltraggiato furore, avrebbe affermato di non saperne nulla. Per il momento Glawen non se la sentiva di fare ipotesi. Tornò a guardare Syrene, ancora nel pieno fulgore della sua luce rosa-arancio. Tastò la busta bene al sicuro nella tasca interna della sua giacca e riprese il cammino. Oltrepassò il liceum, a quell'ora silenzioso e tuttavia echeggiante di una moltitudine di ricordi. Guardò aldilà del fiume, sullo spiazzo edificabile dove avrebbe dovuto sorgere il Nuovo Orpheum. Il pensiero dei fondi della Compagnia Ogmo, inclusi nello stesso conto degli altri alla Banca di Mircea, lo fece ridere. La notizia del nuovo testamento di Floreste sarebbe stata accolta con poca allegria a Yipton.

Via Wansey terminò su Via della Spiaggia. Glawen la attraversò e s'incamminò sulla sabbia della riva. C'era una forte risacca; la tempesta che s'era scatenata sull'oceano aveva spedito le sue onde a grande distanza, e uno dopo l'altro i cavalloni che si sollevavano sui bassifondi venivano a scaraventare la loro spuma sul freddo arenile.

Glawen andò a fermarsi dove l'acqua piena di bollicine bianche arrivava quasi a lambirgli le scarpe. La busta gli pesava in tasca. La prese, la guardò davanti e di dietro, rilesse la scritta. Era una busta di ottima qualità, in tessuto plastico grigio e marroncino, del tipo quasi indistruttibile usato per i documenti notarili. Che Floreste l'avesse scelta per dare più enfasi e significato a ciò che conteneva? Inutile da parte sua, si disse. Più probabilmente, l'uomo aveva voluto dare sapore drammatico a ogni particolare della sua dipartita. O forse quella era l'unica busta che aveva a portata di mano.

L'una o l'altra cosa non faceva molta differenza, pensò, purché le informazioni fossero esplicite. Costrinse la sua mente a non speculare oltre, rimise la busta nella tasca interna e ne abbottonò l'aletta di stoffa. Si volse a controllare Syrene, che ora sfiorava la sommità delle colline. Sul bordo della strada c'era un uomo, e all'apparenza stava guardando lui. Glawen strinse le palpebre nel tentativo di riconoscerlo controluce, e il suo cuore ebbe un balzo. Quell'atteggiamento meditabondo poteva appartenere a una sola persona: Kirdy, che doveva averlo seguito fin lì dal Portovecchio.

Senza fretta Kirdy lasciò la strada e cominciò a scendere il lieve pendio dell'arenile, con gli occhi sempre fissi su di lui. Quel giorno vestiva completamente di nero: larghi pantaloni di velluto, stivaletti alla caviglia, camicia di tessuto spesso e un cappello anch'esso nero a tesa larga.

Glawen guardò a destra e a sinistra lungo la spiaggia. Non si vedeva un'anima. Lui e Kirdy erano soli.

Con una smorfia calcolò le sue possibilità. La cosa più prudente era girare alla larga, e se necessario mettersi a correre. Da uno scontro con Kirdy non aveva nulla da guadagnare e tutto da perdere.

Si incamminò di lato lungo la spiaggia. Kirdy cambiò subito direzione e accelerò il passo per tagliargli la ritirata verso la strada. Questo chiariva le sue intenzioni. Ed erano sinistre.

Kirdy continuava ad avvicinarsi esibendo modi tranquilli, come se avesse scelto la tattica di non allarmarlo.

L'apprensione di Glawen non era però così facile a placarsi, e si portò ancora più in basso sulla sabbia liscia e bagnata, dove non sarebbe sprofondato neppure correndo velocemente, benché l'idea di scappare gli desse fastidio. Accelerò l'andatura e Kirdy fece lo stesso, con un sogghigno che gli increspò le labbra scoprendo i denti larghi e piatti.

Glawen si fermò. Alle sue spalle una possente massa d'acqua si rovesciò su se stessa, rotolando verso la riva con un fragoroso ribollire di spuma. Aveva spesso giocato fra cavalloni di quel genere, e non ne temeva la violenza. Kirdy era invece un pessimo nuotatore, odiava il mare e ne aveva paura: presto avrebbe dovuto rinunciare a quella partita e andarsene, con la sola soddisfazione di averlo costretto a fare un bagno vestito. Così almeno Glawen cercò di dirsi.

Lo guardò in faccia, come affascinato dalla smorfia che gli stava irrigidendo le guance. Sicuramente Kirdy non sarebbe avanzato verso di lui, nell'acqua turbinosa che si faceva subito abbastanza profonda. Il cavallone arrivò, inzuppando le gambe di Glawen e facendolo vacillare. Kirdy indietreggiò di qualche passo, infastidito. La schiuma si ritrasse dalla riva lasciando una distesa di sabbia dura che Kirdy trovò irresistibile: con le palpebre strette contro il vento prese la rincorsa e alzò le mani, deciso ad afferrare Glawen e a trascinarlo all'asciutto, dove avrebbe potuto disporre meglio di lui.

Glawen corse all'indietro incontro a un cavallone, se ne lasciò investire e si fermò a guardare, mentre l'acqua vorticante bagnava l'altro fino alle ginocchia. Kirdy emise un grugnito rabbioso, ma non rallentò di molto la corsa e saltello avanti fra gli spruzzi, convinto che Glawen non avrebbe osato indietreggiare oltre e fosse in trappola: spaventato, pronto a discutere con lui e a supplicarlo, desideroso di chiedere pietà. Questo sì che lo avrebbe fatto divertire!

Glawen non era però ancora dell'umore adatto a implorarlo, e vincendo l'impatto di un'altra onda si portò ancora più indietro. Kirdy rallentò e protese le braccia, annaspando nell'acqua alta fino alle cosce. Dalla gola gli uscì un rantolo feroce: perché quel vigliacco non la smetteva d'indietreggiare? Perché non si lasciava prendere e affrontava il suo destino? Alle sue spalle c'era l'acqua opaca e profonda, l'osceno baratro liquido dove i corpi affondavano e rotolavano per sempre, putrefacendosi fino a diventare fanghiglia grigia e orrida. Non aveva paura di quello che incombeva dietro di lui?

Glawen sembrava inconsapevole di quel pericolo. Ma adesso non avrebbe potuto andare più lontano! Ora lui lo avrebbe preso!

Il cavallone successivo bagnò Kirdy fino all'ombelico, costringendolo a fermarsi. Glawen, a meno di tre metri di distanza, colpì l'acqua con una mano mandandogli sul volto una doccia di schizzi. Kirdy sbatté le palpebre e scosse rabbiosamente la testa.

Una nuova ondata li colse entrambi sbilanciati, facendoli vacillare per tre o quattro passi verso la riva. Appena l'acqua schiumosa retrocedette, abbassandosi, Kirdy si tuffò in avanti con un grido selvaggio. Ma il suo balzo risultò corto, perché Glawen era riuscito a spostarsi in tempo. Kirdy si rialzò, mentre il suo cappello nero veniva trascinato via dalla risacca.

Un cavallone poderoso si precipitò rombando su di loro. Glawen puntò i piedi nella sabbia, lo attese in posizione obliqua e non ne fu spostato. Kirdy barcollò annaspando in mezzo alla spuma, cadde a sedere, fu colto alle spalle dall'onda di ritorno, e finalmente fu questa a portarlo addosso all'avversario: con un ruggito trionfante lo ebbe sotto di sé, e con un ginocchio cercò di schiacciargli la testa sul fondale. Glawen chiuse gli occhi, inghiottendo acqua e sabbia. Il peso di Kirdy su di lui non era però surclassante, e riuscì a girarsi; poi gli piantò un piede nello stomaco e scalciò. L'avversario ne fu sollevato e gettato all'indietro, roteò su se stesso nell'acqua turbinosa e fu investito in pieno da un altro cavallone, che lo travolse dapprima in avanti e poi verso il largo, trascinandolo via in pochi secondi.

Glawen si tirò in piedi, tastandosi la giacca; la busta c'era ancora. Ansiosamente, immerso nell'acqua fino ai fianchi, sbottonò la tasca e la tirò fuori per esaminarla. La carta plasticata non aveva sofferto per l'immersione; il messaggio che conteneva era al sicuro.

Barcollando verso la riva fu scosso da un tremito di freddo e di stanchezza. Si volse a cercare Kirdy con lo sguardo, ma non lo vide. Dov'era finito? La prima linea dei frangenti che si alzavano a una trentina di metri dalla spiaggia nascondeva tutto ciò che galleggiava appena più al largo. Kirdy era stato trasportato dalla risacca sul fondale alto, e adesso doveva essere là che nuotava in preda alla corrente, domandandosi certo com'era possibile che si trovasse in balia del mare quando meno di un'ora prima era tranquillamente seduto al Portovecchio.

Glawen risalì il lieve pendio della spiaggia. Non provava alcuna emozione; sicuramente non era soddisfatto di sé o di come erano andate le cose. Rimuginò sulla sua condotta poco ardimentosa, poi borbottò fra sé: — Che differenza fa una cosa o l'altra? Sono contento d'essermelo tolto dai piedi.

Quando fu sulla strada si girò ancora a scrutare l'oceano, e per un istante, nella malinconica luce del tramonto, gli parve di vedere una testa fra le onde e un braccio scuro che si riabbassava. Si sforzò di distinguere qualcosa di più, ma riuscì a scorgere soltanto il grigiore delle acque agitate.

Rabbrividì nei vestiti inzuppati e guardò il cielo a occidente. Syrene era un disco rosso sangue per metà nascosto dal profilo delle alture lontane.

Nel punto in cui via Wansey si univa a Via della Spiaggia erano state messe alcune panchine. Giunto lì, Glawen si scosse via l'acqua dalle scarpe e diede un'altra occhiata al cielo. Sulle colline c'erano alberi che intercettavano la luce, ma la penombra scendeva rapidamente, e lui decise che Syrene aveva abbandonato il campo. Il tramonto era in corso.

Sedette su una panchina. Battendo i denti tirò fuori la busta e con qualche difficoltà aprì la spessa carta plasticata. Aprì i fogli color arancione che conteneva e cominciò a leggere. Rapidamente li percorse con lo sguardo tutti e tre, quindi tornò al primo paragrafo, che pur breve e sintetico bastava a dirgli ciò che voleva sapere.

> *A Glawen Clattuc, per conoscenza:*
> *Scharde Clattuc, così mi è stato detto e così io credo, è tenuto prigioniero in un posto tanto insolito quanto difficile da raggiungere. Perché lo stanno trattando così crudelmente? Io posso fare soltanto delle ipotesi.*

Il vento soffiava fra i suoi abiti inzuppati, e Glawen ricominciò a battere i denti. Aprì la busta, vi ripiegò dentro i fogli e se la mise in tasca. Poi si alzò e osservò di nuovo l'oceano, già immerso nella penombra del crepuscolo. Non vide niente. Allora si volse e a passi svelti s'allontanò su per la via Wansey.

FINE

La vicenda continua in
ECCE E LA VECCHIA TERRA

Jack Vance (1916-2013) è stato uno dei più grandi autori di fantascienza e fantasy, e certamente tra i più amati dal pubblico. Dopo una serie di lavori di ogni genere, durante la Seconda guerra mondiale, Jack si arruola nella marina mercantile e gira il mondo. In questo periodo comincia a scrivere il ciclo della *Terra Morente*.

Tra gli Anni cinquanta e settanta viaggia, in Europa e nel resto del mondo, traendo da queste esperienze esotiche gli spunti per i suoi romanzi: *Il pianeta gigante*, *I linguaggi di Pao*, il ciclo di *Durdane*. Nella sua carriera ha scritto decine di romanzi di fantascienza, fantasy e gialli, per un totale di oltre sessanta libri; tra i titoli più famosi ricordiamo i cicli di *Lyonesse*, dei *Principi demoni*, di *Alastor*. Storie ricche di fascino, di personaggi indimenticabili, narrate con uno stile elegante e immaginifico.

Per la sua opera Jack Vance ha ottenuto tre premi Hugo, un Premio Nebula, un Premio Edgar e due Premi World Fantasy. Nel 1977 la Science Fiction and Fantasy Writers of America lo ha nominato Grand Master ed è stato inserito nella Science Fiction Hall of Fame. Vance ha ispirato generazioni di altri autori: Michael Moorcock, Neil Gaiman, Gene Wolfe, Dan Simmons, Ursula Le Guin hanno tutti riconosciuto Vance tra i propri mentori letterari.

Colophon

Questo libro è stato stampata utilizzando il carattere
Adobe Arno Pro per il testo e il carattere NeutraFace per i titoli.

✳

I MONDI DI JACK VANCE
in collaborazione con

DELOS DIGITAL

✳

Impaginazione: Joel Anderson

Grafica e quarta di copertina: Silvio Sosio

A cura di John Vance e Koen Vyverman

www.ingramcontent.com/pod-product-compliance
Lightning Source LLC
Chambersburg PA
CBHW020454020726
47493CB00001B/30